KB244826

사상과 성찰

한국 근대문학의 언어·주체·이데올로기

저자 한수영(韓壽永, Han Soo-yeong)은 1962년 경북 문경에서 태어나 부산에서 성장했다. 연세대학교 중문과를 마치고 같은 학교 대학원 국문과에서 한국 근대소설과 비평을 공부했으며, 「1950년대 한국 문예비평론 연구」로 박사학위를 받았다. 현재 동아대학교 국문과 부교수로 재직중이다. 지은 책으로 『문학과 현실의 변증법』(1997), 『한국 현대비평의 이념과 성격』(2000), 『소설과 일상성』(2000), 『친일문학의 재인식 ─ 1937~45년간의 한국소설과 식민주의』(2005) 등이 있다.

사상과 성찰 한국 근대문학의 언어 · 주체 · 이데올로기

초판 인쇄 2011년 2월 1일 **초판 발행** 2011년 2월 10일
지은이 한수영 **펴낸이** 박성모 **펴낸곳** 소명출판 **출판등록** 제13-522호
주소 서울시 서초구 서초동 1621-18 란빌딩 1층
전화 02-585-7840 **팩스** 02-585-7848 **전자우편** somyong@korea.com **홈페이지** www.somyong.co.kr

값 31,000원
ISBN 978-89-5626-532-2 93810

ⓒ 2010, 한수영

　‘문학사상’ 혹은 ‘문학과 사상’은 한국 근대문학을 공부하기 시작하던 무렵부터 줄곧 나의 관심사의 하나였다. 이 책에 실린 대부분의 글들은 직·간접으로 텍스트의 배면에 작동하고 있는 작가의 사상, 혹은 이데올로기를 추적하고 분석한 것이다. 1부에 실린 네 편의 논문은 주로 해방 이전의 텍스트를 중심으로 사상과 이데올로기의 향배를 검토한 글들이다. 이 중에서도 나는 ‘김남천론’으로 쓴 「유다적인 것, 혹은 자기성찰로서의 비평」에 많은 애착을 느낀다. 김남천을 읽으면서, 나는 ‘사상’이란 것이 ‘성찰’과 나란히 할 때만이 진정으로 ‘역사적인 힘’을 지닐 수 있음을 알게 되었다. 이때의 ‘역사적 힘’이란, 하나의 사상이 현실에서 제도나 물질연관을 통해 관철되고 외화(外化)되는 것을 뜻하는 것이 아니다. ‘사상’의 진정한 힘은, 사상의 주체가 자기완결성과 독선을 벗어나 스스로의 오류의 가능성을 인정하는 순간 획득되는 것이며, 성찰을 동반하지 않은 ‘사상’은 종종 또다른 ‘폭력’으로 전화되고 마는 것을 우리는 역사적 사례를 통해 무수히 목격해 온 바 있다. 김남천을 포함해, 한국 근대문학사에서 이러한 ‘성찰적 지성’을 만날 수 있다는 것은, 죽은 자의 비망록을 뒤지고 있는 게 아닌가 하는, 근대문학 연구자로서 종종 경험하게 되는 자기비하의 감정으로부터 벗어날 수 있는, 몇 안 되는 행복한 일 중의 하나일 것이다. 책 제목이 『사상과 성찰』인 연유는 이 때문이다. 스스로 느끼기에도 실린 글들

의 질량에 비해 제목이 너무 크다는 자괴감이 없지 않으나, 그것 말고
달리 한국문학사 혹은 한국지성사를 통해 내가 읽고 확인하고자 하는
바를 적절하게 표현할 길이 없다.

2부는 전후문학의 주체인 전후세대를 좀 더 새로운 문학사적 시각
으로 이해하기 위해 쓴 글들로 구성되어 있다. 나는 작가이자 언론인
이며 대표적인 우익 이데올로그였던 선우휘를 통해, 남한 반공이데올
로기의 기원을 추적해보고 싶었다. 조야하고 편협하게 전개되고 있는
작금의 한국사회의 좌우익 이데올로기 논쟁을 지켜보면서, 소모적인
이념논쟁을 극복하기 위해서는 편견과 당파성을 넘어선 사상의 '기원'
에 관한 탐구가 더욱 절실하다고 느꼈다. 선우휘 약전(略傳)은 그런 맥
락에서 씌어졌고, 반공이데올로기와 윤리적 인간학이 서로 만나 자기
정당성을 확보하는 과정을 추적한 것도 같은 이유에서였다. 언어민족
주의와 포스트식민주의 사회 특유의 '의도된 망각'의 희생양이자 타자
(他者)가 되어버리고 만 '전후세대'들을 위해 쓴 두 편의 글을 이 책에
함께 실었다. 내 나름으로는, 이 문제제기가 한국의 전후문학을 이해
하기 위한 새로운 시금석의 역할을 해주기를 바라는 마음이 절실한
데, 동학들의 반응이 어떨지 궁금하다. 그리고, 이에 관한 논의는 조
만간 따로 독립된 작업을 통해 그 가능성을 좀 더 깊이 있게 타진해
볼 계획을 가지고 있다.

3부에 실린 글들은, 외부의 청탁에 의해 쓴 평문과 강연, 혹은 해설
들 중에서, 역시 이데올로기의 문제와 직간접으로 연관된 것들로, 다
루고 있는 대상 작가나 텍스트를 시대순으로 배열한 것이다. 이문구
에 관한 글이 유독 두 편이나 실린 것은, 우선 작가로서의 그에 대한
나의 존경과 익애(溺愛)를 보여주는 증좌이기도 하지만, 그의 소설언
어가 한국문학사에서 차지하는 미학적·사회언어학적 가치가 아직도
제대로 이해받지 못하고 있다는 안타까움의 반영이기도 하다. 마지막

4부에는 문학교육 이데올로기에 대한 평소의 내 생각을 피력한 두 편
의 글을 실었다. 문학교육은 내 공부의 본래 영역이 아니며, 그런 점
에서 이 분야에서 오랫동안 연구를 해온 분들의 눈에 뻔하게 드러날
이 글의 소인성(素人性)이 염려되지 않는 것은 아니지만, 그럼에도 교
과서 정전화 과정이나 문학교육론에서 민족주의 이데올로기의 '과잉'
과 계급담론의 '결여'로 인해 생기는 수많은 '오독(誤讀)'과 자기의식으
로부터의 '소외'에 대한 나의 문제제기는 여전히 유효한 부분이 있다
고 판단되어 함께 실었다.

　돌이켜 보건대, 문학에 투영된 사상이나 이데올로기에 대한 나의
관심은 그것의 '내용'이나 '정합성' 여부가 아니라 그것의 '기원' 혹은
'발생'을 둘러싼 구조론적 동학(動學), 그리고 사상의 향배, 최종적으로
는 그것의 자기완결성에 대한 '회의'와 '성찰'에 더 쏠려있음을 확인하
게 된다. 이런 접근방식에 대해서 나는 스스로 방법론적 모순을 느낀
다. 사상(의 주체)이 자기완결성에 대한 확신 없이, 어떻게 그것을 현실
이나 역사 안에서 구현되기를 갈망할 수 있을 것인가? 자기완결성에
대한 확신이 없다면 주체는 그런 사상을 스스로 접어야 옳지 않은가.
거꾸로, 현실 속에서 구현되는 사상이기를 갈망하는 한, 자기완결성
에 대한 확신을 거두어서는 곤란하지 않겠는가. 그러나, 나는 문학이
야말로, 바로 이러한 모순의 간극, 사상의 자기완결성에 대한 지향과,
사상의 주체가 견지하는 자기완결성에 대한 회의와 성찰, 그 '사이'에
존재하는 '어떤 것'이 아닌가 생각한다. 주장하되 주저(躊躇)하고, 나아
가되 머뭇거리고, 말하되 웅얼거리는 이 모순과 착종을 간파하고 읽
어내고 표현하는 것이 문학이며, 또한 문학연구나 비평의 어떤 본질
의 한 측면이 아닐는지.

　책을 엮으면서 이전에 느끼지 못했던 두 가지 감회를 경험했다. 첫
번째는 책 내는 일에 대해 스스로 심한 모순을 느꼈다는 것. 그 때문

에 퍽 괴로웠다. 그동안 쓴 글들 중 그나마 모양새를 갖춘 것들만 따로 추린다고 애를 썼음에도, 교정을 보면서 글 전체를 일별하고 나니, 대부분의 글이 문제의 본질을 그 뿌리까지 천착하지 못하고 그저 문제제기에만 그친 시론(試論)들로만 가득한 것 같은 낙망이 찾아왔다. 이 낙망에 대한 고백은, 책을 펴낼 때 으레 책머리에 써넣는 겸사하고는 성격이 다른 것이다. 그럼에도, 굳이 글을 모아 한 권의 책으로 엮어내는 이 노릇은 또 무엇으로 설명할 것인가. 부족한 글이나마 강호 제현들에게 선을 보이고, 그들의 질정을 거름삼아 부족한 생각을 메우고 모자란 논리를 보완한다는 것으로 휘갑을 치기에는, 낙망과 출판의 감행(敢行) 사이에서 느끼는 모순의 낙차가 그리 간단치가 않아 마음이 무겁다.

그나마 엮은 글들의 전체를 조감하면서, 의도했든 아니든, 글들 사이를 가로지르는 해석자로서의 어떤 관점이나 시각의 일관성 같은 것이 눈에 띄어 미미한 위안이 되어 주었다. 만일, 앞에 말한 낙망과 출판 사이의 모순을 의식하면서도, 그럼에도 책을 내긴 내야겠다고 마음먹게 된 최소한의 적극적 계기가 있다면, 아마도 자기애(自己愛)로부터 비롯된 이 작은 위안 때문일 것이다. 책을 엮으면서 경험한 두 가지 감회 중, '모순'에 관한 것은 당장 해결될 가능성도 없을뿐더러, 앞으로도 두고두고 나를 괴롭힐 사안이어서 긴 시간 함께 붙안고 가야 할 문제로 미루어두는 도리밖에 없겠다. 나머지 절반의 감회, 여기에 실린 십 수편의 글들에 두루 삼투되어 있을, 사상과 이데올로기에 관한 나의 문학적 관심을 작은 위안 삼아 부끄러운 책을 엮어내기로 한다. 이 외에도, 미리 자백하여 부담을 덜고 싶은 결함들이 세부적으로 산재해 있다. 비슷한 주제를 다루면서 불가피했던 몇 군데의 중복, 글들 사이의 시차(時差)로 인해 생겨난 해석과 평가의 미묘한 변화 같은 것이 그러한데, 머리말에서 그런 것들을 너무 세세히 밝히는 것도, 오히려 '과공비례(過恭非禮)'라는 역효과를 불러올까 걱정되어 독자와 동학들의 판단에 맡기기로 한다.

2008년에서 2009년 사이, 재직하고 있는 동아대학교의 배려로 미국의 듀크(Duke)대학교에서 1년간 지내고 돌아왔다. 여기에 실린 몇 편의 논문은, 물론 그 전에 한국에서 발표한 것들이지만, 약간의 수정을 거쳐, 미국에 머무는 동안 영어나 한국어로 다시 발표하고 토론했던 것들도 포함되어 있다. 우리 근대문학을 공부하기 시작한 이후 지금까지 줄곧 국내의 독자와 동학들만을 염두에 두고 글을 써왔던 나로서는, 한국어가 모어가 아니거나, 한국어가 영어보다 편안하지 않은 사람들을 대상으로 한국문학을 얘기하는 일이 무척 낯설고 새로운 경험이었다. 특히, 미국의 여러 대학에서 이제 막 자리를 잡기 시작한, 30대 초·중반의 젊은 재미(在美) 한국문학연구자들과 여러 날을 함께 지내면서, 외국에서 한국문학을 연구하고 가르치는 일의 어려움을 목도했던 일은, 한국문학의 자기동일성 내부에만 갇혀 있던 나에게 여러 모로 새로운 자극과 환기가 되었다. 미국에서 나는 비로소 '이중언어'라는 문제를 좀 더 실감 있게 내 사유의 내부로 끌어당길 수 있었고, 김수영이 자신의 일본어 쓰기에 대해 그토록 당당할 수 있었던 '역설적 이유'를 어렴풋이 짐작할 수 있었다.

이 자리가 연구년 동안 내가 입은 은덕에 대해 사의를 밝히기에는 적절한 지면이 아님을 잘 알고 있으나, 1년 동안 강의와 글쓰기 사역에서 해방되어 자유로운 시간을 얻을 수 있었을 뿐 아니라, 이 책의 체제를 구상하고, 또 몇 편의 글들은 그 기간 동안의 독서와 모색 끝에 쓸 수 있었던 것임을 감안하면 아주 엉뚱한 노릇도 아니라고 생각되어, 이 자리를 빌려 몇 분께 감사의 마음을 전하고자 한다.

우선, 준비단계부터 내 연구년에 각별한 관심을 기울이고 여러 가지 유익한 조언을 건넸을 뿐만 아니라, 독서와 생활에 더없이 좋은 듀크대학을 연결해 준 시카고대학의 최경희 교수께 이 자리를 빌려 깊은 감사의 인사를 전한다. 최 교수께서 주관한 제2회 '북미한국문학연구자 워크숍'에 참가할 수 있는 기회를 주신 것에 대해서도 함께 감사드린다. 나를 초청해 준 듀크대학의 아시아태평양연구소(Asia/Pacific Studies Institute)의 관계자들, 특히 연구소의 부소장이자 AMES(Asia and Middle East Studies)의 학과장인 레오 칭(Leo Ching) 교수께도 마음으로부터 고마움을 전하고 싶다. 그리고, 듀크의 한인교수들, 특히 내 스폰서(sponsor)로서 1년 내내 친절한 안내자가 되어주었던 김혜영 교수, 내 연구주제에 대해 항상 진지한 토론자가 되어 주었던 권나영 교수, 그리고 듀크 보스톡(Bostock) 도서관의 한국학 전문사서인 구미리 선생께도 감사의 인사를 드리고 싶다. 이분들 덕분에, 듀크에서의 1년이 내게는 더없이 풍요롭고 즐거운 시간이 될 수 있었다. 미국에서 만난 수많은 사람들 가운데, 닐 라이트(Neal Wright)를 따로 적어 기억하고 싶다. 그가 이 책을 읽을 일은 결코 없을 테지만, 1년 동안 내게 보여준 그의 따뜻한 우정과 사랑, 무엇보다도 그를 통해 미국의 양식과 양심을 경험할 수 있었던 것에 대해 마음 깊이 고마움을 전하고 싶다.

이 책에 실린 십 수 편의 글들 대부분은, 크고 작은 공부 자리에서 수많은 동료와 선후배들의 진지한 토론과 애정 어린 비판에 힘입어 모양을 갖출 수 있었다. 그들은 부족한 글을 정독해 주고, 어눌한 발표를 경청하면서, 성긴 생각의 그물이 좀 더 촘촘해질 수 있도록 이끌고 도와주었다. 일일이 거명하여 감사의 말씀을 전하지 못하는 것에 대해 너그러운 이해를 구한다.

삼복 더위에 500쪽이 넘는 초교지를 붙들고 고생한 아내에게도 고맙다는 인사를 보낸다. 한없이 길게 늘어지는 문장과, 웅얼거리듯 불투명한 사유의 산만한 기록들을 읽고 고치는 일은 여간 고역이 아니었을 것이다. 불간섭주의를 표방한 무관심에도 불구하고, 잘 자라주고 있는 은결과 이담. 아비가 사랑하는 텍스트들을 언젠가는 그들도 사랑할 수 있게 되기를 간절히 빈다.

언제나 한국학 연구자들의 든든한 지원자가 되어주는 소명출판의 박성모 선생과 출판사의 직원들께도 감사의 인사를 드린다. 이번으로 나는 세 권의 책을 소명출판에서 펴내게 되었다. 이 깊은 인연이, 출판사와 박 선생께 누(累)가 아니라 덕(德)이 될 수 있으면 얼마나 좋겠는가.

올봄, 여든넷의 고령으로 큰 수술을 치르고 지금도 힘겹게 암과 투병중이신 어머님의 쾌유를 빌며, 이 책을 어머님께 바친다. 사실은, 다음에 준비하고 있는 책이 오로지 당신 세대에 관한 것이어서 그 책을 어머님께 바치고 싶었다. 그러나 한없이 느린 내 작업 속도와, 가파르게 줄어드는 어머님의 남은 삶을 떠올릴 때, 과연 다음 책이 나오는 것을 당신께서 직접 보실 수 있을지 장담하기 어렵다. 평생을 들풀처럼 끈질긴 생명력으로 버텨오셨듯이, 생의 마지막 고비에서 만난 병마와의 싸움도 그렇게 이겨내시리라 믿는다. 부디 다음에 나올 책을 헌사와 함께 건강한 모습으로 받아 보실 수 있기를, 간절한 마음을 담아 빈다.

2010년 가을에
낙동강 하구의 연구실에서
한수영 씀

제1부 근대문학과 성찰적 주체의 빈곤

제2부 전후문학의 사상사적 기원

제3부 말과 이데올로기

제4부 문학교육 이데올로기 비판

제1부
근대문학과 성찰적 주체의 빈곤

이광수 소설에서의 자유주의와 개인 주체
자유주의의 내면화 과정 연구를 위한 하나의 시론(試論)

유다적인 것, 혹은 자기성찰로서의 비평
김남천론

김동리와 조선적인 것
일제 말 김동리 문학사상의 형성 구조와 성격에 대하여

'재만(在滿)'이라는 경험의 특수성
정치적 아이덴티티와 이민족의 형상화를 중심으로

이광수 소설에서의 자유주의와 개인 주체

자유주의의 내면화 과정 연구를 위한 하나의 시론(試論)

1. 자유주의에 관한 역사적 검토의 필요성

이 글은 이광수의 초기 소설들을 중심으로 하여, 그의 문학사상을 '자유주의'와 연관지어 검토하기 위해 쓴다. 자유주의는 계몽주의자로서의 이광수에게는 거의 절대적인 내용요소임에도 불구하고 그 연관관계나 역사적 맥락이 엄밀하게 검토된 일은 의외로 매우 드물다. 이광수와 자유주의란 언제나 일종의 신화로서, 특히 '자유연애'와 관련하여 그의 계몽주의와 거의 동격으로 취급받아온 것과 함께, 일찍이 임화의 다음과 같은 규정에 의해 하나의 문학사적 평가가 마무리된 것으로 인식되어 왔다.

『무정』 속에는 주로 자유연애, 개인의 도덕상·윤리상의 권리 요구, 부권(父權)에 대한 부정 등이 형태로 표현되었다. 그러나 이것은 이것으로부터 벌써 명확한 것과 같이 거의 토착 부르주아의 소극적 반면(反面)의 표현과 더 많이 소시민들의 정신적으로 왜곡된 자유의 표현이다.

이곳에는 자유의 전체 자태가 아니라 그 한정된 반분, 즉 기본적인 사회적 정치적 현실성을 사상한 불구의 정신이 일면적으로 과장되어 표시되었다.

즉 당시 조선 사람이(토착 부르주아까지도) 생활적 현실 가운데서 한 개 통일적 목표로서 요구하던 자유로부터 윤리상·도덕상의 개인적 자유를 분리하야 마치 그것이 전부와 같이 과장한 그 '사상적 과장'이 춘원의 낭만적인 이상주의의 기초이다.

동시에 춘원의 문학에 있어 '전허위(全虛僞)'의 핵심으로서 이것은 그의 예술적 묘사의 사실성을 날카롭게 제한하였다.[1]

임화의 이러한 비판은 당연히 이광수가 함몰되어 있는 부르주아적 자유주의의 제한성의 빗장을 풀고 전면적으로 자유의 문제를 논의할 프롤레타리아 문학의 역사적 정당성을 확보하기 위한 것이다. 그러나, 한국 근대문학사에 대한 임화 자신의 이해와 성찰이 깊어질수록, 이러한 비판이 지닌 일면성을 스스로도 조정하게 되거니와, 엄밀한 의미에서 말하자면, 『무정』을 중심으로 한 이광수식 자유주의에 대한 임화의 비판은 구체성을 띠고 있지 못한 것이었다. 그것은 이광수(와 그 텍스트)를 한국근대사상사의 맥락과 계보 안에서 해명한 것이 아니라, 부르주아 자유주의에 대해 일반적으로 가해지는 계급적 제한성에 관한 테제를 이광수에게 덧씌운 형국이라고 할 수 있는 것이다. 다시 말하면, 임화에게는 이광수의 자유주의가 문제였던 것이 아니라, 부르주아 자유주의의 계급적 제한성이 문제였던 것이며, 이광수라는 특정한 작가는 거기에 대입할 하나의 대표단수에 지나지 않는 것이었다. 나중에 자세히 살펴보겠지만, '자유연애'나 '개인의 윤리적·도덕적 자유'라는 특

---

1 임화, 「조선신문학사론서설 – 이인직으로부터 최서해까지」, 『조선중앙일보』, 1935.10.9.

정한 자유주의의 현상형식은, 부르주아적 자유주의의 제한성을 증명하는 하나의 지표로서보다는, 한국 근대사상사의 발전 과정에서 나타나는 특수한 현상형식으로서의 의미가 훨씬 각별한 것이었다.

잘 알려진 바와 같이, 임화의 이러한 비판에 훨씬 앞서, 이광수식 자유주의와 그에 기반한 작품들은 단재 신채호의 신랄한 비판의 대상이 되었다. 단재는 이광수를 꼭 집어서 비판한 것은 아니었지만, 3·1운동 이후 전개되는 조선의 신문예운동 전반을 비판하면서, "민중 생활과 접촉이 없는 상류 사회, 부귀가 남녀의 연애 사정을 그림으로 위주하는 장음문자(獎淫文字)는 문단의 수치"²라고 했다. 이러한 흐름의 중심에 이광수가 놓여 있었던 것은 말할 것도 없다. 비타협적 민족주의자의 처지에서는, 3·1운동 이후의 조선문단이 제국주의 세력과의 투쟁을 포기하고 '자유주의적 문약(文弱)'에 빠진 것으로 판단되었던 것이다.

결국 1910년대 이후 한국의 자유주의는 비타협적 민족주의자와 사회주의자들로부터 협공을 당하는 처지에 놓이게 됨과 동시에, 두 세력이 자유주의를 부정 또는 비판함으로써 자유주의는 흔히 '준비론자'라고 불리는 민족주의 우파 노선의 사상적 전유물인 것처럼 이해되어 온 것이 사상사 해석에 관한 전반적인 지형도라고 할 수 있다. 자유나 자유주의를 둘러싼 이러한 삼각 구도는 다소 도식적인 느낌을 주기는 하지만, 당시의 정황과 그리 어긋난다고 보기는 어렵다. 흥미로운 점은, 사회주의와 비타협적 민족주의, 그리고 민족주의 우파 어느 쪽도 '자유' 자체를 부정하거나 도외시한 적은 없었다는 점이다. 문제는 그들이 때로 부정하거나 비판하고 때로는 전유하는 그 '자유'가 어떤 '자유'인가, 혹은 누구의 '자유'인가 하는 데 있다.

---

2   신채호, 「낭객의 신년만필」, 『단재전집』 하, 형설출판사, 1982, 33면.

단재와 임화의 비판은 언뜻 보면 자유주의의 제한성에 방점을 찍고 있다는 점에서 일맥상통하는 것처럼 보이지만, 논리의 안을 들여다보면 서로 다른 지점에 기반해 있음을 알 수 있다. 단재의 이광수 비판이 '민족 대 개인'의 구도에서 비롯된 것이라면, 임화의 비판은 '부르주아 대 프롤레타리아'의 구도에 입각해 있다. 앞의 것은 민족의 자유(혹은 '독립')가 개인의 자유에 우선한다는 논리여서, 이 경우에 '개인의 자유'는 유보되거나 '민족의 자유'로 환원된다. '민족의 자유'가 확보되면 '개인의 자유'는 저절로 보장되는 것인가 하는 질문이 당연히 제기될 수밖에 없다. 임화의 경우는 '부르주아적 자유'의 제한성을 풀고, 그 자유를 '프롤레타리아'를 포함한 전 인민의 자유로 확대해야 한다는 논리이다. 이 경우에도 역시 계급의 자유와 개인의 자유의 관계는 어떻게 되는 것인지 더 깊은 논의가 필요해진다.

엄밀한 의미에서 자유주의는 실체를 가진 이데올로기가 아니다. 그래서 자유주의는 사전적 정의나 개념보다도, '자유'를 둘러싼 투쟁과 논의가 역사의 발전과정에서 나타나는 여러 국면과 조건에서 어떤 내용과 형식으로 발현되었는가를 검토하는 것이 곧 자유주의의 이해를 가름한다. 국면과 조건이 다르다면, 당연히 '자유'를 둘러싼 투쟁과 논의의 내용 및 형식도 달라질 수밖에 없다. 그러므로 자유주의의 발원지인 유럽과, 그것을 수입한 아시아가 다른 것이 당연하며, 같은 유럽이라고 하더라도, 영국과 프랑스가 그리고 네덜란드와 독일이 꼭 같을 수는 없으며, 수입하는 처지는 같더라도 일본과 중국과 한국이 '자유주의'를 받아들이고 이해한 것이 다르다.

본질론의 차원에서 자유주의의 내용을 규정하는 것이 전혀 의미 없는 것은 아니다. 영국의 한 자유주의 사상가는 20세기 초반에 자유주의의 구성요소를 다음과 같이 세부적으로 규정했다. ① 시민의 자유 ② 재정(財政)의 자유 ③ 개인의 자유 ④ 사회적 자유 ⑤ 경제적 자유 ⑥

국가의 자유 ⑦ 지역, 인종, 민족의 자유 ⑧ 국제적 자유 ⑨ 정치적 자유와 인민주권.[3]

홉하우스가 세분한 자유주의의 원리는 다시 더 크게 묶으면 서너 개의 상위항목으로 포괄할 수 있다. 논자에 따라 다소 차이는 있지만, 자유주의의 구성원리는 크게 ① 개인의 자유 ② 관용과 이성 ③ 평등 ④ 자본주의 ⑤ 법치로 묶을 수 있다. 이 가운데 한두 가지가 자유주의 운동의 발현 과정에서 두드러질 때, 역사적으로 제한되는 특수한 자유주의가 생겨난다. 이를테면, 개인의 자유를 말하더라도, '경제적 자유'가 강조되고, 그 때의 '개인'이 그야말로 '소유자로서의 개인(possesive individual)'에 한정될 경우에는, 사유재산이 강조되고 경제행위에 정부와 국가의 개입을 극단적으로 기피하거나 최소화하려고 하며 시장의 논리에 일임하는 '자유방임주의'라는 자유주의의 한 분파가 형성되는 것이다. 다른 자유주의자들이 자유주의 구성원리의 중요한 요소로 설정한 '평등'이 이들에게는 어불성설의 무리한 요구가 된다. 자유주의를 둘러싼 투쟁과 논의의 역사가 우리보다 오래된 유럽도 그러했지만, 최근의 우리 사회를 보더라도 '자유'와 '평등'은 한데 어울릴 수 없는 빙탄불상용(氷炭不相容)의 관계인 것처럼 보일 때가 있고, 실제로 자유주의가 고전적 자유주의로부터 시작해 오랜 세월을 거치면서 여러 형태의 도전과 내부의 모순들에 직면해 나가는 동안, 아마도 이 문제가 가장 어렵고도 중요한 과제였음이 틀림없을 것이다.

그러나 역시 중요한 것은, 자유주의의 본질에 관한 개념적 이해보다는 그것이 운동 과정에서 나타나는 발현의 양태일 것이다. 자유주의는 그 자체로서는 '진보'나 '반동', 혹은 '급진'과 '보수'를 규정할 수 없으며, 그것이 활동하는 맥락 안에서 역사적 규정을 얻을 뿐이기 때

---

3   Hobhouse. L. T., *Liberalism*, 김성균 역, 『자유주의의 본질』, 현대미학사, 2006, 37~60면.

문이다. 그러한 관점에서, 이 글을 통해 주목하고자 하는 것 또한, 이광수의 자유주의가 지닌 계급적 제한성 여부, 혹은 그것의 진보성과 반동성 여부가 아니라, 그러한 현상형식의 출현을 둘러싼 사상사의 맥락과 문학텍스트의 상호관련성이다. 그러므로 나는 이 글에서, 이광수의 문학 텍스트를, 그가 견지하고 설파한 자유주의의 진보성이나 반동성을 평결할 증거자료로서 채택하는 것이 아니라, 자유주의의 내면화 정도를 파악하는 자료로서 채택하고자 한다. 19세기 말에 서구의 자유주의가 이 땅에 도입된 이래, 자유주의와 관련해서 우리가 진정으로 검토해야 할 것은, 누가 얼마나 선진적이고 진보적인 자유주의를 내세우고 주장했는가가 아니라, 자신이 설정한 자유주의를 얼마나 치열하게 내면화하고자 했는가의 문제라고 생각한다. 그런 점에서 자유주의에 관한 우리 사회의 맹목을 지적한 한 서양사학자의 다음과 같은 지적은 경청할 필요가 있다.

우리나라에서 자유민주주의를 말하는 사람들이 자유와 민주주의라는 말은 꽤 자주 말하고 있지만 자유주의를 말하는 일은 별로 없다. 이는 참으로 괴이한 일이다. 자유민주주의란 자유주의를 바탕으로 하는 민주주의인데 자유주의를 말하지 않고 어찌 자유민주주의를 말할 수 있을까.

그리고 우리는 일제 시대에는 일본 식민통치의 군사적 파시즘을 경험했고, 해방 후에는 내건 간판에 불과하기는 했지만 자유민주주의의 깃발 아래 북한 공산주의와 대결해 왔다. 그런데 20세기는 정치 이데올로기를 기준으로 해볼 때 파시즘과 공산주의 및 자유민주주의의 삼자의 각축전이 전개된 시대이다. 우리는 불행인지 다행인지 알 수 없으나 이 삼자를 다 경험하였고 또 경험하고 있다. 그런데 우리의 그 경험은 우리 역사의 내적 필연의 요청에 따른 것이라기보다는 바깥으로부터 밀려오는 세계사의 거센 파도에 의해 피동적으로 겪은 경험이었다. 그러기에 그 경험은 우리가 주체적으로 내 것으로 만드는 내면화의 과정을 거치지 않으면 역사적 경험이 될 수가 없다. 아무리 엄청난 경험이라도 역사적 경험이 되지 못하면 그 경험은 아무것도 얻지 못하고 그저 고통과 치욕의 상처만 남기는 의미 없는 것이 되고 만다.[4]

이러한 내면화의 문제는 자유주의의 과잉이나 결핍과는 다른 차원의 논의를 필요로 한다. 과잉이나 결핍은 양(量)의 문제이지만, 내면화는 질(質)의 문제다. 다시 말하면, 한 사회가 자유를 어느 정도로 구가하고 있느냐 하는 것은, 그 사회가 확보하고 있는 자유의 양(量)으로도 측정할 수 있겠지만, 그 사회가 '자유'의 문제에 대해 얼마나 성숙하고 합리적인 대응을 하는가, 그리고 사회 구성원 전체의 의사와 주장을 매개하여 조정할 수 있는가 하는 것으로도 측정할 수 있다. 물론 양과 질은 엄밀한 의미에서 분리할 수 없다. 노예사회의 노예에게 자유의 내면화를 문제 삼을 수는 없기 때문이다.

내면화의 정도와 관련해서 한국 사회가 지닌 자유주의의 탄력성과 조정능력을 시험할 몇 가지 놀랄 만한 사건이 있었다. 예를 들자면, 양심에 따른 병역거부와 대체복무제 도입, 기독교재단 설립 학교에서의 종교수업 거부 파동 등이다. 생활에 밀착된 더 미시적인 사례를 꼽자면 중·고등학교 학생들의 두발자유화 운동이나 국기에 대한 경례를 비판한 교사 사건도 빼놓을 수 없다. 이 주장의 옳고 그름을 떠나, 이러한 일련의 사건들은 한국 사회의 자유의 내면화에 관한 일종의 시금석으로 작용했다는 점에서 커다란 의미가 있다. 그것은 민족의 독립이나 독재권력의 붕괴와 민주정부의 등장만으로 해결되거나, 또는 그것으로 환원시킬 수 없는 또 다른 자유주의의 난제들이기 때문이다. 국

---

4 노명식,『자유주의의 원리와 역사 ─ 그 비판적 연구』, 민음사, 1991, 24면.

가나 민족의 독립, 혹은 독재 권력의 타도와 같은 것에 견주자면, 앞서
예를 든 이러한 사례들은 한결 미시적인 문제들이다. 그러나 나는 이
러한 미시적인 과제들이 거시적이고 추상적인 과제들보다 역설적으
로 더 중요하다는 이야기를 하고자 하는 것이 아니다. 또한, 국가와 개
인, 혹은 민족과 개인이 자유주의를 매개로 해서 반드시 배타적인 관
계항을 구성한다고 주장하는 것도 아니다.[5] 자유주의를 둘러싼 여러
가지 사안의 내부적 위계, 선행(先行)과 유보, 혹은 부정과 비판의 모든
현상들이 사실은 자유주의의 내면화 과정의 현상 형식이다.

　자유주의에 대한 역사적 고찰이 필요한 또 한 가지 이유는, 최근 한
국 사회에서 거론되는 자유주의가 경제적 자유주의 일색으로만 치달
고 있다는 사실이다. 2차 세계대전이 끝난 직후부터 하이에크, 프리드
만 등의 경제학자에 의해 탄력을 받기 시작한 이른바 현대판 '신자유
주의'가 한국 사회를 점령하면서, 자유경쟁의 논리 아래 비정규직과
실업의 양산, 빈부격차의 심화, 환경파괴 등과 같은 근본적인 문제점
들이 심각하게 제기되고 있다. 신자유주의자들이 독점한 자유주의가
자유주의의 전부가 아니라는 점에서 이러한 현상에 대한 근원적인 사
회적 성찰이 필요하지만, 무엇보다도 우려스러운 것은 신자유주의에
저항하는 움직임에 대해 사회 저변에 깔려 있는 냉소적 시각이며, 이
러한 사회경제적 혼란의 극복에 대한 대안으로 과거 개발독재시대를
향한 정치적 향수(鄕愁)가 확산되고 있다는 점이다.

5　　독립신문의 논설을 분석하여 국가주의와 개인주의는 하나가 크면 하나가 줄어드는
　　배타적 관계가 아니라 오히려 둘이 서로 강력하게 요구하는 동전의 양면과 같은 것
　　이었다고 지적하는 논자도 있다. 박주원, 「독립신문과 근대적 '개인' '사회' 개념의
　　탄생」, 이화여대 한국문화연구원, 『근대계몽기 지식개념의 수용과 그 변용』, 소명출
　　판, 2004. 참조. 엄밀한 의미에서 이러한 역설적인 정식화는 일반론으로 전화하기는
　　힘들다. 국가와 개인의 이해가 만나는 특정 국면과 특수한 논리 아래에서 그럴 수 있
　　을 뿐이다. 그러나, 한국의 자유주의가 지닌 기원적 특수성을 이해하기 위해서는 이
　　러한 입론의 유효성이 존재한다고 생각한다.

자유주의를 둘러싼 한국 사회의 최근 동향은 다시 한번 자유주의에 대한 역사적 고찰의 필요성을 환기시킴과 동시에, 자유주의의 내면화에 대한 비판적 성찰의 중요성을 각인시켜 준다. 1910년대 조선의 자유주의는 19세기 말에 형성된 자유주의 사상을 이월·계승하는 동시에 그것이 변형·굴절되는 과정이기도 했다. 그리고 그 중심에 이광수가 놓여 있다.

2. 개화파 자유주의의 실패가 남긴 것

한국에 자유주의 사상이 전파되기 시작한 것은 19세기 말, 유길준·서재필·윤치호 등 일본과 서구(또는 미국) 경험이 있는 개화파들에 의해서이고, 이것이 하나의 정치운동으로서 확고한 자리를 차지하게 된 것은 『독립신문』과 '만민공동회'를 중심으로 한 독립협회를 통해서였다.[6] 그리고 이들의 사상은 서구의 자유주의로부터 직접 영향을 받았다기보다는 서구의 자유주의 사상을 수입한 일본의 자유주의로부터 많은 자양분을 얻고 있었다. 물론 이러한 영향 관계는 단선적인 것이 아니며, 자유주의의 운동 과정과 그를 둘러싼 정치사회적 국면에서 조선과 일본이 크게 달랐으므로 단순비교로 그 이입경로와 영향 관계를 추적하는 일은 신중을 기해야 한다.

─────────

6 대한제국기를 전후해서 서구 자유주의 사상의 수용과 전파에 관한 개괄적인 이해를 위해 이 글이 참고한 자료는 김학준, 『한말의 서양정치학 수용 연구─유길준·안국선·이승만을 중심으로』, 서울대 출판부, 2000, 김효전, 『서양헌법이론의 초기 수용』, 철학과현실사, 1996, 이나미, 『한국 자유주의의 기원』, 책세상, 2001, 그리고 박주원의 앞의 글 등이다.

서양에 대한 소개 및 자유주의와 관련된 다양한 정치학 저술에 힘
쓰는 한편, 정부 안에서 그리고 재야에서 자유주의의 전파에 가장 적
극적이었던 개화 지식인의 대표격이 유길준이라고 할 수 있다. 유길
준이 1889년에 탈고하고 1895년에 출판한 『서유견문』에 나타난 자유
주의 사상을 국가와 개인을 중심으로 재구성해 보자.

유길준은 인간의 권리를 구체적으로 셋으로 나눠 보았다. 첫째가
일신을 안온히 보호하는 권리, 곧 생명권이고, 둘째가 일신을 자유롭
게 하는 권리, 곧 자유권이며, 셋째가 사유(私有)의 권리, 곧 재산권이
다. 생명권과 관해서 그는 신체의 자유를 함께 논하면서 '신명(身命)의
권리'라는 표현을 쓴 뒤, 신명의 권리는 천부의 권리로서 법으로써만
이 권리를 제약할 수 있을 뿐 군주라고 해서 이 권리를 제약할 수 없
다고 주장해 죄형법정주의의 개념을 도입하고 있다. 재산권에 관해서
도 그는 절대불가침의 천부의 권리임을 역설했다. 이어 금전과 전토
(田土) 및 재화의 소유자는 자유롭게 대차(貸借)해 이자와 지대를 수익
할 수 있다는 계약자유의 원칙을 이해하고 국가가 공공복지를 위해
사적 소유권을 침해할 경우에는 정당한 가격으로 보상해야 한다는 손
실보상의 근대적 제도도 아울러 설명했다. 그는 앞에서 말한 세 가지
천부인권 이외에 영업의 권리, 집회의 권리, 종교의 권리, 언론의 권
리, 명예의 권리 등 다섯 가지의 천부인권을 소개했다.[7]

이어서 세계 각국의 정부의 형태를 '군주천제(君主擅制)', '군주명령하
는 정체 또는 압제정체', '귀족이 주장하는 정체', '군민공치(君民共治)하는
정체 또는 입헌정체', '국인(國人)이 공화하는 정체 또는 합중체제(合衆體
制)'의 다섯 가지로 분류하고, 이 중에 '가장 아름다운 체제'가 입헌정체라
고 찬양했다. 『서유견문』에 드러난 그의 핵심사상은 입헌군주제를 통해

---

7   김학준, 앞의 책, 48면.

군주 권력의 법적 제한을 꾀하고, 천부인권을 바탕으로 한 개인의 자유와 권리(그리고 인민의 권리)의 신장을 통해 조선을 근대적 국가로 일신시키는 것이었다. 유길준의 이러한 사상, 즉 입헌군주제를 통한 군주 권력의 통제와 민권의 신장을 통한 국권의 강화는 '독립협회'의 정치강령이기도 했다. 그러나 유길준 개인으로서나, 그가 몸담고 활동했던 '독립협회'의 성쇠를 보더라도 이러한 정치적 구상은 제대로 실현되지 못하고 좌절되고 말았다. 우선 유길준 자신은 유학과 망명, 그리고 귀국과 유폐, 정부요직에의 발탁과 재망명 등 파란만장한 정치파동의 희생물이 되면서 제대로 자신의 정치적 구상을 실현하기가 어려웠다. '독립협회'는 『독립신문』이라는 매체와 '만민공동회'라는 실천적 공간을 통해 기세를 올렸지만, 정부에 의해 와해당하는 처지에 놓이고 만다.

입헌군주제와 개인주의적 민권론에 입각한 개화파들의 좌절은 19세기 말 명치기 일본의 자유민권 운동의 좌절과 비견될 만하다. 구체적인 정치적 정황, 그리고 자유민권운동의 흥망을 둘러싼 원인은 다르지만, 한국과 일본에서의 자유(민권)주의 운동의 경과를 비교해 볼 필요가 있는 것은, 두 나라 근대문학의 발달 과정에 자유주의 운동의 성패가 일정한 영향을 미치고 있기 때문이다. 그 점에서, 이 글은 이광수의 1910년대 저작들이 좌절된 19세기 말 자유주의 운동의 한 현상형식이라는 전제에서 출발한다. 좀더 구체적으로 언급하자면, 그가 논설과 소설을 통해 보여주는 자유주의 사상은, 여러 원인이 작용하고 있을 터이지만, 궁극적으로 입헌군주제와 민권의 신장을 바탕으로 한 근대국민국가의 창출이 실패하게 되면서, 그것의 새로운 출구이자 또다른 방식의 내면화의 현상으로 나타났다는 것이다.

이러한 입론의 정당성을 피력하기 위해서 간략하게나마 일본 자유민권운동의 흥기와 쇠락의 과정을 정리하고, 그에 연동되는 일본 근대문학의 추이, 특히 이광수의 자유주의의 현상형식인 '자유연애'와

'도덕적 개인'의 문제와 대비되는 일본 사소설의 문제를 검토해 보기로 하겠다.

3. 내면화 형식으로서의 '연애'의 기원 – 일본의 경우

논자에 따라 다소의 차이는 있지만, 일본의 자유민권운동은 1874년에 시작되어 청일전쟁이 끝나는 1894년에 완전히 국권론에 흡수되어 소멸되는 과정을 밟게 된다고 알려져 있다. 그리고, 실질적으로 흥기(興起)의 분위기가 패퇴로 꺾이게 되는 결정적인 전환점은 1882년부터 1884년 사이였다. 공교롭게도 이 두 해에는 조선에서 각각 임오군란과 갑신정변이 일어난 해이기도 하며, 조선에서 일어난 일련의 정치적 격변이 일본 국내의 자유민권운동가와 정부의 정치동력에 커다란 영향을 미치게 되었다.[8] 토야마 시게키의 설명에 따르면, 조선에서 일어난 임오군란은 조선에 대해 전통적인 지배권을 행사해 왔던 청나라에 대한 일본의 대립의식을 한층 강화시키는 계기가 되었고, 메이지 정부는 이 사건을 십분 이용하여 군비 대확충 계획과 그것을 실행하기 위한 증세 계획을 세웠다. 임오군란을 전후한 시기만 하더라도 일본의 자유민권운동 진영은 국권보다 민권을 더 중시하는 종래의 태도를 바꾸지 않았다. 그러나 2년 후에 일어난 갑신정변에서 일본이 지원했던 개화파의 쿠데타가 실패하고 일본의 세력이 전면적으로 후퇴하

8　토야마 시게키(遠山茂樹), 「삼취인경륜문답의 역사적 배경」, 원래의 게재처는 『中江兆民の世界 '三醉人經綸問答'お讀む』(木下順二·江藤文夫 編, 筑摩書房, 1977). 여기서는 연구공간 '수유+너머' 일본근대사상팀이 번역한 『삼취인경륜문답』의 부록 논문, 158~159면.

는 것이 불가피해지자, 일본 언론들은 중국에 대해 강경책을 취해야 한다고 애국심을 선동하고, 결국에는 이러한 분위기에 자유민권 지도자들도 편승하게 되었다. 1870년대~1880년대에 걸쳐 있는 메이지 10년대는 번벌(藩閥)들을 중심으로 한 정부 주도의 국권론과 서구 자유주의 사상에 기반한 자유주의자들의 민권론이 팽팽한 줄다리기를 했었는데, 1880년대 중반에 이르러서는 더 이상 그러한 상호긴장 관계는 유지되기 어렵게 되고, 국권론이 민권론을 압도하는 형국으로 전환하게 되었던 것이다.

유길준을 비롯한 개화파들의 사상 형성에 많은 영향을 주었던 후쿠자와 유키치(福澤諭吉)나 도쿠토미 소호(德富蘇峰,) 가토오 히로유키(加藤弘之) 등은 하나같이 자유주의 사상가로서 일본 근대화의 무대에 등장한 사람들이었지만, 그들 역시 이 시기를 전후하여 대부분 국권론자로 전향하면서 서구적 근대국가의 모델 대신 천황제국가 일본을 형성하는 데 기여하게 된다.

19세기 말 이후에 전개된 이러한 일본 사상계 및 사회운동의 국가주의화를, 베네딕트 앤더스는 '관주도 민족주의official nationalism'라는 개념을 동원해 설명한다. 원래 이 개념은 시튼-왓슨의 개념으로, 민족과 왕조제국(dynastic empire)의 의도적인 결합 과정을 설명하기 위해 고안된 것이다. 시튼-왓슨은 다중언어를 사용하고 균질적인 구성원으로서의 '민족'을 지니지 못한 동유럽 왕조제국의 정치적 필요(구체적으로는 1820년대 이후에 유럽에서 급격히 확산된 대중민족주의 운동에 대한 반동으로)에 의해 '관주도 민족주의'가 등장한 것이라고 보았는데, 앤더슨은 이러한 민족주의화 모델이 동유럽 이외의 지역, 특히 일본의 국가주의화에도 적용될 수 있다고 보았다. 그는 막말(幕末) 쵸슈와 사츠마의 번벌들이 메이지 정부의 과두정치가로서 권력을 장악한 뒤 군사적 용맹성만으로 정치적 정통성이 자동적으로 보장되지 않는다는 것을

알게 되었고, 미국·영국 등 일본의 지정학적 안전을 위협하는 제국
주의 세력은 1868년 이전과 마찬가지로 여전히 일본의 위협이 되고
있는 상황에서, 국내 정치를 강화하기 위한 목적으로 '관주도 민족주
의' 모델을 선택하게 되었다고 설명한다. 폐번치현(廢藩置縣), 사무라
이 계급의 폐지, 징집제도 도입, 문자보급, 보통선거권의 부여 등, 메
이지 정부가 취한 일련의 근대화정책을 그는 '관주도 민족주의' 프로
그램으로 파악한다.

> 이렇게 순서대로 정연하게 정책을 추진함에 있어서 메이지유신을 일으킨
> 사람들은 반은 우연적인 세 가지 요인들에 의해 도움을 받았다. 첫째, 2세기
> 반에 걸친 고립과 막부에 의한 국내 평정으로 일본인들의 종족문화적
> (ethnocultural) 동질성이 높았다. 큐슈에서 하는 일본어를 혼슈에서 대부분
> 알아들을 수 없었고 에도 및 도쿄 그리고 쿄토와 오사카 사이의 말이 서로 통하
> 는 데도 애로가 있었으나, 반은 한자화된 표의문자 체계가 일본열도에서 오래
> 동안 쓰여왔다. 그 결과 학교와 인쇄물을 통한 대중문자 보급은 쉽게 확산되고
> 별 문제가 없는 것이었다. 둘째, 황실가가 유일하게 고대로부터 있었다는 것
> 이다. (…중략…) 셋째, 야만인들(제국주의 세력을 가리킴—인용자)의 침투
> 가 급격하고 대량적이며 위협적이어서, 정치적으로 의식 있는 대부분의 사람
> 들이 민족이라는 새 용어로 포장된 자기방어의 계획을 지지하게 만들었다.[9]

스즈키 토미는 앤더슨이 일본 근대사의 전개과정에 적극적으로 도
입한 '관주도 민족주의' 개념을 일본 근대문학사의 해석에 연결한다.
스즈키는 특히 일본근대문학의 독특한 개념인 '사소설(私小說)'의 발생

---

9 Anderson, Benedict, *Imagined Communities:Reflections on the Origin and Spread of Nationalism,* 윤형숙 역, 『상상의 공동체—민족주의의 기원과 전파에 대한 성찰』, 나남출판, 2002, 131~132면.

과 기원을 독자적인 방식으로 설명하는데, 그는 '사소설'이 일본 안팎에서 알려진 것처럼 '쓰기'와 관련된 어떤 실체를 가진 형식이 아니라, '읽기'와 관련된 실체없는 형식이라고 주장한다.

> 사소설은 대상 지시적, 주제적, 형식적 특성 등과 같은 그 어떤 객관적인 특성에 의해 정의될 수 있는 장르가 아니다. 그 대신 독자가 해당 텍스트의 작중 인물과 화자 그리고 작자의 동일성을 기대하고 믿는 것이 궁극적으로 그 텍스트를 사소설로 만든다. 사소설은 일종의 읽기 모드로 정의하는 것이 가장 타당하다. [10]

사소설의 형식적 실체를 부정하고, 콘텍스트에 의한 구성물로 이해하는 것은 매우 독특한 관점이다. 이 관점의 연장선에서 그는 '사소설'의 핵심을 이루는 '자기' 또는 '나'에 대한 관심이 일본근대문학사에 본격적으로 등장하는 것은 바로 자유민권운동의 좌절 때문이라고 본다.

1880년대 초반, 메이지 정부는 자유민권운동이 펼친 일종의 '민중적 내셔널리즘'을 국가 주도형의 '공정 내셔널리즘(베네딕트 앤더슨의 용어)'으로 수렴, 회수하기 시작했으며, 헌법을 제정하여(1889년 공포) 모든 국민을 천황 아래에서 평등한 '신민(臣民 subjectus)'으로 법적 규정함으로써 천황의 '신성한' 통치를 근대 국민 국가의 통합을 위해 합법화했다.

이렇게 새로이 규정되고 제한된 '정치적 주체'에 대한 반동으로서, 자립·독립한 윤리적·정신적 주체subjectum로서의 '자기'라는 이념이 1880년대 말부터 1890년대 초에 걸쳐 급속히 부상한다. 이러한 움직임을 조장한 것이 기독교, 특히 프로테스탄티즘의 확산이었다. [11]

---

10 스즈키 토미(鈴木登美), 『語られた自己 − 近代日本の私小說言說』, 한일문학연구회 역, 『이야기된 자기』, 생각의나무, 2004, 31면.

스즈키는 자유민권운동이 좌절되면서(동시에 정치적 자유를 실현할 주체가 국가에 귀속되어버림으로써) 그 대신 정신적 자유를 구현할 주체를 '기독교'에서 찾게 되었다고 설명한다. 기타무라 도코쿠, 시마자키 도손 등 자유민권운동에 고무되었다가 그 좌절을 경험한 후 기독교에 입문한 이들은 다시 기독교와 등지게 되는데, 그것은 이들이 정신의 자유와 독립의 표상으로 새롭게 확보한 '신성한 연애'에 균열이 나타났기 때문이다. 애초에 이들은 정신의 자유와 독립을 '신성한 연애'를 통해 구현할 수 있다고 생각했는데, 이 '신성한 연애'는 '연애의 정신성'에 대한 희구와 끊임없는 육욕(肉慾)의식 사이의 갈등을 낳았고, 기독교에 의해 환기된 이 양극성이 그들에게 기독교 자체를 속박으로 느끼게 만들었던 것이다. 그래서 그들은 1890년대 중반 이후, 기독교에 등을 돌리고, 이교도의 전통, 특히 유럽의 르네상스, 고대 그리스, 고대 로마를 상찬하면서, 진정한 자기를 실현하는 궁극적 수단으로 연애와 예술에 기대의 시선을 던지게 되었다.[12]

나는 스즈키의 이러한 일련의 정식화를 '사소설'의 기원과 발생에 관한 설명의 패러다임으로서보다는, 일본 근대문학사에서 '자유'의 내면화의 한 과정을 짚어낸 것으로서 더욱 중요한 의미를 부여하고 싶다. 역설적으로 표현하자면, 자유민권운동이 좌절되면서 비로소 '자유'의 내면화가 시작되었던 것이다. 그리고 그들이 자유의 내면화를 위해 최초로 '자기'(신분이나 계급, 혹은 민족이나 국가에 귀속되거나 환원되지 않는 순수한 개인주체로서의)를 실험하는 계기를 '연애'로 설정했던 것이다. 물론 이 구분의식은 명료한 경계가 있는 것은 아니었다. 스즈키는 니체의 '개인주의'에 경도되었던 타카야마 초규(高山樗牛)의 예를 들면

11　스즈키 토미, 앞의 책, 71~72면. '공정(公定) 내셔널리즘'은 'official nationalism'의 또 다른 번역어이다. 앤더슨의 『상상의 공동체』의 번역자인 윤형숙 교수는 이것을 '관 주도 민족주의'로 옮겼다.
12　스즈키 토미, 앞의 책, 77~78면.

서, "초규의 '개인주의'와 '본능'의 찬미에서 보이는 것처럼, 이 시기에 대두한 '개인' '자아' '자기'라는 중심 개념은 '국민nation' 또는 민족주의적인 '국민정신notion' 등의 개념과 불가분하게 연결되어 있었으며 그것들과 확실하게 구별되어 있는 것은 아니었다"[13]고 부언했다. 그러한 애매모호함에도 불구하고, 아니 오히려 바로 그러한 경계의 불분명함이 자유주의의 내면화를 겪는 19세기 말~20세기 초반의 일본 근대문학의 진솔한 풍경이며, 이것은 한편으로는 우리 근대문학사에서 자유주의가 걸어갔던 경로와도 부분적으로 겹치는 것이기도 하다.

이런 일련의 과정을 염두에 둔다면, '연애'를 매개로 한 자유주의적 발언의 재개(再開)(나는 이러한 문학적 형식이 자유주의의 내면화 과정인 동시에 또다른 '발언'이라고 본다)는, 자유주의의 퇴보나 위축이 아니라, 자유주의를 둘러싼 콘텍스트의 영향 때문이라고 해석할 수 있다.

4. '자유'의 위계 – 민족과 개인

독립협회의 와해, 그리고 유길준 등의 2차 망명을 전후로 해서 한국에서의 자유주의 첫 세대의 운동은 실패했다. 그러나, 이것은 일본의 경우처럼 정부가 주도하는 '공적 내셔널리즘'에 민권운동이 흡수되는 방식으로서는 아니었다. 이것은 '국권 대 민권'의 대결의 형태를 띠고는 있지만, 일본의 경우처럼 '근대적 국민국가의 국가주의'와 '근대적 자유주의'의 충돌이라기보다는 다분히 '봉건적 왕권 대 근대적 자유주

---

13 스즈키 토미, 앞의 책, 80면.

의'의 충돌이라고 할 수 있다. 대한제국이 이러저러한 근대적 개혁정책을 폈던 것은 사실이지만, 메이지 정부의 역할과 같은 경우는 아니었다. 근대적 개인주의에 기반한 자유주의 운동이 이념적으로 새로운 지평에 봉착한 것은, 일본의 경우처럼 '정부'나 '국가'가 아니라, 제국주의 세력 특히 이웃 일본의 대외팽창 욕구에 위협을 느낀 '애국계몽운동'세력이었다. 이러한 민중 주도의 민족주의는 그동안 민족주의운동의 가장 중요한 위상을 차지해 왔는데, 최근에 이루어진 일련의 연구들[14]에 의하면, 이 시기 애국계몽운동, 특히 그 중심에 서있던 매체인 『대한매일신보』의 '국민' '인민' '민족' 담론의 내용과 성격은 근대적 개인주의에 기반을 두고 있던 '독립협회'의 그것과는 사뭇 다른 양상을 띠고 전개된 것이었다.

정선태는 『대한매일신보』의 논설을 분석하면서, 제국주의에 저항하는 정신적 기점을 확보하기 위해 신문은 '신성하고 위대한 민족'이라는 근대적 신화를 만들어내는 동시에, 국가가 있고서야 개인이 존재할 수 있는 까닭에 새로운 국민이 된(또는 되고자 하는 자) 개인은 국가라는 신성한 제단에 모든 것을 바쳐야 한다고 역설함으로써, 제국주의의 적자생존론과 식민지주의로 나아갈 수밖에 없는 논리적 근거에 기반해 있다고 비판했다.

이처럼 국가라는 숭고한 대상 앞에 선 국민은 자신이 가진 모든 것을 헌납해야 한다. "세계의 각 민족이 눈을 부릅뜨고 국가주의를 주장하며 경쟁을 벌이고 국가 세력을 자랑하고 있는 시대"에 자기만 알고 나라를 모르는

14　개화기 텍스트의 국민국가 담론의 전반적인 검토는 이화여대 한국문화연구원, 『근대계몽기 지식 개념의 수용과 그 변용』을 참조. 『대한매일신보』와 관련해서는 특히 정선태, 「근대계몽기 민족국민 서사의 정치적 시학 – 『대한매일신보』 논설을 중심으로」(영남대학교 인문과학연구소 편, 『인문연구』제50호, 2006)과 이혜진, 「근대계몽기 '민족의 탄생과 '국민'의 거처 – 『대한매일신보』 논설을 중심으로」(같은 책)를 참조.

자들은 나라를 멸망하는 주의를 주장하는 자들이다. "그대의 몸은 곧 국가의 몸이요, 그대의 집은 곧 국가의 집"이다. "나라를 버리고 (해외로) 가는 자는 국가의 마적"이며, "나라를 버리고 가는 자는 곧 나라를 멸망케 하는 죄인"이다. 살 길은 하나밖에 없다. 사사이익을 버리고 "국가의 정신으로 통일 연합하여 동심협력"하는 것이 그것이다. 국권을 위해서라면 민권도 기꺼이 버려야하며, 개인주의를 가진 자는 큰 칼과 넓은 도끼로 그 용렬한 성품을 급급히 끊어버리고 민족주의를 분발해야 한다. 개인주의는 사람을 죽이는 주의이기 때문이다. 이것이 '이십세기 신국민'의 참모습이다.[15]

이혜진 역시 같은 논지로 『대한매일신보』의 담론을 비판하면서 "이것은 국가가 부재한 상황에서 개인의 권익을 대변해 줄 국가의 탄생을 과잉적으로 열망하는 과정에서 생겨난 모순과 갈등의 양상이 포착되는 계몽의 한계이다. 즉 이 문제는 호명된 개인의 주체와 호명하는 사회, 국가 세계 간의 이질적인 힘들이 갈등 없는 봉합에서 발생한 것이라 할 수 있다"[16]고 분석했다. 이런 분석의 시각은 1990년대 중반 이후부터 한 주류적 경향으로 나타난 민족주의 해체 전략에 기반하고 있다. 우리(민족과 국민)가 굳건한 이데올로기적 근간으로 삼아왔던 '민족주의'가 결국은 제국주의 이데올로기의 '베껴쓰기'에 불과했다는 것. 그러나 내가 여기서 강조하고 싶은 것은, '베껴쓰기' 자체보다도, 1900년대 초반에서 1910년대에 이르는 이 시기에도 역시 '자유'의 내면화 과정은 확인하기 힘들다는 것, 그것은 담론의 차원에서만 존재하고, 더구나 계몽의 서사 내부에서는 오히려 '개인의 자유'가 '집단(국가, 민족)의 자유'에 의해 유보되는 방식으로 전개된다는 사실이다. 더

---

15 정선태, 앞의 글, 166면. 인용문 안의 인용 부분은 『대한매일신보』 논설의 구절들이다.
16 이혜진, 앞의 글, 75면.

좁혀 말하면, '유보' 자체도 중요한 것이 아니다. 국가와 개인의 관계, 혹은 민족과 개인의 관계는 어떤 것인가에 관한 근원적인 물음이 『대한매일신보』의 담론 안에 자리를 얻지 못했다는 것, 만약 그 관계에 대한 발본적인 질문이 있고 난 다음에 도달한 '유보'의 결론이라면, 그것은 또 다른 차원의 문제라는 것이다. 왜냐하면, 이후에 등장할 자유주의적 질문은 그 기반 위에서 또다른 모습으로 전개되었을 것이기 때문이다. 결국에 '자유'의 역사적 경험, 그리고 자유주의의 가장 기초가 되는 '개인의 자유'의 경험과 그 과정에서 필연적으로 산출될 '내면화'의 과정은 유보되거나 그 다음으로 이월되는 과정을 밟을 수밖에 없게 됨과 동시에, 근원적인 질문의 기회를 여전히 이후로 떠넘기게 되었다는 점이다.

5. 미해결된 질문의 재귀(再歸) 논리

이광수의 자유주의는 이렇게 긴 역사적·문학사적 우회(그것은 좌절과 실패, 혹은 유보와 이월의 과정이었다)를 거쳐 등장하게 되었다. 지금까지 검토해 온 이광수 자유주의의 전사(前史)는 전부 이광수 자유주의의 형성에 직·간접으로 영향을 끼친 요소들이다. 이광수를 "독립협회"를 중심으로 한 개화파의 적자(嫡子)라고 규정할 수는 없으나, 사상적으로 그 그늘로부터 완전히 벗어나 있다고 보기도 어렵다. 그 가운데에는 물론 도산 안창호가 매개되어 있지만, 도산을 매개로 한 것일지라도 춘원에게는 자유주의 첫 세대의 문제제기와 그 좌절의 경험들이 녹아 있었다. 또한 두 차례의 일본 유학을 통해, 이광수는 명치기

와 대정기 일본문학의 동향을 이해하고 있었다. 비록 그에게 자유민
권운동의 좌절이 일본 문예의 발달 과정에 어떤 영향을 끼쳤는가, 그
리고 조선 근대문학은 그러한 과정과 어느 지점에서 겹치거나 달라지
는가에 대한 분명한 자의식이 없었다고는 해도, 유학을 전후한 시기
의 일본 근대문학을 통해 비로소 근대문학의 현상을 목도했던 것은
틀림없다. 이 외에도, 그가 착목한 '도덕적 개인'은, 자유주의적 개인
주의뿐 아니라, 기독교의 영향, 그리고 좀더 직접적으로는 도산의 영
향 같은 것이 다양한 경로로 작용했음을 짐작할 수 있다.[17]

　이광수와 그의 사상에 관해 가장 광범위한 해석을 시도한 바 있는
김윤식은, 이광수 문학을 관류하는 '연애'를 가장 이광수다운 문학형
식으로 이해한다는 점에서 주목할 만한 견해를 내놓았다.[18] 그러나,
그는 이광수 소설의 연애(더 넓히자면 '혼인'의 문제까지 포함해서)를 자유
주의의 내면화와 관련짓기보다는, 그가 이광수를 해석하는 가장 핵심
적인 그물코인 '고아콤플렉스'로 결부시켜 해석해버림으로써, 자유주
의가 이광수에게 과연 무엇이었는가를 질문할 기회를 스스로 닫아버
리고 만다. 그는 "춘원에게 그 사상은 시류에 맞게 당시 상황에 기민
하게 대처한 것이 아니라 그의 성격에서 기인되고 있다는 사실이야말
로 간과할 수 없다는 점"[19]라고 주장한다. 이런 연장선상에서 이광수
의 '연애'를 이해하는 까닭에 그는 "작자 개인이 고아 의식에서 빚어진
사랑 기갈증(콤플렉스)이 민족적인 고아 의식으로 승화될 때『무정』은

17　이런 점에서 자유주의를 중심으로 한 이광수 사상의 형성과정은 새롭게 조명될 필
　　요가 있다. 이 글은 이것을 다 감당하지는 못한다.
18　김윤식은 이광수의 '사랑' 또는 '연애'의 형식이, 논설에서의 준비론 사상에 대응하
　　는 기제이며, 실제로 그를 소설가로 만드는 중요한 발생론적 원인으로 보았다. "논설
　　에서의 이러한 현상(준비론을 가리킴 – 인용자)과 대응 관계에 놓이는 것이 창작에서
　　의 누이 콤플렉스와 '사랑인가'에서 '윤광호' '방황' '어린 벗에게'로 일관하는 주제
　　인 사랑 기갈 콤플렉스이다." 김윤식,『이광수와 그의 시대 』1, 한길사, 1999, 623면.
19　김윤식, 앞의 책, 228면.

탄생하였고, 따라서 『무정』의 깃발 아래 많은 고아들이 환호하였다"
라고 분석할 수밖에 없었다.[20]

서두에서도 밝혔듯이, 이 글은 '연애자유론'이나 '혼인자유론'으로
귀착한 이광수의 자유주의를 기존의 방식과는 다른 관점에서 검토하
고자 하는 의도를 지니고 있다. 그 점에서, '혼인의 자유'나 '연애의 자
유'와 관련된 이광수 문학의 특유의 형식은 다음 두 가지 면에서 주목
해 볼 필요가 있다.

첫째로, 이러한 주제화는 자유주의 첫 세대의 시도가 실패한 후 다
시 제기된 자유주의적 질문방식이라는 점이다. 발전 경로의 외형적
성격으로만 한정할 때, 이러한 귀결 방식은 자유민권운동의 흥기와
실패를 전후한 일본 근대소설의 진행 과정과 매후 흡사한 양상을 보
여주고 있다. 자유의지를 지닌 근대적 개인은 도대체 어떤 것이며, 어
떻게 가능한가에 대해 일체의 역사적 경험을 지니지 못한 상태에서,
서적과 풍문, 그리고 담론으로써만 그것을 경험한 세대들은 한번은
이 질문에 정면으로 봉착하지 않을 수 없다. 그러한 과정이 없다면,
결국 '자유'나 '근대'를 포함해 모든 사상과 이데올로기는 한낱 관념에
불과한 것으로 그치기 때문이다. 그리고, 관념의 힘으로 그 관념을 체
화한 것으로 위장할 경우에는, 언젠가는 반드시 원래의 자리, 즉 관념
의 방식이 아니라 역사적 시공간 안에서의 경험과 내면화의 과정의
출입구로 되돌아오게 되어 있는 것이다. 이광수가 첫 세대의 자유주
의 운동의 실패 이후 다시 이 문제를 제기했다면(얼마나 성공적으로 그것
을 제기했는가, 그 내면화의 과정은 치열했는가의 문제는 별도로 하더라도), 프롤
레타리아 문학 운동은 1930년대 중반 이후, 그들이 관념 안에서 극복
했다고 생각한 원래의 질문의 자리로 되돌아오는 경험을 같은 형식으

---

[20]　김윤식, 앞의 책, 244면.

로 반복하게 된다. 그들은 다시 질문할 수밖에 없었다. "조선에서 시민계급은 무엇이며, 프롤레타리아 계급은 무엇인가? 그것은 과연 있기나 한 것이었는가? 조선의 프로문학 운동은 어떤 근거 위에서 형성되고 진행되었던가?" 이광수의 소설과 논설은 자유주의를 둘러싼 이런 종류의 질문의 입구에 되돌아 와 있었다. 아니, 어쩌면 자유주의 첫 세대들이 생략하고 넘어간 질문을 그가 가장 최초로 제기하고 있는 것인지도 모른다.[21]

그러면 그 경험은 어떻게 가능한가? 혹은 질문의 범위를 좁히자면 '근대적 개인 주체'는 어떻게 가능한가? 문학은 이 질문을 해결하기 위해 준비된다. 일상 공간 안에서 개인의 자유의 질량(質量)이란 계량적으로 드러나지 않는다. 허구적 주체를 내세워 자유의 억압과 그 저항의 과정을 경험하게 만들 수밖에 없다. 이광수의 자유주의를 검토하면서 새겨 두어야 할 두 번째의 문제가 이것과 관련된다. '내면화'란 분열의 자각에서 비롯된다. 즉 이념과 현실, 혹은 주체와 타자, 그리고 마침내는 주체 내부에 도사리고 있는 균열의 흔적들. 진정한 내면화란 이 분열을 자각하지 않고서는 불가능하며, 그러한 자각의 과정을 거치지 않은 '내면화'란 필시 '가짜 내면화'이거나 불철저한 내면화로 그치게 된다. 그리고, 앞서 말했듯이, 통과한 듯 보였던 원래의 질문 자리로 회귀하게 된다.

---

21 현재의 우리도 이 질문으로부터 자유로울 수 없다. 자유주의의 역사적 경험, 혹은 그 내면화의 과정을 거꾸로 되밟아 재구성하고자 하는 이 글의 논리적 근거 자체도 그것에서 말미암은 것이다.

6. '도덕적 주체'로의 도피 — 균열의 봉합과 재기(再起)되는 질문들

『무정』이 기념비적인 것은, '연애의 자유'와 관련된 개인 주체를 내세우면서, 육욕을 지닌 구체적 개인의 소망과 그 리비도를 통어하는 현실의 질서 사이에 존재하는 균열을 솔직하게 드러내 보여주었다는 점에 있다.

경성학교 영어교사 리형식은 오후 두 시 사년급 영어 시간을 마치고 내려쏘이는 유월 볕에 땀을 흘리면서 안동 김장로의 집으로 간다. 김장로의 딸 선형이가 명년 미국 유학을 가기 위하여 영어를 준비할 차로 리형식을 매일 한 시간씩 가정교사로 고빙하여 오늘 오후 세 시부터 수업을 시작하게 되었음이라. 리형식은 아직 독신이라 남의 여자와 가까이 교제하여 본 적이 없고 이렇게 순결한 청년이 흔히 그러한 모양으로 젊은 여자를 대하면 자연 수줍은 생각이 나서 얼굴이 확확 달며 고개가 저절로 숙여진다. 남자로 생겨나서 이러함이 못생겼다면 못생겼다고도 하려니와 저 여자를 보면 아무러한 핑계를 얻어서라도 가까이 가려하고 말 한 마디라도 하여보려하는 잘 난 사람들 보다는 나으니라. 형식은 여러 가지 생각을 한다. (…중략…) 그러면 입김과 입김이 서로 마주치렸다. 혹 저 편 히사시가미가 내 이마에 스칠 때도 있으렸다. 책상 아래에서 무릎과 무릎이 가만히 마주 닿기도 하렸다. 이렇게 생각하고 형식은 얼굴이 붉어지며 혼자 빙긋 웃었다. 아니아니? 그러다가 만일 마음으로라도 죄를 범하게 되면 어찌하게. 옳다? 될 수 있는 대로 책상에서 멀리 떠나 앉았다 만일 저 편 무릎이 내게 닿거든 깜짝 놀라며 내 무릎을 치우리라. 그러나 내 입에서 무슨 냄새가 나면 여자에게 대하여 실례라 점심 후에는 아직 담배는 아니 먹었건만 하고 손으로 입을 가리우고 입김을 후 내어 불어 본다. 그 입김이 손바닥에 반사되어 코로 들어가면 냄새의 유무를 시험할 수 있음이라. 형식은 아뿔사 내가 어찌하여 이러한 생각을 하는가. 내 마음이 이렇게 약하던가 하면서 두 주먹을 불끈 쥐고 전신에 힘을 주어 이러한 약한 생각을 떼어버리려 하나 가슴 속에는 이상하게 불길이 확확 일어난다.[22]

『무정』의 제일 앞 부분에는 '도덕적 주체'와 '육욕을 가진 주체'가 리형식이라는 한 개인 주체 안에서 서로 분열하며 충돌하는 모습을 흥미롭게 제시하고 있다. 정확하게 말하자면, 이러한 두 개의 주체는 춘원 자신에 내재한 분열의 모습이기도 하다. 또한 근대적 개인은 하늘에서 땅으로 갑자기 떨어지는 것이 아니라, '개인이란 무엇으로 구성되는가?' '개인의 자유는 어디까지 허용되는가?' 라는 질문의 끊임없는 공세를 견뎌내는 동안 가능해질 수 있다. 소설의 주인공과 작가를 동일시해 온 것이 『무정』에 관한 익숙한 오해지만, 리형식은 작가 이광수와 겹치지 않는다. 작가는 리형식 안에 존재하는 분열의 이중성 중에서 하나를 선택하고 나머지 하나를 끊임없이 지워나가는 방식으로 '근대적 개인'을 형성한다. 그리고 그것은 마침내 '도덕적 주체'로 귀결된다. 이 점이 이광수의 한계다. 다시 말하면, 그가 주제로 내세운 '연애의 자유'가, '민족의 자유'나 '인민의 자유'에 비해 위축되거나 '작은 이야기'여서 문제적이라기보다는, 스스로 제기한 '자유주의적 질문'을 끝까지 밀고 나가지 않고, 서둘러 '도덕적 주체'에 위임하는 방식으로 물러 나앉게 되는 것. 그러므로 가까스로 마련한 한국 근대문학에서의 문제적 주인공 '리형식'에 대해 그는 멀찍이 물러나 앉으며 대상화하는 방식으로 그를 처리한다. 그러므로 126장은 사족(蛇足)처럼 불필요하게 덧붙여진 것인 동

---

22 이광수, 『무정』, 35~37면. 이 글이 저본으로 선택한 것은 김철 교주, 『바로 잡은 무정』(문학동네, 2003)이며, 맞춤법과 띄어쓰기, 마침표는 인용자가 현대어법에 맞게 고쳤음을 밝힌다.

시에, 작가인 이광수 자신으로서는 작가가 곧 '리형식'이 아님을 증명하기 위해 동원할 수밖에 없는 '고육지책'으로서의 증거자료인 셈이다. 125장에서도 이러한 '거리두기'가 등장한다.

> "나는 교육가가 될랍니다. 그러고 전문적으로는 생물학을 연구할랍니다." 그러나 듣는 사람 중에는 생물학의 뜻을 아는 자가 없었다. 이렇게 말하는 형식도 물론 생물학이란 참뜻은 알지 못하였다. 다만 자연과학을 중히 여기는 사상과 생물학이 가장 자기의 성미에 맞을 듯하여 그렇게 작정한 것이라. 생물학이 무엇인지도 모르면서 새 문명을 건설하겠다고 자담하는 그네의 신세도 불쌍하고 그네를 믿는 시대도 불쌍하다. (…중략…) "저는 수학을 배울랍니다" 하고 있는 힘을 다하여서 말하였다. 학교에서 수학을 잘 한다고 선생에게 칭찬받던 생각이 난 것이다. 다른 사람들도 수학이 좋은 것인 줄은 알았으나, 수학과 인생에 어떠한 관계가 있는지를 모른다.(강조는 인용자)[23]

이렇게 말하는 서술자는 물론 작가의 목소리를 대변한다. 그는 분열을 자기 것으로 받아들이지 않는다. 작가는 완결된 계몽주체로 서사의 바깥에 위치한 채, 자신이 내세운 허구적 주체들로 하여금 '사이비 자유의 내면화'를 지시하고 있는 셈이다. 이러한 내면화 과정의 불철저성이 더욱 두드러지게 드러난 것이 뒤이어 발표된 『개척자』라고 할 수 있다. 이 소설에서 가장 문제적인 인물은 '전경(全敬)'과 '성순'이다. 전경의 내력은 1900년대 초반 애국계몽운동가를 짐작하게 만들기도 하고, 다른 한 편으로는 19세기 말 개화파를 연상하게도 한다. 그러나 중요한 것은, 그 모델이 어느 노선이었던가 하는 것보다도, 우선 그는 미치광이로 묘사되고 있다는 점이며, 무엇보다도 그는 스스로가

---

23 이광수, 『무정』, 앞의 책, 712면.

하는 일의 목적을 '모른다'는 점에 있다.

"본래 어느 학교 출신인가요?"

"이전에 일진회에서 세운 광무학교라는 학교가 있었습니다. 어떻게 되어서 들어갔던지 일진회원이 되어 가지고는 그 학교에 다녔지요. 전군이야 말로 참 늙은 개화군이지요."

"그러면 나이 많게?"

"지금은 서른 하나인가 그렇지요."

"그런데 아직 혼인도 아니하고?"

"혼인할 새가 있나요. 불사가인생업(不事家人生業)하고 지사(志士)랍시고 돌아다니면서 ……"

"아, 교사 된 뒤에도 혼인을 아니 해요?"

"한 달에 십 오원 받아 가지고 혼인을 어떻게 하오? 그뿐더러 선생은 자기의 목적한 일을 성공하기까지는 집도 아니 이루고 혼인도 아니한다고 그러지요."

"그 목적이란 무엇이야요?"

"무엇인지도 모르지. 그래도 무슨 목적이 있노라고 그러지요. 무엇이 목적이냐고 물으면 이렇게 대답하지요―내 목적을 이루는 날까지 말하지 못할 것이라고. 그러면 언제나 성공할 듯 하오? 하고 물으면 성공할 날은 모르지요. 성공할 날이 없겠지요, 하고 대답하지요. 성공할 날은 없겠지마는 그 목적을 버릴 수는 없다고 그러지요."

"아따 그게 무슨 목적이야요."하고 민은 이상한 듯이 웃는다.[24]

이 때의 '모른다'는 것은 이중적인 의미를 지닌다. 그것은 문맥상

'알지 못 한다'의 의미라기보다는, 성재의 시각(이자 작가의 시각)에서 볼때 전경은 시대착오자(anachronist)여서 결코 '자신의 시대'가 다시 도래하지 못한다는 것을 뜻하기도 하면서, 전경의 꿈이 너무 원대하고 요원한 것이어서 결코 '이루어질 수 없다'는 뜻을 내포하기도 한다. 그러나, 그 어느 쪽으로 해석하더라도, 춘원은 1900년대 초반의 자유주의운동이나 국권론(애국계몽운동)을 대상화하고 있음은 분명하다. 그렇다면, 이 시대착오의 다음 세대, 즉 성순은 어떠한가?

> 그 때까지 성순은 어떤 전제 왕국의 일신민에 불과하였으나, 그때부터 성순은 이미 지존의 여왕이다. 만사를 자기의 지혜대로 정의대로 처결하여야 할 군주다. 그러니까 그는 분명히 자기의 사상과 목적을 검사하여 볼 필요가 있다. 성순의 상상의 눈앞에 민을 세워야 한다. (…중략…)
>
> 자기를 위한다 함은 자기로서 대표하는 신시대를 위함이니, 장래에 무한히 길 신시대와 무한히 번창할 자손은 부모보다도 중하다. 아니 모든 과거를 온통 모아 놓는 것보다도 중하다. 자녀를 부모의 소유로 아는 도덕은 결코 신시대에 깨칠 것이 못된다. 민의 말과 같이 우리는 부모 중심, 과거 중심이던 구시대의 대신에 자녀 중심, 장래 중심의 신시대를 세워야 한다. 그리하려면 우리는 우선 구시대를 깨뜨려야 하고, 깨뜨리려면 깨뜨리는 사람들이 있어야 하고, 깨뜨리는 사람들이 있으려면 맨 처음 깨뜨리는 사람이 있어야 한다. 민의 말과 같이 우리가 그 첫 사람이 되어야 할 것이다. 큰 전쟁의 첫 탄환이 되고 첫 희생이 되어야 할 것이다.[25]

그러므로, 성순은 춘원이 설정한 '자유연애'의 당위를 자각한 여성 전사이자, 일종의 리트머스 시험지와 같은 역할을 한다. '개척자'라는

---

25 이광수, 「개척자」, 앞의 책, 260~261면.

소설의 제목도 이러한 성순의 의지와 결단으로부터 비롯된 것일 터이다. 그러나, 『무정』에서 형식 등의 청년들을 대상화하는 '완결된 계몽 주체'가 배후에 숨어 있듯이, 「개척자」에서도 역시 '성순'은 '전경'이 그러한 것과 마찬가지로, 자신이 스스로 선택한 '연애의 자유'가 무엇에 의한 것인지 '모르는 채' 자살에 이르고 만다.

"성순씨 —" 하고 불렀다. "네." "확실히 성순씨가 여기 계시지요. 이것이 (하고 한번 몸을 흔들며) 확실히 성순씨지요?" "네." "네, 성순씨지요?" "네." "어찌해서?" "몰라요!" "모르셔요?" "몰라요!" 양인은 웃었다.

"성순씨 —" "네." "왜 저를 사랑하세요. 무엇을 보고, 무엇을 취해서 사랑하세요?"

"……" "네, 제게서 무엇을 취하십니까. 저는 재산도 없고, 명예도 없고, 재주도 없고, 게다가 용기도 없고, 아무 경륜도 없고 한데 …… 암만해도 성순씨가 저를 잘못 보셨지요. 네? 왜 저를 사랑하세요?" "몰라요!" "몰라?" "몰라요!" "그러면 왜 사랑하는지 이유도 모르고 사랑을 하세요? 이유도 모르고 일생을 허하셨어요?" "제가 바가(馬鹿)인가 보지요?" "왜?" "그 이유도 모르니까."[26]

이러한 불철저한 내면화 과정은, '연애의 자유'와 '도덕적 주체'라는 두 개의 양립하기 어려운 테제가 이광수의 자유주의를 동시에 떠받치고 있기 때문에 나타났다. 더구나, 이광수는 아직도 이 두 테제가 '국가'나 '민족'이라는 다른 주체와 분명하게 나누어진다는 자각에도 이르지 못했다. 그러므로 결국에 자유주의 첫 세대가 실패했던 '근대적 개인의 형성'이나 그 내면화가 이광수에 이르러서도 다시 한번 실패

---

26 이광수, 「개척자」, 앞의 책, 273면.

하게 되고 만 셈이다. '연애의 자유'는 '도덕적 주체'와 '육욕을 가진 주체'가 충돌하는 과정을 끈질기게 추적함으로써, 비로소 내면화의 한 계기를 확보하는 것인데, 그는 서둘러 '도덕적 주체'로 선회하면서 '육욕을 가진 주체'를 부정했던 것이다. 그러면서도 '연애의 자유'가 지니는 '자유주의적 가치'나 '신성성'은 포기하려고 하지 않았다. 나아가서는 이러한 '도덕적 주체'들이 모여서 이룬 세계가 곧 '아름다운 근대 세계이자 근대 조선'을 이룩할 수 있을 것이라고 생각했다. 이 불철저한 과정은, 곧 문학사적 반동을 낳거니와, 그 반동의 한 축을 담당했던 것이 바로 김동인이었다. 그러므로, 정리하건대, 김동인은 자유주의 첫 세대로부터 치자면, 세 번째로 다시 이 물음을 문학사에 제출하는 역할을 떠맡게 되었던 것이다. 그리고, 그 다음에 프로문학의 질문이 놓인다. 자유주의를 둘러싼 이 내면화의 과정은, 사상사와 문학사에서 다시 진지하게 질문되어야 할 문제가 아닐 수 없다.

유다적인 것, 혹은 자기성찰로서의 비평

김남천론

1. 맑스, 스캔들, 그리고 김남천

영국 저널리스트 프랜시스 윈(Francis Wheen)이 쓴 『마르크스평전』(정영목 역, 푸른숲, 2001)은 1980년대 이후 소개되기 시작한 맑스 전기 중에서도 그의 개인적인 결함과 추문(醜聞) 같은 것을 비교적 솔직하게 밝혀 놓고 있어 무척 흥미로운 책이었다. 번역된 맑스 평전류 중에서 내가 가장 먼저 읽었던 것은 80년대 중반에 아이제이어 벌린(물론 번역서에는 성경의 관습을 따라 '이사야 벌린'이라고 표기되어 있었다)이 쓴 것이었는데, 역설적인 것은 당시 전두환 정부가 금기사항이었던 사회주의 사상 서적의 출판을 부분허용하면서 나오게 된 이 책이 실상은 맑스에 대해 대단히 비판적인 책이었다는 사실이다. 이런 비판적 전기가 아니라 그야말로 사회주의권에서 나온 공식(?) 전기들이 그 이후 몇 종류가 더 나왔었고, 내 독서의 기억은 구(舊) 동독의 하인리히 겜코브가 쓴 『두 사람―마르크스·엥겔스 공동전기』에서 멈춘다. 구(舊)소련이나 동독에서 나온 전기들은, 앞의 『두 사람』까지를 포함해서 지나치게 이론적인 데다가, 맑스의 생애를 당시의 유럽 정세나 혁명운동의 전개과정에만 연결시켜 서술하고 있는 탓에 무척 건조하고 딱딱한 느낌을 준다.

그러나 프랜시스 윈은 맑스의 공식적인 업적 외에도, 대담할 정도로 맑스와 엥겔스의 사생활의 이면들, 그리고 반공주의자나 반맑스주의자들의 입장에서는 쾌재를 부를 만한 그들의 개인적인 치부(恥部)와 약점도 자세히 서술해 놓았다. 이를테면, 맑스는 키도 작고 땅딸한데다 피부가 까무잡잡해 늘 '무어'(유럽인들이 북아프리카인을 얕잡아 부를 때 쓰는 말)라는 별명으로 불렸다는 것, 그래서 맑스는 외모에 대해 상당히 심각한 콤플렉스를 지니고 있었다는 것. 그는 또 질투와 승부욕이 너무 강해 체스에 지면 자신이 이길 때까지 몇날 며칠이고 상대에게 장기를 계속 두기를 고집했다거나, 자기를 헐뜯는 사람(혹은 글)을 접하면 아무리 급하고 중요한 일이 있어도, 그것을 반박하는 데 온 힘을 소진하는 다혈질이었다는 것.

그러나 이런 문제점도 그가 지닌 호사벽(豪奢癖)에 비하면 오히려 가볍다는 느낌이 들 정도다. 맑스는 10대 후반에 아버지와 의절한 후 단 한번도 생활이 넉넉한 적이 없이 늘 가난에 쪼들렸는데, 그런 와중에도 틈틈이 목돈을 손에 쥐게 되면, 분수에 맞지 않게 큰집으로 옮기고 턱없이 비싼 가구를 사거나, 식구들과 호화스런 여행을 하면서 삽시간에 그 돈을 다 탕진해버리곤 했다는 것이다. 프랜시스는 맑스의 가난, 특히 런던 시절 그의 궁핍은 수입이 적어서가 아니라, 규모 있는 살림을 살지 않았던 것이 근본 이유라고 보고 있다. "그는 가난하지만 지체 높은 사람들로 이루어진 계급에 속해 있었다. 그는 품위 있는 겉모습을 유지하기를 간절히 바랐으며, 부르주아적인 습관들을 버리고 싶어하지 않았다"라고 프랜시스는 쓰고 있다.

하지만, 가장 강력한 것은 역시 섹스 스캔들이다. 프랜시스는 엥겔스가 바람둥이였다는 사실을 숨기지 않는 한편, 동거녀 메리 번즈의 여동생인 리지 번즈와도 연인 관계를 유지하면서 한 집에 더불어 살았음을 암시한다. 일종의 일부이처(一夫二妻) 형태였다는 것이다. 이런 스캔들의 대미는 역시 맑스가 장식하는데, 프랜시스는 여러 문서적 증거와 정황을 들면서, 맑스가 그의 하인인 헬레네 렌헨 데무트를 임신시켜 사생아를 낳았으며, 이 아이는 "소식이 새어 나갈 경우, 마르크스의 적들에게 치명적인 무기를 쥐어주는 꼴이 될 수 있다고 판단, 그래서 공산주의의 대의라는 더 큰 선(善)을 위한 최초의, 동시에 대단히 성공적인 은폐 작전"(238면)으로 감추어지게 된다. 사생아 프레데릭을 수습해서 키웠던 것은 맑스의 평생 반려자였던 엥겔스였다. 덕분에 모든 사람들은 프레데릭이 엥겔스의 아들인 줄 알고 있었다.

　여기까지 읽고, 혹시 아직 이 책을 읽지 않았을 독자들이 프랜시스 윈의 『마르크스평전』에 대해 가질지도 모를 오해를 막기 위해 그가 어떤 의도에서 이런 개인적 치부와 스캔들마저도 과감히 밝히고 있는가를 확인할 필요가 있다.

　물론 저자의 의도는 결코 그런 치부와 추문을 중심으로 맑스의 생애를 재구성하는 데 있지 않다. 오히려 그 반대다. 그러나, 그는 냉전 시대에 반공주의자들에 의해 무수히 창작된 맑스 전기들, 그를 모든 '악'의 근원으로 묘사하는 그 책들과, 거꾸로 사회주의권에서 쏟아져 나온, 이번에는 그를 '메시아'나 '신'으로 격상시키는 모든 종류의 '영웅신화'에 대해 똑같은 강도로 비판하고 있다. 프랜시스는 말한다.

　카를 마르크스는 철학자, 역사가, 경제학자, 언어학자, 문학비평가, 혁명가였다. 그는 그런저런 '직업'을 갖지는 않았지만 비범한 일꾼이었다. 그가 쓴 글은 생전에는 거의 발표되지 않았지만, 다 모으면 50권이 된다. 그러나 그의 적도 그의 제자도 인정하지 않으려 하는 것, 그럼에도 그의 모든 자질 가운데도 가장 분명하면서도 가장 놀라운 것이 한 가지 있다. 이 신화적인 괴물이자 성자가 인간이었다는 사실이다. (11면)

나는 맑스주의 문헌가도, 그의 전기적 사실에 관한 전문가도 아니어서, 프랜시스의 평전이 맑스 전기에서 어느 정도의 가치와 위상을 차지하는지 정확히 가늠할 수가 없다. 그러나 한 가지 분명한 것은, 맑스의 영광과 치부를 함께 다루고 있는 이 책이, 그의 '결함'만을 또는 '영광'만을 다룬 책보다도 맑스를 한결 균형 있게 이해하도록 이끈다는 점이며, 종국에는 그의 '위대성'을 훨씬 더 또렷이 각인시켜준다는 사실이다. 이 책을 읽은 대부분의 독자들도 나와 비슷하리라 짐작한다. 문제는, 개인적 결함과 치부라는 '프리즘'을 통과하는 방식이다. 이를테면, 그가 지닌 수많은 인간적 결함과 치부와 추문들을 대면하면서 '그럼에도 불구하고' 맑스의 위대성은 훼손되지 않는다는 것인가, 아니면 '그러므로' 맑스는 위대하다는 것인가. 수많은 위인전에 양념처럼 삽입되어 있는 대부분의 '인간적 결함'들은, 독자들로 하여금 '그럼에도 불구하고' 그 위인의 위대성을 '재발견'하도록 구성되어 있다. 어쩌면 프랜시스조차, 인간 맑스를 재조명하면서 설치한 자신의 '프리즘'이 '그럼에도 불구하고'라는 장치로 기능하기를 의도했는지도 모른다.

'그러므로'와 '그럼에도 불구하고'는 얼핏 말장난 같아 보이기도 하고, 별반 차이가 없는 것처럼 느껴지기도 하지만, 실제로는 그 둘 사이에 '건널 수 없는 강'이 존재한다. 부르주아적 구습을 버리지 못한 낭비벽에, 하인을 임신시키고 사생아를 낳아 친구에게 떠맡겨버리는 무책임성과 부도덕함에도 '불구하고' 맑스가 『자본』을 쓴 위대한 사람이라고 한다면, 이 때의 '불구하고'는 반대의 논리에도 똑같이 적용된다. 예컨대, 『자본』이라는 저술을 남기고 전세계 노동자들의 해방을 위해 투쟁한 위대한 사람이라고 알려졌음에도 '불구하고' 맑스 자신은 부르주아적 구습을 버리지 못한 낭비벽에, 하인을 임신시키고 사생아를 낳아 친구에게 떠맡겨버리는 무책임성과 부도덕함의 소유자였을 뿐이라는 것.

그러나 '그러므로'의 경우는 다르다. 어느 하나의 성격이 다른 하나의 성격에 종속되거나, 혹은 그것을 부정하는 근거로 작용하는 것이 아니라, 그 둘이 분리할 수 없는, 한 '인간'의 고유성 속에 통일된다. 즉, '맑스는 자신의 출신계급인 부르주아적 구습을 완전히 떨어내지 못했고, 하인을 임신시켜 사생아를 낳는 무책임한 인간이기도 하면서, 동시에 『자본』을 쓰고 노동자의 해방을 위해 투쟁했다'가 된다. '그러므로' 그가 위대했다고 인식하는 것은, 이 두 가지가 서로 배리(背理) 관계에 있지 않음을 확신해야 가능해진다. 어쩌면 '위대성'의 연원(淵源)은 어떤 행위의 '결과'가 아니라, 그것들끼리의 상호 길항과 충돌을 견디고 감내하는 '과정' 그 자체일는지도 모른다. 따라서 '그럼에도 불구하고'와 '그러므로'는 마침내 '인간'을 이해하고 인식하는 '방법'이자 '세계관'으로 이어진다. '그럼에도 불구하고'가 어떤 상황과 형편에서도 통용되는 '선험적이면서도 보편적인 윤리'에 기초해 있다면, '그러므로'의 세계관은 거기에 이르려는 인간의 '고투의 과정'에 주목한다.

따라서, 프랜시스 윈이 재구성한 '맑스'를 읽으면서, 시종일관 김남천이 떠올랐던 것은 우연한 일이 아니다. 그야말로 바로 '그러므로'의 방식으로 인간과 세계를 이해하려고 고투했던 근대 지성이었기 때문이다. 만약 살아서 무수한 맑스 전기들을 읽을 수 있었다면, 그는 단연 프랜시스 윈의 '맑스'에 가장 높은 점수를 주었을 것이다. '맑스가 자신의 출신계급인 부르주아적 구습을 완전히 떨어내지 못했고, 하인을 임신시켜 사생아를 낳는 무책임한 인간이기도 하면서, 동시에 『자본』을 쓰고 노동자의 해방을 위해 투쟁했다. 그러므로 그는 위대하다'고 평가할 비평가가 바로 '김남천'이기 때문이다.

2. 비평사와 김남천

　김남천은 1930년대의 일급 비평가로 간주되고 있지만, 정작 그의 이론이 얼마나 제대로 이해되고 있었던가를 묻는다면 대답은 회의적일 수밖에 없다. 주류 비평가의 범주에 포함되는가의 문제와, 비평적 의제나 논리가 얼마나 충실하게 이해되고 있는가의 문제는 별개이기 때문이다. 그의 글들은 자신이 제출한 비평적 의제가 작가와 비평가들에 의해 오해되고 있음을 안타까워하면서, 그것을 해명하는 데 대부분을 할애하고 있다.

　문학사의 요청에 의해 그가 다시 '무대'에 등장하게 된 1980년대 중반 이후도 '오해의 관행'이 크게 개선되었던 것 같지 않다. 김남천은 1980년대 중반 이후 두 번 문학사에 다시 등장한다. 한번은 '복원의 텍스트'로, 또 한번은 '학습의 대상'으로. 그러나 엄밀하게 말하면, 이 두 가지 모습의 등장은 거의 동시에 이루어졌다고 보는 것이 옳다. '복원'의 필요성은 '학습의 대상'이라는 관점에 의해 역사적 정당성을 얻고 있었기 때문이다. '학습의 대상'이라는 것은 곧 '적용 가능성'을 의미한다. 그러므로, 그 당시는 역사의 먼지를 떨어내어 '원형'을 '복원'하는 작업을 하면서 동시에 '학습'했고, '학습'한 결과를 다시 현실의 '문학'에 '적용'하는, 일사불란한 '원스톱 시스템'에 의해 비평사의 연구가 진행되고 있었다(그리고 이것이 당시에 대학원에서 프로문학을 연구하던 젊은 연구자들이 앞서 프로문학을 연구했던 김윤식 등의 선행연구자들과 자신들을 구별짓는 가장 큰 특징이기도 했다. 즉 자신들은 변혁운동의 일환으로 연구를 진행하고 있다는 자의식이었다). 그러므로 비평사의 해석은 현재진행중인 노선투쟁의 연장선상에서 이루어지고 있었으며, 따라서 '비평사' 연구는 필경 '사상투쟁'의 형태를 띨 수밖에 없었다.

　만약, '복원'으로서의 '연구'와, '학습 및 적용'이라는 현실적 필요성 사이에 일정한 '시차(時差)'가 존재할 수 있었더라면, 그래서, '변혁운동의 동시성'이라는 요청에서 조금만 더 거리를 유지할 수 있었더라면, 김남천은 달리 해석될 여지가 컸고, 그만큼 '오해의 관행'에서 벗어날 수 있는 가능성도 컸을 것이다. 그러나 1980년대 중반부터 1990년대 초두까지는 워낙 한국 변혁운동의 추동력이 강했고, 이 동력은 비평사의 연구를 강하게 압박해 들어왔다. 누구의 이론이 현재진행중인 변혁운동(의 부문운동인 문학운동)에 '젖줄'이 되어 충분한 영양을 공급할 것인가가 초미의 관심사였던 까닭에, 김남천은 '복원'과 동시에 '소외'되었다. 이를테면, 1990년대 초반 이른바 '리얼리즘 논쟁'이 전개되던 무렵, 김남천의 리얼리즘론에 이론적으로 기대고 있던 최유찬의 '비판적 리얼리즘론'은 거의 평단의 관심을 끌지 못했다.

　공교로운 것은, 한국 근대비평사에서 이른바 '프로비평'이 이론적 충실성을 갖추게 되었던 1930년대 후반이 '혁명운동'의 침체기였다는 사실이다. 그러므로, '프로비평'의 이론적 진정성은 왜 '프로문학이 실패할 수밖에 없었던가'를 따지는 데서 비롯된 것이었다. 그러나, '복원'과 '학습'이 동시에 이루어지던 1980년대 중후반은 일종의 변혁운동의 '고양기'로, 엄밀하게 말하면 30년대 프로비평의 이론적 입지와 서로 어긋나는 것이었다. 물론, '고양기'에 '실패의 역사'를 반추함으로써, '부자 몸 조심 하듯이' '고양기'에 발생할 수 있는 오류를 사전에 차단하고 역사로부터 '긍정적인 합리적 핵심'만을 선택적으로 간취한다는 것이 전혀 불가능한 노릇만은 아닌 것이지만, 실제상황은 전혀 그렇지가 않았다. '변혁운동'의 '고양기'가 절정을 넘어서면서, 그 변혁운동의 부문운동이었던 '민족문학운동' 역시 급격한 쇠락의 길을 밟기 시작했다. 이 문학사의 반동(反動)에 이른바 "90년대의 문학'이 자리잡고 있다는 것은 불문가지의 명확한 사실이다.

　역사에 똑같은 반복은 없는 것이지만, 맥락의 유사성에 비추어 볼 때, 정작 1930년대의 프로비평에 대한 천착이 이루어져야 할 시점은 변혁운동의 고양기였던 1980년대 중후반이 아니라, 바로 1990년대 이후여야 옳을 것이다. 그리고 바로 이 지점이야말로, '실패한 프로문학'의 '실패의 원인'을 아주 독특한 방식으로 진단해 나갔던 '김남천'의 가치가 새롭게 해석될 수 있는 지점이기도 하다. 그러나, 현실은 정반대의 상황이 벌어졌다. '실패의 진단과 처방'으로 점철되었던 30년대의 프로비평을 변혁운동의 '고양기'에 열심히 복원하고 학습하던 (나를 포함한) 그 수많은 연구자와 비평가들은, 정작 그 '진단과 처방'이 다시 '역사의 거울'로서 절실히 필요해질 무렵, '프로문학 연구'에서 손을 놓아버렸다. 이 '손을 놓아버렸다'는 표현은 단순히 연구자나 논문의 숫자만을 뜻하는 것은 아니다. '프로문학 연구와 비평'이 일종의 붐(boom)으로 존재하던 무렵의 '생동감', 예컨대 죽은 사체를 해부하는 것이 아니라 살아있는 몸을 만지고 숨결을 호흡하는 듯한, 그러한 '생동감'으로서의 '텍스트'로 더 이상 기능하지 않는다는 차원에서의 '퇴조'를 의미한다. 이제 그것은 한낱 '역사의 유물'로서, 문학사의 박물관 한 구석에 덩그러니 놓여 있을 뿐이다. 이러한 작금의 상황에서 김남천을 다시 이야기한다는 것은 어떤 '현재성'을 확보하는 것일까.

3. 유다적인 것과 문학

　김남천이 비평계에서 자신만의 고유한 목소리를 내기 시작한 것은 이른바 '「물」·「서화」 논쟁'을 통해서였다. 그 이후 그는 '고발문학론'

'풍속론' '모랄론' '관찰문학론' 등을 평단에 제출하면서 자신의 문제의식을 심화시켜 나갔다. 1930년대 당대나 지금이나, 그의 논리를 피상적으로 이해하는 많은 사람들은, 그토록 자주 비평적 의제와 내용을 바꾸는 사람에게서 어떤 이론적 진정성을 확보할 수 있겠느냐고 반문하지만, 그가 표제로 내세운 개별 주제들은 각각 따로 떨어져 있는 것이 아니라, 이른바 '「물」 논쟁' 이후 그의 세계관과 문학관을 관류하는 한결같은 문제의식에 뿌리를 두고 있다. 물론 이 때의 '한결같음'이 그의 이론이 처음부터 끝까지 흐트러짐 없는 일관성과 체계성에 의해 구성되었음을 뜻하지는 않는다. 그의 글에는, 누구나 그러하듯이 부분적인 논리적 결락이 존재하며, 반대로 어떤 글에서는 그 자신조차 의도하지 않은, 그러나 중요한 이론적 단초들을 내장한 경우도 있다. 이 짧은 글을 통해 '고발문학론' 이후부터 전개된 김남천 비평의 전체 얼개를 개관하고 그 논리적 정합성을 검토한다는 것은 불가능할 뿐만 아니라 불필요한 일이다. 김남천 비평의 전체적 개관이 불가능한 가운데서도, 그의 비평이 지닌 합리적 핵심을 추출해야 하는 어려움, 그것이 이 글이 지닌 딜레마다.

　김남천이 누구인가 하는 질문부터 에둘러 가보자. 그의 프로필을 재구성하되 '김남천 식(式)'으로 쓰자면 이렇게 된다. 그는 술은 잘 마시지만 담배는 전혀 피울 줄 몰랐다. 그의 표현을 빌리자면 '담배 맛을 모른다.' 술 먹은 뒤는 이틀 정도 운신을 못할 정도로 숙취에 시달린다. 술에 취하면 곧잘 '배뱅이 타령'을 즐겨 부른다. 사별한 첫 아내와는 동성동본이었다. 그래서 집안의 반대가 심했다. 남천이 사랑한 그 첫 아내는 어린 두 딸을 두고 이십 대 초반에 세상을 뜬다. 어린 두 딸은 각각 본가와 외가에서 떨어져 길러진다. 기차를 타기보다는 버스를 더 좋아했다. 이유는 기차가 너무 느리기 때문이란다. 성격이 좀 급했던 것 모양이다. 평양 나들이를(그는 평양과 가까운 '성천' 출신이다) 할 때 그가 가장 즐겼던 것은 '날파람' 구경이다. '날파람'이란 평양 시가지에서 벌어지는 일종의 동네 패싸움 같은 것이다. 그는 날이 갈수록 이 '날파람' 구경이 점점 힘들어지는 것을 몹시 안타까워한다. 마치 이태준이 「패강랭」에서 '평양 여인네의 머릿수건'이 점차 사라지는 것을 안타까워하듯이. 나이로나 경력으로나 '문단말석(文壇末席)'이라는 자의식이 매우 강했다. 같은 카프출신 문인들 중에서도 이기영이나 한설야보다 한참 어렸고, 그들보다는 동년배라고 할 만한 임화에 대해서도 여러 면에서 자신이 부족하다는 자의식이 강했다.

학력과 사회적 경력 같은 '제도적 삶'이 아니라, 이렇게 주관적이면서도 사소한 개성을 중심으로 재구성하는 방식을 굳이 '김남천 식'이라고 한 데는 나름의 이유가 있다. 바로 이런 인물 묘사가 그가 즐겨 구사하는 방식(소설이 아니라 바로 비평에서)이었던 까닭이다.

동지 임화―그러나 나는 여기에서 보성고보의 학모에 반들반들하게 면도를 하고 휘파람을 불며 다니던 어린 시절의 임인식(林仁植)에 대하여 또 다다이스트적 시작(詩作)에 대하여 그리고 또한 비상히 애매한 미술적 이론을 가지고 심모(沈某)와 논쟁을 하던 그 시절에 대하여 하등의 논술을 가지게 되지 못할 뿐 아니라 「유랑(流浪)」, 「혼가(昏街)」 속의 미남 임화(林華)에 관하여서도 그리고 또한 윤기정, 한설야 등등과 같이 영화 이론의 정당한 이해를 위하여 싸우던 그 시대에 대하여서도 풍부한 논술을 가지게 되지 못할 것이다.

물론 예술운동의 한 개의 중요한 병사로서의 임화······ 더욱 나아가서는 '카프'의 최고의 참모부대의 한 사람인 임화를 논술하는 마당에서 그가 사업과 일을 통하여 예술운동을 전진시키고 동시에 여하히 하며 자기 자신을 완성에로 이끌고 갔는가 하는 그 '왜글찌글'한 전진의 과정에 대하여 정당한 논술을 갖는 것은 아껴서는 안 될 노력이라고 생각한다. 그러나 미완적(未完

的)인 이 수감(隨感)에서는 이러한 모든 것까지도 생략되지 않을 수 없다.

나는 그가 몸맵시를 내며 소격동(昭格洞)을 넘나들던 그의 중학시대를 모르고 있으며 그가 쓴 다다시, 미술론 그리고 스크린 속의 그의 얼굴까지를 한번도 본 적이 없는 것이다.

오직 임화와 내가 한 대오(隊伍) 속에서 굴러가게 된 1929년으로부터 그의 이야기를 써나가는 것이 가장 적당치 않을까 생각한다.(「임화에 관하여」, 『조선일보』, 1933.7.22)

'모르고 있고' '본 적도 없는 것'을 이토록 자세히 묘사하는 이유는 무엇일까. '잘 알지 못하고' '잘 쓸 수 없다'고 엄살을 부리면서도, 정작 우리는 위 글에서 임화에 관한 육화(肉化)된 정보들을 먼저 얻는다. 즉, 남천은 프로문학 논객 임화를 묘사하기 전에, 프로문학 전사(戰士) 이전의 임화를 겹쳐 놓고 싶었던 것이다. 그 덕분에 임화가 얼마나 날카로운 정론(政論)비평을 구사하는 프로문단의 논객이었는가 하는 사실이, 옷맵시에 몹시 신경을 쓰며 다다이스트를 자처하던 중학시절의 임화와 동시에 겹쳐진다. 중요한 것은, 후자가 전자를 올라타는 형국, 즉 아무리 그래봤자 멋 부리기 좋아하는 얼치기 다다이스트에 불과하다는 인식, 또는 전자가 후자의 철저한 부정 위에서 성립하는 방식, 즉 그런 어설픈 소년시대를 극복하고 냉철하고 전투적인 프로문사로 거듭나게 되었다는 인식이 아니라, 과거가 현재에 포개어져 있음을 인정하는 방식으로서의 묘사의 가치에 주목하는 것이다.

이것은 일종의 '탈신비화' 전략인 동시에 '자기애(自己愛)적 미망'에 대한 경계심리의 작동이다. 반짝이는 학모를 쓰고 깨끗이 면도한 얼굴에 휘파람을 불며 소격동을 넘나들던 중학시절의 임화를 '지금'의 임화와 겹쳐 놓음으로써, '지금'의 임화가 지닌 불완전성을 환기하는 것, 그와 동시에 성스러운 대의(大義)에도 불구하고 기왕의 '프로문학

운동'이 밟아온 전철(前轍)의 오류를 외압이나 객관적 조건의 악화가 아니라, 철저히 그 내부로부터 적발해 내고자 하는 의지. 요컨대 그가 '고발문학론'으로부터 '장편소설개조론'으로까지 시종일관했던 '원리'이자 '방법'은 바로 여기서부터 출발하고 있었다고 할 수 있다.

단언하건대, 근대문학의 등장 이후 '문학운동'을 주도했던 수많은 '주체'들 가운데, 김남천만큼 '주체'로서의 불완전성에 대한 비판적 성찰을 시도한 '주체'를 만나본 적이 없다. 스스로 '주체'이고자 하면서도, '주체'로서의 '불완전성'을 깨닫는 과정을 통해 비로소 온전한 '주체'가 될 수 있음을 역설한 비평가가 바로 그였다. 이것은 일종의 '형용모순'이자 역설이다. 왜냐하면, 모든 '주체'는 그것이 개인이든 계급이든, 세대든, 혹은 단체든 간에, 투쟁하고 있는 '타자'보다도 '우위'에 있음을 과시하고 그를 통한 '인정투쟁'에 승리함으로써, 비로소 새로운 '주체'로 탄생하게 되기 때문이다. '이광수'가 그러했고, '카프'가 그러했고, '김동리'가 그러했고, '4·19세대'가 그러했음을, 우리는 근대문학사를 통해 익히 보고 확인해 온 바 있다. 그러므로, 당대에 김남천의 이러한 논리가 흔연히 이해되고 수용되기 어려웠으리란 것도 짐작하기 어렵지 않다.

'주체'의 자기완결성에 대한 회의와 의심이라는 김남천 특유의 방법적 인식은, 소박한 '윤리적 반성'이나 '겸양지덕'과 같은 차원에서 비롯되고 있는 것이 아니다. 다시 말하면, '스스로를 낮추어라, 그러면 문득 높아진 자기를 발견하리라' 수준의 인식과는 전혀 다르다. 그의 수많은 평문들은 당대의 동료문인들로부터 받는 오해의 해명에 바쳐지고 있고, 따라서 대부분의 글에서 자기 논리의 설명이 반복되고 있지만, 가장 유니크한 형태로 자신의 논리가 딛고 있는 기반을 밝힌 글이 「유다적인 것과 문학」(1937)이다.

성서(「요한복음」 13장)에 기록된 '최후의 만찬'의 장면을 묘사하면서,

그는 '예수'와 '가롯 유다'와 '베드로'를 등장시키는 하나의 '연극'을 만들어낸다. 우선 이 '최후의 만찬'에서 '나를 잡아 적에게 넘길 자'가 있다고 선언하고, 그 자리에서 바로 '유다'를 지목함으로써, 가혹하고 비인간적인 모습을 보인 예수를 '사랑의 기독'으로서 완전 실격이라고 규정하고, 그의 '신성(神性)'에 타격을 주는 방식으로 기술한 '성경'의 고발정신에 대해 말한다. 또한, 유다와는 달리 예수를 향한 충성과 순교를 맹세했던 베드로의 '배신'을 통해 인간의 나약함과 비굴함의 단면을 보여준 성서의 고발정신을 인정한다. 그러나, 남천이 진정으로 감격한 것은, 성서가 철저히 '악역'으로만 설정하고, 따라서 일말의 동정이나 연민도 보내지 않는 '유다'의 행적이었다. '유다'는 스승인 예수를 제사장에게 고발하고 그 대가로 은 30냥을 상금으로 받지만, 예수의 사형이 확정된 것을 알자, 그 은을 성소에 던지고 목을 매어 자결해버렸던 것이다. 스승을 적에게 팔아넘긴 '패덕'과, 스승의 죽음을 알게 된 이후 스스로 목숨을 끊은 '양심' 사이의 형용할 수 없는 모순성, 그것이야말로 '신학'이나 '윤리학'이 아닌 '문학'이 발견하고 전취(戰取)해야 할 '유다적인 것'의 참된 의미라는 것이다. 그리고 현대문학의 침체(좁혀 말하면 프로문학의 침체)로부터 벗어나는 길은, 작가 내부의 '유다적인 것'과의 철저한 투쟁을 통해서만 확보된다는 것이다.

시대는 정히 작가 자신이 자기의 문제를 해결하지 않고는 아무 것도 할 수 없다는 것을 절실히 깨닫게 하는 데까지 절박되어 있다. 작가가 자신의 속에서 유다적인 것을 발견하려고 하고 이것과의 타협 없는 싸움을 통과하는 가운데서 창조적 실천의 최초 문제를 해결해 보려고 하는 것이 현대작가의 모랄이 되는 것도 이 때문이라고 말할 수 있을 것이다. 그러므로 유다적인 것과의 항쟁, 그것이 옳건 그러건 하나의 결론을 보려고 할 때까지 작가는 자기 자신을 추급하고 박탈하고 끝까지 실갱이를 보려는 방향을 고집할지도 알 수 없다. 이것이 또한 고발문학이 가지는 넓은 과제 중의 하나로 소시민 출신 작자의 자기고발의 문학적 방향이 설정되는 것이다.

그러면 우리들 심내(心內)에 있어서의 유다적인 것이란 대체 무엇을 말함일런가? 그것은 결코 유다가 돈을 받고 그의 선생을 매각해버렸다는 표면적 사실에서 제출되지는 않을 것이다. 그것은 그러므로 소시민 지식인이 신봉하던 어떤 사상이나 주의에서 이탈하거나 배반한다는 등의 저급한 곳에 있어서 제출될 상식적인 것이 아니라 자기 자신의 매각이라는 고도의 성찰과 더불어 제출되는 문제일 것이다.(「유다적인 것과 문학」, 『조선일보』, 1937.12.16)

김남천은 '주체'의 재건을 위해서는 '주체'의 자기완결성에 대한 의심에서부터 시작하지 않으면 안 된다는 점을 끊임없이 강변한다. '주체의 재건'을 향한 '임화적 방법'과 자신의 방법의 차이가 이 지점에서 비롯된다는 점도 거듭 강조한다. 이를테면 이런 것이다. 임화는 '현금 소설계가 세태와 내성으로 갈려져 있다. 필요한 것은 본격소설의 회복이다. 본격소설의 회복은 환경과 인물의 조화를 통해 가능해진다'라고 진단한다. 거기에 대해 김남천은, 대체 그렇게 진단하는 '주체'는 누구인가, 그 주체는 전혀 분열되어 있지 않은가, 그 주체는 "왜 정히 주체되는 자신의 문제를 이미 해명되어버린 문제처럼 살강 위에 얹어버리는가"라고 묻고 있는 것이다. 다시 말하면, '프로문학운동'을 주도했던 '계몽주체'들은 '이미 완결된 주체'가 아니라, 실은 '역사적인 주체'이며 따라서 끊임없이 '유다적인 모순성'을 내장한 주체일 수밖에 없다는 것이 남천의 판단이다. 그것은, 앞서의 프랜시스 윈이 그려내고 있는 맑스처럼, 부르주아적 구습을 완전히 청산하지 못하면서도 『자본』을 집필하는 '주체'이며, 하인과 사통(私通)하는 욕망의 소유자이면서도 노동자의 해방을 위해 혁명운동에 종사하는 '주체'이기도 하다. 그가 임화를 묘사하면서, 프로문학의 전사(戰士)로 그리기 이전에, 반짝이는 학모를 쓰고 해사한 얼굴의 맵시내기 좋아하는 중학생 임화를 먼저 그렸던 까닭도 그것과 연관된다. 그러한 '주체'의 불완전성과 모순성을 부정하고, 순연한 '자기완결성'의 신화에 매몰된다면, 그 때부터 '문학'은 불가능해지고, '문학'은 다시 '개념으로서의 과학의 단순한 번역' 또는 '목적론적 역사의 단순한 선전물'로 전락하게 될 뿐이라는 것이 남천의 판단이었다.

4. 김남천의 현재성

1930년대 비평계에서 김남천의 위치는 참으로 애매모호한 것이었다. 단순화의 위험을 무릅쓰고, '프로문단'을 중심으로 당시의 비평계의 축도를 그려보자면, '카프' 해체 이후에도 계속 프로문학의 역사적 당위를 주장하던 그룹과, 이미 30년대 초반에 접어들면서 '프로문학'을 청산한 그룹으로 대별되는 바, 전자를 대표하는 이들이 한설야, 안함광 등이었다면, 후자의 대표는 백철, 박영희 등이었다. 임화와 김남천은 프로문학의 역사적 실패를 인정한다는 점에서, 그리고 그것의 당위를 반복하기보다는 역사주의적 관점에서 '프로문학'의 문학사적 '공과(功過)'를 재검토해야 한다는 것에 동의하고 있었다는 점에서는 같은 자리에 서 있었지만, '프로문학' 이후의 조선문학의 재건에 관한 방법과 인식에서 서로 달랐기 때문에 함께 묶기도 어렵다. 문제는 김남천을 둘러싼 '오해'가 발생하는 지점인데, 특히 김남천의 '주체' 인식을 사회주의적 전망의 청산과 부정으로 이해했던 전자의 이해방식이 문제가 된다. 김남천을 괴롭혔던 것은 자신의 '고발문학론'과 그에 내재하는 '주체'인식을, '혁명적 주체' 혹은 '사회주의적 인간'의 신성성을 포기하고 '인간'을 한낱 육체적 욕망과 찰나적인 쾌락의 담지자 정도로 격하시킬 뿐이라고 파악했던, '프로문학' 동료들의 몰이해였다. 그리고 그것은 명백히 오해였다. 김남천은 단 한번도 '프로문학'의 역사적 정당성(그것의 역사적 실패가 아니라)을 의심해 본 적이 없었다. 또한 사회주의적 전망을 포기한 적도 없었다. 그러나 이 사실을 확인한다고 해서, 그의 비평사의 위치가 제대로 '자리 매김'되거나 그의 이론적 정합성이 복권되지는 않는다.

프로문학의 역사적 실패를 인정한 이후의 김남천의 가장 커다란 과제는 조선 근대문학의 재건이었으며, 이것은 반드시 '프로문학'을 통해서 이루어져야 한다는 당위에 대해 그는 크게 개의치 않았다. 왜냐하면, '프로문학'이 실패한 이유가 바로 '프로문학'의 성패 여부를 결정짓는 역사적 조건의 철저한 고려 없이, 일방적 계몽의 형태로 주어졌기 때문이다. 그리고 그러한 '계몽'의 '주체'임을 일방적으로 자임했던 것은 소시민 지식층이었는데, 이 소시민 지식층은 결코 노동자 계급이 아닐뿐더러, 그 자신 조선의 역사적 특수성에 의해 '형성되는 와중에 있던' 불완전한 계급으로서, 그의 표현을 빌리자면 '유다적인 것'의 모순성에 고스란히 노출될 수밖에 없는 불완전한 '주체'였던 것이다.

소시민 지식층만을 계속 문제삼고 있어서, 피상적으로 읽으면 그의 문제의식이 지나치게 특정 계급의 역사적 한계를 반복 지적하는, 일종의 '계급 환원주의'라는 인상을 받게 되는 것도 사실이다. 그러나, '주체'에 관한 자기의 인식을 '풍속'과 '일상성' 그리고 '소설 장르의 역사성' 등으로 계속 확장시켜 나가면서, 그는 자신의 논리가 결코 '계급 환원주의'에 머무는 것이 아님을 보여준다. 이러한 인식의 확장 과정에서, 남천은 때때로 뜻하지 않게 자신의 논리에 일정한 결락과 단층이 생겨나는 모습을 우리에게 노출한다. 결과적으로 이런 결락과 단층은 그의 비평사적 의의 또는 그의 비평이 지니는 현재성을 오히려 강화하는 것으로 작용하지만, 소시민 지식층 주체의 분열에서 시작해 '풍속'과 '모랄', 그리고 '소설 장르의 개조'로 확대시키는 과정에서, 김남천 자신이 뚜렷이 그러한 결락을 의식하고 있었던 것은 아니었던 것 같다. 혹은 그것이 아니라면, 그의 이론이 지닌 '기표(記標)'와 '기의(記意)' 사이에 어긋남이 있는지도 모른다. 중요한 것은 그가 의식하고 있었건 아니건, 그의 문제의식이 현재의 문학에 던져주는 '살아있는 의미'일 것이다.

　이 글을 쓰는 동안, 나는 시종일관 김남천이 '주체의 자기분열의 초극'이라고 표현한 것을, '주체의 자기완결성에 대한 의심'이라고 바꾸어 써왔다. 냉정하게 말한다면 이것은 온당한 방식은 아니다. 그러나, '주체의 자기분열의 초극'이라는, 김남천의 표현에 충실하게 되면, 정작 그가 말하고자 하는 바의 이론적 진정성이 제대로 살아나지 않는 딜레마에 봉착하게 된다. '자기분열의 초극'이란, 앞서 말한 것처럼 '유다적인 것'과의 끊임없는 투쟁을 통해서 주체가 '분열없는 통일'의 상태에 이르는 것을 말한다. 그러나 그의 글을 아무리 살펴봐도, 이러한 '초극의 상태'에 대한 언급이 없다. 그럴 수밖에 없는 까닭은, 그가 애초부터 그러한 '초극의 상태'를 선험적으로 설정하지 않았기 때문이다.

　역설적인 결론이지만, 그가 말하는 '분열없는 통일'의 상태는 사실상 '분열이 존재함을 인정하는 순간' 확보되는 것이며, 정작 어려운 것은 바로 '분열이 존재함을 인정하는 일 그 자체'이다. 다시 말하면, '자기분열'이 '초극된 상태'는 따로 존재하는 것이 아니라, '자기가 분열되어 있음을 자각하는 순간'이 바로 '초극의 상태'이기도 하다는 말이 된다. 나는 이 논리적 순환고리가, 남천의 비평이 제대로 이해되지 않은 가장 큰 이유라고 생각한다. '분열'이라는 단어가 오해를 불러일으키는 간접적인 이유가 되기도 한다. '분열'이란 '통일된 상태'의 '결여태

(缺如態)'로서, 이미 그 말 자체가 대단히 부정적이고 열등한 분위기를 자아내기 때문이다. 그러나, 사실상 김남천은 '분열'이란 말을 그러한 방식으로 쓰고 있지 않다. 그에게 '분열'이란, 주체의 '불완전성'을 가리킨다. 그리고 그것이 주체의 '존재조건'이다. 그러나 이것은 형이상학의 '존재론'과는 다르다. 그가 말하는 '불완전성'이란 '주체'가 '역사적으로 형성되는 것'이란 뜻이다. 다시 말하면, 그의 관심은 '주체'가 얼마나 완전한가, 혹은 얼마나 '완결된 존재'인가에 있는 것이 아니라, '주체'가 스스로를 얼마나 '과정적 존재'로서 인식하는가에 집중되고 있는 것이다. '주체'는 '과정적 존재'이기 때문에 완결된 '무엇'이 아니다. 그것은 항상 '형성되고 있는 중'이며, '형성되고 있는 자' 특유의 '인식'과 '행위'의 주인인 동시에, 고유한 '한계'를 함께 지니게 되는 것이다.

이상과 같은 원리의 위에 서서 우리는 위선 이 땅의 문학하는 사람들이 소시민 지식층이라는 것을 성찰한다. 이러한 성찰의 결과 우리는 그가 처하여 있는 바 역사적 지위를 과학적으로 인식함에 이른다. 이렇게 인식된 것이 현재의 순간에 있어서 구체적으로 설정된 문학의 주체다.

그러기 때문에 우리들에게 있어서는 객관세계의 모순이나 분열이 문제인 것보다도 주체 자신의 타고난 운명에 의한 동요와 자기분열이 중심이 되어 우리의 앞에 대사(大寫)되었다. 아니 객관세계의 모순을 극복하노라고 자기 자신을 돌보지 않았던 주체가 한번 뼈아프게 차질을 맛보는 순간 비로소 자기의 속에서 분열과 모순을 발견하게 되었던 것이며 이것의 정립과 재건 없이는 객관세계와 호흡을 같이 할 수는 없으리라는 자각이 그의 마음을 혼란케 하는 과정으로 정시(呈示)되었다는 것이 보다 정확한 관찰일 것이다. (「자기분열의 초극」, 『조선일보』, 1938.1.30)

　그러므로 내가 '자기분열의 초극'이라는 김남천의 표현을 '주체의 자기완결성에 대한 회의'로 바꾸어 말한 것은, 이 '과정적 존재'로서의 '주체'의 의미를 부각시키기 위해서였다. 주체의 '자기완결성'에 대한 회의는 주체의 '자기동일성'에 대한 회의와도 다르다. 주체의 자기동일성이란 '주체'가 스스로 '주체'임을 의심하지 않는 것을 말한다. 그러므로, 확신하고 있던 '주체'가 자신이 확신하던 '주체'가 아님을 발견하거나, 또는 그러한 '주체'는 처음부터 없었음을 확인하는 것이 '주체의 자기동일성에 대한 의심'이다. 주체의 '자기완결성'이란 '주체'란 과연 있느냐 없느냐의 문제는 아니다. '자기동일성'에 대한 의심의 종착점은, 우리가 익히 알다시피, '주체란 무수한 타자의 동일성에 불과하다'는 자각이다. 주체의 '자기동일성'에 대한 의심은 그것 나름의 가치를 지니는 것이지만, 남천의 문제의식과는 구별된다. 그는 '주체'의 존재 자체를 의심했던 것이 아니라, 역사적으로 형성되는 존재에 지나지 않는 '주체'가 '자기완결성'의 신화에 빠지는 것을 의심하고 경계했다.

　그러므로 김남천에게 '풍속'이란 바로 '과정적 존재'로서의 '주체'의 자기형성 과정을 인식할 수 있는 가장 유효한 '통로'의 의미를 지닌다. 또한 김남천의 '리얼리즘'이란 그 '과정'을 형상화하는 것, 그리고 그 '과정'을 통과하는 존재로서의 '주체'의 자기인식에 도달하는 것을 가리키는 것이기도 하다. 남천의 이러한 '풍속'의 의미규정을 이해하지 못하면, 그가 채만식이나 박태원에 대해 보이는 '비판적 지지'의 참된 속뜻을 헤아리기 어렵다. 남천이 보기에 그들은 '풍속'의 가치를 발견했다는 점, 그리고 그것을 소설 가운데로 끌어들여 왔다는 점에서는 고무적이었으나, 그 '풍속'을 자신이 생각하는 차원으로까지 격상시키지는 못했던 점에서는 미흡했다. '남천'은 '풍속'마저도 끝내 '주체'의 자기인식과 연결짓는다.

　아주 사소해 보이지만, 김남천의 '주체' 인식과 '역사' 인식의 단면을 선명하게 보여주는, '두발'에 관한 그의 수필 한 구절을 감상하면서, 글을 마무리하기로 하자.

필요가 있어서 작년 이맘때 나는 나의 고향(관서의 일읍)에서 약 삼십여 년 전에 성행한 청소년들의 연삭발(年削髮) 풍속의 실상을 조사해 본 적이 있었다. 상투를 짰든가 혹은 삼단 같은 긴 머리를 등허리에 늘어뜨리고 다니던 것을 '기계(바리캉)'로 금시에 승려처럼 깎아 버리던 그 전날의 삭발은 요즘 우리들이 '상고머리'로 깎았다가 '올빽'으로 넘겼다가 또는 혹은 까까중으로 깎았다가 하는 등등의 변덕과는 대등하게 취급해 버릴 대수롭지 않은 사건은 아니었던 것이다. 실로 우리들이 상상조차 할 수 없을 많은 장애와 싸워야 하였고, 그만큼 머리를 깎아 버리는 데는 용단력과 과단성이 있어야 하였다.

삭발과 관절(關節)된 가지가지의 삽화가 모두 신구 교대의 질풍 같은 개화기적 시대상을 묘사하고 있어 듣고 앉았던 나는 흥분을 금할 수가 없었다. 하나의 적은 것같이 보이던 풍속의 쇄말사가 시대 그 자체를 그대로 표현하고 있는 데 나는 악연(愕然)히 놀라지 않을 수 없었던 것이다. 물론 여하한 시대에나 동일한 풍속의 쇄말사가 동일한 역할을 한다는 말은 아니다. 그 때로부터 10년만 뒤지면 완고파의 삭발 풍경까지도 하나의 구세대의 불쌍한 애수 묘사는 될지언정 결코 사회나 시대의 추진력의 상징이 될 수는 없었던 것이다.

머리를 깎는 것이 도덕상의 큰 범죄로 되어지던 그 시대에 개화의 반대자로 앉아 있던 분들이 요즘 종로의 가두에서 신여성의 새둥지 같은 파마넨트나 메추리 꼬리 같은 여학생의 중발(中髮)을 구경하고 섰는 풍속화는 상상만 하여도 요절할 일이 아닐 수 없다. 그러나 불과 3, 4십년의 역사의 급격한 행진이 이 요절할 그림 속에 여실히 반영되어 있는 것은 아닌가. 우리의 시민적인 진보의 가장 특수적인 현상은 오히려 이러한 풍경 속에 상투를 짠 영감님이나 방립(方笠)을 쓰신 독실한 효자가 틈틈이 끼어 있다는 데 더욱 뚜렷하게 나타나 있는 것은 아닐까. (「풍속시평」, 『조선일보』, 1939.10.9)

　남천은 어떤 특정한 시대의 '진보'의 주체가 영속적인 '주체'일 수 없음을, 머리 스타일의 변천사를 통해 우리에게 설득하고 있다. 삭발 자체가 하나의 진보의 상징이던 시대, 동시에 그러한 스타일을 유지하기 위해 엄청난 투쟁을 감내하지 않으면 안 되는 시대가 존재했듯이, 더 이상 삭발이 진보의 상징일 수 없는 시대도 도래한다. 더 중요한 것은, '삭발 주체'의 투쟁 대상이었던 '갓쓴 노인'과 그 '삭발 주체'를 밀어내고 새로운 주체임을 과시하면서 거리를 활보하는 '파마넨트 부인'이 종로라는 '공간'에 동시에 존재할 수 있는 이 '풍경의 겹침'이다. '진보'의 '주체'와 '객체'들이 섞바뀌며 한 시대와 공간 안에 동시에 공서(共棲)하는 풍경, 이것이야말로, 조선 근대사의 '유다적인 것'이라고 할 만한 것이다. 그리고 그것이 이를테면 '조선'이라는 '사회로서의 주체'의 '주체다움'이자 '불완전성'이기도 한 것이다. 개인 주체가 내부의 '유다적인 것'과 싸우듯이, 조선이라는 '사회로서의 주체'는 그 내부의 '유다적인 것'과 싸우지 않으면 안 되며, 이 장면을 포착하는 것이야말로, 문학의 리얼리즘이 회복되는 것이라고, 남천은 생각했다.
　김남천의 이러한 주체 인식은, 20세기에 존재했던 모든 사회주의 실험의 실패를 실패로 인정하지 않으려는 사람들이나, 또한 그러한 실패를 두고 '역사의 종언'을 외치면서, 이제 인류에게 더 이상의 '역사'는 없다고 선언하는 사람들에게, 동시에 해당되는 교훈이 아닐 수 없다. 김남천의 시각에서 보자면, 이들은 한결같이 '주체의 자기완결성'의 신화에 빠져 있었거나(그래서 실패했거나), 혹은 빠져 있는(그래서 실패하게 될) '주체'들이다.
　안타까운 것은, 90년대 들어 '민족문학운동'이 소연해지고, 한국사회의 변혁에 대한 전망이 불투명해지면서, 그 원인에 대해 '30년대의 김남천이 그랬던 정도의 치열함으로 천착하는 경우를 볼 수 없었다는 사실이다. '90년대 이후 우리가 선택했던 것은, 여전히 '주체'의 자기완결성에 안주하거나, 혹은 가뿐하게 '주체의 자기동일성'(자기완결성이 아니라)의 신화를 거부하는 것, 둘 중의 하나였다. 전자는 오랜 시간 답보하고 있고, 후자는 단순재생산을 반복하고 있다. 둘 중 어느 것도 김남천이 주문했던 '유다적인 것'과의 치열한 싸움을 시도하지 않았다. 이러한 현상 하나만으로도, 우리는 비평사의 박물관에서 김남천을 다시 '지금·여기'로 불러와야 할 충분한 이유를 가지고 있는 것이다.

김동리와 조선적인 것

일제 말 김동리 문학사상의 형성 구조와 성격에 대하여

1. 대항보편성(counter-universality)으로서의 '조선적인 것'

김동리는 만년의 한 수필에서 「무녀도」를 쓸 당시를 회고하며, "나는 우리 민족의 얼을 영원히 온 세계에 남겨야 하겠다고 생각했다. 그러기 위해서는 한국 고유의 가장 핵심적인 얼이 무엇인가를 찾아내어 그것을 문학적으로 형상화시켜야 하겠다고 생각했다. 기독교, 유교, 불교가 들어오기 이전 한국의 가장 중심적인 얼은 무엇이던가? 여기서 나는 샤머니즘과 만나게 된다"[1]고 말했다. 작가 자신의 이러한 회

---

[1] 김동리, 「내 문학의 자화상」, 『꽃과 소녀와 달과』, 제삼기획, 1994, 23면. 비슷한 내용의 발언이 여러 차례 반복되었다. 거의 유사하지만, 약간 다른 형태의 다음과 같은 발언도 있다. "'동양적'을 한국에서 찾자. 한국의 고유한 '넋'이나 '얼'은 무엇인가? 한인의 유교나 인도의 불교에 해당될 만한 한국 고유의 정신적 바탕은 무엇일까?" 김동리, 「창작의 과정과 방법 ─ '무녀도'편」(『신문예』, 1958.11). 「무속과 나의 문학」(『월간문학』, 1978.8)에서도 같은 내용이 나온다. 본고에서는 자신의 문학을 최종 정리하는 말년의 발언이라는 점에서 「내 문학의 자화상」의 글을 인용한다. 『꽃과 소녀와 달과』는 1994년에 발간되었지만, 서영은은 원고가 김동리 자신에 의해 수합·정리된 것이 1989년이

고에 비추어 보자면, 김동리 문학에 관한 가장 전통적인 평가, 즉 "무속신앙'이나 '화랑도'를 바탕으로 토속적이고 전통적인 한국인의 원형적 삶을 가장 잘 형상화한 민족주의 작가'라는 평가가 크게 어긋난 것이 아님을 짐작할 수 있다. 그러나, 자신의 문학관을 대화 형식으로 풀어낸 또 다른 글에서, 김동리는 이런 평가에 대해 강한 불만을 나타내면서, 등단 무렵부터 자신의 문학이 훨씬 더 큰 기획을 밑자락에 깔고 있었음을 토로한다.

> 그러니까 일제 시대나 해방 이후나 일부 평론가들이 나의 「무녀도」, 「황토기」 따위 작품을 두고, 일제의 정책에 반항하기 위하여 민족을 찾는다, 민족의 고유한 것을 찾는다 하여 그 방법으로 그러한 샤머니즘이나 토속 세계를 파헤치게 되었다고 본다면 그것은 너무나 단순하고 피상적인 관찰이 아닐까? 물론 나의 다른 작품들과의 관계에서 볼 때 이러한 샤머니즘이나 토속이 그러한 일면의 의의를 띠고 있는 것도 사실이지만 그것은 어디까지나 부차적인 것이라고 보네. 나는 나대로 서양 사람들의 근대 문학 내지 현대 문학의 결론에서 출발하여 미래의 문학을 시도한 셈일세. 새로운 신의 성격을 찾고 새로운 인간의 구경을 탐구하는 문학으로서, 시각을 동양으로 돌리고, 동양 하고도 한국으로 돌려서 손댄 게 샤머니즘과 토속과 불교, 그런 것이 되었다네.(강조는 인용자)[2]

이러한 발언에서 확인되는 중요한 사실 하나를 눈여겨 볼 필요가 있다. 김동리가 등단할 무렵부터 탐구했던 '한국 고유의 핵심적인 얼', 당대의 언어로 옮기자면 '조선적인 것'은, 하나의 '고유성'으로서 '민족'

었다고 '후기'에서 밝히고 있다. 인용문은 그의 문학사상의 등록상표라고 할 수 있는 '순수문학론'이라는 기호의 '기의'가 대부분 '조선적인 것'을 중심으로 형성되고 있음을 보여준다.

2   김동리, 「나의 문학을 말한다」, 앞의 책, 81면.

내부로 환원되는 '특수성'에 머무는 것이 아니라, 서구(의 근대문학)가 봉착한 한계지점으로부터 새로운 돌파구를 여는 또다른 '보편성'으로 설정되어 있었다는 사실이다. 해방 전에 제출된 자신의 문학론에 대한 해방 이후의 설명이라는 점에서 일정한 '시차'가 존재하고, 사후에 확대하거나 보완되었을 가능성을 감안할 필요가 있지만, 김동리 문학을 관류하고 있는 일관된 흐름을 생각할 때, 그 자신이 등단 무렵부터 지니고 있던 최초의 문학적 기획이 해방 후의 발언과 크게 어긋난 것이라고는 생각되지 않는다. 예컨대 다음과 같은 글에서 생략된 '이유'에 해당하는 것이 해방 이후의 발언들이라고 볼 수도 있을 것이다.,

> 모화나 태평이들이 이 시대 이 현실에 대하여 별반 의의를 가지지 못함은 내 자신 잘 알고 있으나, 그러나 인간이 개성과 생명의 구경을 추구하여 영원히 넘겨보군 할 그러한 한 개의 길이라고 나는 믿는 것이다. 끝으로 나의 작품 세계에 가끔 민속을 도입함에 대해서는 또 이밖에 나대로 다른 이유가 있으나 그것은 생략한다.(강조는 인용자)[3]

그런 점에서, 이 글은 김동리가 일제 말에 '조선적인 것'을 민족 내부로 환원되는 '특수성'이 아니라, 서양(의 근대)을 넘어서는 일종의 '대항 보편성'으로 제시하고자 했음에 주목하고, 그러한 담론이 당대 전통담론의 논의구조에서 차지하는 위치와 그 인식론적 성격의 일단(一端)을 살펴보기 위해 쓴다.

그런데, 허두의 인용문에 등장하는 '한국', '한국 고유의 얼', '서양, '동양', '근대' 등은 경험적인 실재가 아니라 전부 일종의 '표상'들이다. 표상의 성립에는 기본적으로 두 가지의 기제가 작동되어야 한다. 우

---

3 김동리, 「신세대의 정신 – 문단 '신생면'의 성격, 사명, 기타」, 『문장』, 1940.5, 92면. 원문의 한자 중 상당부분은 인용자가 한글로 표기했다.

선 어떤 표상도 관계를 전제하지 않고 그 자체 독단적으로 존재할 수 없다는 것.[4] 동시에 표상은 표상의 대상에 대해 균질화된 동일성을 상상함으로써만 가능해진다는 사실이다. 김동리의 이 회고에 등장하는 표상들은, 실제로 우리가 경험할 수 있거나 개념적 실재로 포착할 수 있는 것들이 아니기 때문에, 표상이 실제로 그것이 가리키는 바의 내용으로 환원될 수 있는지, 혹은 환원된다면 표상과 내용은 일치하는지에 관해 어떤 기준도 마련할 수가 없다. 그보다 더 중요한 것은, 각각의 표상들은 이항대립의 구조 속에서 의미의 공간을 얻게 된다는 점이다. 예컨대, '한국' '동양' '서양' 등은 각각 지리적인 구체적 구획을 뜻하는 것이 아니라, '한국 / 동양', '동양 / 서양', 혹은 '한국 / 서양'과 같은 이항대립을 통해 서로가 서로를 구속하고 규제하는 관계 속에서 의미를 확보하게 되며, 이 이항대립은 공간적 구획이라기보다는 '근대'와 맞물리면서 오히려 시간적으로 구성되어 있다. 다시 말하면, 서양은 발전을, 동양이나 한국은 낙후나 퇴보를 표상한다. 따라서 이 구도는 당연히 비대칭적이고 권력적인 형태를 띤다.

이러한 표상들이 이항대립 구조 안에서 상호규제적으로 의미를 형성한다는 사실을, 김동리가 얼마나 의식하고 있었는가를 묻는 일도 중요하지만, 그에 앞서 우리의 궁금증을 유발시키는 것은, 김동리가 과연 어떤 위치에서 누구를 향해 표상형식에 기반한 이러한 문학적 포부와 의지를 나타내고 있었는가 하는 점이다. 예컨대 「무녀도」를 쓸 당시의 김동리는 '조선인 / 근대'의 위치에 있었던 것일까? 「무녀도」가 그의 의지대로 '조선적인 것'을 환유한다면, 그것은 '조선인'을 향한 것일까, '비조선인(서양인, 혹은 일본인)'을 향한 것일까? 혹은 그의 소망대로 '조선적인 것'이 '대항보편성'이 되어야 한다면, '동양적인 것'

---

4 니체의 『권력의지』에 등장하는 문장이다. 여기서는 고병권, 『니체―천 개의 눈, 천 개의 길』(소명출판, 2004), 159면에 정리된 내용을 빌려왔다.

과는 어떤 관계에 놓이는 것인가?

이런 질문들은, 김동리의 '조선적인 것'을 서둘러 정치적 결과에 회부하는 일, 예컨대 그의 문학(론)을 두고 '친일 / 반일'을 따지거나, '전통론'이나 '동양론'이라는 당대의 담론 체계 안으로 포섭하여 일반화하는 작업보다도 좀더 근본적인 것이라고 생각한다.

하나의 문학사상으로서 지녀야 할 논리적 정치(精緻)함에 대한 질문을 일단 미루어 두고, 김동리의 이러한 포부와 희망이 그의 문학(론) 내부에서 최소한의 내적 일관성을 지닌 것이라고 추인한다면, '김동리와 조선적인 것' 혹은 '김동리의 조선적인 것'에 관해 기존에 제출된 몇 가지 해석과 평가는 다시 생각해 볼 필요가 있다.

김동리의 문학론을 여전히 '민족주의'의 자장 안에 배치해 두기를 원하는 쪽에서는 결코 동의하기 어렵겠지만, 김동리의 주장대로, 그의 문학론이 초기부터 '민족' 단위의 '자기동일성' 확보의 근거와 수단이 아니라, 서구의 근대에 맞서는 새로운 담론[5]으로서의 '보편성'을 지향하는 것이었음을 인정하는 순간, 일제 말 제국주의의 '동아시아론'[6]에 조응하고, 그 헤게모니에 편승한 논리의 하나였다는 사실을 부정

5 　김동리의 문학론을 한국 근대문학사상 초유의 '반근대적 기획'으로 적극 재평가한 것은 김윤식이었다. 그는 김동리의 '반근대적 기획'을 조연현·서정주로 이어지는 이른바 '문협 정통파'의 문학이론으로 범주화한다. 그가 파악하는 김동리 문학의 핵심은 '구경적 삶의 형식'이라는 명제로 압축되는데, 이 '구경적 삶의 형식'으로서의 문학이 파탄에 이른 '근대 세계'와 그것의 예술적인 반영인 '근대문학'을 넘어서서, 새로운 지평으로 나아갈 수 있다는 것으로 요약된다. 김동리에 대한 김윤식의 연구는 『한국근대문학사 사연구 2 – 문협정통파의 사상구조』(아세아문화사, 1994) 및 『김동리와 그의 시대』(민음사, 1995), 『미당의 어법과 김동리의 문법』(서울대 출판부, 2002) 등으로 계속 연결된다.

6 　19세기 후반부터 20세기 전반까지에 걸친 일본의 '동아시아론'을 지칭하는 '기표'는 매우 다양하다. 아시아주의, 동아론, 동양론, 동양 담론, 대동아론 등이 그것이며, 각각의 명칭에 대응하는 내용도 용어와 담론의 등장시기와 세부 명칭(예컨대, '동아신질서', '동아협동체론', '동아연맹론' 등)에 따라 다르다. 이 글에서는 일괄해서 '동아시아론'으로 표기하기로 한다. 일본의 '동아시아론'의 역사에 관해서는 竹內好, 『일본과 아시아』(서광덕·백지운 역, 소명출판, 2004) 및 윤건차, 『한일 근대사상의 교착』(이지원 역, 문화과학사, 2003)을 참조.

하기는 어렵다. 홍기돈은 '근대 이후'를 지향한다는 점에서, 김동리의 '선(仙)의 이념'이 일제의 신체제론과 같은 방향으로 나아가는 것처럼 보일는지 모르지만, '그러나 이념의 중심에 선(仙)을 두는가 천황을 두는가는 아주 다른 것'이고 이것이 결정적으로 '친일인가 반일인가를 가르는' 중요한 기준이라고 주장한다.[7] 김동리를 굳건히 '민족주의'의 프리즘을 통해 이해하려는 이러한 입장은, 근본적으로 식민지 문학담론을 여전히 '친일 / 반일'의 이분법적 구도 안에서만 읽고 있다는 점에서 단순함을 면하기 어렵다. 이러한 논리가 지닌 기본적인 문제점은, '근대'와 '근대 이후'가 '민족주의'와 어떤 지점에서 접속하거나 길항하는가를 조밀하게 검토하려 하지 않는다는 것이며, 제국주의의 헤게모니 담론에 대응하는 식민지 주체의 담론이 오로지 흡수와 동의로만 나타나거나, 제국의 담론이 지닌 그 자체의 균열과 모순을 역이용하려는 시도가 반드시 '친일'이나 '협력'으로 귀결되는 것은 아니라는 점을 깊이 고려하지 않는 것이다.

이와는 달리, 김동리의 문학론을 당대의 지배 이데올로기이자 헤게모니론으로 제출된 '동아시아론'의 직접적인 영향 아래 형성된 것으로 보려는 관점[8]이 대두되었으며, 이것이 '전통론'과 관련된 최근의 김동리 해석의 주된 흐름을 이루고 있다. 이 관점은, 김동리의 '반근대론'이 동시대의 일본의 '반근대론'과 인식론적으로 동형 구조를 이루고

---

7 홍기돈, 「김동리 문학을 이해하기 위한 몇 가지 코드 – '무녀도'를 중심으로」, 『작가세계』, 2005년 겨울, 64~65면. 동일한 주장이 실린 글로 「仙의 이념과 근대초극 논리의 민족적 설정 – 김동리 반일의식의 사상적 근거에 대하여」, 『어문론집』 33집, 중앙어문학회, 2005, 6을 참조.

8 김동리의 전통론을 일본발(發) 동아시아론과 그에 대응하는 조선 지식인들의 논리 사이에 구축된 담론 환경을 배경으로 하고 있다는 전제 하에 검토한 최근의 논의는 김예림, 『1930년대 후반 근대인식의 틀과 미의식』(소명출판, 2004)을 참조. 김동리와 제국의 지식권력이 서로 다른 목적으로 '무속'에 주목했으나 결국에는 동일한 결론에 이르렀다고 본 신정숙의 논문도 흥미롭다. 신정숙, 「식민지 무속담론과 문학의 변증법」(국제한국문학문화학회, 『사이』 제4호, 2008.5) 참조.

있고 그 영향 아래에서 형성된 것이므로 전혀 새로운 것이 아니라는 점[9]을 전제하고 있으며, 논자에 따라서는 전전(戰前) 일본의 반근대론이 종국에 천황제 파시즘 국가로서의 '일본'을 용인하는 체제 이데올로기로 전락했듯이, 김동리의 문학론은 파시즘을 내장한 전통회귀론이라는 부정적 평가를 내리기도 한다.[10]

김동리의 '조선적인 것' 혹은 '전통론'을 이해하기 위해서는, 당대 담론의 콘텍스트를 통해 재구성해야 하며, 이러한 담론적 환경의 직·간접적 영향 아래에서 형성된 것이 김동리의 문학론이라는 시각에 대해 나는 기본적으로 동의하고 있다. 다만 이러한 평가나 규정만으로는 김동리 문학론이 지닌 개성(동시대의 유형적 유사성을 지닌 다른 담론들과의 '차이'를 뜻하는 것이고, 반드시 긍정적인 의미로 사용한 것은 아니다), 그리고 그 논리구조 내부에 잠재되어 있는 결락과 단층, 혹은 은폐되거나 증폭되는 이데올로기적 욕망을 충분히 읽어내기는 어렵다고 생각한다.

사상사의 맥락에서 보자면, '조선적인 것'을 매개로 한 김동리의 문학론은, '근대의 내부'에서 '근대의 바깥' 혹은 '근대의 극복'을 사유했던 무수한 시도의 하나에 속하는 것이며, 그러한 시도는 지금도 여러 가지 변종을 양산하면서 계속되고 있다. 그런 점에서, 김동리의 문학론을 비롯해, 일제 말 이른바 '전통론'이라는 담론장을 통해 제기된 많

---

9   김건우, 「김동리의 해방기 평론과 쿄토학파의 철학」, 『민족문학사연구』(통권 37호), 2008. 이 글에서 김건우는 일찍이 김동리의 창작방법을 일본의 九鬼周造와의 연관 하에 검토했던 김윤식의 논리를 더욱 적극적으로 밀고 나가, 김동리의 '순수문학론'을 둘러싼 세계관적 기반이 쿄토학파의 태두인 西田幾多郎의 존재론으로부터 빌려온 것이라고 주장한다. 해방 이후의 평론이 검토대상이긴 하지만, 김동리의 문학론이 해방 전과 후를 넘나들고 있어서, 이러한 해석은 해방 전의 김동리까지 확장될 수 있다고 본다.

10 김철, 「김동리와 파시즘 – '황토기'를 중심으로」, 『국문학을 넘어서』, 국학자료원, 2000. 김철은 김동리의 문학을 '근대성의 극단' 혹은 '초근대(超近代)', '울트라모더니티(ultra-modernity)'로 해석한다. 그는 김동리의 소설(또는 문학론)을 설화적 세계를 배경으로 한 퇴행적 복고주의나 전근대주의로 해석하는 방식, 또는 그 서사전략의 표면적 의미에 함몰해 '탈근대' 내지는 '반근대'로 해석하는 방식 둘 다를 부정하면서, 김동리야말로 근대성의 극단적 자기 확장의 욕망을 드러내는 '파시즘'적 산물이라고 본다.

은 논의들이, '근대초극론'의 진원지인 일본 제국주의의 몰락을 거대한 '무덤'으로 삼아 일시에 종언을 고하는 것으로, 다시 말하자면 일본발 '동양담론'에 흡수·통합됨으로 말미암아 '탈근대'담론으로서의 유효성을 상실하고 '제국발(發)' 헤게모니론에 동의하는 결과로 전락하고 말았던 것이라고 간단히 부정하는 것으로는 충분하지 않다.

이 글은, 우선 일제 말 김동리 문학론에서 '조선적인 것'이 하나의 표상으로 형성되는 인식론적 과정을 재구성하고, 그의 문학론에 빈출(頻出)하는 이러한 표상들의 이항대립 구조 내부에서 '조선적인 것'이라는 담론이 어떤 전략적 기반 위에 서있었던 것인가를 검토해 보기 위한 것이다. 그리고, 이를 통해 김동리의 문학론이 지닌 당대 전통담론에서의 개성, 그리고 그 의의와 한계를 비판적으로 검토해 보고자 한다.

2. '조선적인 것'의 형성과정과 이중구조 ―「불우선생」과 「화랑의 후예」의 거리

앞 절에서 잠시 살펴보았듯이, 김동리는 '샤머니즘'을 통해 '조선적인 것'을 창출하는 과정에서 이중의 과제를 자신의 문학론에 부여하고 있었다. 엄밀하게 보자면, 그 두 개의 과제는 하나의 목적, 즉 김동리식 표현에 따르자면 '결론에 도달한 서양 근대'의 대안으로 기여하기를 소망한 것이지만, 이러한 목적에 이르기 위해서는, 전제되지 않으면 안되는 선행조건이 있었다. 그것은 '조선적인 것이 곧 동양적인 것'을 표상할 뿐 아니라, '조선적인 것'이 '동양적인 것'의 대표성을 띠어야만 하는 문제였다. '조선적인 것이 곧 동양적인 것'이기만 하면, 바로 '일본＝동양'이라는 도식 아래 전개되고 있던, 일본의 동양담론을 넘어서기 어렵기 때문이었다. '조선적인 것'이 곧 '동양을 대표하는 것'이고, 이를 통해 '서양 / 근대'라는 보편성에 대응하는 일종의 '대항보편성(counter-universality)'을 설정하고자 한 것이 일제 말 김동리 문학론이 지닌 개성의 핵심이다.[11]

당대에 이미 다양한 전통담론들이 제기되었으며, 이들 중에는 위기에 봉착한 '서구 / 근대'라는 기존의 '보편성'에 맞서, '동양' 혹은 '아시아'의 사유와 문화가 그 대안적 보편성이 될 수 있다는 것에 공감한 논자들이 상당수 있었다. 그러한 논자들 중에서는 '조선적인 것'의 특수성이 '동양적인 것'이라는 대항보편성의 한 구성인자가 될 수 있다는 점을 강조한 경우도 많았다. 그러나, 김동리처럼 '샤머니즘'에 입각한 '조선적인 것'이 다른 모든 '동양적 가치'를 넘어서서 '대항 보편성'의 세계관적 기반이 되어야 한다고 주장한 논자는 없었다. 샤머니즘이 '조선적인 것'의 고유성, 혹은 특수성을 표상하는 인자(곧 특수자)가 아니라, 곧바로 '보편자' 그 자체로 설정되는 방식이다. 이러한 논리적 비약이 지닌 문제점은 그것대로 다시 검토해 보아야 할 사안이거니와, 그보다 먼저 우리의 관심을 끄는 것은, '조선적 고유성'을 확보하기 위한 김동리의 '전술적 타자화' 과정이다. 여기서의 '전술적 타자화'란, 샤머니즘을 '조선적인 것'의 대표성이자 곧 새로운 '보편자'로 만들기 위해, 그가 당대에 제출된 전통론이나 또다른 '조선적인 것'을 지우거나 배제하는 과정을 말한다. 즉, 그가 생각한 '조선적인 것'이 다른 논자들의 '조선적인 것'과 구별되는 지점이라고 할 수 있다.

이를 규명하기 위해, 우선 이태준의 당대의 평판작 「불우선생」(1932)과 김동리의 등단작 「화랑의 후예」(1935)를 다소 조밀하게 대조해 읽어

---

11 신정숙도 각주 8)의 논문에서 이러한 점이 당대 전통담론의 영역 안에서 김동리 문학론이 지닌 독특한 지점이라는 점을 지적했다. 다만, 그는 '무속'을 매개로 '조선＝동양'이라는 확장된 논리의 모순에 주로 논점을 맞추고 있어서, '조선적인 것'이 '동양적인 것'으로의 단순한 확장이 아니라, '동양적인 것'의 '대표성'으로 설정하고자 한 김동리의 기획과 그 인식론적 기반에 관심을 두고 있는 이 글의 논점과는 다르다.

보고자 한다. 주지하다시피, 일제 말의 '조선적인 것'에 관한 논의에서 잡지『문장』과 그 중심 성원이었던 정지용, 이병기, 이태준 등이 차지하는 의미와 역할은 각별하다.[12] 특히 이 그룹의 핵심 멤버이자, 잡지의 주간을 맡고 있던 이태준의 '상고취향'은 '전통론'에서도 당당히 하나의 계보를 형성할 만한 것이었다.[13]『문장』은 1930년대 중반의 조선학 운동의 연장선상에서 고전의 발굴과 재해석, 전통 장르의 부흥, 조선어 문장의 규범화 등에 앞장섰던 문화운동의 선도적 매체였다. 이러한『문장』그룹의 전통지향과 김동리의 그것이 어느 지점에서 겹치고 나누어지는가를 살펴보는 것은 김동리의 '조선적인 것'의 형성과정을 이해하는 데 의미 있는 시사점을 던져 준다.

김동리의 소설 등단작인「화랑의 후예」는『조선중앙일보』의 1935년도 신춘문예 당선작이었다. 그 전 해인 1934년『조선일보』에 시「백로」가 입선되면서 등단했지만, 중앙문단으로부터 별다른 반응이 없자 절치부심하여 새로 응모한 것이「화랑의 후예」였다. 이 소설은 시골 문학청년이었던 김동리의 존재를 서울 문단에 다시 부각시키는 영예로운 것이기도 했지만, 그에게 이태준의 에피고넨이라는 딱지를 붙

12　『문장』의 전통론을 검토한 대표적인 연구로 황종연,「한국문학의 근대와 반근대」(동국대 박사논문, 1991)와 한형구,「일제 말기 세대 미의식에 관한 연구」(서울대 박사논문, 1992) 등을 위시해서, 최근의 차승기,「1930년대 후반 전통론연구－시간／공간의식을 중심으로」(연세대 박사논문, 2002)와 이를 수정·보완해서 단행본으로 출간한『반근대적 상상력의 임계들－식민지 조선 담론장에서의 전통·세계·주체』(푸른역사, 2009), 김예림,『1930년대 후반 근대인식의 틀과 미의식』(소명출판, 2004), 정종현,「식민지 후반기(1937~45) 한국문학에 나타난 동양론 연구」(동국대 박사논문, 2005) 등이 있다.『민족문학사연구』제31집(2006,8)이 특집으로 마련한 '일제하' 조선적인 것의 '기원과 형성'에 실린 논문들, 그 중에서도 조현일의「'문장'파 이후의 문학에 나타난 조선적인 것－김동리의 '비극적인 것'을 중심으로」의 성과도 주목할 만하다.
13　이태준의 '전통론'에 관해서는 특히 차승기, 앞의 책과 배개화,『한국문학의 탈식민적 주체성－이식문학론을 넘어』(창비, 2009)를 참조. 특히, 배개화는 '민족주의의 자기동일성'에 함몰되지도 않고, 제국주의의 헤게모니담론에도 동화되지 않은 '전통론'과 '조선학'의 가능성을 김태준과 임화, 그리고『문장』파를 통해 확인하고자 시도한다.

여 준 불명예의 계기이기도 했다. 「화랑의 후예」가 이태준의 「불우선
생」 냄새가 난다고 지적한 것은 박태원이었다.[14] 김동리는 후일 자서
전 성격의 글에서 이때의 불쾌감을 다음과 같이 토로한다.

「화랑의 후예」가 당선되었을 때, 심사원이던 김동인씨로부터는 격찬에
가까운 말을 들었지만, 그달 월평에서는 박태원으로부터 이태준의 「불우
선생」 냄새가 난다는 말을 들었던 것이다. 물론 박태원도 칭찬을 한 끝에
'다만……' 하고 덧붙인 말이긴 하지만, 잔뜩 코가 높아져 있던 나로서는 여
간 화가 나지 않았다. 문체나 주제의 문제 같으면 모르지만, 소재의 공통점
을 가지고 신인의 작품에 흠을 붙일 까닭이 무어란 말이냐 하는 불만도 있
었지만, 하여간 그러한 불만이 제삼자의 솔직한 고백이라면 소재면에서부
터 전인미답의 새로운 경지를 개척해 보이리라.[15]

'조선적인 것'을 대상화하는 방식에서 볼 때, 박태원의 '이태준의 에
피고넨'이라는 규정이나 그에 승복하지 못하는 김동리의 반발은 중요
한 의미를 지닌다. 대부분의 김동리 연구는 '(그렇다면) 소재면에서부
터 전인미답의 새로운 경지를 개척하리라'는 김동리의 의지를 문면
그대로 받아들이고, 그 이후에 발표된 「바위」, 「무녀도」, 「황토기」의
계열들로부터 김동리 문학의 고유성을 인정한다.[16] 그러나, 「화랑의

---

14 박태원, 「신춘작품을 중심으로 작가, 작품 개관」, 『조선중앙일보』, 1935.2.13. "이 작
    품을 읽으면서 이태준씨의 「불우선생」의 냄새를 맡게 되는데 그 '냄새'가 결코 불쾌
    하지 않습니다."
15 김동리, 「自傳記」, 『김동리대표작선집』 6, 삼성출판사, 1967, 402면. 이 내용은 그의
    사후 발간된 『나를 찾아서』(『김동리문학전집』 8, 민음사, 1997), 142면에서도 약간의
    내용을 달리하여 반복 진술되고 있다.
16 조현일, 앞의 글, 97면. 전반적으로 김동리의 미학적 기반이 『문장』 그룹과는 뚜렷이
    구별되는 것이라는 점을 정확히 밝히고 있다는 점에서 주목할 만한 '김동리론'의 하
    나이지만, 그럼에도 「화랑의 후예」에 그런 중요한 단초가 내재해 있다는 사실에 주
    목하지 않고, "이태준의 「불우선생」의 세계에서 벗어나지 못하고 있다"고 평가한다.

후예」를 「불우선생」과 대조하며 다시 읽어보면 표면의 유사함과는 달리 박태원의 평가에 김동리가 승복할 수 없었던 나름의 미적, 논리적 근거들이 존재하고 있음을 발견할 수 있다. 그리고, 이것은 김동리의 '조선적인 것'에 대한 인식이 이태준의 그것과 어떻게 다른 것인가를 이해할 수 있는 중요한 근거를 제공해 준다.

「불우선생」과 「화랑의 후예」의 가장 큰 차이는, 두 소설의 화자인 '나(혹은 우리)'가 묘사의 대상이자 주인공인 '송선생'과 '황진사'에 대해 유지하는 '태도'와 '거리'에서 비롯된다. 그리고 이것은 곧 '전통'이나 '조선적인 것'에 대한 심미적 거리나 태도와 연결된다. 우선 「불우선생」의 주인공인 '송선생'은 같은 여관에 기거하는 '나(우리)'의 존경의 대상으로 설정되어 있다는 점에서, 환멸의 대상인 「화랑의 후예」의 '황진사'와 뚜렷이 구별된다. '송선생'은 가난하고 남루하여 굶기를 밥 먹듯이 하며 여관에서 무전취식하고 있는 사람이지만, 도연명의 「어부사(漁夫詞)」를 암송할 만큼 고전에 해박하다. 고전에 관한 송선생의 박람강기에 "우리는 무조건하고 글소리만에 그에게 경의를 느끼었다"[17]고 고백할 정도로 급속한 호감을 느끼게 된다.

송선생의 행적과 행색에 더러 우스꽝스러운 대목이 없지 않지만, 소설 전반에 걸쳐 화자인 '나'가 유지하고 있는 '태도'는 '경의'에서 크게 벗어나지 않는다. 정서적으로 '나'는 송선생에 대해 연민과 동정심을 느낀다. 그러나, 그것이 '태도'의 주조(主調)가 아님은 소설의 말미에 재확인된다. 거리에서 우연히 송선생과 마주친 '나'는 허기를 호소하는 그를 위해 청요리집에 들어간다. 그리고 전차에 부딪혀 죽다 살아난 그의 애기를 듣는다.

---

17 이태준, 「불우선생」(이태준 단편집 『달밤』, 한성도서, 1934), 6면.

"아무튼 불행중 다행이십니다."

"욕이죠. 이렇게 살아나서 이선생을 또 만나는 건 반가워도 이렇게 신세 지는게 다 욕이 안요?"

"원 별말씀을……"

음식이 올라왔다. 나는 백알병을 들어 그의 잔을 가득히 부었다.

"네…… 그런데 요즘 일중문제가 꽤 주의를 끌지요?" 한다.

"글세요 저는 그런 방면엔 문외한이올시다." 하니

"그럴 리가 있소. 저렇게 발발한 청년시기에…… 요즘 극동풍운이 맹랑해지거든……"

하는 데는 불우선생은 돌연히 지난 여름 의신여관에서 보던 때와 같이 형형(炯炯)한 정렬에 눈이 빛나기 시작하였다. 그리고 그는 나의 음식을 먹으면서도 나를 자기가 먹이는 듯 무엇인지 나를 압박하는 것이 있었다. (강조는 인용자)[18]

「불우선생」은 무엇보다도 강한 자의식의 소유자다. 구슬픈 목소리로 '도연명'을 암송하고 일본과 중국을 비롯한 동양 정세에 훤한 박람강기의 소유자이면서도 그것의 소용과 무용함을 이미 간파하고 있다. 천석꾼이었다는 화려한 과거에 사로잡힌 '시대착오자'가 아니라, 현재의 자신의 처지와 조건을 누구보다도 냉철하게 꿰뚫고 있다. 더구나 끼니도 해결하지 못하면서 극동의 정세를 논하는 그의 자세가 희화적으로 그려진 것이 아니라, 송선생에 비해 한참이나 젊은 '나'가 그런 국제정세에 무관심한 것을 '송선생'의 시각을 빌려 비판적으로 묘사하기까지 한다. 그러므로, 그의 남루와 걸식은 결코 비굴한 느낌을 주는 것이 아니라 '나'에게 '나의 음식을 먹으면서도 자기가 먹이는 듯한 압

---

18 이태준, 「불우선생」, 앞의 책, 16~17면.

박감'을 주는 것이다. 송선생에 대한 화자의 이런 태도는 이태준이 유지하는 '전통' 혹은 '과거'에 대한 그의 고유한 인식과 긴밀히 연결되어 있다. 화자에게 '송선생'은 일종의 노스탤지어적 지향의 대상이다.[19]

'화자'로 하여금 '과거'를 환기시키는 하나의 계기 혹은 통로가 되고 있다는 점만 비교하자면, 「화랑의 후예」의 '황진사'는 '송선생'과 똑같은 기능을 하고 있음에 틀림없다. 그러나 '화자'가 대상인 '황진사'에 대해 취하는 '심미적 거리'는 「불우선생」과 사뭇 다르다. '나'는 숙부의 강권에 못 이겨 '조선의 심볼'들이 모여 있다는 '중앙여관'의 골방인 '관상집'에 간다. 이 소설의 서두에 등장하는 '조선의 심볼'은 소설이 전개되면서 구체적인 사물로 환유된다. '조선의 심볼'에 해당하는 계열체들은 황진사가 밥이나 용돈을 얻기 위해 '나'의 집에 가져오는 것들로, 천하명약이라고 건네준 '쇠똥 위에 개똥 눈 것', 친구 등에 얹어 온 '먼지 투성이의 작고 낡은 책상', '모퉁이가 다 닳은 필사본 주역'[20] 등이 그것이다. 문제는 그 어느 것도 '나'로 하여금 심미적인 친화나 동경을 유발하지 않는다. 황진사라는 인물, 혹은 그가 가져온 '심볼'들은 오히려 환멸과 냉소만을 자아낼 뿐이다.

나는 처음 관상소에서 그를 보았을 때부터 '하도 지모가 나지 않아 육효를 뽑아 보았노라'한 것을 들은 일이 있어서 그가 평소로 얼마나 이 '지략

---

19 차승기, 앞의 책, 152~161면. 차승기는 이태준의 전통 의식을 '노스탤지어적인 것'으로 명명하고, 이러한 시간 의식은 "보다 충만했던 과거의 어떤 시간 혹은 배경으로 되돌아가고자 하는 강렬한 욕망, 그리고 이전의 시대를 그것이 실제로 존재했던 것보다 더 매혹적으로 만드는 방식으로 과거의 요소들을 선택적으로 결정화(結晶化)함으로써 이상화하고자 하는 경향"이라고 요약한다.

20 특히 「불우선생」의 도연명의 「어부사」와 「화랑의 후예」의 『주역』은 둘 다 중국의 고전(古典)이라는 공통점이 있지만, 텍스트 내부에서의 기능은 정반대다. 전자의 경우엔 화자에게 향수와 추모와 존경을, 후자의 경우에는 환멸과 조소를 자아낸다. 즉, 전자는 '동양적 세계'를 환기하는 '보편성'의 계기지만, 후자의 경우는 '조선적 고유성'을 확보하기 위한 '배제의 대상'으로 설정되어 있다.

과 '조화'를 부려 보고 싶어하는 위인인가를 짐작은 할 수 있었지만, 이와 같이 언제나 몸에 지닌 솔잎 한 줌과 네 귀 모즈러진 주역 속에서 우러난 음양 오행의 지모 조화가 겨우 '쇠똥 위에 개똥 눈' 흙가루 약과 친구의 책상을 들리고 다니는 것쯤인가고 생각할 때 내 자신도 모르게 한숨이 새여 나왔다.(강조는 인용자)[21]

시대와 자신과의 불화(不和)의 이유를 객관화하고 있는 한, '시대착오'는 발생하지 않는다. 그 점에서 '송선생'은 자의식이 강한 인물이며 '시대착오자'가 아니다. 그러나, '황진사'의 성격에서 가장 문제적인 점은 자기의 주제를 모른다는 것이다. 사람들이 농삼아 '황진사'라고 부르기 시작한 것을 '그 자신은 조금도 어색해 하지 않고 아주 뽐내고 진사 행세를 한다'든가, 처지가 딱해 과부장가라도 들게 하려고 '나'의 숙모가 중매를 서자, 오십 대 중반에 빈털터리인 자신의 처지를 돌보지 않고 숙모에게 불같이 화를 내며 "황후암의 육대손이 그래 남의 가문에 출가했던 여자한테 장갈 들다니 당하기나 한 소리요"라고 호통을 치는 장면이 그 증좌다. 황진사의 이런 행동에 대한 '나'의 반응은 언제나 '우습다'는 것이다. 이런 냉소적인 태도는, 길에서 조우한 황진사가 '나'에게 은밀히 털어놓은 조상이야기 대목에서 정점을 이룬다.

그는 나를 한쪽 구석에 불러 놓고, 지극히 중대한 사실을 발견했노라고 한다. 나는 사정이 전과 다른 형편에 있던 터이라(숙부의 피검을 가리킴―인용자) 혹시나 이런 데서 무슨 자세한 내용이나 알게 되나 하여 두군거리는 가슴을 누르며 긴장한 낯으로 그를 쳐다보고 있는 것인데, 그는

"아, 내 조상께서도 모르고 지낸 윗때 조상을 근일에 와서 상고 했구랴."

---

21 김동리, 「화랑의 후예」(김동리단편집 『무녀도』, 을유문화사, 1947), 142~143면. 원발표는 『조선중앙일보』, 1935년.

이런 엉뚱한 소리를 하였다.

나는 너무 어이가 없어 어리둥절해 있노라니,

"왜 그루, 어디 편찮우."

한다. 괜찮으니 얼른 마저 이야기 하라고 하니,

"아, 이런 수가…… 온, 내 조상이 대체 신라적 화랑이구랴!"[22]

피검된 숙부에 관한 무슨 소식이나 들을까 기대했던 '나'는, 아무 관심도 없는 '황진사'의 조상 얘기가 나오자 실망한다. '나'가 마지막으로 본 황진사는 엉터리 약장수의 들러리를 서다가 순사한테 붙잡혀 파출소로 끌려가고 있었다.

소설의 첫머리에 수차례 반복해서 나오는 '조선의 심볼'이란 단어를 주인공 '황진사'와 등가(等價)로 연결해서 읽는 것이 기왕의 해석이라고 할 수 있는데, 이는 「화랑의 후예」를 조밀하게 읽지 않은 탓이다. 「화랑의 후예」는 오히려, '황진사'를 포함해 여관 골방을 메우고 있는 떨거지 인물들, 그리고 '엉터리 제조약'과 '낡은 책상', '닳아빠진 주역책' 따위의 골동(骨董)들이 '진정한 조선의 심볼'이 아님을 역설하는 논리로 구조화되어 있다.

요컨대, 「불우선생」과 「화랑의 후예」를 대조해서 읽음으로써 우리가 잠정적으로 얻어낼 수 있는 결론은, 김동리의 '조선적인 것'에 대한 지향이 이태준의 그것과 다르다는 것, 특히 이태준의 '전통'에 대한 지향이 조선이든 중국이든 '동양적인 것' 속에 포섭되는 방식으로 소설 안에 배치되어 있다면, 김동리는 그것을 단연 부정하고 있다는 점이다. 『주역』을 부정하는 것이 아니라, 그러한 동양의 위대한 고전이 '황진사'와 같은 파락호들에 의해 전유되는 '현실'을 부정하는 것이라고

---

22 김동리, 「화랑의 후예」, 앞의 책, 152면.

해도 결론은 달라지지 않는다. '조선적인 것'을 통해 '동양적인 것'을 구상하는 김동리의 사유구조 내부에서 '역사화된 동양'은 처음부터 배제되어 있기 때문이다. 다시 말하면, 김동리에게 『주역』은 중국의 고전이고, 그 세계에서 벗어나지 못하고 있는 '황진사'는 중국의 영향을 받은 '조선의 과거'일뿐, '조선의 고유성'을 표상하는 것으로는 간주되지 않는다. 역사화된 동양, 좀더 사태의 구체성에 어울리게 표현한다면, 중국(경우에 따라 인도)문화의 영향권 아래에서 형성된 유교나 불교라는 '역사화된 동양문화'의 하위범주로 '조선적인 것'이 설정되는 한, '조선적인 것'의 고유성은 확인하기 어려우며, 따라서 그것을 매개로 '서구 / 근대'에 맞서는 대항 보편성을 구축하는 것은 어려울 수밖에 없다. 따라서, '샤머니즘'은, 김동리의 선행연구[23]들이 잘 밝혀 주었듯이, 그의 문학에 내재하는 낭만주의적 성향에서 비롯된 신화적 세계로의 회귀욕구나 합리주의에 대한 거부, 자연과 생명에의 기투(企投) 같은 것에서 말미암는 부분도 분명히 존재하지만, 그의 문학론이 처음부터 설정하고 있던 '표상들의 집합구조' 내부에서 '조선적인 것'을 보편성으로 설정하기 위한 논리적 사유의 귀결점이기도 한 것이다. 그러므로, 「무녀도」는, '소재면에서 전인미답의 새 경지'를 열어 보이겠다는 김동리의 의지와는 별도로, '황진사'를 부정했을 때 '조선적 고유성'은 무엇을 통해 확인되는가에 대한 해답의 형식을 취하고 있는 셈이다.

---

23 낭만주의와 김동리의 문학을 연결지어 해석한 연구로는 진정석, 「김동리 문학연구」 (서울대 석사논문, 1993)를 비롯해, 박철화, 「김동리 문학에 대한 오해와 이해」(『작가 세계』, 2005, 겨울); 이찬, 「김동리 비평의 '낭만주의' 미학과 '반근대주의' 담론」(『현대 한국문학의 지도와 성좌들』, 월인, 2009), 그리고 조현일의 앞의 글 등을 참조할 수 있다.

3. '대항 보편성(counter-universality)'이라는 미망

"기독교, 유교, 불교가 들어오기 이전 한국의 가장 중심적인 얼은 무엇이던가?"라는 스스로의 질문에 대한 대답의 귀결로 선택된 것이 '샤머니즘'이라고, 김동리는 스스로 주장한다. 논리적인 맥락에서 보자면, '샤머니즘'이 먼저가 아니라, '조선적 고유성'이 무엇인가를 확인하는 과정으로서의 '전술적 배제', 즉 '역사화된 동양'의 타자화가 이루어지고 난 결과로 등장한 것이 '샤머니즘'이라고 할 수 있다. '역사화된 동양'을 전제하고서는 결코 '조선적인 것'이 '동양적인 것'의 대표성을 얻기가 어려워지기 때문이다. 여기서 말하는 '역사화된 동양이란 문명론적 구획으로서 '동양적인 것'에 포섭되는 것, 예컨대 불교나 유교와 같이 시간적으로 소급해 그 '기원'을 확인할 수 있는 '동양적인 것'을 의미한다. 이러한 '역사화된 동양'이 '동양적인 것'의 표상이 되는 한, '조선적인 것'이 '동양적인 것'이 되는 것은 불가능하다. 그것은, 마치 '서구 / 근대'가 외부로부터 들어온 '타자로서의 보편'이듯이, '동양적인 것' 역시 외부로부터 들어온 '타자(들)'이기 때문이다. 그러므로, 김동리는 '조선적인 것'의 고유성을 찾기 위해 '탈역사화'된 시 / 공간으로의 소급이 불가피해지는 셈이다. '샤머니즘'이야말로 이러한 '무시간성' 혹은 '탈역사성'의 표상공간으로 제격이라고 할 수 있다.

'무녀도'가 한 무녀를 주인공으로 삼은 것은 그냥 민속적 신비성에 끌려서는 아니다. 조선의 무속이란, 그 형이상학적 이념을 추구할 때 그것은 저 풍수설과 함께 이 民族特有의 이념적 세계인 神仙觀念의 발로임이 분명하다.(이점 무녀도에서 구체적 묘사를 시험한 것이다) '仙'의 영감이 道詵師의 경우엔 風水로서 발휘되었고, 우리 모화(무녀도의 주인공)의 경우에선

'巫'로 발현되었다. '선'의 이념이란 무엇인가? 不老不死 無病無苦의 常住의 세계다.(자세한 말은 후일로) 그것이 어떻게 성취되느냐? 限 있는 인간이 限없는 자연에 융화되므로서다. 어떻게 융화되느냐? 인간적 기구를 해체시키지 않고 자연에 귀화함이다. 그러므로 巫女 '모화'에게 있어서는 이러한 '선'의 영감으로 말미아마 인간과 자연 사이에 상식적으로 가로놓인 장벽이 문어진 경우다. (…중략…) 인간의 개성과 생명의 구경을 추구하여 얻은 한 개의 도달점이 이 '모화'란 새 인간형의 창조였고, 이 '모화'와 동일한 사상적 계열에 서는 인물로선 '산제'의 '太平이'가 그것이다. 모화나 태평이들이 이 시대 이 현실에 대하여 별반의의를 가지지 못함은 내 자신 잘 알고 있으나, 그러나 인간이 개성과 생명의 구경을 추구하여 영원히 넘겨보군 할 그러한 한 개의 길이라고 나는 믿는 것이다. 끝으로 나의 작품 세계에 가끔 민속을 도입함에 대해서는 또 이밖에 나대로 다른 이유가 있으나 그것은 생략한다.(강조는 인용자)[24]

'민족 본래의 고유한 것' 즉 원형으로서 '신선관념'과 그 현상형식의 하나로서 '무(巫)'의 세계를 상정하고, 그것이 현재의 세계에 여전히 유효한 것임을 강조하는 위의 논리는 주체의 발화 위치를 중심으로 놓고 볼 때, 다음의 발언과 선명한 대조를 이룬다.

세계의 어느곳을 물론하고 그 원시문화에 있어 무격의 역할이 절대하였던 것은 주지의 사실이다. 넓은 의미의 무격적 종교는 실로 원시문화의 전반에 亘(긍)하여 그 정신적 기초가 되는 것이니 그러므로 우리가 원시문화를 연구함에 있어서는 이 무격적 신앙을 결코 泛然視할 수 없는 것이다. 원시시대뿐 아니라 이러한 신앙은 상고 세계를 지나 금일에 이르기까지 아즉

---

24 김동리, 「신세대의 문학정신」, 앞의 책, 91~92면.

도 오히려 그 세력을 우리들의 생활 속에 갖고 있으니 이것은 우리들의 모든 정신적 과학이 아즉도 무격적 그 것의 域을 완전히 버서나지 못한 탓일씨 물론이어니와 한편으로는 이 무격적 과학이 시대를 따라 그 시대 시대의 과학을 끄을어 온 까닭이었다. (…중략…) 이러한 무격적 문화는 과학사상의 보급과 함께 당연히 없어질 것이며 또 없이하여 버리어야 할 것이지마는 그럴사록 우리는 학문을 위하여 그 자료의 모집에 만전을 기하여야 할 것이며 또 이것을 이러한 의미에서 이해하여야 할 것이다. (강조는 인용자)[25]

샤머니즘에 관한 연구에서 당대의 대표적인 민속학자였던 손진태와 김동리는 동일한 대상을 다루고 있지만, 그 발화의 위치는 사실 정반대의 위치에 놓여 있다고 할 수 있다. 손진태는 '근대적 주체'의 위치에서 '무'를 대상화하고 있는 것이다. 따라서 '무'는 단지 수집과 연구의 '대상'에 불과하며, 그것이 수집과 연구의 '대상'이 되는 이유는 '무격'이 지닌 '역사성' 때문이다. 더구나 그것은 자동적으로 소멸되거나 소멸해야할 어떤 '대상'이다. '무'의 세계나 그 세계에 속한 인간들과 발화의 주체 사이에 어떤 '연속성'도 존재하지 않는다. 그러나, 김동리에게 그것은 '역사성'의 대상으로서가 아니라, 현실의 어떤 모순, 예컨대 '인간과 자연 사이에 상식적으로 가로 놓인 장벽'을 무너뜨릴 대안적 세계이자, '인간이 개성과 생명의 구경을 추구하여 영원히 넘겨봐야 할 한 개의 길'인 것이다. '자연과의 합일', '개성과 구경의 생명'은 그러한 원형으로서의 세계를 구성하는 일종의 '보편 원리'라고 할 수 있는데, 중요한 것은 이것이 김범부의 영향을 받은 것이든, 혹은 전래의 자연사상이든, '보편으로서의 서구'를 타자로 의식한 일종의 '대항 보편성'이라는 점이다.

25　손진태, 「巫覡의 神歌」, 『문장』, 1940, 9. 164~165면.

　그런데 한 가지 흥미로운 것은, 이러한 사유구조 안에서 과연 '일본' 또는 '일본적인 것'의 위치는 어떻게 처리되는가 하는 점이다. 1930년대 당대에 '전통론'의 자장 안에서 자기모색을 시도했던 많은 논자들은 '조선적인 것'을 통해 '동양적인 것'을 사유하는 과정에서, '일본＝동양이라는 제국주의의 헤게모니 담론과 어떤 형태로든 씨름해야 했다. '일본＝동양이라는, 일본발(發) '대항 보편성' 담론의 정치적 기능은, '서구／근대'라는 선행하는 보편성이 구축한 세계질서에 맞서, 아시아적 가치에 충실한 대안적 세계를 구축하는 데 기여하는 것이었다. 이를테면, 그것은 '반민족주의적 다민족적 국민국가'[26]를 아시아에 건설할 수 있다는 정치적 전망을 떠받치는 것이었고, 지금까지 실현된 적 없는 이 새로운 형태의 '비서구적 세계질서'의 가능성에 많은 논자들은 논리적으로 함몰되었다. 이러한 문학사적 현상을 떠올리면, 그 사유과정과 논리적 구조의 정합성 여부를 잠시 유보해 둔다고 가정할 때, 김동리는 스스로 내건 '조선적인 것으로서의 대항 보편성'이라는 기획 덕분에, 결과적으로 '일본＝동양이라는 담론에 포섭되지 않을 수 있었다.[27]

　그러나, 김동리의 논의 구조 안에서 '일본적인 것'을 어떻게 사유하고 있었는가를 가늠하는 일은 쉽지 않다. 우선, '일본적인 것'에 대해 직접 언급하는 경우가 드물기 때문이다. 그러므로, '일본'에 대한 김동리의 생각을 추출하기 위해서는 약간의 우회적 접근이 필요하다. 우선 당대의 일본문학에 대한 김동리의 견해부터 검토해 보기로 하자.

26　사카이 나오키·니시타니 오사무, 『세계사의 해체』, 차승기·홍종욱 역, 역사비평사, 2009. 216면. 이른바 '세계사의 철학'에 내재하는 정치적 구상에 대한 이 해석방식은, 당대의 논의를 이해하는 데도 유용하지만, 전후에 일본의 우익이 미국 중심의 아시아재편 구도인 '집단방위체제'에 왜 동의하는가를 설명하는 것, 나아가서는 전전(戰前)의 사상체계가 전후의 냉전체제에 어떻게 계승／이월되는가를 설명하는 데에도 유용한 틀을 제공해 준다고 생각한다.

27　이 지점이 일제 말 김동리의 문학론과 개인사적 행적(일제 말의 절필)을 '민족주의'의 틀 안에 굳건히 자리매김하려는 논자들의 중요한 논거가 되기도 한다.

당시 일반 독서가들이 盛히 읽든 톨스토이나 東京文壇의 諸家들에게 自己(김동리 자신을 가리킴—인용자)가 흥미를 갖게 된 것은 前擧한 諸家들보다 오히려 뒤의 일이었으니, 그때의 自己의 생각으로는 톨스토이는 너무 범속적이고 진부하고, 東京文壇의 諸家들은 그 작품세계가 너무 瑣細하고 貧弱하다는 것이었다. (강조는 인용자)[28]

이 인용문에 등장하는 '동경문단의 제가'들의 문학은 모두 근대문학일 터이고, 김동리가 이들에 대해 '쇄세하고 빈약하다'는 것은 물론 '근대문학'으로서의 그러한 성격을 말하는 것일 터이다. 이 글에 바로 이어서 김동리는 중국의 근대작가인 루쉰(魯迅)에 대해서도 언급하는바, "신문학의 세례를 받은 지 아직 일천한 그네들 중에서, 그 작품의 결구나 필치에 무리가 과히 없는 점은 의외로 놀랍게 뵈었으나, 같은 단편작가로서라도 체홉의 제작(諸作)에서 보는 그러한 심령적 요소가 빈약한 점이나, 모파쌍의 우수작(단편)에서 보는바, 영육의 알력(軋轢), 분열 등이 결핍한 점으로, 자기와 같은 기질의 소유자에게는 별로 신통치 않았다"[29]고 낮추어 평가하고 있다. 스스로 표현하고 있듯이 '역문남독(譯文濫讀)으로 세계문학의 지식을 다 얻는' 과정에 대한 상세한 기술[30]에서 나타나는 것은, '세계문학', '일본문학', '중국문학'에 대해 그가 견지하고 있는 일종의 '위계'라고 할 수 있다. 이 때의 세계문학은 응당 '서양(의 근대)문학'을 가리키는 것이고, 그에 비해 '일본문학'이

---

28 김동리, 「내가 영향을 받은 외국작가 — 요지경 팬의 변」,『조광』, 1939,3. 270면.

29 김동리, 앞의 글, 같은 면.

30 김동리는 이 글에서 자신에게 영향을 끼친 작품과 작가를 ① 자기의 초기 로맨티시즘에 영향을 준 작가, ② 자기가 '소설'이란 것의 윤곽을 얻게 된 러시아 4작가, ③ 자기의 머리에 '희곡'이란 것의 윤곽을 넣어준 독일의 고전극작가, ④ 근대극을 배워준 스칸디나비아의 2작가, ⑤ 프랑스의 지드와 발레리 등, 같은 지면의 다른 작가들의 설문에 비해 매우 구체적으로 자신의 서양문학 독서편력에 대해 설명하고 있다. 물론 이때의 '譯文'은 '일본어'로 번역된 서양의 문학작품을 말한다.

나 '중국문학'은 '결여로서의 근대문학'으로 설정되어 있었던 것이다. 해방 이후의 회고인 까닭에, 이러한 위계적 인식의 직접적인 근거로 삼기에는 다소 주저되는 면이 없지 않지만, 다음과 같은 청년시절의 교우에 관한 회고도 문학의 계서(階序)에 대한 김동리의 인식의 한 단면을 보여준다는 점에서 흥미롭다. 그는 젊은 시절 새로운 벗을 사귈 때 종종 그의 독서경향에 대해 묻곤 했다.

① 우리는 그(김석수-인용자)를 찾아갔다. (…중략…) 첫눈에 당장 호감이 갔다. 그것은 그가 독학(獨學)의 문학도라는 데서 오는 인상인지도 몰랐다. 이야기를 해보니 세계문학에 대해서는 그다지 공부가 없는 듯했고 그 대신 일본 현역 작가-특히 사회주의 계통의 작가들에는 상당히 소상한 관심을 갖고 있었다. 따라서 나와는 독서 경향이나 문학관에 있어 일종의 거리감 같은 것이 느껴졌으나 (…후략…)[31]

② 그보다도 중요한 문제는, 그(최용-인용자)와 나의 문학관이 다른 데 있는 듯 했다. 그는 세계문학을 널리 읽는다기보다 일본문학을 깊이 이해하는 편에 가까웠고 특히 '도꾸도미 로까(德富蘆花)'의 전집을 해독하고 있었던 것이다.[32]

이 때의 '세계문학'이란 물론 그가 읽은 독서 범위 내에서 한정하자면 도스토예프스키나 빅톨 위고 같은 18~20세기의 서구작가들의 작품을 가리킨다. 그는 "'세계문학'을 원서로 읽기 위해 '영어'공부를 시작했다가, 일역본 '세계문학전집'을 읽는 것으로 대신하기로 하고 영어 공부를 그만두었다"[33]고 회고하기도 했다. '문학관이 다르다'고 완

---

31 김동리, 「자전기」, 앞의 책, 386면.
32 김동리, 「자전기」, 앞의 책, 395면.

곡하게 에둘러 말하고 있지만, 기실 김동리는 '일본문학'을 서양문학의 하위에 배치시키고 있으며, 습작 시절의 문학청년이었던 자신의 관심사항이 아닌 것처럼 묘사하고 있다.(아울러 사회주의 계통의 일본문학은 이중으로 배제되고 있다!)

'일본어'로 번역된 서양 문학작품들을 읽으면서도, 그것을 곧바로 서양의 문학을 직접 읽은 것처럼 오인하는, 이러한 '오도된 직접성'은, 세계문학이란 '영어'로 이루어진 문학이라고 상상하는 것만큼이나 한편으로는 단순하고 한편으로는 무지하다고 볼 수 있다. 물론 이러한 '오도된 직접성'은 김동리 개인의 무지라고만은 할 수 없다. 여기서, 번역을 통해 하나의 언어가 다른 언어로 옮겨지는 교환 회로는, 먼저 번역되는 언어와 번역하는 언어가 모두 균질적이고 통일적 체계를 가진 언어라는 표상을 통해 가능하며, 이 과정에서 체계적 통일체로서의 언어가 생산된다는 사카이 나오키의 '번역의 쌍형상화 도식'[34]을 다시 한번 떠올리게 된다. 김동리처럼 일본어로 번역된 서양 문학작품을 읽는 경우, 이 번역의 교환회로는 삼중(三重)의 가상을 만들어내게 된다. 더구나 이중 번역의 과정[35]에서 1차 번역어의 역할과 위치가 종종 사라지거나 은폐되고 직역 텍스트를 읽는 듯한 착각에 빠지듯이, 김동리의 회고에서 '일본'의 위치는 '서양 / 조선'의 직접적인 이항 대립 구도에서 사라지게 된다. 이중번역의 교환회로에서 '일본'이 사

---

33 김동리, 「자전기」, 앞의 책, 377면.

34 酒井直樹, 『번역과 주체 – '일본'과 문화적 국민주의』, 후지이 다케시 역, 이산, 2005. 118~129면.

35 정확하게 말하자면, 서구 여러 나라의 문학작품을 일본어로 번역한 '일역(日譯) 텍스트'를 읽는 것은 '이중번역의 과정'이라고는 할 수 없다. 그러나 '서구 텍스트 – 일본어 번역 텍스트 – (조선어가 모어인)조선인 독자'라는 구조를 염두에 둔다면, 번역어인 '일본어'가 다시 '조선어'로 '(가상)번역'되는 실제의 독서과정을 생각하지 않을 수 없고, 그런 의미에서 결국은 '일역된 서구의 텍스트'는 일종의 '이중번역' 과정을 통해 조선인 독자가 읽게 되는 셈이다.

라지고 직접 '서양 / 조선'이 번역의 양단(兩端)을 형성하는 것처럼 인식하는, 일종의 '착시'현상이 나타나듯, 문학의 위계에 관한 인식, 즉 '근대문학'으로서의 보편성과 그 결여에 관한 인식에서도 동일한 현상이 나타난다. 이것을 '일본 괄호치기'라고 부르는 것은 어떨까.

'서구 / 근대'를 하나의 보편으로 상정하는 동안은, '비서구'의 일원으로서의 일본과 한국과 중국의 위계는 그다지 중요한 것이 아니다. 왜냐하면, 정도의 차이는 있지만, 그것이 '결여로서의 근대'인 점은 모두 동일하기 때문이다. 앞의 인용문에서 확인되듯이, '내게 영향을 준 외국문학'에서 당대의 '동경문단'과 중국 최고의 작가 '루쉰'이 모두 '빈약하고 신통치 않은 것'으로 폄하될 수 있는 것은, '조선문학'이 그것보다 더 뛰어나서라기보다는, '결여로서의 근대문학'인 점에서는 어차피 같은 처지에 놓여 있다는 인식 때문이다.

그런데, '서구 / 근대'로 구축된 보편성의 세계가 균열을 일으키면서 '근대'에 대한 인식에 커다란 전환이 일어나고, 그에 연동되어 일종의 '대항 보편성'에 관한 강렬한 욕망이 형성되면서, 사정은 달라지게 되었다. 주지하다시피, '서구 / 근대'가 하나의 보편성으로 통용될 수 있었던 것은 일원론적인 시간 인식 때문이었다. 서양의 근대는 앞선 '시간'에 속하는 세계였고, '비서구'는 그 서양의 문화를 전범으로 삼아 열심히 뒤쫓아 가면서 배우고 모방하기를 갈망했다. 1930년대 접어들면서 국내외에서 나타난 일련의 사회문화적 현상들로 인해, 그 때까지 유지·존속되어 오던 '근대성의 가치'에 관해 회의와 전도(顚倒)가, 그리고 주체와 대상의 관계 구도에 일정한 인식의 변화가 초래되었다. 타율적 근대화의 과정을 밟고 있고, 그 과정에서 식민지로 전락한 상태이긴 하지만, 추구해야 할 가치와 대상은 여전히 '서구 / 근대'이며, 이러한 근대화의 과정을 밟고 있는 동안은, 비서구의 식민지 주체도 스스로를 '보편적 주체'로 상정할 수 있었다. 그러나 이 때의 '보편 주체'는 개념적으로 입도선매(立稻先賣)한 것일 뿐, 실제로 그들에게 '서구 / 근대'와의 '시간적 거리'는 아득한 것으로 인식되고 있었음에 틀림없다. 바로 이 '시간적 거리', 즉 '서구 / 근대'로부터 한참 낙후되었다는 사실이, 중국과 일본의 근대문학을 '보잘 것 없는 것'으로 폄하할 수 있었던 김동리 나름의 자신감의 원천이었다고 할 수 있다. 그것은, 앞서 말한 것처럼, '결여로서의 근대'라는 동심원 내부에서의 '차이'에 불과한 것이었기 때문이다.

그러나 '서구 / 근대'라는 '보편'으로서의 가치와 대상에 균열이 나타나고, 그에 수반되어 '주체'의 위치에도 일정한 수정이 불가피해진 상황이 일어나게 되면서 사태에 관한 인식이 달라졌다. 이러한 인식의 전환기에 김동리가 꿈꾸었던 것은, "결론에 도달한 서구문학에서부터 새롭게 시작하여 미래의 문학을 준비하는 것"[36]이었고, '결론에 도달한 서양문학'이 봉착한 '보편성의 위기'를 타개할 '대안의 보편성'을 '조선적인 것'으로 구성하는 것이 김동리 문학론의 야심찬 기획이었던 것이다. 이 과정에서, '서구 / 근대'라는 보편성을 추구할 때 '결여로서의 근대'로 '괄호'속에 묶였던 '일본적 근대'는, 보편성의 진행축이 '전통' 혹은 '과거'를 향해 역전하면서 다시 '결여로서의 동양 / 비서구'로 김동리의 인식 구조 안에서 '괄호' 속에 묶이게 된다. 명징하게 말하고 있지는 않으나, 그의 논리적 회로 안에서 '일본'은 '결여로서의 근대'이자 동양적 가치를 창출할 대표성으로서도 각인되기 어려웠던 탓이다. 요컨대, 김동리의 사유구조 내부에서, '일본'은 '근대'라는 축을 중심으로 놓았을 때도 '결여태(缺如態)'였지만, '반근대' 혹은 '탈근대'로서의 '동양적인 것'이라는 역행축(逆行軸) 안에서도 또다른 '결여태'였던 것이다.

---

36 김동리, 「나의 문학을 말한다」, 앞의 책 81면.

　　사카이 나오키는 "미리 타자에 대한 관계가 한정되어 있지 않다면 자기에 대한 관계도 한정할 수 없다"는 자기동일성 형성의 메커니즘을 전제로 '일본사상(의 가능성 혹은 고유성)'이라는 문제를 본질적으로 '모방성에 대한 욕망'으로 규정한다.

　　　일본사상사를 발화구조로 볼 때 알게 되는 것은 일본사상사가 서양사상사와 대결하는 것으로 발상된다는 것이며, 서양에 사상이 있었다면 일본에도 사상이 있었어야 한다는 대칭성과 평등에 대한 요청에 의해 지배된 형태로 발상된다는 것이다. 서양에 철학이 있었다면 일본에도 철학이 있어야 한다는 결여의식으로부터 일본사상사는 출발할 수밖에 없었다. (⋯중략⋯) 일본사상사의 자기 언급적인 성격은 모방성에 대한 욕망을 매개로 해서 비로소 가능해진 것이다.[37]

　　그러므로 김동리에게 '민족 본래의 고유한 것'은 겉으로는 이미 주어진 그러나 오래도록 잊혀진 '원형'을 소환하는 간단한 행위로 포장되지만, 이것이 가능하기 위해서는 먼저 '민족 본래의 것이 아닌 것'이 무엇인지 상상되지 않으면 안 되는 내부의 논리가 따로 작동하고 있다. 김동리에게 그것은 무엇보다도 '서양'이었다. 대부분의 비서양 근대 지식인들이 그러하듯이, 그에게도 서양은 '상상된 보편성'의 세계로 미리 설정되어 있었다는 점이고, 그는 이것을 종종 '서양'과 '세계'를 구분없이 사용함으로써, '서양=세계=보편'이라는 도식에 깊이 침잠되어 있었다. '전통론'과 당대의 '동양담론'이 촉발시킨 '근대' 인식의 커다란 전환기를 맞이하면서도, 이러한 미망(迷妄)은 '대항 보편성'으로서의 '동양적인 것'을 고민하는 데에도 그대로 반복되어 나타났다.

---

[37]　酒井直樹, 앞의 책, 113~114면.

대항보편성에 대한 김동리의 욕망은, 그가 폄하했던 중국의 작가 루쉰과, 루쉰을 필생의 화두로 설정했던 타케우치 요시미(竹內好)의 '루쉰관(觀)'을 떠올리게 만든다. 앞서 살펴 본 것처럼, 김동리는 루쉰에 대해 "그 작품의 결구나 필치에 무리가 과히 없는 점은 의외로 놀랍게 뵈었으나, 같은 단편작가로서라도 체홉의 제작(諸作)에서 보는 그러한 심령적 요소가 빈약한 점이나, 모파쌍의 우수작(단편)에서 보는바, 영육의 알력(軋轢), 분열 등이 결핍한 점으로, 자기와 같은 기질의 소유자에게는 별로 신통치 않았다"[38]고 한마디로 일축한다. 루쉰을 어떻게 이해하고 평가할 것인가는 다양한 관점이 있을 수 있고, 그 점에서 '단편작가로서의 기법적 역량'이나 '영육의 알력'이라는 측면에서 그를 대단찮은 작가로 폄하한 김동리의 관점이 문제될 이유는 없다. 그러나, '조선적인 것'을 '서구／근대'의 몰락의 대안이자 일종의 '대항 보편성'으로 설정하고자 했던 그의 욕망에 비추어 보자면, 그의 이러한 '루쉰' 이해는 그의 근대 인식이 지닌 제한성을 이해하는 중요한 단서가 된다.

다케우치 요시미는 루쉰에 대해 이렇게 말한다.

루쉰과 같은 인간은 유형(類型)으로서 보자면 후진국형이고, 루쉰과 같은 문학가를 탄생시킨 중국문학은 후진국문학일 것이다. 중국문학을 후진국문학으로서 비추는 일본문학의 눈은 중국문학을 올바르게 비추는 것일 터이다. 올바르게ㅡ정말로 '올바르게'다. 카메라처럼 올바르게 시공간을 이차원으로 다시 끌고 들어와서 보여주는 것으로의 '올바르게'이다. 그것은, 자신은 역사 속으로 깊숙이 파고 들어가지 않고서 역사라는 코스를 달려가는 경마를 밖에서 바라보는 것이다. 자신이 역사에 깊숙이 들어가지 않기 때문에 역사를 충실하게 하는 저항의 계기는 놓치게 되지만 대신에 '어떤 말이 이길까'는

<hr>

38 김동리, 「내가 영향을 받은 외국작가ㅡ요지경 팬의 변」, 앞의 책, 270면.

잘 보인다. 중국말은 뒤처지고 있다. 일본말은 자꾸자꾸 앞지르고 있다. 그
것은 그렇게 보인다. 그리고 그렇게 보이는 것은 올바르다. 올바르게 보이
는 것은 자신이 달리지 않기 때문이다. (…중략…) 국수주의와 일본주의가 유
행했던 적이 있었다. 그 국수와 일본은 유럽을 추방한다는 것이지, 그 유럽을
확장했던 노예적인 구조를 추방하는 것은 아니었다.[39](강조는 인용자)

타케우치 요시미의 논법을 빌리자면, 김동리의 '대항 보편성'에 관
한 담론적 욕망은 '보편'에 관한 미망을, '대항 보편'이라는 또다른 미
망으로 대체하는 방식으로 구조화되어 있다. 그것은 무엇보다도 두
개의 역사적인 질문을 소거(消去)한 상태에서 이루어진 것이다. 예컨
대, 김동리의 문학론 내부에는 '서구의 근대'가 무엇인가에 대한 '역사
적 물음'이 없다. '서구 / 근대의 몰락', 혹은 그것이 문명사적으로 명운
(命運)을 다했다는 것은, 그 자신의 진지한 탐구로부터 비롯된 것이 아
니라, 이미 선재적인 조건이다. 동일한 이유로, '조선이 경험한 근대는
무엇인가?'에 대한 물음도 제기되지 않는다. 서론에서 이미 밝혔듯이,
이런 구체적인 질문들이 그의 문학론 내부에서 천착되지 않는 것은
'서양 / 동양' '근대 / 반(전)근대'와 같은 표상형식이 지닌 추상성이 이
미 이러한 '역사적 질문'을 봉쇄한 상태에서야 가능했기 때문이다.

---

[39] 竹內好, 『일본과 아시아』, 서광덕·백지운 역, 소명출판, 2004, 50~60면. 루쉰에 관한
타케우치의 이해방식을 인용한 것은, 그의 견해에 동조하기 때문이라기보다는, '루
쉰'을 이해하는 방식이 김동리의 그것과, 특히 '근대'에 대한 이해라는 측면에서 선
명하게 대비되기 때문이다.

4. 맺음말

이 글은, 샤머니즘이 과연 위기에 봉착한 서구의 근대문화를 대신하는 새로운 사상일 수 있는가에 대한 답을 구하기 위해 마련된 것은 아니다. 사상의 내용보다는, 그것이 등장하게 된 인식론적 구조에 관한 하나의 시론이다. '서구 / 근대'라는 균질적인 보편자는, 그것 자체가 이미 하나의 추상이자 미망(迷妄)이다. 그러므로, 그것을 '타자'로 삼아 설정된 '대항 보편자'의 성격 역시 추상과 미망을 벗어나기 어렵다. '서구 / 근대'는 '동양 / 전근대'의 대립물이 아니라, 이미 '동양 / 전근대'가 '서구 / 근대'를 구성하고 있는 인자(因子)다. 김동리의 문학론에서 느끼게 되는 가장 아쉬운 지점은, 그의 사유가 시종일관 표상에 사로잡혀 있다는 것이다. 앞서 말한 바 있듯이, 김동리에게는 '조선이 경험한 근대'가 무엇인지에 대한 천착이 전혀 나타나지 않는다. 이를테면, "서양문화가 일정한 거리에까지 물러선 것처럼 동양문화도 한 번은 어느 거리 밖에 물러가서 우리들의 새로운 관찰과 평가에 견디어야 할 것"[40]을 주문하는 정도의 성찰이 보이지 않는다.

같은 아시아에 속한 작가 '루쉰'에 대한 그의 평가와, 어떤 아시아 작가보다도 '근대'에 관한 사유의 독창성에서 독보적이었다고 '루쉰'을 평가하고, 평생 그를 '학습'하는 것을 아시아 지식인으로서의 공안(公案)으로 삼았던 타케우치 요시미는, 이 지점에서 좋은 대조를 이룬다. 타케우치 요시미에게 평생의 공안이었던 '루쉰'이, 김동리에게 근대문학으로서의 '완숙한 기법의 결핍'이라는 이유로 일언지하에 '신통찮다'는 평가를 받았던 것은, 단지 취향이나 문학관의 문제 때문은 아

---

40 김기림, 「'동양'에 관한 단장」, 『문장』, 1941,4. 241면.

니다. 그것은 일차적으로, 자기 당대의 삶을 역사화하고, 이질성과 '차이'로 가득찬 이 세계를 균질적인 상상의 시·공간으로 설정하는 보편성의 미망에 빠지지 않으려는 태도의 유무에서 비롯된다. 표상의 공간은, 기본적으로 표상되는 대상을 균질적으로 상상함으로써만이 가능하다. 그런 점에서, '서양 / 동양'이나 '서양 / 조선' 혹은 '근대 / 반근대' 등은 모두 표상들인 동시에 허구적 실재들이다. 김동리에게 왜 '샤머니즘'이 '조선적인 것'의 고유성의 표징인가에 대한 대답을 기대하기란 어렵다. '샤머니즘'이 과연 조선적 고유성이 될 수 있는가 없는가 하는 것은 부질없는 질문이다. 김동리의 사유구조 안에서 '샤머니즘'이 '조선적인 것'이라는 표상의 '의미' 부분을 담당하는 이치는, 마치 '의미'가 기호에 내장된 속성이 아니라, 구조 안에서의 '차이' 때문에 발현되는 것과 유사하다. '서구 / 근대'의 위기는 '비서구(동양) / 전통'의 새로운 가능성으로 전화되며, 이 대안적 가능성은 인간적 진보나 발전의 척도인 '역사적 시간'을 넘어선 곳에서만 가능하다. '역사화된 동양'이 전제되는 한 '조선적인 것'이 동양적 가치를 대표할 수는 없다. '샤머니즘'은 이런 구조론적 사유의 과정을 통해 '조선적 고유성'이라는 '기의'를 획득한다. 그리고, 이것을 매개로 한 '대항 보편성'에의 강한 욕망이, 민족적 차이를 무화시키며, 서양에 맞서는 또다른 보편성의 세계, 즉 '반민족주의적 다민족적 국민국가'의 구축이라는 헤게모니 담론에 그가 함몰되지 않도록 만들었다. 이 귀착점을 무엇이라고 부르든 상관없지만, 이 과정에서 우리가 경험한 근대는 무엇인가, 그리고 그것은 어떻게 극복이 가능한가 하는 질문의 대답을 구하기는 어려울 것이다.

'재만(在滿)'이라는 경험의 특수성

정치적 아이덴티티와 이민족의 형상화를 중심으로

1. '재만(在滿)'[1]이라는 경험의 시·공간적 특수성

식민지 시기 재만 조선인 문학이 지닌 특수성을, 민족주의에 기반한 자기동일성으로의 환원(혹은 제국주의의 타자로서의 경험)과 그 대척점에 서 있는 '의사제국주의적 욕망의 투사'라는 이분법적인 해석의 카테고리를 넘어 어떻게 새롭게 해석하고 자리매김할 수 있을 것인가에 관한 모색은 여전히 중요한 과제가 아닐 수 없다. 여기에서 제국주의의 타자, 혹은 민족주의에 바탕을 둔 자기동일성으로의 환원적 시각이란, '재만' 문학을 해석하는 한국문학사의 가장 오래 되고 전통적인 시각, 즉 '재만'의 경험과 그 문학적 형상화를 '친일 / 반일', '협력 / 저항' 혹은 '수난 / 개척'과 같은 이분법적인 약호로 묶어내는, 기존의 이해방식을 가리킨

---

1 이 글에서는 해방 전 '만주(국)'에 장기체류했던 사람들의 삶을 '재만'이라고 잠정적으로 부른다. 일시적인 방문자나 여행자 또는 다양한 이유에 의거한 단기체류자는 '재만'의 범주에 포함시키지 않았다.

다. 이러한 '친일 / 항일' 또는 '수난과 저항'이라는 표상형식은 '제국주의의 타자로서의 경험', 즉 '피해자'로서의 인식을 반복·재생산함으로써, 실제 '이산'과 더불어 형성된 재만 조선인들의 다양한 삶의 중층성과 욕망의 층위들을 충분히 이해하는 데는 명백한 한계가 있다.[2]

민족주의에 기반한 '제국주의의 타자'로 '재만'의 경험을 규정하는 기존의 재만문학 해석은, 최근의 탈식민주의 연구 및 그에 연동된 탈민족주의적 관점의 대두로 인해 새로운 국면을 맞게 되었다. 이 새로운 관점은 식민지 시기 조선인들에게 '만주'가 '제국주의의 타자'로서의 경험을 강요받는 공간만이 아니라, 오히려 '의사(擬似) 제국주의적 욕망'의 대상 공간이기도 했음을 강조하는 것으로 압축된다.[3] 이러한 시각에서의 '재만' 경험이란, 제국주의의 타자인 '조선인'들이 자신들의 타자성을 '만주'라는 또 다른 식민화된 공간을 통해 '식민주의자로서의 욕망'을 투사하는 것으로 설명된다. 그동안 우리가 견지해 왔던 '만주'공간의 문학사적 표상이 궁극적으로 우리 민족이 근대사의 초입에 경험했던 '피해자' 내지는 '제국주의의 타자'로서의 역사적 경험을 계속 재생산하는 데만 기여해 왔던 점에 비추어 볼 때, 이러한 새로운 시각은 그 재생산의 이데올로기적 근원인 '좁은 민족주의'의 한계를 일정 정도 극복하고 있다는 점에서 의의가 있다. 특히 '만주국'이라는 새로운 형태의 '근대국가'가 지닌 복잡한 성격을 감안할 때, 이러한 시각은 '만주'를 단지 '친일과 항일', 혹은 '수난과 저항'의 도식으로 접근해서는 도저히 해명할 수 없는 유이민자(流移民者)들의 욕망과 무의식

---

2   민족주의 이데올로기에 기반하여, '재만'의 경험을 '제국주의의 타자'로 규정하는 이러한 시각에 대한 상세한 설명과 비판은 한수영의「만주의 문학사적 표상과 안수길의 '북간도'에 나타난 '이산'의 문제」(『친일문학의 재인식 – 1937~45년간의 한국소설과 식민주의』, 소명출판, 2005)에서 이루어지고 있다.

3   연구사적 맥락에서 이러한 시각을 보여주는 주목할 만한 연구로 김철,「몰락하는 신생(新生) – '만주'의 꿈과 '농군'의 오독(誤讀)」(『상허학보』 9집, 2002) 및 이경훈,「만주와 친일 로맨티시즘」(『한국근대문학연구』, 2003 상반기)을 들 수 있다.

을 해명하는 데 일정하게 기여할 수 있다.

그러나, 이 관점은 자칫하면, '제국주의나 피식민지나 다 똑같다. 피식민지도 기회나 조건만 되면 얼마든지 제국주의 주체가 될 수 있다'는 것으로 귀결될 가능성이 농후하다. 그래서 종국에는 역사의 진행 과정에서 나타나는 구체적이고 현실적인 정황들이 몇 개의 '약호'에 묶이거나 또는 해체됨으로 말미암아, 공통되는 요소만 부각되고 차이나는 부분은 가려질 가능성이 있다. 따라서 이런 분석틀에 의한 접근법이 시도될 때는 '식민지적 무의식'이라는 큰 약호의 외곽에 놓여 있는 차별성들에 대한 깊은 천착이 절실해진다.

필자는 식민지 시기 재만 조선인문학의 특수성을 이해하고, 기존에 제출된 이러한 두 개의 해석 카테고리를 넘어 서기 위해 '이주자-내부의 시선'이라는 개념틀을 제시한 바 있다.[4] '이주자-내부의 시선'이란, 범박하게 정의하자면 말 그대로 '재만'의 경험을 '만주(国)'에 살았던 사람의 처지와 상황에서 들여다봐야 한다는 것을 뜻한다. 그러한 맥락에서, 이 글은 '이주자-내부의 시선'에 입각해 '재만'의 경험과 그 문학적 형상화를 살펴 온 기왕의 연구방법과 시각의 연장선상에 놓여 있다. 그러면서도, '조선인'이 '만주(国)'에 산다는 것은, '조선인'이 '조선'에 살거나 혹은 '만주(国)' 이외의 다른 나라에 사는 일과 어떤 차별성을 띠는 일인가에 대해 다시 한 번 검토할 기회를 갖기 위해 쓴다.

'해방전 / 재만'이라는 시 · 공간적 경험의 특수성을 어떻게 이해하고 재구성해야 할 것인가 하는 질문을 떠올릴 때, 일본의 한 만주국 연구자의 다음과 같은 제안은 하나의 환기점을 시사한다. 야마무로 신이치는 만주 연구에 '공간 감각'이나 '공간 심성'이라는 새로운 관점

---

4 이에 대해서는, 한수영의 「친일문학 논의와 재만조선인 문학의 특수성 — 안수길의 소설과 '이주자 — 내부 — 농민의 시선'을 중심으로」(『친일문학의 재인식』, 소명출판, 2005)에서 자세히 설명한 바 있다.

이 부가될 필요가 있음을 역설하면서, 안자이 후유에(安西冬衛)라는 일본의 한 모더니스트 시인의 짧은 시 한 구절을 소개한 뒤 이렇게 말한다.

여기서 파악된 공간감각은 만주라는 공간을 실제로 체험하지 못하면 결코 알 수 없는 것이 아닐까. 그것은 또한 내가 처음 그 땅에 섰을 때 사로잡힌 감각이면서 하늘과 대지의 거대함과 인간의 한없는 왜소함이라는 공간감각의 절대적인 격차에 대한 통각이 결여된 것에 대한 반성에 다름 아니었다. 한없는 대평원 너머로 끝없이 계속되는 지평선 저쪽에 심홍빛의 석양이 져가는, 일본에 살고 있는 한 절대로 체험할 수 없는 공간의 광활함을 체험할 수 있는 공간이기 때문에 시간감각으로도 공간감각으로도 일본에서 길러진 상식이 통용되지 않는 위상에 설 수가 있었고, 그러한 다른 차원에 대한 감각에 휩싸인 채 빨려 들어가는 세계를, 안자이는 언어화하였음에 틀림없다.[5]

야마무로 신이치의 이러한 제안은, 물론 일본인을 향한 것이다. 그러나 잠재적으로는, 일본인을 포함해서, 20세기 초반의 '재만'의 경험이란 무엇인가를 고민하는 모든 이들에게 해당되는 것이라고 읽어도 무방하다. 그의 제안은, 제안 자체로서의 타당성 여부보다도, '재만'의 경험과 그 경험을 토대로 산출된 문학을 몇 개의 제한된 '약호'에 의해서만 읽어온 기존의 우리의 해석 지평에 대한 재고(再考)의 필요성이라는 측면에서 좀 더 큰 의미가 있다.

5 　山室信一, 윤대석 역, 『키메라―만주국의 초상』, 소명출판, 2009, 354면. 참고로 본문에 인용된 안자이의 시는 「봄」이라는 제목이며 내용은 다음과 같다. "나비 한 마리가 달단(韃靼)해협을 건너갔다." 달단해협은, 사할린과 러시아 사이에 놓인 좁은 해협이며, '달단(韃靼)'은 '타타르족'을 가리키는 한자다. 재만작가 박계주의 단편, 「딸따리족」(해방 후 「무명지사의 최후」로 제목을 고침)의 딸따리족도 바로 이들을 가리킨다.

야마무로 신이치의 '공간 감각'은 해방 후 안수길의 단편 「여수(旅愁)」(1949)에 나오는 다음과 같은 장면을 '재만 경험'의 특수성이라는 맥락에서 해석하고자 할 때 하나의 유용한 틀을 제공해 준다.

그러나 그것보다도 철은 이러한 풍경을 대하자, 이내 만주가 연상되었던 까닭이다.

넓은 만주, 탁 트인 만주, 활개를 치고 다녔자 거칠 것이 없었던 만주, 우리 민족정신이 맥맥히 깃들여 있고 선열의 핏방울이 엉켜있는 만주, 거기에, 철에게는 요람의 땅이었고 젊음의 정열을 쏟았던, 아름답기도 하려니와 추억도 많은 만주였다.

이러한 만주기에 철은 하루의 피로를 늦추노라 다방에서 레코오드를 들을 때나 덕수궁 연못가에 호젓이 앉을 때나, 생각이 만주를 향하여 저절로 달음질 쳤고, 만주와 관련된 추억을 더듬을 때, 희귀하게도 마음의 여유가 찾아들기도 하였다. (…중략…)

물론 무변한 평야는 아니었다. 사래 끝간 데를 모를 한전(旱田)만도 아니었다.

청복을 입은 만주사람의 모습도 눈에 띄지 않았다.

그러나 철은 가까운 곳에 안계를 가로막고 있는 산을 산으로 보지 않았다. 정연한 논배미를 논으로 보지 않았다. 산은 밀어다 지평선 저쪽에 넘겨버리고 논배미는 메꿔 사래 긴 고량(高粱)밭으로 바꾸어버렸다.

이렇게 관념 속에서 장난을 하고 있노라니, 철 자신이 실제로 만주에 온 듯, 지금 '아지아'호의 호화로운 이등을 타고 봉천에서 신경으로, 신경에서 할빈으로, 묘망한 광야를 허탈된 마음으로 질주하는 듯한 환각을 일으켰다.[6]

---

6   안수길, 『제3인간형』, 을유문화사, 1954, 16~17면.

소설의 주인공 '철'은 식민지 시기에 만주에서 오랫동안 살다가, 해방 후 고국으로 귀환한 인물이다. 귀환 후, 그는 서울에서의 새 생활에 적응하지 못하고 힘들어 한다. 그럴 때마다, 그는 해방 전에 살던 '만주'를 그리워하는 향수병에 시달린다. 나는 이러한 정서를 '만주 노스탤지어'라고 명명한 바 있는데,[7] 일종의 '역(逆)향수'라고 할 수 있는 독특한 정서는 조국의 산천과 삶이 오히려 낯설고, 이역의 공간인 만주의 산하와 삶이 더 풍요롭고 친숙한 것으로 다가오는 '낯선 고국'과 '정든 이역(異域)'이라는 역설적인 구도에 의해 성립되고 있다.

야마무로의 '공간 감각'을 다시 이 '만주 노스탤지어'에 대입해 보면, 이러한 귀환 후의 '향수'는, 단순히 '식민지―고향상실 / 해방―귀환'이라는, 공간 심성의 민족주의적 해석만으로는 해결되지 않는 '잉여'가 존재한다는 점을 재삼 발견하게 된다. 다시 말하자면, '만주'는 제국주의에 의해 고향으로부터 추방당한 '조선인'이 어쩔 수 없이 정착해 살아야 했던 곳이고, '조국'은 그렇게 자신의 땅으로부터 유배당했던 '조선인'들이 되찾은 '해방의 공간'만은 아니라는 것이다. '재만'의 경험은 그것을 포함하되, 그 '너머'에 존재하는 것이며, 그 '잉여'야말로, '재만'이라는 시공간의 체험을, 그 외부에 서있는 사람으로서는 참으로 추체험하거나 재구성하기 어렵게 만드는 부분이라고 할 수 있다.

서울에서 부산으로 향하는 기차 안에서 내다 본 풍경에, 만주의 광활한 평원을 겹쳐 놓고 일종의 '환시'에 빠져드는 '철'의 의식 상태는, 이를테면 '재만'이라는 경험을 '친일 / 반일', '협력 / 저항' 혹은 '수난 / 개척'과 같은 이분법적인 정치적 약호로 묶어내는, 기존의 이해방식과는 다른 지점에 서있다. 기본적으로, '재만'의 체험은, 제국주의가 강요한 '디아스포라'이며, 자기에게 익숙한 공간으로부터 벗어나야 하

---

7   한수영, 「만주 혹은 체험과 기억의 균열―안수길의 만주배경 소설과 그 역사적 단층」, 앞의 책을 참조.

는, 일종의 강제된 '탈공간(delocation)'의 경험에서 비롯된다. 따라서, '재만'의 경험을 '제국주의의 타자'라는 관점에서 읽는 것은 일차적으로 정당한 독법(讀法)이라고 할 수 있다. 그러나, '재만'체험의 상당 부분을 차지하는 '만주국'만 하더라도, 기본적으로 그것이 일본제국의 연장으로 존재했던 것은 분명한 사실이지만, 다른 한편으로는 '인공국가'로서의 특수성과 그 나름의 고유한 국가 아젠다를 보유하고, 그것을 실행해 나가는 과정에서 제기되는 '국가로서의 자율성'과 '제국 (의 하위범주)으로서의 종속성' 사이에서 길항하고 있었다. '재만'의 체험은 바로 그 '사이'에 존재한다.[8]

그러므로, 재만 조선인은 '제국주의의 타자'인 동시에 피식민인이면서도, '만주'라는 공간 안에서는, 일방적인 '타자'로서만이 아니라, 위계화된 질서 내부에서 또다른 '타자'를 만들어 내는 '주체'의 위치에 머물기도 했다. 더욱이, '철'과 같이 '만주'의 자연과 토양, 혹은 풍경의 외연에 압도당해, 자신도 모르게 그것이 일종의 '숭엄미'의 경험으로 내장된 경우의 '만주' 체험은, 정치적 상상력의 바깥에 존재하는 '어떤 것'이다.

그런 점에서, '재만'이라는 시공간적 경험과, 그것의 외화(外化)인 문학 텍스트를 제대로 읽기 위해서는, 우선 민족주의에 기반한 '주관적 동일화'의 폐쇄 회로에서 벗어나는 일이 필요하다. 이 '주관적 동일화'의 기제가 계속 작동하는 한, '재만'의 경험은, 경험 그 자체로서 읽히거나 이해되기 어렵고, 시종일관 '본토인의 시각'으로 해석하게 되며, 따라서 일시적이고 유동적이며, '이주'를 강제한 원인(즉 식민주의)만 제거되면, 바로 '귀환'으로 전환될, 임시의 '고향상실(unhomeliness)'에 불과한 것으로 이해하게 된다. 그러나 '이주자'는 단일한 표상으로 묶이는

---

8   이 '사이'를 개념적으로 확장하면 이른바 '트랜스／내셔널(trans／national)'이라는 만주국 특유의 중층적 아이덴티티로 연결될 것이다. 이런 관점에서 만주문학을 검토한 연구로 정종현, 「근대문학에 나타난 '만주' 표상—만주국 건국 이후의 소설을 중심으로」(『한국문학연구』, 동국대 한국문학연구소, 2005)를 들 수 있다.

집단이 아니다. 이주자 집단 내부는 입만(入滿) 동기와 경로, 이주 단위, 거주지역과 직업, 성별과 학력 등에 따라 매우 다양한 이질적 특징들을 드러낸다.[9] 그러므로, '이주'를 하나의 독립적인 단위로 떼어내지 않고, '고향상실'과 '귀환'이라는 연결 고리의 중간에 위치시킨 채, 궁극적으로 그 어딘가에 귀속되어야 할 유동적 행위로만 읽어내면, '이주'와 더불어 형성되는 '정주(定住)'의 의지를 왜곡하게 될 공산이 크다.

아울러, 근대 초기, 한민족이 가장 대규모로 경험한 '이주' 혹은 '이산'의 경험을 현재화하는 데에도 적지 않은 걸림돌이 된다. '재만'의 경험을 가진 동아시아의 나라들, 예컨대 한국과 북한, 일본과 중국은 저마다의 이유로 '만주'에 관한 기억을 억압하거나 통제, 관리하고, 때로는 전유해왔다. 그런 까닭에 '재만'의 다양한 삶과 경험들은, 제한된 몇 개의 표상형식에 흡수되거나, 거기에 적절하지 않을 때는 배제되곤 했다. 이러한 '선택 / 배제'의 작동구조 바깥에서는, 과잉된 만주의 '기억'들이 실상과 다른 방식으로 '분출'된다.[10] 그러므로 '재만'이라는 경험의 역사화와 대상화는, 민족주의에 기반한 주관적 동일화를 넘어서고, 몇 개로 제한된 '기억의 정치적 약호'를 넘어선 지점에서 새롭게 시작할 필요가 있다. 이 글은, '재만'경험의 특수성 중에서도, 특히 '국적(國籍)'이라고 번역할 수 있는 내셔널 아이덴티티(national identity)와 '민족적(民族籍)'으로 번역할 수 있는 에스닉 아이덴티티(ethnic identity), 이 두 개의 정체성의

---

9   김경일·윤휘탁·이동진·임성모, 『동아시아의 민족이산과 도시 − 20세기 전반 만주의 조선인』, 역사비평사, 2004 참조.

10 예컨대, 중국의 '동북공정'으로 야기된 한국 사회의 대응양상과 '고토회복' 이데올로기, 그리고 대중문화에서의 '만주'의 기억들, 특히 모험과 연애와 로망의 공간으로 표상되는 한국영화에서의 그것에 대해 비판적 거리두기가 필요하다. '만주웨스턴'의 계보를 내세우며 개봉된 「좋은놈 나쁜 놈 이상한 놈」(2008)이 그 최근의 사례다. 한국영화의 '만주웨스턴'과 민족주의의 길항관계를 규명한 최근의 글로는 한석정, 「만주웨스턴과 내셔널리즘의 공간」, 『사회와 역사』 제84집, 한국사회사학회, 2009를 참조할 것.

'사이'에서 존재해야 했던 식민지 시기 '재만 조선인'의 삶과 의식이 문학 텍스트에 어떻게 반영되고 있는가를 살피고, 아울러 이른바 '오족(五族)', 혹은 그 이상의 다수 민족이 함께 살아가야 했던 '만주국' 특유의 복합민족적 상황 아래에서, 재만 조선인들의 타자에 관한 인식이 어떻게 형성되었던가를 중점적으로 살펴보고자 한다. 네이션(nation, 이 글에서는 '국민'의 의미로 쓴다)과 에스닉(ethnic, 이 글에서는 '민족'의 의미로 쓴다) 사이의 길항과 모순은, 물론 자신들만의 민족국가가 없는 식민지 주체에게서 공통적으로 드러나는 현상이기는 하지만, '만주(국)'에서의 그것은 한층 더 복잡하고 중층적이라는 특징을 드러낸다. 아울러, '다민족적 국민국가'를 표방했던 '만주국' 안에서의 인종과 민족에 관한 '공존 / 연대'나 혹은 차별적 위계의식의 문제는, '재만'의 경험을 통해서만 추출될 수 있는 독특한 현상이 아닐 수 없다. 본고에서 이 두 가지 현상에 집중해 '재만'이라는 경험의 특수성을 재구성하고 재해석하려는 의도도 이에서 비롯된다.

2. '민족'과 '국민' 사이에서

재만작가의 한 사람이었던 김창걸의 「절필사」에는 다음과 같은 흥미로운 대목이 등장한다.

나는 네 조대나 겪은 사람이다. 너무 어릴 때 일이여서 잘 기억은 되지 않지만 망국조선을 겪었고 그뒤 곧 일제의 통치를 겪었다. 일제의 조선 강점으로 하여 온가족이 고향을 떠나 간도땅으로 들어왔고 간도 와서는 일제통치의 '연장'시기에 가정의 파산을 당해보았다. 간도에 와서는 구 중화민국시기에 관헌들의 직접적 통치를 받게되여 억울한 '문턱세'까지 물지 않으면 안 될 형편을 당해보았다. 그뒤 '만주국'이 되어 지금 '만주국'이란 세상에서 살고 있으니 겨우 30년에 이렇게 네 조대의 풍진을 겪고 있다. '네 조대에 대한 체험', 이것은 간단한 것이 아니라고 본다.(강조는 인용자)[11]

연보에 의하면, 김창걸은 1911년 생이므로 구한국(대한제국)의 신민(臣民)이었던 적은 없었다. 그러나, 그의 정치적 귀속의식이 그 시기를 포함하고 있으므로, 회고를 존중하자면, 그는 '대한제국의 신민―일본국민―만주국 국민'이라는 정치적 아이덴티티를 거쳐 왔으며, 만주국 국민이 되기 이전에는, 일본 '국민'으로서 중화민국의 통치 아래 '치발역복(治髮易服―머리를 만주족처럼 만들고 만주족의 의복을 착용하는 것―필자)'으로 상징되는 '국적변경'을 강요받거나, 일본의 앞잡이라는 '오명'을 감수하며, 조선인 이주농민으로서의 간난신고를 겪어야 했을 것이다. '이주자―내부의 시선'으로 '재만'의 경험을 이해하고자 할 때, 가장 먼저 제기되는 것은, '재만'의 경험이란 우선 국적(國籍, national identity)과 민족적(民族籍, ethnic identity)의 중층성이 야기하는 복잡한 상황 아래에서 삶을 영위한다는 사실을 인지하는 일이다. 아쉽게도, '네 조대에 대한 체험, 이것은 결코 간단한 것이 아니라고 본다'는 선언적인 구절 뒤에, 이러한 국적과 민족적의 중층성이 그의 삶에 어떤 영향과 결과를 가져왔는가를 자세히 밝히고 있지는 않다. 김창걸은 해방 이후 한반도로 귀환하지 않고 만주에 잔류했으므로, 그의 정체성의

---

11 김창걸, 연변대학 조선언어문학연구소 편,『중국조선민족문학대계 』11, 흑룡강조선민족출판사, 2002. 271면. 맞춤법은 원문을 따랐음. 이하 인용문의 맞춤법도 원문에 의거함. 이 글은 1943년에 씌어졌으나, 공간(公刊)되지 않다가 1982년에 발표되었다.

변천사에는 일본의 패전 이후 '국민당'과 '공산당'의 치열한 내전에 관한 경험과, 마침내 '중화인민공화국'의 '국민'으로 귀착되는 이행과정이 추가되어야 할 것이다.

역시 재만작가의 한 사람이었던 박계주의 소설 「처녀지」에는 이러한 정치적 아이덴티티의 중층성이, 그것을 전혀 의식하지 않고 살아가던 한 사람을 어떻게 혼란에 빠트리는가를 상징적으로 보여주는 장면이 나온다.

> "호적(戶籍)은 어느 나라에 있어?"
> 서슬이 퍼래서 계속해 묻는다.
> "호적이라능 게 무시게오?"
> "이 놈아, 네 국적말이다."
> "국적이라능건 또 무시겜둥?"
> "이런 천하에 멍텅구릴 봤나! 아, 그래 국적두 모르고 입대 살았어?"
> 하고, 한바탕 깔깔 웃어대더니,
> "네 국적이 조선에 있어서 황국신민(皇國臣民), 이를테면 일본사람이 됐느냐, 그렇쟎으면 만주국에 입적해서 만주국 백성이 됐느냐 말이다."
> 하고, 성을 펄쩍 내며 묻는다.
> "나는 조선사람이오."
> "이 놈아, 조선사람인줄 누가 모른대?"
> 그는 다시 깔깔 웃는다.
> "그럼 왜 조선사람인줄 알면서 나보구 일본사람이냐 만주국사람이냐 하구 묻소?"
> 산ㅅ사람은 더 의심할 여지가 없다고 생각했다. "조선사람인줄 빠안히 보면서 일본사람이냐 만주국사람이냐 묻는 그 한가지만 보아도 분명히 정신상태가 온전한 사람의 말일 수는 없쟎은가."[12]

「처녀지」의 주인공인 '산사람'은 바깥 문명사회와 거의 두절한 채 사십 년 가까이 백두산 산록 원시림 속에서 화전과 사냥, 그리고 벌목으로 생계를 이어가는 인물이다. 그러나, 국유림이던 산사람의 삶의 터전이 개인에게 불하되고, 그 소유주가 된 일본인이 벌목을 금지하면서 산사람은 '소유권침해' '절도' 등의 죄목으로 경찰에 불려가게 된다. 소설의 한 구절처럼 "야만답게 무교양했으나 야만답기에 도리어 이들에게서 단순함과 소박한 미를 발견"[13]하게 되는 것이고, 그것을 파괴하는 '현대문명', 예컨대 소설 속에서 '기차' '소유권' '노동과 임금' 등으로 상징되는 문명적 질서를 다른 대척점에 설정한 것이 이 소설의 기본 구도이다. 백두산 자락 원시림 안에서 문명 세계와 사십여 년간 소통하지 않고도 자족적인 삶이 가능할 수 있다는 상상력 자체가, 앞서 말한 '만주'의 공간 감각과 연결되는 것인지도 모른다. 그런 점에서, 산사람이 정치적 아이덴티티를 묻는 경찰 앞에서 느끼는 '혼란'은 오히려 너무 초보적이고 유치한 면이 없지 않지만, '산사람'의 혼란이 연장된 지점에, '재만 조선인'의 삶이 유지되고 있다는 점에서는, 역설적으로 매우 상징적인 대목이라 하지 않을 수 없다.

소설 속의 경찰은 '산사람'을 위협하고 소리를 지르기는 하지만 딱히 나쁜 사람이라고는 볼 수 없다. 물론 대화가 도무지 통하질 않아 홧김에 산사람의 뺨을 때리기는 하지만, 그로서는 산사람을 입건하기 위해서는 최소한의 그의 '정치적 아이덴티티'를 확인할 필요가 있었던 것이다. 마찬가지로, '산사람'의 대답 가운데 '그럼 왜 조선 사람인줄

---

12 박계주, 앞의 책, 551면. 박계주의 회고에 의하면 이 소설은 1941년에 쓴 소설이지만, 검열 문제로 해방 전에 발표할 기회를 얻지 못했다고 한다. 따라서, 해방 이후에 발표하면서 가필했을 가능성을 배제할 수 없지만, 인용 부분은 주인공인 '산사람'의 '비문명화상태'를 나타내고 있다는 점에서, 가필의 가능성 여부와 상관없이 인용하기로 한다.
13 박계주, 앞의 책, 538면.

알면서 나보구 일본사람이냐 만주국사람이냐 하구 묻소?"라는 구절을 '민족주의적'으로 읽는 것도 일종의 '과잉해석'일 것이다. 다시 말하면, 소설에 나오는 '산사람'이 조선 사람의 민족적 정체성을 고스란히 유지하고 있는 '긍정적 인물'로 해석하는 것은 서사전개의 논리에 비추어 온당한 것이 아니라는 것이다. 오히려, 소설은 '산사람'이 국적(國籍)과 민족적(民族籍)의 혼란이 발생하는 만주국 현실과 무관하게 살아온 인물이며, 그로 인해 생기는 오해와 갈등의 원인을 이해할 지적 능력이 없는 인물이라는 점에서, 서사의 대립구도는 '문명 대 자연'에 가까운 것이라고 보는 것이 온당할 것이다.

원시림이 갑자기 철도공사판으로 변하고, 알 수 없는 말들로 '네가 누구냐?'라고 묻는 혼란 가운데서 산사람은 더 깊은 산속으로 숨어들어가기로 마음먹지만, 최종적으로는 꾸렸던 짐을 풀고 '문명세계의 내부'에 남기로 결정한다. 결국 그는 '네가 누구냐?'라는 질문에 대답하지 않을 수 없는 환경에 놓이게 된다. 어쩌면 산사람은 죽을 때까지 '조선 사람이면서도 일본 사람이고, 일본사람이면서도 만주국 국민이기도 한 자신'을 이해하지 못할는지도 모른다. 그러나, 그의 자기 인식 여부와는 상관없이 '재만'이라는 삶은 그러한 중층적인 정체성의 어떤 틈새를 비집고 유지되지 않으면 안 되는, 특수한 것이라는 사실을 기억할 필요가 있다.

실제로 재만 조선인의 국적 문제는 '만주국' 건국 이후에 복잡한 행정적·정치적 문제로 부각되었다. '만주국'에서의 재만 조선인의 국적 문제를 검토한 한 연구자에 따르면, 일본은 조선을 강제로 합병한 이후, 식민지인 조선인들에게 일괄적으로 일본국적을 부여한 후에는 '국적' 선택과 이탈에 관한 일체의 자유를 부여하지 않는 정책을 유지했다.[14] 그러다 보니, 조선에서 만주국으로 이주한 재만 조선인의 경우, 일본 국적을 지닌 채, 행정적으로는 만주국 국민으로서 생활해야 하는 모순에 처하게 된다. 이중국적을 허용하거나, 국적 선택의 자유를 보장하면 간단히 해결될 수 있는 문제이나, 일본은 그런 조치를 적극적으로 취하지 않았다. 우선 이것은 '국적'에 관한 국제법상의 통념이자 기본 원칙이라 할 수 있는, '국적 비강제주의'와 '국적 선택권의 존중'에 위배되는 것이었다. 타나카 류이치는, '만주국' 시기(1932~1945) 전체에 걸쳐 '국적법'은 끝내 만들어지지 못했고, 각 시기에 따른 특별법이나 행정조례로 '국적'문제를 해결했으며, '국적'문제의 사태가 그렇게 흘러간 근본적인 이유 중의 하나는, 특히 재만 조선인의 법적 지위에 관련해서 살펴볼 때, '내선일체'라고 하는 '조선' 중심의 식민지배 정책과, '오족협화'라고 하는 '만주국' 중심의 지배 정책 사이에 필연적으로 생겨날 수밖에 없는 모순 때문이었다고 분석했다. 만주에 거주하는 '조선인'의 법적 지위 및 기타 행정적인 제반 권리와 의무의 실현 문제에 있어서 '내선일체' 정책의 연장선상에 놓인다는 것은 '일본인'과 동등한 지위를 갖도록 한다는 말이다. 그에 반해, '오족협화'의 차원에 놓인다는 것은, 재만 조선인을 만주국의 다른 민족들인 한족, 몽골족, 만주족 등과 같이 취급한다는 것을 의미한다.

재만 조선인의 입장에서 보자면, '만주국' 내에서 '일본인'과 동등하게 취급되고, '일본인'이 누리는 법적·행정적 지위, 권익 및 의무를 누리는 것이 훨씬 더 유리한 것이 사실이었다. 비록 '만주국'이 '오족협화'라는 국책 슬로건을 내걸었고, '만주국'이 세워지고 난 뒤 '치외법권 철폐'를 통해 '오족협화'를 구현하려고 노력하는 제스추어를 보였지만, 여전히 '만주국' 내에서의 '일본인'의 지위는 다른 민족들의 그것과 뚜렷이 구별되는 특별한 자리를 차지하고 있었기 때문이다. 하나

---

14 田中隆一, 『滿洲國と日本の帝國支配』, 有志舍, 2007, 135면. 이하 재만 조선인의 국적에 관한 일반적 논의는 이 책의 정리에 의거한 것임. 특히, 제7장, 「'滿洲國民'の創出と 在滿朝鮮人 問題」를 참조.

의 예로, '치외법권 철폐'(1936)가 이루어진 후에도, 일본인의 교육행정권은 여전히 만주국측에 이관되지 않고 일본측에 남겨진 것만 보아도 알 수 있다. 문제는, 재만 조선인의 경우인데, '일본인'으로 간주하여, 그 교육행정권을 일본측에 둘 것인가, '만주국민'으로 간주하여 만주국측에 이관할 것인가에 관한 논란이 필연적으로 제기되었기 때문이다.[15]

재만 조선인의 '국적' 문제가 지닌 난맥상과 복잡함은 제국주의 지배 주체의 입장에서 보자면, 법적·행정적 권리와 의무의 차원에서, '일본신민'으로 볼 것인가 '만주국 국민'으로 볼 것인가, 혹은 '내선일체'에 근거할 것인가 '오족협화'에 충실할 것인가의 문제로 귀결되는 것이지만, 재만 조선인의 처지에서는, 단지 '국가' 차원의 법적·행정적 문제만이 아니라, 실제로 '만주'라는 공간에서 점하고 있는 경계인적 위치로 인해 생존과 직결되는 매우 민감한 사안이 아닐 수 없었다. 왜냐하면, 국적(國籍)에 관한 문제는 단순히 법적·행정적 지위 문제에 국한되는 것이 아니라, 민족 또는 인종간의 문화적 차이와 이질성에 의해 유발되는 에스닉 아이덴티티의 문제가 중첩되어 나타나기 때문이다.

'민족'과 '국민' 사이에 형성되는 이러한 정체성의 중층적 구조로 인한 모순과 갈등이 가장 집약적으로 드러나는 경우가, '재만 조선인'에게 있어서의, '토지상조권' 문제와 '치외법권' 문제였다고 할 수 있다. 잘 알려져 있다시피, 만주국이 들어서기 전, 중화민국은 조선인의 토지소유를 법적으로 허가하지 않았다. 토지를 소유하기 위해서는 '치

---

15 조선총독부는 간도성(間島省)의 주요 포스터에 조선인을 기용한다는 것을 조건으로 간도의 이양을 결정하고, 그에 따라 1937년 1월 1일, 일본과 만주 양국간에 '만주국에 있어서의 치외법권의 철폐 및 남만주철도부속지행정권의 이양에 관한 일본국과 만주국간 조약'을 체결하고, 만철(滿鐵) 연선(沿線) 주요지를 제외한, 재만조선인 교육행정권을 조선총독부가 만주국에 이양하기로 했다. 田中隆一, 앞의 책, 134면.

발역복'을 하고 국적을 변경해야만 했고, 그렇지 않으면 '차명지주'(이른바 '홑주인')를 내세워, 서류상의 지주와 실제 소유주가 다른 '이중적 소유구조' 형태를 취해야만 했다. 이 과정에서 제기되는 여러 가지 사기와 협잡, 정치적 경제적 불이익은, '토지'를 매개로 한 재만 이주농민들의 또 다른 고통이었다.

'자연과의 싸움', 혹은 '수전법'을 모르는 '중국 농민과의 싸움'이라는 구도로 전개되기 마련인, '만주 개척 서사'의 구도를, '민족'과 '국민' 사이에 형성되는 정치적 아이덴티티의 문제틀로 바꾸어 제시하려고 했던 대표적인 예로 재만 작가 안수길의 「벼」(1940)를 들 수 있다.[16] 「벼」는 안수길이 해방 전에 쓴 소설 중에 가장 문제적인 작품인 동시에, 지금도 여전히 '친일 시비'의 공방전에서 빠지지 않고 등장하는, 대표적인 친일(親日) 혹은 친만주국(親滿洲國) 소설이라는 혐의를 받고 있는 작품이다. 이 소설을 둘러싼 친일 시비는 중국 관헌의 탄압과 중국 농민의 무지와 폭력을 넘어서기 위해 주인공 '찬수'가 일본 영사관의 힘을 빌린다는 데서 비롯되고 있다.

소설은 만주국 건국 4년 전인 1928~29년 무렵, 만주의 매봉둔이라는 조선인 집단부락을 배경으로 하고 있다. 초기 이주자인 홍덕호를 위시한 조선 이주농민들은 원주민인 중국농민들의 몰이해와 억압, 그리고 자연재해와 싸우면서 10여 년 동안 매봉둔을 개척해 왔다. 그 사이 여러 차례 중국인 현장(懸長)이 바뀌었지만, 대체로 부패하고 무능하여 조선 농민들이 뇌물로 다독거려 큰 탈 없이 잘 지내오던 터였는데, 새로 부임한 젊은 소현장은 북경의 대학을 졸업하고 일본 유학 경험도 있는 청년 엘리트인 데다, 강한 배일사상으로 무장한 열혈 민족

16　「벼」는 해방 후에 상당 부분이 개작되어 재간(再刊)되었다. 「벼」의 개작 양상과 그 의미에 대해서는 한수영, 앞의 글, 「만주 혹은 체험과 기억의 균열―안수길의 만주 배경 소설과 그 역사적 단층」을 참조할 것.

주의자인 동시에 뇌물과 협잡이 통하지 않는 청렴한 청년정치가였다.[17] 이러한 신임 현장은 매봉둔의 조선인 농민들의 오랜 숙원인 학교설립 요청을 허락하지 않을 뿐 아니라, 오히려 조선농민들을 매봉둔에서 소개(疏開)시키려고 함으로써 첨예한 갈등을 낳게 되었다. 소현장으로 대표되는 중국인의 입장에서 보자면, '재만 조선인'은 '피식민지인'이라기보다는, '준(準)일본인'으로서, 그들이 정착하고 뿌리를 내리는 곳에는 어김없이 그 배후에 일본 경찰과 군대가 '치외법권'을 방패삼아 '자국민의 보호'를 명분으로 주둔하게 되며, 중국인들에게 이는 곧 영토주권에 관한 침탈로 간주되었다. 재만 조선인은, 일본에 대해서는 피식민지인, 즉 제국주의의 타자인 동시에 피해자이지만, 중국인의 입장에서 보자면, 비록 에스닉 아이덴티티는 일본인이 아니라고 하더라도 엄연히 '일본 국적'을 가진 '법적(法的) 일본인'이었다. 주인공 '찬수'를 비롯한 조선 이주농민들에게 가장 중차대한 문제는, 새롭게 개척한 매봉둔을 삶의 터전으로 지켜내는 것이었고, 이를 위해 매봉둔의 젊은 지도자 '찬수'가 선택한 것은, '법적 일본인'으로서의 권리, 즉 '치외법권'의 보호막에 기대어 중국 관헌의 탄압을 이겨내는 것이었다. 소설의 말미는, 중국 관헌들의 대열 앞에서 자신들이 개척한 수전(水田)에 납작 엎드려 일체의 저항을 포기한 채, 사람을 보내 연락을 취한 길림의 일본영사관으로부터 무언가 소식이 오기를 간절히 기구(祈求)하는 '찬수'와 조선 농민들의 모습으로 끝을 맺고 있다.

「벼」는 만주에서 조선인의 위치가 얼마나 모순적인가를 여실히 입증하고 있다. 그 '모순성'은 다른 말로 바꾸면, 때로는 제국주의에 의해 자기의 땅을 박탈당한 식민지인이면서, 동시에 개척지를 보존하기 위해서는 '일본인'으로서의 '법적 지위'를 요청하고 구가할 수밖에 없

17 　「벼」에 등장하는 '소현장'의 인물 성격과 서사적 기능에 관해서는 다음 절인 '인종적 위계와 타자들'에서 좀 더 자세히 설명되고 있다.

는 '의사(擬似)식민주의자'의 위치에 놓인다는 것을 뜻한다. 「벼」를 둘러싼 친일 시비가 전자의 위치에 입각해 후자를 부정하는 데서 비롯된 것이라면, '재만'의 경험을 '의사 제국주의'의 욕망으로 읽는 것은 이러한 모순적 위치로부터 '후자'만을 부각시킨 것이라고 할 수 있다. 그러나, '재만'의 경험이란, 사실상 그 두 가지 위치의 어느 한 곳에 수렴되는 것이 아니라, 「벼」에서 여실히 드러나듯이, 그 두 지점의 '사이' 어딘가에 존재할 수밖에 없는 것이었다.

3. 인종적 위계와 타자들

일본의 대동아공영권은 '반민족주의적 다민족적 국민국가'를 지향한 것으로 요약할 수 있다.[18] 실제로 그러한 이념이 얼마나 실현되었는가의 물음과는 별도로, 제국의 공간적 확장이 이루어지고, 다양한 민족이 살고 있는 아시아를 제국의 체계 아래에 포섭하기 위해서는, 그러한 이념의 창출이 불가피했을 것이다. 이른바 '만주국'은, 대동아공영권의 이데올로기였던 '반민족주의적 다민족적 국민국가'의 최초의 실험장이자 산실이었다. 이를테면, '오족협화'라는 만주국의 국시(國是)는 '반민족주의적 다민족적 국민국가'의 '만주국'판(版)이라고 할수 있다. 이 절에서 살펴보려는 것은, 만주국 통치 주체의 '협화 이데올로기'가 제국의 헤게모니 담론으로서 지니는 내실이나 기만성 여부가 아니라, '재만'의 경험을 통해 수많은 민족과 접촉하면서 살아갈 수

---

18   사카이 나오키·니시타니 오사무, 『세계사의 해체』, 차승기·홍종욱 역, 역사비평사, 2009. 216면.

밖에 없었던 당시의 조건 속에서, '다른 민족들'은 조선인의 눈에 어떻게 비치고 인식되고 있었는가 하는 점이다. 당시의 만주에는 이른바 '오족'이라고 불리는 '일본인, 조선인, 한족, 만주족, 몽골족' 이외에도 백계 러시아인을 비롯하여 소수민족까지 합하면, 십오륙개의 민족들이 할거하고 있었다.[19]

소박한 계급담론에 입각해 초기 만주 이주농민의 삶을 형상했던 최서해의 소설에서 '중국인'(혹은 만주인)은 흔히 포악하고 인정사정없는 '지주'의 모습으로 등장한다. 「홍염」(1927) 같은 소설의 중국인 지주 '인가'가 대표적인 형상이라고 할 것이다. 이러한 중국인 형상은, 그의 다른 소설에서 등장하는 조선인 악덕 지주나 부자와 동일한 위상을 지니므로, 외국인이나 이민족의 형상이라기보다는, 지배계급으로서의 '지주'라는 범주로 동일화된다. 만주 개척서사에서의 중국인 형상은, '수전 농법'을 이해하지 못하고, 조선 이주농민들을 괴롭히고 못살게 구는 '원주민'으로 등장하거나, 원주민과 한 통속이 되어 조선인을 괴롭히는 악덕부패 경찰, 또는 마적패로 등장한다. 이 모든 중국인들은, 조선 이주농민들의 삶을 위협하고 척박하게 만드는 '적대적 존재'들이다. 이러한 시각에 고착되는 한, '재만'의 '오족' 혹은 '다민족'이 '제국주의의 타자'로서 연대의 대상이 되거나, 혹은 '국시'를 실현해 갈 '협화'의 대상으로 설정되는 것은 불가능하다.

한 가지 흥미로운 점은, '만주국' 건국 이후의 소설에서, '만주국' 건국 이전의 농촌이 중국인 지주의 행패나 마적의 출몰로 고통스런 공간으로 그려질수록 '만주국' 건국의 정당성이 역설적으로 강화된다는 점이다.[20] 그러므로 악덕 중국인 지주나 부패 경찰의 형상은, 특정한

19 한 자료는 "만주국 시절의 하얼빈에는 50개의 민족집단과 45개의 언어가 혼재하고 있었다"고 한다. 한석정·노기식(편), 『만주, 동아시아 융합의 공간』, 소명출판, 2008, 6면.
20 재만 조선농민의 수난사를 다루는 많은 소설들에서 '시기'를 가리키는 문장이 따로 붙거나 소설의 첫머리에 제시되는 것이 그 예라고 할 수 있다. 안수길의 「벼」(1941)

민족의 형상을 악인으로 묘사한다는 점에서 '협화'의 정신에는 위배되지만, 과거의 농촌에 만연했던 그러한 구습(舊習)이 제거되는 새로운 세계로서의 '만주국' 건국의 정당성을 강화하는 한은, 계속 허용되는 셈이다. '전자'의 경우는 '수난의 서사'로 수용되고, '후자'의 경우는 '친일 혹은 국책협력'의 서사로 읽히는 모순적인 '독법'이, 기존의 '재만' 텍스트를 읽는 지배적인 방식의 하나였다. 그 점에서, 중국인의 이러한 관습화된 형상화는, 사실(事實) 여부와 상관없이, 독해의 정치적 콘텍스트를 구성한다고 할 수 있고, '독해'에 따른 이러한 콘텍스트야말로, '재만' 텍스트가 지닌 또다른 특수성이라고 할 수 있을 것이다. 다시 말하자면, 중국인의 타자화를 통해, 재만 조선인 작가는 '수난의 서사가 강화되는 효과'를 얻고, 만주국의 통치 주체는 '만주국의 정당성을 확보하는 효과'를 얻게 된다는 점이다.

박계주의 「인간제물」이라는 단편에 묘사된 만주인의 형상을 보자. 이 소설에는 세 부류의 악덕 만주인(중국인)들이 등장한다. 만주인 지주와 그의 아들, 그리고 '지나경관들'이다. 탐욕스런 만주인 지주 팡개는 소작인들을 철저히 착취하고, 그의 아들 팡룩싼은 호시탐탐 아름다운 철규의 아내 '연히'를 노린다. 동네 청년 갑수의 방해로, '연히'를 겁탈하려던 계획이 수포로 돌아가자. 팡룩싼은 경찰과 짜고 갑수를 도박죄로 감옥에 가둔다. 노름을 한 적이 없는 갑수는 완강히 저항하지만, 이런 일에 이골이 난 중국경찰들을 당해낼 도리가 없다.

의 첫 문장은 "만주 건국 이년전 여름이었다"로 시작된다. 박계주의 「인간제물」 (1938)은 제목 밑에 "이것은 만주국이 왕도낙토로 건립되기 전 약 십년전 이야기다'라는 문장이 부가되어 있다. 이태준의 「농군」(1937)도 "이 소설의 배경 만주는 그전 장작림의 정권시대임을 말해둔다"라는 부기가 제목 아래 붙어 있다. 물론, 이것은 검열을 의식한, 불가피한 작위적 설정이며, 실제로 만주국이 '왕도낙토'임을 의미하는 것은 아니지만, '수난'의 서사를 강화하기 위한 목적으로 중국인이 '타자화'되고, 그 결과 만주국의 정당성이 서사의 구조를 통해 획득된다는 점은 피하기 어렵다.

“왕바 차우니! 이거, 노름이 안노라?”

하고 경관은 다시 철규의 뺨을 후려갈긴다.

물론 투전을 놀줄을 모르고 도박할줄 모르는 철규의 주머니에 화투장이
나 투전장이 있을 리가 만무한일이오 경관들이 자기 손에 미리 화투장과
투전장을 몰래쥐고 철규의 주머니에 넣어서 조사하다가 화투장을 발견한
듯이 꿈여낸 것이다.[21]

수난과 개척의 서사가 중국인을 타자화하는 방식과는 구별되지만,
이효석의 『벽공무한』(1940)의 주인공 ‘천일마’의 눈에 비친 중국인의
형상 역시 이러한 차별과 위계에 의한 구획을 넘어서지 못하고 있다.

일마는 눈을 비비면서 침침한 폼을 창으로 내다보았다. 자주 지나고 자
주 보는 곳이라 별로 신기할 것이 없었고 그 까닭에 하룻밤 잠도 푹 이루었
던 것이나 구내에서 느릿느릿 일들을 하고 있는 쿠리의 무리와 그것을 감
독하는 역원들의 자태를 바라볼 때 역시 시대의 변천과 역사의 움직임이
라는 것을 느끼지 않을 수 없었다. (…중략…) 물론 그 위대한 정리는 아직
시작이 되었을 뿐이요 완성까지에는 앞날이 먼 듯하다. 가령 차가 떠나기
시작해 역 부근의 긴 빈민지대를 지날 때 일마가 문득 빙그레 웃음을 띠인 것
은 둑 아래에서 바로 지나는 기차를 향해 한 사람의 만주 사람이 바지를 벗고
유유히 용변을 하고 앉은 것을 본 까닭이다. 신선한 아침 공기 속에서 한 폭
의 유머의 풍경이라고 할까. 역 구내에서의 어마어마한 풍경과는 거리가

---

21 박계주, 앞의 책, 425면에서 인용함. 이런 비슷한 상황은 안수길의 「원각촌」(1942)‘에
도 등장한다. “이번에는 또 무슨 트집일가…… 주민들은 그가 나타날때마다 공포를
느꼈다. 순경과 짜고 마슬방에 들어가 요나 방석밑에 화투목을 몰래 밀어넣고 곳 순
경으로 하여금 수색케하여 집어가고 그것을 내놓게할터이니 칭커(請客＝交際)와
벌금으로 수십원 받은후 순경과 난호아먹는 일은 작난에 속하는 것이요……”. 안수
길, 앞의 책, 37면.

먼 한 폭이다. 이런 풍속까지가 정리되려면 참으로 몇 세대의 시간이 필요할
지 모른다.(강조는 인용자)[22]

경성에서 하얼빈까지 가는 기차의 중간기착지인 '봉천역'에서, 주인
공 '일마'는 노천에서 용변 보는 중국인을 목격한다. '웃음'으로 감싸기는
했지만, 중국인을 보는 일마의 시선은 명백히 근대적 위생관(衛生觀)에
근거해 있으며, 그 중국인은 비록 같은 시간과 공간에 있지만, '몇 세대
뒤쳐진' '정리되어야 할' 인간으로 설정되어 있음은 숨길 수 없다. 같은 날
오후에 도착한 '하얼빈'에서 일마의 시선과 감각은 완연하게 달라진다.

키타이스카야가(街)에 들어서니 감회는 한층 더하다. 좌우편에 즐비한
퇴물이며 그 속에 왕래하는 사람들이며―거기는 완전히 구라파의 한 귀퉁
이다. 외국에 온 듯한 느낌에 일마는 번번이 마음이 뛰노는 것이었다. 여
름보다 남녀의 복색들이 달라진 것이 또한 새로운 흥을 돋아준다.
　"이곳에 들어서면 웬일인지 올 곳에 왔다는 느낌이 난단 말야."(강조는 인
용자)[23]

철로 연변의 노천에서 용변보는 '중국인'의 대척점에 놓이는 것은,
하얼빈 거리를 누비는 '유럽인'들이다. 일마는 '중국인'을 타자화하고
하얼빈의 '유럽인'을 욕망한다. "올 곳에 왔다는 느낌"이라는 말보다
'일마'의 욕망을 더 실감나게 드러내 주는 것은 없을 것이다. 그 점에
서 '일마'의 하얼빈 교향악단 초청과 백계 러시아 미녀 '나아자'와의 결

22　이효석,『벽공무한』, 창미사, 2003. 18면. 최초 연재는『매일신보』, 1940.1.25~7.28이
　　며 원제는『창공』. 이효석은 엄밀한 의미에서 '재만작가'라고 할 수는 없다. 그러나,
　　인종적 위계에서 조선인 주체가 놓이는 위치를 대조적으로 보여준다는 점, 그리고
　　그것을 가능케 하는 공간이 '만주'였다는 점에서 인용한다.
23　이효석, 앞의 책, 49면.

혼은, '서구'를 모방하고자 하는 '일마'의 욕망을 환유하는 '계열체'다.

박계주의 「사형수」(1940)는, 한족들에게 차별받는 '만주족'을 동정하는 시각을 보여준다. '왕덕'이라는 마적단 두목 출신의 사형수가 형장으로 끌려가 처형당하는 과정을 자세히 묘사한 이 소설에서, 박계주는 '인간제물'에서의 중국인 묘사와는 다른 각도에서 '만족'들이 '한족'에 대해 지니는 열등의식과 차별에 대한 저항을 대변한다. 주인공 '왕덕'은 만주족 출신으로, "어려서 집을 뛰쳐나와 학문에 욕심이 나서 고학으로 가진 고생을 하면서 공부했었으나 오랑캐(兀良哈)의 후예라는 혈통의 차별로서 번번이 야먼(衙門)에 등용되지 못하였"[24]고, 그로 인해 한족의 국가인 '중화민국'에 반역을 하게 되었던 인물이다. 왕덕의 이러한 모순적인 태도, 즉 "오랑캐라는 차별대우 때문에 더 오랑캐의 냄새를 풍길려고"[25] 마적질에 몰두하는 것은, 만주족 출신들에 전반적으로 만연된 '열등의식'과 동궤를 이루는 것이라고, 소설은 설명한다.

그는 오늘까지 누가 자기더러 고향이 어디냐고 물으면 어느 틈엔가 입은 마음의 명령도 기다리지 않고 얼른 싼둥(山東)이라 대답해버리고 마는 것이었다. 그렇게 대답해지는 것이 한없이 괴롭고 비위에 거슬렸으나 본능은 곧 잘 그러고야만 만족스러웠던 것이다.

그것은 왕덕 한 사람에게만 한한 심리가 아니요, 만주에 널려 있는 여진족의 후예치고 누구나 다 만주에 자기 고향이 있다는 사람은 약에 쓰재도 없다. 그ㅎ도록 혈통이 다른 한족(漢族)으로 외모를 장식하려 들었고, 오랑캐라는, 소위 쌍놈의 대접을 받기가 싫어서 노상 자기 고향은 쿵즈(孔子)가 탄생했다는 양반의 나라 싼둥성(山東省)의 아무데노라고 대답하는 것이다.[26]

---

24 박계주, 앞의 책, 466면. 원제는 「오랑캐」.
25 박계주, 앞의 책, 467면.
26 박계주, 앞의 책, 467면.

물론 이러한 시선은, 제국주의의 타자로서 형성되는 '연대의식'이라고 보기는 어렵다. 소설의 말미에, 왕덕을 포함한 세 명의 마적의 시체를 둘러싸고, 옷가지를 서로 나누어가지려는 중국인 거지떼의 추잡한 소동을 배치함으로써, 신분차별과 가난이라는 거대한 질곡에서 헤어 나오지 못하는 '중국'이 다시 '타자화'되고, '왕덕'은 다만, 그러한 질곡을 헤쳐 나가기 위한 올바른 전망을 확보하지 못하고 주관적으로 반항하다가 비참히 죽어가는 인물로 그려지고 있기 때문이다. 노골적으로 협화 이데올로기를 드러낸 일종의 '프로퍼갠더' 소설인 한찬숙의 「초원」에는, 드문 사례로서 '몽골족'이 등장한다. 소설은 조선인 축산기사 '임봉익'과 몽골족 처녀 '마루도'의 사랑을 서사의 중심축으로 설정해두고 있지만, 기본적으로 주인공 '봉익'은 "몽고땅의 미개한 민족을 지도하기 위하여 자청하고 대륙으로 진출한 큰 뜻"[27]을 품은 청년으로, 소설의 외곽을 형성하는 '이민족간의 통혼' 모티프에도 불구하고, 민족간의 철저한 위계, 즉 '문명 / 야만', '미개 / 계몽' 혹은 '근대 / 비근대'라는 이분법적 구획에 근거한, 협화미담의 저열함을 넘어서지 못한다.

조선 이주 농민의 개척서사를 다루면서도, 중국인을 타자화하는 관습화된 방식에 의거하지 않고, 오히려 중국인을 민족적 자존심을 지닌 하나의 인격체로 묘사함으로써, 수난과 개척의 서사가 좀 더 조밀한 정치적 맥락 안에서 형성될 수 있게 만든 것은, 앞서 언급한 안수길의 「벼」라고 할 수 있다. 이 소설에 등장하는 중국인 '소현장'의 형상은, 재만 소설 어디에서도 발견하기 어려운 객관성을 확보하고 있다.

소현장은 조선 이주농민들이 모여 사는 매봉둔의 신임현장이다. 이주 초기부터 치면 네 번째로 갈려 온 소현장은, 지금까지의 중국인 관

27　한찬숙, 앞의 책, 628면.

리와는 전혀 달랐다. 그는 조선 이주농민들에게 대단히 적의에 찬 태도를 드러내는데, 그것은 이전의 현장과는 달리 그가 철저한 반일사상을 지녔기 때문이다.

민국 십칠 년(소화 삼년) 장개석의 북벌(北伐)이 성공하여 동년 시월 십일부터 동삼성(東三省)에도 청천백일기가 나부긴지 불과 반 년이 남짓한 때라 그들은 종래의 매관매직의 부패한 정치를 쇄신하고 삼민주의에 의거한 새롭고 힘센 정치를 펴야 된다고 지방에는 소위 정예분자를 발탁하여 파견하였다.

거기에 발탁되어 온 것이 소현장이었다.

그는 북경의 대학을 졸업하자 동경에 가서도 모대학에서 정치를 배운 일이 있어 지식으로나 패기에 있어서나 또는 정치적 의식에 있어서나 가위 진보적인 인물이었다.

한현장이나 양현장 같은 돈으로 현장의 자리를 사고 돈만 주면 죽일 놈이라도 살리고 친분만 있으면 아무리 어려운 일이라도 그래야지 하고 허락하는 정치가에 비긴다면 국책에 충실하고 의식적인 정치를 행하는 데 있어는 소현장은 발탁될 만한 자격이 충분히 있었으나 그것은 중국이란 국가로 보아 그런 것이고 매봉둔 주민에게는 정예분자가 아닌 물렁물렁한 한현장이나 양현장 편이 더 무난하였다.

소현장의 정치적 목표는 배일에 있었다. 그는 배일사상으로 무장을 하였다. 소현장은 부임하는 날부터 전 현의 관리명부를 조사한다, 현직관리의 인물고사를 한다. 맨먼저 인적 전용의 정비에 힘을 썼다. 능률이 없는 관리는 사정없이 파면시키고 뇌물먹은 관리도 조사하여 처벌하였다. 반면에 인재는 착착 등용하는 등 그의 급진성을 여지없이 발휘하였다.[28]

---

28 안수길, 연변대학 조선언어문학연구소 편, 『중국조선민족문학대계 10 – 안수길』, 흑룡강조선민족출판사, 2001, 259~260면. 원문에 문맥이 다소 맞지 않는 부분이 있으

「벼」의 소현장에 대한 형상화의 강점은, 조선 이주농민에게는 적대적임에도 불구하고, 객관적으로는 훌륭한 소장 정치가로 묘사되고 있다는 점이다. 기존의 개척 서사가 중국인 농민과 경찰을 무지몽매한 인물이나 이주 조선농민을 배척하는 적대적 원주민으로 묘사함으로써, 상대적으로 개척과 수난의 어려움과 그 성취를 빛나는 것으로 만드는 구도에 충실했다면, 「벼」는 '관습화의 전략'을 버림으로써, 오히려 현실적 긴장을 확보하고 있는 셈이다. 「벼」에서 소현장을 객관적으로 형상화한 안수길의 시선은, 해방 후에 만주 시절을 회상하면서 쓴 「효수」(1965)나 「나자 머자니크」(1969)에서 더욱 빛을 발하게 된다.[29] 「효수와 「나자 머자니크」에서는 만주국 시기의 '오족(五族)'에 대해 조선인들이 지니고 있던 위계적 시선과, 특히 중국인을 타자화한 데 대한 통렬한 반성적 시각이 두드러진다는 점에서 주목할 만하다. 재만의 경험을 다룬 소설들이 관습적으로 취하고 있던 전략, 즉 위계화된 인종적 질서의 재생산을 통해 배타적인 민족적 자기동일성을 확보하고, 이를 통해 '개척'과 '수난'의 서사를 강화하는 방식을 벗어나, 재만의 경험이 진정으로 역사화될 가능성을 이 텍스트들이 보여주고 있다. 그러나 '재만'의 경험이 지닌 특수성의 문학적 재구(再構)는 여전히 풍요로운 가능성을 지닌 미답의 공간이다.

며, 이것을 나중에 작가가 매끄럽게 고쳤으나, 여기서는 원문 그대로 인용한다.

29 이 소설들이 안수길이 '만주 콤플렉스'로부터 해방되는 데 있어 어떤 의미를 지니는가에 대해서는 한수영의 앞의 책, 「만주, 혹은 체험과 기억의 균열 – 안수길의 만주 배경 소설과 그 역사적 단층」에서 자세히 다룬 바 있다.

4. 맺음말 - 다시 '재만'이라는 경험의 특수성을 생각하며

'과거'의 역사화 또는 대상화가 항상 그렇듯이, '재만'의 경험을 대상화한다는 것은, 궁극적으로 '지금 / 여기'라는 '현재성'의 문제의식으로 귀결된다. 한국에서 '재만'의 '기억'은 오랫동안 억압되거나 관리되어왔다. 그리고, 필요에 따라 그것은 다시 '분출'한다.[30] 이 글은 '재만'의 경험을, 경험 그 자체가 지닌 역사적 특수성이라는 측면에서, 기왕의 민족주의적 자기동일성이나 정치적 약호로 묶는 방식이 아닌 다른 이해의 가능성을 환기하려는 의도에서 썼다. '재만'의 경험이 지닌 특수성에서 '언어'문제는 새로운 관심을 요구하고 있다. 만주국의 '국어'는, 식민지 조선에서 그랬던 것처럼 '일본어'가 아니었고, '일본어', '만어' '몽고어' 3종의 언어가 공용어의 차원에서 동시에 '공식어'로 채택되었으며, 모든 공문서는 '일본어'와 '만주어' 두 가지 언어로 작성되었고, 몽골자치지역에서는 '만주어'와 '몽골어'로 작성되었다.[31] 그런데, 제도와 현실의 차이 때문에, 혹은 '공식어'가 실제 언어환경에서 차지하는 위상 때문에, 복잡다기한 만주국 내에서의 '언어혼용' 혹은 '언어 혼종' 현상이 빚어졌다. 일본어와 중국어(특히 표준중국어인 북경어와 방언), 만어가 뒤섞인 다중언어 환경에서의 조선어 등등은 머릿속으로 떠올리기만 해도, 언어혼용의 '만화경'이 그려지는 장면이 아닐 수 없다. '일본어'가, 일본의 다른 식민지였던 '조선'이나 '대만' 등과는 달리, '공

---

30 교과서를 중심으로 한 '만주'의 기억은 신주백, 「분단과 만주의 기억」(한석정·노기식 편, 『만주, 동아시아 융합의 공간』, 소명출판, 2008)을, 만주에 관한 '망각'과 '기억의 균열'에 관해서는 김경일, 「신경의 조선인 - 신경실무학교를 사례로」(같은 책에 수록)를 참조.

31 천춘화, 「만주 개척 서사에 나타난 '교육'과 '계몽'의 문제」, 동국대학교 BK21 한국어문학사업단 주최 『차세대포럼』 발표문(2009.11.20) 참조.

식어'이자 '국가어'로서 그다지 위력을 발휘했던 것이 아니고, 오히려 '만주국'이라는 특이조건 아래에서는 일상생활 차원에서 미미한 것이었다면, 공식과 비공식, 혹은 제도와 현실 사이에 '전도된 위계'가 설정될 가능성은 없었던 것일까? 그러니까, '만주국' 내에서의 '일본어'의 지위가 다른 식민지와는 달랐다면, 다른 방식으로 형성되는 '언어들'의 위계는 무엇이었을까, 그리고 '협화어'라는 이름의 일종의 '피진(pidgin)'의 소통범위와 기능은 무엇이었을까. 공공영역과 제도 안에서의 위계가, 그 영역을 벗어난 공간에서 전도되거나 허물어진다면, 바로 그러한 '위계의 전도와 붕괴'가, 실제로 '다중언어사회'로서의 만주국에서 '언어혼용'을 검토해야 할 지점이기 때문이다.[32]

이 글에서는 제대로 언급하지 못했지만, 재만 소설 속에는 여러 명의 퉁스(通詞-통역사)들이 등장한다. 그리고, 조선어와 중국어, 혹은 조선어와 일본어가 혼용된 방식의 대화가 자주 등장한다. '재만'이라는 공간의 특수성은 바로 이러한 '언어혼용' 가운데에서도 구체적이고 감각적으로 발현된다. 나아가, '재만'의 경험이, 해방 이후, 중국에 잔류한 재중동포의 삶에, 그리고 북한으로 귀환하거나 남한으로 돌아온 귀환자들의 삶에 어떤 그늘을 드리우고, 그들의 삶에 일종의 '분광기(分光器)'로서 어떤 역할을 한 것인지도 살펴보지 않으면 안 된다. 그 점에서, '재만'의 경험과 그 속에 형성된 만주의 인식과 표상의 분석은 이제 새로운 전환기에 놓여 있는 것이라 생각된다.

---

[32] 오카다 히데키는 『문학에서 본 '만주국'의 위상』(최정옥 역, 역락, 2008)에서, 만주국에서의 '협화어' 또는 '일만어'의 위상과 기능에 대해 비교적 자세한 고찰을 시도했다. 오카다는 주로 일본어가 중국인 작가에게, 그리고 중국어가 만주에 거주하는 일본인 작가에게 미친 상호작용이라는 관점에서 접근했는데, 이러한 다중언어적 상황 아래에서 재만조선 작가들은 어떤 언어적 혼용을 노출했던가 하는 것은 새로운 연구를 필요로 하는 영역이라고 할 수 있다.

제2부
전후문학의 사상사적 기원

윤리적 인간, 혹은 반공이데올로기의 기원

선우휘론

1. 반공 이데올로그로서의 선우휘

선우휘는 중편 「불꽃」으로 '동인문학상'(1957)을 받으면서 일약 1950년대 한국 전후(戰後) 문단의 '무서운 신인'으로 등장한 뒤, 소설가로서뿐만 아니라 강론직필(強論直筆)의 언론인이자 완고한 '반공 이데올로그'로서도 한 시대를 풍미한 사람이다. 그의 소설은 등단 당시부터 프랑스의 앙드레 말로를 연상케 하는 '행동주의'적 작품으로 주목받았으며, 짧고 건조한 문장으로 상황과 성격의 핵심을 사실적으로 묘사하는 남성적인 스타일로 정평을 얻었다. 등단작이었던 「귀신」(1955) 이후 수많은 작품을 발표했으나, '동인문학상' 수장작이자 출세작이었던 「불꽃」의 영향력이 워낙 압도적으로 컸을 뿐만 아니라, 이후에 발표한 그의 많은 작품들 중 상당수가 「불꽃」에서 보여준 바 있는 격정적인 '반공 이데올로기'를 주제로 한 다양한 변주곡의 성격을 지니고 있는 탓에, 그가 작가로서 지니고 있는 여러 면모 중에서도 '반공 이데올로그'로서의 면모가 사람들의 뇌리에 가장 강하게 남아 있다. 이데올로그로서의 그의 역할이 전성기를 이루었던 때는 한국 사회에서 학생운동이 가장 고조되고, 사회 전체적으로도 변혁에 대한 열망이 정치적으로나 문화적으로 가장 뜨겁게 달아올랐던 1980년대가 아니었던가 생각되는데, 특히 1980년대 중반까지『조선일보』지면에 고정적으로 썼던 '선우휘 칼럼'은 당시의 그러한 사회적 분위기에 대놓고 찬물을 끼얹으며, 이른바 '남한의 진보주의자'들을 '역사의 교훈을 모르는 덜 떨어진 지진아(遲進兒)'로 매도함으로써 그는 늘 뜨거운 찬반 격론의 대상이 되었었다.

우리 사회는 독특한 역사적 경험 때문에 '이데올로기'란 말에 대해 그다지 관대하지 않다. 더구나 보수반동적인 역사 교육의 영향으로 우리 현대사의 비극의 원천인 '한국전쟁'은 종종 '이데올로기 전쟁'으로 규정되고, '이념보다 인간이 우선'이라는 모호하기 이를 데 없는 구호가 모든 정치적 요구나 사회적 불만을 제압하는 선전·선동의 앞머리에 놓이다 보니, '이데올로기'란 공연히 사람을 피곤하게 만들고 분쟁에 휩싸이게 만드는 쓸모없는 것이라는 편견이 널리 퍼져 있다. 더구나 '이데올로기'를 전파하고 역설하는 사람을 가리키는 '이데올로그'라는 말은 좋은 의미보다는 나쁜 의미로, 예컨대 '어떤 특정한 집단이나 조직의 이해관계를 대변하여 곡학아세하는 말재주꾼이나 고용된 지식인'쯤으로 인식되기가 십상이다. 그런 의미에서, 우리 시대의 비극 중의 하나는 역설적이긴 하지만 '진정한 이데올로그'가 드물었다는 것이 아닌가 한다.

우리가 범박하게 뭉뚱그려 부르는 '반공 이데올로기'만 하더라도 사실 엄격한 의미에서 하나의 개념이나 이데올로기로 성립하기가 힘들다. 하나의 이념은 무엇을 지향하고자 하는 적극적인 지식과 논리, 그리고 의지의 총체라고 할 수 있는데, 무엇을 반대하고자 하는 것이 '이념의 존재 근거'일 수 있겠는가 하는 의문을 낳게 만들고, 바로 이것이 남한 특유의 '반공 이데올로기'가 이데올로기로서의 진정성과 이론적인 자기완결성에 있어서 하나의 뚜렷한 실체를 갖지 못하도록 만드는 중요한 원인이 된다. '반공 이데올로기' 안에는 자유주의, 개인주의, 기독교, 무정부주의, 생디칼리즘을 포함해 다양한 이념적 배경이 포진해 있고, 이들은 각기 고유의 신념과 이론 체계를 근거로 하여 그것과 대립하는 것에 대해 이념적인 투쟁을 전개해 나갈 수 있는 것이다. 따라서 이데올로그는 그들의 신념과 이론의 실현 가능성에 비추어 때로는 연대하기도 하고 때로는 대립하기도 하는 일이 자연스럽게 이루어질 수 있어야 한다. 그러나 남한의 이데올로그들은 그러한 이데올로그로서의 역사적 소임과 사명을 충실히 해내지 못했다. 특히 '반공 이데올로그'들은 '공산주의(자)를 반대한다'는 명분하에, 지배 권력의 정당성을 옹호하는 데에만 전력 질주해 왔다. 경우에 따라서는 자기가 '공산주의'를 반대하는 어떤 '이유'가 사실은 남한 지배권력의 존재를 부정하는 '이유'가 될 때조차도, 지배 권력의 정당성을 옹호하는 '자기모순'을 저지르는 데 주저하지 않는 경우도 있었다. 대체로 이러한 전력(前歷)이 '반공 이데올로기'가 하나의 '이데올로기'로서의 실체를 갖지 못하고 제대로 인정받지 못하는 이유가 되어 왔다.

선우휘를 언급하면서, '이데올로기'에 관한 긴 우회로를 거쳐 온 것은 위에서 살펴 본 그러한 역사적 환경 탓에 정작 우리는 시종일관 '반공 이데올로그'로 활동했던 선우휘의 그 이념적 기원이 무엇인가에 대해서는 제대로 질문을 던져 보지 못했던 점을 반성하기 위해서였다. 선우휘 역시, 이데올로기적 색채를 분명히 했던 다른 많은 작가들과 마찬가지로 극단적인 이분법적 평가의 대상이 되어 왔다. 예컨대, '행동주의'의 간판 격이자 '자유와 휴머니즘'을 옹호하는 작가라는 긍정적인 평가와, '반공 이데올로기'의 프리즘을 통해 한국 근현대사, 특히 분단과 전쟁을 지나치게 보수우익적 관점에서 묘사함으로써, 역사의 왜곡과 현실의 합법칙적 연관을 외면했다는 부정적 평가가 그것이다. 선우휘에 대한 평가는 이 양극단 사이에서 진자운동을 하고 있다. 필자 역시 십여 년 전부터 몇 편의 글을 통해 선우휘의 소설을 분석해 왔는데, 위에서 언급한 그 두 가지 평가 범주 중 후자에서 크게 벗어나지 못한 것이었다.[1]

이 글은 선우휘의 몇몇 장편 소설을 통해 그의 '반공 이데올로기'의 기원의 일단을 살펴보기 위해 쓴다. 여기서 '반공 이데올로기'의 기원을 살핀다는 것은, 그가 견지했던 '반공 이데올로기'의 역사적 정당성을 확인한다는 뜻이 결코 아니다. '반공 이데올로기'가 하나의 '이데올로기'로서 뚜렷한 실체를 가지는가의 여부와 상관없이, 우리 사회에서 '반공 이데올로기'의 실제적 영향력은 무시할 수 없을 정도로 크다. 다시 말하면, 분단의 질곡을 헤쳐 나가는 데 있어, '반공 이데올로기'는 '무시할 것'이 아니라 '극복해야 할 것'이라는 점을 이해하는 것이 중요하다. 그럴 때 필요한 것은, 기존에 우리가 익히 해왔듯이 '반공 이데올로기'의 허구성과 가짜 객관성을 공격하는 일뿐만 아니라, 그것이 어떤 역사적 과정을 통해 형성되어 왔고, 어떤 이유로 현실적 힘을 발휘하는가에 대한 진지한 분석적 접근이라고 생각한다.

이 글에서 주목하고자 하는 것은 선우휘의 '반공 이데올로기'가 어떤 계기를 통해 신념화되고 자기화 되는가 하는 문제다. 좀 더 정확히 말하면, 작가 선우휘는 소설을 통해 '반공 이데올로기'를 전파하면서, 소설 속의 어떤 계기를 통해 '반공 이데올로기'의 자기정당성을 확보하고 있는가의 문제라고 할 수 있다. 그 정당화의 계기가 소설 공간의 바깥에

---

1 「1950년대 한국소설 연구」(1991)와 「월남 작가와 1950년대의 한국 소설」(1993)에서 선우휘를 다루었다. 이 두 글은 모두 평론집 『문학과 현실의 변증법』(새미, 1997)에 실려 있다.

존재하는 객관현실과 얼마나 가깝고 먼 것인가의 문제 또한 중요한 것
인데, 일단 선우휘 소설을 통해 그의 이데올로기가 형성되는 몇 가지 계
기들을 확인한 다음 이 문제와의 상관관계를 검토해 보고자 한다.

2. 전체주의의 경험과 그 반향

　중편 「불꽃」을 다시 읽으면서 새롭게 다가온 것은, '공산주의'에 대
한 그의 깊은 염오(厭惡)와 기피가 '파시즘'의 경험과 밀접한 내적 연관
이 있다는 사실이다. 개인주의자로서의 주인공 '고현'의 면모는 이미
고보(高普) 시절을 그리는 대목에서 완연하게 드러나는데, 고현은 수
영실력이 뛰어나면서도 강제적인 훈련과 집단생활이 싫어 수영선수
되기를 한사코 거절하고, '누군가를 괴롭히지 않고 조용히 살고 싶다'
는 이유만으로, 대학 진학을 포기하고 낙향해서 농사를 짓고자 애쓴
다. 사유와 인식, 행위에 있어서 개인의 내밀한 공간을 허용하지 않는
'파시즘' 체제를 경험한 고현은, 마치 '자라보고 놀란 가슴 솥뚜껑보고
놀라는 격'으로 '공산주의'에 대해서도 그것이 '파시즘'과 마찬가지로
'개인'을 가만히 내버려두지 않는다는 '동질성'으로 하나의 괄호 안에
묶어버린다. 고현의 눈에는 공산주의자들이 입버릇처럼 내뱉는 '인민
의 이름으로'가, 군국주의 파시스트들이 떠들던 '천황폐하의 성은에
보답코저'라든가, '대일본제국을 위하여'와 조금도 다를 바 없는 '전체
주의'적 구호로 보였던 것이다. 그래서 고현은 학병에서 탈출하여 연
안으로 들어갔을 때 만난 중국 공산주의자를 보고 '옷 속의 이나 잡지'
라고 조소(嘲笑)하고, 사회주의 투쟁 대열에 동참하기를 권하는 동료

에게 '싸우고 싶은 사람끼리 크럽을 만들어서 싸우면 되지, 왜 가만히 있는 사람까지 싸우게 만들지 못해 안달이냐?'고 공박한다.

'개인주의자'의 관점에서는, '파시즘 체제'나 '공산주의 체제'가 지닌 집단주의적 성격에 대한 염오와 기피가 당연할 수밖에 없다. 이 대목에서 '파시즘 체제'와 '공산주의'를 구별하지 못하는 주인공의 '아둔함'이나 '주관적 관념론'에 대해 공박했던 것이 기왕의 선우휘에 대한 비판적 분석의 논리였는데, 이 글은 그것이 주목적이 아님을 이미 앞에서 밝혔다. 우선, 나는 선우휘의 '공산주의에 관한 기피증'이 어떤 개인적 혹은 역사적 계기를 갖고 있는가를 확인하고 싶은 것이다. 그러므로, 서둘러 고현이 견지하고 있는 '개인주의'가 얼마나 '계급적이며 자기중심적'인가를 확인하고 싶은 조급증이 발동하더라도 잠시 눌러 두기로 하자. 중요한 것은 주인공 고현에게 있어서 일제의 '파시즘'과 공산주의가 개인의 존재이유와 가치를 돌보지 않는 '전체주의적 체제'라는 점에서 동일한 것으로 인식되었다는 점이다.

실제로, 사회주의 혁명의 성공이 있었던 1917년 이후, 사회주의 체제 내부에서도 '개인과 사회'의 문제는 끊임없는 논란의 대상이 되어 왔다. 특히, 스탈린이 죽은 이후 동유럽을 중심으로, '사회주의 체제' 하에서의 '개인'의 문제는 수많은 철학자와 이데올로그들이 달려들어 해결하고자 했던 최대 관심사항 중의 하나였다.[2] 이것은 거꾸로 말하

---

2   에리히 프롬이 편집한 『사회주의 인간론』(1965)이나 폴란드의 철학자이자 정치가인
    아담 샤프(Adam Schaff)의 『개인과 휴머니즘』(1970) 등이 '개인과 사회'를 둘러싼 사
    회주의 체제 내부의 반성과 전망을 담은 하나의 예에 해당할 것이다. 그러나 이미 스
    탈린 당대에도 다양한 경로를 통해 사회주의 체제에서의 '개인'의 문제가 여러 차례
    제기된 바 있었다. 열렬한 사회주의자였던 앙드레 지드의 『소련기행』(1937)이 한 예
    이다. 특히 2차 여행 이후에 썼던 기행문은 1차 기행문과는 달리 '개인이 존재하지
    않는 소련 체제 내에서의 인민들이 보여주는 행복의 어색함'에 대해 강한 의구심을
    제기하고 있고, 2차 대전 이후에 사회주의에서 전향한 지식인들이 썼던 『실패한 신
    The God That Failed』(1949) 또한 그러한 범주에 속하는 책이다. 이러한 시도들은 대
    부분 '탈(脫)스탈린화'에 초점이 맞춰져 있지만, 중심적인 문제틀은 바로 '사회주의

면, 역사적 체제로서의 20세기 사회주의가 '개인과 사회'의 관계에서
야기되는 여러 가지 문제에 대한 확연한 해결책을 찾지 못한 채 계속
진통을 거듭해왔음을 반증하는 것이기도 하다. 하물며, 시민사회의
전통이 전무한 해방 전후의 우리 사회에서 이른바 '공산주의자'들이
'개인과 사회'에 관한 변증적 연관을 훌륭히 인식하고서 대중 활동이
나 선전·선동, 또는 공작 활동을 전개하고 있었다고 인정하기는 어
렵다. 그러므로 '인민의 이름으로'란 구호는 낯설기도 할 뿐더러, 불과
얼마 전에 경험했던 '파시즘'의 구호가 외양만 달리한 것이 아닌가 하
는 고현의 의구심은 충분히 근거 있는 것이었다. 소설 속에서 이러한
'전체주의적 의도를 지닌 자'들은 고현으로부터 '청부업자'라는 냉소
적인 별명을 얻게 된다. 사회주의 혁명 운동에 동참하자고 권유하는
친구와 헤어진 후, 고현은 마음속으로 '이번 청부업자는 그동안 출몰
했던 것과 다르다. 한 명도 놓치지 않고 건드려 놓고야 말려는 유능하
고 가혹한 업자'라고 두려워한다.

담론의 자유로운 소통과 실천의 다양한 영역이 마련되지 못한 채,
다른 모든 것을 앞서 물리적 폭력이 선재하는 상황이거나, '어느 것이
옳으냐'를 따져보기도 전에 '이편이냐 저편이냐'의 선택을 강요당하는
상황에서 개인은 현기증을 느끼기 마련이다. 선우휘의 소설은 이 '현
기증'의 증세를 충실히 그려내 보여준다. 엄정하게 말해 그의 소설에
붙어 다니는 '행동주의'라는 딱지는, 무엇이든 서양 것과 비교해서 비
슷하거나 근접해야 만족을 느끼는 당시 '호사가들'의 어설픈 규정에서
비롯되었다. 오히려 선우휘 소설들의 주인공들은 대개의 경우, 적극
적으로 '행동'에 나서거나 의지적인 '실천'을 보여주지 않는다. 「불꽃」
만 하더라도, 소설 전체를 통해 '행동'이라고 부를 만한 의지적 행위는

<hr>

체제 안에서의 개인'의 문제라고 할 수 있다.

없다. 인민재판 현장에서 "살인이다!"라고 외치며 총질을 하고 산으로
숨어들어가는 것은, 적극적인 행위라기보다는, 주인공의 심연(深淵)에
도사리고 있는 어떤 기율(紀律)이 마지막으로 꿈틀거리며 주체에게 움
직이기를 요구함으로써 나타난 '소극적 저항'에 불과하다. '심연에 도
사리고 있는 어떤 기율', 바로 이것이 선우휘의 '반공 이데올로기'의 형
성의 근거이자, 역사와 현실을 이해하고 해석하는 일종의 황금률(黃金
律)로 작동한다.

3. 윤리적 인간과 반윤리적 이데올로기

　선우휘 소설을 관통하고 있는 '심연의 기율'은 '윤리적 인간관'이라
고 할 수 있다. 그의 소설이 지향하는 최종의 희구(希求)는 '윤리적 인
간이 되는 것'이며, 따라서 윤리적 인간이기를 가로막는 일체의 존재
와 상황은 '비윤리'인 동시에 '악(惡)'이 된다. 그의 작품 하나하나는 결
국 '윤리적 인간'이란 무엇이며, '윤리적 인간이기를 가로 막는 상황과
조건'이란 역사 속에서 어떻게 현현하는 것인가를 구체적으로 보여주
는 것이라고 해도 지나치지 않는다. 따라서, 그가 '반공 이데올로기'를
견지하게 된 가장 중요한 이유도 '공산주의자' 내지는 '공산주의 이데
올로기'에서 '비윤리성' 내지는 '반윤리성'을 목도했기 때문이다. 덧붙
여 말하자면, '비윤리적 인간'인 한은 비록 그가 '반공주의자'라고 하더
라도 작가의 비판을 면하지 못한다.
　하나의 좋은 예가 「불꽃」에 나온다. 해방 직후 교원으로 취직한 고
현은 좌익 성향의 동료 교사 세 사람이 학생시위를 사주했다는 혐의

로 경찰에 체포당하자 교장에게 대책을 세워야 하지 않겠냐고 건의한다. 세 교사가 체포된 이유는 학생들의 교장 반대 시위를 그 세 교사가 사주했다는 것인데, 고현은 그 세 교사가 평소 교장에 대해 비판적이었던 것은 사실이지만, 이번 학생 시위를 그들이 사주했다는 증거가 없으므로, 경찰에서 놓여나도록 도와주어야 한다는 것이다. 이북에서 월남한 교장은 평소 학교 행정과 자기 자신에 대해 비판을 해왔던 좌익 성향의 세 사람을 이 기회에 면직시키려 하다가 고현의 건의를 받자 화를 낸다. '사상이 불순하다고 경찰이 하는 일을 나보고 어떻게 하란 말이냐'고 반문하는 교장을 보며, 고현은 '모든 못마땅한 일을 사상적인 일에다 결부시켜 처리하는 것은 슬픈 일이다'라고 되뇌이며 학교를 사퇴한다. 조그만 일에도 어린 학생들을 선동해 왔던 동료교사들의 경솔함도 못마땅하지만, 학생사주라는 혐의를 씌워 경찰에 체포되도록 만드는 교장의 처사도 옳지 않다고 생각한다. 두 경우 모두 고현의 눈에는 '비윤리적인 짓거리'로 보이기 때문이다. 이 대목에서 '윤리'는 '이데올로기'에 앞서는 '기율'로 작동한다. 아니, 좀더 정확히 말하면 '윤리'가 하나의 '이데올로기'의 지위에 놓인다.

비슷한 장면은 첫 장편인 『깃발없는 기수』에도 나온다. 주인공 허윤은 동향친구이자 좌익인 순익이가 월남반공청년단체(평청)에 끌려가 집단 린치를 당하고 있다는 얘기를 듣자마자 평소 잘 알고 지내던 그 조직의 우두머리를 찾아가 풀어 달라고 사정한다. 그러나, 뭇매를 맞고 형편없이 널브러져 있는 순익을 발견하자 그는 돌연 분노한다.

"형님!"
회장은 윤의 창백해진 얼굴을 올려다 보았다.
"형님, 저게 뭡니까?"
"왜 그러나?"

"저렇게까지 쳐눕혀, 저게."

"윤이!"

회장이 음성을 높혔다. (…중략…)

"윤, 자네 서울 사람 다 됐군."

"서울 사람이고 시골 사람이고 없어요 형님."

"자네 고향을 잊고 있단 말야. 귀신도 모르게 없어진 고향 친구들을 벌써 잊고 있단 말야." (…중략…)

"윤, 이건 우리의 탓이 아니야. 미군정의 알뜰한 시책 탓이란 말야. 저쯤 않고 놈들을 막아낼 다른 도리가 있다고 생각하나? 버젓이 활개를 치고 비단결같이 조아려 대는 놈들을 누를 길이란 몽둥이뿐이란 말야." (…중략…)

"윤! 그럴라면 다시는 오지 마."

"형님!"

"놓아, 더 이상 말할 필요가 없어. 친구를 데리고 어서 가게."

윤이 일어나기가 바쁘게 간부가 회장에게 나직한 음성으로 말했다.

"저치 맛 좀 보일까요?"

"뭐?"

"몇 대 안길까요?"

"닥쳐!"[3]

회장과 간부의 마지막 대화는 사실상 이러한 집단린치 방식의 테러가 정치논리로는 용납될지 모르지만, 윤리적으로는 회장 자신에게도 용납되지 않고 있다는 것을 암시한다.

『깃발 없는 기수』의 주인공 허윤은 이북 출신으로, 월남한 후 한 우

3　선우휘, 『깃발 없는 기수』(『현대한국문학전집 12』, 신구문화사, 1981), 38~39면.

익 계열의 신문사 기자로 일하면서 해방 정국의 어지러운 소용돌이 속에서 자신의 진정한 역할과 임무가 무엇인가를 찾기 위해 분투하는 청년이다. 소설 제목의 '깃발'이 상징하는 것이 바로 '진정한 역할과 임무'이며, '깃발 없는 기수'란 그 진정한 역할과 임무를 아직 발견하지 못한 상태에서 행동으로 뛰어 들었다가 스러져가는 수많은 '돈키호테'들을 상징하고 있다. 허윤의 월남 동기 역시 매우 윤리적이다.

> 해방되는 날 저는 어디서 무엇을 한 줄 아십니까. 아직도 가끔 호랑이 새끼가 나온다는 산악 지대의 벽촌에서 영양 불량으로 누렇게 얼굴이 뜬 어린것들을 데리고 산에서 솔가지를 따고 있었죠. 어린 놈들에게 군가를 불리우며 마을로 들어왔을 때는 벌써 법석이었죠. 지금도 그때 생각을 하면 얼굴이 화끈해지죠. 그때 나는 다시는 그런 웃음거리가 되지 않으려니 결심했죠. 부친은 고향에 남아서 그대로 교원을 지내기를 원했지만 저는 이남으로 간다고 우겼죠.[4]

허윤은 지주 계급도, 자유주의 지식인도 아니었고, 미국이 원자폭탄을 떨어뜨린다는 소문에 기겁을 하고 남하한 삼팔따라지도 아니다. 그의 월남은 지극히 개인적인 동시에 윤리적인 데서 비롯되었다. '해방 당일 날까지도 어린 것들에게 군가를 불리우며 솔가지 따는 동원령에 충실했던' 자기모멸과 자괴감이 그것이다. 그 윤리의식은 자괴감의 근원인 동시에 타인을 인식하는 잣대이자, 상황과 현실을 이해하고 분석하는 준거틀이기도 하다. 따라서 『깃발 없는 기수』의 인물들 중 비교적 긍정적인 인물들—허윤을 포함해, 그의 친구인 '형운'이나 허윤을 사모하는 하숙집 딸 '행아' 등등—은 모두 이러한 윤리적 기

---

[4] 선우휘, 『깃발 없는 기수』, 앞의 책, 75면.

율에 충실한 인물들이다.

한 때 열렬한 사회주의자였던 '형운'이 전향한 계기는 공산주의자들이 보여준 속악한 마키아벨리즘적 권모술수 때문이었다. 형운은 조직을 지키기 위해 조직 윗선의 지령을 따라 위장 전향하면서 조직 유지에 크게 문제가 되지 않는 조무래기 조직원 몇 명을 일경(日警)에 알려준다. 그가 감옥에 있는 동안 사랑했던 여인은 그의 변절에 실망하고 다른 사람과 결혼을 해버린다. 형운은 감옥에 들어가면서 자신의 전향이 조직 보존을 위한 위장 전향임을 애인에게 편지로 알렸으나, 그 편지를 전달하기로 약속한 조직의 동료들이 비밀보장을 위해서 편지를 찢어 버리고 형운의 애인에게 사실을 알려 주지 않았음을 나중에 알게 된다. 그뿐만 아니라, 자신은 어느새 '위장 전향자'가 아니라, '조직을 팔아먹은 완전한 배신자'로 낙인찍혀 있음을 발견한다.

열혈 청년 허윤의 방황과 고뇌는 정작 '이데올로기'나 이념에 따른 '편가름' 때문이 아니라, 정치적 목적을 위해 모든 수단을 정당화시키는 '비윤리성'으로부터 말미암는다. 그러한 '비윤리성'은 앞에서 예를 든 것처럼 좌우익 가릴 것 없이 자행되고 있지만, 유독 그의 눈에 좀 더 확대되어 드러나는 것은 해방 정국에서 이념적 주도권을 쥐고 대중적 지지를 획득하고 있는 '좌익'의 '비윤리성'이다. 소설 속에서 확고한 대중적 기반 위에 좌익 지도자로 군림하고 있는 이철과 강태에 대한 허윤의 애초의 관심은 직업의식의 발로였다. 그러나, 그들의 공식적·비공식적 일정을 지켜보던 허윤은 이들의 행적이 윤리적인 면에서 완전히 표리부동하다는 사실을 발견하고 몹시 분노한다. 특히 독일 유학생 출신으로 탁월한 언변과 논리를 지닌 좌익 지도자 이철의 경우, 미군정청 관리의 부인인 윤임과 사통(私通)하면서, 단지 육체적 쾌락만을 충족하는 것이 아니라, 윤임으로부터 중요한 군정청의 기밀을 빼내고 있다는 사실을 알고 허윤은 이철을 그대로 둘 수 없다고 비분강개한다. 결국 소설의 마지막 대목에 이르면, 허윤은 이철을 응징하는 것으로 자신의 '깃발'을 삼고, 호텔에서 윤임과 만나고 있는 이철을 권총으로 사살한다.

이 소설 전체를 통 털어 '이데올로기'의 '내용'에 관한 회의나 의구심은 단 한 번도 등장하지 않는다. 예컨대 좌익 지도자 이철이나 강태가 민족의 진로를 잘못된 방향으로 이끌고 있다거나, 그들의 정치적 전망이 비현실적이고 민족의 분단을 배태하고 있다든지, 또는 「불꽃」에서와 같이 '개인의 내밀한 공간'을 허용하지 않는다든지 하는 비판은 전혀 없다. 허윤에게 중요한 것은, 정치 지도자라는 사람이 남의 부인과 사통을 하고, 더구나 그 사통이 순연한 애정의 발로가 아니라, 고급 기밀을 빼내기 위한 스파이 행위로 이용되고 있다는 사실이다. 그는 그것을 도저히 용납할 수 없었던 것이다. 아마도 '이데올로기'의 내용이 문제되지 않는 것은 윤리적 정당성을 결여한 지도자의 정치노선이란 보지 않아도 뻔하다는 논리적 유추 때문일 것이다.

허윤의 하숙집 주인인 성호 아버지의 경우도 비슷하다. 그 역시 해방 전 좌익으로 활동한 인물인데, 일제의 탄압에 못 이겨 전향했다가 해방 뒤 다시 당에 선(線)을 대보려고 백방으로 노력하다 실패하자 열일곱 살 난 아들 성호를 '민애청'에 집어넣어 열혈 당원으로 키운 다음 그 아들 덕으로 다시 당에 들어가려는 야욕을 품고 있다. 성호는 비행사의 꿈을 포기하고 아버지의 뜻을 좇아 '민애청'에서 활동하지만, 조직 윗선에서 떨어진 '사상강화'를 거부하다가 죽음을 당한다. '사상강화'란 조직원 중에서 가장 사상적으로 해이해진 사람을 하나 골라 조직원 전체가 집단 린치를 가함으로써, 당사자를 응징하는 동시에 사상적으로 해이해지려는 다른 조직원들을 미리 경계하는 것을 가리킨다. 성호는 그 대상자를 간부 몰래 풀어주고 대신 두드려 맞아 결국 죽음에 이른다. 성호의 아버지는 자신의 정치적 욕망 때문에 아들이 죽게 되자 그 충격을 견디지 못하고 쓰러져 반신불수가 된다.

그의 소설에 등장하는 좌익 성향의 인물들은 대체로 이와 같이 윤리적으로 결함을 지니고 있거나 '패륜'에 대해 별반 가책을 느끼지 않는 '뻔뻔스러운 성격'으로 묘사된다. 동시에 공산주의라는 이데올로기는 그러한 패륜과 부도덕을 '정치행위'라는 당의(糖衣)로 감싸고 위장하는 것으로 그려진다. 좌우의 대립이 첨예한 상황에서 유독 특정한 이데올로기의 소유자들만 '윤리적 결함'을 가진 인물로 묘사하는 그의 태도는 분명히 편향적이며 의도적이다. 그러나 우리 논의의 중심은 특정 이데올로기 소유자에 대한 묘사의 편향성과 왜곡을 따지는 것에 있지 않다. 앞에서도 잠깐 확인했듯이, 윤리적 결함에 관한 한 정도의 차이가 있을 뿐, 그는 우익 성향의 인물들이 지닌 비윤리성과 부도덕 역시 비판하고 있는 것이다.

긴장감 넘치는 극적 반전과 갈등이 잘 어우러진 장편 『추적의 피날레』는 국군 정보부대의 최고 지휘관을 부정적 인물로 설정하여 현실 정치의 비윤리성을 폭로하고 있다. 휴전이 임박한 1953년, 정보장교인 윤호 중령은 직속상관 홍소장의 비밀지령으로 첩보 활동을 위해 월북한다. 홍소장 외에는 모두 그가 자진 월북한 것으로 알고 있다. 심지어 윤호의 아내조차도 그의 공작 임무를 모른 채 가족을 버리고 월북한 것으로 알고 지내다가 세상을 뜬다. 5년을 기한으로 하고 북파된 윤호는 그 사이 지령선인 홍소장이 교통사고로 죽고, 남쪽으로부터 5년이 넘도록 아무런 연락이 없자 다시 월남한다. 정보 장교인 옛친구 이대령을 찾아가 사실을 털어 놓지만 그는 반신반의한다. 자유당 정권 하에서 정보 계통의 최고 책임자가 된 김준장은 윤호의 결백을 밝혀 줄 유일한 존재인데, 그는 윤호의 월남을 야당 파괴 공작의 미끼로 이용하려고 한다. 즉, 윤호가 북의 지령을 받고 야당 지도자인 배성채와 접선하려던 것을 일망타진한다는 정치 공작 시나리오에 윤호가 협조하면 그의 자유를 보장하고, 협조하지 않으면 간첩으로 체포하겠다는 거래 조건을 제시한 것이다. 윤호는 현실 정치의 비정함을 곱씹으며 김준장을 제거하고 자신도 죽기로 결심한다. 그러나 거사 직전 엉뚱한 사람들이 김준장을 암살하고, 윤호는 홍소장의 일기장 덕분에 모든 전말이 밝혀져 누명을 벗게 된다. '김창룡 저격 사건'을 연상케 만드는 이 소설은, 그의 '윤리적 인간에 대한 희구(希求)'가 좌우익에 대한 작가의 편향을 어느 정도 넘어서 있음을 환기시킨다. 조국을 위해 가족마저 버리고 북파되었던 윤호의 '직정(直情)'에 김준장으로 대표되는 '속악한 마키아벨리즘', 즉 목적을 위해 모든 수단을 정당화시키는 '현실 정치의 비윤리성'이 정면으로 대응된다. 여기서 우리가 눈여겨보아야 할 것은, 그의 '반공 이데올로기'가 '정치'와 '윤리'를 무매개적으로 대응하는 구조 안에서 움트고 있다는 사실이다. 도대체 그가 희구하는 '윤리적 인간'이란 무엇인가?

　장편 『싸릿골의 신화』가 이 질문에 대한 하나의 대답을 제공해 준다. 작품 자체로서는 조야하기 이를 데 없고, 다른 작품에서 견지하던 최소한의 사실주의적 기율마저 여기서는 지켜지지 않고 있지만, 그럼에도 불구하고, 아니 바로 이 소설이 지닌 그러한 비현실성 때문에 '윤리적 인간'에 대한 작가의 바람이 객관 현실의 간섭과 개입 없이 고스란히 노출되어 있다. 외부 세계와 별 접촉 없이 자족적인 삶을 유지해 오던 경기도의 한 벽촌 '싸릿골'에 국군 패잔병 여덟 명이 숨어 들어오면서 '싸릿골'에도 전쟁의 그늘이 드리워진다. 오십 호 남짓한 작은 마을을 이끄는 지도자는 '강(姜)'이라는 노인인데, '강노인'은 조금도 주저함이 없이 여덟 명의 국군 패잔병을 마을의 이집저집에 분배하여 완벽하게 숨겨 준다. 그들이 국군 패잔병이라는 사실은 '강노인'과 마을의 원로 여섯 명만 알고 있다. '품안에 날아 들어온 새는 쫓지 않는다'는 것이 '강노인'과 마을 원로의 공통된 윤리적 규범이다. 그러나 보름이 지난 후, 싸릿골에도 당에서 파견한 간부가 들어와 인민위원회를 설치하고, 본격적인 정치 공세를 펴면서 마을 주민으로 위장한 국군 패잔병들에게 위기가 닥친다. 그러나 우여곡절 끝에 마을 사람들과 패잔병들은 힘을 합하여 당 간부와 보안서원들을 물리칠 뿐만 아니라, 인민군의 중요한 보급로인 철교를 폭파함으로써 인민군들에게 치명적인 타격을 가하게 된다. 전형적인 '반공계몽물'의 외형에 충실한 이 작품을 두고, 과연 오십 호가 전부인 작은 마을에 장정 여덟 명이 주민들도 모르게 감쪽같이 위장 잠입할 수 있는지, 3년 전까지 이 마을에 살았던 당간부가 이 여덟 명의 낯선 청년들에 대해 전혀 의심을 품지 않을 수 있는지, 마을 전체가 결단날 수도 있는 패잔병 은닉이 '강노인'의 말 한마디에 일사분란하게 진행될 수 있는지 등을 따지는 것은 일종의 '우문(愚問)'에 해당한다. 앞에서도 언급했듯이, 작품 자체로서『싸릿골의 신화』는 추어줄 만한 요소를 전혀 지니지 않은 하나의 태작(駄作)이다. 이 작품이 의미를 띠는 것은, 일종의 가상적 공간인 '싸릿골'의 주민들이 보여주는 '인류에 충실한 윤리적 인간으로서의 품성' 때문이다. 그들이 국군 패잔병을 숨겨준 것은 '대한민국'을 지지하고 '인민공화국'을 싫어하는 정치적 판단 때문이 아니라, 위기에 빠진 인간은 우선 구하고 봐야 한다는 평범한 윤리적 규범을 따랐기 때문이다. 작품을 지배하고 있는 이러한 논리에 근거하면 정반대의 상황이었다고 하더라도 주민들이 똑같이 행동했으리라는 추정이 가능해진다. 즉, 인민군 패잔병이 마을에 들어왔다면 그들을 발견한 강노인이 그 전부를 국군 모르게 숨겨주었을 것이란 뜻이다. 그런 의미에서 '싸릿골'은 현실 정치로부터 입은 환멸의 상처를 치유해 줄 수 있는 선우휘의 대안적 공간이다. 이 공간 안에서는 '이데올로기'도 '정치'도 '전쟁'도 '계급'도 아무런 의미를 지니지 못한다. 선우휘는 그 모든 것에 우선하는 '인류'이 존재한다고 믿으며, 그것을 구현하는 '윤리적 인간'에 대한 절실한 바람을『싸릿골의 신화』에서 토로하고 있는 것이다.

4. 정치와 윤리, 이질적 범주의 동일화의 논리와 그 모순

　우리는 지금까지 선우휘의 중요한 몇 작품을 통해 그의 '반공 이데
올로기'가 '윤리적 인간에 대한 희구'의 반작용으로 형성된 것임을 확
인해 보았다. 뒤집어 말하면, 그는 '공산주의 이데올로기'와 '공산주의
자'들로부터 비윤리적이고 패덕적(悖德的)인 측면을 집중적으로 목도
했으며, 결국 이것이 평소에 그가 견지하고 있던 '개인주의'와 화학적
으로 결합하면서 강고한 '반공 이데올로기'를 형성하게 된 것이라 추
정할 수 있다.

　정치·경제적 제도 및 법률을 비롯해서 일체의 관습과 전통, 유형
화된 관례를 밑바탕에서부터 근본적으로 바꾸고자 하는 혁명적 상황
에서는, '새로운 것'으로 등장한 '혁명적 질서'가 '오래되고 익숙한 것'
으로서의 '기존 질서'와 서로 충돌할 수밖에 없고, 이 과정에서 '기존의
질서'쪽은 '혁명적 질서'가 당연히 '비윤리적'이고 '패덕적'인 것으로 비
칠 도리밖에 없을 것이다. 어제까지 '어르신네'나 '영감 마님' 또는 '선
생님'이라고 부르던 사람을 하루아침에 '동무'라고 부르란다면, 당시
의 정서에 비추어 이것을 '패륜'이 아니라고 보는 것이 도리어 이상하
지 않겠는가. 게다가 혁명 프로그램을 추진하는 과정에서 생길 수 있
는 과정상의 오류나, 개별 활동가들이 저지를 수 있는 인간적 오류 내
지는 시행착오들도 충분히 예견할 수 있는 일이다. 대중과 직접 접촉
하면서 사회주의 혁명을 추진하던 활동가들 중에는 공산주의자로서
갖추어야 할 이론과 품성을 두루 겸비한 사람도 있었겠지만, 급조된
활동가 내지는 이러저러한 연유로 갑작스럽게 '주의자'로 둔갑한 사람
도 분명히 있었을 것이고, 이러한 사람들이 하루아침에 '권력자'로 행
세하려고 할 때, 사람들의 조소를 살 것은 당연한 일일 것이다. 그리

고 그들의 배후에서 그들의 행세를 '정당화'시켜주는 그 '이데올로기'
가 사람들 눈에 한심해 보일 것 또한 자명한 이치다.

선우휘의 '반공 이데올로기'를 형성시킨 이러한 역사적 경험들은 그
나름으로 근거와 부분적 정당성을 지니고 있다. 그러나 부분적 정당
성을 충족시키는 이 미약한 경험주의적 근거들이 '반공 이데올로기'의
기원일 뿐만 아니라, 그 '이데올로기'의 가장 핵심적인 논리적 지주가
되는 순간부터, '윤리적 인간학'은 스스로에게 걸리는 무게와 압력을
감당하지 못하고 여러 가지 심각한 균열과 문제점을 드러내게 된다.

그의 소설 전체를 지배하고 있는 '윤리적 인간학'은 '현실 정치의 속
악함'을 제물로 삼고, 그 위에 자신의 터전을 확보하고 있다. 이것은
첫째로 선우휘의 지론처럼 과연 '윤리'란 모든 현실 연관에 앞서 선험
적으로 규정된 것인가 하는 문제를 야기한다. 이는 '윤리학'에서 가장
오래된 논쟁거리의 하나라고 할 수 있다. 선우휘에게 있어 '윤리'란 하
나의 선험적 규범이다. 따라서 그에게 '윤리'란 공동체 내부에 존재하
는 물질적 연관과 상관없이 고유의 '자율성'에 의해 독립적으로 존재
하는 것이다. 그것은 '계급'과 '이념', '연령'과 '시대', '체제'와 '국경' 같
은 모든 현실적 '이해 관계'를 뛰어 넘는다. 이로써 선우휘의 윤리학이
윤리학의 관념론적 계보에 기대고 있다는 것은 분명해 보인다.

시기와 유형에 따라 조금씩 내용을 달리 하기는 해도, 대체로 관념
론적 윤리학은 인간의 윤리관과 도덕적 원리를 절대적인 윤리적 이
념, 혹은 추상적인 자기의식, 의지, 감정으로 환원하거나 인간의 영원
불변한 본성으로 환원하고, 이로부터 선험적인 윤리적 규범을 이끌어
낸다. 아마도 이러한 관념론적 윤리학의 근대적 계보가 하나의 절정
에 도달한 것은 칸트의 윤리학일 것이다. 칸트는 도덕 개념의 원천은
인간의 '실천 이성'이며, 도덕 개념은 모든 구체적인 이해관계와 무관
하게 '실천 이성' 속에 선천적으로 포함되어 있다고 보았다. 유명한 명

제, '너의 의지의 준칙이 항상 보편적 입법 원리에 타당할 수 있도록 행동하라'는 정언 명령이 그것을 잘 보여준다. 또한 칸트는 도덕을 인간 행동의 자기 목적 또는 궁극 목적으로 본다. 즉 인간은 '이성적인 존재'로서 자기 자신을 '목적 자체'로 내세운다. 이에 따라 그의 도덕 법칙의 두 번째 정의는 '너 자신을 포함한 모든 사람의 인간성을 항상 동시에 목적으로 대우하고, 결코 단순한 수단으로 사용하지 말라'로 요약된다. 칸트의 이러한 윤리학은 '의지의 자율'에 근거한 것으로서, 윤리적 규범을 신으로부터 인간에로 향하는 '타율적' 의무로 규정한 중세 신학이나 스콜라 철학에 견주어 볼 때는 분명히 진일보한 것이다. 하지만 도덕 규범과 윤리를 현실 연관과 무관하게 존재하는 하나의 '보편 규범'으로 이해한다는 점에서, 그리고 인간의 행동을 의지의 절대적인 자유로 환원하고 행동의 피결정성을 절대로 인정하지 않는다는 점에서 여전히 관념적 편향을 벗어나지 못하고 있는 것이다. 선우휘의 윤리학이 부르주아적 휴머니즘과 결합하는 것은 칸트의 이러한 윤리학적 체계에 의해 설명이 어느 정도 가능해진다. 그가 속악한 마키아벨리즘적 정치를 혐오하고, 공산주의가 '집단의 이름으로 개인을 억압함으로써' 인간 스스로가 지니고 있는 '의지의 자율성'과 '윤리적 자율성'을 짓뭉개는 것이라고 보고 이를 비판하게 되는 것은 모두 그의 윤리학에서 비롯되고 있는 것이다.

앞에서 잠깐 언급했듯이, 윤리란 '관습'이나 '전통'과 밀접한 연관을 지니고 있는 것인데, 이것은 토대의 변화에 상응하는 것이기는 해도 일정 정도 토대의 변화와 상관없는 '상대적 자율성'의 영역을 확보하고 있다. 다시 말하면, 자신을 발생시킨 조건들이 변하거나 완전히 사라진다고 하더라도, 관습과 전통은 그러한 변화를 곧바로 수용하는 것이 아니라 상당 기간 남아서 새로운 제도나 법률과 길항 관계를 빚게 되는 것이다. 기존의 관습과 전통에 익숙한 사람들은 그 관습과 전통이 만들어낸 도덕 규범과 윤리적 질서가 단순히 '익숙한 것'일 뿐 아니라 동시에 '옳은 것'이기도 하다는 허위의식에서 벗어나기 힘들다. 그래서 낯설고 새로운 제도와 법률을 '윤리적 차원'에서 '악'으로 규정하게 된다. 선우휘의 윤리학이 지닌 관념성 여부에 관한 판단은 이 글의 본격적인 고찰의 대상이 아니므로 윤리학의 몫으로 남겨 두기로 하자.

선우휘의 '반공 이데올로기'의 근거를 이루는 '윤리적 인간학'이 좀 더 다른 차원에서 문제가 되는 것은, 그가 소설 속에서 즐겨 구사하는 '정치'와 '윤리'의 무매개적 대립 구도가 선우휘의 고유한 '이데올로기적 무기'일뿐만 아니라, 분단 상황이 지속되는 과정에서 다른 많은 '반공 이데올로그'들에게도 '전가(傳家)의 보도(寶刀)' 역할을 함으로써, 분단의 이질성을 반복 재생산하게 된다는 점이다. 정치와 윤리의 무매개적 대립은 일차적으로 '정치'를 지극히 협애한 개념으로 축소시킴으로써, 곧장 '정치 허무주의' 내지는 '역사 허무주의'로 귀결시키는 지름길을 만든다. 선우휘 소설에서의 '정치'란 대부분 '목적을 위해 모든 수단을 정당화시키는' 속악한 마키아벨리즘을 표상한다. 그것은 권모술수와 배신, 야합과 속임수, 음모와 투쟁, 폭력과 억압으로 점철된 야욕의 이전투구일 뿐이다. '정치'를 이렇게 협애한 개념으로 축소시키는 것은 선우휘뿐 아니라 무수한 '반공 이데올로그'들이 즐겨 사용하는 논리적 구사 방식인데, 그렇게 함으로써 인간 활동의 전반에 매개되어 있는 정치적 연관을 끊고, 인간 활동의 많은 부분을 비정치적 영역으로 확보할 수 있게 되는 것이다. 해방 이후 한국문학을 지배했던 '순수문학'이라는 '이데올로기'가 바로 그러한 논리적 결과로 탄생한 것이라 할 수 있다. 속악한 정치에 대립되는 '비정치적 영역'이 확대될수록, 한 사회 안의 피억압자나 소외자들은 그들의 계급적 요구나 집단적 저항을 표현할 정치적 수단과 통로를 잃게 된다.

　그와 더불어, ‘정치’와 ‘윤리’의 무매개적 대립 구도가 지니고 있는 또 하나의 문제점은, 분명히 ‘정치적인 사안’조차 ‘윤리적 프리즘’을 통해 이해하도록 유도함으로써, 사건의 본질과 핵심을 오도한다는 점이다. 예를 들어 보자. 분단은 명백히 정치적인 사안이다. 정치적인 사안은 정치적으로 해결해야만 진정한 해결에 도달한다. 애써 사안의 정치적 성격을 외면하고, 비정치적 접근을 시도하는 것은 문제의 근본적 해결에 도달하지 못하는 것이다. 그러나 곧잘 남한의 ‘반공 이데올로그’들은 분단 문제조차 정치적 잣대보다는 윤리적 프리즘을 통해 분단 문제를 인식시키려고 애쓴다. 이산가족에 대한 남북한의 접근 태도가 ‘정치’와 ‘윤리’의 충돌을 보여주는 전형적인 예라고 할 수 있다. 남쪽은 체제와 이념을 초월해서 ‘가족’이 상봉하는 것은 인도주의에 입각한 것임을 애써 강조해 왔다. 그러나 북쪽은 이산가족 문제를 엄연한 ‘정치적 사안’으로 다룬다. 그들이 볼 때, 남쪽을 택했거나 북쪽을 택한 것은 일종의 ‘정치적 선택’이기 때문이고, 혈연이나 가족은 정치공동체로서의 사회주의 체제에 우선하지 못한다는 ‘사회주의적 윤리’가 존재하기 때문이다. 중요한 것은 이산가족 문제가 정치적인 사안이냐 윤리적 사안이냐가 아니라, 정치적 사안이기도 하면서 동시에 윤리적 사안이기도 하다는 성찰의 필요성을 자각하는 일이다. 그리고 그 성찰은 결코 ‘윤리적 성찰’이 아니라 ‘정치적 성찰’에 해당한다. 분단 자체가 정치적 사안인 까닭이며, 분단이 ‘인류에 비추어 볼 때 못할 짓’이었다는 윤리적 회한과 통탄은 이 문제를 해결하는 데 실질적인 도움을 전혀 주지 못하기 때문이다. 한쪽 사회에서는 명백히 정치적 사안인 것을 다른 한쪽 사회에서는 윤리적 차원으로 해소시키려고 노력해서는 영원히 만날 수 없는 평행선을 그을 수밖에 없다. 더구나 ‘윤리적 해결’을 시도하는 ‘반공 이데올로그’들은 ‘사회주의 사회의 고유한 윤리’와 ‘자본주의 사회의 고유한 윤리’가 서로 다를 수 있다는 개연성을 애써 외면하고, 앞에서 살핀 바 있듯이 자신에게 익숙한 관습과 전통이 곧 '보편타당한 도덕률'이라는 미망에 빠져 우격다짐으로 '정치적 문제의 윤리적 환원'을 고집하게 되는 것이다.

'정치'와 '윤리'를 무매개적으로 대립시킴으로써 '윤리적 인간'을 희구하는 선우휘의 문학은 그 내부에서 이미 자기모순을 지니고 있다. 「불꽃」의 경우, '파시즘'과 '공산주의'의 '전체주의적 위험성'에 대한 반작용으로 대두된 '개인주의'의 옹호는 명백히 정치적인 지향이 아닐 수 없다. '사회'나 '공동체'와 구분되는 '개인'의 발견 자체가 정치적 성찰에 힘입고 있기 때문이며, 그 때의 '개체적 존재'인 개인의 자유와 개성에 대한 존중 역시 명백히 현실적 연관에 근거한 정치적 성찰의 결과이다.

『깃발 없는 기수』의 경우는 '정치'와 '윤리'의 무매개적 대립 구도가 주인공 허윤을 지나치게 압박함으로써, 주인공 스스로도 자기 행위의 정당성을 찾지 못해 괴로워하는 모습을 보게된다. 자세히 읽으면 주인공 허윤은 긍정적 인물이라기보다는 작가의 연민과 동정의 대상이 되는 인물이다. 자기헌신과 열정으로 충만한 한 청년을 고작 불륜 현장에서 부도덕한 정치 지도자를 암살하는 몫에 배당할 수밖에 없는 해방 정국의 정치적 난맥상이 이 소설의 중요한 비판 대상이다. 그러나, 허윤은 자기헌신과 희생에의 열정이 접촉할 수도 있었을 더 큰 지평의 '정치'를 보지 못한다. 허윤은 부도덕한 정치 지도자의 선동과 모략에 너무도 쉽사리 휩쓸려 들어가는 대중들의 어리석음을 안타까워하지만, 실상 안타까운 것은 누구도 거스를 수 없는 대중의 '사회적 요구'를 보지 못하고 있는 그 자신이다. 정치 지도자의 부도덕한 행위 때문에, 그가 추구하던 정치 노선 자체를 부정한다는 것은, 마치 환경운동가 한 사람이 부도덕한 짓을 했기 때문에 환경운동 자체를 혐오하고 기피하는 것과 마찬가지로 어리석은 노릇이다. 그러므로, 결국 허윤 스스로도 그러하지만, 독자들은 허윤의 마지막 행위, 즉 이철을 사살하는 행위가 과연 '의지의 자율성'에 입각한 '윤리적 행위'인가에 대해 일말의 신뢰도 확인할 수가 없는 것이다. 허윤은 '정치'와 '윤리'라는 짝이 맞지 않는 더듬이를 지닌 까닭에, 차라리 더듬이가 없는 상태보다 더 열악한 상태에서 방향감각을 잃고 허둥대고 있는 것이다.

『추적의 피날레』를 보자. 주인공 윤호가 김준장에게서 느끼는 환멸감은 엄격하게 말해 고스란히 자기 자신에게도 해당되는 것이다. 야당 지도자를 공작 정치의 제물로 삼아 제거하고 그것으로 권력을 유지하며 동시에 체제의 안전을 도모하고자 하는 김준장의 면모는 분명히 마키아벨리적 술수의 화신이지만, 윤호 또한 그를 도덕적으로 비난할 처지에 있지는 않다. 그 역시 '조국'의 이름으로 적진에 위장 귀순해서 5년 동안 간첩 활동을 하다가 다시 '조국'으로 돌아왔다. 김준장의 '조국'과 윤호의 '조국'은 둘이 아니라 하나이며, 윤호의 스파이 행위는 명백히 정치 행위일 뿐 아니라, 엄밀히 말하자면 그가 혐오해 마지 않는 마키아벨리즘적 수준에서 크게 벗어나지 않는 행위이기도 한 것이다.

결국 '정치'와 '윤리'의 무매개적 대립 구도는, 분단과 전쟁으로 얼룩진 우리 현대사의 본질에 다가서는 것을 가로막는 잘못된 문제틀이다. 분단의 질곡을 헤쳐 나가는 지름길은 '사회주의적 윤리'가 '자본주의적 윤리'와 어떻게 다르게 형성되는가를 이해하고, 그 이질성을 어떻게 해결해 나가는가를 모색하는 데서 만들어지지, 어느 한 쪽이 '비윤리적'이고 나머지 한 쪽이 상대적으로 '더 윤리적'이라는 태도로부터 만들어지지는 않는다. 더구나 현실의 모든 연관에 두루 편재하고 있는 정치적 연관을 애써 협애한 '술수와 모략'의 차원으로 축소시켜 '정치적 사안'을 '윤리적 프리즘'을 통해 이해하게끔 오도하는 것도 분단의 극복을 위해서는 바람직스럽지 않다. 평생을 '반공 이데올로그'

로 일관했던 선우휘의 그 '이데올로기적 기원'을 형성한 역사적 경험의 근거와 정당성은 그것대로 존중할 필요가 있으면서도, 그의 '반공 이데올로기'가 기대고 있는 논리적 기반을 오늘날 비판적으로 극복해야 하는 일이 중요한 까닭이 그것이다. 그러므로, 우리는 여전히 우리 사회의 윤리적 규범이 곧 '보편타당한 도덕률'임을 고집하고 '정치적 사안'을 '윤리적 차원'으로 환원하는 관념적 오류를 거듭 저지르고 있는 것이 아닌지, 진지하고 냉정한 비판적 성찰을 계속 해야만 한다.

한 보수주의자의 초상
선우휘의 삶과 사상

1. 머리말 – 지식인으로서의 선우휘

선우휘(1922~1986)는 「불꽃」(1957)으로 대표되는 탁월한 전후 작가이자,『조선일보』를 상징하는 대표적 언론인으로서 우리 사회에 뚜렷한 발자취를 남긴 지식인 중의 한 사람이다. 그는 1955년 단편 「귀신」을 『신세계』지에 발표하면서 본격적으로 소설 창작에 뛰어든 뒤, 1950년대 후반과 60년대 초반에 걸쳐 발표한 「불꽃」, 「테러리스트」, 「오리와 계급장」 등의 중·단편과『추적의 피날레』,『깃발 없는 기수』 등의 장편으로 문단 안팎의 비상한 주목을 받았다. 특히, 대부분의 전후 작가들이 과잉된 관념의 토설과 추상적인 알레고리 기법에 의지에 현실을 재현할 때, 그는 속도감 있고 간결한 문체로 행동 중심의 인물 성격화를 지향하고, 빠른 사건 전개와 역사적 배경을 중심으로 한 큰 스케일을 구사하는 '남성적 스타일'로 화제를 불러 일으켰다. 그러나 소설가로 이름을 떨치기 이전에 그는 중령 계급장을 달고 있던 고급 장교였으며, 한국전쟁 때는 선무 공작과 유격전으로 전후방을 넘나들며 맹활약했던 역전의 용사였다. 소설가 못지않게 그의 이력에서 중요한 의미를 띠는 것은 언론인으로서의 활동인데, 사실상 오늘날『조선일보』의 이데올로기적 지향과 논조의 형성에는 그의 그늘이 크게 드리우고 있다고 해도 과언이 아닐 정도로,『조선일보』와 선우휘는 불가분의 밀접한 관계를 지니고 있다. 그는 월남한 직후인 1946년『조선일보』기자로 남한에서 새로운 삶을 시작했고, 군 생활과 잠시 동안의『한국일보』재직 기간을 제외하면 거의 전 생애를 '조선일보 맨'으로 살았다. 그런가 하면, 기자가 되기 전 그의 애초의 직업은 국민학교 교사였었다. 교사와 기자, 직업 군인과 소설가를 넘나드는 그의 화려한 편력을 통해 짐작되듯이, 선우휘는 같은 연배의 어떤 사람보다도 파란만장한 삶을 살았던 지식인이었다.

그가 생전에 펼쳐 보였던 이 다채로운 경력과 사회 활동 중에서도, 사람들의 뇌리에 가장 강한 인상을 심어 준 것은 무엇보다도 그가 문단과 언론계를 넘나들며 보여 주었던 반공 이데올로그로서의 역할일 것이다. 실제로 그의 글에는 소설과 정론(政論)을 막론하고 강한 반공 이데올로기가 관류하고 있음을 쉽게 발견할 수 있다. 그는 평북 정주 출신으로서 해방 직후 월남해서, 그 당시 이념적 스펙트럼에서 '우파'에 가까웠던『조선일보』에 입사했으며, 한국전쟁 직전에 군에 입대해 정훈장교로서 전후방의 이념 교육과 선무 공작을 주도하기도 했다. 또한 6,70년대의 크고 작은 문학 논쟁에서 항상 '반(反)참여'의 입장을 고수했으며, 학생운동과 민중운동이 분단 이후 가장 고조되었던 1980년대에 시종일관 그에 대한 비판과 힐난을 멈추지 않아 당시 가장 '보수·반동적인 언론인'으로 지탄받기도 했다.

선우휘 세대가 대부분 그러하듯이, 이들은 우리 근대사의 파란만장한 굴곡을 온몸으로 경험하지 않으면 안 되었던 불행한 세대에 속한다. 이들은 일제 강점기에 태어나 식민지 제도 교육을 받고 자랐으며, 그래서 병영화(兵營化)한 군국주의 교육 세례에 길들여졌고, 우리글보다 일본어를 더 편하게 읽고 쓸 수 있었던 세대다. 그리고 해방 정국의 소용돌이와 전쟁의 고통을 청장년으로서 현장에서 경험하면서 이데올로기에 대한 강한 환멸과 전쟁의 가공할 폭력을 경험했다. 더욱이 선우휘처럼 이북에서 나고 자란 뒤, 해방 이후에 월남한 사람들의 삶은 생활 기반이 원래부터 남쪽에 있었던 사람들보다 훨씬 더 어려웠을 것임은 말할 나위가 없다. 선우휘를 포함한 이들 세대의 다수에서 '민족주의'와 '자유주의'와 '파시즘'과 '민주주의' 같은, 서로 모순되는 이념적 지향이 나란히 공존하게 되는 것은 이러한 역사적 체험의 복잡함과 무관하지 않다. 경우에 따라서는 그러한 체험의 직접성이 사태의 본질에 얽힌 복잡다단한 과정과 절차를 제대로 꿰뚫어 보는 것을 방해하는 원인이 되기도 하지만, 사태를 판단하고 실천하는 최종심급으로서 어떠한 '이론'보다 '경험'을 우위에 두는 것을 주저하지 않는 것이 이들 세대의 특징 중의 하나다.

그러므로, 우리 시대의 대표적인 반공이데올로그의 하나였던 선우휘의 삶의 궤적을 통해 그의 사상 형성 과정을 검토하는 것은, 우리 사회에 여전히 강한 영향력을 행사하고 있는 '반공 이데올로기'의 역사적 정체성을 확인하고, 분단 상황에서 그것의 사회적·정치적 기능을 이해하는 데 중요한 의미를 지닌다고 본다.

2. 관서(關西) 출신의 수재

선우휘는 평북 정주(定州)에서 부친 선우억(鮮于億)과 모친 박억만(朴億萬) 사이의 4남 5녀 중 장남으로 태어났다. 위로 누이가 넷인 장남이었으니, 집안으로서는 오래도록 기다리던 아들이었을 것이다. 회고[1]에 의하면 정주는 세거지(世居地)가 아니었고, 이웃 군인 태천(泰川)이 선대의 고향이었던 것 같다. 벼슬아치의 길을 꿈꾸며 글공부에 매진하다가 몰락한 조부와는 달리, 선우휘의 부친은 일찌감치 그 꿈을 접고 패가한 태천을 떠나 사촌이 살고 있는 정주 남산골로 옮겨 와 적수공권으로 새 출발하였다. 기골이 장대하고 현실 적응력이 뛰어났던 부친은 여러 직업을 전전하며 재산을 모아, 일제 말에는 5정보(15000평 정도)의 논밭과 과수원을 소유한 자작농이 되었다. 이 5정보라는 소유 규모는 해방 이후 북한에서 토지개혁이 실시될 때, 몰수 여부를 결정하는 기준선이 된다는 점에서 공교로운 점이 없지 않다. 당시의 토지개혁령은 '5정보의 자작농'까지를 몰수 대상에서 제외하고, '5정보 이상의 부재지주이거나 소작을 주는 경우'는 몰수 대상에 포함시켰기 때문이다.[2] 다시 말하자면, 나중에 선우휘가 월남하게 된 동기에 '토

---

1 선우휘의 많은 소설들은 지어낸 이야기로서의 '허구'가 아닌, 실제 경험한 '넌픽션'에 가까운 것이 많다. 그 스스로 자신의 소설 방법을 '넌픽션 노벨non-fiction novel'이라고 불렀다. 후기의 대하장편 『노다지』가 그의 자전적 소설의 대표적인 작품에 속하며, 이 글 역시 『노다지』를 단순히 허구로서의 '소설'이 아닌 '자서전 성격을 띤 소설'로서 개인사를 재구성하는 자료의 일부로 수용한다. 선우휘는 『노다지』의 전반부 주인공 '김도흡'은 자신의 부친을 모델로 한 것이라고 밝혔다. '김도흡'의 아들 '김수인'의 소설 속 행적은 작가 자신의 행적과 고스란히 겹친다. 소설 『노다지』와 선우휘 개인사의 사실관계를 집중적으로 조명한 글로는 조태수, 「선우휘 소설연구 ─「불꽃」과 『노다지』를 중심으로」(한양대 석사논문, 1991)를 참조할 것.
2 김성보, 『남북한 경제구조의 기원과 전개 ─ 북한 농업체제의 형성을 중심으로』, 역사비평사, 2000, 151~156면.

지개혁'과 같은 조치가 직접적인 이유는 되지 못했음을 이를 통해 짐작할 수 있다.[3] 여러 편의 소설과 칼럼을 통해 그는 아버지를 회고했다. 산재해 있는 그러한 단편적인 묘사를 종합해 보면, 그의 부친은 기골이 장대하고 힘이 장사였으며, 어떤 경우에도 명분에 흔들리지 않는 현실주의자인 데다가, 천성이 부지런하고 성실하여 잠시도 일을 하지 않으면 견딜 수 없는 타고난 농군의 모습으로 각인된다. 장편 『노다지』의 '김도흡'이 그러한 형상과 고스란히 겹친다.

그가 태어나 자란 관서(關西) 지역은 우리 근대사에서 매우 독특한 위상을 차지하고 있는 곳이다. 우선, 이곳 출신 인사들이 여러 곳에서 밝혀 놓고 있듯이, 관서 지역은 조선 시대 내내 권력으로부터 철저히 소외되었던 지역이어서 봉건 정부에 대한 반감이 대단히 강하고, 비록 양반이라고 하더라도 높은 벼슬아치들이 나오지 않았던 탓에 실제 생활공간에서는 '반상의 구별'이 한양 이남 지역에 비해 현저히 낮았다는 점을 생각해 볼 수가 있다. 이러한 지역적 특징을 선우휘와 동향인 평북 삭주 출신의 리영희 교수는 다음과 같이 회고한다.

평안남북도는 전반적으로 기독교의 선교가 일찍 퍼졌던 탓이겠지만, 나의 고향에서는 양반, 상놈의 구별이라든가, 엄격한 신분적 위계질서 같은 것을 알지도 못하고 느끼지도 못하고 자랐다. 서울이나 남한의 각 지방에서는 해방후의 오늘날에도 일상생활에 그런 구별이나 의식이 짙게 남아 있는 것을 볼 때, 나는 평안도가 평등주의적 사회기풍이 상당히 철저했던 것을 새삼 깨닫게 되는 것이다. 하기야 이 나라의 역사를 통해서 북방 변경이었던 평안북도에 이남 사람들이 20세기말의 지금도 제각기 핏줄을 자랑하는 벼

---

[3] 이 '5정보'라는 재산규모는 선우휘가 북한 토지개혁령을 염두에 두고 재구성한 것일 가능성도 아주 배제하기는 어렵다. 즉, 자신의 월남이 대지주의 월남과 같은 '계급적 이유'가 아니라는 점을 강조하기 위한 것일 수도 있다는 의미다. 그러나 여러 정황을 고려해 보건대, 그가 대지주 계급 출신이 아니라는 점만은 분명해 보인다.

슬이나 문벌 같은 왕권체제의 혜택이 주어지지 않은 것은 사실이다. 특히 이조 5백 년의 영화와 오욕을 독점했던 이남의 후예들에게는 이북사람, 그 중에서도 변경방위의 무인(武人)밖에 없었을 평안북도 사람들은 모두 '상 놈'의 후예로밖에 비치지 않을지도 모른다. 그것은 어쨌든 나는 자라면서부 터 신분적 상반관계니, 직업적 귀천의식이니 하는 것을 알지 못했다.[4]

관서지방이 한양 중심으로 벌어지는 구한말의 격동과 얼마나 무연 한 상태에 놓여 있었는지는 선우휘의 '단발령'에 관한 묘사에서도 짐 작할 수 있다. 1895년에 이른바 '을미사변'이 일어나고 곧이어 김홍집 내각에 의해 '단발령'이 떨어지자, 경향 각지에서는 빗발치는 상소와 자결 소동으로 들끓게 되었다. 그러나 정작 관서 지방은 이 '단발령 소 동'으로부터 멀찍이 떨어져 있었다.

관서 지방은 조선조 5백 년 가까이 조정과 양반들에 의하여 모든 일에서 소외되어 있었고, 나라의 중심지 한양에서 멀리 떨어져 있었던 만큼 단발령 위력은 미치지 않았다. 따라서 그로 말미암아 죽은 사람도 없었다. 게다가 단발령이 나자마자 그것을 일본화로 받아들여 거센 반발이 일어났고, 그뒤 김홍집이 살해당함으로써 흐지부지되어 버린 탓으로 도흡이 사는 평안도 정 주까지는 그 소문이 들려오기도 전에 사라져버렸다. 그래서 관서의 변방 사 람들은 효자도 아니면서 단발로 인한 불효를 걱정할 것도 없었고, 양반도 아 니면서, '수지부모한 신체발부'를 앉아서 보존할 수 있었던 것이다.[5]

관서 지역의 또 다른 특징은 한반도에서 가장 먼저 기독교가 전파 되고 그 교세가 강력하게 성장했다는 점이다. 관서 지방에서의 개신

---

4   리영희, 『역정 – 나의 청년시대』, 창작과비평사, 1988, 16~17면.
5   선우휘, 『노다지』(동서한국문학전집 18), 동서문화사, 1987, 43면.

교의 세력 신장은, 이 지역 고유의 평민적 질서 형성의 전통과 동전의 양면처럼 맞물려 있다. 오랫동안 주자학적 세계관에 기반을 둔 봉건 왕조로부터 소외되어 있었던 이 지역 사람들은 몇 차례의 봉건왕조에 대한 저항을 시도하다가 실패를 맛본 뒤, 주자학적 세계관을 대신할 새로운 이념을 갈구하게 되었고, 기독교는 그러한 역사적 조건으로 인해 급속하게 교세를 확장하게 된다. 특히, 관서 지역에서 초기 개신교 수용 및 전파에 큰 역할을 한 계급은 상공인층을 중심으로 한 신흥 중간계급들이었다.[6] 조선 후기 이래 상품화폐 경제의 발달에 따라 대청(對淸) 무역과 상공업을 통한 부의 축적이 가능해지면서 관서지방은 전국에서 가장 번창한 지역으로 떠올랐다. 그 결과, 경제력을 갖춘 중소상공인, 중소지주, 자작농 등 이른바 '자립적 중산층'으로서의 신흥 중간계급의 광범한 발달이 촉진되었다. 오랜 지역적 차별과 신분적 제약에 억눌려 있던 관서 사람들에게 개신교의 근면과 자립, 금욕과 절제, 신 앞에서의 만민 평등과 같은 교리나 종교적 가르침은 각별한 것일 수밖에 없었다. 『노다지』에 묘사된 '김도흡'을 통해 유추하건대, 선우휘 부친은 기독교에 대해서는 매우 비판적인 태도로 일관했지만, 노동의 신성함, 근면 정신, 평등주의 등에 대해 강한 신념을 지니고 있어 프로테스탄트 윤리의 일반적 기율과 매우 흡사한 지향을 보여 주고 있다. 특히 관서 지역은 청일전쟁과 러일전쟁의 격전지였으며, 그 이전에는 운산을 비롯한 각종 광산의 채굴권을 따낸 서양 광산업자들의 횡포에 시달렸던 터라 어느 지역보다도 '민족주의'가 강하게 뿌리내린 지역이기도 했다. 이러한 '민족주의'는 일제하 부르주아 민족주의 운동의 이념적 모태가 되었다.

선우휘는 개신교 신자도 아니었고, 기독교 계통의 학교를 다닌 적

6　장규식, 『일제하 한국 기독교민족주의 연구』, 혜안, 2001, 35~41면.

도 없기 때문에, 관서 지역을 지배하고 있던 '기독교 민족주의'와는 직접적인 연관은 없지만, 이 지역에 전통적으로 형성되어 있던 평민 중심적 사회 분위기, 근면과 자조·자립을 숭상하는 현실주의적 사고방식, 외세에 저항하는 민족주의적 지향이라는 관서 지방 특유의 환경과 무관하게 자랐다고 보기는 어렵다.

특히 이 지역이 배출한 민족운동가였던 도산 안창호에 대한 이 지역 사람들의 익애(溺愛)와 신망(信望)은 딱히 기독교도나 민족주의자에게만 국한되었던 것이 아니라, 관서 사람이면 거의 대부분에 해당되는 것이었다. 같은 맥락에서 '정주'가 낳은 당대의 '천재'인 '이광수'에 대한 흠모와 애정도 대단한 것이었고, 남강 이승훈으로 표상되는 '오산학교'에 대한 자부심도 관서 사람들에게는 보편적인 정서에 속했다. 정주 출신인 계초 방응모가 '조선일보'를 인수·경영하게 되자, 관서 사람들은 '조선일보'를 '우리네 신문'으로 부를 정도로 강한 지역적 귀속감을 표시했다.

그는 보통학교 시절부터, 정주가 낳은 문인들인 김소월과 이광수에 대해 잘 알고 있었다. 보통학교 시절 담임이 김소월의 친구였던 까닭에 수업 시간에 선생은 곧잘 친구 시인이 쓴 시라며 여러 차례 소월의 시를 읽어 주고는 했다고 한다. 이광수는 이미 정주만이 아니라 조선 일대에 유명세가 대단했던 당대 일급의 문사였기 때문에 어린 선우휘의 귀에도 결코 낯선 이름이 아니었을 것이다. 김소월이나 이광수에 대해 보고 들으며 자랐지만, 그들의 명성으로 인해 딱히 문학가를 꿈꾸었던 것은 아니었다. 그러나, 먼훗날 소설을 쓰고 언론 활동을 하며 살아가게 되는 데 그러한 어린 시절의 기억들이 어떤 지점에서건 영향을 주었던 것은 분명하다.

한 고향인 춘원은 성장기에 수인의 우상이었다. 어린 시절, 수인은 어른들로부터 춘원에 관한 숱한 전설을 들었다. 눈동자에 금박한 부처가 셋 들어 있다는 것, 책을 대각선으로 가로질러 읽는다는 것. 불경과 사서삼경에 통달했을 뿐 아니라 6개 나라 말을 자유자재로 구사한다는 것. 만리장서를 써도 한 자 고칠 것이 없이 명확하다는 것.

그런 전설뿐 아니라 고을 사람들은 춘원이 자란 마을과 거닐던 길과 넘나들던 고개까지 훤히 알고 있었다. 그의 소설 속에 나오는 자연 풍경을 일일이 이건 이 마을, 저건 저 고개라고 그럴 듯이 갖다 붙이며 즐거워했다. 수인 자신도 춘원의 작품을 남다른 관심과 친근감으로 읽었고, 따라서 인격 형성에 크나큰 영향을 받은 것으로 믿어왔었다.[7]

선우휘는 일곱 살 때까지 서당에서 한학을 익히고, 여덟 살이 되던 해 정주의 공립 보통학교(6년제)에 입학하여 줄곧 우수한 성적을 유지했다. 당시 관서 지방에서는 보통학교를 마치면 가정 형편이 어려운 대부분의 아이들은 학업을 전폐하고 농사일과 같은 집안일을 돌보는 것이 상례였다. 상급학교로 진학하는 것은 형편이 넉넉한 집 자식이 아니면 꿈꾸기 어려웠던 탓이다. 농사일을 시키고 싶지 않은 부모들은 '체신양성소'나 '철도학교' 같은 관비가 지급되는 '기술자 양성학교'로 자식들을 보냈다. 관서 지역의 민족의식이 강한 집안이나 기독교 집안은 선천의 '신성고보', 고읍의 '오산고보', 개성의 '송도고보' 등에 진학시켰다.

선우휘의 부친은 아들이 군수가 되어주기를 희망했다. 당시에 군수가 되는 길은 고등보통학교를 마치고 대학에 진학하는 것이었는데, 정주에서 보통학교를 마친 선우휘가 경성의 제일고보 시험에 대번에 합격하는 것이 어렵다고 판단한 선우휘의 담임선생은 우선 시험삼아

---

7   선우휘, 『노다지』, 522~523면.

'경성사범학교'에 응시해 볼 것을 권했고, 그 권유를 받아들인 선우휘
는 생전 처음으로 경성에 가서 '경성사범학교' 입학시험을 치르게 되
었다. 그리고 당당히 합격한다.

3. 경성 사범학교 시절

경성제일고보 시험에 앞서 경험 삼아 치렀던 경성사범학교 입학시
험에 합격한 뒤, 너무 흥분한 나머지 제일고보 시험치는 것을 놓치는
바람에 선우휘는 고보 대신 사범학교 학생이 되고 만다. 그러나 그가
경험 삼아 쳤다가 합격한 '경성사범'도 들어가기가 쉬운 곳은 결코 아
니었다. 당시의 '사범학교'란 오늘날 '초등학교 교원'을 양성하는 '교육
대학'에 상당하는 기관이지만 교육 편제로 보면 중등교육 기관에 해
당한다. 그러나 선우휘가 합격한 '경성사범학교'는 중등학교로서의 위
상이 대단한 학교였다. 선우휘가 입학하던 1936년 당시에는 총독부가
세운 관립 사범학교가 경성 이외에 평양과 대구에 각각 한 곳씩 있었
는데, 평양사범학교와 대구사범학교가 입학생 전원을 한국인만 뽑고,
학제가 5년인 데 비해, 경성사범은 입학생 100명당 한국인은 20여명
정도만 뽑으며, 학제도 7년으로 차별화 되어 있었다.[8] 선우휘보다 몇
년 뒤(1942년)에 역시 관서 출신으로 경성공립공업학교에 입학해 경성
유학길에 올랐던 리영희 교수의 회고를 직접 들어 보자.

8 경성사범의 비중이 어떤 것인가는 다음의 통계를 통해서도 확연해진다. 1935년을
   기준으로, 경성사범의 전체 직원수는 106명, 평양사범은 77명, 대구사범은 81이었다.
   전체 생도수는 경성사범이 863명, 평양사범이 599명, 대구사범이 627명이었다. 김성
   학, 「서구교육학 도입과정연구(1895~1945)」, 연세대 박사학위 논문, 1995, 143면.

당시의 중등학교는 갑종과 을종으로 격(格)이 나누어져 있었다. 오늘날의 중, 고등학교를 합친 격인 정규 5학년제 학교가 갑종이고 2년제를 을종이라 하여 학교라고도 하지만 대개는 '학원'이라 불렀다.

'정규·공립·5학년제·갑종'학교는 인문계와 실업계로 나뉘는데, 경공(경성공립공업학교를 말함—인용자)은 후자에 속했다. 갑종중등학교는 다시 그 입학허용 생도의 민족적 성격에 따라 일본인학교, 내선공학(內鮮共學:일본인과 조선인의 공동학교), 그리고 조선인학교의 세 종류로 나누어진다. 그것은 다시 공립과 사립의 차가 있어, 공립을 우위로 쳤다.

'일본제국'이라는 국가적 성격의 특수성으로 말미암아서, 이상과 같은 차이(또는 차별) 위에 또 한 가지 중요한 격(格)의 차등이 있었다. 같은 '정규 갑종학교'라 하더라도 그 교장의 격이 칙임관이냐 고등관이냐에 따라서 엄격한 차등이 있었다. 칙임관은 천황이 임명하는 직위이고 고등관은 조선총독이 임명하는 직위이다. (…중략…) 전조선에 내선공학은 비교적 많았지만 '칙임관교장' 학교는 경성사범과 경성공업 둘밖에 없었다. 소위 내지인(內地人)과 반도인(半島人)으로 구성된 50명 한 반에 조선인은 10명 안팎을 뽑았다.[9]

압록강이 내다보이는 한반도 북쪽 변방 삭주에서 당시 공립 중등학교로 '일류'에 해당하는 '경성공립공업학교'에 입학하게 된 리영희의 자부심은 공연한 것이 아니다. 이 점 선우휘도 마찬가지인데, 선우휘의 고향 후배이자 소설가인 곽학송은 5,6년 후배들에게 '선우휘'는 '정주가 낳은 3대 수재 중의 하나'[10]였다고 술회할 정도로 경성사범 진학은 그 고장에서는 일종의 '사건'이랄 수 있는 대단한 일이었다. 어린 시절 선우휘의 총명함은 그의 오랜 동향 친구인 지명관 교수도 인정한 바 있다.

<hr>

9　리영희, 앞의 책, 53~54면.
10　곽학송, 「이범선·선우휘·유승규」, 『월간문학』, 1984.2.

그와 나는 2년 차이를 두고 평안북도 정주읍 정주보통학교에 다녔다. 그
는 개교 이래의 수재에 다재다능하다고 하여 전교 학생들의 숭앙과 선망
의 대상이었다. 부모들이 아이들을 타이를 때는 '휘를 보라'고 할 정도였
다. 그러니까 그가 당시의 최고 난관이라고 하던 경성사범에 진학했을 때
모두가 탄성을 올리고 부러워한 것은 두말할 것 없다.[11]

선우휘의 경성사범 수학은 그가 그만큼 정주 시골 출신으로서는 드
물게 똑똑하고 영리한 수재형의 소년이었다는 것을 입증하는 의미 외
에 또 다른 의미를 지닌다. 일제 당국이 경성사범학교를 이토록 차별
적으로 우대한 가장 중요한 이유는, 경성사범을 일본 정신으로 무장
한 충성스럽고 순종적인 교원을 양성하는 식민지 교원 교육의 총본산
으로 만들고자 했기 때문이다. 경성사범학교는 3·1운동 이후 고조되
는 민족의 독립의지와 주체적인 교육 열기에 밀려 제정·공포된 '개
정 조선 교육령(1922.2.24)'과 '사범학교규정(1922.2.23)'에 의해 만들어졌
다. 일제는 강제합방 이후 기존의 관립 한성사범학교를 경성고등학교
부설 임시교원양성소로 격하시켜 폐지하고, 1916년에는 이를 개편하
여 일본인 교원만을 양성하는 기관으로 만들었다. 이 외에 초등학교
교원을 양성하던 기관은 경성고등보통학교와 평양고등보통학교에 설
치된 교원속성과와 사범과가 전부였다. 그러므로 경성사범이 생기기
전까지 조선인을 위한 사범학교는 설립되지 않았던 것이다.[12] 3·1운
동 이후 각 지역의 뜻있는 유지들이 '조선교육개선안' 등을 만들어 총
독부에 건의하고, 초등학교 교원을 양성하는 사범학교뿐 아니라 중등
교원을 양성하는 '고등사범학교'의 설립이 시급함을 호소했다. 그러나
일제 당국은 이러한 건의를 묵살하고, 민족차별적인 경성사범 설립을

---

11 지명관, 「선우휘형을 떠나 보내고」, 『월간조선』, 1986, 8. 529~530면.
12 김성학, 앞의 글, 142면.

서둘렀던 것이다. 이렇게 탄생된 경성사범은 설립 초기부터 황민화 교육과 식민지 지배체제를 공고히 하는 교육 내용으로 일관했다. 1926년에 이미 현역장교를 교내에 배치시켜 교련교육을 실시하는 한편, 매년 군사강습을 위한다는 명목으로 학생들을 군대에 입소시켜 훈련을 받게 했다. 학교 안에 일본 왕의 사진을 안치해 둔 봉안소(奉安所)에 요배케 하고, 조선신궁에도 기념일마다 참배하게 했다. 학교의 정규 과정뿐 아니라 선후배 간의 생활도 병영을 방불케 하는 억압적인 분위기였다.

무엇보다 급한 것은 매일 밤 유도장에 모아놓고 삼각 응원기를 들려 가르치는 응원가 연습이었다. 둘러선 상급생들이 구석구석에서 보고 있다가 자칫 잘못하면 끌어내어 사정없이 따귀를 쳤다. 일본 아이고 조선 아이고 없었다. 모두 전전긍긍했다. 응원 연습으로 유도장에 들어가는 것은 지옥에 들어가는 기분이었고, 한 대도 맞지 않고 무사히 나올 때는 지옥을 빠져나오는 느낌이 들었다. (…중략…) 괴로운 것은 응원가 연습뿐이 아니었다. 기합이라고 하여 한 달에 한 번꼴로 1학년생을 모두 꿇어앉혀 놓고 일부러 전등을 끄고 희미하게 촛불을 밝힌 속에서 소리소리 지르며 하나하나 불러내다 따귀를 갈겼다. 까닭도 알 수 없고 사정도 몰랐다. 그렇게 해서 그저 겁을 주는 것이 아닌가 싶었다. 그래야 정신을 차리게 되고 상하 질서를 바로잡을 수 있다는 것 같았다.[13]

교육 과정을 군국주의화하고 학원을 병영화하는 이러한 식민지 권력의 규율화는 한편으로는 자유분방한 관서 출신인 선우휘에게 전체주의나 파시즘을 혐오하고 자유주의를 선호하도록 만들기도 했지만,

---

13 선우휘, 『노다지』, 166~167면.

자신의 의지와 상관없이 시간이 지날수록 그러한 식민지적 근대 규율에 길들여지도록 만들었다. 열 네 살 때부터 스무 살이 넘도록 이런 교육을 받음으로써, 구조화된 권력에 정면으로 맞서기보다는 체제 순응적이고 현실 지향적인 인물로 성장할 수밖에 없는 환경에 오랜 시간 동안 노출되었던 것이다.

훗날, 선우휘가 군문(軍門)에 발을 들여 놓게 되는 중요한 계기도 이와 무관하지 않다. 십대의 대부분을 지배했던 군국주의 교육의 영향은, 그 자신도 고백하고 있듯이, 파시즘적이고 비인간적 교육이라고 거부감을 느끼면서도 한편으로는 거기에 동화되어갈 수밖에 없는 착종된 규율로 작동하는 것이었다.

일본 군국주의 시대에 교육받은 사람들이 대개 그렇듯, 수인에게 있어서 군인이란 가장 순수한 인간에 들었다. 노일전쟁 해전(海戰)에서 이긴 도고 제독과 여순에서 이긴 노기 장군은 나라에 충성된 인간의 표본이었다. 나라를 지킨 이순신 장군을 알고는 있었으나 인상이 희미했다.

그 뒤 군인에 대한 수인의 인식은 달라졌다. 수인은 7년이나 한 솥 밥을 먹으며 성장한 일본인 동급생들이 태평양 전쟁에 나가 그 상당수가 특공대로서 죽었다는 소식을 들었었다. 그때 그는 인간의 영광을 느끼기보다 그들이 새파란 젊은 나이로 죽었다는 한과 비애를 느꼈다. 그러나 그들이 순수하게 살았고 아름답게 죽어갔다는 점에 있어서는 의문을 품지 않았다. 때로 그것은 군국주의 교육으로 세뇌받은 착각일지 모른다고 뉘우쳐본 적도 있었다. 또 그들로부터 억압받는 민족의 한 사람으로서 자기가 그들의 삶과 죽음을 그렇게 순수하고 아름답게 생각할 것이 무엇이냐고 스스로 물어 보기도 했다.

해방된 지금도 수인은 가끔 그들을 생각하는 때가 있었다. 그리고 그들이 그렇게 죽어간 것이 왠지 부럽게 느껴지는 수가 있었다.[14]

태어날 때부터 조국이 없었던 식민지 소년 선우휘에게, 충성을 바쳤던 천황이 죽자 동반 자결을 했던 노기 장군의 순사(殉死)에 관한 일화는 '국가에의 귀속감'을 맛보게 한 강렬한 대리체험의 계기가 되어주었다. '황군'이 되어 남양 전선에서 죽어간 동급생들의 죽음 또한 그에게는 청춘을 바쳐 애국을 실천할 수 있는 '조국'을 갖고 싶다는 '뜨거운 욕망'을 체험하게 만들었던 것이다. 해방 직후의 북한 사회가 '파시즘'을 닮아 가고 있다고 끊임없이 우려하면서도, 정작 자신은 교육을 통해 체화된 '국가주의'의 화신이 되어가고 있다는 사실은 까맣게 모르는 이 이율배반을 우리는 어떻게 해석해야 할까? 물론 이러한 이율배반은 선우휘 개인뿐 아니라, 이들 세대 일반이 지니고 있는 독특한 모순성이며, 그것은 어쩔 수 없이 이들이 견뎌내어야만 했던 역사적 '시간대'의 모순성에 말미암는 것인지도 모른다. 어쩌면 그가 죽을 때까지 견지했던 반공이데올로기의 생성 메커니즘도 이와 동일한 공정(工程)을 거쳐 만들어진 것은 아니었을까.

경성사범 시절, 선우휘에게 기억되는 또다른 중요한 활동은 '조선어연구회'라는 써클에 가입하고, 그 써클에서 펴내는 『반딧불』이라는 연구지를 만들었던 일이다. '조선어연구회'란 다소간 민족인식이 있던 상급생들이 이끌던 써클로 지하조직은 아니었던 것 같다. 그는 이 지면에 「이디오피아의 소년」이라는 시를 발표하기도 한다. 이 시는 이탈리아의 침공을 받은 북아프리카의 이디오피아를 동정하고 파시스트 국가인 이탈리아를 비판하는 내용을 담고 있었다고 한다. 그러나 선우휘가 2학년이던 1937년 3월 중등교육과정에서 조선어과를 완전히 없애버렸고, 이 일을 계기로 '조선어연구회' 활동도 점차 잦아들고 말았다.

경성사범 시절의 선우휘에게서 빼놓을 수 없는 또 하나의 일은, 그

14　선우휘, 『노다지』, 521면.

가 영국 사회주의의 한 분파인 '페이비언 소사이어티Fabian Society'에 한동안 심취했었다는 사실이다.

①내가 일제 말기의 학생 시절에 심취했던 페비언 소사이어티의 정치사상 따위는 1940년 후반대의 국토양단 상황을 사는 단순한 젊은이에게는 아무런 효능이 없었다.[15]

②수인은 이삼 일을 사이에 두고 두 권의 책을 사들였다. 인사동 헌책방에서는 누렇게 퇴색한『페비안 소사이어티 제1집』, 진고개 일본 책방에서는 신간『네루 전기』상하권이었다. 수인은 그 두 권을 번갈아 가며 읽었다.『페비안 소사이어티』제1집은 그에게 깊은 감명을 주었고,『네루 전기』는 아주 신선한 인상을 주었다. 수인은 이제까지 하나의 '토르소'에 지나지 않던 자기 모양새에 차차 얼굴과 손발을 찾아가는 느낌이 들었다.[16]

③선우휘 : 저는 반정부적이라 할 때는 별 걱정을 안 합니다. 그러나 그것이 정도를 넘어 반국가적일 때 문제가 있습니다. 제가 교육을 받던 일제 말기엔 공산주의란 엄두도 못냈죠. 잡혀가 죽었으니까요. 그대신 영국의 페비언 소사이어티 사회주의 정도는 얼마든지 용납을 받았잖습니까? 페비언 사회주의는 영국 노동당을 이론적으로 뒷받침한 사상인데 나도 그때 거기에 심취했었습니다.

그런데 요즘 학생들은 공산주의라 하면 마르크시즘 하나뿐인 줄 이해하고 있는 것 같아요.

김동길 : 가르치고 지도하는 사람이 없어서 그렇다니까요.

선우휘 : 저는 이북에서 해방을 맞았는데, 당시 페비언 소사이어티 사회주

---

15 선우휘, 「나의 기자생활 40년 ①」, 『월간조선』, 1986,4. 446면.
16 선우휘, 『노다지』, 215면.

의에 대해선 웬만큼 알고 있었기 때문에 처음엔 그런 방향의 정책에 상당한 기대를 걸고 있었습니다. 그러나 그후에 그러한 정책을 비판하게 됐던 것은 내가 그만큼 사회주의를 알고 있었기 때문이 아닌가 생각됩니다.[17]

'페이비언 소사이어티'는 오늘날 영국 노동당을 떠받치고 있는 일종의 사회민주주의적 성격을 지닌 그룹으로, 마르크스─레닌주의에 입각한 혁명적 노동계급 정당과는 뚜렷이 구별되는 '영국식 사회주의'의 한 분파다.[18] 그가 학창시절 '페이비언주의'에 한때 경도되었다는 사실은 두 가지 점에서 중요하게 검토될 필요가 있다. 하나는, 훗날 해방이 되고 나서 경험하게 되는 일련의 '민주개혁' 조치와 공산당 및 주둔한 소련 군대로부터 받은 인상들이 그가 해방 전에 서적을 통해 이해하고 있던 '사회주의'와 현격하게 다름으로써 '사회주의'에 대해 느끼는 환멸의 근거가 된다는 점 때문이다.

'페이비언 소사이어티'는, 유물사관을 기초로 '계급투쟁'을 통한 혁명을 통해서만 '사회주의'가 이루어질 수 있다고 주장하는 '혁명적 마르크스주의'와는 전혀 다른 이론과 정치 노선을 표방한다. 한마디로 '페이비언 소사이어티'가 지향하는 것은, 점진적이고 합법적인 방법을 통해, 민주주의적인 절차와 과정을 거쳐 평화적으로 '사회주의'를 건설하는 것이다. '페이비언 그룹'의 이론가들은 '선험적 역사 해석의 오류에 빠져 있다'는 이유로 마르크스주의를 배척한다. '페이비언 소사이어티'를 사회주의의 전범으로 이해하고 있던 선우휘에게 해방 직후의 북한의 민주개혁 조치나 소련군 및 공산당의 정치는 분명 이질감과 충격을 던져 주었을 것이고, 그것은 북한 사회에 대한 환멸로 이어졌을 공산이 크다. 그러나 여기서 한 가지 짚고 넘어가지 않을 수 없

17　선우휘·김동길 대담, 「세상사 순리로 풀어야」, 『월간조선』, 1985,10.
18　이경빈, 「페이비언 사회주의에 대한 연구」, 연세대 석사논문, 1987. 12~40면.

는 것은, '페이비언 소사이어티'가 뿌리내릴 수 있었던 19세기 후반의 영국과 해방 직후의 조선이 얼마나 다른 조건에 처해 있는가에 대해서 그는 전혀 고려하고 있지 않다는 점이다. 이것이 그가 한때 페이비어니즘에 심취한 사실을 중요하게 검토해야 하는 두 번째 이유에 해당한다.

'페이비어니즘'은 영국 특유의 정치·경제적 산물이며, 유럽을 포함한 다른 어느 나라에서도 성공한 유래를 찾기 힘든 사회주의 노선이었다. 페이비어니즘은 19세기 중반 이후부터 유럽 대륙을 휩쓸었던 마르크스주의가 정작 영국에서는 노동자 계급에게 별다른 영향력을 미치지 못하도록 만들었다. 영국의 노동자 계급은, 19세기 후반에 들어서면서 노동자의 권익이 산업혁명 초기의 극도의 열악함으로부터는 어느 정도 벗어나게 되고, 러다이트운동(Luddite Movement)이나 차티스트운동(Chartist Movement) 등을 경험하면서 노동자 계급만으로는 아무 것도 얻어 낼 수 없을뿐더러, 노동자들의 급격한 사회개조 운동이 실제적으로는 별로 큰 성과가 없었다는 점을 깨닫고 중산층적 개량주의에 경도하는 경향을 나타내게 되었다. 페이비어니즘은, 존 스튜어트 밀의 극단적인 '자유방임주의'와 마르크스의 '혁명적 계급투쟁'이라는 노선을 모두 배척하고, 점진적이며 평화적인 방법으로 산업 및 토지의 국유화와 이익의 공정한 분배를 실현코자 하는 진보적인 중산층 내지 부르주아지 계급 출신의 지식인에 의해 주도되었고, 이것이 영국 노동자 계급의 개량주의 노선과 결합하면서, 특유의 '영국식 사회주의'이데올로기를 창출하게 되었던 것이다. 노동자 계급의 개량화를 이끈 또다른 요인으로 전세계에 걸쳐 식민지를 경영하면서 초과이윤을 확보했던 영국 자본주의의 규모도 염두에 두지 않을 수 없다.

영국과 우리의 차이를 고려하지 않고 페이비언 사회주의만을 절대선으로 삼는 선우휘의 사고 유형은, 조선의 특수한 사회·경제적 조건과 환경을 충분히 헤아리지 않고, 프롤레타리아 국제주의만을 고집하는 일부 공산주의자들과 동일한 맥락의 오류에 해당하며, 그것은 일종의 '지적 맹목성(知的 盲目性)'이라고 부를 만한 것이다.

경성사범에 재학중이던 한때, 그는 대학 진학에 뜻을 두고 중퇴를 결심한 적도 있었다고 한다. 그러나 그 동안 일제 당국으로부터 받은 관비 400여원을 일시불로 갚아야 하는 중퇴 조건을 도저히 충족시킬 길이 없게 되자, 그는 진학을 깨끗이 포기하고 남은 과정을 이수하여 학교를 졸업하게 된다. 대학 진학이 좌절되자 한때 낙심하여 학과 공부를 뒤로 하고 도서관과 서점, 영화관 등을 드나들며 동서양의 문학 작품을 탐독하고, 수많은 영화를 관람한 것이 훗날 그가 소설가로 입신하는 데 보이지 않는 밑거름이 되었다.

경성사범을 마칠 때까지, 선우휘는 크게 모나지 않는 얌전하고 온순한 모범학생이었으며, 가슴 속에 희미하게나마 민족의식을 지니고는 있었지만, 과감히 밖으로 표출시킬 만큼 적극적인 행동파는 아니었다. 회고와 작품의 여러 묘사들을 종합해 보건대, 그는 원만한 식민지 체제에 순응하는 능력있는 교사의 길로 한발씩 전진하고 있었던 것으로 보인다. 다만, 맹호출림(猛虎出林)으로 표현되는, 서북인 특유의 울뚝뺄과 급한 성격 같은 것이 그에게도 잠재되어 있어, 이따금씩 일본인 선생에게 '국어(일본어)'성적이 일본 학생은 한결같이 만점이고, 조선인은 아무리 잘해도 80점밖에 주지 않느냐고 따지게 만들거나, 태평양 전쟁 초기에 조선인 학생들에게는 지원 자격조차 주지 않으면서 '겁쟁이'라고 놀리는 것에 격분하는 정도의 호기를 부리도록 만들기도 했다.

태평양 전쟁이 본격적으로 시작되고, 동급생 일본인 중에서도 전쟁터로 나가는 사람들이 하나둘 늘어나는 것을 지켜보면서, 군국주의 파시즘 체제에 저항하면서도 어쩔 수 없이 공모(共謀)의 길로 나아갈 수밖에 없는 국민학교 교사 선우휘가 탄생된다.

선우휘는 고향인 평북 정주의 한 국민학교에 배치된다.[19] 그러나 해방될 때까지 약 2 년 동안의 교사 경험은 후진을 양성한다는 교사 본래의 기쁨보다는, 전쟁 막바지에 접어들어 광기에 가까운 군국주의 교육 정책을 펴는 일제 당국과 교육 관료들의 틈바구니에서 환멸과 자조(自嘲)를 맛보게 했다. 장편 소설『노다지』에 묘사된 그의 교사 시절은, 군국주의 파시즘에 완전 동화된 일인 교장과의 불화와, 어린 조선 학생들에 대한 연민으로 가득 차 있다. 고학년 학생이 항공지원병에 나가는 것을 지켜보는 심정이나, 징병해당자를 예비 훈련시키는 교관으로 차출되어 일본인 교사로부터 혹독한 군사훈련을 받은 경험들이 그러한 예에 속한다.

4. 해방 직후와 선우휘

선우휘는 해방을 평북 정주에서 맞는다. 해방과 더불어 그는 교원 생활을 더할 생각을 접고 해방된 조국에서 뭔가 새롭고 역동적인 일을 해야겠다고 마음먹게 된다. 해방은 되었다지만, 소련군이 진주한 평북 지방은 낯선 이방인의 주둔으로 뒤숭숭한 분위기였다. 무엇보다도 자신이 평소에 그리고 있던 러시아인에 대한 이미지와 정작 눈앞에서 보는 소련군은 너무나 현격한 차이가 있다는 점에서 선우휘는 혼란스러웠다고 고백한다.

---

19 지명관의 회고에 의하면 정주읍의 정주보통학교였던 것 같다. 지명관, 앞의 글, 530면.

일제 치하에서 교육받은 수인의 러시아 공산주의에 대한 이미지는 무섭고 어두운 것이었다. 그러나 공산주의를 빼놓은, 정치적으로 무관한 러시아와 러시아인에 대한 이미지는 그런 것이 아니었다. 그 이유는 어렸을 적 아버지로부터 들은, 노일전쟁 때 정주까지 왔던 러시아 카자흐 기병에 대한 이미지가 어둡지 않고 밝았으며, 각박하지 않고 대범한 것이었기 때문이다. (…중략…) 둘째는 수인이 10대에 읽은 제정(帝政) 러시아 문호 톨스토이, 도스토옙스키, 투르게네프, 체홉의 문학 작품에서 받은 영향 때문이었다. 그러한 수인이 처음 진주한 소련군을 보고 환멸과 실망을 느낀 것도 무리는 아니었다. 그들을 보고 수인은 도저히 『전쟁과 평화』나 『부활』이나 『안나 카레니나』나 『세 자매』나 『갈매기』에 나오는 주인공들을 상상할 수가 없었다.[20]

해방 직후 북한에 진주한 소련군의 군기와 대민(對民) 활동에 대한 부정적인 경험담들은 월남민들의 입을 통해 흔하게 마주칠 수 있다. 물론 이러한 직·간접의 소련군 경험담은 사실 확인을 거치지 않은 개인의 목격담이나 입소문인 경우가 대부분이긴 하지만, 소련군 내부의 군기에도 전혀 문제가 없었던 것은 아닌 것으로 보인다. 더욱이, 소련군들이 북한에 산재해 있던 적산(敵産)을 마음대로 철거해 선박이나 육로로 소련으로 가져가는 것을 목격한 사람들은 그것을 소련군에 대해 크게 실망하는 중요한 이유로 내세운다.

평양거리에 쏟아져 나온 소련군인들은 대개가 (장교를 제외하고는) 남루한 군복차림에 모두 어깨에는 다발총을 메고 있었다. 몸집이 굵고 키가 큰 데다 거칠기 한이 없었고, 몸에서는 추잡스런 냄새가 풍겨 나왔다. 사회

---

20 선우휘, 『노다지』, 306면.

주의니, 과학주의니, 소비에트니 하여 조금은 문화적인 군대인 줄로 알았더니, 문화와는 거리가 먼 무지한 촌뜨기들이 대부분이었고, 심지어는 원시적이며 야만적이기까지 한 데 놀라지 않을 수 없었다.

물론 전쟁에 시달리어 남루하고 거칠어지기도 했겠지만, 우리들의 신경으로는 당해낼 수 없을 만큼 추잡하고 우악스러웠다. (…중략…) 사병들은 대개가 20대에서 30대 안팎이었다. 그러니까 이들은 소련혁명(1917년) 전후에 태어나 혁명후의 사회에서 자라난 사람들일 텐데, 저렇게 무지하고 몽매할 수 있을까 하는 생각도 들었다.

나는 역시 팔에 건준(建準) 완장을 두르고 동분서주 일에 바빴다. 어느날 번화한 도청 앞길을 황급히 걷고 있었다. 그런데 돌연 다발총을 든 소련군인 두 사람이 나를 끌고 길 옆 골목으로 들어가더니 한 녀석이 "시계 예스다?"하면서 내 손목시계 찬 팔을 잡아 올리자 시계를 낚아채는 게 아닌가. 또 한 녀석은 "쟁기예스다, 똔이똔이" 하며 대들어 몸을 뒤지다가 나의 안주머니에서 만년필을 뺐어 가지고 다른 골목으로 사라져 버렸다.

소문에 더러 그런 소리를 들었지만 막상 나 자신이 당하고 보니 기가 막혔다. 치가 떨렸다. 내가 세상에 태어나서 처음 당하는 백주의 노상강도였다. 이 모멸과 이 수모…… 이들의 만행에 대한 끓어오르는 분노와 수치로 어찌할 바를 몰랐다.

이것은 나 한 사람이 당하는 일이라기보다는 우리 민족에 대한 모멸이었다. 알고 보니 이러한 만행이 북한의 도처에서 벌어지고 있었다. 도대체 이게 무슨 위대한 붉은 군대며 해방군이란 말인가.[21]

남한에 있는 월남민 정착촌에서 장기간 월남민들을 연구한 연구서[22]에도 소련군의 만행 및 약탈에 대한 개인의 경험담과 목격담이 등

---

21 양명문, 「소련군의 만행」, 『전환기의 내막』, 조선일보사, 1982, 53~54면.
22 김귀옥, 『월남민의 생활 경험과 정체성 – 밑으로부터의 월남민 연구』, 서울대 출판

장한다. 물론 이러한 개인 경험담과 목격담은 구체적인 사실 확인이 어렵기 때문에 곧이곧대로 믿을 수 없는 측면이 있다. 또한, 소련군의 만행이 월남의 동기로 제시된다는 점에서, 월남 동기의 정당화를 위해 사실보다 과장되거나 왜곡될 가능성도 완전히 배제할 수 없는 일면도 있다. 그러나 해방이 되면 당연히 조선사람들의 세상이 되리라 믿었던 대부분의 일반인들에게 소련군의 진주는 해방의 의미를 반감시키는 것으로 비쳤을 것은 분명하다. 선우휘의 경우도 학창시절 따로 사회과학을 공부하거나 세계 정세에 대해 깊은 인식을 가질 만한 기회가 없었으므로, 소련군 주둔에 대한 인상이나 이후의 '찬탁·반탁 논쟁'에서도 일반적 조선인의 수준을 크게 넘어서는 인식을 보여주지 못한다.

해방 이후 북한사회가 빠른 속도로 사회주의화되어 가는 것을 지켜보면서, 선우휘는 심각한 고민에 처한다. 갑자기 사회주의자랍시고 설쳐대는 사람들의 치기(稚氣)도 신뢰가 가지 않을뿐더러, 북한 사회를 빠르게 조직화해 나가는 그 사회주의자들이 선우휘의 눈에는 모두 소련의 지시와 사주에 의해 움직이는 꼭두각시처럼 보였던 까닭이다. 이남은 이북처럼 경직된 사회주의 사회가 아니라는 소문에 민감할 수밖에 없었던 그가 결정적으로 월남을 결심하게 된 것은 이른바 '신의주 학생 사건'을 현장에서 목격한 직후였다.

해방 이후, 교원 노릇이 시들해진 선우휘는 새롭게 시작할 일을 모색하면서 정주에 머물고 있었다. 그러던 차에 보통학교 시절 은사였던 허모 선생이 평북도인민위원회 교육부 차장(당시 교육부 부장은 함석헌)으로 재직하고 있으며, 선우휘를 애타게 찾고 있다는 소식을 듣게 된다. 당

부, 1999. 194~196면. 그러나 이 책에서 월남민들이 경험한 소련 군대의 인상은 강도, 강간, 적산 횡령과 같은 부정적인 것 외에도, 친절하고 유머러스하며, 군율이 엄했다는 반대 증언도 있어 소련군 경험이 일치하지 않고 있음을 알 수 있다.

시 평북도인민위원회는 신의주에 있었다. 선우휘의 은사인 허선생은 어린 시절 선우휘에게 곧잘 김소월의 시를 들려주던 바로 그 분이었는데, 어느 날 교원의 품위에 어긋나는 '화투놀이'를 했다는 명목으로 학교에서 쫓겨난 뒤 소식이 끊기고 말았었다. 당시의 '화투놀이'혐의는 민족의식이 강한 교사를 내쫓기 위한 구실에 지나지 않았을 것이라고 그는 회상한다. 열렬한 공산당원이 된 보통학교 은사를 만난 선우휘는 우선 자신이 존경했던 스승이 공산주의자였다는 사실에 놀라고, 그 은사가 자신을 도와 인민위원회에서 함께 일하자고 설득하자 고민에 빠지게 된다. 은사의 청을 거절하기도 어렵지만, 교육부 차장을 도와 인민위원회 일을 한다는 것이 선뜻 내키지 않았던 것이다.

그 분은 나의 국민학교(보통학교) 시절의 은사로서 해방이 되자, 곧장 공산당에 입당하여 평북인민위원회의 교육부 차장을 담당하고 열렬히 새로운(혁명적인) 교육을 부르짖고 나섰다.

물론 해방직후는 이북서도 민족진영 인사들의 권위가 서 있어서 평북 인민위원회의 위원장은 독립투사 이유필(李裕弼)씨였고, 은사가 차장인 교육부의 부장은 함석헌(咸錫憲)씨였다.

그 은사는 해방 후 고향에 돌아와 있는 나를 신의주로 불렀다. 그리고 나더러 이제 바야흐로 이 나라 젊은이들이 팔을 걷어붙이고 일할 때가 도래했으니, 신의주에 와서 함께 일해보자는 것이었다.

압록강과 만주땅이 건너다보이는 청요리집(중국음식점)에 마주앉아, 은사와 배갈을 나누는 밤은 낭만적이었다. 그러나 나는 그 낭만을 제대로 느낄 수 없었다.

내가 "함석헌 선생 어떻습니까?"라고 물었더니, 은사는 일언지하에 "고루해"라고 뱉듯이 말했다. 평소 오산학교 출신의 친구들로부터 함선생을 전설적인 존재로 듣고 있었던 만큼 나의 가슴은 섬찟했다. 또 은사가 나더러 "요즘 어떤 친구들과 사귀고 있나"라고 묻기에 나는 "지명관 같은 친구들과 어울려 다닙니다"라고 대답했더니, 은사는, "지명관?" 하더니 "아마 그는 예수를 믿지?"라고 물어 "그렇습니다"라고 대답하니까 은사는 "그렇다면 안 될걸" 하고 한마디로 쓸어버리듯이 말하는 것이었다. (…중략…) 주기가 오를수록 열띠어 말하는 은사의 답변을 들을수록 그야말로 나의 염통은 구두 밑창까지 처지는 느낌이 들었다.[23]

스승을 만나기 위해 신의주를 방문 중이던 1945년 11월 23일, 선우휘는 도인민위원회 건물 안에서 건물을 향해 몰려오던 학생들이 무차별 사격에 쓰러지는 장면을 직접 목격하게 된다. 이른바 '신의주학생의거사건'으로 불리는 이 사건은, 현장에서 피살된 학생 24명, 부상자 350명, 체포 1천여 명, 시베리아 유형 200여 명[24]에서 보듯이 사태의 규모에서뿐만 아니라, 북한 사회에 미친 파장에서도 여간 심각한 사건이 아닐 수 없었다. 이는 사건 마무리와 사후 민심 수습을 위해 김일성이 직접 신의주에 내려 온 것을 보아도 알 수 있다.[25]

선우휘는 도인민위원회 건물 2층에서, 비무장한 학생들을 향해 기관

23 선우휘, 「나의 언론 생활 40년 ② – 비애와 낙망의 초년 기자시절」, 『월간조선』, 1986.5.
24 신의주학생의거기념회, 『신의주 학생반공의거 제40주년 기념회지』, 1986, 110면.
25 당시 평북 박천군 덕안면 수리조합 공수(工手)의 신분으로 신의주에 출장갔다가 현장을 목격한 김석형은 '신의주사건'이 공산당 해당분자인 한웅(사건 당시 평북 도인민위원회 보안부장)이 학생들을 사주해 시위를 조직하고, 도인민위원회를 향해 달려 오는 비무장상태의 학생들을 향해 의도적으로 총기를 난사함으로써 '공산당'에 대한 민심의 이반을 획책한 '음모 사건'이라고 회고한다. 김석형 구술 / 이항규 녹취·정리, 『나는 조선노동당원이오!』, 선인, 2001, 153~158면. 김석형은 1960년 남파되었다가 곧 체포되어 1991년까지 장기수로 복역했으며, 2000년 9월 비전향 장기수 귀환 때 이북으로 돌아갔다. '신의주사건'을 도보안부장 한웅의 해당행위에 의한 '음모사건'으로 해석하는 것은, 『신의주학생 반공의거 제40주년 기념회지』의 "의거 직후 신의주에 온 김일성은 신의주 시민들 앞에서 '이번 사건에서 학생들에게 저지른 만행은 가짜 공산당들이 저지른 짓이지 진짜 나 같은 공산주의자는 아니었다'며 그 책임을 한웅 일당에게 전가하였다"(110면)는 서술에서도 보이듯이, 김석형 개인의 주관적 회고가 아니라, 당시 공산당의 공식적인 사건 해명이었던 것 같다.

총을 난사하는 장면을 목격하는데, 그 장면 자체에서도 충격을 받았지만, 조선인이 조선인을 향해 총을 쏘아 죽였다는 사실에서 더 큰 충격을 받았다고 한다. 더욱이 사태가 진정되고 나서, 은사인 허선생과 보안서원들이 사태를 이해하는 태도에서 견디기 힘든 비인간성과 잔인성을 보았다고 회고한다. 신의주사건은 가뜩이나 북한 사회의 변모에 대해 회의적이었던 선우휘에게 남행(南行)을 결심하게 만드는 결정적인 계기가 되었다. 신의주사건과 유사한 성격의 사건은 이듬해인 1946년 봄에도, 함북 길주와 함흥, 평양 등지에서 크고 작은 규모로 계속 발생했다.

1945년 12월부터 이듬해 1월에 걸친 신탁통치를 둘러싼 일련의 우여곡절도, 선우휘에게는 이북을 지배하고 있는 사회주의자들이 소련의 꼭두각시에 불과한 것이 아닌가 하는 우려를 확고한 신념으로 만드는 계기가 되었다. 1946년 2월, 선우휘는 해주까지 기차로 내려와, 바닷가에서 배를 타고 옹진반도로 빠지는 길을 따라 38선 이남으로 넘어 왔다.

이상에서 살펴 본, 주로 선우휘 자신의 회고와 소설 등을 통해 정리한 그의 북한 체제 및 월남 동기는 이른바 '엘리트층 월남인'[26]의 북한 체제 경험 및 월남 동기와 고스란히 겹친다. 월남인의 월남 동기 및 시기에 따른 구분은 아직 정확한 통계 자료나 조사가 없는 형편이어서 일반화시키기에는 많은 어려움이 있다. 그러나 대체로 보아 한국 전쟁 이전에 월

---

26   김귀옥, 앞의 책, 391~424면. 김귀옥은 이 책에서 '엘리트층 월남인'에 대한 특별한 개념 규정은 시도하지 않고 있다. 그 대신, 이북 5도청 산하 '동화연구소'가 1989년부터 발간하는 기관지 『월간 동화』의 '인물광장'난에 게재되고 있는 인사들의 경력 및 사회적 지위에서 공통되는 점들을 추출해, 이들이 일반 월남인과는 구분되는 특수한 '월남인 집단'이라고 설정했다. 분석대상인 99명은 '이북5도청'과 '이북5도위원회'의 간부(이북도민위원회 연합회장 및 7도 도지사, 명예시장, 군수, 읍면장, 각 도·시·군·읍면민회 간부들과 이북 5도청 부속 기관장이나 간부들)들과 남한 사회의 유명한 인사들 중 북한에서의 경험과 이력을 어느 정도 밝힌 사람들이다. 김귀옥은, 이들 '엘리트층 월남인'이 월남인 전체를 대표한다고 볼 수는 없지만, 이들의 '월남인 정체성에 대한 자기 규정'이나 '월남 동기' 및 '북한에 대한 태도' 등은 그들이 월남인 사회에서나 남한 사회에서 차지하는 사회적 지위 및 영향력에 의해 상당한 '여론 형성 역할'과 '헤게모니'를 장악하고 있다는 점에서 중요하다고 본다.

남한 사람들은 '정치적·사상적 동기'에 의한 '자발적 월남'이 많은 비중을 차지하고 있으며, 그들의 계층 역시 북한 사회에서 '중·상층 엘리트 계층'이라는 것이 통설이다. 반면, 전쟁 중이나 정전 이후에 월남한 사람들은 그와는 다른 계층 구성과 이유들을 지니고 있다.

선우휘의 월남 시기 및 동기는 이른바 '엘리트층 월남인'의 그것과 거의 동일하다. 선우휘는 월남한 직후, 남쪽에서 만나는 사람들에게 "나는 결코 부유층도 기독교 신자도 아니라는 것을 상기시켰지만, 사람들은 (북한 체제를 비판하는 것이—인용자) 부유하거나 기독교도의 의견이라며 일축했다[27]고 안타까워했다. 토지를 몰수당하거나 친일 행적으로 직장에서 쫓겨나는 경우처럼, 북한 체제로부터 직접적인 피해를 당해서 월남한 것이 아니라는 것을 그가 거듭 강조하게 되었던 것은, 북한 체제에 대한 비판의 '객관성'과 '정당성'을 확보하기 위함이었다. 그런 점에서 회고나 소설을 통해 재구성된 월남 동기 및 북한 체제의 경험은, 사후에 사상적 선명성과 대한민국 체제의 우월성을 드러내기 위한 '자의성'이 개입된 것일 가능성도 완전히 배제하기는 어렵다.

5. 월남과 '조선일보' 기자 시절

서울에 입성한 선우휘는 조선일보사에 취직해 초보 기자생활을 시작한다. '조선일보'는 앞서 말한 바와 같이 정주 사람들이 일제 때부터 '우리네 신문'이라고 불러 왔을 정도로 그 지역 사람들에게 강한 귀속

27　선우휘, 앞의 글, 447면.

감을 불러일으키는 신문이었다. 그것은 정주 출신의 금광왕 계초 방응모가 '조선일보사'를 인수하면서 본격적으로 사세가 확장되었고, 같은 정주 출신인 이광수가 핵심 편집진으로 일했기 때문이었다. 그러한 인연과 더불어, 선우휘는 해방 직후의 노선에서 '조선일보'가 극좌도 극우도 아닌 온건한 논조로 일관한 것이 가장 마음에 끌렸다고 회고한다. 견습 딱지를 떼고 기사를 작성하면서 가장 먼저 부딪친 문제는 오랫동안 식민지 교육을 받았던 탓에 우리 역사, 특히 근세사에 몹시 어둡다는 것과, 우리글에 대한 탄탄한 훈련이 제대로 안되어 있다는 점이었다. 그는 '서재필'이 누군지를 몰라 선배로부터 힐난을 당하는가 하면, 기사를 쓸 때 일본말로 먼저 문장이 떠올라 곤혹스러웠다고 한다. 그 장면이 『노다지』에는 다음과 같이 묘사되어 있다.

수인은 한글 사전과 옥편을 뒤적이며 기사를 만들어 사회부장에게 내놓고 나면 자기 자리에 돌아와 앉아 전전긍긍 불안한 마음으로 사회부장을 훔쳐보았다. 얼마나 깎이는가, 쓰레기통에 던져지느냐 아니냐 하는 불안 때문이었다. (…중략…)
기사를 쓰다가 수인은 가끔 시름에 잠기는 수가 있었다. 기사를 쓰다 보면, 머릿속에 일본말로 떠오르는 문장을 우리말 문장으로 고쳐 옮겨야만 하는 까닭이었다.
(이건 번역하고 있는 것이 아닌가)
그런 생각이 들었다. 불행한 세대가 아닐 수 없었다. 남의 말로 교육받고, 남의 국기에 경례하고, 남의 국가를 부르며 자란 세대. 그렇게 형성된 자신을 이제 안간힘으로 고쳐 나가야 하는 것이다.[28]

28　선우휘, 『노다지』, 401면. 그러나 우리 문장에 대해 선우휘가 경험했던 이 곤혹스러움은 비단 그 자신만의 것이 아니었다. 비슷한 연배에 해당하는 수많은 시인과 작가들이 똑같은 경험을 털어놓고 있기 때문이다. 시인 전봉건과 김수영, 소설가 장용학 등이 선우휘와 똑같은 고백을 한 적이 있다. 선우휘처럼 오랜 군 생활을 접고 뒤늦게

그의 기자 초년병 시절은 한글 사전과 옥편을 열심히 뒤적이며 우리 문장 공부를 새롭게 시작하는 것으로 출발했다. 학예부의 견습기자 시절을 거쳐 사회부로 옮겨 가, 서울 시내의 각 경찰서를 순번으로 옮겨 다니며 취재하는 이른바 '사츠마와리' 생활도 했다. 그러나 기자로서 정작 그에게 필요했던 것은 해방 정국의 여러 갈래 정치 노선과 복잡한 정치 상황을 읽어 내는 날카로운 이해 능력과 판단력이었다. 그는 식민지 교육 제도 아래에서 주어진 지식을 익히고 만들어 놓은 규범을 충실하게 수행하는 수재형의 모범 학생이었던 것은 분명하지만, 역사적 변화와 정치적 상황의 추이를 제대로 이해하고 판단하는 데 있어서는 많은 문제가 있었던 것으로 보인다. 『노다지』에 묘사된 한 장면을 보자. 경성사범 시절이던 1940년 여름, 주인공 '수인'(곧 선우휘 자신)은 방학이 되어 내려간 고향 마을에서 『조선일보』와 『동아일보』가 폐간되었다는 소식을 친구로부터 전해 듣는다. 친구들은 두 신문의 폐간 소식을 듣고 몹시 흥분했다.

그러한 화제를 놓고 가장 흥분하는 것은 오산이나 신성(信聖), 송도의 사립중학교(고보)에 다니는 친구들이었다.

그들과는 대조적으로 경성이나 평양, 신의주의 공립중학에 다니고 있는

―――――

기자 생활을 시작했던 리영희 역시 같은 어려움을 겪었다. 그는 "기자생활을 시작하던 당시로서는 나는 일본어와 영어가 우리말(글)보다 수월했다"고 고백하면서, 견습기간 한 달 동안 "초등학교 교과서와 중고등학교 국어교과서를 가지고 우리말 공부를 완전히 새롭게 시작했다"고 한다. 1920년을 전후해서 출생한 이들 세대들이 해방이후, '글쓰기'와 관련된 직업을 가지면서 겪게 되었던 이러한 혼란과 착종 현상은 단지 하나의 '일화' 정도로 그칠 문제는 아니다. 이른바 '4·19 세대'의 대표주자였던 평론가 김현이 '4·19 세대'에 '문학사적 정체성'을 부여하면서 가장 핵심적으로 고려했던 부분이 바로 '오로지 한글로 사유하고 한글로 쓰는 최초의 세대'라는 자기규정이었다. 김현의 '한글'을 중심으로 한 '세대간의 문화적 구분'이 아니더라도, 언어와 사유 구조 및 세계관의 관계는 서로 밀접하게 얽혀 있어, 이 문제는 좀더 심도 깊은 논의가 필요한 부분이다. 이에 대한 좀더 상세한 논의는 이 책에 실린 「전후세대의 문학과 언어적 정체성」 및 「전후소설에서의 식민화된 주체와 언어적 타자」를 참조.

친구들은 그리 흥분하지 않았고, 관립학교에 다니는 수인은 그저 어리둥
절했을 뿐이었다.

   압도적으로 일본 학생이 많은 학교에 다니고 있던 수인은 조선일보나 동
아일보를 본 적이 오랬다. (…중략…) 사립학교에 다니는 친구들이 그토록
흥분하는 것을 보는 수인의 심사는 몹시 어수선했다. 자기가 서 있는 좌표,
자기가 가는 길의 흐름이 어떤 것인가 의아스러웠다.[29]

민족의식이나 역사의식이 반드시 학교 성적에 비례하는 것이 아닌
것은 그때나 지금이나 매일반이었던 모양으로, 민족의식이 강한 기독
교 계통의 사립학교에 진학한 친구들에 비해 공립학교에 진학한 친구
들이 조금 더 그런 쪽에 대한 관심이 희박했고, 등급으로는 일류에 해당
하는 당대 최고의 관립 경성사범학교에 재학 중인 선우휘 자신은 흥분
하는 친구들의 모습 자체가 어리둥절할 정도로, 그 방면에는 감각이 무
뎠던 것이다. 아주 근원적인 차원에서의 민족의식이나 일제의 억압에
대한 저항의식 같은 것이야 없을 리 만무했을 테지만, 그런 막연한 '민족
의식'이 아니라, 당장의 현실이나 정치 상황을 올바르게 인식하고 행동
하는 데 밑받침이 될 만한 '현실 인식' 내지 '정치 감각' 같은 것은 상당히
부족했던 것으로 짐작된다. 해방 전보다 한층 더 복잡한 상황이 전개되
고 있는 해방 직후의 현실에서는 그러한 인식의 깊이와 감각의 날카로
움은 훨씬 더 절실해지기 마련이다. 선우휘 자신도 해방 직후의 기자 시
절을 회고하면서 "결코 우수한 기자는 못되었다"고 털어 놓았다. 그는
"당시 소용돌이치는 사회상황 속에서 제대로 정신을 차리지 못하고 매
사에 자신이 없었으며 소심한 행동거지를 보였"고, "좋게 말하면 순진했
고 나쁘게 말하면 단순했기 때문에 사건 하나를 취재하는 경우도 악착

---

29   선우휘, 『노다지』, 207~208면.

같은 끈기가 없었다"고 고백했다.[30] 그러므로 그가 가장 신뢰할 수 있었던 것은 자신의 체험, 즉 눈으로 보고 경험한 현실이었으며, 대부분의 판단과 실천은 그러한 '경험칙'에 의거해서 이루어졌다.

사실상, 월남한 직후의 선우휘는 몹시 소외감에 시달리고 있었다. 월남을 감행할 당시는 당장 이남에 내려가서 지금 이북에서 벌어지고 있는 야만적이고 강압적인 일련의 정치적 조치의 부당성과, 이북 정권의 몰주체성, 그리고 공산주의의 악랄함을 폭로하면 이남의 반공주의 지지 세력들로부터 폭넓은 반향이 있으리라고 기대했었다. 익숙한 교원 생활을 포기하고 기자직을 선택한 이유는 여러 가지가 있겠지만, 그나마도 기자직이 이북의 실상을 가장 광범위하게 알릴 수 있는 직업이라고 판단했기 때문이었다. 그러나 그가 남쪽에 내려 와서 처음 맞닥뜨린 것은, 월남한 자신을 향해 쏟아지는 냉소와 질시의 시선이었다. 그는 자신이 아무리 '친일파나 대지주이기 때문이 아니라 공산당과 이북 체제가 싫어서 월남한 것'이라고 호소해도 이남 사람들이 순순히 받아들이지 않아 곤혹스러웠다.

그 다음으로 그를 당황하게 만든 것은, 이북보다도 더 크게 맹위를 떨치고 있는 남쪽의 좌익 세력들이었다. 같은 기념식을 좌우익이 각기 다른 장소에서 따로 치를 경우, 우익은 좌익 집회에 모인 군중의 10분의 1밖에 안될 정도로 초라했다. 그는 민족주의 진영이 좌익에 비해 이론적으로나 조직적으로나 세련되지 못하고 엉성한 것이 몹시 못마땅했다.

나는 서울에서 만나는 학교 동창생들이나 이남에서 해방을 맞은 지인들에게 이북의 실정을 알리는 데 애를 썼으나 거의가 그야말로 마이동풍(馬

耳東風)이 아니면 우이독경(牛耳讀經)이었다. 그뿐 아니라 돌아오는 반응
은 냉소 어린 익살이거나 일종의 충고였다. 하나는 "혁명이 착착 진행되는
이북을 등지고, 무엇 때문에 이따위 양키들의 식민지나, 악질지주·악덕
모리배·친일파들이 판을 치는 이남에 왔나? 이제라도 늦지 않으니 돌아
가라"라는 것이었고, 또 하나는 "이건 자네를 위해 하는 말인데, 여기서 나
한테 한 말 다른 데 가서는 아예 하지 말게"라는 것이었다.

　　정말 나는 망연자실했다. (…중략…) 그러한 나의 눈에 이남의 지식인이
란 지식인은 온통 좌익인사로 보였다. 이런 형편으로는 이북보다(오히려
이북의 지식인들은 소련 군사체제와 대두하는 공산세력에 저항하고 있었
으니까) 이남이 더 빨리 공산화되는 것이 아닌가도 싶었다.[31]

　　이런 소외감과 낭패감이 자연스럽게 그를 '서북청년회' 사람들과 자
주 어울리도록 만들었다. 당시 '서북청년회'는 평안도 지역에서 월남
해 온 반공청년들의 결사(結社)였는데, 그들이 하는 일이란 주로 노동
자들의 파업을 깨거나, 좌익 용공 인사들에 대한 공공연한 테러, 그리
고 경찰이 공개적으로 나서기 곤란한 정치적 성격의 탄압을 대신 처
리하는 것이었다. 표면상 그들의 활동은 '반공주의'라는 방패를 두르
고 있었지만, 준(準)경찰에 가까운 사법적 보호막을 구실로 공포의 테
러와 사형(私刑)을 일삼아 악명이 자자한 실정이었다.

　　선우휘가 '서북청년회'에 드나들었던 것은 평안도 출신이라는 지역
연고도 있었지만, 당시 '서청'을 이끌고 있던 선우기성(鮮于基聖)이 일가
형님뻘이 되었기 때문이다. 정주 출신의 선우기성은 오산학교를 졸업
하고 해방 직후부터 관서 지방의 우익 청년운동을 주도하던 인물이었
다. 그는 선우휘와 거의 비슷한 시기인 1946년 2월 10일 월남하여, 평안

31　선우휘, 앞의 글, 440면.

남북도 출신 우익 청년들을 모아 '평안청년회'를 결성한 뒤, 군소 조직으로 흩어져 난립하던 이북 출신 청년회, 즉 대한혁신청년회(함남 출신), 함북청년회, 황해회 청년부, 북선청년회, 양호단 등을 통합하여 '서북청년회'를 결성하고 위원장에 오르게 된다.[32] 선우휘와 선우기성은 월남 직후 서울에서 마땅한 거처를 확보하지 못하자, 남산의 조선신궁(朝鮮神宮)의 '보물전(寶物殿)'에서 잠시 동거한 일도 있었던 것 같다.

> ① 나는 할 수 없이 남산공원을 배회하다가 일제의 소위 조선신궁이라는 여러 개의 건물 중 바로 정전(正殿) 앞에 있는 작은 건물이 비어있음을 발견하고 봉한 판자문짝을 뜯고 들어가 보았다. (…중략…) 나는 그날 밤부터 그 건물의 주인이 된 셈이었다.[33]

> ② 한때 나는 해방이 되자 성난 군중에 의하여 헐리고 남아난 남산 꼭대기 '조선신궁'의 이른바 '보물전'이란 데서 기거한 적이 있었다. 용케 그 건물만은 헐리지 않고 남아 있었는데 (…중략…) 장마에 습기도 차지 않고 기거하기가 아주 쾌적했다. 특히 더운 여름에 낮잠자기에는 안성마춤이었다.[34]

'서청' 우두머리인 선우기성과 이 정도로 막역한 사이였으니, 그의 '서청' 출입은 지극히 자연스러운 일이었다. 선우휘가 '서청'에 드나들었다고 해서 조직원으로 '서청'에 가입하거나, '서청'의 활동에 가담한 것은 아니었다. 오히려 그는 서청의 일상화된 폭력 행위 자체에 대해서는 매우 비판적인 태도를 취했다. '서청'의 일상화된 '사형(私刑)'은

---

32 선우기성, 「피와 조국과 – 청년운동 20년」(실린곳 ; 선우기성·김판석, 『청년운동의 어제와 내일』, 횃불사, 1969) 참조.
33 선우기성, 앞의 책, 14면.
34 선우휘, 「다른 직업을 가져본 신문기자 – 나의 언론생활 40년 ③」, 『월간조선』, 1986, 7, 493면.

조직의 우두머리였던 선우기성 자신의 회고에서도 문제가 많았음을
시인하고 있을 정도다.

> 이북에서 부지불식간에 공산당에 협력하다가 넘어온 사람들에 대한 색
> 출 제재의 작업 중 기억나는 한 가지 사례를 들겠다. 지금은 유명을 달리한
> 한관제(韓寬濟) 동지의 일이다. 한 동지는 뒤에 서청 부위원장의 요직에까
> 지 오른 분이었으나 처음 남하했을 때는 큰 봉변을 당했던 것이었다.
> 나는 그때 매일같이 평청(평안청년회—인용자)에 나가서 일을 보고 있
> 었는데 어느 오후 어디를 잠깐 나갔다가 사무실에 돌아와 보니 옆방(창고)
> 에서 사람이 죽어가는 신음소리가 들려왔다. 문을 열고 보니 어떤 사람이
> 한참 당하고 있는 판인데 알아보니 당하는 사람은 박천 보안서장을 하다
> 가 월남한 사람이라는 것이요 (…중략…) 나는 동지의 폭력을 나무라고 그
> 사람을 데려다가 돌려보낸 일이 있었는데, 그 때에는 이런 일이 매일같이
> 있어 지금도 생각하면 고소를 금치 못한다.[35]

선우휘는 서청의 이러한 불법적 사형(私刑)과 막무가내의 폭력 행위
에 대해서는 무척 못마땅하게 생각했다. 그는 같은 고향 출신이자 경성
사범 2년 후배였던 한 학생이 서청 단원들에게 린치를 당한 뒤 월북한 사
실을 알고 이를 선우기성에게 따지러간 일도 있었다고 한다. 그 후배는
고향인 이북에 갔다가 다시 서울에 돌아 왔는데, 서청 단원들이 '빨갱이'
라며 다짜고짜 서청 본부로 끌고 가 집단 폭행을 가했던 것이다. 공산주
의 이념과는 전혀 무관했던 그 후배는 린치를 당한 이후에 홧김에 월북
해버리고 말았다. 그는 이 일로 인해 이번에는 자신이 서청 단원들의 린
치 대상이 되어야 했다. 공연히 '형님' 앞에서 입을 나불거렸다는 것이

---

35 선우기성, 앞의 책, 28면.

그 죄목이었다. 그는 서청의 불법적인 사형(私刑)과 개인 테러에 대해서는 강한 반감을 지니고 있었고, 이러한 일화를 여러 곳에서 소설의 소재로 다루고 있음은 앞에서 밝힌 바와 같다. 그러나, 서청과의 관련을 회고하는 그의 글이나 소설에서 일관하여 나타나는 것은, 궁극적으로 그러한 서청의 폭력이 반공주의에서 비롯되는 '순수한 열정' 때문이었으며, 당시로서는 일종의 '필요악'이었다는 '옹호론'이다.

일찍이 날로 어지러워 가는 이북 고향땅을 등지고 이남으로 내려와 거처도 없이 떠다니고 있는 그들이었다. 그러나 그들과 마주앉으면 한결 마음이 가라앉았다. 물론 그들의 폭력행사에 동조하는 것은 아니다. 그러나 수인은 예전처럼 그들의 폭력행위를 부정적으로만 보지는 않게 되었다. 하는 수 없는 일이라고 체념했다. 어쩌면 자기는 그들이 휘두르는 폭력 덕택에 편안히 안주하고 있는 게 아닌가 하는 회의조차 드는 요즘이다. (…중략…)

그들이 말하듯 그들은 공산주의가 무엇인지, 민주주의가 무엇인지 뚜렷이 몰랐다. 이치로 따질 때 그들의 삶 자체가 설명이 불가능했다. 그러기에 그들은 '입만 살아 말만 내세우고 요러니저러니 말재간만 부리는 것'을 증오하고 배격하는 것인지도 몰랐다.

그들은 결코 공산주의니 민주주의니 하는 이치의 세계에서 살고 있는 것이 아니었다. 이치 이전의 세계, 어쩌면 이치를 넘어선 세계에서 살고 있었다. 물론 그것은 위험하기 짝이 없는 세계인지 몰랐다.

그러나 그들에게는 본능으로만 사는 야생 동물과도 흡사한 감각이 있었다. 그 본능적인 감각으로만 사는 것도 위험천만한 삶인 것은 틀림없었다. 그러나 이치에만 매달려 이치만 내세우는 '입만 산 사람들'들이 무의식적으로 잊어버린 것, 어쩌면 의식적으로 내팽개친 인간 삶의 중요한 '그 무엇'을 잃지 않고 있다고 볼 수 있었다. 그래서 그 무엇인가가 발동하면 누구 못지않게 사물의 핵심을 정확히 꿰뚫어보고 정확히 대응하는 것이다. (…중략…)

그것은 어떠한 세속적인 욕망도 당하지 못할 더없는 아름다움임에 틀림
없었다. 죽음조차 그것을 이기지 못하는 멋이요 아름다움이었다. 아마 그
것은 인간이 죽음을 생각지 않을 수 없기에 더 아름답고 멋있는 것으로 느
껴지는지 몰랐다.[36]

인용문의 이 마지막 대목은, 앞서 살펴 본 것처럼 특공대로 태평양
전쟁에 참전했다가 전사한 경성사범 동기생들의 죽음을 전해 듣고 펼
쳤던 사유와 거의 동질적인 것이라고 할 수 있다. 선우휘는 '입만 살아
움직이는 지식인'보다 실천하는 '서청 단원'들이 차라리 더 순수하다
는 논리를 펴고 있지만, 엄밀하게 따지면 그는 합리적 이성에 근거한
사유나 논리보다도 단순하고 맹목적인 그 '폭력'을 더 우위에 놓고 있
는 것이다. 사실상 서청의 폭력이 문제가 되는 것은, 선우휘가 혐오했
던 개인에 대한 공공연한 '린치' 정도가 아니라, 전평 파업, 10월 대구
항쟁, 여순반란사건, 제주 4·3 항쟁[37] 등 해방 직후의 크고 작은 사건
들에 개입하여 무자비한 폭력으로 그러한 사건을 진압하는 데 동원되
었다는 사실이다. 그리고 한국전쟁이 일어난 이후 1950년대에는 이승
만과 자유당 정권의 사주에 의해 갖가지 정치테러에 동원되기도 했
다. 공교롭게도 선우휘는 서청의 불법적 폭력을 주로 개인에 대한 '린
치' 차원에서 비판하는 데 그치고, 그보다 훨씬 심각한 문제였던 위의
사건들에 서청이 개입한 일에 대해서는 소설과 개인 회고문 어디에서

---

36 선우휘, 『노다지』, 467~472면. '서청'에 대한 이런 입장은 그의 회고문인 「비애와 낙
    망의 초년기자 시절」에서도 그대로 반복된다.
37 제주 4·3사건 당시 서청 단원들이 얼마나 제주 도민들에게 두려운 대상이었는가는
    소설가 현기영의 소설에서 잘 드러난다. 그의 소설에 의하면, 당시 제주에서 좌익으
    로 몰려 어이없는 죽음을 면하고 좌익 혐의로부터 벗어나기 위해 민중들이 선택한
    두 가지 길이 있었는데, 하나는 '해병대'에 자진 입대해 한국전쟁에서 전공을 세우는
    것이고, 다른 하나는 제주에 상륙한 '서북청년회' 단원에게 딸을 시집보내 인척 관계
    를 만드는 것이었다고 한다. 현기영, 『순이삼촌』, 창작과비평사, 1982. 참조.

도 구체적인 언급을 하지 않는다. 그에게는 서청의 폭력 행위가 좌익의 폭력 행위에 대응하기 위한 '정당방위'였다는 인식이 강하게 작용하고 있었으며, 심지어는 그러한 '폭력'이 갈피를 잡기 어려운 '이론'이나 '노선'보다도 훨씬 선명하고 구체적이라는 점에서, 일종의 '미학적 승화'로까지 연결시키는 논리적 모험을 감행하고 있다.

'서청'은 그의 소설 여기저기서 즐겨 소재로 다루어졌다. 자전적 소설 『노다지』에도 '서청' 관련 일화들이 비교적 상세히 묘사되고 있고, 또 다른 장편 『깃발 없는 기수』에서도 '서청' 일화는 중요한 대목을 차지한다. 그러나 무엇보다도 그가 '서청'을 소재로 다룬 작품 중에서 가장 애착을 보인 것은 초기작인 「테로리스트」였다. 그는 「불꽃」으로 1957년 제2회 동인문학상을 받게 되는데, 정작 본인은 「불꽃」은 여러 모로 미흡하고 불완전한 작품으로, 차라리 수상작이 「테로리스트」였다면 더 좋았을 것이라고 회고한 적이 있다. 「테로리스트」는 반공을 위해서라면 목숨도 바칠 각오가 되어 있는 직정(直情)의 젊은 월남 청년들을 정치적 하수인으로서 이용할 대로 이용해 먹고, 결국은 헌신짝처럼 내던져버린 이승만 정권에 대한 분노와 서글픔이 짙게 깔려 있다. 아마도 그가 단편 「테로리스트」에 강한 애착을 보이는 연유도, 서청의 흥망을 가장 가까운 데서 지켜본 사람으로서의 연민과 안타까움 때문이었을 것이다. 청부폭력의 정치적 효용이 사라지자, 이승만은 그들을 미련 없이 버렸고, 권력과 줄을 대고 있던 몇몇을 제외한 대부분의 평단원들에 돌아온 것은 뒷골목의 '깡패' 노릇밖에 없었던 것이다.

6. 선우휘의 해방 정국 인식

식민지 시대의 경험이 선우휘에게 민족주의를 배태시켰다면, 해방과 한국전쟁에 이르는 시기에 그가 경험했던 일련의 사태들은 그를 철저한 반공주의자로 굳어지게 만들었다. 해방이후, 안정된 교사의 길을 과감히 버리고 월남했던 까닭도 공산주의에 대한 환멸과 비판의식 때문이었다. 이북에서의 토지개혁 과정, 그리고 기독교 민족주의자들에 대해 가해지는 공산주의자들의 박해, 주둔한 소련군의 약탈과 만행 등을 직접 보고 겪었던 그로서는 정연한 논리나 체계 이전에 사람에 대한 환멸과 실망을 먼저 느꼈던 것이다. 그러나 다분히 경험적이고 감정적인 비판적 정서 하나만 가지고 해방 직후의 복잡다기하고 혼란스럽기까지 한 정국의 가닥을 잡고 자기전망을 확보하기란 대단히 어려운 노릇이었다. 더구나 수습기자 딱지를 갓뗀 신참으로 후미진 변두리 경찰서들을 드나드는 처지로서는 갖가지 정파와 노선이 난무하는 해방 정국의 갈피를 잡기란 요원하게만 여겨졌다.

게다가, 공산주의자들이 싫어서 월남한 그가 이남에서 목도한 우익진영의 지도자들은 지리멸렬하고 촌스러웠으며, 동향 출신의 월남 반공청년들은 자신들의 직정(直情)을 비이성적인 폭력에 의존해 토로함으로써 남한 주민들의 원망의 대상이 되고 있었다. 이런 일련의 정황들은 청년 선우휘를 무척 곤혹스럽게 만들었다.

그런 와중에 그는 몽양 여운형의 인간적 매력에 깊이 빠져들게 된다. 그가 여운형을 처음 본 것은 1946년 메이데이 행사 집회였다. 1946년 5월 1일에 있었던 메이데이 행사는 우익진영의 대한노동총연맹이 주최하는 행사와 좌익쪽의 전국노동자평의회가 주최하는 행사가 따로 열렸다. 대한노총은 서울운동장 육상경기장에서, 전평은 야구장에

서 행사를 열었다.[38] 전평의 행사는 박헌영의 기념사에 이어 여운형
과 허헌의 축사로 이어지는 순서였는데, 박헌영에 이어 등단한 여운
형이 군중의 압도적인 환호 속에서 열변을 토하는 모습을 지켜보면서
선우휘는 여운형의 대중에 대한 카리스마에 위압을 느꼈다. 그 이후
그는 두 번 여운형과 개인적인 면담을 나눌 기회를 갖게 되는데, 한번
은 인민당사에서 있었던 여운형의 기자회견에 참석했다가, 상해 임정
에서 일하던 선우혁(鮮于爀)을 화제로 삼아 사담을 나눈 것이었고, 또
한번은 지나다가 들른 인민당사에서 여운형과 조우하여 오랜 시간 애
기를 나눈 것이었다.

　　그 후부터 나는 그의 완전한 팬이 되고 말았다. 그의 정치이념에 동조한
것도, 정치적 주장에 공명한 것도 아닌데, 그저 나는 우리의 정치가 가운데
서 인간으로서 가장 그를 좋아하게 되었다. 어쩌면 그것은 그의 수려한 용
모 탓인지도 모르며, 그가 개인적으로 잠시 나에게 보여 준 호의 탓인지 모
른다. 어떻든 조건이 없었다. 무조건 그를 좋아하게 되었던 것이다.(……)
이북을 그렇게 싫어서 월남한 나였지만 내가 신문기자로서 이남의 정치상
황을 보면서 은근히 바랐던 것은, 우측의 김규식씨와 좌측의 여운형씨가
합작하는 선에서 이남에 극단적이 아닌 온건한 정치상황을 만든 연후에,
이북에 대하여도 그 노선에서 협상하는 것이 이 나라 이 민족의 장래를 위
하여 바람직스러운 것이 아닐까 하는 것이었다.(선우휘, 「나의 언론생활
40년」, 『월간조선』, 1986.4, 443~444면)

서북청년회의 우두머리와 두터운 교분을 나누고, 공산주의에 대해
강한 거부감을 지닌 그가 당시 중도좌파에 가까운 여운형에 대해 기

38　1946년 5월 3일자 『조선일보』는 대한노총의 행사에 3천명이, 전평쪽의 행사에 그 열
　　배인 3만명 정도가 운집했다고 보도하고 있다.

울어졌다는 것은 얼른 납득이 가지 않는 일이다. 물론 위의 회고에서 드러나듯이, 여운형을 향한 그의 경사(傾斜)는 정치 노선에 대한 동조로서가 아니라, 인간적인 친밀함에서 비롯되었다고 보는 것이 옳을 것이다. 좌우합작에 대한 그의 기대는, 당시의 인식이라기보다는 오히려 회고하는 현재 시점의 서술자의 인식이 투사된 흔적이 더 짙다. 여운형에 관한 기대와 선망이 정치적인 것이든 개인적인 것이든, 여운형의 정치적 향배가 점점 더 좌익 쪽에 가까워지고 우익으로부터 멀어짐으로써 차츰 희석되어 갔다. 결국, 여운형이 암살됨으로써, 그에 대한 청년 선우휘의 호오(好惡) 역시 끝을 맺게 되는데, 여운형에 관한 회고에서 드러나듯이, 상황과 인물에 대한 선우휘의 인식과 판단은 종종 객관과 논리보다는 주관과 감정에 의지하는 경우가 잦다.

나중에 좀더 자세히 살펴보겠지만, 모든 인식과 판단에 다른 무엇보다도 '경험'을 우위에 두는 것이나, 정치 노선 혹은 이념보다도 그것을 내세우는 개인의 '인간됨됨이'를 더 중요한 '준거'로 삼는 것이 선우휘 특유의 스타일이라고 할 수 있다. 그가 공산주의자들을 그토록 혐오하게 된 중요한 이유 중의 하나는, 공산주의 이론에 대한 거부감보다도, 공산주의자들은 '말'과 '행동'이 일치하지 않는 '위선자'라는 생각 때문이었다. 가령, 공산주의자들은 선전할 때는 모든 사람들이 공평하게 나누어 먹는다고 하고선, 실제로는 당간부들은 호의호식하고 인민들에게는 조금만 나누어줄 뿐이라는 것이 그의 생각이었다. 민족의 자주를 내세우고 38이남에 주둔한 미군을 '제국주의자'라고 규탄하면서, 정작 이북에 주둔한 소련군이 갖가지 산업시설과 물자를 빼내 가는 것에 대해서는 아무런 이의도 제기하지 않는 공산주의자들의 '이중성'이 그에게는 무엇보다도 나쁘게 보였다. 해방과 전쟁을 거치면서 공산주의자들에 대해 선우휘가 가졌던 인상은 대체로 '거짓말쟁이' '위선자' '이중인격자' 등으로 뭉뚱그릴 수 있고, 결국 이것은 종국에 '목적을 위해 수단을 가리지 않는 반휴머니스트'라는 것으로 귀결된다.

내가 공산당 기관지를 위시한 좌익신문을 읽으면서 안타까움과 노여움조차 금할 수 없었던 것은 다름이 아니었다. 그것은 오늘에 이르기까지 나의 생애에 걸쳐 인간과 세계를 생각하는 데 있어서 유일무이한 명제가 되어버린 '목적과 방법과의 상관관계'에 기인하는 것이었다. 간단히 말하면 '목적달성을 위하여는 수단방법을 가려야 하느냐, 수단방법을 가리지 않아도 되느냐'는 것이며 또 달리 말하면 '목적을 위하여 과정은 중요하냐, 중요하지 않느냐'는 것으로서(……) 당시, 공산당을 위시한 좌익정당들이 내세운 정치적 사회적인 주장은, 그 자체만을 놓고 생각할 때는 조금도 나무랄 데가 없는 모두가 무지개처럼 아름답고, 보석처럼 귀한 것이었다.(……) 그러나 그것들은 일본의 수탈에 의하여 사회가 극도로 빈곤화한 해방 직후의 상황에서는 거의 모두가 불가능한 일이었다.(……) 해방 직후 모스크바 삼상회의에서 결정된 신탁통치를 거족적으로 반대했다가 평양으로부터의 지령(소련당국)에 의하여 하루아침에 지지태도로 돌변시킨 것 등을 감안할 때 좌익세력들의 주장이 제 아무리 그럴듯하고, 그들이 조성하는 분위기가 아무리 매혹적인 것이었다 하더라도 나로서는 그들에게 질질 끌려갈 수는 없는 노릇이었다.(선우휘, 「비애와 낙망의 초년기자시절」, 『월간조선』, 1986,5. 467~468면)

해방 정국을 이해하는 선우휘의 이러한 판단준거는 일종의 '윤리게임'이라고 이름붙일 수 있다. 즉 좌우를 양쪽 저울 위에 얹어 놓고 평형을 살피는데, 그 가운데에서 균형추의 역할을 하는 것은 다름 아닌 '윤리적 지표'인 것이다. 아무리 목적이 선(善)이라고 해도, 그 목적을 이루기 위해서 방법적인 거짓말을 하거나 위선을 저지르면, 그 게임에서 지게 된다. 그러나 이 '윤리게임'의 추이를 자세히 들여다보면, 게임의 규칙 자체가 한 쪽에만 유리하도록 만들어진 불공정한 것임을 금세 알게 된다. 예컨대, 공산주의자 중의 어느 하나가 정치적 목적을 관철시키기 위해 전술상 거짓말을 하게 되면, 이것은 그 개인의 문제가 아니라 곧 공산주의자 일반의 문제로 환원되지만, 우익 진영의 누군가가 윤리적으로 문제가 되는 일을 벌일 때는 그것이 우익 일반의 문제가 아니라 특정한 개인의 윤리적 결함으로 정리되고 마는 것이다.

당시, 일반적인 피상적 느낌으로는 우익세력이 보다 폭력적인 것처럼 보였다. 미 군사력의 존재가 폭력이었고, 경찰이 또한 폭력이었다. 게다가 요인암살의 테러행위는 흔히 우익청년들에 의해 저질러졌고(……) 그러나 폭력의 차원을 높일 때, 아니 폭력을 현대적으로 규정할 때, 알고 보면, 새로운 형태로 면밀히 조직되고, 그것이 목적달성의 수단으로 정당화된 폭력은 기실 좌익세력이 발휘하는 폭력이었다. 폭력을 단순히 규정할 때는 우익세력이 발휘하는 폭력이 폭력이었으나, 심층적으로 면밀히 고찰하면 좌익세력이 발휘하는 폭력이야말로 가장 무서운 폭력이었다. 우익이 발휘한 폭력의 상당건은 좌익의 전술적인 도발에 의한, 조건반사적으로 발휘된 폭력에 지나지 않았다. 38이남의 정치상황에서 좌익세력은 권력의 피해자로 보였다. 그러나 그들 자신이 믿는 역사적인 해석으로 하면, 그들은 결코 피해자가 아니라 훌륭한 가해자임이 분명했다. 혁명이란 목적을 위하여 수단방법을 가리지 않고 너와 나의 모든 죽음을 도외시하며 전진하는 좌익 정치세력이야말로 현대의 가해자이지 결코 피해자는 아닌 것이다. 그러나 그들은 목적을 달성하기 위한 수단방법으로 스스로를 피해자로 연출해 보인다. 그처럼 때와 경우에 따라 피해자연 스스로를 연기함으로써, 동정을 사는가 하면, 일단 정권을 쟁탈하면 이번에는 가혹한 가해자로서 행세하는 것이 좌익 정치세력인 것이다.(앞의 글, 469면)

이러한 논법에 따라, 선우휘에게 있어 해방 직후에 저질러진 우익 진영의 모든 폭력 행위는 좌익 진영의 음험한 폭력에 맞서기 위한 불가피한 대응의 결과였거나, 혹은 좌익의 간교한 전술에 휘말린 순진함의 발로로 해석된다. 윤리게임의 이 간단명료한 규칙을 들이대면 손바닥 들여다보듯이 분명한 해방 정국의 지형도가 혼란스럽게 진행되는 것이 오히려 선우휘에게 이상한 일이었다. 그는 공산주의 박멸을 위해 단결해야 할 우익진영의 적전분열이 안타까웠고, 애초 반공일선에 몸담기 위해 월남했던 초심(初心)을 떠올리면서 기자 노릇이 그러한 초심을 견지하는 데 별반 도움이 되지 않는다는 판단을 내린다. 기자직을 과감히 내던지고 청년 선우휘가 선택한 것은 미국 유학이었다. '앞으로 영어를 하지 않으면 안 되는 세상이 오리라는 막연한 확신'이 그로 하여금 미국행을 선택하게 만들었던 것이다.

그는 중국을 거쳐 미국으로 가는 우회 경로를 선택하고, 인천을 떠나 홍콩을 거쳐 광동으로 가는 화물선에 몸을 싣고 밀항을 기도한다. 그러나 배가 인천항을 떠난 지 얼마 지나지 않아, 해상을 감시하는 미군헌병에게 발각되어 도로 인천항에 돌아올 수밖에 없었다. 기자직 사퇴와 미국 유학의 좌절 이후, 군문에 발을 들여 놓기까지의 1,2년은 그에게 일종의 방랑과 편력의 시간이었다. 그동안에 선우휘는 나중에 시인으로 유명해진, 경성사범 동기동창 조병화가 재직하던 인천중학에서 1년 남짓 교사 생활을 하기도 했다. 그곳에서 '여순반란사건' 소식을 접하고, 다시 새로운 인생의 전환을 모색한다.

7. 한국전쟁과 선우휘

　1948년 초봄, 제주도와 전라도 일대를 휘몰아쳤던 일련의 사태를 지켜보면서, 청년 선우휘는 자신의 진정한 길이 교사도 신문기자도 아니라는 생각을 하게 된다. 그의 회고에 의하면, 당시에 여순반란사건은 진압되었지만, 필경 머지않은 시기에 남북한 사이에 대대적인 무력충돌이 있을 것임을 직감했었고, 전쟁을 예감하면서 가장 일하고 싶었던 분야는 다름 아닌 군대였다고 한다. 1949년 그는 정훈장교 시험에 응시해 합격하고 소위에 임관된다. 그리고 한 달 후 중위로, 다시 10개월 뒤 대위로 진급한다. 국군의 체계가 제대로 잡히기 전의 혼란한 상태였고, 인력난에 시달리던 때라 당시의 장교 대부분이 이러한 파죽지세의 승진가도를 달리는 것이 예사였다. 삼십대 초반에 참모총장이 되던 시절이었으니 10개월 만의 대위 계급장은 진급체제가 확고한 군대에서는 상상하기 힘들지만, 당시의 정황으로선 그리 대단한 파격이랄 수도 없는 형편이었다. 그가 정훈장교로 임관되어 처음 맡은 일은 『국방신문』과 『국방화보』의 제작이었다. 그러나 『국방신문』은 예산관계로 흐지부지되어 발행이 중단되고, 그는 한국전쟁이 일어날 때까지 정훈국장 이선근 체제 하에서 『국방신문』의 후신격인 『화랑보』의 제작에 종사한다. 한국전쟁이 일어났을 때, 정훈장교였던 그가 맡은 최초의 임무는 시민홍보용 전단 작성이었다.

　(…전략…) 나는 6·25가 일어나자 처음 서울 시민에 대한 전단 작성의 책임을 맡았었다. 쉽게 한 마디로 하면, 전쟁이 일어났지만 영용한 국군들이 철통같이 막아내고 있으니 서울 시민은 동요 말고 안심하고 생업에 종사하라는 내용이었다. 후퇴 후, 그 전단 내용이 얼마나 맹랑하고 우스꽝스

러웠던가를 알았지만, 당시의 상황에서 군이 대민 전단으로 뿌릴 수 있는 내용이란 그것밖에는 있을 수가 없었다. 거짓말이 아니었더냐고 할는지 모르나, 전투란 일진일퇴하는 법이요, 초전에서 어떤 상황이 벌어졌느냐는 것은 총참모장을 위시한 어느 고급지휘관도 고급 참모도 제대로 파악할 도리가 없었던 것이 당시의 실정이었다. (선우휘, 「다른 직업을 가져 본 기자」, 『월간조선』, 1986,7. 505면)

홍보용 대민전단의 내용이 실제 전황(戰況)과 달랐음에도 살포할 수밖에 없었던 문제는 정훈병과의 하급장교 선우휘가 책임질 문제는 아니라고 할 수 있다. 군인이란 오직 명령에 의해 움직일 수밖에 없는 존재인 까닭이다. 그러나, 전황과는 정반대의 내용을 담은 전단 살포의 책임을 변화무쌍한 초기 전황 탓으로 돌리는 그의 사후해석은 지나치게 단순하고 몽매하기까지 하다. 홍보용 전단과 방송이 끼친 해악은 서울 시민들을 90일 동안 인공치하에서 잔류시킨 일 자체가 아니었다. 정작 심각한 사태는 서울을 인민군으로부터 재탈환한 뒤에 일어났다. 홍보용 전단 혹은 라디오 방송의 내용을 믿고 피난을 가지 않은 서울 시민들에게 예상하지 못했던 엄청난 정치적 박해와 탄압이 가해졌던 것이다.

그리고 어리석고도 멍청한 많은 시민(서울시민의 99% 이상)은 정부의 말만 믿고 직장을 혹은 가정을 '사수'하다 갑자기 적군(赤軍)을 맞이하여 90일 동안 굶주리고 천대받고 밤낮없이 생명의 위협에 떨다가 천행으로 목숨을 부지하여 눈물과 감격으로 국군과 UN군의 서울 입성을 맞이하니 뜻밖에 많은 '남하'한 애국자들의 호령이 추상같아서 "정부를 따라 남하한 우리들만이 애국자이고 함몰 지구에 그대로 남아 있은 너희들은 모두가 불순 분자이다" 하여 곤박(困迫)이 자심하니 고금천하에 이런 억울한 노릇이 또 있을 것인가. 이미 정부의 각계 수사기관이 다각적으로 정비되었고 또 함몰 90일 동안에 적색분자와 악질 부역자들이 기관마다 마을마다 뚜렷이 나타나 있으니 이들을 뽑아내어서 시원히 처단하고 그 여외(餘外)의 백성들일랑 "얼마나 수고들 하였소. 우리들만 피란하게 되어서 미안하기 비길 데 없소"하여야 할 것이거늘, 심사니 무엇이니 하고 인공국의 입내를 내어 인격을 모독하는 일이 허다하고, 심지어는 자기의 벅찬 경쟁자를, 평소에 자기와 사이가 좋지 않던 동료들을 몰아내려고 하는 일조차 있다는 낭설이 생기게끔 되었으니 거룩할진저, 그 이름은 '남하'한 애국자로다.[39]

이승만 정부는 서울을 수복하자마자 이른바 '부역자' 색출 작업을 대대적으로 벌였다. 1950년 9월 17일, 당시 국회는 부역자 색출 및 처벌이 지나치게 자의적이고 광범위하게 이루어져 선량한 일반 국민의 원성이 높음을 우려해 '부역행위특별처리법안'을 상정하여 우여곡절 끝에 통과시키고 같은 해 12월 1일 이 법을 공포했으나, 이승만 정부는 이 법을 적극적으로 시행할 의사가 없었다. 1951년 합동수사본부가 공식 해체될 때까지 부역자 문제는 이 기구가 독자적으로 전담하여 처리했고, 잔류자들에게 합수부는 그야말로 공포의 대상이었다. 한 통계에 의하면 서울 수복 후 집계된 총 부역자 수는 최종적으로 550,915명이며, 서울 수복 후 약 두 달 동안에 사형선고를 받은 사람이 총 867명이었다.[40]

이승만 정부가 서울을 수복하자마자 부역자 색출 작업을 이렇게 대

---

39 김성칠, 『역사 앞에서 – 한 역사학자의 6·25일기』, 창작과비평사, 1993 중 1950년 10월 16일자 일기 중에서. 서울 수복 직후 벌어졌던 이른바 '도강파·잔류파' 문제에 관해서는 졸고, 「도강파·잔류파 문제와 1950년대의 반공이데올로기」(역사비평편집위원회 편, 『논쟁으로 본 한국사회 100년』, 역사비평사, 2000에 수록)를 참조할 것. 부역자 처리 일반에 관한 포괄적 논의로는 박원순의 「전쟁부역자 어떻게 처리되었나」(『역사비평』, 1990년 여름호)를 참조할 것.

40 이상의 통계는 박원순의 앞의 글 「전쟁부역자 어떻게 처리되었나」에서 재인용함.

대적으로 벌였던 것은 전쟁 초기의 패전 책임을 모면하고 체제 유지를 위한 국가의 법적 권위를 확보하기 위한 정치적 이유에서였다. 이토록 많은 사람들이 인공 치하의 서울에 잔류할 수밖에 없었던 일차적인 책임은 당연히 이승만 정부에 있었다. 부역자에 대한 대대적 검거 선풍은 국회를 비롯한 양식있는 지도층에게 정부가 개전 초기에 저지른 여러 가지 과오와 실패에 대한 책임을 따질 겨를을 주지 않고, 잔류한 서울 시민들에게서 터져 나올 불만과 비판을 미리 앞질러 봉쇄하는 구실을 톡톡히 했다. 무엇보다도, 마녀사냥식 부역자 색출 작업은 '반공＝애국, 친공＝반역'이라는 극단적인 이분법적 사고를 강요함으로써, 전후방을 막론하고 국가 권력에 의한 폭력적 억압이 국민 전체를 대상으로 하여 광범위하게 자행되는 결과를 불러오고 말았다. 결국 대민홍보용 전단(라디오 방송을 포함하여)과 서울 수복 후의 대대적인 부역자 검거 선풍은, 대한민국이라는 '근대국가'가 국민들에게 두 번의 잘못을 저지른 결과를 낳았다고 할 수 있다.

청년 장교 선우휘는 '대한유격대'에 창설 멤버로 자원하기까지 계속 전단작성 임무에 종사하게 된다. 인민군이 낙동강까지 밀고 내려온 상태에서도 그는 계속 '투항하여 자유의 품에 안기라'는 낯간지러운 내용을 담은 전단을 뿌리는 자신이 한심하게 여겨졌다고 한다. 그래서 동료인 미군 장교에게 '이따위 전단을 뿌려 무슨 소용이 있겠는가' 하고 항의를 한 적도 있다. 나중에 이런 전단을 들고 투항하는 인민군이 실제로 있어서 전단의 효용성을 그 당장에 판단할 일은 아니라고 생각을 고치게 되었다는 회고가 있지만, 당시의 국군의 심리전이나 전단 작성은 효율적인 면에서나 기능적인 면에서 적잖은 문제점을 안고 있었던 것으로 보인다.[41]

---

[41] 한국전쟁 당시 정훈국이 제작한 전단의 전반적인 검토는 김성옥의 「한국전쟁 초기의 심리전에 관한 연구 – 국방부 정훈국 대북전단 분석을 중심으로」, 연세대 대학원

피난지 대구에서 후방의 정훈업무가 주는 권태와 싫증에 시달리던 차에 '대한유격대' 창설 소식을 듣게 된 선우휘는 곧바로 유격대에 지원한다. '대한유격대'는 인민군의 후방 지역에 침투해 전투력의 분산을 꾀하는 일종의 게릴라 작전을 수행하도록 되어 있었다. 장비와 복장도 인민군으로 위장했다. 국군의 평양 입성 직전에 선우휘는 다시 정훈국으로 원대 복귀했으므로, '대한유격대' 활동은 시간상으로는 그리 길지 않았으나, 실제 전투를 경험하고 전쟁의 참혹함과 비인간적인 상황을 두 눈으로 확인하는 계기가 되었다. 이 때의 경험은 이후 그의 소설에서 중요한 소재와 주제로 활용되었다.

8. 소설가 선우휘의 탄생

한국전쟁이 끝난 뒤에도 계속 정훈 장교로 복무하고 있던 선우휘는 평소에 친하게 지내던 평론가 임긍재의 권유로 단편 「귀신」을 쓰게 되고, 그것이 임긍재가 주관하고 있던 잡지 『신세계』지에 실리게 됨으로써 소설 창작에 뜻을 두게 된다. 그를 소설 창작으로 이끈 임긍재는 황해도 연백 출신으로 해방 직후 월남하여 잡지 『백민』을 중심으로 평론활동을 시작했다. 그는 주로 좌익측 평론가들과 이념적인 논쟁을 주고받으면서 인지도를 넓혀 나갔던 우익 진영의 소장 비평가 중 한 사람이었다. 조병옥과 매우 가까워 나중에는 정계에 직접 투신하기도 했다. 『신세계』지에 「귀신」이 실린 후, 그는 유주현이 주간으

____

석사논문, 1980을 참조할 것. 이 논문에서도 전황과 전혀 다른 내용의 전단이 지닌 비효율성에 대해 비판적으로 분석하고 있다.

로 있던 『신태양』지에 단편 「ONE WAY」를, 『사상계』지에 「테로리스트」를 연이어 발표했다. 그러나 이 무렵까지도 소설 창작을 하나의 업으로 삼겠다는 생각은 전혀 갖고 있지 않았다. 일종의 여기(餘技) 차원에 머물렀던 셈이다. 그의 출세작은 단연 「불꽃」이라고 할 수 있는데, 이 작품은 여러 의미에서 그에게 새로운 전기를 가져다주었다.

내가 소설을 본격적으로 쓰게 된 발단은 「불꽃」에 있었다. (……) 당시 『현대문학』 외에, 시인 박남수 씨가 거의 혼자서 편집해 내다시피한 『문학예술』이라는 문학지가 있었다. 때마침 거기서 작품 모집을 한다고 하여 거기 보내봤더니 다행히 그것이 채택되어, 송병수씨의 「쑈리 킴」과 함께 실렸는데, 곧바로 그해 『사상계』에서 주최한 지 일 년밖에 안 되는 제2회 동인문학상을 받을 수 있었다. 나는 신문에서 수상 소식을 보고, 처음은 동인문학상이란 어떤 상인지도 잘 모를 정도로 문단사정에 어두웠었는데, 그것이 현역군인이 쓴 소설이라는 데서 다소 화제거리가 되었다. 시상식도, 지금은 헐린 서울대학교의 교수회관에서 있었는데, 마침 『사상계』 50호 출간기념식도 겸한 자리여서, 내외의 지식인들이 많이 모였고, 미국 대사와 중국 대사와 백낙준 선생의 축사도 있어서 여간 다채로운 시상식이 아니었다. 군에서도 특별한 경사라고 하여 장성들도 여러분 참석하여 이채를 띠었었다. 나로서는 생각지도 않은 행운이 아닐 수 없었다. 동인문학상 수상이 나에게는 상당한 자극을 주었다고 할 수 있었다. 그래서 그것을 계기로 쉽게 제대도 하고 민간인으로 복귀할 수 있었고, 본격적으로 소설을 쓰게 되었던 것이다.(선우휘, 「정훈장교 시절, '불꽃'을 쓰기까지」, 『문학사상』, 1986,4. 65~66면)

「불꽃」이 『사상계』가 주관하는 동인문학상을 받게 된 것은 그야말로 선우휘에게 있어 행운이 아닐 수 없었다. 위의 인용문을 통해서도 짐작할 수 있듯이, 당시 『사상계』라는 잡지의 위상과 그것이 지식인

사회에 미치는 영향력은 실로 대단한 것이었다. 특히 선우휘가 동인 문학상을 받던 1957년은 『사상계』가 면수와 발행부수에서 비약적인 신장을 꾀하던 시기로, 발행부수가 한때는 7만부에 육박했다.[42] 당시 대표적인 일간지이던 조선일보와 동아일보의 평균 발행부수가 약 20만 부 정도였음을 감안하고, 일간신문과는 달리 월간지는 독서층이 일정 정도 제한적일 수밖에 없음을 고려할 때, 월간지의 이러한 영향력은 전무후무한 것이라고 볼 수 있다.

다른 관점에서 보자면, 선우휘는 당시 『사상계』가 나름대로 조밀하게 구축하고 있던 인적(人的) 네트워크에 포섭된 것이라고 해석할 수도 있다. 소설을 쓰기 시작할 무렵의 조력 관계에서도 이미 드러나듯이, 그를 이끈 임긍재나 「불꽃」이 실린 『문학예술』의 박남수, 그리고 이철범, 박영준, 안수길 등이 모두 월남한 지식인들이며, 1950년대의 『사상계』는 특히 관서 출신 월남 지식인들의 총집결지 성격을 띠고 있었다.[43] 발행인 장준하(평북 선천)를 비롯하여, 50년대 『사상계』 편집위원 29명 가운데 21명이 이북 출신의 월남자들이며, 대부분이 관서(서북) 출신들이었다. 그리고 편집위원은 아니지만, 단골 필자였던 함석헌, 김재준, 백낙준, 김성식 등이 모두 관서출신 인사들이었다.[44] 물

---

42 박태순·김동춘, 『1960년대의 사회운동』, 까치, 1991, 198면. 유경환의 회고에 의하면, 4·19 직후에는 9만 7천부까지 찍은 기록이 있다고 한다. 유경환, 「『사상계』 15년 소사, 1953~1968」, 장준하선생 추모문집간행위원회편, 『민족혼·민주혼·자유혼 : 장준하의 생애와 사상』, 나남출판, 275면.

43 『사상계』의 잡지이념에 관해서는 이용성의 「한국 지식인잡지 이념에 대한 연구 : 『사상계』를 중심으로」(한양대, 박사논문, 1996)를 참조할 것. 한편, 김건우의 「1950년대 후반 문학과 『사상계』 지식인 담론의 관련양상 연구」(서울대 박사논문, 2002)는 『사상계』를 주도했던 서북 출신 지식인 네트워크를 통해 『사상계』의 지식인 담론과 1950년대의 문학의 상관관계를 자세히 분석하고 있다. 참고로 1회부터 7회까지 동인문학상 수상자들의 출신지를 보면 5회의 서기원(충남 홍성)을 제외하고는 1회 김성한(함남 풍산), 2회 선우휘(평북 정주), 3회 오상원(평북 선천), 4회 손창섭(평남 평양), 5회 이범선(평남 신안주, 서기원과 공동수상), 7회의 전광용(함남 북청), 이호철(함남 원산) 등 대부분이 이북 출신의 월남 작가들임을 알 수 있다.

론, 이들의 출신 지역이나 해방 이후의 정치적 행보(월남)가, 이들의 사
상적 지향과 이념적 지표를 모두 하나로 환원시킬 수 있는 근거는 되
지 못한다. 이들 사이에서도 각기 다른 사상의 스펙트럼이 형성되기
도 했고, 특히 4·19와 5·16, 그리고 유신체제를 겪으면서, 상당한 이
질화가 생겨난 것도 사실이다. 그러나, 남북한을 동시에 경험하고 '월
남'이라는 정치적 이산(離散)을 경험했으며, 이승만이 주도하는 대한
민국의 현실에 흔연히 동화되기 어려운 미묘한 이질성을 이들은 공유
하고 있었다.[45] 월남작가였던 박연희의 다음과 같은 발언이 하나의
좋은 예라고 할 수 있다.

> 고향을 이북에다 두고 보니 내 주변에는 삶을 찾아 온 친구와 친척들이
> 한 두 사람이 아니었다. 이 사람들 속에는 단순히 삶을 찾아온 사람들도 있
> 었지만, 또 사상적 망명을 해온 사람들도 있었다. 완전한 자유주의자도 아
> 니요, 공산주의자도 아닌, 말하자면 인간의 자유를 기본으로 하는 사회주
> 의자 비슷한(?) 인간군들이. 이러한 사회관을 지닌 사람들이 8·15 직후
> 이 나라 사회상에 만족했을 리 없을 것이다.[46]

그런 점에서 소설가 선우휘의 등장은 또 한 사람의 관서 출신 월남
지식인이 자신의 '서사'를 구축하기 시작했음을 의미한다.[47] 여기에는

---

44 김건우, 앞의 글, 45면.

45 『윤치호일기』(김상태 편역, 역사비평사, 2001)는 이승만과 관서 출신 지식인들의 불
화 관계가 해방 전 우파 민족주의 운동노선 상에서의 지역대립으로까지 소급될 수
있음을 보여준다. 도산 안창호가 이끄는 서북계와 이승만을 정점으로 한 기호계의
대립이 그것이다. 윤치호의 일기에는 우파 민족주의 내부의 이 갈등을 우려하는 내
용이 빈번하게 등장한다. 그러나 이러한 정치엘리트들의 지역감정은 그 존재여부의
사실을 접어 두고라도, 지나치게 확대해석할 경우, 마치 1970년대 이후 한국의 정치
적 대립관계를 '호남과 영남의 지역감정'으로 환원시켜 이해하는 속악한 이해방식
과 유사한 잘못을 저지를 가능성도 크다는 점에서 신중한 해석을 필요로 한다.

46 박연희, 「생명의 발언을」, 『한국전후문제작품집』, 신구문화사, 1966, 403면.

기존의 문학 텍스트 안에서는 자신과 같은 정치적, 사회적 배경을 가진 특수한 집단이나 개인의 '고유한 서사'를 발견하지 못했다는 불만이 작용하고 있음은 물론이다. 바로 그런 까닭에, 그는 출세작인 「불꽃」보다도 「테로리스트」에 더 강한 애착을 지니며, '이 작품으로 동인문학상을 받았더라면 더 좋았을 것'[48]이라는 개인적 소망을 피력하게 되는 것이다. 「불꽃」은 민족주의를 주조(主調)로 하여, 일제하의 파시즘과 해방 직후의 공산주의에 반대하는 지식인 주인공을 그리고 있다는 점에서, 보편적인 민족주의자의 '서사'에 해당하지만, 「테로리스트」야말로 서북청년회 출신의 이른바 '삼팔따라지'들이, 대한민국의 형성과정에서 어떻게 이용당하고 어떻게 버림받는가를 여실하게 보여준, 그만의 '고유한 서사'에 해당한다고 볼 수 있다. 그리고 이 연장선상에 「오리와 계급장 」, 「똥개」, 「망향」 등이 놓이게 된다. 나아가서 이러한 '서사'를 구축하는 고유한 관점은 남북한을 동시에 체험했다는 한 '경험주의자'의 자부심으로 이어지면서, 소설과 논설을 통해 하나의 '계몽적 담론'을 형성하게 되었던 것이다.

내가 그 후 불연속선의 40년 가까운 기자생활을 하는 동안 어떤 경우에는 다행이었다고 생각하고 어떤 때는 불행이 아니었던가 생각한 것이 해방후 이북도 보고 이남도 보아서(6·25때는 평양에 가서 근무한 경험까지) 무슨 일이 있을 때마다, 양쪽을 저울질 하여 비교하는 형태에서 생각하고 평가하는 자세였다. 이남에서 해방을 맞아 이북사회를 경험하지 않은 사

---

47 평안남북도를 아우르는 관서 출신의 지식인들이 우리 근현대사에서 차지하는 의미와 위상이 각별하다는 사실은 이미 앞(이 글의 전편)에서 언급한 바와 같거니와, 문학사에서도 월남 작가들의 독특한 '서사'의 원리와 의미를 규명하지 않고서는 1950~70년대에 이르는 한국문학사가 매우 성글어질 수밖에 없을 정도로 이들에 대한 새로운 관점의 연구가 필요하다.
48 선우휘, 「처녀작의 처녀성」, 『한국전후문제작품집』, 신구문화사, 1966, 415면.

람들의 국가관이나 정부관과 나의 국가관이나 정부관에 차이가 있는 것은 그 까닭이다.(……) 그래서 나는 고독을 느낄 때가 많았다.(선우휘, 「비애와 낙망의 초년기자 시절」, 470면)

『사상계』의 인적 네트워크 안에 편입되면서, 그리고 그 이전에, 선우휘 자신은 의식했든 못했든 간에, 관서 출신 월남민이라는 독특한 집단의 한 구성분자가 되면서, 선우휘는 『사상계』가 지향하는 이념과 사상의 영향을 직간접으로 받게 된다. 대표적인 그의 장편 『깃발없는 기수』(1959)나 『추적의 피날레』(1960) 등은 반공주의를 기저에 깔고 있기는 하지만, 이승만 정권에 대한 비판의식이 작품의 도처에서 '속악한 마키아벨리즘'을 비판하는 형식으로 노출되어 있다.

그러나 이승만 정권이 지배하던 1950년대에 그는 줄곧 군인의 신분이었으며, 더구나 정훈업무를 담당하고 있었기 때문에, 개인적인 '목소리'를 낼 수 있는 공간을 확보하기 어려운 상태였다. 그가 다시 제대하여 사회로 복귀하고, 본격적으로 언론 활동과 소설 창작을 시작하던 1958~9년은 이미 이승만 정권의 패색이 짙어지고 있었다. 그런 점에서 정작 그의 창작과 언론 활동이 감당해야 했던 대상은 1960년대 이후의 한국사회였으며, 1950년대 후반의 짧은 몇 년 간의 작품으로 그의 문학이나 세계관을 이야기한다는 것, 나아가서 그의 작가로서의 '존재근거'를 확인하는 일은 섣부른 일이 아닐 수 없다. 더욱이 『사상계』지와의 이념적 연계성에 있어서 선우휘는 몇 번의 불연속선을 형성하게 되는데, 이러한 일련의 보수회귀는 대부분 60년대 이후에 일어나게 되었던 것이다.

9. 보수회귀의 사상적 궤적

선우휘는『사상계』지를 통해 일약 1950년대 소설계의 총아로 부상
했고, 이미 그 이전에 움직일 수 없이 서북 출신의 월남 지식인 그룹
의 일원이었지만, 제대 이후 본격적인 사회 활동을 시작하면서부터
자신의 이념적 기반에 덧씌워지는 일종의 고정관념에 대해 상당히 부
담스러워했음을 알 수 있다. 그것은 발행인 장준하를 비롯한『사상
계』지면을 구성했던 상당수의 서북 인맥 지식인들이 박정희 정권과
불화 관계에 놓이게 되는 1960년대 이후부터 본격적으로 그의 글과
소설 여기저기에 드러난다. 말년에 썼던 대하장편 소설『노다지』의
한 대목에는, 평소 이 문제를 그가 얼마나 심각하게 의식하고 있었는
가를 보여주는 흥미로운 대목이 삽입되어 있다.『노다지』는 창작방법
에 있어 과거를 재해석하는 현재 시점의 '내포작가'가 지나치게 개입
하고 있음이 여실히 드러나는 소설인데,[49] 주인공 수인이 북상하는 국
군을 따라 평양에 입성해, 그곳에서 문화예술 분야 관련 업무를 보고
있을 때의 삽화 한 토막이 그 좋은 예라고 할 수 있다. 수인의 사무실
을 찾아 온 한 사람이 다짜고짜 수인을 붙들고 장광설을 늘어놓는데,
그 애기의 핵심이란 서북 출신들이 독자적인 정권을 수립해야 한다는
것이다.

제3의 새로운 정치 세력을 만들 수 있는 절호의 기회! 양키들 추종자도 아
니고 케케묵은 보수 반동도 아니고 볼셰비키 공산주의자도 아닌 민족의 참

---

49 유종호, 「역사와 개인사의 교차」,『한국문학전집 19』, 동서문화사, 1987, 121면. 유종
호는『노다지』의 가장 큰 취약점으로 '역사적 통찰의 소급적용'을 문제삼고 있다. 다
시 말하면, 주인공들의 역사인식이나 이데올로기적 발언은 당대의 것이 아니라, 작
가가 살고 있는 현재의 관점과 해석이 거꾸로 투사된 것이란 뜻이다.

다운 양심과 양식을 대표할 수 있는 지식인들의 결속으로 이루어진 참신한 정치 세력! 그럴 때 그 정치 세력 핵심체가 되는 것은 어떤 사람들이어야 하겠습네까? 공산주의에 물들지 않고, 보수 반동으로도 기울지 않은 지식층. 그러나 결코 시대 흐름에 뒤떨어지지 않을 진보적인 생각을 가지고, 적극적으로 행동하는 지식층. 국제적으로는 소련을 거부하고 미국도 경계하지만 어디까지나 민주주의 노선을 벗어나지 않을 지식층. 그러나 삼팔 이북 공산주의에도 실망하고, 삼팔이남 친일파 악질 지주 반동성에도 환멸을 느낀 이북 출신 지식층이어야 합니다.(……) 그러니 노형! 이제 우리는 단결해야 합니다. 이북 출신 지식인들끼리 동지적인 결속을 서둘러야 한단 말이외다.(선우휘, 『노다지 2』, 한국문학전집 19, 동서문화사, 1987, 745~746면)

주인공 수인은 등장인물의 이러한 논리에 '이승만의 노선은 이승만 개인의 노선이 아니라 이미 대한민국 정부의 노선'이라는 말로 일축해버리고, 곧이어 들어온 동료 대위는 '저런 사람 평양 거리에 삼태기로 쓸어 모을 만큼 많다'고 비아냥거린다. 이런 삽화를 삽입한 의도는 상당히 중층적이다. 우선, 『사상계』를 중심으로 한 반(反)이승만 노선의 서북 출신 지식인들이 실제 독자적인 '국가 만들기'를 획책하지는 않았다고 하더라도, 위에 나오는 등장인물의 발언은 그들의 이념적 지향 상당 부분을 반영하고 있음에 틀림없으며, 이것은 한국전쟁과 그 이후 한동안 서북 지식인들 사이에 암묵적으로 공유되던 내용이 아닐 수 없다. 그리고 필시 선우휘 역시 얼마 동안은 그 이념적 자장의 영향권 안에 놓인 적이 있었음을 부인하기 어렵다. 그러나 6,70년대를 경과하고 80년대에 이르러, 사회운동과 변혁운동의 파고(波高)가 '대한민국'이라는 국가 형성의 과정과 체제의 성격에 관해 문제를 제기하는 수준에 이르게 되자, 선우휘는 이러한 사상적 동향과 분명하게 선을 긋는다.

1960년대 초반만 해도, 외형상 그는 박정희 정권과 불화의 관계에 놓여 있었다. 그는 5·16 직후의 혁명군사정권에 대해 비판적인 기사를 써서, 혁명정권의 '기피인물' 중의 하나가 되었다. 5·16 당시 조선일보 편집국장이었다가 군사정권에 의해 물러나야 했고, 이후 정치정화법에 걸려 3년 정도 공개적인 활동을 금지당했던 최석채의 회고에 의하면, '대외적으로는 조선일보 사원이 아닌 것으로 되어야 했기 때문에, 계속 조선일보의 사설을 쓰면서도 존재를 드러낼 수 없어 유령 논설위원으로 불렸다'는 것인데, 그러한 '유령 논설위원'은 자신 말고도 '선우휘 한 사람이 더 있었다'는 것이다(제대 후 선우휘는『한국일보』에 잠시 몸담았다가『조선일보』에 재입사했다). 그는 5·16 직후, 만취 상태로 육군본부 앞에서 혁명주체세력을 욕하며 방뇨하는 무용(武勇)을 펼쳤다고 한다.[50] 군사정권은 압력과 회유 끝에 결국 조선일보 내에서는 편집국장이던 최석채와 나중에 장준하를 대신해서『사상계』발행인이 되었던 논설위원 부완혁을 사퇴하도록 만든다. 선우휘는 5·16 이전에 드러난 전력이 없어서 쫓겨나지는 않았지만, 급기야 1964년에 가서 필화를 겪게 된다.

1964년 11월 21일자『조선일보』제1판 제1면에는 '남북한 동시가입 제안 준비'라는 제목의 기사가 실렸고, 기사의 내용은 '인도네시아, 아랍공화국, 알제리, 캄보디아, 가나, 말리 등 이른바 중립국가 그룹들이 유엔에 남북한 동시 가입안을 제출할 것 같은 움직임이 해외공관으로부터 들어왔다'는 것을 고위소식통의 말임을 인용해 보도한 것이었다. 중앙정보부는 당시 이 기사를 문제삼아『조선일보』1판과 2판, 서울시내 가판을 압수하고, 21일 새벽 편집국장 선우휘와 기사 작성자

---

50 최석채의 회고는 방일영회갑기념문집『태평로 1가』에 수록된 것인데 여기서는 디지털조선일보의 사사 DB『80년사』에서 재인용했다. http://www.dbchosun.com/main/. 이하『조선일보사사』관련 자료는 이 사이트에서 내려 받은 것이다.

인 리영희 기자를 전격 연행했다. 그리고 이들은 반공법 등의 위반혐의로 곧바로 구속되어 서울구치소에 수감되었다. 그리고 이 사건은 국회예결위에서 논란의 대상이 되었다. 중앙정보부는 사건의 파장이 커지자, '압수 구속 경위'를 발표하고, 조선일보의 기사는 '고위층의 말임을 가장해, 기자가 단편적으로 수집한 정보 및 단편적 자료를 종합하여 자의로 날조한 허구의 기사'이며, '군장병에 미치는 영향이 크기 때문에 구속이 불가피했다'고 밝혔다.[51] 우여곡절 끝에 편집국장이던 선우휘는 무혐의불기소처분으로 풀려났지만, 기사를 작성했던 리영희는 징역 10월 구형에 집행유예 1년이 선고되었다. 이 일로 선우휘는 편집국장을 사임한다. 1966년부터 약 1년간은 일본 동경대학의 신문연구소에서 '타의에 의한'[52] 유학을 하기도 했다.

최소한 1966,7년 무렵까지는 선우휘는 박정희 정권과 불편한 관계에 놓여 있었다고 보인다. 그러나, 선우휘의 비판과 저항은 대부분 '민주주의의 일반 원칙' 즉 '절차로서의 민주주의'가 제대로 실현되지 않는 것에 집중되고 있었다. 예컨대, 언론인으로서의 선우휘는 5·16 이후에 자행된 언론 탄압과, 각종 규제, 그리고 언론에 대한 군사정권의 홀대 등에 대해 강한 불만을 표출했던 것이다. 그러나 1960년대 중반을 넘어서면서 5·16 주체세력들의 정책적 프로그램이 이른바 '근대화'로 초점이 맞춰지고, 그 구체적인 내용이 '선건설 후통일' '선성장 후분배'로 규정되기에 이르러, 선우휘의 비판의식은 초점이 흐려지게 된다. 박정희에게 있어서의 '근대화'란 '민주주의'의 문제나 '민족문제, 즉 분단극복과 통일'에 관한 제반 가치들을 일정 정도 희생하는 것을 전제로 한 것이었고, 근대화와 민주화, 그리고 통일문제가 병행되기

---

51 디지털조선일보, 『80년사』.
52 吉岡忠雄, 「쓸쓸한 사람 선우휘」, 『월간조선』, 1986,8. 524면. 吉岡忠雄은 이 때의 유학이 '당국의 주목을 받고 있어 잠시 해외에 나가 쉬다 오라는 조선일보의 배려에 의한 것'이라고 밝히고 있다.

어려운 프로그램이었다. 안팎에서 제기되는 비판들을 무마하기 위해 고안된 것이 이른바 '민족적 민주주의'와 같은 정치적 수사(修辭)였다. 1960년대 중반을 넘어서면서, 보수적 지식인이든 진보적 지식인이든, 이러한 근대화 프로젝트에 대한 분명한 선택과 판단을 하지 않을 수 없는 지점에 도달한다.

그런데 여기서(근대화 논쟁과 중산층 육성 논쟁을 가리킴—인용자) 지식인들은 선택을 강요받게 된다. '민족'의 이해를 다소 무시하더라도 가능하고 현실적인(대외의존적인, 재벌 위주의) 경로를 쫓아 적극적인 자본주의화를 추구하는 대열에 설 것인가, 아니면 부익부, 빈익빈의 사회 양극화 현상과 농촌의 분해, 농민의 분화, 도시 빈민, 노동자에 대한 억압구도와 수취구조가 전제되는 반민주적이며 반민중적인 사회구성체에 대한 비판을 통해서 대기업의 매판성을 꾸짖고, 중소기업과 중산층의 이해를 고려할 것을 외칠 것인가 하는 선택의 기로에 선 것이다. 60년대 지식인의 분화는 바로 이 논점을 축으로 하여 이루어진 것이라고 봐도 무방하다고 생각한다.
　전자의 길은 박정권에 적극적으로 협력하는 길이었으며 후자의 길은 그것에 대한 비판자로 남는 길이었다. 이중 보다 가시적인 형태로 드러난 것은 전자였다. 즉 이들은 자신도 모르는 사이에 '신판 개화론자'의 입장에 서게 되었으며, 이후 '10월 유신'을 정당화하는 자신을 발견하고 깜짝 놀랐던 것이다.[53]

『사상계』를 중심으로 한, 1950년대에서 60년대에 걸친 서북 출신의 진보적인 민족주의 지식인들도 예외없이 이 결절점과 대면해야 했다. 장준하와 함석헌은 이 결절점에서 가장 단호한 형태로 박정희 정권에

53　박태순·김동춘, 앞의 책, 259~60면.

대한 비판자로 남은 경우이며, 상당수의 지식인들이 협력자 내지는 방조자로 박정권의 근대화 프로젝트에 참여하게 된다. 『사상계』의 직접적인 계보에 속한다고는 보기 어렵지만, 그 자장으로부터 멀지 않은 지점에 서있던 선우휘 역시 마찬가지였다. 그는 이 분기점에 서서 곤혹스러운 표정을 지었다. 그 곤혹스러움은, 그 자신으로서는 비판적 담론의 최대치라고 인정하는 『사상계』의 담론이 더 이상 현실적 유효성을 지니지 못함을 인정해야 하는 것이며, 그럼에도 불구하고 여전히 적인지 아군인지를 판단하기 어려운 5·16 주체 세력에 대한 '깜짝 놀랄 만한 비판적 담론'이 등장해 주기를 기대하는 심리 사이에서 생겨난다. 중편 「십자가 없는 골고다」(1965)가 1960년대 중반에 봉착한 그의 딜레마를 보여주는 좋은 예에 속한다.[54] 실상 비문학적인 언설로는 이처럼 복잡하고 미묘한 사상적 혼란을 제대로 표현하기가 어려웠을 것이다. 그런 점에서도 소설은 선우휘에게 '자기의 서사'를 허락하는 대안적 공간의 기능을 지니고 있었던 셈이다.

「십자가 없는 골고다」는 박정희 정권에 대한 그의 증오와 불신이 정점에 달한 모습을 잘 보여준다. 이 소설을 시종 관류하는 것은 군사

---

[54] 김건우, 앞의 글, 143~144면. 김건우 역시 선우휘 문학의 중요한 전환점으로서 「십자가 없는 골고다」에 주목했다. 『사상계』지의 영향력 상실에 관해 정진석은 "딱딱하고 원론적인 글보다는 쉽게 읽고 즐길 수 있는 글을 선호하는 독자들이 늘어나고 이에 따라 전문적인 잡지 및 전문서적에 대한 수요증대로 인해 정치적 계몽만을 앞세우던 『사상계』의 쇠퇴가 불가피한 것"이었다고 본다. 정진석, 『한국현대언론사론』, 전예원, 1985, 239면. 조상호는 50년대의 정치적 무당파성에서 60년대의 정론지로의 급격한 변화를 『사상계』 쇠퇴의 원인으로 분석한다. 조상호, 『한국언론과 출판저널리즘』, 나남, 1999, 96~97면. 김건우는 『사상계』의 계몽담론이 60년대 중반 이후 현실적 영향력을 상실하게 된 계기를 더 이상 '계몽'이 불가능한 한국 사회 지식인 담론의 '장'의 변화로 해석한다. 그러나 계몽담론을 둘러싼 '환경과 조건'의 변화나 지식인의 사회적 존재 양태의 변화 못지않게, 계몽담론의 '내용과 성격'의 현실적실성에 주목할 필요가 있다. 『사상계』는 60년대 중반 이후의 한국사회의 모순 구조와 사회 성격을 분석하고, 그 대안을 마련하는 데에 분명한 한계를 지니고 있었고, 영향력 상실은 그러한 원인으로부터 비롯되는 측면이 더 강하다고 본다.

정권의 비민주적인 언론통제에 대한 비판의식이다. 또한 침묵으로 일관하는 지식인 사회의 무기력에 대해서도 비판한다. 주인공 K·김은, 그래서 정부비판을 서슴지 않는 'H옹'이 당국에 잡혀감으로써, 이 무기력과 침묵이 일순간 깨어지기를 기대한다. 그러나, 당국은 'H옹'을 잡아가두는 것이, 반정부적 여론 조성에 도화선을 당기는 일이란 것을 이미 간파하고 있는데다가, 더 이상 'H옹'의 글이 지식인이나 시민들의 침묵과 무기력을 깨트릴 수도 없으리라고 확신한다. 소설 속의 'H옹'은 곧 『사상계』의 함석헌을 가리킨다는 것은 소설을 읽는 독자라면 누구나 쉽게 짐작할 수 있다. 답답해진 K·김은 술자리에서 '대한민국을 국제입찰에 붙여 팔아먹고 그 돈을 온 국민이 나누어 잘 먹고 잘 살자'는 엉뚱한 농담을 던지고, 이 농담을 곧이곧대로 믿는 대장장이 이칠성이 K·김의 제안을 시민들에게 서명받고 돌아다니다가 집단 린치를 당한 뒤 불에 타 죽는 일이 벌어진다.

이 소설은 화자인 '나'가 이년 만에 외국에서 돌아와 친구 K·김이 정신병원에 갇혀 있다는 소식을 듣고 그를 방문하는 데서 시작한다. K·김이 정신병원에 수용된 이유는, 이칠성이 린치를 당해 불에 타죽는 것을 분명히 봤는데도 신문에 단 한 줄도 보도되지 않자 격분하여 신문사에 불을 지르려 했기 때문이다. 민주주의의 일반 절차를 어기고 집권한 정당성 없는 권력에 대해 이렇다 할 비판적 담론이 부재한 상황을, 그는 소설의 초두에 '무인(無人)의 거리에서 느끼는 공포와 전율'로 상징한다. 1·4후퇴 때 모든 시민이 피난을 가고 텅 빈 서울의 밤거리를 거닐 때 느꼈던 공포가 바로 그것인데, 그는 5·16 이후의 상황이 바로 그러한 '무인지경'의 공포라고 묘사하고 있는 것이다.

소설은 함석헌의 비판적 담론이 더 이상 현실 가운데서 유효성을 얻지 못함을 인정하는 것으로 끝나고 있지만, 정작 소설가 선우휘의 딜레마는 그곳에서 새롭게 출발할 수밖에 없었다. 앞에서 언급한 바와 같이 이미 1960년대 중반을 넘어서면서, 한국 사회는 5,60년대를 가로질러 왔던 『사상계』의 담론으로 해결할 수 없는 새로운 조건과 상황에 접어들고 있었다. 박정희 정권이 주도했던 '선성장 후분배'의 개발독재 논리를 극복하고 대안적 담론을 마련하는 일은, 선우휘가 그토록 가치를 부여했던, 민주주의 일반의 절차적 원리를 유지함으로써 도덕적 정당성을 회복하는 일 너머에 존재하는 것이었다. 1970년에 있었던 전태일의 분신자살 사건은, 60년대 이후 지속되었던 박정희 정권의 근대화 프로젝트의 모순과 허구가 어느 지점에서 발생되고 있는지를 상징적으로 보여준 것이라 할 수 있으며, 그 문제를 해결하기 위해선 민주주의와 통일, 그리고 경제성장에 있어서의 민중적 인식을 새롭게 모색하지 않으면 안 되는 것이었다. 그러나, 그것은 선우휘로서는 결코 범접할 수 없는 '금기의 영역'이었고, 무엇보다도 해방과 한국전쟁을 가로지르는 동안에 온몸으로 체험한 '악(惡)'과 근친관계에 놓이는 것이었다.

신동엽이 쓴 시인 김수영의 조사(弔詞)를 비판한 「현실과 지식인」(1969)은 딜레마의 극복 방안으로 '보수회귀'를 선택했음을 보여 주는 동시에, 일체의 '진보'와 결별을 고하는 일종의 '선언서'에 해당한다. 그는 신동엽의 조사 중의 한 부분, "정말로 순수한 것, 정말로 민족적인 것, 정말로 인간적인 소리를 싫어하는 구미적인 코카콜라 상품주의의 촉수들이 그이를 미워하고 공격했다. 그날 밤 그 좌석버스의 눈이 먼 톱니바퀴처럼 역시 눈이 먼 관료적인 보수주의의 톱니바퀴가 그를 길바닥에 쓰러뜨렸다. 이 위대한 민족 시인의 영광이 그의 무릎 위에 빛날 날이 멀지 않았음을 민족의 알맹이들은 다 알고 있다"는 대목을 문제삼으면서 "이것은 조사가 아니라 죽은 시인에 대한 모독이며, 그것은 조사가 어떤 경향성을 띠고 있기 때문"[55]이라고 공박한다.

---

55 선우휘, 「현실과 지식인」(임헌영 편, 『문학논쟁집』, 태극출판사, 1978), 550면.

'진보'나 '혁명'이란 무책임하고 관념적인 지식인들의 가면에 지나지 않으며, 그러한 공론(空論)에 정작 피를 흘리는 것은 일반 대중들뿐이라고 타매한다. 그리고 그의 '참된 지식인론'이 등장한다.

나는 시장에 물건을 파는 장사꾼이 아닌 지식인으로서는 우리의 현실을 압록강 이남까지 확대해야 한다고 생각한다. 비근한 생활적 고찰을 하더라도 북괴 게릴라 수 10명이 동해안에 상륙하면 곧 서울의 경계가 강화됨으로써 부자유를 직접 피부로 느끼게 되는 우리의 현실이 아닌가. 예비군의 편성이 그렇고, 헌법에 보장된 갖가지 자유의 폭이 좁아질 수밖에 없는 상황도 북괴의 존재로 말미암아 음양으로 영향받고 있다. 그것이 우리의 현실이다. 따라서 북괴 지역까지 포함하는 것이 옳다. 그렇게 현실을 규정할 때, 우리 지식인의 비판과 반항은 스스로 그 형태와 바리에이션을 달리하게 된다. 우리의 정치체제가 갖는 결함이나 모순이나 전통 인습에 따르는 잔재에 대해서 비판하고 반항해야 하는 동시에 공산주의체제의 악에 대해서도 반항해야 된다는 말이다. (…중략…) 이북은 보지 않아 모르니까 언급할 수 없는 게 아니냐는 것은 성실한 것 같지만 일종의 회피라는 비난을 이겨내기 힘들다. 그러려면 아예 비판을 말고 일체의 반항을 삼가야 마땅하다. 그렇지 않고 '보수반동'이니 '구미적 코카콜라 상품주의'니 '역사의 심판'이니를 운위하면 비판적 리얼리즘 즉 동반자문학이라는 지적을 모면하기 힘드는 것이 아닌가. (강조는 인용자)[56]

선우휘는 '비판적 리얼리즘'이나 '동반자문학'을 곧 사회주의 문학의 맹아가 잠재된 것이라고 본다. 그것에서 사회주의 리얼리즘은 겨우 '한 다리 건너'라는 논리다. 문학 이론 차원에서의 타당성 여부를

---

[56] 선우휘, 앞의 글, 556면. 그의 이러한 반공 이데올로기 강화에는 베트남전쟁이 중요한 몫을 차지하고 있다. 그의 글 곳곳에는 베트남의 경우가 언급되고 있으며, 실제로 그는 베트남을 소재로 한 소설도 썼다. 『물결은 메콩강까지』가 그것이다.

떠나, 거의 생래적(生來的)인 공산주의 혐오가 읽히는 대목이 아닐 수 없다. 신동엽의 조사(弔詞)는 고스란히 '혁명을 잠재한 불온한 문학'이 되었다. 서북 민족주의 지식인의 계몽담론이 그 역사적 유효성을 다한 자리에서, 새로운 대안적 담론으로 옮겨갈 수 없었던 선우휘는, 그 대안적 담론을 막아내기 위한 방편으로 자신이 비판하고 저항하던 박정희 정권의 '근대화 프로젝트'에 투항한다. 공산주의를 막을 수만 있다면, 어떠한 차악(次惡)과도 악수를 건넬 용의가 있다는 것이 그의 '보수회귀' 논리의 저변에서 감지된다. 이후 전개되는 선우휘의 글들은 모두 이러한 사상적 선회의 잉여이자 분비물에 불과하다. 그가 주필로 있던 1972년 '유신헌법' 선포에 즈음한 『조선일보』의 사설[57]이나, 1980년대 초중반에 세간의 뜨거운 논쟁거리였던 「선우휘칼럼」이 모두 그 연장선상에 놓여 있다.

10. 맺음말

　선우휘의 반공이데올로기는 모든 역사적 구체성과 현실적 맥락을 휘발시키는 강력한 힘을 지니고 있다. 그리고, 역사적 구체성과 현실적 맥락이 소거된 자리에 선우휘 특유의 '윤리적 인간학'이 대신 들어

57　당시 경쟁관계에 있던 『조선일보』와 『동아일보』의 1972년 10월 18일(유신헌법과 비상계엄 선포 다음날)자 사설을 비교해서 읽어 보면, 유신체제에 대한 두 신문의 논조가 선명하게 대비되어 드러나며, 이후 유신체제 하에서의 대응 정도도 어느 정도 감지된다. 이례적으로 짧고 간결하게, 비상사태 선포가 '평화통일'을 위해 불가피하다는 언급만을 하고 서둘러 끝맺고 있는 『동아일보』에 비해, 『조선일보』의 사설은 대조적이다.

선다.[58] 보수적 반공이데올로그 선우휘에게 있어서는 '윤리'의 문제야말로, 모든 역사적 상황과 계급적 이해관계, 정치적 구도와 이데올로기적 지형 위에서 이를 조감하고 통어하는 최종심급으로 작동한다. 1960년대 후반 이후부터는 일체의 사회운동과 학생운동이 그에게는 '잠재적인 혁명운동'으로 비치게 되며, '공산주의'만은 어떤 희생을 감수하고서라도 분쇄해야만 할 근원적인 '악(惡)'인 까닭에, '잠재적 혁명운동'인 모든 사회운동과 학생운동도 이 논리적 인과 앞에서는 용납될 수가 없었다.

무엇이 그를 이토록 철저한 반공주의자로 만들었던가를 묻게 될 때, 그가 몸으로 직접 체험한 '경험' 이상의 근거를 확보하기가 어렵다. 그런 점에서 '윤리'의 문제는 우리가 확인할 수 있는 합리적 이유의 최소 근사값이다. 공산주의를 비판할 때면 그가 즐겨 구사하는 몇 단계의 논법이 있다. 공산주의는 이론적으로는 옳다, 그러나 공산주의는 목적(곧 혁명)을 달성하기 위해 수단과 방법을 가리지 않는다. 그 수단과 방법에는 인간의 목숨도 포함된다, 이 세상에 인간의 목숨보다 더 가치있는 이데올로기나 이론은 없다, 그러므로 공산주의는 반인륜적이며, 비윤리적이다, 곧 공산주의는 '악(惡)'이다.

그러나, 앞에서도 확인했듯이, 그의 이 '윤리게임'은 모든 이데올로기와 모든 정치적 과정에 동일하게 적용되지 않는다. 공산주의자가 저지르는 오류는 근본적인 '악'으로 환원되지만, 그렇지 않은 경우의 오류는 다만 '과정상의 오류'로 제한된다. 사회주의 사회의 모순은 곧 체제가 지닌 '악'으로 귀결되지만, 자본주의 사회의 모순과 문제점은 '역사적 한계'이며, 사회의 발전 정도에 따라 다르게 나타나는 '불균등의 문제'로 처리된다. 북한의 일당독재와 유일체제는 명백한 '전체주의'의 산

---

58 이에 관한 상론으로 이 책에 실린 「윤리적 인간, 혹은 반공이데올로기의 기원 — 선우휘론」을 참조

물이지만, 유신체제는 '평화통일'을 앞당기고 경제발전을 이루기 위한 '불가피한 과정적 조치'로 용인된다. 그의 문학에 늘상 따라다니는 '휴머니즘'이란, 엄밀하게 말하자면 '정치와 윤리의 무매개적 대립'을 통해 발현된다는 점에서 대단히 추상적이고 관념적이다. 정치와 윤리를 무매개적으로 대립시킴으로써 순도 높은 '휴머니즘'을 증류해 내는 것은 이데올로그 선우휘의 진면목인 동시에 그의 한계이기도 하다.

식민지 시대와 해방, 그리고 전쟁과 분단시대를 가로지르며 온몸으로 자신의 시대를 헤쳐 왔던 선우휘 세대의 역사적 경험과 '역사의식'은 그것대로 존중할 가치가 있는 것인 동시에, 경험의 지평을 넘어서서 '역사적 공과(功過)'를 가늠하는 몫은 고스란히 그 뒷세대인 우리의 몫으로 남겨져 있다.

전후세대의 문학과 언어적 정체성

전후세대의 이중언어적 상황을 중심으로

1. 전후세대 문학의 재인식의 필요성

이 글은 전후세대의 언어적 정체성, 좀더 정확히 말하면 언어적 정체성의 혼란을 둘러싼 몇 가지 국면들을 새롭게 환기시키기 위해 쓴다. 그리고 논의 과정을 통해 전후세대의 문학이 '언어적 정체성'의 문제를 중심으로 재해석될 필요가 있으며, 나아가서 그러한 재해석의 필요성은 단지 전후문학뿐 아니라 1960~70년대의 문학을 언어의 관점에서 심층적으로 이해하는 데에도 중요하게 대두된다는 점을 강조하고자 한다.

이 글에서 가리키는 '전후(戰後)세대'는 1920~30년대에 출생하여, 식민지시기에 초·중등 및 대학교육을 받고, 한국전쟁을 전후(前後)한 시기에 등단한 문인들을 말한다. 그리고 이 글이 논의 과정을 통해 집중적으로 고찰하려는 것은, 한국문학의 전후세대 대부분이 이른바 '이중언어자'들이었다는 사실이다. 개인에 따라 다소의 차이는 있지만, 그들은 쓰기와 읽기 언어로 일본어를 먼저 배웠으며, 한글은 해방 이후에 새롭게 익힌 세대들이다. 모어인 한국어를 말하고 들을 수는 있었지만, 한글로 된 텍스트를 읽거나 쓸 능력은 제대로 갖추지 못한 상태로 해방을 맞이했던 것이다. 언어적 정체성을 둘러싼 이런 조건은 '언어'를 매개로 이루어지는 그들의 창작 과정에 직·간접으로 크고 작은 영향을 미칠 수밖에 없었다. 그러나, 놀랍게도 전후세대의 이러한 언어적 상황과 정체성은 전후문학의 연구와 비평에서 그다지 중요한 관심을 끌지는 못했다.

그동안의 전후문학 연구는 한국전쟁과 실존주의, 그리고 반공 이데올로기라는 세 개의 축을 중심으로 진행되어 왔다고 해도 지나친 말은 아니다.[1] 실제로 이 세 개의 축은 전후문학의 상당 부분을 해석할 수 있는 중요한 프리즘이기도 하다. 그러나, 전후문학 연구에 개입된 이 키워드들은 전후문학이 놓인 현재적 조건을 환기시켜주기는 하지만, 전후문학의 형성에 이미 선재(先在)하는 식민주의의 영향은 부지불식간에 은폐하는 결과를 낳는다. 전후문학을 전쟁과 전후 한국 사회에만 대입해서 읽는 것은 불과 수 년 전까지 엄연한 현실로 존재했던 식민지적 과거와 깨끗이 결별하고 새로운 시간을 창조할 수 있다는, 포스트식민성 특유의 역사적 기억 상실에 맞물려 있다. 그러한 '의도적 망각'의 중심에, 전후세대들의 언어적 정체성이 놓여 있다. 그간의 전후문학 연구는 믿기 어려울 만큼 이 문제를 연구와 비평의 사각지대(死角地帶)에 방치해 두고 있었다. 더러 전후세대의 언어적 정체성에 주목한 논의가 없었던 것은 아니지만, 그 경우조차도 언어적 정체성의 문제는 전후세대의 결여와 한계를 진단하는 도구로만 인식될 뿐, 전후문학을 형성했던 '주체'가 언어적 정체성으로 인해 어떤 혼란

---

[1] 전후문학 연구사에 대한 비판적 개괄은 한수영, 「1950년대 문학의 재인식」, 『문학과 현실의 변증법』, 새미, 1997; 한수영, 「1950년대 문학연구가 온 길과 나아갈 길」(『민족문학사연구』 22, 2003 여름)을 참조.

과 균열을 드러내는지, 그리고 그것이 문학에 어떤 영향을 미치게 되었는지를 본원적으로 규명하는 작업에까지는 이르지 못했다.[2]

기실 전후세대는 여러 가지 방식으로 자신들을 둘러싼 언어적 환경과 정체성이 대단히 혼란스러운 것임을 고백하고, 새로운 한국문학의 주역이 되고자 하는 자신들의 언어가 식민지시기에 배우고 익혔던 '일본어' 때문에 한없이 어눌한 것임을 호소했음에도 불구하고, 전후문학의 연구에 이 점은 뚜렷이 부각되지 않았다. 그 이유는 무엇일까. 그것은 아마도 '식민주의 이후'와 '식민지적 과거'를 단절시키고자 하는 '과거에 대한 억압'의 욕망 때문일 것이다. 그리고, 그 욕망은 최소한 해방 이후의 '한국문학'은 식민지 시절에 강제로 빼앗긴 '말과 글'을 되찾아 자유롭게(!) 향유하는, '민족'의 '문학'이라는, 자기동일성의 신화와 맞물려 있기 때문일 것이다. 한국 근대문학사를 가로지르는 이 '욕망'과 '신화'는 전후문학에 '식민화된 것들이 왜곡되어 존속하는 것'을 은폐시켰다. 전후문학이 시종일관 '한국전쟁'이나 '실존주의'라는 키워드로만 해석되어 온 것은 이런 연유이다. 그 점에서, 전후세대의 언어적 정체성에 대한 재인식은 한국문학사가 의도적으로 지우려고 했던 식민지적 과거가 전후문학에 어떻게 존속되고 있는가를 확인하는 중요한 통로의 하나이다.

엄밀한 의미에서 말하자면, 한국 근대문학사는 그 출발부터 이중언어적 상황에 놓여 있었다고 해도 과언이 아니다. 한국 근대문학의 초입은 한문과 한글이 충돌하는 이행(移行)과정으로 구성되어 있다. 이

---

2 김윤식·정호웅의 『한국소설사』, 예하, 1993은 전후세대와 일본어를 연결지어 문학사적 해석을 시도한 선구적 작업의 한 예이다. 그러나, 이 경우도 일본어로 인한 한국어의 '미숙 상태'가 전후소설의 관념성(특히 장용학의 경우)을 낳은 하나의 '결여 사유'로서만 동원될 뿐, 언어적 정체성과 전후문학의 주체 문제를 근본적으로 성찰하는 지점까지는 이르지 못한다. "관념어를 매우 빈번하게 사용하고 있다는 점 (……) 그는(장용학을 가리킴─인용자) 이 시기 문학 언어의 불구성을 표상하는 작가이다. (……) 구체어가 실어 나르는 구체성의 세계가 결여되었다는 점이 큰 작가로 성장하는 것을 막은 궁극 원인이 아닐까." 앞의 책, 334면.

후의 식민지 시기는 두말 할 나위 없이 줄곧 한글과 일본어를 둘러싼 이중언어적 조건에 구속되어 있었다. 그러므로, 한국 근대문학사의 수많은 텍스트는 이러한 이중 혹은 삼중언어적 상황을 하나의 콘텍스트로 설정하여 재해석될 필요가 절실하다.

전후세대의 언어적 정체성도 넓은 의미에서는 한국 근대문학사의 언어적 조건이 지닌 특수성의 한 부분집합에 해당한다. 그럼에도 이 글이 전후세대에 좀더 각별히 주목하는 이유는, 근대전환기나 식민지 시기의 이중언어적 상황이 시대적 개연성과 함께 노출되어 있는 것에 비해, 전후세대의 그것은 그동안 철저히 은폐되거나 가리워져 있었다는 점 때문이다. 따라서, 그러한 은폐와 망각의 배후에 놓인 의식적·무의식적 기제를 드러내고, 그것이 전후 세대 자신들뿐 아니라, 그 이후 세대들에게도 어떻게 이월되고 전이되는가를 밝힐 필요가 있다.

이 글은 전후세대의 문학텍스트 자체에 대한 해석이 아니라 그들이 놓인 이중언어적 상황을 재구성하고 이해하는 것에 중점을 두었다. 따라서 문학텍스트보다는 2차 텍스트들, 예컨대 여러 형태의 회고록과 자전적 기록, 일기, 수필 등이 1차 자료로 취택되었다.

2. 한글소설에 틈입된 일본어의 문제성 −「애경(愛經)」을 통해 본 일제 말의 소설 언어

한국 근대문학사에서의 문체의 변화 과정, 즉 한문문학으로부터 국한혼용체를 거쳐 한글문학으로 변화해 가는 근대문학의 도정은 그 자체가 하나의 '진보'이자 '발전'이었으며, 이 과정에 개입한 제국주의 언어인 일본어는 국민문학으로서의 한국 근대문학의 순혈주의를 훼손시키는 최대의 장애이자 굴욕이었다. 특히, 식민지 시기의 일정 기간 동안 '글자'와 '말'을 강제로 빼앗긴 경험은, 그 박탈의 정도에 비례하여, '글자'와 '말'을 중심으로 '민족'의 '자기동일성'을 확인하려는 욕망을 강화시켰다. 그런데 이 욕망은 한국어로 이루어진 한국문학이 안정되고 균질적인 하나의 '실체'로 존재한다는 믿음 위에서 발현될 수 있는 것이었다. 근대문학의 속성이 표기의 수단인 문자와 매개되어 단일한 '언어 공동체'를 상상한다는 것은 세계문학의 일반적인 현상이지만, 우리가 유독 이 문제에 민감하고, 지금도 여전히 한글전용과 한자혼용을 둘러싼 논쟁이 뜨거운 까닭도, 말과 글자를 자기동일성의 가장 중요한 지표로 삼고 있기 때문이다. 그러므로, 일본어로 말하고 쓰기를 강요당하던 상태에서 해방된 이후, 자유롭게(?) 한글로 쓰고 읽게 된 전후문학에 대해 '언어적 정체성'을 문제 삼을 만한 계기를 확보한다는 것은 어려운 일이었다. 최소한 표기와 관련해서는, 전후문학은 이미 한국문학의 자기동일성을 확보한 것으로 인식되었거나, 설사 일말의 정체성의 혼란이 있다고 하더라도 그것은 한시바삐 균질적인 '언어공동체'의 자기동일성 안으로 수렴되어야 할 문제이지, 그 문제를 중심으로 전후문학을 고민한다는 것은 용납되기 어려웠다. 나중에 살펴보겠지만, 이러한 강박과 당위는 전후세대 자신들에게도 매우 폭력적으로 강요되고 있었다.[3]

그 점에서, 우리 작가가 일본어로 쓴 작품에 대한 새로운 해석이 나타난 것, 그리고 일어작품을 둘러싸고 있던 괄호를 벗겨 내고, 밉든 곱든 그것을 한국 근대문학의 한 유산으로 받아들일 수밖에 없음을 확인시켜 주는 최근의 연구들은,[4] 문자를 중심으로 한 한국 근대문학의

---

[3] 이 문제와 관련하여, 서석배의 「단일 언어 사회를 향해」, 동국대 한국문학연구소, 『한국문학연구』 29, 2005년 하반기를 참조. 서석배의 「단일 언어 사회를 향해」는, '전후세대' 자체에 초점을 맞춘 것은 아니지만, 해방 이후 일본어 잔재 청산 작업과 국어 표준화 과정이 많은 한국인들에게 또 다른 강요와 고통으로 다가올 수도 있었음을 다양한 증거들을 통해 실증한다.

자기동일성에 상당한 균열을 일으키는 동시에, 문자와 관련된 근대문학의 범주를 새롭게 정의하기를 요구하고 있다. 문제는 한글로 씌어진 작품이라고 해서 일본어의 영향과 흔적으로부터 전혀 자유롭지는 않았다는 점이다. 그러므로, 중요한 것은 어떤 문자로 씌어졌는가가 아니라, 텍스트와 '글쓰기'를 둘러싼 중층적이고 이질적인 콘텍스트들이 '글쓰기'의 과정 및 '쓰기 주체'들에 어떻게 작용하는가를 섬세하게 읽어내는 일이다.

일본어와 연관된 근대소설의 유형을 표기에만 국한시켜 살펴볼 때 대체로 세 가지의 유형으로 나눌 수 있다. ① 전문을 일본어로만 쓴 경우, ② 한글로 쓰되 일본어에 해당하는 부분은 일본어를 노출시킨 경우, ③ 일본어를 한글로 바꾸어 적은 경우가 그것이다.[5] ①은 익히 아는 바이므로 따로 예를 들 필요가 없다. ②는 채만식의 「냉동어」의 한 구절을 예로 들 수 있다.

大永 은 벌서 마음이 도루 다아 뇌였고, 그리고 가득히 시방 솟아 오르는 린민한 정으로 해서는, 얼른 다둑다둑 등을 다둑거려 주면서

(君は 救はれる! 歎とでない! 今に救はれる, 君は ……)

하고, 위로를 시켜 주면서, 하구푼 생각이 간절은 하나, 또, 그렇게 하고 나면 어쩐지 여자를 다시금 저어 멀리다가 느껴야 할것만 같아, 차마 아까

---

4   대표적인 것으로 정백수, 『한국 근대의 식민지 체험과 이중언어 문학』, 아세아문화사, 2000; 김윤식, 『일제 말기 한국인 작가의 일본어 글쓰기론』, 서울대 출판부, 2003; 김재용, 『협력과 저항』, 소명출판, 2004; 윤대석, 『식민지 국민문학론』, 역락, 2006 등을 들 수 있다.

5   이 세 가지 유형 외에도 다음과 같은 혼란스러운 형태도 존재한다. "我ノ家庭モ戰場デアり, 我ノ職場일터モ戰線デイ アリマス오." 黃海道廳, 『戰時農民讀本 － 黃海道』 56면. 권명아, 「식민지 경험과 여성의 정체성」, 방기중 편, 『식민지 파시즘의 유산과 극복의 과제』, 혜안, 2006, 404면에서 재인용. 그러나 소설의 경우에는 이런 형태를 찾기가 힘들다.

위 그리하지를 못한다. (강조는 인용자)[6]

'쓰기 주체'인 작가에게 일어가 외국어라는 자의식이 분명하게 각인
된다는 점에서 ①과 ②는 공통적이다. 그러나 ③의 경우는 이런 사실
이 분명하지 않다. 또한 작가가 암묵적으로 설정하고 있는 '읽기 주체'
즉 '독서공동체'를 중심으로 생각할 때, ①은 일본인을 중심독자로 염
두에 두고 있음에 비해, ②와 ③은 한국인 내부 독자를 설정하고 있다
는 점에서 공통적이다. 그러나 ③은 ①과 ②에 비해 한결 복잡한 문제
를 야기한다. 박태원이 1940년에 발표한 소설 「애경(愛經)」의 한 구절
을 통해 이 문제를 검토해 보기로 하자.

여자는 왼손을 치켜들어 시계를 보았다. 아홉시 오분전―, 아홉시면 겨
울에는 이미 밤중이다.
"난, 꼭, 안따 우와끼가 또 하지마루 했나 그랬지."
"죠오단쟈 나이와."
"그래두 가만이 보려니까, 긴상이 권허는대루 무한정허구 술을 먹으니
……, 난, 밖에서 보면서 혼또니 하라하라시마시다요."
"흥!"
"긴상이, 그이가 여자한텐 아주 승오이거든."

---

6   채만식, 「냉동어」, 『인문평론』, 1940년 4월호, 170면. 그런데 창작과비평사에서 나온
    전집판에는 일문이 직접 노출되어 있는 이 부분을 한글로 바꾸고 괄호 안에 번역을 다
    는 방식으로 처리했다. 즉 "기미와 스꾸와레루! 낭에까와시또데나이! 이마니 스꾸와
    레루, 기미와…… (너는 구조되겠군! 걱정하지마! 이제 곧 구조될거야 너는……)"으로
    되어 있다『채만식전집 5』, 창작과비평사, 1987, 426면. 일본어를 모르는 한국 독자를
    고려한 것이지만, 원본의 표기를 마음대로 바꾼 것은 문제다. 더구나 '歎とでない'을
    '낭에까와시또데나이'로 읽은 것은 어색하다. 다른 텍스트의 경우도 마찬가지지만,
    일문(日文)으로 된 부분은 원문을 싣고, 우리말 뜻은 편집자의 주(註)로 처리하는 것이
    온당한 방법이라 생각한다. 이에 대해서는 한수영, 「주체의 '분열'과 '욕망' ― '냉동어'
    와 '친일'의 정신구조」, 『친일문학의 재인식』, 소명출판, 2005, 69면을 참조.

"그런데다 안따는 내가 밖에 있는걸 알면서두 모른체 허구 술만 먹지? 어찌 돌아 나는지……"

"난 들어 온줄 알았지. 누가 그렇게 청승맞게 밖에가 서 있을 줄이야……"

"허지만 그집인 좃또 하이레나이."

"도오시떼?"

"아니끼가 아까두 감바루허구 앉었는걸"

"어디가?"

"난로 옆에가 저편으로 앉었든 사람 있지 않어? 아렝아 오레노 아니끼다요."

"도오리데……"(…3행 중략…)

"그이가 형님이셔어? 으쩐지…… , 그래 지금 뭘 허셔?"

"룸뺀다요."

"고오 게이지쯔까 미따이나……"

"혼닌와 시진노 쯔모리……"

"마아 시오 가이떼랏샤루노?"

여자는 거의 한숨을 토하듯이 속살거렸다. 준길이가 유심히 자기의 옆얼굴을 돌아보고 있는 것도 깨닫지 못하고, 그는 두어간을 걸어 가다가 다시 가만이 속살거렸다.

"마아 시오……"

준길이는 모멸하는 빛을 띠우고,

"흥!"

코웃음을 쳤다.

"왜?"

의아스러이 돌아 보는 여자에게 준길이는 일부러 외면을 하고 중얼거렸다.

"고레다까라 야니낫짜우. 모오 호레양앗떼……"

"마아 고노꼬와……"

숙자는 우산을 든 준길이의 손등을 꼬집었다. 그러나 물론 결코 불쾌하지 않았다.

"어떡 헐레유? 바로 여관으루 가?"

준길이가 문득 걸음을 멈추고 말하였다. 두 사람은 어느틈엔가 경성우편국 앞까지 나왔던 것이다.

"이마까라 가엣떼모 쯔마라나이시 ……"[7]

인용문과 같은 '쓰기'의 방식은 일본어와 연관된 한국 근대문학의 '쓰기 형태' 중에서도 아주 독특한 사례에 속한다. 박태원의 「애경」은 채만식의 「냉동어」와 같은 ②의 경우와도 다르고, 일본어로만 씌어진 소설과도 다르다.[8] 조선인 작가가 일본어 소설을 쓸 경우는, 일찍이 김사량이 고백한 바와 같이, "오히려 글에서 일본어를 죽여버릴까"를 고민하거나 "작가가 의식하고 있든 아니든 상관없이 일본적인 감각과 감정으로 옮겨 가버리는 위험"[9]을 느끼게 된다. 이중언어 사이를 오가면서 '쓰기 주체'로서의 혼란을 경험하기 때문이다. 「애경」의 이런 일본어 표기방식은 '내부독자'를 향해 있으므로 그러한 고민으로부터 일

---

7 박태원, 「愛經」, 『문장』, 1940.11, 116~118면. 맞춤법 및 띄어쓰기는 원문 그대로이다. 단, 원문에는 일본어 옆에 방점이 붙어 있는 것을 인용문에서는 굵은 고딕으로 처리했다. 이런 방식의 일본어 대화는 이 소설 전체에 걸쳐 지속적으로 반복된다. 이 시기를 전후한 박태원의 다른 소설에서는 이런 경우를 찾기가 힘들다는 점에서 예외적이긴 하지만, 근대소설과 일본어의 관계를 검토할 때, 이 소설은 시사하는 바가 많다.

8 「애경」과 같은 일본어 표기의 이른 사례로 이광수의 『무정』 앞부분, 형식과 신우선이 길에서 우연히 만나 대화하는 장면을 들 수 있다. 김철의 적절한 분석처럼, 이 대목에서 신우선이 구사하는 일본어 단어와 인사말들은, 신식교육을 받고 첨단의 직업에 종사하는 20대 식민지 청년의 내면과 경박함을 드러내는 '성격형성'에 기여하고 있다. 김철, 「『무정』의 계보」, 『바로잡은 '무정'』, 문학동네, 2003, 725면. 그러나 대화문 속 일본어의 서사적 기능은 접어두고 단순한 서사정보의 전달 차원에서만 보더라도, 『매일신보』 연재본 『무정』은 '이이나쯔께(약혼자)', '나루호도(과연)' 식으로 괄호 안에 번역을 달아서 일본어를 모르는 한국 독자를 배려하고 있다는 점에서 박태원의 경우와는 다르다.

9 김사량의 「잡음」과 「조선문화통신」의 한 구절. 윤대석, 앞의 책, 22면에서 재인용.

단 자유롭다. 「냉동어」의 일본어 독백 부분은 일본인 여성 '스미꼬(澄子)'를 향해 있다. 물론 잠정적 독자는 한국인들이지만, 서사의 맥락에서 보자면 일본어 독백은 자연스러운 인과 관계를 형성한다. 그러나 「애경」의 등장인물은 모두 한국인들이다. 그럼에도 서사의 중요한 정보는 거의 대부분 일본어로 주고받는 대화에 제시되어 있다. 분명히 한글로 씌어졌음에도 이 소설은 일본어를 모르는 한국 독자들에게 이해되지 않는다는 점에서 외국어로 된 소설이나 똑같다. 그리고, 자세히 보면, 일본어가 한국어 문장에 부분적으로 삽입된 경우와, 비슷한 비중으로 한 문장을 구성하고 있는 경우, 문장 전체가 오로지 일본어로만 이루어진 경우 등으로 다시 나누어진다. 작가는 한국어를 상용하는 '내부독자'를 상정하면서도 왜 이렇게 쓴 것일까?

작가 박태원에게는 1940년 당시의 식민지 조선의 연애풍속도를 핍진하게 그려내는 것이 가장 중요했을 것이다. 그리고 등장인물들이 구사하는 언어는 그 핍진함을 위해 동원된 한 요소였을 것이다. '고현학'을 득의의 창작방법으로 수용하고 일상의 세부묘사에 치중했던 박태원이었음을 감안하면, 대화문의 일본어는 당시 젊은이들의 일상적 수준을 크게 벗어나는 것이 아님을 짐작할 수 있다. 그러므로 당시의 작가에게나 독자에게는 이런 대화방식이 하등 어색하거나 부자연스러운 것이 아니었을 것이다. 즉 이것은 안이함의 결과가 아니라, 리얼리티 혹은 당대의 일상성을 핍진하게 묘사하기 위해 선택한 것이다.

또 하나는, 작가가 이렇게 써도 '읽기 주체'인 독자들에게 의미를 전달하는 데 아무런 지장이 없다고 전제한다는 점이다. 『무정』(1916)에서 이광수가 신우선의 '발화'에 일본어를 삽입하면서도 괄호 안에 번역을 달아 의미전달을 배려했던 일조차 이미 필요 없게 된 시점이라는 것을 짐작할 수 있다. 왜 일본어를 굳이 한글로 썼는가는 조금 다른 각도에서 볼 필요가 있다. '읽고 쓰는' 차원에서 일본어를 이해하는 능력과 '듣고 말하는' 차원에서의 그것은 같지 않기 때문이다. 박태원은 일본어 문자를 읽고 쓰지는 못해도, 듣고 이해하는 사람을 염두에 두었을 가능성이 있다. 그럼에도, 한글을 읽을 수 있지만 「애경」의 대화 부분을 이해하지 못하는 조선인 독자도 분명히 있었을 것이다. 박태원에게 이런 독자는 배제되어 있다. 그러므로, 엄밀히 말하자면 내부독자 가운데에서도 일정한 '포섭 / 배제'가 작동하는 방식의 일본어 배치라고 할 수 있다.

「애경」은 한국 근대문학의 언어적 정체성과 관련해서 두 가지 사실을 우리에게 시사해 준다. 우선 표기의 문제, 즉 어떤 문자로 씌어졌는가에 매몰되어 한국문학의 자기동일성을 확보하려는 시도가 무망하다는 점, 두 번째는 한글로 씌어진 경우라도 작가와 독자, 즉 '쓰기의 주체'와 '읽기의 주체'를 둘러싼 언어적 환경과 맥락은 매우 복잡하게 형성된다는 점이다. 그리고 이 두 가지 환기점은 고스란히 전후문학에도 해당된다. 앞서도 말했지만, 전후세대의 언어적 정체성을 심각하게 문제 삼지 않았던 그동안의 우리의 맹목은, 실상 전후문학이 식민지로부터 해방되어 자유로이 한글로 쓰고 읽게 된 이후의 문학이라는 '오해'가 작용한 탓이며, 그 '오해'가 '한국문학'이라는 안정적이고 균질적인 '실체'에 대한 환상으로 이어지고, 더불어 창작과 그 소통을 둘러싼 각기 다른 '주체'들의 이질성과 균열에 대해 고민할 기회를 봉쇄했기 때문에 나타난 현상이다.

3. 전후세대의 언어 환경 – 식민지 시기

대체로 한국문학사의 '전후세대'는 1920~30년대생들이 주축을 이루고 있다. 이 그룹 중에서 이른 연배에 속하는 이는 김성한(1919, 이하괄호 안의 숫자는 출생연도)이며, 아래로는 '30년대생인 오상원(1930), 서기원(1930), 성찬경(1930), 신동엽(1930), 하근찬(1931), 이호철(1932), 송병수(1932), 최일남(1932), 이어령(1934), 최상규(1934), 유종호(1935) 등이 있다. 편폭을 넓게 잡으면 최인훈(1936)까지도 이 범위 안에 든다. 전후세대의 중심그룹을 형성했던 1920년대생들로는 조연현(1920), 선우휘(1922), 장용학(1921), 손창섭(1922), 이범선(1920), 김수영(1920), 전봉건(1920) 등이 있다. 선배인 김성한과 아랫대인 최인훈의 연차가 거의 17년에 가까운 것을 생각하면, 이들을 하나의 세대로 묶는 것이 과연 온당한가 하는 회의가 들 수도 있다. 그동안 전후세대를 묶는 가장 큰 공통분모는 이들의 등단시기였다. 그러나 정작 중요한 공통분모는 바로 이들의 언어적 정체성이다. 연령과 개인 사정에 따라 정도의 차이는 있지만, 이들은 식민지 시대 '국가어'[10]였던 '일본어(당시에는 '國語'로

---

10 田中克彦(다나카 카스히코), 「언어와 민족은 분리될 수 있다는, 언어제국주의를 지탱하는 언어이론」, 미우라 노부타카·가스야 게이스케 엮음, 이연숙·고영진·조태린 역,『언어제국주의란 무엇인가』, 돌베개, 2005, 14~15면과 67면. 다나카의 설명에 따르면, "민족이 국가를 세워 민족어가 국민어로 된 것을 '국어'라 하고, 국가 안에는 복수의 언어가 존재하는 것을 전제로 국가 운영의 공용어로서 자각적으로 정한 언어를 '국가어'라고 부른다. 국어는 토착의 말이지만, 국가어는 토착의 말일 필요는 없고, 극단적인 경우에는 외국어라도 괜찮다"고 한다.『언어제국주의란 무엇인가』의 서문을 쓴 편자 三浦信孝(미우라 노부타카)는 다나카의 '국가어' 개념이 영국이나 프랑스의 언어제국주의에는 적합할지 모르지만, 일본어를 보편적 문명의 담당자로 한다는 자신감이 없이 심각한 '모어페시미즘'에 시달리던 일본인이 주변 식민지에 강요했던 '일본어'의 제국주의적 성격을 설명하는 개념어로는 적당하지 않다는 비판을 제기했다. 미우라는 "국어로서의 일본어가 표준화되기도 전에 갑자기 식민지의 이민족들에게 강요됨으로써, 진정한 통합이 아니라 언어동화의 폭력성이 수반된 것이 일본 언어제국주의의 특징"

쓰고 '고쿠고'로 읽었다)'로 읽기와 쓰기를 배우고 익혔으며, 해방 전까지는 '일본어'가 모든 문자생활의 중심이자 근간이 되는 언어적 환경에 노출되어 있었다.

식민통치의 효율성을 높이기 위해, 교육기관을 통한 일본어의 보급과 확산은 이미 통감정치가 시행되는 1906년부터 일본의 조선식민정책의 근간을 구성하고 있었다.[11] 물론 일본어 보급과 확산의 과정은 순조로운 것만은 아니었다. 1906년 '보통학교령'(이 초안은 최초의 학부참여관이었던 幣原坦(시데하라 다이라)이 작성했다)에 의해 일본어가 필수교과가 되고 주당 6시간씩 한국어와 같은 비중으로 가르치도록 법제화하자 많은 저항이 있었다. 식민지 초등교육에 대한 저항은 1920년까지 이어지는데, 오성철의 연구에 의하면 총독정치가 본격화된 1911년~1922년 사이에는 전국의 보통학교 학생수보다 서당 학생수가 2배~5배 정도로 많은 것으로 나타난다. 그러나 1923년을 분기점으로 하여, 조선인들의 공립보통학교 진학률은 급선회하여, 보통학교 입학난이 심각한 사회문제로 등장할 만큼 상황이 바뀌게 된다. 그리고 이 취학 열풍은 1920년대보다 1930년대에 한층 뜨겁게 달아올랐다.[12]

연령상 전후세대의 선배격인 김성한(1919년생)의 경우, 보통학교 취학연령인 7세 전후가 바로 1920년대 중반으로, 보통학교 진학 열풍이 폭발적으로 일던 시기에 식민지 제도교육을 받기 시작했다. 전후세대

이라는 이연숙의 입론을 빌려온다. 그러나, 일본 내부의 보편적 문명어로서의 자신감의 결여나, 표준화의 미비와는 상관없이, 당시 식민지 조선인들은 '일본어'를 경유해서만이 국가가 구성한 공공적 제도(특히 진학과 취업, 포괄적으로 입신출세)로 진입할 수 있었으며, 나아가 '일본어'를 근대문명을 수용하는 언어적 통로로 인식했다는 점에서, '국가어'로서의 기능을 담당한 측면을 무시하기 어렵다고 생각된다.

11　김경미, 「보통학교제도의 확립과 학교 훈육의 형성」, 연세대 국학연구원 편, 『일제의 식민지배와 일상생활』, 혜안, 2004, 487면.

12　오성철, 『식민지 초등교육의 형성』, 교육사회사, 2000, 113면. 보통학교 입학난의 근본 이유는, 취학희망자 수에 비해 보통학교 수가 절대적으로 모자랐기 때문이다. 그래서 보통학교도 시험을 치러 합격자만 입학할 수 있었다.

의 막내뻘인 유종호가 국민학교(보통학교는 1941년 이후 '국민학교'로 개칭
된다)에 들어가는 것이 1941년으로, 그는 5학년 때 해방을 맞이한다.
식민지 제도교육에 발을 들인다는 것은, 곧 일본어로 구축된 세계로
진입한다는 것을 의미한다. 모든 공립보통학교의 교수 용어는, '조선
어' 시간을 제외하고는 모두 '일본어'였기 때문이다.

> 첫째 설비 제반 규모 교수 방법 등에 잇어서는 평균하야 공립보통학교가
> 낫다고 할 것입니다. 이것은 누구나 다 긍정하는 사실일 것이나 그 반대로
> 조선적 정서와 감정을 훈육하는데 잇어서는 사립학교에 일일지장(一日之
> 長)이 잇다고 봅니다 (…중략…) 나는 실지로 내 자손들을 학교에 보낸 경
> 험이 잇거니와 즉 20년 전에, 10년 전에 그리고 현재 손녀를 보통학교에 보
> 내게 되는데 처음에 사립에도 보내다가 결국에는 부득이 공립으로 보내게
> 되엇습니다. 공립으로 간 뒤에 다른 성적은 물론 훨신 나아젓으나 오직 현저
> 한 결점은 조선말을 너무 모르게 되는 것입니다.[13] (강조는 인용자)

한 가지 흥미로운 것은, 1930년대까지도, 상당수의 보통학교 재학생
이 서당교육을 받았거나, 경우에 따라서는 보통학교와 서당을 동시에
다니고 있었다는 사실이다. 1933년 현재, 전체 보통학교 입학생의
32.9%, 재학생 중 남자 37.5%, 여자 14.7%가 입학 전 서당을 다녔다.[14] 이
러한 사실은 전후세대의 상당수가 쓰기 언어를 익히는 과정으로 '한문→
일본어 → 한글'의 순서를 밟았음을 입증하는 것이며, '한글'은 해방 이
후에야 비로소 새롭게 배우게 되었음을 보여준다. 이것은 다음과 같은
유종호의 회고를 통해서도 확인된다.

---

13 김창제, 「學校選擇에 關하야 學父兄에게 訴함」, 『동광』, 1931.2, 46~47면. 오성철,
앞의 책, 115면에서 재인용.
14 오성철, 앞의 책, 117면.

그 전해까지는 국민학교에서도 이른바 '조선어' 시간이 주당 2시간 정도
는 배당되어 있었으나 1941년부터 전폐가 되고 말았다. 따라서 한글을 처
음 깨친 것은 해방 후의 일이다. 처음 천자문을 배우고 이어 일본말 교육을
학교에서 받았으니 나의 기초적 어문 교육은 중국 문자, 일본 가나, 한글의
순서로 진행된 셈이다.[15]

'입말'이 아닌, 문자를 매개로 한 '글말'의 세계가 '한문→일본어→한
글'의 순서로 진행된 것은, 전후세대에 해당하는 1920~30년대생들에
게 보편적인 현상이었다. 중일전쟁이 일어난 이후, 일본의 천황제 파
시즘 체제가 더욱 강화되면서 제도교육 과정에서의 일본어의 강제력
은 그에 비례하여 폭압적으로 강화되기도 하지만, 1920년대생들처럼
식민지 제도교육에 노출되는 시간이 길수록, 강제성 여부와는 별도로
일본어로 읽고 쓰며 사유하는 것에 점점 익숙해질 수밖에 없었다. 문
학자는 아니지만, 1922년생인 최기일의 다음과 같은 회고는, 교육을
통해 육화(肉化)된 일본어가 얼마나 오래도록 이중언어자를 지배하는
가를 상징적으로 보여준다.

1학년부터 우리는 외국어인 일어로 수업을 받았다. 모든 과목을 일어로
배웠다. (…중략…) 2학년때 우리는 구구표를 일어로 암기했다. 셀 수 없이
여러 번 우리는 시시 주로꾸(4곱하기 4는 16), 시치 시치 욘주쿠(7곱하기 7
은 49) 등등을 되풀이했다. 나는 곱하기가 근사하다고 생각했다. 그것은
가게를 볼 때 물건 값을 계산하는 데 편리하게 쓰여졌다. 나는 영어로 생각

---

15 유종호, 『나의 해방 전후』, 민음사, 2004, 39면. 유종호를 비롯해, 전후세대들의 해방
전후에 관한 회고와 자전적 소설들이 많이 있다. 한 가지 흥미로운 것은, 회고 즉 과
거에 대한 '기억'의 형식과 내용이 제각기 다르다는 점이다. 그 점에서, 수많은 회고
의 기록들은 '기억'의 태도와 방법, 그리고 형식과 내용에 관한 또 다른 분석과 해석
을 필요로 한다.

하고 꿈도 꾸지만 숫자 곱하기는 지금도 일어로 한다. 이것은 내가 일소할
수 없었던 일본 식민주의의 유산이다.[16]

개인마다 조금씩 차이는 있지만, 대부분의 전후세대는 해방이 되고
나서야 '가갸거겨'를 배우는 것을 시작으로 하여 한글 글쓰기를 익히
고, 한글로 된 문자매체들을 접하게 된다. 전후세대 평론가인 이어령
(1934년생)은 "나는 국민학교에 들어가던 그날부터 제 나라의 모국어를
말하지도 쓰지도 못하는 언어의 수인(囚人)으로 자라나야 했다. 해방
이 되고 난 뒤에 비로소 '가나다'를 배운 세대였다"고 회고했다.[17] 이
들은 단순히 쓰는 것뿐 아니라, 읽기에서도 한글 문맹의 상태에서 해
방을 맞이한다. 한글 중심의 한국 근대문학이 이미 식민지 시대부터
확고한 전통을 형성하고 있었음을 생각할 때, 해방 전 이들 세대의 한
글 문맹 현상은 다소 의아스럽지만, 일본어와 한국어 사이에 형성된
지식의 위계 관계, 즉 '일본어(=국가어=문명어=보편어) / 조선어(=방언
=비문명어=주변어)'를 생각하면, 한글 중심의 조선문학이 존재했다는
사실 여부와 관계없이, 당시 학교 제도의 영향 아래 놓인 조선인들에
게 조선어로 된 매체는 소통구조의 중심에서 소외된 것이 한편으로는
자연스런 현상이라고 할 수 있다. 일본어는 국가어로서 교육과 행정,
사법, 학문 등 모든 영역의 공식어였을 뿐만 아니라, 취업과 교양 분야
에서도 그러한 지위를 차지했다. 그러나 조선어는 집에서나 사용하는
사적 언어에 불과한 것이었고, 그나마 이러한 여지마저도 1930년대
후반부터는 혹독한 통제와 감시 속에 일체 사용이 불가능한 상황에
놓이게 되었다.

---

16   최기일, 『자존심을 지킨 한 조선인의 회상』, 생각의나무, 2002, 195면. 최기일은 평북
     삭주생으로, 신의주보통학교, 게이오 대학을 거쳐, 1948년 도미, 프린스턴과 하버드
     에서 경제학을 전공한 후 마이애미 대학 등에서 경제학 교수를 지낸 재미교포다.
17   이어령, 『축소지향의 일본인』, 기린원, 1986, 서문.

취업과 같은 중요한 영역뿐 아니라, 교양과 취미의 세계에서도 일
본어의 지위는 조선어보다 우월한 위치에 놓여 있었다. 몇몇 예외적
인 경우를 제외하고, 전후세대 대부분은 한국문학이 아니라 일본어를
통해 문학에 입문하고 탐닉하게 된다.

> 이무렵(해방 전후를 가리킴—인용자) 우리가 가장 애지중지했던 것이
> 일본의 신조사(新潮社)판 37권짜리 세계문학전집이었다. 우선 그것을 통
> 독해내는 일이었다. 밤을 새우다시피 읽었고 고본옥(古本屋, 헌책방—인
> 용자)에 그 책이 단권으로라도 나와 있으면 사고 싶어 환장을 하였고, 문학
> 을 좋아하는 동료들과 서로 바꾸어 보곤 하였다.[18]

> 각설하고, 나의 시, 소설읽기는 중학 2, 3학년때부터(1943~44년 정도—
> 인용자)였는데 당시 일본의 신조사(新潮社)에서 낸 세계문학전집을 모조
> 리 뗀 기억이 난다.[19]

> 내 또래들은 마찬가지이겠으되 일본어 책을 선택의 여지없이 닥치는 대
> 로 읽었다. (……) 육당이나 춘원에 앞서 나쓰메 소세키, 아리시마 다케오
> 를 먼저 만나고, 소월이나 지용보다 이시가와 다쿠보쿠, 기다하라 하쿠슈
> 에게 대뜸 접근한 사연 역시 엇비슷하다. 그 다음 읽은 것이 일본 신조사판
> 세계문학전집이었는데, 단테의 『신곡』이 이 전집의 첫째 권이라는 이유만
> 으로 죽자사자 달라붙은 기억이 새롭다.[20]

> 나는 방과 후에 통속 연애소설과 탐정소설을 포함한 일본문학 읽기를 즐

---

18 이호철, 「문장 수련에 쏟은 정열」, 『나의 문학수업 시절』, 문학사상사, 1991. 21면.
19 서기원, 「쉽게 데뷔는 했지만」, 앞의 책, 55면.
20 최일남, 「이태준의 상허문학독본」, 고은·김우창·유종호·이강숙 편, 『책, 어떻게 읽을
    것인가』, 민음사, 1994, 137면.

겼다. 그것들을 읽느라고 늦게까지 잠을 안 잘 때도 있었다. 특히 "킹"(성인잡지)과 "쇼넨클럽"(소년클럽) 등 월간지의 모든 기사를 흥미있게 읽었다.(……) 그 당시(1937년경—인용자)에는 조선어로 된 잡지나 만화책은 전혀 구할 수가 없었다.[21]

한글로 된 서적을 쉽게 접할 수 없었던 배경에는 직·간접적인 검열과 통제가 작동하고 있었을 것이 분명하다. 그러나, 그와 함께 앞서 언급한 바와 같은 언어의 위계는 '민족주의'의 '당위'보다도 훨씬 강고한 힘을 지니고 있었다. 천정환은 이광수의 장편 『흙』에서 허숭과 김갑진의 대화를 통해, 일본어 매체와 조선어 매체 사이에 위계화가 어떻게 형성되는지를 명료하게 정리하고 있거니와,[22] 언어의 그런 위계화는 지식인이나 고등학력자에게만 아니라, 채만식의 평판작인 「치숙(痴叔)」(1938)의 화자처럼, 4년제 보통학교를 겨우 마친 사람에게도 이미 확고부동한 것이었다.

더구나 우리 같은 놈은 언문도 그런 대로 뜯어보기는 보아도 읽기에 여간 폐롭지가 않아요.

그러니 어려운 언문하고 까다로운 한문하고를 섞어서 쓴 글은 뜻을 몰라 못 보지요. 언문으로만 쓴 것은 소설 나부랑인데 읽기가 힘이 들 뿐 아니라 또 죄선 사람이 쓴 소설이란 건 재미가 있어야죠. 나는 죄선 신문이나 죄선 잡지하구는 담싸고 남 된 지 오랜걸요.

잡지야 머 낑구나 쇼넹구라부 덮어 먹을 게 있나요. 참 좋아요. (…중략…)

소설 참 재미있어요. 그중에도 기꾸지깡 소설! …… 어쩌면 그렇게도 아

---

21 최기일, 앞의 책, 265면.
22 천정환, 『근대의 책읽기』, 푸른역사, 2003, 242~244면.

기자기하고도 달콤하고도 재미가 있는지. 그리고 요시까와 에이찌, 그이 소설은 진찐바라바라하는 지다이모논데 마구 어깻바람이 나구요.[23]

널리 알려진 대로, 「치숙」은 화자의 진술이 지니는 전도된 가치 때문에, 독자에게 일종의 '아이러니' 효과를 불러일으키지만, 당시의 정황을 헤아려 보자면, 최소한 인용문만큼은 일정 정도 '사실'에 기반을 두고 있는 진술이라고 볼 수 있다.

요컨대, 전후세대는 보통학교 취학률이 급등하는 1920년대 중반부터 식민지 제도 교육의 영향 아래 놓이게 되며, 일본어로 구축된 지식과 정보의 세계를 접한다. 해방이 되기까지 그들은 대체로 '한문→일본어'의 순서로 '문자 언어'를 익혔으며, '한글'은 해방 이후에 비로소 처음 공부하게 되었던 것이다. 이들은 갈데없는 이중언어자들이었다.

4. 전후세대에 대한 한국문학사의 시좌(視座) ─ 김현의 경우

이중언어자라는 전후세대의 언어적 정체성을 날카롭게 간파했던 것은 비평가 김현이었다. 전후세대의 언어적 정체성에 대한 김현의 지적은, 물론 1940년대 생인 이른바 '4·19세대' 자신들의 문학사적 정당성을 확보하기 위한 것이었다. 그러나 지금 읽어도, 전후세대의 언어적 환경에 대한 그의 통찰은 선구적이다.

---

23 채만식, 「치숙」, 『채만식전집 7』, 창작과비평사, 1987, 270면.

　　20세를 전후해서 해방과 전쟁을 맞이했다는 것은 50년대의 문학인들이 세계와 현실을 보는 세계 전망의 확고한 기반 위에서 사태를 이해하지 못했으리라는 것을 추측케 한다. 위의 진술은 두 가지 면으로 이해되어야 한다. 하나는 언어의 급변으로 인한 의식 조정의 곤란이다. 한국어 말살 정책에 의해 일본어를 국어로 알고 성장한 세대는 급작스러운 해방 때문에 문장어(文章語)를 잃어버린다. 그래서 한글로 개개인의 사고와 감정을 표현해야 한다는 어려움에 부딪힌다. 사물에 대해 반응하고, 그것을 이해하고 비판하는 작업은 일본어로 행해지는데, 그것을 작품화할 때는 일본어 아닌 한글로 행해야 한다는 어려움, 그것은 사고와 표현의 괴리를 낳는다. (…중략…) 일본어로 사고하고 한국어로 표현한다는 이 절망적인 현상은 국적 불명의 언어로 소설을 쓴 개화 초기의 비극과 맞먹는다. 그것은 사고와 표현이 한 차원에서 이해되지 않고, 서로 다른 차원에서 행해진 비극이며, 그것은 50년대 문학인들의 의식 속에 두 개의 국가가 공존한다는 것을 뜻한다.(강조는 인용자)[24]

　　인용문의 마지막 문장은 여러 측면에서 대단히 의미심장하다. 우선, 포스트식민주의적 사유를 선취하고 있다는 점(이 글이 1971년도의 것임을 기억할 필요가 있다). 동시에 전후세대의 문학사적 위상을 단 하나의 문장으로 규정하고 있다는 것. 그러나, 이런 사유의 선취에도 불구하고, 정작 그가 내린 '두 개의 국가의 공존'이라는 진단은, 전후문학의 포스트식민성을 분석하는 데 동원되지 않았다는 또 다른 문제점을 드러낸다. 그는 '일본어'가 '식민주의 이후'에 '식민화된 주체'와 어떻게 교섭하는가를 설명하지 않는다. 그 대신, 이 진단을 서둘러 '전후문학의 관념성의 직접적 원인'으로 설정해버리고 만다.

　　그의 도식에 따르자면, 전후세대는 언어를 둘러싼 자신들의 환경을

---

[24]　김현, 「테러리즘의 문학」, 『김현문학전집 2』, 문학과지성사, 1995(3쇄), 241~242면. 원 발표지는 『문학과지성』, 1971 여름호.

타개하기 위해 두 가지의 방향을 추구했는데, 하나는 새로운 이념을 발견하는 길이며, 다른 하나는 한국어의 발견이라는 지향이었다는 것이다. 그러나 "전자는 이념에 상응하는 실체를 발견하지 못함으로써, 후자는 표현을 넘어서는 이념을 발견하지 못함으로써, 각각 상징적 예술론과 사회 비판적 예술론으로 변모한다. 그 변모의 과정에서 50년대의 전반적인 특징인 언어의 혼란과 감정의 극대화 현상을 다시 발견한다"[25]는 것이 김현의 진단이었다. 새로운 이념이란 '실존주의'에 의탁해 새로운 휴머니즘으로 한국 사회를 그려내 보이고자 한 전후세대들의 문학적 욕망을 일컫는데, 이렇게 될 경우에는 '한국적 상황'이라는 역사적·사회적 구체성은 휘발되고 보편적인 인류라는 추상성만 덩그러니 남게 된다. 즉, '실존주의적 휴머니즘'에 의탁해 새로운 이념을 한국 사회에 주입하고자 하는 시도는 결국 공허한 관념의 추상성으로 함몰된다. 이 휴머니즘이 구축하는 인간상은 김현의 표현을 빌리자면 "우리 '곁'에 혹은 우리 '안'에 있는 인간은 아니다."[26] 이번에는 '한국어의 발견'을 위해 구체적인 한국인의 삶과 사회에 착목한 후자의 경우를 살펴보자. 이들이 발견한 '한국적 삶'이란 '토착어의 삶'(이것은 유종호의 용어이다)이거나, '뿌리 뽑힌 자'의 삶이다. 그 어느 것도 '절망'과 교섭할 뿐, 새로운 '희망'과 교섭하지 못한다. 결국 현재의 구체성은 '현상'으로 존재할 뿐 '이상'으로 이어지지 못한다. 그러므로 그 귀결은 '의고주의'이거나 '패배주의'이다. 그리고 이 파탄은 결국 50년대 문학 전체를 일종의 '소멸에 대한 욕망', 즉 '허무주의'로 기울게 만든다는 것이 그의 최종 결론이다.

요컨대 '두 개의 국가가 공존하고 있다'는 이 선구적 통찰은, 그 표면적인 탁월함에도 불구하고 사실상 전후세대에 내려진 일종의 사망

---

25 김현, 앞의 글, 253면.
26 김현, 앞의 글, 250면.

선고라고 할 수 있다. 두 개의 국가가 공존하는 세대의 문학은 식민지에서 해방된 한국문학의 진정한 주역일 수 없다는, 결연한 단죄였던 것이다. 이 '적자주의(嫡子主義)'는, 앞서 말한 바 있는, 한국 근대문학사의 '(식민지적 과거와 단절하고자 하는)욕망'과 '(순혈주의에 입각한 자기동일성의) 신화'와 공모관계에 놓여 있다. 이 두 개의 바퀴가 작동하는 한, 조선작가가 쓴 일문(日文)소설이 한국 근대문학에서 배제되듯이, 전후문학 또한 '적자(嫡子)'의 반열에 들 수는 없기 때문이다. 전후문학의 핵심을 언어적 정체성의 혼란에서 발견하고, 그것의 극복을 자기 세대의 문학적 과제로 설정한 김현의 시각은, 이후 전후문학의 해석에서 가장 큰 영향력을 발휘하게 된다.

따라서, 전후문학에 관한 김현의 진단, '두 개의 국가의 공존'은 다시 설명되어야 한다.

5. 이중언어자의 질곡―낯섦과 익숙함의 공서(共棲)로서의 전후 사회

전후세대의 언어적 정체성에 혼란을 초래한 직접적인 이유는, 익숙한 일본어와 낯선 한글쓰기의 '대체' 때문이지만, 그것은 근본적인 이유라고 보기는 어렵다. 그들이 스스로 고백하는 정체성 혼란의 상황은 자세히 들여다보면, '낯선' 동시에 '익숙한 것'의 이중적 구조로 되어 있어서, 이른바 '단절과 반복'이라는 포스트식민주의 특유의 재생산 메커니즘을 확인할 수 있고, 혼란의 좀더 근본적인 이유는 이것과 관계된다. 문인은 아니지만, 전후세대에 속하는 리영희(1929년생)의 회고를 잠시 들어보기로 하자.

나는 자기의 약점을 검증하고, 그것을 보완할 방법을 연구해야 했다. 가장 큰 약점은 우리말의 서투름이었다. 일제하에서의 국민학교 4학년까지 '조선어'를 배웠을 뿐, 일본인이 대다수인 중학교에서 일본말로 공부하다 해방을 맞아 학교교육에서 나는 정확한 우리말을 익힐 기회가 별로 없었다. 군대생활 7년간은 영어와 우리말을 절반씩 사용하는 틀 속에서 '쓰는 한국어'를 연마할 기회가 없었다. 말하고 읽기는 하지만 쓰는 훈련을 못 가졌던 것이다.

둘째의 어려움은 평안도 사투리였다. 표준말을 익히는 것도 쉬운 일이 아닌데 발음과 표기까지 다르니 그것을 교정하는 고생은 여간 아니었다. 한 예로, 평안도에서는 '외(外)'자를 '왜'로 발음한다. 편집부에 원고가 넘어갈 때마다 어째서 외가 아니고 왜냐는 핀잔을 받았다. 나의 귀로는 서울 발음의 '외'와 '왜'를 분간할 수 없었다. (…중략…) 두말 할 것도 없이 맞춤법은 최대의 괴로움이었다. **글을 쓰는 훈련을 못 가졌던 사람에게 맞춤법은 공포의 대상이 아닐 수 없다.** (…중략…) 나는 견습기간중 한 달을 기간으로 설정하고 국민학교와 중고등학교 국어교과서를 가지고 우리말 공부를 완전히 새롭게 시작했다. 동료들이 보지 않는 곳과 집에 돌아와서의 시간을, 마치 중학교에 입학했을 때 일본어와 영어에 쏟았던 것과 같은 열성으로 몰두하였다. (…중략…) 사실대로 말해서 기자생활을 시작하던 그 당시(1957년을 말함-인용자)로서는 나는 일본어와 영어가 우리말(글)보다 수월했다. 일본어는 철저한 식민지 교육을 국민학교부터 받고 일본인이 대부분인 중학교를 다녔으니까 그럴 수밖에 없었다.[27](강조는 인용자)

1929년생인 리영희의 이 회고는, 해방과 더불어 들어선 '국가'가 언어를 통해 '국민'을 창출하는 과정을 묘사하고 있다고 해도 과언이 아

---

27 리영희, 『역정-나의 청년시대』, 창작과비평사, 1988, 251~252면.

니다. 그는 한국인이면서도 '쓰는 한국어'를 제대로 못하는 '국민으로
서의 결여된 자격'에 시달리는 한편, 한글맞춤법이라는 또 다른 국민
언어적 규범에 제대로 적응하지 못하는 '사투리 사용자로서의 결여된
자격' 때문에 이중으로 고통을 겪고 있는 것이다. 다소의 과장이 허락
된다면, 위의 회고를 통해 우리가 확인할 수 있는 것은, 새로운 '국민'
의 탄생이다. 나이 30세에 가까운 성인이 뒤늦게 '대한민국'의 국민으
로서 지녀야 할 '언어 자격'을 갖추기 위해 힘겨운 '통과제의'를 치르고
있는 것이다.[28]

그러나 뒤집어 생각하면, 이 '통과제의'야말로, 불과 수년 전 '國語'
였던 '일본어'가 일본인에게는 물론이고 조선인에게도 똑같이 강요되
었던, 식민주의의 '억압적 체계'를 모방하고 되풀이하는 과정이라고
할 수 있다. 그러므로, '한글'과 '일본어'는 자리바꿈을 했지만, 언어규
범의 강제성이라는 '구조'와, 그 메커니즘을 통해 '포섭 / 배제'가 작동
하는 원리는 매우 낯익은 것이었다. 이 낯섦과 익숙함의 교차와 반복
이야말로, 전후세대의 언어적 정체성의 혼란, 나아가서 그들이 '문학
적 주체'로서 겪어야 할 혼란의 진정한 이유인지도 모른다.[29]

> 무명지 깨물어서 붉은 피를 흘려서
> 태극기 걸어놓고 천세 만세 부르세
> 한 글자 쓰는 사연 두 글자 쓰는 사연
> 나랏님의 병정되기 소원입니다.

---

28 문인의 경우, '국민의 형성'과 관련된 통과제의의 결정판은 아마도 '종군작가단' 복
무일 것이다.

29 김경미의 「일제 파시즘 교육체제의 재생산구조 – 해방 전·후 국사교과서의 논리구조
를 중심으로」(방기중 편, 『식민지 파시즘의 유산과 극복의 과제』, 혜안, 2006)는 국사
교과서의 분석을 통해 파시즘의 국가주의 옹호와 개인주의 및 자유주의 배제의 논리
가 해방 이후 대한민국의 교과서에서도 어떻게 반복·재생산되는가를 잘 보여준다.

당시(1948년을 말함―인용자) 교련 시간에 많이 불렀던 군가의 하나이다. 최근에야 이 노래 제목이 「혈서 지원」이며 작곡자가 박시춘이란 것을 알았다. 그리고 이 노래가 일제 말기에 지원병 장려책의 일환으로 작곡된 것임을 알고 적지않이 놀랐다. 일제 말기의 사정을 어느 정도 안다고 자처하고 있었는데, 이런 노래가 있다는 것은 전혀 모르고 있었기 때문이다. 태평양전쟁이 일어나던 해에 국민학교에 들어가서 많은 일본 군가를 들어보았다. 직접 배우지 않았더라도 학교에서 확성기로 수없이 들었던 것이다. 전후 사정으로 보아 위의 노래는 내가 학교에 들어가기 이전의 시기에 불렸던 노래이고 따라서 들은 바가 없었던 것이다. 그렇다 하더라도 '일장기(日章旗) 걸어놓고 천세 만세 부르세'란 대목에서 태극기만 바꿔서 우리 군가로 사용했다는 것은 너무 심했다는 느낌을 금할 수 없다. '나랏님의 병정'도 그렇다.[30](강조는 인용자)

일제 말 군가 「혈서 지원」의 '일장기'를 뺀 자리에 '태극기'를 바꾸어 넣고, 대한민국 중등학교의 군사훈련용 군가로 불렀다는 이 일화야말로, 낯섦과 익숙함이 교차되는 '식민주의 이후'의 상황을 상징적으로 보여준다. 회고를 마무리하면서 유종호는 "현재의 애국가 가사에 '올드 랭 사인' 곡을 붙여 노래를 부른 시절이 있기는 하다. 그러나 해방 후 몇 해가 지나서도 이런 노래를 군가로 사용했다는 것은 참 무신경한 일이다."[31]라고, 일종의 '부주의함'으로 그 이유를 돌리고 있지만, 이미 확인했듯이, 그것은 포스트식민성의 정형화된 모방의 메커니즘이 근본적인 이유라고 할 것이다.

나아가, 손창섭의 단편 「혈서(血書)」(1955)는 이런 콘텍스트 안에서 읽지 않으면, 그 의미의 합리적 핵심이 손에 잡히지 않는 작품이기도

---

30 유종호, 『나의 해방 전후』, 262~263면.
31 유종호, 앞의 책, 263면.

하다. 반복되는 '국가주의'의 문제와 함께, 이질적인 '에크리튀드'를 중첩시켜 동시대의 '글쓰기'와 그 주체의 혼란을 상징적으로 드러내 보인다는 점에서, 이 단편은 여러모로 문제적이다. 손창섭 소설의 난해함은 장용학의 난해함과 더불어 수많은 연구자와 비평가들의 이목을 집중시키는 '흥행 요인'의 하나라고 할 수 있는데, 이 자리에서 충분히 밝힐 수는 없지만, 그의 소설이 보여주는 난해함은 의미의 불연속성 때문에 빚어지는 것이라기보다는, 해석주체가 콘텍스트를 제대로 재구성하지 못하기 때문에 생기는 경우가 태반이라고 생각된다. 「혈서」 또한 반복되는 사건들의 탈맥락화로 인한 난해함 때문에 종종 연구자들의 다양한 해석을 유도하는 작품이지만, 이중언어자로서의 질곡과 해방 직후에 겪는 역설적 상황에 대입해서 읽으면, 파편화된 사건들의 '재맥락화'가 가능한 작품이기도 하다.

「혈서」의 등장인물 중의 하나인 규홍(奎鴻)은, 시인 지망생으로 밤마다 불란서어 강습에 나간다. 문학을 하는 데는 불란서어가 필요하다는 것이다. 최근 한 달 동안 밤마다 언 손가락을 불어가며 남폿불 아래서 그가 완성한 시는 「혈서」라는 제목의 시다.

血書 쓰듯
血書라도 쓰듯
순간을 살고 싶다.
(一聯 省略)
모가지를
이 모가지를
뎅겅 잘라
내용 없는
血書를 쓸까![32]

규홍을 지배하는 '혈서'의 아우라는 아무래도 군가 '혈서지원'의 그 아우라임이 분명하다. 그 아우라 속의 '나랏님'이 '천황폐하'가 아니고 벽에 걸린 것이 '일장기'는 아니겠지만, '순간을 살고 싶다'는 정서는 '사쿠라가 지듯 젊음도 지는' 정서와 연결되어 있다. 그런데 정작 규홍 자신은 현대시를 위해 '불란서어'를 배우려고 애쓴다. 규홍의 이 착종은 그대로 전후세대 자신의 '자화상'에 해당한다. 작가는 규홍에게 "여간 대단한 것이 아닌" 이 작품을 규홍의 집에 기식하는 달수와 준석의 대화를 통해 금세 희화화시킨다.

> "어이, 무턱, 저게 뭐야, 저게. 도대체 무슨 개수작이야."
>
> (…중략…)
>
> "현대시란 대개 그런 거야. 신문이나 잡지에두 그 비슷한 시가 왜 자주 나지 않어."
>
> "신문이나 잡지문 젤야. 어이 무턱, 그래 세상에서 신문 잡지가 젤이란 말야. 신문에만 나문 그게 장한 겐가."
>
> "그렇지만 교과서에두 시가 있는데 그래. 문교부에서 만든 국정 교과서에두 시가 실려 있어."
>
> "그건 여자가 지은 시겠지. 아무렴, 정부에서 남자의 시를 다 인정하구 싣는단 말야? (…중략…) 이런 바보 같은 거 봐라. 아무렴 정부에서, 남자 대장부가 밥 처먹구 앉아서 미친 소리 같은 시나 쓰라구 장려한단 말야."[33]

준석과 달수의 이 뜬금없는 대화는, '혈서'를 현대시라는 '글쓰기'의 인준(認准) 문제로 이동시킨다. 그와 동시에, 전후세대들을 강박했던

---

32 손창섭, 「혈서(血書)」, 『현대한국문학전집 3 – 손창섭집』, 신구문화사, 1967, 172면. 중간의 '1연 생략'은 원문의 것이다.
33 손창섭, 앞의 책, 173면.

당시의 미디어에 대한 그들의 심리적 의존과 공포를 보여준다. 물론 이들은, 현대시가 무엇인지 이해할 만한 지적 능력을 지니고 있지 않다. 전장에서 다리 하나를 잃고 상이군인으로 제대한 준석과, 법대에 진학해 대학생이 되고 싶은 가난한 고학생 달수는 '현대시'가 무엇인지, 시 '혈서'의 의미가 무엇인지를 가늠할 능력이 없다. 그러나 중요한 것은, '현대시'의 정체와 '혈서'의 의미가 아니라, 그것이 신문과 잡지, 그리고 교과서라는 미디어에 실렸는가 혹은 그 미디어로부터 인정받고 있는가의 여부이다. 해방 이후 이들의 언어적 정체성에 변화와 이접을 강요했던 것이 바로 이 미디어들이었기 때문이다. 앞의 리영희의 회고에서도 당시의 중학교 교과서가 새로운 '쓰기 한국어'의 정전(正典)이 되었음을 밝히고 있거니와, 새로운 한국어 쓰기는 이런 과정을 통해 형성되었던 것이다. 미디어를 둘러싼 이 공방전과 현대시 '혈서'에 문득 오버랩 되는 것은, 또 다른 등장인물 중의 하나인 창애의 아버지의 다음과 같이 시작되는 편지다.

> 安奎鴻 靑年先生 보오라.
>
> 其間 靑年 三人과 處女 一人이 無故무탈 하난지 알고저 願이노라. 老生은 靑年三人과 處女一人이 晝夜로 넘네해주신 덕분에 別故無하게 行商이 번창하노라. 前番 歸家時난 特히 美酒랄 厚히 대접받자와, 감개무량이노라. (…후략…)[34]

한국 근대문학사 오십 여년, 즉 1900년대에서 1950년대의 처음과 끝을 장식하는 이러한 '글쓰기'의 중첩(重疊)이 의도하는 것은, 해방 이후의 '과거와의 억압적 단절'에 대한 저항이라고 할 수 있다. 손창섭에게

34　손창섭, 앞의 책, 175면.

중요한 것은 '내용'보다도, 등장인물들의 '진지함'이라는 형식 자체이다. 그는 이 '진지함'을 '조롱'하고 있다. 그러나, 이 '조롱'은 '대상'보다 우월한 위치에서 이루어지는 것이 아니다. 규홍과 달수와 준석의 진지함은, 실상 자기가 무엇을 지향하고 어디서 왔는가를 알지 못하는, 혹은 일부러 은폐시키고 있는 어리석은 '진지함'이기 때문이다. 기실 전후세대의 진지함은 '초조함'의 다른 모습이다. 왜냐하면, 그들은 각인된 일본어의 세계로부터 새롭게 형성되는 한국어의 세계로 이동하기를 강요받고 있었으며, 그 과정에서, '과거'는 깨끗이 '제거'하기를 동시에 요구받고 있었기 때문이다. 그리고, 그런 '제거'는 요구만큼 말끔히 진행되지 않았다. 그 점에서 손창섭이 견지하고 있는 이 태도는 '연민'의 다른 얼굴이기도 하다. 이런 양가적인 시선이 동시에 가능한 이유는, 전후세대의 착종, 혹은 혼종성을 손창섭이 은폐하거나 외면하지 않고, 정면으로 응시하려고 애썼기 때문이다. 이 연장선상에서 보자면, 손창섭 소설에 무수히 등장하는 '불구'와 '장애'는, 전쟁의 상흔에서 온 것이라기보다는, 정체성의 혼란과 접속하는 바가 훨씬 크다.

6. 이중언어 세대의 자의식(1) ─ 장용학 · 유종호의 경우

손창섭과는 다른 방식으로, 반복─재구조화되는 내셔널리즘의 문제에 대해 이의를 제기하고 나선 것은, 전후문단의 이단아로 불렸던 장용학이었다. 한문체─국한혼용체─한글체로 이어지는 근대 문체의 변환을 통해, 일찍부터 한글전용이 관행으로 자리 잡은 한국 근대 소설의 전통을 부정하고, 등단 당시부터 줄기차게 한자혼용을 고집했

던 것으로도 유명한 그는, 당시로서는 대단히 파격적으로 민족주의로
서의 '내셔널리즘'을 부정하고 '국민주의'를 주장한다. 그의 내셔널리
즘 부정은 한글전용 부정과 맞짝을 이룬다.

> 민족은 개인이나 인류를 배척하는 개념으로 그 閉鎖的이고 排他的인 점에
> 있어서 휴머니즘과 대립된다. 민족주의는 민족적이 아닌 것은 일체 배격하
> 려 들며 민족의 발전을 위해서는 인류의 행복이나 개인의 존엄성, 자유, 創意
> 性 같은 것은 무시해도 좋다는 권리를 갖고 있다. 그러한 민족의 神이 예술의
> 神일 수 없고 문학 특히 소설은 휴머니즘이다. 그래서 민족주의문학으로서
> 의 민족문학은 그럴 때 純粹文學이라는 옷을 갈아입고 나온다. 그들의 이른
> 바 純粹란 '土着性'이란 딴 이름에 지나지 않았고 거기서는 外來的인 것이 不
> 純物이 되지만 그 외래도 新來에 한한다. 그들은 오늘의 신래가 내일에는 舊
> 來가 되는 날이 있다는 것을 외면하려고 한다. (…중략…) 민족문학은 닫힌
> 세계의 문학이지만, 국민문학은 열린 세계의 그것이다. '民族'에는 神이 있
> 지만, '國民'에는 神이 없다. (…중략…) 우리 문학에 있어서 최고의 德은 순
> 수가 아니라 豊富여야 하고 發展이어야 한다. 한국 소설의 무엇보다도 斷點
> 은 그것이 貧弱하다는 데에 있다. 풍부는 異質에서 생긴다. 우리 한국 문학
> 에는 이질적인 것, 異端的인 것이 流入되어야 하겠다. 민족정서가 안 보여질
> 만큼 混亂해져야 하겠다. 민족정서는 언제나 어떠한 혼란보다도 크다. 그것
> 은 대지이기 때문이다. 변질되어도 그것은 우리의 大地이다.[35]

장용학에게는 '한글전용주의-(해방 이후의) 민족주의-순수문학론
-전통론'이 하나의 계열체를 이루고 있어서, 하나가 부정되면 나머지

---

[35] 장용학, 「국민문학을 위해서」, 『장용학전집 6』, 국학자료원, 2002, 131~132면. 전집
에는 한자를 전부 괄호 안에 병기하는 방식으로 처리했으나, 장용학의 평소 소신을
존중한다는 점에서 직접 노출시켰다. 이 글은 1965년의 글이지만, 등단 이후 지속된
그의 언어관 내지는 문학관이라고 판단하여 논의의 근거로 삼는다.

도 동시에 부정된다. 이 각각은 전부 '민족주의'와 일정한 연관을 맺고 있지만, 모두가 민족주의로 환원되지는 않는다는 점에서, 장용학이 견지했던 이러한 논리적 계열화는 다소의 과도함을 면하기 어렵다. 그는 민족주의를 곧 전통회귀론과 같은 개념으로 이해했고, 소설에서의 한글전용을 근대소설을 다시 근대 이전의 '이야기' 수준으로 끌어내리려는 시도로 받아들였기 때문이다. 또한 기표와 기의의 자의적 관계를 이해할 수 없었던 그로서는, 표의문자인 한자의 가독성 그리고 개념을 무한정으로 산출해 낼 수 있다는 잠재적 생산성에 심각하게 고착되어 있었다. 그래서, 그는 당당히 한자혼용을 주장했다. 그러나, '민족(주의) 문학'은 배타적이지만 '국민문학'은 이질적인 것의 다양한 포섭에 기초한다는 그의 논리는 납득하기 힘들다. '민족'이 상상에 의해 구축되는 공동체라면, '국민'은 제도의 강제를 통해 형성되기 때문이다. 그것은 이질적인 것의 자발적 동화(同化)라기보다는, 푸로크루테스의 침대처럼, 비국민적인 것을 제거하는 과정을 통해 형성된다. 그런 점에서 '포섭 / 배제'의 논리가 작동하는 것은 둘 다 마찬가지다. 더구나, 국민문학론을 한자혼용론과 연계하는 것은 논리적 비약이다.

이러한 논리적 허술함을 무릅쓰고 완고하게 한자에 고착하는 장용학의 사유의 핵심을 이해하려면, 그의 주장의 표면만을 살펴서는 어렵다. 그의 한글부정 논리에는 '(한글로 된) 한국어'와 '(한자로 된) 한국어'라는 구별과 위계가 숨어 있다. 그리고, 같은 한국어이긴 해도, 전자는 '형용사의 한국어'이고 후자는 '개념어(명사)로서의 한국어'이다. 그리고 문장의 주어, 나아가서 문명의 주어는 당연히 개념어이다.[36]

그가 '한자'에 그토록 집착했던 것은 과연 '문자' 자체로서의 '한자'였을까. 엄밀히 말하면, 그가 고착되어 있던 것은, '문자' 자체로서의

---

36 장용학, 「형용사의 나라 한국」, 앞의 책, 91면.

'한자'가 아니라, 19세기 말 이후, 일본이 번역하거나 번안한 '근대어'
로서의 '한자'였다. 전후세대의 언어적 정체성에 비추어 볼 때, 이러한
추론만이 장용학의 '한자 고착증'을 제대로 설명할 수 있다.[37] 그러나
그는 '한자'로 표상되는 '번역된 근대'에서 '번역'의 부분을 지우고 '근
대'의 부분만을 남겨둔 채, (한글로 된)한국어를 부정하고, (한자로 된)한
국어만이 진정한 '한국어'임을 역설하는 것이다. '한자'라는 문자 자체
에 함몰되면, 장용학의 논리가 지닌 이러한 자기기만과 '한글 부정'의
논리적 결락을 파악하기가 힘들다. 또한 이것은 장용학 개인의 논리
적 오류일 수도 없다. 그 나름으로는, '단절과 반복'의 '식민주의 이후'
에 대한 저항이었던 셈이고, 또한 자기세대의 언어적 정체성에 대한
'속죄의식'이 아니라 일종의 '인정투쟁'이었던 것이라고 할 수 있다.

　　장용학과 한글전용을 둘러싸고 여러 차례 논쟁을 벌이면서 '한글
전용'의 당위성을 역설했던 전후세대 비평가 유종호는, 장용학이 '(일
본을 통해 번역된) 근대'라는 '기의'를 감추고 '한자'라는 기표를 내세운
것과는 정반대로, 놀라울 정도로 솔직하게 '한자'라는 기표 대신 '일본
을 통해 번역된 근대'로서의 '한자'라는 기의에서부터 전후세대의 언
어적 정체성이 지닌 질곡을 문제 삼는다. 그러므로 엄밀한 의미에서,
이 둘의 논쟁은, '한자'냐 '한글'이냐가 아니라, '번역으로서의 근대'를

37　장용학의 '한자혼용론'을 세대론적 관점에서 접근한 연구로 방민호의 「장용학의 소
　　설 한자 사용론의 의미」,『한국 전후문학과 세대』, 향연, 2003을 들 수 있다. 그는 한
　　자 사용을 '동양적 보편주의'로의 함몰로, 실존주의에 경사된 것을 '서구 보편주의'
　　로의 함몰이라고 보고, 이런 모순적 현상을 일종의 정신분열이라고 표현했다. 그러
　　나 장용학의 '한자론'을 동양적 보편주의로 환원시키는 것은 다소 무리한 해석이 아
　　닌가 한다. 본문에서도 언급했지만, 그에게 '한자'가 환기시키는 세계는 '중국'이 아
　　니라 '(서구의 번역으로서의) 근대 일본'이며, '한자'를 동아시아의 문명사적 보편성
　　의 표상으로 이해하지 않는다. 만약 장용학의 언어적 정체성에서 '자기분열'과 모순
　　을 문제삼는다면, 그가 노골적으로 표시하는 '일본'에 대한 지독한 혐오일 것이다.
　　그의 '혐일관(嫌日觀)'이 집대성된 것이『허구의 나라 일본』, 일월서각, 1986이다. 그
　　의 분열은 '일본'이라는 나라 자체는 '허구'로 보지만, 서구의 번역으로 구성된 '근대
　　일본'은 실존으로 인정한다는 것에서 비롯된다.

전후문학에서(더 넓게 보면 한국문학 전체에서) 도대체 어떻게 처리할 것인가의 문제였다고 해석할 수 있다. 유종호가 빠져 있는 언어적 정체성의 딜레마는, 앞서 김현이 파악한 전후세대의 딜레마와 사실은 동질의 것이다. 요약하자면, '토착어'를 통해 '한국어를 재발견'하자니, 그것에 의해 환기된 인간군들은 모두 전근대인(前近代人)들이고, '한자어'에 고착되는 한, 문학을 통한 '새로운 한국어의 발견'은 길이 보이지 않는다는 것이다. 장용학이 은폐한 '한자'의 비밀을, 그는 솔직하게 인정하고 있기 때문이다.

그리고 이 부분의 한자어는 실상 日人들이 서구어에서 번역한 것이나 혹은 술어로서 만들어 낸 것을 그대로 수입해 온 日産 漢字語가 압도적으로 많다. 가령 演說이란 말도 일본의 선각자 福澤諭吉이가 英語의 speech의 역어로 쓴 것이 효시(嚆矢)가 되어 일본에서 통용되다가 그대로 우리 나라에서도 통용되게 된 것이다. 이것은 극히 평범한 日産 漢字語의 일례이지만, 辨證法, 民主主義, 觀念形態, 人道主義, 社交, 傀儡 등등 예를 들자면 한량이 없다. (…중략…) 토착어가 우리들에게 친밀한 말이라고 하는 것은 시인 작가로 하여금 뜻하지 않은 함정으로 유도할 수가 있다. 손쉬운 토착어의 조직과 세련은, 결국 토착어의 전근대적 인간상의 형상에만 안주하게 될 위험성이 많으며, 그렇게 함으로써 현대 한국의 眞面目을 逸失하고 일면적인 한국만을 고집하는 保守에의 길로만 一片丹心 걸어가게 될 위험성이 있다. (…중략…) 그러나 우리 문학의 새로운 가능성은 토착어의 자리를 대치하여 가고 있는 생경한 언어군을 어떻게 예술적으로 형상해 가느냐는 점에서 찾지 않으면 안 될 것이다.[38]

38　유종호, 「토착어(土着語)의 인간상(人間像)」, 『비순수의 선언』, 신구문화사, 1962, 174~179면. 원 발표지는 『현대문학』, 1959.12.

　유종호의 딜레머는, '문학적 한국어의 재발견'이라는 문제를 매우 민감하게 의식했기 때문에 나타난 것이다. 겉으로 인정하지는 않았지만, 장용학이 '역어(譯語)로서의 일산(日産) 한자어(漢字語)를 포기할 수 없다'고 선언한 것에 비해, 유종호는 현재로서는 어쩔 수 없지만, 새로운 한국문학을 위해 그것은 결국 극복해야 할 '불행한 유산' 같은 것으로 인식했다. 장용학이 전후세대의 '언어적 혼종성'을 보편주의로 둔갑시켜 전도된 방식으로 인정받기를 요구했다면, 유종호는 스스로 이중언어 세대에 속하면서도 끝내 그 혼종성을 혼종성 자체로 인정하기는 어려웠던 것으로 보인다. 다만, 그것을 과도기적 특징으로서 인정할 뿐이었다. 아마도 이 '역어(譯語) 한자어'가 구성한 근대 세계를 어쩔 수 없이 인정하는 태도의 이면에는, 이제 '우리의 근대'를 만들어 나가야 한다는 욕망이 스며들어 있는 것인지도 모른다. 그는 스스로 제출한 이 과제의 해답을 구하지 못하고 문학사의 숙제로 이월시킨다. 그것은 '논리'의 문제가 아니라 '시간'의 문제라고 판단했기 때문이다. 김현의 전후세대 평가는 이 숙제와 잇닿아 있는 것이었으며, 그의 평가나 규정의 옳고 그름을 떠나, 언어적 정체성의 문제는 전후세대와 그 이후 세대를 동시에 관류하는 문학사적 문제였음은 부인하기 어렵다.

　이문구는 유종호나 김현의 이러한 문제의식을 일종의 문학사적 과제로 무겁게 의식하고 있던 작가의 한 사람이었다. 이문구는 '언어'와 관련해 매우 이채롭고 독보적인 문학 세계를 구축한 작가이며, 그가 소설을 통해 펼쳐 보인 '한국어'의 세계는 여전히 활발한 토구의 대상이 되고 있는데, 그의 대표작이라고 할 수 있는 『관촌수필』은 장용학과 유종호, 김현을 괴롭혔던 이 언어적 딜레마와 관련해 대단히 흥미로운 대응을 보여주고 있다. 우연으로 돌리기에는 너무나 공교롭게도 이문구는 전후세대의 언어적 정체성의 결절점인 '역어(譯語) 한자'와 '표준어'에 정확히 대칭되는, '유교(儒教) 한자'와 '사투리'를 통해 전후문학의 딜레마를 넘어서려는 시도를 보여준다.[39] 『관촌수필』을 구축하고 있는 두 개의 세계—이것은 곧 작가의 유년을 구성하고 있는 두 개의 세계이기도 한데—그것은 할아버지로 표상되는 '유교적 한문교양 세대'가 구현하는 세계이며, 다른 하나는 민중들로 구성되는 '사투리의 세계'이다. 이문구는 장용학이 불러들인 '한자'의 세계, 즉 '역어로서의 근대 세계'가 아니라, 한 세대를 훌쩍 뛰어 넘어, 할아버지가 표상하는 '한문교양 세대'와 서로 소통하기를 꿈꾼다. 그는 '한자'는 되살려내되, 장용학이 호출한 '역어로서의 근대'(곧 이것은 소설 속에서 아버지가 표상하는 세계이다. 화자는 아버지와 서로 소통하지 못한다. 화자의 아버지는 대천 백사장 수천 군중 앞에서 훌륭한 표준어로 선동연설을 할 수 있는 '역어 한자'의 세계에 속하는 근대인이다)를 지우고, 할아버지의 세계를 통해 '전통'으로 회귀한다. 동시에, 국가에 의해 구축되는 '표준어'의 세계에 저항하되, '전근대적 삶'으로서의 토착어의 세계가 아니라, 사투리(이 또한 토착어이기도 한)로서의 '민중'의 세계를 불러낸다. 이로써, 장용학과 유종호의 논쟁이 드러낸 딜레마, 그리고 김현의 문학사적 과제는 새로운 전환점을 확보하게 된다. 이문구는, '전통'과 '민중'을 결합시킴으로써, 이 문제를 해결하고자 했던 것이다. 그러한 시도가 과연 성공적이었는가 하는 질문은 접어두고라도, 이문구 소설의 '언어'를 전후세대의 언어적 정체성의 질곡과 연결지어 재맥락화할 이유는 이로써 어느 정도 확인될 수 있지 않을까.

---

39 이문구의 '언어'가 지니는 이데올로기적 성격에 관해서는 이 책에 실린 「말을 찾아서—이문구론」과 「국가와 농민」을 참조.

7. 이중언어 세대의 자의식(2) −이호철·김수영의 경우

　언어적 정체성에 관한 전후세대의 고백이나 회고는 대체로 두 가지 유형으로 나누어진다. 그것이 일종의 '고해'의 형식을 취할 경우는 속죄의식의 지배를 받는다. 다시 말하면, 식민 지배를 받고 일본어에 오염된 '불순한 한국인'이라는 죄의식이다. 다른 한 가지 태도는, 혼종성을 현존하는 양태로 인정받으려는 태도다. 언어적 순혈주의에 대해서는 비판적인 태도를 취한다. 넓은 의미에서 보자면, 장용학의 경우도 여기에 속한다고 할 수 있다. 그는 한글전용이라는, 언어규범에 대한 민족주의적 등가물에 저항하려고 애썼다. 이런 두 가지 태도를 가장 전형적으로 드러내 보여주는 전후세대는 이호철과 김수영이다.

　작년(1972년−인용자) 늦가을 필자는 난생 처음 일본에 갔다가 묘한 당혹감에 사로잡힌 일이 있다. 교오또(京都)에서 나라(奈良)로 가는 길의 산 이름이라든지 명소(名所) 이름들이 적지 않이 귀익은 이름들이 아닌가. 요시노야마(吉野山)니, 구스노기(楠木)부자(父子)니, 요도가와(淀川)니 하는 이름이 그것이었다. 식민지시대에 배운, 근 30년 전의 일제 교육 잔재가 저 어느 깊은 곳에서부터 가만가만 되살아오는 것이고, 그것이 적지 않이 당혹감을 불러일으키던 것이다. 그야 기억이 나는 것을 어쩔 수는 없다. 그러나 이것이 그냥 소설 같은 것을 통해서만 익숙해진 것이라면 모르지만 이 경우는 문제가 다르다. 필자에게 있어 기억이 되살아온다는 것은 바로 필자 속에 아직도 둥우리를 틀고 있는 집요한 일제(日帝), 그것이 아닐 수 없다.

　이때 필자는 비로소 새삼 생각했던 것이다. 우리 세대로서 국민학교 교육을 받고 중학교 교육을 받고, 일본말을 능숙하게 구사할 수 있다는 그 사실부터가, 이미 그렇지 못한 사람들에 비해서 **순수한 한국인의 자격으로서**

는 결격(缺格)이라는 사실의 냉정한 확인이었다. 다시 말하면, 우리 세대로서 그 당시 국민학교도 못 다니는 사람들보다 국민학교 중학교를 다닌 편이 근본적으로는 이미 잘못 오염되어 있는 점이 있으리라는 것이다. 어느 끝까지 천착해 들어가면 틀림없이 그렇다. 좀더 구체적인 예를 들어 그 무렵 국민학교도 없는 산간 벽촌에서 초동(樵童)으로 농사꾼으로 뻗어간 사람들편이, 일제의 식민지 교육을 받으면서 자라온 우리들보다 순종 한국인이 아니겠느냐는 점이다. 일본말을 잘 알고 잘 한다는 일이, 결코 조금도 자랑이 될 수는 없는 것이다.[40] (강조는 인용자)

전후세대에 속하면서도 이중언어자로서의 고통을 일체 말하지 않는 작가나 시인도 넓은 의미에서는 이호철과 같은 속죄의식에 시달렸기 때문이라고 해석할 수 있다. 창씨명이 히라야마 야키치(平山八吉)였던, 부여공립심상소학교의 우등생으로 조선학생으로는 유일하게 일본견학단에 선발되어 15일간 관서와 관동지방을 여행하고 돌아올 수 있었던, 그리고 졸업할 때는 표창장인 '선장장(選奬狀)'을 받았던 신동엽[41]도 이러한 속죄의식의 연장선상에 놓여 있던 전후세대였다. 그의 시적 이미지로 종종 등장하는, 때 묻지 않은 원시의 순결함에 대한 그의 희원은, 이호철의 표현을 빌리자면, '이미 오염된 한국인'로서의 속죄의식, 이중언어자라는 언어적 정체성에 대한 자기부정의 계기가 작동하고 있는 것인지도 모른다.

그러나, 김수영은 자신을 짓누르고 있는 그러한 이중언어적 혼종성을 부정하지 않았다. 그는 1960년대 말까지도 일본어로 일기를 썼다. 그 때까지 그는 시를 일본어로 먼저 쓴 뒤 한국어로 번역하는 과정을 되풀이하고 있었다. 그의 일기와 시작노트 곳곳에는 일본어로 쓴 구

40　이호철, 「우리 세대」, 『작가수첩』, 진문출판사, 1977, 11~12면.
41　김응교, 「히라야마 야키치, 신동엽과 회상의 시학」, 『민족문학사연구』 30, 2006 참조

절이 눈에 띈다.

中庸ハココニハナイ ソビエットニアル ココニ アルノハ 中庸デハナク 踏步(アシブミ)デアル 死ンダ 平和デアル 懶惰デアル 無爲デアル(중용은 여기에는 없다. 소비에트에 있다. 여기에 있는 것은 중용이 아니라 답보다. 죽은 평화다. 나타다. 무위다. ─번역은 인용자)[42]

김수영은 전문을 일본어로 쓴 1961년 2월 10일의 일기에서 "지금 나는 이 내 방에 있으면서, 어딘가 먼 곳을 여행하고 있는 듯한 기분이 들고, 향수인지 죽음인지 분별이 되지 않는 것 속에서 살고 있다. 혹은 일본말의 속에 살고 있는 건지도 모른다"[43]라고 고백하고 있다. 김수영에게는 이호철이나 신동엽에게서 볼 수 있는 속죄의식, 혹은 언어 순혈주의에 대한 강박 같은 것이 보이지 않는다. 오히려 그 반대다. 직접적이지는 않지만, 그는 자신을 지배하고 있는 언어적 혼종을 있는 그대로 인정하고 싶어 한다. 그가 혐오하는 것은, 실재하지도 않은 언어적 순혈주의이며, 그것의 외연을 구축하는 '민족주의'이다. 김수영은 문화에 민족주의를 적용해서는 안 된다고 단호히 부정한다.

우리들의 실생활이나 문화의 밑바닥의 精密鏡으로 보면 민족주의는 문화에는 적용되어서는 아니 된다. 언어의 변화는 생활의 변화요, 그 생활은 민중의 생활을 말하는 것이다. 민중의 생활이 바뀌면 자연히 언어가 바뀐다.[44]

---

42 김수영, 『김수영전집 2─산문』, 민음사, 1981, 336면. 인용부분은 1960년 9월 9일의 일기 첫머리다.

43 김수영, 앞의 책, 344면. 민음사판 전집에는 한글 번역이 붙어있는데, 이것은 김수영이 아니라 편집진이 독자를 위해 덧붙인 것으로 보인다.

44 김수영, 「가장 아름다운 우리말 열 개」, 앞의 책, 282면.

자신의 세대를 둘러싸고 있는 이중언어적 상황에 대한 김수영의 이러한 솔직한 태도가 그의 특유의 위악적(僞惡的) 태도로 나타난 것이, 1966년 2월 20일의 「시작(詩作) 노우트」라고 할 수 있다. 전문을 일본어로 쓰면서, 김수영은 "해방 후 20년 만에 비로소 번역의 수고를 덜은 문장을 쓸 수 있었다"[45]고 너스레를 떨었다. 그는 이상(李箱)의 일본어 시 「애야(哀夜)」를 번역하고 있다고 하면서, "내가 불만스럽게 생각하는 것은 이상(李箱)이 일본적 서정(日本的 抒情)을 일본어로 쓰고 조선적 서정(朝鮮的 抒情)을 조선어로 썼다는 것이다. 그는 그 반대로 해야 했을 것이다"[46]라고 말했다. 그렇게 함으로써 더욱 철저한 '역설'을 이행할 수 있었으리라는 것이다. 그는 자신의 일본어 사용은 이상(李箱)과 다르다고 규정한다.

내가 일본어를 사용하는 것은 다르다. 나는 일본어를 사용하는 것이 아니라 妄靈을 사용하고 있는 것이다. 아무도 사용하지 않는 것에는 동정이 간다. 그것도 있다. 순수의 흉내, 그것도 있다. 한국어가 잠시 싫증났다, 그것도 있다. 일본어로 쓰는 편이 편리하다, 그것도 있다. 쓰면서 발견할 수 있는 새로운 현상의 즐거움, 이를테면 옛날 일영사전을 뒤져야 한다, 그것도 있다. 그러한 변모의 발견을 통해서 시의 레알리떼의 변모를 자성하고 확인한다(쟈꼬메띠的 발견), 그것도 있다. 그러나 가장 새로운 집념은 상이하게 되는 것이 아니라 동일하게 되는 것이다.[47]

---

45 김수영, 앞의 책, 302면.『김수영 전집 2』에는 이 글이 한글로 번역되어 실려 있으며, 다음과 같은 편자주(編者註)가 달려 있다. "이 詩노우트의 原文은 英字와 고딕(韓國語로 되었음) 부분을 제외하고는 日本語로 씌어진 것인데 독자의 편의를 생각해서 잡지에 발표할 時 잡지사측에서 우리말로 옮겨 실었던 것임.", 앞의 책, 303면.
46 김수영, 앞의 책, 302면.
47 김수영, 앞의 책, 302면.

　이중언어적 상황에 대한 김수영의 이러한 태도를 서석배는 '그의 세대에 가해졌던 단일언어주의에 대한 저항'이라고 규정한다. 그는 김수영의 이중언어 사용이 "'시인은 자신이 시적 이미지들을 가장 효율적으로 표현할 수 있는 자기의 모국어를 완벽하게 구사해야 한다'는 순진한 믿음 뒤에 숨어 있는 이데올로기에 대해 의문을 던지게 하며", "언어의 타자성에 끊임없이 주목하도록 했다"[48]고 평가한다.

　물론 시작 노트 전체의 문맥으로 볼 때 김수영은 단지 '일본어'나 '이중언어적 상황'만 얘기하고 있는 것은 아니다. 김수영은 현대시에서의 '새로운 것과 낡은 것', 혹은 '다른 것과 같은 것'의 범주 전체를 고민하고 있다. 이를테면 위 인용문의 마지막 문장도 그러하거니와, 그 뒤에 이어지는 시 「눈」에 대한 부분에서 "낡은 형(型)의 시이다. 그러나 낡은 것이라도 좋다. 혼용(混用)되어도 좋다는 용기를 얻었다"라는 구절을 보건대, 고민의 핵심은 '번역으로서의 시 쓰기' 자체에 초점이 맞추어져 있다기보다는, 그러한 시 쓰기 과정이 매너리즘에 빠져들고 있는 현대시에 대한 인식의 전환에 기여할 수 있는가의 여부에 놓여 있다. 따라서, 일본어에 대한 그의 사유, 나아가 일본어로 시 쓰기는 일종의 '통로'인 셈이다. 어쩌면, 그 반대로 그의 표현처럼, '일본어의 망령에서 결코 벗어날 수 없는' 자기 세대의 언어적 정체성을 긍정적 계기로 삼아, 새로운 전환을 모색하게 된 것인지도 모른다. 사유의 경로가 어떤 방향으로 진행되었든, 일본어에 대한 이러한 김수영의 자의식은, 다른 어떤 전후세대의 글에서도 유례를 찾아볼 수 없을 만큼 독특한 것임은 분명하다. 동시에, 김수영 시의 해석은 이 지점으로부터 새롭게 시작될 필요성도 함께 제기되는 셈이다.

48　서석배, 「단일 언어 사회를 향해」, 김대중 역, 앞의 책, 216면. 원문은 영어로 되어 있다.

8. 맺음말 – 전후세대의 언어적 정체성과 주체

언어적 정체성의 혼란과 문학주체로서의 전후세대를 연관 지어 전
후문학을 새롭게 읽을 필요가 있음을 환기시키는 것이 이 글이 설정
한 애초의 의도였다. 이를 위해, 한국문학에 틈입한 일본어의 영향이
나 언어적 상황을 제대로 이해하려면 단지 표면에 나타난 '문자'에 한
정되어서는 안 된다는 점을 박태원의 소설 「애경」을 통해 확인했으
며, 전후세대의 식민지적 언어교육 상황, 그리고 전후세대를 이해하
는 문학사적 시각의 문제점을 검토했다. 그리고, 전후세대가 해방 이
후 맞닥뜨려야 했던 새로운 억압기제와 그에 대응하는 다양한 자의식
의 유형들을 살펴보았다.

그러나, 이 글이 지닌 한계는 뚜렷하다. 무엇보다도 '전후세대'라고
규정하기는 했지만, 전후세대 문인들 각 개인의 차이에 대해 충분한
검토를 하지 못했다. 비슷한 시기에 태어나고 동일한 교육 환경에 놓
였다고 하더라도, 이중언어적 상황에 따른 노출 정도와 그 대응은 조
금씩 다를 수 있을 것이다. 그리고, 일본어만큼은 아니었을 테지만,
전후세대가 새롭게 직면할 수밖에 없었던 '영어'의 문제 또한 이 글에
서는 검토하지 못했다. 무엇보다도, 이 글은 이중언어적 상황의 개연
성 자체를 환기하는 데 집중한 까닭에, 전후세대의 문학 텍스트를 직
접 다루지는 못했다. 이러한 한계는 이후의 연구 과제로 돌리거나, 동
학들과 문제의식을 공유함으로써 일정 정도 해결될 수 있으리라고 생
각한다.

마지막으로 덧붙이고 싶은 것은, 전후세대가 느낀 언어적 정체성의
혼란은 단지 언어에 국한되지 않고, 그들 자신의 '정체성' 자체에도 일
정한 혼란을 일으켰다는 사실이다. 지금까지 전후문학의 '주체' 문제

를 시종일관 '한국전쟁'과 '실존주의' 그리고 '모더니즘'의 프리즘으로
만 읽어왔던 연구와 비평의 관행은 이 점에서 새로운 성찰이 필요하
다. 전후세대의 대표적인 작가의 한 사람인 손창섭은 전후문학의 '주
체' 문제를 새롭게 해석할 필요가 있음을 환기시켜 주는 중요한 사례
다. 그의 소설 안에는, 엄청난 양으로 '정체성의 혼란'에 대한 독백과
방백이 어지러이 산포되어 있음을 발견할 수 있기 때문이다. 그의 평
판작 중의 하나인 「미해결(未解決)의 장」에 다음과 같은 구절이 있다.

나는 돈을 받아 들고 바로 골목 어귀에 있는 도우넛 집으로 갔다. 젠자이
(ぜんざい, 일본식 단팥죽―인용자)를 청하였다. 언젠가 여기에서 光順이
에게 나는 젠자이를 얻어 먹은 일이 있었던 것이다. 또 배에서 소리가 났다.
나는 불시에 기름이 자르르 흐르는 **쌀밥**과 김이 떠오르는 **만둣국**을 생각하
는 것이었다. 그러나 잠시 내 앞에 날라온 것은 진한 세피아 색깔의 젠자이
였다. 나는 좀 당황한 것이다. "아닙니다. 나는 여태 저녁을 굶었읍니다. 정
말입니다. 저녁을 굶었읍니다." 그리고 나는 일어서 나가려했다. 젠자이를
날라온 아주머니가 내 소매를 붙잡았다. "이건 뭐예요. 누굴 놀리는 거에
요?" "놀리다니요 …… 난 밥을 먹어야 하거든요. 만둣국에 꼭 밥을 먹어야
한단 말예요." "이이가 미쳤나봐. 아니 그럼 으째서 젠자인 청했어요?" (…
중략…) 나는 어떻게서든 밥을 먹어야 한다는 생각이 들었다. 그것은 만둣
국하고 아니라도 좋은 것이다. 어떻든 기름이 흐르는 백반 한 그릇이 필요
한 것이다. 몇 군데 기웃거리다가 나는 마침내 어떤 양식점으로 들어갔다.
의자에 앉아서 메뉴를 들여다보니 여러 가지가 적혀 있다. 그 가운데 **동까**
스라는 글자가 있었다. 왜 그런지 나는 그 발음이 내게 알맞은 것 같았다.
만둣국만은 못해도 나는 오래간만에 동까스와 백반을 먹어보고 싶었다.
(…중략…) 光順을 떼밀 듯이 하고 나는 밖으로 나오고 말았다 우리는 결국
딴 음식점으로 가서 **비빔밥**을 먹기로 한 것이다.[49] (강조는 인용자)

전후소설 중에서, 전후세대의 정체성의 혼란을, 그리고 그 혼란의 사단(事端)이 '존재하는 것(실재)'과 '존재해야 할 것(당위)' 사이의 억압과 저항에 있다는 점을 이보다 더 여실히 보여주는 사례를 찾기는 쉽지 않을 것이다. 광순에게서 백환짜리 석 장을 받아든 그 순간에 '나'가 가장 먹고 싶었던 것은 '젠자이'였다. 이것은 "'긴상'이니 '복상'이니 하는 소리를 들을 때마다, '우메보시' 맛이 연상되어 입 안이 까닭없이 시금털털해지며 군침이 괴어서 야단"[50]인 바로 그 '입맛의 기억' 때문이다. '젠자이─쌀밥과 만둣국─동까스─비빔밥'으로 이어지는 이 어지러운 '음식의 오딧세이'는 그의(전후세대의) 정체성의 혼란을 상징적으로 보여준다. '비빔밥'을 '혼종(混種)'의 환유로 읽는 것은 무리한 독법일까. 마침내 먹게 된 '비빔밥'의 상징성보다도 더 각별한 것은, '젠자이'에 이끌리는 '나'의 입맛이 '쌀밥'을 먹어야 한다는 '당위'에 의해 억압당하는 장면이다. 그러나 입맛의 '주체'는 외삽된 이 '당위'에 다시 저항하면서, 엉뚱하게도 '동까스'를 주문한다. 음식의 계열체들이 환유하는 세계 못지않게, '청하다 ─굶다─먹어야 한다'로 표상되는 주체의 의지와 당위의 변주, '어떻게든─왜 그런지─(……) 같았다'가 반복되는 부사와 술어의 호응도 범상하지가 않다. 어눌하지만, 끊임없이 텍스트의 배면에서 중얼거려지고 있는 이 곤혹스러운 독백을, 우리는 그동안 왜 읽지 못했던 걸까.

---

49   손창섭, 「미해결의 장」, 앞의 책, 206~207면.
50   손창섭, 「생활적(生活的)」, 앞의 책, 153면.

전후소설에서의 식민화된 주체와 언어적 타자

손창섭 소설에 나타난 이중언어자의 자의식

1. 한국문학사의 언어적 타자인 전후세대와 손창섭 소설의 위치

이 글은 전후세대의 가장 이채로운 작가인 손창섭의 소설텍스트들을 새로운 관점에서 조명하기 위해 쓴다. 여기서 말하는 새로운 관점이란, 전후세대의 이중언어적 상황을 중심으로 그의 소설을 재해석하고 재맥락화하려는 것을 뜻한다. 지금까지 전후문학과 전후세대 작가에 관해서는 많은 연구가 이루어져왔다. 특히, 전후문학 연구사에서 일종의 '르네상스'라고 불러도 좋을 1990년대 중반 이후부터 최근까지 이 시기에 대한 연구가 집중적으로 진행되어 왔다.[1] 그러나 대부분의 연구들은 전후문학과 전후세대 작가들을 주로 '한국전쟁'에 초점을 맞추어 해석하는 한계를 드러냈다.[2] 한국전쟁 및 전쟁이 끝난 전후(戰後)

---

[1] 전후문학 연구사에 대한 비판적 개괄은 한수영, 「1950년대 문학의 재인식」, 『문학과 현실의 변증법』, 새미, 1997; 한수영, 「1950년대 문학연구가 온 길과 나아갈 길」, 『민족문학사연구』 22, 2003 여름을 참조.

[2] 나는 전후문학 및 전후세대의 문학을 해석하는 데 '한국전쟁'이 중요한 프리즘이자

한국사회는 이 시기의 문학을 이해하는 데 더없이 중요한 콘텍스트임에는 틀림없다. 하지만, 전후문학 및 전후세대 작가들을 좀더 포괄적인 역사적 시야에서 조망하려면, 한국전쟁을 매개로 한 맥락만으로는 부족하며, 전후세대 작가들의 청소년기에 해당하는 식민지시대 후반부, 즉 1930년~45년의 시기를 조망권 안에 들여놓지 않으면 안 된다. 즉, 전후세대를 정확하게 이해하기 위해서는 그들이 '식민지 주체(였음)' 또는 '식민화된 주체colonialized subject'[3]라는 사실을 재확인할 필요가 있다는 것이다. 왜냐하면, '한국전쟁'이라는 프리즘만으로는 이들

콘텍스트라는 점을 부인하는 것은 아니다. 엄밀하게 말하자면, 그동안 '전가의 보도'처럼 동원되어 왔던 '한국전쟁'조차도 전후문학의 해석에 제대로 매개되지 않았다는 점을 지적하고 싶은 것이다. '한국전쟁'을 중심으로 전후세대의 문학을 해석했을 때 나타날 수 있는 유용한 분석틀은 대체로 다음의 몇 가지로 도출될 수 있다. 가장 흔한 경우로는 '전쟁'이라는 폭력적 상황과 개인을 대비시키는 방식이다. 이런 접근의 최종지점은 결국 전후문학을 '실존주의'와 접속시키게 된다. 두 번째는 '민족 수난의 서사'로서 전후문학을 읽는 방식이다. 이 경우, '민족 수난의 서사'를 가능하게 만든 '민족주의' 이데올로기가 '반공 이데올로기'와 어떻게 접속하는가의 여부에 따라 해석의 방향이 달라진다. '민족주의'와 '반공주의'가 서로 공모하는 방식으로 진행되는 경우에는 추상적인 휴머니즘에 호소하면서 역사허무주의로 나아가는 경우가 대부분이고, 그렇지 않았을 경우에는 '반외세문학'의 성격을 띠게 된다. 한국전쟁과 전후문학을 해석하는 그동안의 연구와 비평은 거의 첫 번째와 두 번째의 유형을 크게 벗어나지 않는다. 마지막으로, 드물기는 하지만 '한국전쟁'을 '국민만들기'의 과정으로 해석하는 경우가 있다. 이 경우 전쟁참가의 경험은 막연한 '수난'이나 '폭력의 경험'이 아니라 '동원된 국민'으로 의미화된다. 하근찬의 「수난이대」가 독특한 것은 바로 이런 연유에서다. 그러나 이런 관점은 전후문학을 해석하는 주류의 시각으로 자리 잡고 있지는 않다. 한국전쟁이 지니는 정치적 결과의 최대치는 남북한에서 전쟁 과정을 통해 '국민을 창출했다'는 사실에 있음을 강조한 것은 김동춘이다. 그의 『전쟁과 사회』(돌베개, 2000)를 참조할 것.

3 이 글에서 '식민화된 주체'는 '식민지 주체'나 '식민지 피지배자'와는 다른 의미로 쓰고 있다. 우선 '식민지 주체'나 '식민지 피지배자'는 '식민주의'가 진행되고 있는 '식민지'에서 성립될 수 있는 개념이다. 그런 점에서 해방 이후나 전쟁 이후의 전후 한국사회에서 '전후세대'를 가리키는 개념으로 동원하기는 어렵다. '식민화된 주체'는 다양한 식민주의의 경험과 기억을 지니고 있으면서, '식민주의 이후'에도 여전히 그것으로부터 자유롭지 못한 '주체'를 가리킨다. 따라서, 식민지 시기와 해방 직후, 그리고 전후 한국을 통시적으로 관류하고 있는 '전후세대'의 경우에는 '식민화된 주체'라는 개념이 더 적절하다고 생각된다.

전후세대의 역사적·문화적 특수성이 제대로 해석되기 어려우며, 더욱이 이들에 의해 재현된 1950~60년대의 한국 사회가 전후세대의 역사·문화적 조건과 어떻게 접속하는가를 충분히 이해하는 것이 힘들기 때문이다.

무엇보다도, '식민지 주체로서의 전후세대'라는 관점을 유지해야 하는 가장 결정적인 이유는, 전후세대들이 문자를 통한 '쓰기 언어'를 학습한 시기가 이 때이며, 그들이 최초로 '쓰기 언어'로 배운 것은 '한국어'가 아니라 '일본어'였다는 사실 때문이다. 전후세대 작가들은 대체로 1920년생~1935년생에 걸쳐 있으며, 개인에 따라 다소의 차이는 있지만, '쓰기 언어'에 입문하는 과정이 '한자―일본어―한글' 혹은 '일본어―한글'의 순서를 따라 진행되었다. 식민지 제도교육과정인 보통학교(나중에 국민학교)에 입학하기 전 '서당' 경험이 있는가 여부에 따라 '한자'의 문제는 다소 달라지지만, 어떤 경우라고 하더라도 이들이 '쓰기 언어'로 한글을 배우게 된 것은 대체로 해방 이후의 일이라는 사실은 바뀌지 않는다. 이들을 둘러싼 이런 언어적 환경에서 가장 중요하게 기억해야 할 것은 이들이 '이중언어자'였다는 사실이다.[4]

전후세대 작가들이 '이중언어자'였다는 사실은 단순히 그들의 언어적 환경을 재구성하는 조건으로만 그치는 것이 아니라, 해방 이후 이른바 '전후문학'의 주역으로 등장하게 될 그들의 (문학적)주체 형성에도 매우 심대한 영향을 미친다. 그럼에도, 지금까지 전후문학 연구나 전후세대 작가 연구에서 이 점은 그다지 중요하게 취급되어 오지 않았다.

4　전후세대의 이중언어적 조건을 중심으로 하여 전후문학 및 전후세대 작가 연구가 새롭게 진행될 필요가 있음을 주장한 글로는 이 책에 함께 실린 「전후세대의 문학과 언어적 정체성―전후세대의 이중언어적 상황을 중심으로」를 참조. 1950년대 대한민국의 언어정책과 전후세대의 언어적 정체성 문제를 다룬 서석배의 「단일 언어 사회를 향해」(동국대 한국문학연구소, 『한국문학연구』 29, 2005년 하반기)도 참조할 것.

연구와 비평에서 이런 사실이 별반 중요하게 다루어지지 않았던 첫째 이유는, 전후세대 작가들의 텍스트에 식민지시기에 관한 내용이 거의 언급되지 않는다는 점 때문이다. 나는 이것을 '의도적 망각intentional forgetting'[5]이라고 부르고자 한다. 전후세대의 선배 격이라 할 1920년생이 해방을 맞이했을 때는 25세의 성인이 되어 있었다. 이 세대의 막내 격이라 할 1935년생은 열 살, 즉 국민학교 3,4학년으로 해방을 맞았다. 유소년기, 혹은 청년기는 어떤 작가에게 있어서도 창작의 체험적 근원을 구성하는 시기라고 할 수 있다. 어떤 특별한 의도가 개입되지 않는 한, 이러한 문학적 원체험의 시기가 텍스트에서 사라지거나 거의 드러나지 않는다는 사실은 분명히 문제적인 상황이 아닐 수 없다. 이것은 '식민주의 이후' 즉 해방 이후의 어떤 상황 혹은 이데올로기가 일종의 억압기제로 작동했기 때문에 나타난 현상이라고 짐작할 수 있다.

연구와 비평에서 전후세대들의 언어적 정체성에 대한 몰이해나 맹목이 나타난 두 번째 이유는 이러한 억압기제와 좀더 직접적으로 연관된다. 식민지시기에 우리 민족은 말과 글을 식민주의자들에 의해 강제로 빼앗긴 경험을 지니고 있다. 따라서, 해방과 건국의 징표를 말과 글

---

5 이 개념은 릴라 간디의 『포스트 식민주의란 무엇인가』(이영욱 역, 현실문화연구, 2000)에 나오는 '포스트식민적 기억상실amnesia'이라는 개념으로부터 환기 받은 것이다. '포스트식민적 기억상실'이란 "식민주의 이후 반식민 '독립' 민족 국가들이 출현할 때 흔히 식민 과거를 망각하려는 욕망이 수반되며, 역사를 스스로 창안하려는 충동이나 새롭게 출발하려는 욕구 – 식민 종속에서 비롯된 고통스러운 기억들을 지워버리려는 욕구 – 의 징후"로 정의내릴 수 있다. 릴라 간디, 앞의 책, 16면 참조. 내가 여기서 이 개념을 굳이 '의도적 망각'으로 따로 번안하여 사용하는 이유는, 전후문학에서의 이러한 '포스트식민적 망각'이 단순히 식민 과거의 기억을 은폐하고자 하는 수동적 방식이 아니라, 대한민국의 건국 과정 및 식민화된 주체들의 이질적 역사적 경험들이 맞물리면서 다양한 변형태들을 만들어내기 때문이다. 그러므로, 수동적인 '은폐'라는 의미보다도 적극적인 의미를 강조하기 위해 '의도적'이라는 수식을 강조했다. 손창섭은 이러한 '의도적 망각'에 대해 문제를 제기하는 동시에 그것을 비판적으로 인식하고 있다. 그런 점에서, 손창섭은 '의도적 망각'의 반대편에 서있다. 이 개념은 손창섭보다도 다른 전후작가들의 분석에 좀더 유용하게 쓰일 것이다.

을 통해 수립하고자 하는 욕망이 강하게 일었다. 그것은 당연히 한국어와 한글로 표상되는 어떤 단일하고 순정(純正)한 언어적 표상체계를 상상하도록 만든다. 이런 조건과 상황 아래에서, 스스로 이중언어자이며 한글로 읽기와 쓰기가 서툴다는 사실을 제대로 고백하기란 여간 어렵지 않다. 전후세대 작가들의 딜레마는 여기에서부터 출발한다.

전후세대에게 '의도적 망각'을 요구했던 '식민주의 이후'의 특유의 민족주의 이데올로기의 외압과 그것의 억압기제에 스스로를 순치시킬 수밖에 없었던 전후세대, 이 두 개의 조건과 주체가 서로 맞물리면서, 전후문학 및 전후세대 작가 연구에 있어서 앞서 언급한 바와 같은 사각지대 혹은 맹목이 나타나게 되었던 것이다.[6] 결국, 전후세대의 문학은 한국 현대문학사에서 하나의 '타자'로 존재해 왔다고 할 수 있다. 한국 현대문학사가 전후세대들을 대상으로 시도한 '타자화'는, 그들이 처해 있는 이중언어적 상황의 실재를 제대로 이해하려 하지 않고, 서둘러 새로운 '국민국가'의 언어 이데올로기로 포섭하려 했기 때문에 나타났다.

작고한 비평가 김현은 전후세대의 의식 속에 "두 개의 국가가 공존하고 있다"[7]고 갈파했다. 이것은 전후세대의 언어적 상황을 더없이 명료하게 규정한 명제인 동시에, 바로 그 이유로 새롭게 건국된 국가의 국민문학에서 그들이 적자(嫡子)가 될 수 없음을 선언하는 '타자화의 명제'이기도 했던 것이다. 그리고, 이런 '타자화의 전략'에 전후세대 스스로 순치됨으로써, 자신들의 텍스트에서 식민지 시기의 '기억'들을

---

6 전후세대들이 '민족주의' 이데올로기나, 대한민국의 '국민 형성 과정'에 반드시 순치의 형태로 대응했던 것만은 아니다. 특히 언어와 관련된 이들 세대의 자의식과 대응 양상에 대해서는 이 책에 실린 「전후세대의 문학과 언어적 정체성 – 전후세대의 이중언어적 상황을 중심으로」 및 서석배의 앞의 글을 참조.
7 김현, 「테러리즘의 문학」, 『김현문학전집 2』, 문학과지성사, 1995(3쇄), 242면. 원 발표지는 『문학과지성』, 1971 여름호.

말끔히 지워 없애거나, 스스로의 언어적·문화적 정체성을 '민족주의 이데올로기'에 호명에 의해 재조정함으로써, '타자화'는 확고부동한 한국문학사의 어떤 현상으로 굳어지게 되었던 것이다. 한국 현대문학사가 전후세대를 향해 시도한 이 '타자화'의 전략은, 결국 전후세대로 하여금 '이중의 소외'를 경험하게 만들었다. 그들은, 문학적 원체험에 가까운 유소년기 혹은 청년기의 체험들을 기억으로부터 제거해야 했으며, 육체와 정신에 각인된 식민주의의 흔적들(무엇보다도 언어!)을 지우는 과정을 통해 한국문학사에 편입해야 했다. 그럼에도 불구하고, 그들은 새롭게 만들어진 '국민국가'의 문학사적 적자(嫡子)가 될 수 없다는 선고를, 뒷세대로부터 들어야 했던 것이다.

이런 맥락에서 살펴볼 때, 손창섭은 전후세대 작가 중에서도 대단히 이채로운 존재가 아닐 수 없다. 우선, 그의 텍스트에는 다른 전후세대 작가에 비해 이러한 이중언어적 주체의 혼란, 그리고 다양한 차원의(언어적, 인종적, 문화적) '혼종'[8]에 대한 진술이 상대적으로 풍부하게

8　이 개념은 호미 바바가 『문화의 위치』(나병철 역, 소명출판, 2002)에서 쓰고 있다. 그러나 손창섭 텍스트의 이중언어적 주체 혹은 그것에 연유된 상황을 이 개념에 그대로 적용시킬 수 있는지에 대해서는 회의적이다. 호미 바바의 '혼종(성)' 개념이 갖는 가장 적극적인 의미는, 그가 이것으로부터 식민지 피지배자의 '정치적 저항'을 읽어낸다는 점에 있다. 그는 '혼종(성)'이 식민 시기뿐 아니라 식민주의 이후에도 강력한 정치적 저항의 수단이 될 수 있다고 주장한다. 그 점에서, 손창섭 텍스트의 정치적 의미를 바바의 '혼종'과 결부 짓기는 다소 어려워 보인다. 그의 텍스트에 드러나는 저항의 계기는 바바가 '혼종(성)'에 의미를 부여하는 맥락과는 다른 차원에서 이루어지고 있다고 보기 때문이다. 이 글에서는 개념의 축자적 차원에서 '서로 이질적인 것이 섞여 있다'는 정도의 의미로 사용하고 있다. 손창섭 텍스트의 정치적 의미는 본문에서 따로 살펴보기로 하겠다. 그것과는 별도로, '혼종(성)'에 대한 바바의 적극적인 정치적 저항 수단으로서의 의미부여는 다양한 비판도 함께 사고 있다. 무엇보다도 그는 '담론의 과장'에 기초해 있어서 물질적 차원의 실제 투쟁을 과소평가하고 있으며, 투쟁과 저항이 식민주의의 피지배자가 의식하느냐 의식하지 않느냐의 여부와 관계없이 이루어질 수 있다는 논리적 약점을 공격받는다. 이에 대한 가장 포괄적인 정리는 바트 무어-길버트의 『탈식민주의! 저항에서 유희로』(이경원 역, 한길사, 2001년)를 참조. 또한 박상기의 「탈식민주의의 양가성과 혼종성」(고부응 외 11인, 『탈식민주의―이론과 쟁점』, 문학과지성사, 2003)을 참조.

드러나고 있기 때문이다. 등장인물의 성격에서부터, 반복되는 문학적 장치나 상징구조, 그리고 모티프에 이르기까지, 손창섭은 전통적인 연구와 비평에서 다루어왔듯이 한국전쟁으로 인한 충격이나 내상(內傷)에 못지않게, '식민주의 이후'에 식민지 경험으로 인해 식민화된 주체가 겪어야 할 혼란과 내상들에 대해 어떤 전후세대 작가보다도 솔직한 목소리로 진술하고 있기 때문이다. 물론 그의 텍스트에는 이러한 내용들이 직접 전경화되어 있지는 않다. 오히려 대부분의 경우 다른 요소나 조건들에 비해 뒤로 물러나 있거나 간접화되어 있다. 때에 따라서는 상징이나 은유로 포장되어 있는 경우도 있다. 이것이 사실은 손창섭의 텍스트를 난해하게 만드는 조건이 되기도 했다.

엄밀한 의미에서, 손창섭 소설의 난해성은 텍스트의 의미구조 자체에서 비롯된다기보다는, 전후세대의 문학을 타자화 하는 외부의 강요된 이데올로기에 맞서, 전후세대의 언어적·문화적 정체성의 혼란을 드러내는 그의 방식 때문에 나타난다고 할 수 있다. 그는 군대의 전체 규모를 숨기고, 전술과 전략도 감춘 채 신출귀몰하는 게릴라처럼, 텍스트의 여기저기에 전후세대를 둘러싼 언어적·문화적 정체성의 혼란스러움에 대한 독백을 흩뿌려 놓고 있다. 그것도 몹시 어눌하고 간접화된 방식을 취하고 있다. 이렇게 흩어져 있는 징후들, 그리고 문학적 장치들을 조밀하게 재구성하고 그것이 지시하는 의미연관들을 맥락화 하는 작업은 일종의 '퍼즐 맞추기'와 유사하게 느껴질 정도다. 그런 점에서 '언어적 타자'로서의 자기 자신을 드러내는 이 독특한 '화법' 자체가 하나의 분석 대상이 될 수 있을 것이다.

이 글은 '포스트 식민사회' 특유의 '기억 상실'과, 식민지로부터 독립된 국민국가의 형성 과정에 작동하는 민족주의 이데올로기(무엇보다도 언어 민족주의)의 자장(磁場) 안에서 손창섭이 어떤 방식으로 그것과 접속하며, 다른 한편으로 그러한 상황을 내파(內破)하려고 애쓰는가를

재구성함으로써, 손창섭 소설의 의미를 문학사 안에서 새롭게 조명해
보기 위해 쓴다.

2. 실어증과 침묵, 혹은 '말할 수 없음'과 '말하지 않음'
—이중언어자의 대리표상들

손창섭 소설의 인물에는 수많은 장애자가 등장한다. 일차적으로,
등장인물의 이러한 불구 상태는 분단과 전쟁으로 인해 온전한 인간성
을 구현할 수 없는 왜곡된 상황 아래에 놓인 비정상성(非正常性)의 상
징으로 해석할 수 있다. 손창섭의 소설에서 질병과 장애로 신음하는
인간 군상들은, 폐병으로 신음하다 죽는 「사연기(死緣記)」의 '성규', 다
리가 불구인 「비오는 날」의 '동옥', 병명도 모른 채 밤낮 신음소리를
내며 앓다가 죽는 「생활적(生活的)」의 '순이', 전쟁에서 다리를 잃은
「혈서」의 '준석'과 간질병 환자인 '창애', 벙어리인 「광야」의 '춘화' 등
으로, 불구와 장애를 가진 인물은 거의 매 작품마다 한두 명씩은 등장
한다고 해도 과언이 아니다. 이러한 장애와 불구의 결정판은 단편 「육
체추(肉體醜)」이다. 이 소설은 소설의 주무대가 아예 장애인보호시설
로 설정되어 있으며, 등장인물 대부분이 장애자들이다.

'성혜 애호원'은 서울 교외의 조그만 산록에 있었다. 불구자 수용소다.
두 다리가 오그라들어 말라붙은 사람, 눈이 먼 사람, 양팔이나 양다리나,
혹은 한쪽 팔다리가 무토막처럼 동강난 사람, 팔이나 다리가 비꼬인 채로

힘없이 축 늘어져 건들거리는 사람, 머리와 수족이 이십사 시간 와들와들 떨기만 하는 사람, 네 발로 기는 사람 …… 이런 반인간, 아니 1/3 인간들이, 신에 대한 원망과, 완전인간에 대한 질투, 반감, 저주와 자신들의 억울한 운명에 대한 절망을 번식시키는 곳이다.

말하자면 그것은 폐물인간의 사육장이다. 파괴된 인간 육체의 전시장이다.[9]

그의 소설에 빈번하게 등장하는 장애나 불구의 상징 중에서도 벙어리나 실어증 장애 등은 이중언어 주체와 관련해서 새롭게 주목해 볼 필요가 있다. 신체의 다른 장애, 예컨대 팔다리의 일부를 잃는다든가, 혹은 질병으로 신음하는 경우와는 달리, 벙어리나 실어증은 명백히 '언어장애'이며, 이것은 글자 그대로 '언어'와 연관된 상징으로 텍스트 안에서 작동하고 있기 때문이다. 벙어리나 실어증은 둘 다 '말할 수 없음'이라는 공통적인 증세를 지니고 있다. 경우에 따라 '말하지 않음'이라는 의지적 행위로 나타나기도 한다.

소설 속에서, 이런 실어증 환자나 벙어리는 '언어적 타자'인 작가 자신, 혹은 전후세대를 대리 표상한다. 이중언어자인 전후세대, 혹은 작가 자신은 해방 이후에 자신들의 '서툰 한국어'로 인해 '온전한 국민으로서의 자격 결여'라는 자의식에 시달렸다. 해방 전 식민지 상황에서는 '국어'인 '일본어'를 제대로 구사하지 못하는 것이 '온전한 국민으로서의 결여 요인'이었다면, 해방 이후에는 상황이 정반대로 돌변해, '이중언어자' 또는 '서툰 한국어'를 구사하는 것이 치명적인 '결여 요인'으로 작용했다. 이들에게 새로 제정된 한글맞춤법은 일종의 '공포'였으며, 새롭게 형성되는 국가의 공공 영역 안으로 진입하기 위해서는, 개

9　손창섭, 「육체추」『현대한국문학전집 3 – 손창섭집』, 신구문화사, 1967, 172면.

인적으로든 집단적으로든 '서툰 한국어'의 상태를 서둘러 탈피해야만 했다. 그러나, 일상에 깊숙이 침투해 있는 식민주의 언어인 '일본어'의 흔적과 영향을 지운다는 것은 그렇게 간단한 문제가 아니었다. 지배 이데올로기로 등장한 '언어내셔널리즘'이 지닌 담론으로서의 '권력'에 의해 전후세대와 같은 '이중언어자'들은 곤경에 빠지게 되었다. 왜냐하면, 그들 스스로 일본어로부터 자유롭지 못한 상태에서, 다시 그들은 문학을 포함한 새로운 '민족국가'의 지식과 담론의 생산주체로 나서야했기 때문이다. 선택할 수 있는 길은 두 가지뿐이었다. 자신의 신체와 영혼에 각인되어 있는 일본어의 흔적을 말끔히 지우고(그러나 과연 그것이 가능한 일이겠는가!)[10] '정제된 한국어'를 통해 새롭게 '한국인'으로 거듭 나는 일.[11] 다른 하나는, 그러한 의도적인 망각과 '위장' 앞에서 주저하는 일. 손창섭은 후자를 선택했다. 그는 위장된 '봉합' 대신 균열을 스스로 감당하기로 한 것이다. 그러나, 그 대가는 '언어적 타자'의 위치로 물러서는 것이었다. '정제된 한국어'에 편입되는 것을 거부했을 때, 즉 '언어적 타자'로 남게 되었을 때 가능한 것은 '침묵하거나' '말할 수 없음'이었다. 그러므로, 손창섭 소설에서의 실어증 장애나 벙어리는 '언어적 타자'인 자신에 대한 대리표상이다.

'말하지 않음' 또는 실어증과 관련된 전형적인 경우가 「생활적」의 '순이'다. 뒷간 출입도 못하는 순이는 진종일 누운 채 '으응, 으응, 으

---

10 일본어의 흔적을 없애는 일이 기표를 대체하는 것이라고 생각한다면 이는 가능할지도 모른다. 가령, 'べんとう'를 '도시락'이나 '곽밥'으로 바꾸는 것. 그러나 '國民(こくみん)'을 '국민'으로 바꾸는 것을 일본어의 흔적을 없애는 것이라고 할 수 있을까. 정말로 문제가 되는 것은 일본어(식민주의)의 흔적을 기표의 차원이 아니라 기의의 차원에서 대체하는 것이다. 그러나 그것은 '언어 내셔널리즘'으로 해결될 수 있는 문제는 아니다.

11 전후세대 작가인 이호철은 일본어를 할 줄 아는 자신이 일제시대에 학교를 다니지 못해 일본어를 모르는 사람보다 '덜 순수한 한국인', 즉 '오염된 한국인'이라는 자의식을 표명하고 있다. 이호철, 「우리 세대」, 『작가수첩』, 진문출판사, 1977, 12면.

응’ 하는 이상한 신음소리를 내는 열네 살 먹은 소녀다. 그녀의 신음소리는 마치 “무덤 속에서 송장이 운다면 저러려니 싶은, 듣는 사람에게 어쩔 수 없이 죽음을 생각게 하는 암담한 소리”[12]여서, 처음 듣는 사람은 누구나 소름이 돋는다. 기실 순이는 말을 할 줄 모르는 게 아니다. 옆방 사는 동주가 “너 어째서 그렇게 밤낮 신음소리를 지르니? 그렇게 죽어 오게 아프니?”라고 묻는 말에, 얼굴을 찡그리며 “그럼 어떻게 해요. 그냥은 심심해서 못 견디겠는걸”이라고 대답한다. 그녀는 신음소리를 언어 삼아 자신의 상태를 표현하고자 한다. 동주는 그 때부터 “무겁고 암담한 순이의 신음소리를 아껴주기로 한다.”[13] 동주는 순이에게 일종의 동병상련을 느낀 탓이다. 그리고 그 소리는 ‘순이가 자기도 살아있다는 유일한 신호’였기 때문이다.

　‘순이’에 대한 ‘동주’의 동병상련, 혹은 ‘상동성’은 ‘동주’가 자신의 방에 머물 때보다 ‘순이’의 방에 머물 때 더 편안함을 느낀다는 사실에서 확인할 수 있다. ‘타자(他者)’의 방은 손창섭 소설에서 대단히 중요한 상징성을 띤다. 손창섭의 등장인물들은, 자신의 방에서보다 ‘타자의 방’에 머물 때 더 안온함을 느낀다. 가령, 「생활적」에서 ‘순이’의 아버지인 ‘봉수’는 자기 방보다도 ‘동주’의 방에 머물기를 더 좋아한다. 「미해결의 장」의 ‘나’는 멀쩡한 집을 놔두고 동네 처녀인 ‘광순’의 방에 가서 머무는 것이 유일한 취미다. 그는 단지 ‘광순’의 방에만 머무는 것이 아니라, 그녀가 자고 나온 이부자리에 들어가 해 저물도록 잠을 잔다. 「광야」의 두 남자, 중국인 ‘동오’와 조선인 소년 ‘승두’는 벙어리 중국 소녀 ‘춘화’의 방에서 하루 종일 말도 않고 우두커니 서로를 응시하며 나날을 보낸다. 물론 이 모든 경우가 하나의 단일한 의미들로 환원되는 것은 아니다. ‘타자의 방’은 경우에 따라 ‘이주’나 ‘이산’과 연결되

12　손창섭, 「생활적」, 앞의 책, 153면.
13　손창섭, 앞의 책, 같은 곳.

기도 하고, '완결되지 않는 욕망'과 관련되기도 한다. 그러나 「생활적」의 '동주'의 경우는, '말할 수 없음' 혹은 '말하지 않음'의 자기정체성을 '순이'를 통해 확인하고 있음이 분명하다.

동주 자신도 주변사람들이 부담스러워할 만큼 말이 없는 인물이다. 동주는 마을 사람들이 공동으로 길어 먹는 우물에 누군가 똥을 퍼 넣은 사건의 범인으로 몰려 사람들에게 추궁을 당하는 억울한 순간에도 군건하게 침묵을 지킴으로써 오히려 더 확고한 의심을 사게 된다.

바른 대로만 말을 해달라는 것이었다. 그러나 동주는 아무 말도 하지 않았다. 샘터에 모이는 여인네들은 자기를 빙충이거나 정신병자로 여겼을지도 모른다고 동주는 생각하는 것이다. (…중략…) 아무 대답이 없이 동주는 벽을 향해 도로 얼굴을 돌려 버리고 말았다. (…중략…) 아침에 나갈 때처럼 봉수와 춘자가 어깨를 가지런히 하고 돌아왔다. 그들은 돌아오는 길에서 범바위 우물 소동을 듣고 온 모양이었다. 그냥 말을 들었을 뿐만 아니라 동주가 그 사건의 장본인이라는 지적 밑에, 동거자로서의 책임을 철저히 추궁당한 모양이었다. 춘자는 볼멘소리로 묻는 것이었다.

"오빠가 참말 그라지 않았지요?"

변명하기에 소비되는 무의미한 노력에 질려서 동주는 아까 모양 대답을 하지 않았다.[14] (강조는 인용자)

「혈서」에 등장하는 간질병 소녀 '창애'도 비슷한 유형의 인물이다.

돌부처 이상으로 무표정한 소녀였다. 표정뿐 아니라 언어와 거동도 그랬다. 누가 묻는 말에나, 그것도 두 번에 한 번 정도 마지못해 대답할 뿐, 그 밖

---

14 손창섭, 앞의 책, 167면.

에 스스로 의사표시를 하는 일이라고는 없었다. 또한 몸도 움직이기를 싫어했다. 끼니때에 밥을 끓이고 설거지를 하는 것이 고작이었다. 그 외에는 돌멩이처럼 늘 꼭 같은 자세로 방 한구석에 버티고 앉아 있는 것이었다.[15]

「광야」의 '승두'는 한 달 동안 배운 서툰 중국어로 떠듬거리며, 중국인 '동오'와 이야기를 주고받는다. 말이 없는 중국인 청년 '동오'와, 벙어리인 '춘화', 그리고 서툰 중국어를 구사하는 '승두' 이렇게 세 사람은 한 방에서 종일토록 침묵 속에서 지낸다.

그들은 거의 날마다 퇴락한 이 토막집에 모여 지냈다. 그들은 마치 침묵과 대결이라도 하듯 늘 입을 봉한 채 있었다. 그 침묵 속에 잠긴 공기는 왜 그런지 산소 부족을 느끼게 하였다. 그들과 함께 십 분 이상을 태연히 앉아 배기는 사람이 없는 것으로도 알 수 있다. 대개의 사람은 질식할 듯이 가슴이 답답해서 오래 견디지 못하는 것이다. 이 집의 가장이요 춘화의 부친인, 老王 (王영감)조차 들어왔다 나갈 때면 으레 '왕바탄, 차우' 하고, 누구에게 없이 투덜거릴 정도였다. 그들은 하루 종일 가도 말이라곤 별로 없었다. 물론 벙어리인 춘화는 말을 못 하는 것이 당연한 일이다. 그러나 동오는 어째서 좀처럼 입을 열지 아니하는 것일까. (…중략…)
"니 하이 커우창디 하이즈(너두 괴로운 놈이구나)!"[16]

선천적으로 벙어리인 「광야」의 중국인 소녀 '춘화'를 제외하고, 실어증과 유사한 증세를 보이는 대다수의 인물들은 '자발적'이거나 '의도적'인 침묵을 실행한다. 그러나 표면에 나타나는 이러한 '자발성'과 '의지'는 좀 더 근원적인 차원에서 보자면 강요된 것이라고 할 수 있

---

15 손창섭, 「혈서」, 앞의 책, 175면.
16 손창섭, 「광야」, 앞의 책, 260면.

다. 프로이트는 '망각'이나 '실어증'과 관련해서 "인간은 아무 것이나 잊어버리는 것이 아니라, 나의 과거 중에서 내가 참을 수 없는 것, 너무 고통스러운 것, 나의 초자아의 요구와 반대되는 것을 나의 명확한 의식으로부터 몰아내는 것"이라고 했다.

'순이'와 '동주' 그리고 '창애'와 같은 인물들에서 상징적으로 처리된 '언어 장애'가 좀더 직접적인 방식으로 드러나는 다음과 같은 경우와 연결 지어 보면, 이러한 '자발적 침묵'이 왜 사회역사적 맥락에서의 '강요된 침묵'이나 '비자발적 장애'로 해석될 수 있는지를 알 수 있다.

나는 오래전부터 내 두뇌의 조직에 적지 아니한 의혹과 불안감을 품어 온 사람입니다. 그것은 마치 고장난 피아노와도 비슷하다 할까요. 말하자면, 어떤 키에서는 영 소리가 안 나거나, 전연 구별할 수 없는 엉뚱한 음이 울려 나오는 것과 흡사한 일면이 내게도 있는 것입니다. 이를테면 'ㅎ' 발음에 대한 식별의 기능이 결여된 것과 같은 점입니다. 아무리 의식적인 노력에도 불구하고, 'ㅎ' 발음에 한해서는 나의 두뇌는 완전히 백치상태를 면하지 못하는 것입니다. 즉 '헌'과 '현', '효'와 '호', '후'와 '휴'의 구별을 지을 능력이 아주 없는 것입니다. 좀더 구체적인 예를 든다면, '헌병(憲兵)'과 '현병', '효자(孝子)'와 '호자', '휴일(休日)'과 '후일'의 그 어느 쪽이 정확한 발음인지 생각하면 생각할수록 더욱 알 수 없어지는 것입니다. 사전을 펴보고 나서도, 오 분 이상만 경과하면 도로 모호해집니다. 이러한 내 두뇌의 치매성(癡呆性)은 영어의 소문자 중, b와 d에 대해서도 동일한 현상을 나타내고 있습니다. 서투른 영어지만, 그래도 알파벳을 왼 지는 거의 이십여 년이나 되건만, 오늘날까지 나는 b와 d를 구별하지 못해 고민하고 있습니다. drain과 brain을 정확히 기억하기 위해서 십오 년을 두고 애써 왔지만 현재도 역시 어느 게 어느 건지를 몰라 늘 혼동해 버리는 것입니다. 아무리 노력해도 나는 도무지 b와 d를 구별할 수가 없단 말입니다. 한 놈은 배때기가 왼쪽에 붙어 있고, 한놈은 오른쪽에 붙어 있는데, 어느 놈이 어느 놈인지 요 교묘한 간격을 구별할 도리가 없지 않습니까. 그걸 대번에 척척 알아내는 두뇌의 인간에게 나는 경이와 선망을 금치 못하는 것입니다. 어느 한 부분의 나사못이 빠진 기계처럼 내 두뇌의 일부는 결정적인 결함을 가지고 있나 봅니다. 나는 영 정확한 'ㅎ' 발음과 b와 d의 구별을 해보지 못한 채 죽어 가고 말 것입니다. 한편 이러한 내 두뇌의 결함이 이 세상에 아무러한 영향도 주지 못한다는 것은 참으로 견딜 수 없는 일입니다.[17]

여섯 살배기 유치원 꼬마에게 보내는 연서(戀書) 형식으로 구성되어 있는 이 소설에서, 화자는 자신의 언어 장애에 대해 고백한다(이 편지의 작성자인 '나'는 정신병동에 갇혀 있다). 장애의 내용을 정확히 읽으면, 화자의 호소처럼 'ㅎ' 발음이 아니라 'ㅎ'과 연결되는 모음의 구별에 장애가 일어난 것이다. 화자 스스로는 '두뇌의 치매성' 때문이라고 진단하고 있지만, 이것은 화자(작가)가 밟아온 언어의 사회·역사적 경로와 관련되어 있는 문제이다. 앞서 말한 바와 같이 전후세대들은 '한자-일본어-한글' 혹은 '일본어-한글'의 순서로 '쓰기 언어'를 배워야만 했다. 해방 이후 이들을 가장 골치 아프게 만들었던 것은 한글 맞춤법이었다.[18] 거기에 새롭게 부과된 부담은 해방 이후부터 거세게 밀어닥친 '영어 열풍'이었다.[19] '영어'는 식민화된 주체인 '전후세대'에게 새로운

---

17 손창섭, 「미소」, 앞의 책, 279~280면.
18 이에 대해서는 전후세대의 다양한 회고가 있다. 가장 대표적인 것으로는 전후세대에 속하는 리영희의 『역정-나의 청년시대』, 창작과비평사, 1988, 251~252면을 참조할 것. 리영희는 해방 이후 12년이 지나고서야, 새롭게 얻은 '신문기자'라는 직업 때문에 한글 쓰기의 필요성에 직면해, 초중등 국어교과서를 구입해 몇 달 동안 불철주야 '한글 쓰기'를 새로 익혔다고 고백한다. 1957년, 그의 나이 스물여덟 살 때의 일이다. 그는 한글맞춤법이 일종의 '공포'였다고 회고한다.
19 해방 이후의 영어 붐에 대해서 리영희의 앞의 글을 참조. 그는 정확히 1948년 무렵부터 남한 사회 전역에 거센 영어 열풍이 밀어닥쳤다고 회고한다. 선우휘 역시 이러한 영어 열풍에 영향을 받아 인천에서 미국으로 밀항을 기도하다가 실패했다고 회고한

문제를 던져 주었다. 신식민주의의 언어로 도래한 '영어'는 새로운 '언어적 타자'들을 양산해 내고 있었기 때문이다. '영어'에 대한 손창섭의 태도는 상당히 복합적이고 미묘하다. 그리고 이것 또한 '일본어'의 프리즘을 거쳐 형성된다. 이 문제는 다음 장에서 살펴보기로 하겠다.

손창섭은 위와 같은 우회적이고 간접적인 방식을 통해, 자신과 같은 전후세대들이 놓인 언어적 정체성의 혼란과 어려움에 대해 토로하고 있다. 손창섭 소설의 주인공들 거의 대부분이 '어눌하거나' '자발적인 침묵'을 고수하고, 때로는 바깥 사회와 소통하기를 스스로 거부하는 '자폐적인 징후'를 드러내는 것은, 주체로 하여금 '말할 수 없거나', '말하지 않도록' 만드는, 주체 외부의 어떤 맥락과 연결 지어 이해해야 한다. 환언하자면, 그의 소설에 다양한 방식으로 드러나는 언어 장애, 또는 '말하지 않기'는 실제로는 '말할 수 없는 상황'에 의해 강요된 것이며, 이것은 전후세대들의 언어적 정체성, 즉 그들이 식민주의에 의해 일본어로 '쓰기 언어'를 익힌 세대로서 겪어야만 했던 혼란에 관한 일종의 징후적 진술이라고 읽을 필요가 있다는 것이다.

3. '식민주의 이후'와 이중언어자로서의 식민화된 주체

식민지시기에 '국가어'로서 '일본어'의 위상은 우리의 짐작을 훨씬 넘어서는 것이었다. 제도교육에 발을 딛는 순간, '조선어' 시간을 제외한 모든 교과는 '일본어'로 된 교재를 통해 '일본어'로 강의되었다. '한

다. 이에 관한 자세한 내용은 이 책에 실린「한 보수주의자의 초상 – 선우휘의 삶과 사상」을 참조할 것.

국어'는 '국가어'의 주변에서 일체의 '공공성'을 박탈당하고 한낱 '사적인 언어'로 전락했다. 무엇보다도 근대적 지식과 관련된 모든 '담론'은 일본어로 구성된 세계를 통해 접근이 가능했다. '국가어'로서의 '일본어'의 영향력은 '일상언어'에까지 곧 침투했다. 이호철은 그의 장편소설 『소시민』의 창작노트에서, "6·25사변으로 부산에 피난갔을 때, 그때까지도 부산에서는 일본어가 일상적으로 쓰이고 있었다"[20]고 회고한다. 대한민국의 건국 과정은, 다른 한편으로 보자면 이러한 식민주의 언어인 '일본어'의 영향으로부터 벗어나 단일하고 표준화된 한국어의 체계를 수립하는 부단하고도 지난(至難)한 언어 정책의 과정과 그궤를 함께 하는 것이었다. 민족주의에 기반한 이러한 언어정책의 강고함에도 불구하고, '일본어'에 의해 식민화된 주체들, 특히 '전후세대'와 같은 이들에게서 '일본어'를 탈각시킨다는 것은 쉬운 일이 아니었다. 실재와 이상의 거리가 큼에도 불구하고 '봉합'이 강요되거나 위장될 때, '균열'은 불가피하다. 손창섭은 이 '균열'의 지점을 응시했던, 전후세대 작가로서는 드문 경우에 해당한다.

이 '균열'을 드러내기 위해 손창섭은 문제작 「생활적」에서 흥미로운 두 사람을 등장시키고 있다. 이 소설의 주인공은 물론 무기력한 인물 '고동주'이지만, 기실 주인공인 '동주'보다도 한결 문제적인 인물들은 그의 동거자들인 '봉수'와 '하루꼬'라고 할 수 있다. 역설적으로, 이 두 사람을 제대로 이해해야만 주인공 '동주'를 이해할 수 있다. 왜냐하면, 그들은 '동주'의 부분적인 분신들이기 때문이다. 동주는 침묵하지만, 그들이 '동주'를 대신해서 '말하고 있기' 때문이다.

봉수의 이력은 흥미롭기 그지없다. 일제시대에는 만주와 북중국을 넘나들며 아편 장사를 크게 했고, 이북에서는 악착같은 공산주의자 밑

---

20 이호철, 앞의 책, 75면.

에서도 고래등 같은 기와집을 일 년에 한 두 채씩은 늘려갔다고 자랑하는 인물이다. 인간은 시대의 흐름에 맞추어 그 시대를 최대한 이용해야 한다는 신념을 지닌 인물이다. 그래서 그의 언어관은 남다르다.

 봉수는 호주머니에서 표지가 떨어져 나간 영어회화책까지 꺼내 보이며 현대는 영어만능시대이니만큼, 영어를 몰라 가지고는 우쭐거릴 수 없다는 것이다. 일어, 중국어는 이를 것도 없고, 재북시에는 노어에도 능숙했기 때문에, 자기는 현재, 한국어, 일어, 지나어, 노어 등 사 국어에 통달하는데, 앞으로 일년만 지나면 영어에도 자신이 설 터이니 그리 되면 오 개 국어에 능통하게 된다는 것이다. 영어에만 통하면 돈벌이가 무진장으로 있다고도 했다. 자기는 요즘도 매일 몇 차례씩은 거리에서 미군을 붙잡고 영어 연습을 한다는 것이다. 그래서 그런지 한국 사람에게 대해서도 저절로 '미스터'나 '미세스'나 '미스'를 붙여서 불러질 뿐 아니라, 그래야만 멋이 난다는 것이다. 그러고는 누워 있는 동주를 경멸의 시선으로 넌지시 넘겨다보며, 학교 공부를 해서 영어도 제법 한다면서 왜 맨날 저러고만 누워 있느냐고 했다.[21]

 '봉수'는 외형적으로 판단하자면 전형적인 식민주의의 모방 욕구로 충만한 인물이다. 문학사에서 이러한 인물의 유형은 비교적 흔하다. 이를테면, 채만식의 「미스터 방」의 주인공이나, 전광용의 「꺼삐딴 리」의 이인국 박사가 그러한 예일 것이다. 그러나, 이 소설에서 '봉수'의 진정한 역할은 '동주'라는 인물의 언어적 정체성을 사실에 가깝게 '호명'하는 데 있다.

 봉수는 '동주'를 항상 '미스터 高尙'이라고 부른다. '동주'는 자신을 이렇게 부르는 그를 은근히 멸시하지만, 기실 '동주'의 정체성을 '미스

<hr>

21 손창섭, 「생활적」, 앞의 책, 154면.

터 高상'이라는 호칭으로 부르는 것보다 더 정확히 규정하기는 어렵다. 연령대를 짐작하면 동주는 이십 대 초중반에 해당한다. 그는 필시 식민지 시절에 초중등 교육을 받았을 것이며, 어쩌면 대학초년까지 다니다가 해방을 맞이했는지도 모른다. 동주는 봉수가 '미스터 高상'이라고 부를라치면 질색을 하지만, 부산 거리에서 '긴상'이니 '복상'이니 하는 말을 들을 때면, "'우메보시' 맛이 연상되어 입안이 시금털털해지며 군침이 괴어서 야단"[22]인, 육체의 기억을 지니고 있다.

봉수와 동주의 차이는, '초자아'로 작동하는 '민족주의'에 대응하는 방식에서 비롯된다. 봉수는 처음부터 그러한 정체성의 규정에서 자유롭다. 원형에 대한 집착이나 회귀욕구로부터 자유로운 봉수는, 따라서 '민족주의'의 억압에 대해서도 민감하게 대응하지 않는다. 그러나 동주는, 자신의 육체와 정신에 각인된 식민주의의 영향으로 인해 괴로워한다. 민족주의의 호명에 완벽하게 호응하지도, 그렇다고 봉수처럼 '초자아'의 명령으로부터 마냥 자유로울 수도 없는 존재다. 그러므로, 그는 어눌할 수밖에 없고, 말을 아끼거나 아예 침묵할 수밖에 없다. 왜냐하면, 그의 한국어는 제대로 된 한국어가 아니기 때문이다. 이 점에서, 봉수는 대비된다. 그는 아예 '한국어'의 순정성이란 것 자체를 인정하지 않기 때문이다. '한국어'에 의해 '한국인'이 만들어지는 과정에서, 봉수는 완전히 벗어나 있다. 그 점에서 '미스터 高상'이라는 호칭은, '동주'를 향한 것이지만, 역설적으로 봉수의 언어적 정체성을 표상하는 것이기도 하다.

제대로 된 '한국어'를 말할 수 없는 '동주'의 고뇌를 표상하는 또다른 인물은 일본인 여성 '春子', 곧 '하루꼬'이다.

---

22 손창섭, 앞의 글, 153면.

그런 지 이삼 일 뒤에 동주는 거리에서 뜻밖에도 춘자를 만났던 것이다. 춘자 편에서 먼저 걸음을 멈추고 동주를 빤히 쳐다보았다. 동주도 춘자를 마주 보았다. 어디서 본 듯한 얼굴이기는 한데 누군가가 기억에 얼핏 떠오르지 않았다. 춘자가 먼저 말을 걸었다.

"저— 실례지만 경도(京都) 히가시야마(東山) 중학교 다니지 않았어요?"

어딘가 발음이 이상했다. 동주가 그렇다고 하니까, 그러면 미야다 도시오를 알겠느냐고 물었다. 그제야 동주는 앞에 서 있는 여자의 얼굴에서 중학동창인 미야다 도시오의 어린 여동생의 모습을 발견할 수가 있었다. 그러면 당신은 미야다의 여동생이 아니냐고 그제서야 놀랐다. 여자는 이번에는 일본말로 자기는 미야다의 누이동생인 하루꼬노라고 했다. 그리고는 대뜸 눈물이 글썽글썽해지는 것이었다. 춘자는 되레 제편에서 동주를 가까운 중국음식집으로 끌고 들어갔다. 거기서 춘자는 자기가 겪어 온 파란중첩한 과거를 눈물 섞어 이야기하는 것이었다. 해방되던 해 봄에 한국 청년과 결혼해 가지고 해방이 되자 곧 남편을 따라 한국으로 나왔다는 것이다. 남편의 고향인 전라도에 가 살다가, 여수순천 반란사건통에 경찰에서 일보던 남편은 학살당했다. 그 뒤 일본에 돌아가려고 부산에 오기는 했으나, 호적초본이 있어야 외무부에 정식 수속을 밟을 수 있는데, 친정과 연락이 취해지지 않아서 여태 돌아가지 못하고 있노라는 것이었다. 부산에 와서 삼 년 이상, 아는 사람 하나 없는 낯선 고장에서 약한 여자의 몸으로 목숨을 이어 오기가 얼마나 고달팠는지 모른다는 것이었다. 현재는 어떤 피복공장에 다니며 간신히 입에 풀칠을 해간다고 했다. (…중략…)

"이고 안 묵고 두니까 구데기가 생기지 않아요."

놀란 얼굴이다. 눈살을 찌푸렸다. 판장벽을 기대고 멀거니 앉아 있는 동주를 향하고 춘자는 한숨을 끄는 것이다.

"몸이가 좀좀 나빠만 가지 않아요."

춘자는 결코 저희 나라 말을 쓰지 않았다. 반드시 발음이 어색한 국어만을 쓰는 것이다. 춘자는 그것이 한국 사람에게 대한 자기의 정성이라고 생각하고 있는 모양이었다. 그는 또 어쩐 일인지 동주를 '오빠', '단신', '선산님'으로 때에 따라 구별해 불렀다. 자기의 신세타령을 하거나 고향 이야기를 할 때에는 으레 '오빠'다. 밤에 잠자리에서나 그 밖에 대개는 '단신'이라 불렀다. 어떤 문제에 대해서 의견을 물을 때는 정해 놓고 '선산님은 오또케 생각하세요?' 했다. 그것은 일종의 우울한 공식이었다. (강조는인용자)[23]

하루꼬의 경우는 일종의 '전도된 혼종'이라고 할 수 있다. 포스트식민주의에서 말하는 '언어적 혼종'이란 일차적으로는 식민주의자의 언어에 침윤된 식민지주체의 언어 현상을 가리킨다. 예컨대, '동주'의 언어적 정체성이야말로 일반적인 경우의 '언어적 혼종'에 해당하는 것이다. 그 점에서 하루꼬의 '혼종'은 방향이 바뀌어 있다. 식민 종주국의 국민인 '하루꼬'가 식민지 언어인 '한국어'와 접속함으로써 '한국어'에 동화되는 방식으로 설정되어 있는 것이다. 물론 당시에 실제로 '하루꼬'처럼 한국인 남자와 결혼해서 조선에서 살다가 귀환하지 못한 일본인 여성이 다수 있었다. 어쩌면, '하루꼬'의 모델은 실제 손창섭의 일본인 부인일 수도 있다.[24] 그러나 이 경우의 '하루꼬'는 '동주'의 언어적 정체성에 관한 일종의 '투사(投射)'라고 할 수 있다. 하루꼬의 '서

<hr>

23　손창섭, 앞의 글, 158~159면.
24　하루꼬의 이력은 손창섭의 자전적 소설인 「신의 희작」에 등장하는 지즈꼬와 똑같지는 않지만 겹치는 부분이 많다. 하루꼬의 조선인 남편이 여수 경찰서에 근무했다가 좌익에 의해 희생된다는 것은 「신의 희작」에서 손창섭의 친구 '기택'의 이력과 겹친다. 지즈꼬는 손창섭의 친구 '기택'을 통해 손창섭의 안부를 확인하고 한국에 건너온다. 여수에서 경찰관으로 있는 '기택'에게 잠시 몸을 의탁한 지즈꼬는 '기택'에게 겁탈을 당한다. 기택이 여순사건 때 좌익에 의해 희생되자, 지즈꼬는 오도가도 못하고, 부산에서 생활하다가 다시 손창섭과 우연히 만나게 된다. 이런 일련의 내용들이 '하루꼬'를 묘사하는 데 부분적으로 동원되고 있다. 「생활적」의 하루꼬, 「낙서족」의 노리꼬, 그리고 「신의 희작」의 지즈꼬의 이미지는 서로 겹친다. 그리고, 이들 일본인 여성의 의미와 역할은, 이 글의 주된 관심인 '언어적 타자'의 차원에서뿐 아니라, '식민주의와 젠더'의 차원에서 좀더 면밀한 분석을 필요로 한다.

툰 한국어’는 곧 동주의 ‘서툰 한국어’를 표상한다. 절대로 자기 나라 말을 쓰지 않는 하루꼬의 ‘서툰 한국어’는, 일차적으로는 ‘식민화된 주체’가 ‘식민지 종주국 여성’을 통해, 피억압의 경험(특히 언어와 관련된)에 대해 대리보상 받고자 하는 심리적 등가물로 해석할 수 있다. 그러나 하루꼬는 결코 적대적인 인물로 설정되어 있지 않다. 하루꼬의 ‘서툰 한국어’는 식민지 시기 전후세대들의 ‘서툰 일본어’의 은유이며, 또한 해방 이후의 전후세대들의 ‘서툰 한국어’의 은유이기도 하다.

결국 ‘봉수’와 ‘하루꼬’는 각각 언어의 혼종을 직접적으로 표상하면서도, 그러한 현상에 대한 ‘동주’의 복잡하고 착잡한 심리적 대응과 그 균열을 드러내는 일종의 ‘대리표상’이라고 할 수 있다. 동주는 ‘언어적 혼종 현상’ 자체를 ‘봉수’처럼 흔쾌히 용인하거나 그것에 관해 과감히 ‘인정투쟁’에 나서지도 못하지만, 그렇다고, ‘하루꼬’처럼 한국 사람에 대한 정성으로 곧장 ‘한국어의 단일한 표상체계’에 순치되지도 못한다. ‘동주’의 주저(躊躇)와 침묵, 그리고 무기력은 바로 이러한 딜레마로부터 비롯된 것이다.

「생활적」의 동주에 연결되는 또다른 인물은 「미해결의 장」에 등장하는 ‘나’, 곧 ‘지상(志尙)’이다. 「미해결의 장」 역시 ‘언어적 타자’의 문제를 그 중심에서 다루고 있지만, 전후에 새롭게 등장한 신식민주의 언어인 ‘영어’가 식민화된 주체의 욕망과 결합되는 양상을 보여준다는 점에서 새로운 차원의 문제를 제기하고 있다. 이 소설에서 주인공 ‘나’(志尙)를 제외한 식구들은 전부 ‘영어’와 ‘아메리칸 드림’에 빠져있다.

어이없게도 우리집 식구들은 온통 미국 유학열에 들떠 있는 것이다. 인제 겨우 열한 살짜리 志賢이년만 해도, 동무들끼리 놀다가 걸핏하면 한다는 소리가,

“난 커서 미국 유학 간다누”다. 그게 제일 큰 자랑인 모양이다. 중학교 이

학년생인 志哲이는, 다른 학과야 어찌 되었건 벌써부터 영어 공부만 위주하고 있다. 지난 학기 성적표에는 六〇점짜리가 여러 개 있어서 대장이 뭐라고 했더니,

  "응, 건 다 괜찮어. 아 영얼 봐요, 영얼요!"

하고 九八점의 영어 과목을 가리키며 으스대는 것이었다. 영어 하나만 자신이 있으면 다른 학과 따위는 낙제만 면해도 된다는 것이 그놈의 지론이다. 영어만 능숙하고 보면 언제든 미국 유학은 가능하다는 것이다. 우리 오남매 중에서 맨 가운데에 태어난 志雄이 또한 마찬가지다. 고등학교 일학년인 그 녀석은, 어느새 미국 유학 수속의 절차며 내용을 뚜르르 꿰고 있다. 미국 유학에 관한 기사나 서적은 모조리 구해 가지고 암송하다시피 하는 것이다. 지숙이 역시 나를 노골적으로 멸시할 정도니 더 말할 여지가 없다. (…중략…)

  志淑이가 나를 경멸하는 이유는 극히 간단한 것이다. 한창 청운의 뜻에 불타야 할 청년이 전연 입신양명(立身揚名)에 대한 야심이 없다는 데 있는 것이다. (…중략…) 물론 志哲이나 志雄이도 나를 대수롭지 않게 여기는 것은 사실이다. 그들은 영어 실력 여하에 따라 인간의 자격을 규정하고, 양행(洋行)을 했느냐 아니냐에 의해서 인간의 가치를 평가하려 드는 것이다. 그러한 그들의 눈에는 첫째 내 영어 실력이 의심스러운 것이다. 더구나 내가 미국 유학의 희망을 완전히 포기했다는 말을 志淑에게서 들은 그들은,

  "그럼 형은 뭣 허러 살까?"

하고 이해할 수 없다는 듯이 고개를 기웃거렸던 것이다. 志哲이나 志雄에게는 즉 산다는 것은 미국 유학을 의미하는 것이다. 인생의 목적은 미국 유학에 있다고 신앙하는 것이다. 이것은 비단 志哲이나 志雄이만이 지닌 생각은 아니다. 대장도 志淑이도 대동소이한 의견인 것이다.[25]

---

[25] 손창섭, 「미해결의 장 – 군소리의 의미」, 앞의 책, 195~203면.

  ‘나’는 집안에서 언제나 ‘이방인’이다. 대학도 중도에 포기하고, 미국 유학은 애초부터 관심이 없다. 그런 ‘나’를 향해 대장(아버지)은 항상 “죽어라, 죽어”라는 말과 함께 일상적으로 구타를 가한다. ‘나’를 제외한 온 식구들의 ‘영어 열풍’과 ‘아메리칸 드림’은 그것 자체로만 떼놓고 보면, 당시의 부박한 세태에 대한 일종의 희화와 풍자로 읽힌다. 그러나, ‘아버지’의 미완의 욕망이 매개되는 순간, 식구들의 이러한 ‘아메리칸 드림’은 ‘식민주의 이후’ 사회가 지닌 특유의 ‘망각’과 ‘반복’의 메커니즘에 대한 통렬한 비판과 풍자의 리얼리티를 확보하게 된다.

  ‘나’의 아버지는 “왜정시대에 전문학교 법과를 나와 가지고, 전후 5차나 고문(高文)에 응시하였건만, 종내 뜻을 이루지 못하고 만”[26] 인물이다. 다섯 차례나 고등문관 시험에 응시하기 위해, 그는 얼마나 일본어로 된 법전과 교재로 열심히 공부했을 것인가. 중요한 것은, 아버지의 꿈이 좌절되었다는 사실에 있는 것이 아니라, ‘일본어’로 구축된 세계에서 좌절된 꿈을, 이번에는 다시 ‘영어’로 구축된 세계에 재투사하고 있다는 사실이다.

  주인공인 ‘나’가 미심쩍어 하는 것은 ‘일본어’의 세계에서 ‘영어’의 세계로 옮겨가는, 너무나도 간단하고 손쉬운 이 ‘이행(移行)’이다. 그리고, 그 ‘이행’의 과정에 작동하는 ‘망각’과 반복되는 식민주의적 모방의 욕망이다. 기실 영어 열풍은 해방 직후이던 1948년부터 시작되었다. 이른바 ‘통역정치’가 본격화된 것이 그 무렵이고, 이런 세태의 반영은 일찍이 채만식의 「미스터 방」이나 염상섭의 「양과자갑」 같은 해방 직후의 단편에서도 충실히 비판적으로 묘사되었던 바 있다. 그러나, 손창섭의 소설이 이것과 다른 점은, 영어 열풍이나 아메리칸 드림을 ‘식민주의 이후’의 사회가 보여주는 ‘단절과 반복’의 기제 안에서 조망하

---

26 손창섭, 앞의 글, 196면.

고 있다는 점이다. 손창섭은 이러한 세태를 단순히 비판적으로 묘사하는 데 그치는 것이 아니다. 영어 열풍이라는 세태를 비판적으로 그릴 경우, 그 귀착점은 결국 하나로 좁혀진다. 민족적 자존심의 회복과 '한국어'로 구축된 세계로의 기꺼운 투신(投身)이다.

그러나 「미해결의 장」의 '나'는 이런 경로와는 조금 다른 지점에서 움직이고 있다. 그의 주저와 무기력의 근본 원인은, 아직 '일본어'로 구축된 세계로부터 받은 영향과 흔적을 말끔히 지우기도 전에 불어 닥친 '영어'로 구축된 세계에 대한 동경과 열망의 이중구조 때문이다. '나'는 그 사이에서 어쩔 줄 모른 채 방황한다. '당위'와 '실재' 사이에 놓인 깊은 '균열'의 지점에서 '나'는 갈피를 잡지 못하고 있는 것이다. '나'는 일본의 식민주의에 의해 식민화된 주체이면서, 다시 해방 이후에는 그러한 '주체'임을 부정해야 하는 '민족주의'의 당위에 의해 억압당하고(다시 말하면, 식민주의에 침윤된 적이 없었던 듯이 위장해야 하고), 마침내 '영어'로 구축된 새로운 식민주의의 광풍 앞에 무력하게 노출되어 있는 것이다. '나'는 아직 '일어 식민주의'의 영향으로부터도 자유롭지 않은데, 해방 이후의 새로운 국가는 불과 10년 전의 과거를 마치 없었던 것처럼 서둘러 '은폐'하거나 잊기에 바쁘고, 다른 한편에서는 '일어 식민주의'를 대체할 새로운 '영어 식민주의'에의 동화와 모방에 정신이 없다. 「미해결의 장」에서 가장 인상적인 대목이자, 전후소설 전체에서 식민화된 주체의 혼란과 동요를 가장 함축적으로 묘사하고 있는 다음과 같은 장면은 이런 맥락에서 읽을 때 비로소 그 의미가 선명하게 부각된다.

나는 돈을 받아 들고 바로 골목 어귀에 있는 도우넛 집으로 갔다. 젠자이(ぜんざい, 일본식 단팥죽―인용자)를 청하였다. 언젠가 여기에서 光順이에게 나는 젠자이를 얻어먹은 일이 있었던 것이다. 또 배에서 소리가 났다. 나는 불시에 기름이 자르르 흐르는 **쌀밥**과 김이 떠오르는 **만둣국**을 생각하

는 것이었다. 그러나 잠시 내 앞에 날라 온 것은 진한 세피아 색깔의 젠자이
였다. 나는 좀 당황한 것이다. "아닙니다. 나는 여태 저녁을 굶었읍니다. 정
말입니다. 저녁을 굶었읍니다." 그리고 나는 일어서 나가려했다. 젠자이를
날라온 아주머니가 내 소매를 붙잡았다. "이건 뭐예요. 누굴 놀리는 거에
요?" "놀리다니요 …… 난 밥을 먹어야 하거든요. 만둣국에 꼭 밥을 먹어야
한단 말예요." "이이가 미쳤나봐. 아니 그럼 으째서 젠자인 청했어요?" (…
중략…) 나는 어떻게서든 밥을 먹어야 한다는 생각이 들었다. 그것은 만둣
국하고 아니라도 좋은 것이다. 어떻든 기름이 흐르는 백반 한 그릇이 필요
한 것이다. 몇 군데 기웃거리다가 나는 마침내 어떤 양식점으로 들어갔다.
의자에 앉아서 메뉴를 들여다보니 여러 가지가 적혀 있다. 그 가운데 동까
스라는 글자가 있었다. 왜 그런지 나는 그 발음이 내게 알맞은 것 같았다.
만둣국만은 못해도 나는 오래간만에 동까스와 백반을 먹어보고 싶었다.
(…중략…) 光順을 떼밀 듯이 하고 나는 밖으로 나오고 말았다 우리는 결국
딴 음식점으로 가서 **비빔밥**을 먹기로 한 것이다.[27] (강조는 인용자)

애초에 '젠자이'를 먹고 싶어 했던 것은 나의 육체의 1차적 욕망에
서 비롯된 식욕 때문이다. 이 식욕은 나의 의지와는 상관없이, '긴상'
이니 '복상'이니 하는 말을 들으면 이내 '우메보시'가 연상되고, 그 시
금털털한 맛의 기억 때문에 입안에 까닭 없이 군침이 괴는, 육체에 각
인된 기억의 작용이다. 물론 '젠자이'가 표상하는 것은 일본 식민주의
에 침윤된 '주체'이다. 이 식민화된 주체는, 그러나 이내 '쌀밥과 만둣
국'을 먹어야 한다는 당위를 떠올린다. "어떻게서든 밥을 먹어야 한다
는 생각이 들었다"는 구절의 '어떻게서든'이라는 부사에 그러한 '당위'
가 삼투되어 있다. 그래서 가게 주인의 핀잔에도 불구하고 날라져 온

---

27 손창섭, 「미해결의 장」, 앞의 책, 206~207면.

'젠자이'를 물리치고 그곳을 빠져 나온다. 그러나, '나'는 '쌀밥과 만둣국'을 먹어야 한다는 '민족주의'의 당위에 쉽사리 순치되지 않고 엉뚱하게도 양식집에 들어가 '동까스'를 주문하는 것이다. "왜 그런지 그 발음이 내게 알맞은 것 같았다"는 구절은 '실재'와 '당위' 사이의 균열에서 허우적대던 '나'가 선택한 일종의 대안이자 차선(次善)임을 뜻한다. 혹은 그보다 더 깊은 무의식의 발로일 수도 있다.

'나'가 주문한 '동까스'는 중의적이다. 1차적으로 '동까스'는 서양음식이고 동시에 '미국'이나 '영어'와 같은 새로운 식민주의를 환기시키지만, '동까스'라는 음식이야말로, '서양음식의 일본화'라는 일종의 '문화적 혼종'을 대표하는 일본식 서양요리인 것이다. 그 이름부터가 '일본화된 영어'로 일종의 '혼종'을 상징하고 있다. 손창섭이 이것을 의식했든 의식하지 않았든 '동까스'야말로, 식민화된 주체가 떠올리는 서양, 혹은 일본화된 서양의 표상으로 더할 나위 없이 제격이라 할 수 있는 '음식'이자 '사물'인 셈이다. 그러나 정작, '나'와 '광순'이 최종적으로 먹기로 한 음식은 '비빔밥'이었다.

'비빔밥'이란 음식의 국적은 물론 한국이다. 그러나, 이 대목에서 등장하는 '비빔밥'은 음식의 발원지나 국적보다도, '다양한 재료를 섞어 비벼진 음식'이라는, 단어의 일차적 의미가 환기하는 방식으로 읽을 필요가 있다. 여러 가지가 서로 뒤섞인다는 것, 식민주의의 억압기제와 그것에 대한 식민화된 주체의 모방의 욕망이 뒤섞임으로 해서 형성되는 '혼종'. 결국 '비빔밥'은 인용문의 음식의 계열체들이 불러일으키는 '혼종'의 은유로 귀착된다.

무엇보다도, 텍스트 안에서 '나'와 '광순'의 행위는 완결되지 않는다. 마지막 동사는 '먹었다'가 아니라 '먹기로 했다'이기 때문이다. 더욱이, 그들이 최종적으로 선택한 '비빔밥'은 결코 애초에 '나'가 먹고 싶었던 음식이 아니다. '비빔밥'은 '젠자이'와 '쌀밥과 만둣국', 그리고 '동까스'

를 거쳐서 비로소 선택된 음식이었다. '젠자이'에서 '비빔밥'에 이르는 이 음식의 계열체들과, '청하다' '먹어야 한다' '왠지…… 알맞은 것 같았다' '먹어보고 싶었다' '먹기로 한 것이다'와 같은 동사의 계열체들은, 끝내 음식에 관한 주체의 욕망이 완결되지 않음을 보여준다.

4. 맺음말 — 언어적 타자로서의 이중언어자의 위치

자전적 소설 「신의 희작—자화상」에는 정체성과 관련된 매우 상징적인 구절이 나온다.

> 나는 부모도 형제도 집도 돈도 고향도 조국도 없는 놈이다.[28]

텍스트 안에서 주인공 S의 이 진술은 일종의 아이러니적 효과를 일으킨다. 진심으로 어디에도 귀속되기를 거부하는 것이 아니라, 거꾸로 어딘가에, 즉 자기가 스스로 '귀속되어 있지 않다'고 선언한 그것들(부모, 형제, 집, 돈, 고향, 조국)의 내부에 귀속되고 싶어 한다. 그러나 이상하게도 S의 정체성은 스스로 귀속되고 싶어 하는 그것들과 행복하게 조우하지 못한다. 그 안에 귀속되기 위해서는 자신을 구성하고 있는 어떤 것들(그것이 설령 부정적이고 왜곡된 것이라 해도)을 버리거나 혹은 없는 듯이 위장해야 하는데, 주인공은 그것이 어렵다. 그러므로, 그는 결국 '타자'의 위치를 벗어나지 못한다.

---

28 손창섭, 「신의 희작」, 앞의 책, 433면.

「신의 희작」안에는 '언어적 타자'의 문제를 환기하는 또 다른 에피소드가 삽입되어 있다. 'Life work'와 'Work life'[29]를 둘러싼 일본인 교사와의 공방전이 그것이다. S는 중학교(물론 일본의 중학교다) 영어 시간에 엉뚱한 질문을 한다. 교과서에 나와 있는 영어 단어 'Life work'가 틀린 게 아니냐는 것이다. 자기는 'Work life'라야 옳다는 것이다. 처음에는 웃고 지나가려던 일본인 영어 교사는 학생 S의 진지한 태도와 고집에 사전을 펴 Life work가 옳다는 것을 확인시켜 준다. 그러나 S는 승복하지 않는다. 화가 난 선생이 재차 사전을 가리키며 확인하지만 학생은 요지부동 'Work life'가 옳다고 우긴다. 결국 선생은 학생의 따귀를 때린 후 다시 묻고, 학생은 그래도 자기가 옳다고 버틴다. 몇 번이나 이런 문답과 따귀 때리는 동작이 반복되었지만 학생은 종내 승복하지 않는다. 나중에 지친 건 선생 쪽이었다. 학기말 시험에 다시 그 문제가 나오자, S는 연필로 라이프 워어크라는 문구를 북북 째버리고, 그 위에 워어크 라이프라고 써넣은 다음, "이것이 절대로 옳음"이라고 주까지 달아 넣은 뒤, 백지로 답안지를 내놓고 교실을 나와 버린다.

다음 날 영어 선생에게 사무실로 불리어 갔다. 선생은 극심한 노기로 얼굴 근육을 푸들푸들 떨면서,

"넌 선생을 모욕하고 반항할 셈이냐?"

미친 듯이 고함을 지르고 구타했다.

"아닙니다. 영어에 반항하는 겁니다. 그리구 돼먹지 않은 영어의 노예가 된 인간을 경멸하는 겁니다."

S는 구타를 당하면서도 이렇게 입을 놀리었다.

---

29 'life work'는 우리 말로 '필생의 사업' 정도로 번역할 수 있다. 'work life'란 물론 사전의 표제어에 없는 말이다. 그러나, 시에서의 언어유희처럼 ''life work'가 '일생을 바쳐 일으킬 만한 사업'이란 뜻이라면, 'work life'는 '죽어라 일만 하다 끝나는 인생'이라는 역설적인 의미로 읽을 수 있다.

　　그는 정말 영어 그 자체에 말할 수 없는 적의와 분노를 느끼었다. 동시에
도전을 각오했다. 그것은 하나의 심리적 자멸행위였다. 이 자포자기의 자
멸 의식은 언제나 S의 가슴 속 깊이 불씨처럼 덮여 있었다.[30]

　　이 에피소드를 삽입한 작가의 의도가 어디에 있든 간에, 인용문을
통해 확인할 수 있는 것은, 식민지 피지배자인 조선인 학생과 식민지
배자인 일본인 교사 두 사람 모두 ‘영어’의 ‘타자’라는 사실이다. 둘의
차이는, 학생인 S가 ‘영어의 타자’임을 자각하고 있는 반면에 일본인
교사는 그 사실을 깨닫지 못하고 있다는 것. 문제는 이러한 S의 타자
의식이 딱히 민족주의적 의분과 연결되는 것도 아니고, 그렇다고 제
국주의에 대한 ‘반식민’의 저항의식으로 환원되는 것도 아니라는 점이
다. 이 에피소드의 마지막은 S가 자신에게 낙제점을 준 영어교사에게
복수하기 위해 그의 딸을 강간한다는, 다소 충격적인 내용으로 종결
된다. 이런 위악적(僞惡的)인 자기묘사는 궁극적으로 그 어디에도 안
착할 수 없는 ‘타자의식’의 강화에 기여한다. 「신의 희작」의 S는 어딘
가에 정주(定住)하거나 안착(安着)하는 일, 혹은 어딘가에 귀속되어 자
기정체성을 확보하는 것을 끊임없이 희구하지만, 그런 욕망이 강하면
강할수록 그에 비례하여 ‘타자화’는 더욱 강화된다.
　　만약 S가 손창섭의 표상이라면, 손창섭은 일본어와 한국어와 영어,
그 어떤 언어의 세계로도 기꺼이 포섭되지 못하고 있었음을 뜻한다.
어느 특정한 국민국가의 문학자로서, 이러한 ‘언어적 타자의식’은 일
종의 형벌과 같은 것이다. 식민지시기에, 그는 식민지 피지배자로서
자의반타의반으로 ‘일본어’로 구축된 세계에 편입되어야 했다. 그러
나, 아무리 능숙하게 일본어를 구사하더라도 그는 끝내 ‘일본어를 구

<hr>

30　손창섭, 앞의 책, 427면.

사하는 조선인'으로 남을 수밖에 없었을 것이다. 해방이 되자, 손창섭과 같은 무수한 이중언어자들은 '순정한 한국어의 세계'에 편입될 것을 강요받았다. 그것은 신생 국민국가의 '자격을 갖춘 국민'이 되는 길이기도 했다. 그리고 이 길은 '이중언어자'로서의 식민화된 자기정체성을 지우는 과정을 수반한다. 이 앞에서 주저하고 머뭇거리는 손창섭 앞에, 이제는 새로운 식민주의 언어인 '영어'가 도래하여, 식민지시기에 '일본어'를 향해 무수한 식민지 주체들이 그러했듯이, '영어'로 구축된 세계에 편입되기 위한 모방의 욕망에 들끓는 수많은 사람들이 나타난다.

그의 '타자성'은 '식민주의 이후'에 등장하는 '의도적 망각'을 경계하고, 왜곡되고 변형된 채로 존속되는 식민주의의 흔적들을 환기하는 데 기여하지만, 식민주의의 흔적과 영향을 어떻게 넘어서야 할 것인가에 대한 전망을 확보하는 데까지는 이르지 못한다. 민족주의 이데올로기의 환영(幻影)을 내파(內破)하지만, 그것을 가로 질러 어떤 정치적 지향을 담지하고 있는가는 확인하기 어렵다. 거기까지가 손창섭의 '타자성'이 유효하게 남을 수 있는 경계지점이다. 그러나, 국민국가의 내부에서 국민국가의 자기동일성을 끊임없이(비록 위악적인 방식일지라도) 경계하고 의심하기란 쉬운 일이 아니다. 식민화된 주체의 이중언어적 실재를 지우고 매끄럽게 '봉합'된 것처럼 보였던 한국문학의 자기동일성이, 손창섭의 당대에도, 그리고 전후세대를 타자화하면서 호기롭게 새로운 세대가 열어젖힌 1960년대 이후에도, 끊임없이 한국어의 자기동일성에 대한 의심과 함께 흔들리고 있었다는 점, 그리고 이후의 문학사가 그에 대한 작용과 반작용의 연속적인 과정이었다는 사실이 그의 문제제기의 유효성을 반증한다.

제3부
말과 이데올로기

김정한 소설의 지역성과 세계성
문단 복귀 후의 김정한 소설의 문학사적 의미

소설 · 역사 · 인간
이병주의 초기 중 · 단편에 대하여

억압과 에로스
1972년의 최인호

말을 찾아서
이문구론

국가와 농민
『우리 동네』

'웃음'에 관한 두 개의 변주(變奏)
성석제와 김종광

주체와 타자의 변증법
분단체제의 극복과 탈북자 문제의 소설화

김정한 소설의 지역성과 세계성

문단 복귀 후의 김정한 소설의 문학사적 의미

1. 여는 말

이 글[1]을 시작하기 전에 미리 두 가지 정도의 양해를 구하고자 합니다. 먼저, 이 글은 일반 논문 형태로 쓰지 않고 강연 형식을 빌려서 발표하고자 합니다. 제가 오늘 말씀드릴 주제는, 제목에도 나와 있지만, 오랜 침묵을 끝내고 1960년대 후반에 문단에 복귀하여 다시 소설 창작을 하게 된 김정한 선생(이하 '김정한'으로 통일함)의 후기 소설의 소설사적 의미를 이야기하는 것입니다. 소설사적 의미를 이야기하려다 보니, 자연스럽게 김정한의 문단 복귀를 전후한 1950년대나 70년대의 소설과 부득불 비교할 수밖에 없게 될 터이고, 그 과정에서 수많은 전거와 자료들을 일일이 열거하는 번거로움을 감수하지 않을 수 없게

1 　이 글은 2003년 11월 21일, '부산문학의 선구—향파와 요산문학 연구'라는 주제로 동아대학교 석당학술원이 주최한 '부산학 세미나'의 발표 원고다. 원래의 글에서 청중과의 교감을 위해 유지했던 '~습니다'체를 고치지 않고 그대로 두었다.

됩니다. 따라서, 그런 고답스러움과 형식상의 번거로움을 과감하게 줄이고, 필요한 부분은 말씀드리는 도중이나 토론을 통해 보완하며, 강연 형태를 취함으로써 절차상의 번거로움을 덜고자 하는 의도를 널리 이해해 주시기 바랍니다.

두 번째는, 이 글의 전체 논지가 일종의 '소설사론' 형태를 띠고 있다는 점입니다. 물론 이야기의 무게 중심은 복귀 이후의 김정한 소설이 지닌 의미를 이야기하는 것이지만, 그것을 제대로 조망하기 위해서라도, 김정한 문학의 위상과 가치를 '소설사'의 지평 위에서 파악하지 않을 도리가 없었습니다. 그러므로, 김정한론이자 동시에 소박한 형태의 60~70년대 소설사론(소설사가 아니라)의 형태로 논의가 진행되는 것에 대해서도 미리 이해를 구하는 바입니다.

2. 전후문학에 관한 4·19세대의 문학사적 인식

잘 알려져 있다시피, 김정한은 1940년 절필한 이후 25년여 만인 1966년 「모래톱 이야기」를 『문학』지에 발표하면서 다시 소설 창작의 길에 복귀하게 됩니다.[2] 김정한이 복귀한 1960년대는 소설사적으로 매우 이채롭고도 흥미로운 시기였습니다. 곁가지들을 생략하고, 가장

---

2 최근의 연구에 의해 이 시기 김정한은 완전히 절필했던 것이 아니라 몇 편의 소설과 수필, 그리고 희곡을 발표했던 것으로 밝혀졌다. 특히 희곡 「인가지」(1943)를 둘러싼 친일문학 시비는, 일제 말과 해방 직후에 절필했노라던 김정한의 회고의 진실성과 그 배면에 깔린 은폐의 의도와 관련된 새로운 접근을 필요로 한다. 다만, 여기서는 절필의 사실 여부를 확인하는 것이 주목적이 아니라, 「모래톱 이야기」 이후의 그의 소설이 지닌 문학사적 의미를 묻는 것이어서 따로 수정하지 않았다.

굵직한 줄기의 맥락을 중심으로 말씀드리자면, 1960년대의 소설은 이른바 '4·19 세대'에 의해 열어 젖혀졌고, 이들이 지니고 있던 '자기의식', 혹은 '소설사적 과제'는 바로 앞 세대인 1950년대 소설(혹은 '전후소설')을 어떻게 극복할 것인가에 관한 것으로 점철되어 있습니다. 이른바 '4·19 세대'의 문학적 이념을 선도했던 김현의 '전후문학'에 대한 다음과 같은 평가는 이들이 앞 세대의 문학을 어떻게 해석하고 규정하고 있었는지를 명확하게 보여 주고 있습니다.

50년대 문학인들이 해방과 전쟁이라는 한국 현대사의 큰 인각(印刻)을 몸으로 체험하지 않을 수 없었다는 사실은 50년대 문학의 문맥을 이해하는 데 없어서는 안될 사실이다. 우선 20세를 전후해서라는 연대기적 사실의 중요성은 아무리 강조해도 부족함이 없다. 20세를 전후해서 해방과 전쟁을 맞이했다는 것은 50년대의 문학인들이 세계와 현실을 보는 세계 전망의 확고한 기반 위에서 사태를 이해하지 못했으리라는 것을 추측케 한다. 위의 진술은 두 가지 면으로 이해되어야 한다. 하나는 언어의 급변으로 인한 의식 조정의 곤란이다.(…중략…) 20세를 전후해서 해방과 전쟁을 맞이했다는 사실은 또한 감정의 극대화 현상을 유발케 한다. 논리적으로 사태를 파악할 수 없을 때에는, 감정적인 제스처만이 극대화되지 않을 수 없다. 그 현상은 구체적인 사실에 대한 냉철한 인식·판단보다도, 추상적인 당위에 대한 무조건의 찬탄을 낳는다. 위의 진술은 증명될 수 없는 논리에 대한 찬탄이라는 진술이다. 왜 해방이 되었는지, 왜 전쟁이 있었는지, 그리고 그것이 한국과 자아에게 어떤 의미를 갖는지에 대한 냉정한 성찰·반성보다는 그러한 것들을 추상적이고 보편적인 개념으로 파악하려는 논리적 야만주의가 팽대하게 되었다는 말이다.[3] (강조는 인용자)

---

3 김현, 「테러리즘의 문학」, 『사회와 윤리』, 일지사, 1974, 100~101면. 전후문학에 대한 김현의 시각을 평가하는 나의 관점이 이 책의 2부 '전후문학의 사상사적 기원'의

　‘전후문학’에 대한 김현의 이러한 인식은, 물론 ‘세대론적 전략’에 뿌리를 두고 있습니다. 즉, 자기 세대의 존재근거를 확보하기 위해 앞세대 문학의 역사적 시효만료나 종언을 선언해야 하는 전략에 기대고 있다는 것입니다. 이러한 세대론적 전략은 여러 면에서 많은 문제점을 안고 있습니다만, 최소한 ‘전후문학’의 가장 핵심적인 부분에 대한 규정만큼은 사실에 부합된다고 봅니다. 즉, ‘해방과 전쟁이 한국과 자아에게 어떤 의미를 갖는지에 대한 냉철한 성찰과 반성보다는 그러한 것들을 추상적이고 보편적인 개념으로 파악하려는 것’으로서 전후문학의 특징을 파악하는 것만큼은 적확성을 지니고 있습니다. 저는 ‘전후문학’의 이러한 특징을 ‘보편성의 미망(迷妄)’이라고 부르고자 합니다. 물론, 모든 전후문학이나 전후작가가 이러한 ‘보편성의 미망’에 함

그것과 상반되거나 최소한 일관된 것으로 보이지 않을 수도 있어 한두 마디 덧붙이고자 한다. 전후세대의 문학사적 의미를 평가하는 김현의 대표적인 글인 「테러리즘의 문학」에는 전후세대에 대한 두 가지 중요한 규정이 나오는데, 첫 번째는 그들이 ‘이중언어자’였다는 점이며, 두 번째는 전후문학이 ‘보편성의 미망과 추상성에 함몰되어 있다’는 것이다. 나는 김현의 이러한 규정에 동의하는 동시에 이것은 당시로서는 매우 날카롭고 정확한 분석이었다고 생각한다. 그러나, 전자가 후자의 원인이라고 본 점, 즉 ‘전후세대의 이중언어자적 정체성’이 그들의 문학을 ‘추상화’로 몰고 간 근본원인이라고 파악한 인과론적 해석에는 동의하지 않는다. 전후세대의 문학이 ‘보편성의 미망’에 빠져있다는 것은 사실이지만, 그 원인은 ‘이중언어’의 문제가 아니라 다른 미학적·사회적 분석을 요구한다. 다른 맥락에서 말하자면, ‘보편성의 미망’은 어떤 특정한 세대의 문학에만 나타나는 특징이라고 보기는 어렵고, 오히려 모든 세대 혹은 모든 시대의 문학에 고루 나타나는 현상의 하나다. 그런 점에서, ‘전후문학의 보편성의 미망’을 말하기 위해서는 그것을 ‘전후세대 문학’만의 특징이라고 한정하기보다는 다른 세대 혹은 다른 시대 문학과의 ‘차이’를 통해 규명해야 한다. 그리고, 김현이 ‘전후문학의 보편성의 미망’의 원인으로 규정한 전후세대의 ‘이중언어자로서의 정체성’이야말로, 한국 근대문학사에서 다른 세대나 다른 시대와는 질적으로 다른 ‘전후세대’만의 고유한 특질인 동시에, 지금까지 전후문학에 대한 우리의 연구와 비평이 충분히 채취하지 못한, 전후문학의 내밀한 풍요로움의 원천이다. 요컨대 전후문학이 ‘보편성의 미망’에 일정 정도 함몰된 것은 사실이지만, 김현의 지적처럼 ‘이중언어적 정체성’이 그 직접적 원인이라고 보기 어렵다는 것, 그리고 오히려 ‘이중언어’의 문제는 전후문학을 전면적으로 재검토해야 할 엄청난 폭발력을 내장한 전후세대만의 ‘조건’이라는 것이 나의 생각이다.

몰되어 있었던 것은 아닙니다. 같은 전후작가 그룹 안에서도, 동시대 문학의 특질인 이러한 '보편성의 미망'으로부터 벗어나고자 노력한 작가나 비평가가 없지 않았으며, 우리가 김정한의 문학이 놓여 있는 소설사적 맥락을 문제삼을 때도 바로 이 '예외적인 계보'가 중요하게 부각되기 때문입니다만, 그럼에도 '전후문학'의 가장 큰 특질이 '보편성의 미망'이라는 점에서는 일정하게 동의하지 않을 수 없습니다.

'보편성의 미망'이란 다른 표현을 빌리자면 '세계사적 동시성'에의 함몰이라고도 할 수 있습니다. 즉 '한국전쟁'을 유럽이 치른 '세계2차대전'과 동일시하는 것이며, 그러한 '동일시의 과정'에는 '전쟁'이라는 일반자(一般子)만이 적출될 뿐, 각각의 전쟁이 지니고 있는 역사적 구체성과 특수성은 전혀 고려의 대상이 되지 못하는 것을 의미합니다. 그러므로, 2차 대전이 끝난 후, 서구 지성의 일부가 이 전쟁을 '근대 세계의 종언'의 상징으로 해석하게 되면, 한국의 작가나 지식인들도 '보편성의 미망'에서 벗어나지 못하는 한, 그러한 전쟁의 해석을 그대로 반복하게 되는 것입니다.

'50년대의 소설은 그만큼 사유와 인식의 추상성과 비역사성에 깊이 함몰되어 있었다고 할 수 있습니다. 50년대 문학에서의 한국전쟁은, 김현의 지적처럼, 그 전쟁이 우리 민족에게 미치는 영향과 그 의미가 역사적 구체성 속에서 파악되고 있지 않습니다. 전쟁 자체가 소재나 주제로 등장하는 경우, 대부분의 '50년대 소설들은 반공주의 일변도의 냉전논리에 충실하거나, 그렇지 않으면 맹목적인 휴머니즘을 앞세운 반전(反戰)주의로 귀착되지요. 거기에서 비껴나 있는 경우는 예외 없이 실존주의의 영향 아래, 전쟁을 인간의 한계상황을 극명하게 조건지어 주는 '특수한 상황' 그 이상도 이하도 아닌 것으로 처리해버리고는 했습니다. 전쟁의 의미를 역사화하고 그것을 민족사에 대입시켜 반추할 만한 객관적 거리도 비판적 성찰의 여유도 가지질 못했던 것입니다.

전쟁의 해석에 관한 문제뿐만 아니라, 개인의 가난과 사회의 궁핍을 다루거나, 사회 현실의 부조리와 부정성을 취급하는 경우에도, 인간을 둘러싼 그러한 부정적인 환경과 조건은 어떤 특정한 역사적 시기의 조건과 환경이 아니라, 인간을 규정하고 있는 존재론적인 본질로 성격지어지는 경우가 대부분이었습니다. 그러므로 소설 가운데에서 부정적 현실에 대한 대안으로 제시되는 것은 어떤 본질론에 기반한 성찰이거나, 그것보다 좀 더 현실적인 차원에서는 윤리나 양심이었습니다.

3. 근대성에 관한 또 다른 보편성의 미망 — 최인훈과 김승옥

1960년대 벽두에 4·19혁명이 일어나고, 뒤이어 등단한 새로운 세대로서의 젊은 문학인들은 앞 세대 문학의 이러한 '보편성의 미망'을 극복하고자 했습니다. 4·19이후 등장한 이 새로운 세대를 문학사에서는 흔히 '4·19세대'라고 부릅니다. 물론, 1960년대의 문학을 오로지 이 세대들의 몫으로 환원시키는 것은 위험합니다. 1960년대의 문학을 구성하고 있는 것은, 이들 세대뿐만 아니라, 50년대와 60년대에 걸쳐 있는 세대, 특히 1950년대 후반에 등단하여, 50년대보다는 60년대에 그 문학을 꽃피운 작가들이 상당수 있기 때문입니다. 예를 들어, 1950년대 후반에 등장하는 이호철이나 최인훈, 하근찬, 또 시에서의 김수영이나 신동엽 등은 분명히 '4·19세대'가 아니지만, 이들을 빼놓고 1960년대의 문학을 이야기하는 것은 1960년대의 문학을 대단히 소략하게 만들게 될 것입니다.

그럼에도 불구하고, 다시 한 번 이들 '4·19세대'의 문학에 주목할 필요가 있는데, 그것은 무엇보다도 이들이 문학사적 과제로 내건 '보편성의 미망의 극복'이라는 슬로건이 얼마나 제대로 수행되었는가를 문학사적으로 검토해 볼 필요가 있기 때문입니다.

이른바 '4·19세대'에 속하는 작가는 그 수가 여럿입니다만,[4] 여기에서는 최인훈과 김승옥 두 사람을 중심으로 이 문제를 잠시 검토해 보고자 합니다. 최인훈에 관해서는 약간의 설명이 필요할 것입니다. 김승옥이 이 세대에 속하는 대표작가라는 점은 의심의 여지가 없지만, 최인훈은 그렇지 못하기 때문입니다. 최인훈은 세대 구분에서는 분명히 전후작가 그룹 쪽에 가깝지만(그의 등단은 1959년입니다), 그의 대표작인 『광장』은 그 어떤 작품보다도 '4·19'라는 정치적 변혁의 공간을 통해 탄생이 가능했던 작품이고, 또 60년대의 그 어떤 소설보다도 '4·19세대'의 문학적 표상을 명징하게 보여준다는 점에서, 이들 세대의 문학사적 존재근거와 대단히 밀접한 관련을 지니고 있습니다. 바꾸어 말하자면, 이들 세대는 최인훈이나 김승옥을 통해서, 앞 세대와는 구별되는 새로운 문학의 가능성을 발견할 수 있었던 것이고, 이들을 통해서 자신들의 기획을 실현시켜 나갈 수 있는 현실적 공간을 확보할 수 있었던 것입니다.

짧은 분량에 '소설사론(小說史論)' 형식을 취하다보니 자연 글이 성글어질 수밖에 없는데, 이 점 글의 허두에서 구한 양해에 기대어, 간략히 이들 두 작가와 '보편성의 극복'이라는 문제를 살펴보겠습니다. 결론을 앞질러 말씀드리자면, '4·19세대'를 대표하거나 표상하는 이 두 작

---

4   김현이 「60년대 문학의 배경과 성과」(『분석과 해석』, 문학과지성사, 1988)에서 밝혀 적고 있는 '4·19세대 작가'는 김승옥·이청준·서정인·박태순·박상륭·홍성원·김원일·김용성·이제하·이문구 등이다.

가의 소설은 '보편성의 미망'을 극복하는 데 실패한 것이 아닌가 생각합니다. 이들 두 작가는 한국 사회의 어떤 특수한 국면에 주목하고자 한 점에서 앞 세대와는 확연히 구별됩니다. 『광장』은 해방 이후 최초로 남북한 양 체제를 동시에 문제삼고 있으며, 김승옥은 어떤 작가보다도 4·19를 전후한 60년대 한국 사회를 대단히 섬세하고 조밀한 프리즘을 통해 소설로 재현합니다. 그럼에도 불구하고, 이들은 또 다른 형태의 '보편성의 미망'에 빠지게 됩니다. 공교롭게도 이들 두 작가가 주목한 것은 '근대세계로서의 한국사회'라는 문제의식이었는데, 이것은 바꾸어 말하면 '한국 사회에서의 근대성'에 관한 질문이라고 할 수 있을 것입니다. 이런 맥락에서, 최인훈의 『광장』에서 중요한 것은, 분단이나 전쟁이라는 '상황'이 아니라, '자유'와 '평등'이라는 '근대성'의 어떤 중요한 기제가 과연 제대로 뿌리내리고 성장할 수 있는가에 관한 '가능성의 타진'이라고 할 수 있습니다. 남한은 이른바 '자유'를, 북한은 '평등'을 각기 구축한 '근대국가'의 핵심 아젠다로 내세웠는데, 이명준은 남북한을 오가며 이러한 아젠다의 현실가능성을 최대한의 진지함으로 타진해 보았던 것입니다. 그리고, 그가 도달한 결론은, '자유'와 '평등' 그 어느 것도, '한국 사회'에서 제대로 뿌리내리거나 꽃피울 수 없다는 환멸의 자각입니다. 그러므로, 이명준의 자살의 이유는, 분단된 조국이나 이데올로기 대립, 혹은 전쟁의 상흔 때문이 아니라, '자유'와 '평등'의 안착지를 자신의 조국에서 발견할 수 없었던 '환멸' 때문이었다고 보는 것이 더 타당합니다. 다시 말하면, 이명준이 확인할 수 있었던 것은 '무늬만 '자유'인 대한민국', 혹은 '무늬만 '평등'인 조선민주주의인민공화국'이었던 것입니다. 이러한 인식의 근저에는 '보편으로서의 '근대' 또는 '근대 이성"이 자리잡고 있습니다. 이것이 일종의 '이념태(理念態)'라면, 이명준이 남북한의 현실에서 발견한 것은 '현실태(現實態)'라고 할 수 있을 것인데, 문제는 이명준에게는 이

'이념태'와 '현실태'의 간극을 메울 어떤 지적(知的) 탄력성이나 유연성, 혹은 역사적 안목이 없었다는 사실입니다.

최인훈이 '보편으로서의 '근대' 혹은 '근대 이성"을 문제 삼는다면, 김승옥은 '의사(擬似) 근대'를 문제 삼고 있습니다. 그의 소설에는 이른바 '대도시'로서의 서울에서 일어나는 다종다양한 삶의 양태들이 등장합니다만, 이러한 양태를 총합하는 김승옥의 시선은 그것이 일종의 '의사 근대'적 양상이라는 것, 즉 '진짜 근대'는 아니고 그것을 비슷하게 흉내는 내지만 말 그대로 '흉내'에 그칠 뿐, '진짜 근대'가 지니고 있는 '진정성'은 결여되어 있는, 그래서 오히려 더욱 비극적인 양태를 그는 냉소적인 시선으로 바라보는 것입니다. '근대'를 문제 삼고 있다는 점에서, 최인훈과 김승옥은 같은 문제의식을 지니고 있지만, 김승옥이 최인훈과 다른 점은 '진짜 근대'에 대해 큰 관심이 없다는 점입니다. 그는, '의사 근대'가 '진짜 근대'의 '결여태'나 '미달'이라는 점을 안타까워하는 것이 아니라, '의사 근대' 자체에 내재한 고유의 비극성을 포착하는 데 주력합니다. 그러나, 김승옥 역시 한국 사회의 그러한 '특수한 국면'을 해석하는 배후에 '진정한 근대'라는 또 다른 '보편자(普遍子)'를 암암리에 설정해 두고 있다는 점에서는 최인훈과 같은 지점에 서 있습니다.

두 사람 모두에게, '비등가(非等價)로서의 근대' 또는 '불균등으로서의 근대'라는 특수성에 대한 이해를 찾기가 어렵습니다. 이 점에서, 이들은 혹은 이들이 포함된 세대는, 앞 세대의 맹목적인 보편성에의 함몰로부터는 비판적 거리를 유지하는 데 성공하지만, 그것과는 다른 형태의 '보편성에 대한 경사(傾斜)'를 드러내고 말았습니다. 좀더 풀어서 얘기하자면, 전후작가들의 경우는 한국이든 유럽이든 상관없이 이 세계는 '균질적이고 등가적인 근대의 세계'라는 인식이 지배적이었으며, 유럽 사회가 봉착한 문제는 동시에 한국 사회의 문제이기도 한 것이라는 생각에 사로잡혀 있었던 것에 비해, 최인훈이나 김승옥으로 대표되는 60년대의 작가들은 최소한 전후작가들이 사로잡혀 있던 '균질과 등가로서의 근대세계'가 아니라는 점은 명확히 인식하고 있었다는 것, 그리고 그 '비균질과 불균등의 세계로서의 한국 사회'를 제대로 검토하고자 했다는 점에서 크게 구분된다는 것입니다. 그러나, '비균질과 불균등의 세계로서의 한국사회'에 대한 이들의 문제의식은 그 배후에 '보편적 근대로서의 서구'라는 것이 놓여 있었던 까닭에, '보편성의 미망'으로부터 완전히 벗어나지는 못했던 것이라고 할 수 있습니다.

4. 역사적 구체성, 소설미학의 전환의 계기 ─하근찬과 박태순

김정한의 문단 복귀가 지니는 소설사적 의미는 바로 이 지점에서 발생하고 있습니다. 즉, 김정한은 1960년 소설사의 첫 번째 과제였던 '보편성의 미망의 극복'이 이른바 '4·19세대'에 의해 주도되기는 하지만, 본디의 의도와는 다르게 여전히, 혹은 또 다른 '보편성으로의 함몰'에 노출되고 있던 시점에서 다시 출발했던 것입니다. 김정한의 소설은, 이러한 60년대 소설의 흐름을 전혀 새로운 방향으로 틀어놓게 되었습니다. 물론, 이 새로운 흐름은 김정한 혼자의 힘으로 가능했던 것은 아닙니다. 김정한의 소설은, 1950년대 후반부터 당대의 지배적인 소설 경향과는 다른 길을 개척하고 있던 일련의 소설사적 흐름의 연장선상에 놓여 있었습니다. 그 흐름의 중심에는 하근찬이라는 작가가 있었습니다.

김정한의 소설을 검토하기 전에, 김정한과 더불어 60년대 소설에서 새롭고도 중요한 소설사적 계기를 만들었던 작가들 중에 두 사람만 간략히 언급하고 지나갈까 합니다. 그 중 한 사람은 앞서 말한 하근찬이며, 다른 한 사람은 공교롭게도 '4·19세대'의 작가군에 속하지만 자기 세대에 대해 가장 '비판적 거리'를 확보하고 있던 박태순입니다.

하근찬은 1955년도에 등단했으니, 등단연도만 놓고 보자면 갈 데 없는 '전후작가' 중의 한 사람이라고 할 수 있습니다만, 그의 작품은 동시대 작가들의 작품과는 확연히 구별됩니다. 무엇보다도, 그는 전쟁을 추상적이고 관념적으로 그려내는 것이 아니라, 구체적이고 역사적으로 그려내려고 노력했습니다. 그의 대표작 중의 하나인 「수난 이대」(1957)에서의 전쟁은, 동시대 전후작가들의 작품에서 그려지고 있는 '전쟁'과는 전혀 다른 성격과 내용을 지니고 있습니다. 우선, 이 작품에서는 '동원된 전쟁'이라는 논리가 깔려 있어, 전쟁이라는 상황에서의 동원주체인 '국가'와 동원대상인 '민중'의 처지와 입장이 선명히 대비되고 있습니다. 실존주의에 의지해 전쟁에서의 가해와 피해, 혹은 주체와 대상의 문제가 모호하게 처리되던 여타의 전후소설에 비하면, 하근찬의 소설들에서는 이런 문제가 대단히 명료하게 정리됩니다. 하근찬의 소설에서 '전쟁 일반'과 '인간 일반'이라는 것은 허락되지 않습니다. 전쟁이 있었다면 그것이 '무슨 전쟁'이며, 거기서 피해를 입은 사람이 있다면, 그가 구체적으로 '어떤 인물'인가가 가장 중요한 것이 됩니다. 이른바 '대동아전쟁'에 동원되어 팔을 잃은 '아버지'와 '6·25'에 동원되어 다리를 잃은 '아들'을 대비시켜, 이들 부자가 겪은 전쟁을 역사적으로 연결짓고, 그 '동원 체제'에 놓인 폭력성을 대비적으로 제시할 수 있었던 것은, 전후소설 어디에서도 찾아보기 힘든 역사인식이자 상황인식입니다. 60년대에 들어와서도 그는 「분(糞)」(1961), 「왕릉과 주둔군」(1963), 「산울림」(1964), 「붉은 언덕」(1964) 등과 같은 중요한 문제작들을 발표하면서, 식민체험과 전쟁, 그리고 분단과 외세에 대한 치열한 문제의식을 보여줍니다. 60년대의 문제작에서 두 번째 자리에 놓으면 서운할 것 같은 작품이 그의 「삼각의 집」(1966)입니다. 1950년대 후반부터 치열하게 전개되던 '알제리 민족해방 전쟁'에 대한 기억과 인식을 통해, '탈식민 이후의 식민'의 문제, '프랑스와 알제리'의 관계를 통해 유추되는 '미국과 한국'의 관계, 그리고 악순환 되는 제3세계의 빈곤의 문제를 조망하는 이 소설의 문제의식은, 이른바 '제3세계적 사유'의 선구에 해당한다고 할 수 있습니다.

저는, 하근찬이 선취하고 있는 이러한 인식을 통해서 비로소 한국의 현대소설은 오랜 '보편성의 미망'이라는 관행을 벗어날 계기를 확보할 수 있게 되었다고 생각합니다. 즉, 한국의 현재 상황을 어떤 보편의 상태에 미달하는 '결여태'로 인식하는 방식이 아니라, 다만 '다를 뿐'이라는 것, 동시에 그 '다름'의 원인은 존재론적인 것도, 본질적인 것도 아닌, 역사적으로 구성되었을 뿐이라는 것, 그 역사적 원인과 이유를 밝히는 것이 소설의 중요한 소명이자 과제라는 것에 대한 확고한 자기인식의 정립이라는 계기입니다.

박태순은, 앞서 말씀드린 바와 같이, '4·19세대'의 작가이지만, 역설적으로 자기 세대에 대해 비판적 거리를 유지하고자 노력한 작가였습니다. 예컨대 그는 「무너진 극장」(1968)에서는 자기 세대가 훈장처럼 내세우며 자랑하는 '4·19혁명'의 빛나는 위훈이 실제로는 어떤 것이었는가에 대해 진지하게 되묻습니다. 「무식한 몬타냐인」(1969)에서는, 베트남 전쟁에 참전했던 한 젊은이의 회고를 통해, 불과 십여 년 전에 경험했던 한반도에서의 전쟁의 의미를 오버랩시킵니다.

"사실 전쟁이라는 것은 비참해. 나는 우리 나라의 육 이오 전쟁이라는 게 실제로 어떠했을지 알 수 있을 것 같애. 육 이오 전쟁도 그렇게 비참했을테지. 비참하다는 것을 잊어먹기 위하여 사람들은 얼마나 안간힘을 쓰며 노력하고 있을는지 알게 되었어."

나는 대답을 하지 않았다.

홍청석은 월남 전쟁에서 돌아왔다. 그는 불가사의한 전쟁을 보았다. 그는 그 불가사의한 전쟁을 통하여 육 이오 전쟁의 실제 모습이 어떠했을지를 '처음으로' 그리고 '비로소' 느꼈다. (…중략…)

"그러니까 내 말은 월남 전쟁을 통하여 육 이오 전쟁을 이해하게 되었다는 것인데 말이지 ……"

"그것은 너무 엄청난 아픔이 되는군."

하고 말하면서 나는 우리의 화제에 저항을 받았다. 우리는 엄숙한 어조를 써서 말할 수밖에 없는 사태를 만나게 되는 것이지만, 결국 우리의 엄숙성에는 허무한 한계가 그어져 있었다.[5]

위의 대화에 나오는 육이오와 월남전의 비교는 단순히 전쟁에 내재된 '비참함'의 비교에 그치는 것이 아닙니다. 소설의 전개과정을 따라가 보면, 결국 주인공 홍청석은, 그 자신이 월남전에서 생포한 몬타냐인(몬타냐인은 월남의 소수부족의 하나입니다)을 심문하는 과정에서, 제 나이도 모르고 무엇 때문에 전쟁에 참전했는지도 모르는 무식한 소수민족의 모습을 통해, 역시 국제사회 전체로 보면 '하나의 섬'의 원주민에 불과한 자기 자신을 발견하기에 이르게 됩니다. 그의 소심증은 이러한 자각에 연유하는 것이지요. 결국 그 자각이란 자신과 자신을 둘러싼 한국사회, 또는 그 국가의 정체성을 객관적으로 인식하는 계기를 뜻합니다. 이러한 인식은, 앞서의 하근찬이 「삼각의 집」에서 '알제리 민족해방 전쟁' 과정에서의 '프랑스와 알제리'의 관계를 통해, '한국과

---

5   박태순, 「무식한 몬타냐인(『정든 땅 언덕 위』, 민음사, 1973), 265~266면.

미국'의 관계를 유추하는 방식과 동일한 지점에 놓인 것입니다. 동시에 월남전의 체험은, 한국전쟁을 통해 일방적으로 우리를 짓누르고 있던 피해자 의식으로부터, 이제 다른 성격의 전쟁에서는 거꾸로 가해자의 위치에 놓일 수도 있음을 발견하는 계기가 되기도 합니다.

요컨대, 1960년대 소설사의 또 다른 흐름은, '4·19세대'가 극복하겠다고 천명하고 나섰지만 부분적인 성취에 그치고 만 '보편성의 미망의 극복'이란 과제를 그들 세대와는 다른 방법과 맥락으로 꾸준히 실천해 나가는 흐름이 존재하고 있었으며, 김정한의 소설은 바로 이러한 흐름과 접속함으로써, 확연히 새로운 소설사의 지형을 형성하게 되었던 것이라고 생각합니다.

5. 보편주의 극복의 가능성으로서의 김정한 소설

'보편성의 미망'을 극복하는 방법은, 결코 '특수성으로의 함몰'이 아닐 것입니다. 오히려, '보편성의 미망'을 제대로 극복하는 길은 '보편과 특수의 변증적 관계'를 크고 넓은 안목으로 통찰하면서, 그 사이에 놓인 복잡하고 미묘한 매개 요인들을 풍부하게 인식하는 데서 출발한다고 생각합니다. 보편주의를 넘어서기 위해서는 '보편자'를 부정하거나 무시해서는 안 되며, '보편'과 '특수'의 상관관계를 제대로 이해해야 한다는 것이지요. 우리는 1930년대 후반부터 서구중심주의로부터 벗어나기 위해 애쓴 일본의 지식인들이 그 '보편주의의 미망'으로부터 벗어나려고 몸부림친 끝에 도달한 지점이 극단적인 '일본주의'(혹은 '자민족중심주의')였다는 사실로부터 이것을 확인할 수 있습니다. 우리 작

가들도 종종 서구중심의 '보편주의'에서 벗어나기 위해 애쓴 결과가
토속신앙이나 샤머니즘, 혹은 설화나 신화의 세계에 탐닉하는 것으로
나타나는 경우가 있습니다만, 이것은 예술적 성취 여부와는 별개로
진정한 '보편주의'의 극복이라고 보기는 어려울 것입니다.

1960년대 중반, 문단 복귀 이후 김정한이 소설을 통해 펼쳐 보여준
것은, 바로 진정한 '보편주의의 극복'의 가능성이었습니다. 이 문제에
관해 김정한이 펼친 방법론적 기획은, '추상적 시간'을 '역사적 시간'으
로 대체하고, '추상적 공간'을 '구체적이고 특수한 지역'으로 대체하는
것이었습니다. 그의 소설의 공간은, 좁게는 '낙동강' 주변, 넓게는 '부
산·경남'지역이라는 특수한 지역에 제한되어 있습니다. 그러나, 그
는 이러한 '지역적 제한성' 또는 지역으로서의 '특수자'를 '특수자'로서
만 한정지어 다루지 않았습니다. 그가 다루는 '낙동강' 이야기는 분명
히 현상적으로는 극히 제한된 '특정 지역'의 이야기에 불과하지만, 그
공간은 고립된 것이 아니라, 역사적으로 확장되며(시간적 확장), 동시대
적으로는 일정한 '세계성'(공간적 확장)을 획득합니다.

문단 복귀작인 「모래톱 이야기」와 「유채」를 통해 이러한 방법론적
성취를 간단히 살펴보도록 하겠습니다. 「모래톱 이야기」는 낙동강 하
구에 자리잡은 '조마이섬'에 관한 이야기입니다. 이 섬은 지도에도 안
나오는 작은 '모래톱'에 불과합니다. 그러나, 이 '조마이섬'의 소유와
관련된 내력은 고스란히 근현대사의 굴곡과 겹칩니다. 조선시대에
'역둔토'였던 이 땅은, 조선이 일제의 식민지로 전락하면서 '토지조사
사업'을 거쳐 '동척' 소유로 넘어 가고, 그것이 해방 이후에는 '적산'인
까닭에 다시 '국유지'로 편입되었다가, 온갖 협잡을 거쳐 국회의원의
개인 사유지로, 이번엔 다시 어떤 유력자의 손으로 넘어 가는 복잡다
단한 소유 이전의 내력을 지니고 있습니다. 소유 이전의 이 복잡한 내
력이 뜻하는 것은, 정작 이 땅위에 살고 있는 사람들(그들은 곧 어부이자

농민인 이 땅의 민중들입니다)이 모든 과정에서 소외당하고 배제당해 왔다는 사실입니다. '갈밭새 영감'의 처지에서 보자면, 식민지 시대나 해방 이후나, 또는 근대화 한다고 난리법석을 피우는 1960년대나 사정이 매한가지일 뿐입니다. 언제나 권력의 주체로부터 기만당하고 내침을 당하고, 자신의 땅에서 유배당하는 억울한 일만을 겪을 뿐인 것이지요. 즉, 김정한은 이 소설들을 통해 '식민지 시대'와 '해방 직후', 그리고 '1960년대'라는 각기 이질적인 시간대를 '민중의 관점'에서 역사적 연속성으로 재구(再構)해 내고 있는 것입니다. 지극히 국지적인 '낙동강' 주변 '조마이섬'의 이야기는 이러한 과정을 통해 일약 '민족사'라는 보편의 골격과 구조를 띠며 전형화에 이르게 됩니다.

「모래톱 이야기」의 '갈밭새 영감'과 흡사한 인물이 「유채」의 '허생원'입니다. 대대로 평지밭에서 농사를 지어 먹고 살아온 허생원은 월남전에 간 아들이 제대해 돌아와 다시 농사일을 거들면 이제 자신들의 살림도 좀 펴질 것이란 한 가닥 기대 속에 살아가는 늙은 농민입니다. 그러던 그에게 어느 날 갑자기 토지수용령이 떨어지고, 설상가상으로 월남에 갔던 아들의 전사통지서가 날아듭니다. 토지 연고권을 내놓기를 강권하는 청년을 폭행한 죄로 한 달 간 구류를 살고 온 허생원은 결국 세 겹으로 국가로부터 배신을 당한 셈이 됩니다. 그에게 국가와 근대화란 농민들을 점점 더 살기 어려운 나락으로 밀어 넣는 괴물 같은 존재일 수밖에 없습니다.

> 옛날 일인들의 소유로서 '휴면 법인 재산'인가 뭔가가 되어 있는 그 평지밭들이, 별안간 '농업 근대화'의 물결을 타고 어떤 유력자에게로 넘어 간다는 소문이 마침 자자했기 때문이었다.
>
> 정말 터무니없는 일들이 너무나 많은 세상이라고 생각했다.
>
> (제길 근대화 두 번만 했으면 집까지 뺏아 갈 거 앙이가!)[6] (강조는 인용자)

인용문의 마지막에 나오는 '허생원'의 이 독백은 1960년대 소설사에서 가장 통렬한 '근대화' 비판입니다. '근대화'는 군사정변으로 집권한 박정희 정권의 핵심적인 '아젠다'이자 국민들로부터 '동의(同意)'를 확보하는 중요한 정치적 '헤게모니'의 근간을 이루는 것이었습니다. 경제개발계획은 이 '아젠다'의 구체적인 내용을 이루는 것이지요. 그런데, 역사적으로 확장하자면, 이 '근대화'라는 아젠다는 박정희 고유의 것이 아니라, 19세기 후반부터 개화파들에 의해 일찌감치 제기되어 있던 해묵은 아젠다이기도 한 동시에, 2차 세계대전 이후 '구식민지'에서 정치적으로 독립한 신생독립국 지도자들의 한결같은 국가 아젠다이기도 했습니다. 아시와와 아프리카, 라틴 아메리카의 무수한 신생독립국의 지도자들(공교롭게도 그들 대부분은 군사정변을 통해 권력을 확보하는 공통점을 지니고 있습니다만)은 하나같이 '잘 먹고 잘 살게 해주겠다'는 장밋빛 약속을 내걸고, 정당한 절차없이 얻어낸 권력의 취약함을 감추고자 했습니다. 그리고, 또한 이후의 역사가 증명해 보이듯이, 그러한 경제개발과 근대화의 과정이란, 바로 제 땅위에서 살고 있는 무수한 민중들의 희생과 고통, 차별과 억압이라는 댓가를 혹독하게 치르는 과정과 다르지 않았습니다.

바로 그 점에서, 지도에도 나오지 않는 '낙동강' 하구의 '조마이섬'이나 '유채밭'이라는 '특수한 공간'은 세계성을 확보하게 됩니다. '조마이섬'이나 '유채밭'은 지극히 작은 하나의 '조마이섬'이자 '유채밭'인 동시에, 농민의 희생을 댓가로 전개되는 경제개발이나 근대화 과정의 모든 기만성과 식민성, 그리고 폭력성을 표상하는 '세계의 모든 공간'이기도 한 것입니다. 1960년대 후반에 세계 곳곳에서 많은 혁명들이 일어났고, 각각의 혁명들이 지닌 성격은 똑같은 것은 아니었지만, 60

---

6   김정한, 「유채」(『인간단지』, 한얼문고, 1971), 60면.

년대를 풍미했던 혁명들의 상당 부분은 자본주의 사회이건 사회주의 사회이건 간에, 각 체제가 약속하고 보장하던 이러한 근대화의 논리, 또는 발전 이론의 허구성과 기만성에 대한 민중적 저항을 내포하고 있었던 것이라고 할 수 있습니다.(이 부분에서 저는 '68혁명'을 해석하는 월러스틴의 견해를 잠시 빌려왔습니다) 당시의 한국 사회에서 '근대화'란 누구도 그 강력한 마력으로부터 벗어날 수 없었던 '집단적 주술(呪術)'이었던 것을 생각하면, 이 '근대화'의 허울과 기만성을 폭로하고 과감히 국가 아젠다에 이의를 제기하는 김정한의 소설은, 비록 '혁명'의 형태는 아니지만 소설을 통해 그러한 '세계사적 흐름'에 동참하고 있었던 것이라고 볼 수는 없을는지요. 또한 김정한의 이러한 문제 제기를 통해, 딱히 구분의 필요성을 느끼지 못했던 민족·국민·국가·계급과 같은 서로 다른 범주에 대해서도 좀더 숙고할 수 있는 계기를 얻을 수 있었던 것이 아닌가 생각합니다.

　「모래톱 이야기」의 '갈밭새 영감'이나 「유채」의 '허생원'은 '국가'로부터 이중 삼중의 기만과 폭력에 시달리는 인물들입니다. 두 노인은 각각 아들을 '한국전쟁'과 '베트남전쟁'의 제물로 바치고, 삶을 유지해오던 '땅'으로부터 철저히 소외되는 고통을 겪습니다. 그러한 소외와 고통에 맞선 댓가로 '갈밭새 영감'은 '살인죄'를, '허생원'은 폭행죄를 뒤집어쓰고 감옥살이를 하게 됩니다. 그의 소설들은 한결같이 비장한 결구(結構)로 마무리되는데, 이 점에서 엇비슷한 흐름을 유지하면서도 '희극적 양식'으로 선회한 하근찬과 좋은 대조를 이루고 있습니다. 그가 50년대 이후의 하근찬과 소설사적으로 동일한 흐름을 형성하면서도, 서사적 방법론의 차원에서는 뚜렷이 구별되는 대목이라고 할 수 있습니다.

6. 후기 김정한 소설의 아시아 인식 － 민중적 연대의 가능성

마지막으로, 저는 김정한의 많지 않은 작품들 중에서도 별반 연구자나 평자들의 주목을 받지 못했던 「산서동 뒷이야기」(1971)와 「오끼나와에서 온 편지」(1977)가 지닌 소설사적 의미를 간략히 언급하고 글을 마무리할까 합니다. 저의 과문함을 전제로 하고, 이 두 작품에 각별한 관심을 보인 것은 최원식의 경우가 거의 유일했습니다. 최원식 교수는 이 작품들의 의미를 '단순한 민족주의를 넘어서 한일관계를 새로이 사유하고 있다'는 점에서 각별히 주목하고 싶다고 했습니다만, 두 작품이 '민중에 기초한 국제적 연대의 가능성을 탐구하고자 하는 선한 의도'에도 불구하고, 실패작으로 귀결되었다고 안타까워하고 있습니다.[7]

「산서동 뒷이야기」와 「오끼나와에서 온 편지」의 공통점은 두 작품 모두 한국과 일본의 민중들을 등장시켜 한국과 일본의 근현대사에 가로놓인 '민족 감정'이나 '식민 지배와 피지배의 기억' 같은 것을 뛰어넘어 일종의 '민중적 연대'의 가능성을 열어 보이고 있다는 점입니다. 그러한 '민중적 연대'는 두 나라 '민중'이 지닌 '기억의 공통성'을 통해 가능해집니다. 이들은 노동자나 농민으로서, 혹은 국가에 동원된 '국민'으로서 어쩔 수 없이 감당해야만 했던 고통스런 '과거'를 지니고 있다는 점에서 동일합니다. 그와 더불어, 이 길고 험난한 '노동'과 '동원', '억압과 피착취'의 역사는 거듭 반복되고 있다는 것이지요.

이 소설들을 읽다 보면, 김정한의 이름 앞에 관사처럼 붙은 '농민작가'라든지, 그의 사상을 '민족주의'로만 한정짓는 것이 무망한 노릇임을 새삼 깨닫게 됩니다. 물론, 그는 '농민'을 즐겨 다루었지만, 그의 관

---

7   최원식, 「90년대에 다시 읽은 요산(樂山)」, 『작가연구』 4호, 새미, 1997.

심은 '농민'에만 국한된 것은 아니었고, 더구나 그는 협애한 '민족주의자'는 결코 아니었음을 이 소설들은 확인시켜 줍니다.

「산서동 뒷이야기」는, 낙동강 하류에 자리 잡은, 본디 이름은 '벼랑마을' 또는 '명매기마을'이지만 행정 지명상 '산서동'으로 표기되는 마을의 어떤 내력입니다. 해방된 지 이십 육 년만에, 이 마을에서 나고 자란 '이리에 나미오'란 일본인 청년이 '박수봉'이란 노인을 찾아오면서 얘기는 시작됩니다. '이리에 나미오'의 아버지인 '이리에쌍'은 해방 전 '산서동'에 살았던 유일한 일본인인 동시에, 조선 사람들을 위해 일본 관청과 맞서 싸우고, 조선 농민들을 위해 어떤 조선 사람보다도 더 조선사람처럼 살았던 사람이었습니다.

'이리에쌍'과 박수봉씨가 가까워진 것은 '이리에쌍'이 선로수를 그만 두고, 모랫등으로 들어 와서 개펄 농사를 짓게 된 뒤부터였다. 역시 술은 좀 심한 편이었으나, 결코 악인은 아니었다. 물론 술이 좀 지나치면 한국 사람들을 빈정거리기도 했다.

「바보! 머저리 같은 것들!」

최초에는 그의 이러한 말이 귀에 거슬리기도 했으나 그렇게 말하는 그의 진의를 알고부터, 박봉수(수봉의 오식 — 인용자) 씨는 도리어 그와 가까워졌다.

「나도 농부의 아들이요. 소작인의 아들이란 말이요. 그래서 못살아 이곳에 나와 봤지만 소작인의 아들은 오데로 가나 못 사루긴 한가지야!」

그는 술을 마시면 곧잘 이런 넋두리를 예사로 했다. (…중략…)

그 뒤로부터 산서동 사람들은 '이리에쌍'을 다른 일본인들과 달리 보았고, 관청이나 지주들 상대의 까다로운 교섭에는 늘 그를 앞장 세우게 되었다. 물론 그도 그런 일들을 맡기를 꺼리지 않았다.[8]

그는 조선인들의 농민봉기에도 가담하여 일본인으로서는 유일하게 구속되는 전례를 남깁니다. '이리에쌍'의 부인 또한 조선인 아낙네와 똑같이 입고 먹고 일하며, 조선 사람의 삶을 살다가 해방 이후 자기네 나라로 돌아갔습니다. '친일'문제가 여전히 미궁 속을 헤매고 있는 작금의 상황을 떠올리면, 김정한 소설의 이러한 혜안은 '친일'논의의 난맥상이 어디서 발생하고 있는가를 가늠하게 해줍니다. 과거사를 통해 무엇을 인식하고, 무엇을 청산하며, 무엇을 이어받아야 할 것인가에 대해, 이 소설은 직접적인 언급을 하지는 않지만 귀중한 단서들을 제공하고 있습니다. 비록 소박한 형태이긴 하지만, 식민종주국이나 식민지나 민중은 언제나 착취와 수탈의 대상일 뿐이란 것이며, 그러한 민중이 할 수 있는 일이란 힘닿는 데까지 맞서 싸우는 것밖에 없다는 것입니다.

이러한 인식은 6년 뒤의 작품인 「오끼나와에서 온 편지」에 이르면 한결 현실성을 띠고 확장됩니다. 「산서동 뒷이야기」가 회고조의 이야기였다면, 「오끼나와……」는 당시로서는 '지금·여기'의 생생한 이야기라고 할 수 있습니다. 우리는 이 소설을 통해, '근대화'와 '경제 발전'의 미명하에 이루어지고 있던 '노동 이민'의 실상을 접할 수 있습니다.

이 소설은 강원도 탄광지대인 '황지' 출신의 스무살 난 여성 '복진이'가 오끼나와의 사탕수수 농장으로 노동이민을 가서, 고향의 어머니에게 보내는 편지글 형식으로 되어 있습니다. 이 소설에서, 김정한은 70년대의 '노동이민'의 현실을 생생하게 보여 주는 한편으로, '하야시'와 그의 아들 '다께오'라는 일본인들을 통해, 조선인(또는 한국인)이 경험한 '노동 이민'의 고통스런 역사를 반추하고, 동시에 당대에도 형식만 바뀌어진 채 여전히 자행되고 있는 '노동 이민'의 실상을 고발하고 있습니다. 이 소설에는 네 가지 유형의 한국인의 모습이 중첩되어 묘사되고 있습

8　김정한, 「산서동 뒷이야기」(『김정한소설선집』, 창작과비평사, 1980, 제8판), 444면.

니다. 편지글의 화자인 '복진이'처럼 노동 이민을 와 사탕수수 농장에서 일하는 여성, 그나마 사탕수수 농장으로 배치되지 못하고 하수도공사나 건축공사장으로 흘러 들어가 훨씬 힘든 중노동에 시달리는 여성들, 그리고 '상해댁'처럼 '종군위안부' 출신으로 조국으로도 일본으로도 가지 못해 '오끼나와'로 흘러 들어온 여성, 마지막으로 사이비 입양기관을 통해 오끼나와에 주둔하는 미군에 입양되었다가 그들이 귀국하면서 내버리고 가는 바람에 거지로 떠도는 한국 고아들 …….

이러한 한국인들을 고용하고 있는 '하야시'나 '다께오' 같은 일본인은 표면적으로는 '고용주'로서 우위에 있지만, 이들의 내력을 살피면 '노동 이민'을 온 한국인들과 크게 다를 바 없는 고통스런 과거를 지니고 있는 사람들입니다. 무엇보다도, 한국과 일본의 따라지 인생들이 바글바글 들끓고 있는 '오끼나와'라는 '공간'은 일종의 '내부 식민지'에 해당한다는 점에서 그 공간이 표상하는 바가 결코 가볍지 않습니다. 이를테면, 앞서 살펴본 바와 같이 '낙동강 주변'이 매우 구체적이고 개별적인 공간이면서도, 그곳에서 일어나고 있는 '사건'은 동시대의 세계사적 의미를 확보하는 것과 마찬가지로, '오끼나와'라는 공간을 통해서도 역시 그러한 맥락에서 '특수와 보편'의 변증적인 연관을 읽어낼 수가 있습니다. 요컨대, '오끼나와'라는 공간은 우리에게는 '근대화'와 '개발'의 '어두운 이면'이자, 일본인에게는 '1등 국민'을 위해 희생을 요구받는 모든 '2등 국민' 혹은 '비국민'들의 공간의 표상이기도 한 것입니다. 그곳은 전태일이 몸을 불살랐던 청계천의 '평화시장'이기도 한 것이며, 열사(熱砂)의 사우디아라비아 사막이기도 한 것이며, 오늘날 외국인 노동자들과 우리 노동자들이 한데 어우러져 있는 성남과 반월, 안산의 공단지대이기도 한 것이지요.

김정한은 이러한 소설을 통해, 식민 잔재의 청산이란 단지 과거의 일에만 한정되는 것이 아니라, '지금·여기'에서 여전히 지속되고 있는 '또 다른 식민성'에 대한 인식으로 확장되지 않으면 안 되리라는 사실도 강조하고 있습니다. 진정한 식민 잔재의 청산은, 단지 권력의 주체가 '이민족'에서 '우리 민족'으로만 바뀌면 끝나는 문제일 수 없다는 것이지요. 김정한은 짐짓 되묻고 있습니다. 해방 전에 있었던 '강제 동원'과, 해방 이후 자기 나라의 정부에 의해 자행되고 있는 '노동 이민'이 과연 얼마나 형식과 내용에서 달라진 것인가 하고 말입니다. 그리고, 자국민의 이러한 비참한 '노동 이민'을 댓가로 이룩하는 '근대화'나 '경제 개발'이란 과연 얼마나 옳은 노릇인가 하고 말입니다.

아마도, 최원식 교수가 이 작품들에 대해 새롭게 주목하면서도 끝내 '실패작'이라고 규정할 수밖에 없었던 이유는, 이 많은 이야기들을 제대로 조리 있게 담지 못하고 산만하게 처리한 탓도 작용했을 것입니다. 그만큼 김정한으로서는 하고 싶은 얘기가 많았으리라 짐작됩니다. 김정한을 위해 한 마디만 변명하자면, 흔히 사회의 다양한 소통구조가 제 기능을 발휘하지 못할 때, 종종 '허구'라는 편의성 때문에 '문학'에 과도한 소통기능이 실리기 마련이고, 그럴 때 문학은 본래의 예술적 기능 이외에도 자신에게 부과되는 다양한 '사회적 소통'의 역할 때문에 무리를 저지르는 일이 일어나곤 합니다. 저로서는, 이 작품의 완결성이나 구조적 완정(完整)보다는 이 소설들의 문제의식의 선도적인 면에 좀더 높은 가치를 부여하고 싶습니다. 그는 소박한 '민족주의자'나 '민중주의자'로 그친 것이 아니라, 동아시아 근현대사의 전개에 관한 분명한 자기인식을 지니고 있었으며, 특히 전후에 전개되는 동아시아 경제의 구조와 논리를 민중적 관점에서 파악하고 있었음을 소설을 통해 확인할 수 있습니다. 그는 60년대 이후 우리의 고도성장의 기반이 바로 '저임금'을 바탕으로 한 노동력 집중이나 노동력 수출을 통해 이루어지고 있었다는 것, 그 고도성장의 그늘에서 '저임금'의 고통을 고스란히 노동자(농민)가 떠안고 있다는 것, 이것을 극복하기 위해서는 같은 처지에 놓인 동아시아 민중의 각성과 연대가 절대로 필요하다는 것을 강조하고 있습니다. 그 연대가 어떤 것이어야 할 지에 관한 분명하고 구체적인 전망을 제시하고 있는 것은 아니지만, 일본과 한국의 민중이 서로가 동일한 처지임을 정확히 이해하고 그를 바탕으로 억압과 착취에 맞서 싸워야 한다는 점만은 분명하게 제시하고 있습니다.

그와 더불어, 평생 '낙동강' 주변 얘기만을 펼쳤던 그였지만, 사실은 그 공간이 이미 단순히 한국의 부산·경남의 낙동강이 아니라, 그곳에서 벌어지고 있는 '사건'의 민족사적·세계사적 의미를 그는 헤아리고 있었고, 이러한 역사의식이나 세계사적 안목이 「산서동 뒷이야기」나 「오끼나와에서 온 편지」와 같은 작품을 통해 구현되고 있다고 생각합니다.

아마, 김정한이 살아 있었다면, 그는 오늘날 한국에서 벌어지고 있는 이른바 '제3세계 노동이민자'들에 관한 문제를 반드시 소설로 다루었지 않을까 생각합니다. 그리고, 끊임없이 되풀이되는 자본의 생래적 논리, 즉 '저임금'을 통한 자본 축적이라는 자본주의 고유의 생래적인 기제(機制)를 비판하면서, 그것을 제물로 해서 유지되는 경제성장의 전망에 대해 강한 환멸을 표시했을 것입니다.

문단 복귀 이후의 김정한의 소설들을 계기로 하여, 1960년대 소설은 이른바 '보편성의 미망의 극복'이라는 과제의 해결에 한결 탄력을 받게 됩니다. 그를 통해 60년대 소설은 '추상적 시간' 대신 '역사로서의 시간'을 재인식하게 되고, '역사'란 것이 단지 '과거'의 일을 들추고 재현하는 것이 아님을 깨닫게 됩니다. 김정한의 소설은 지극히 미미한 '동네' 이야기를 통해 세계의 이야기로 나아가고, 널리 확장되었던 '세계'의 이야기를 문득 다시 거두어 '지금·여기'의 구체적인 문제로

되돌아오는 과정을 자유롭게 펼쳐 보입니다. 이른바 '민족문학론'이
제 모습을 갖추고 내부의 논리구조를 지니면서 한결 체계화되는 것은
좀더 뒤의 일이지만, 이른바 '민족문학론'의 내용을 구성하는 '제3세계
문학론'이라든지, '리얼리즘론' 같은 것이 가능할 수 있었던 것은, 김정
한의 소설이 있었기 때문이며, 이 점 당시의 '민족문학론자'들도 모두
인정하는 부분이기도 합니다.

　제가 오늘 드린 말씀은 딱히 김정한에 관한 새로운 이야기는 아닙
니다. 그에 관한 무수한 작가론과 작품론에서 한번 이상은 언급되었
던 것입니다. 다만, 저는 김정한의 소설을 모처럼 재독할 기회를 얻어,
그의 등장과 활동이 소설사적으로 어떤 의미를 갖는가 정리해 보고
싶었고, 그것을 '보편성의 극복'이라는 소설사적 과제와 연결 지어 이
야기해 보고 싶었을 따름입니다. 두서없는 얘기로 고인의 작품에 누
만 끼친 것이 아닌가 두려울 뿐입니다. 영성하나마, 이것으로 오늘 이
야기를 마치도록 하겠습니다. 긴 시간 들어주신 여러 선생님들께 감
사드립니다.

소설·역사·인간

이병주의 초기 중·단편에 대하여

1. 전후세대와 4·19 세대의 사이에서

작가 이병주(1921~1992)에게 붙는 여러 개의 수사적 계관 중에서 가장 널리 알려진 것은 그의 이름 뒤에 항상 따라다니는 '늦깎이 작가'라는 별명이다. 등단작으로 알려진 「소설 알렉산드리아」(1965)를 발표한 것이 우리 나이로 마흔 다섯 살 때의 일이니, 이병주는 마흔 살에 등단한 여성작가 박완서와 더불어 이 분야에서 두고두고 사람들의 입에 오르내리는 대표격이 되었다. 십대 후반에 등단하던 것이 보통이던 근대 문학 초창기는 접어 두고라도, 늦어도 이십 대 초중반이면 작가나 시인으로 입신하는 것이 우리 문단의 관례인 점에 비추어 보면 늦어도 한참 늦은 것이 사실이다.[1]

---

[1] 연보에 의하면, 소설을 쓴 것은 1965년이 처음이 아니다. '한국문학사'에서 간행한 『오늘의 작가대표문학선집 10』의 말미에 기재된 작가연보에는 1954년에 『부산일보』에 장편 『내일없는 그날』을 1년 동안 연재했다고 적혀 있다. 그러나 연보에 나와 있는 연재연도는 잘못된 것이다. 정확한 연재기간은 1957.8.1~1958.2.25이며, 화가

그러나, 그의 등단 시기가 갖는 진정한 의미는 '지각(遲刻)'이라는 현상 자체에 있는 것이 아니라, 그의 문학의 존재 이유와 연결된 것이어서 문학사 차원의 해명이 필요하다.

1921년생인 이병주는 나이로만 따지자면 한국문학사에서 이른바 '전후문학 세대'에 속한다. 전후문학의 중심그룹은 대부분이 이병주와 같은 1920년대생들이다. 선우휘(1922년생), 장용학(1921년생), 손창섭(1922년생), 이범선(1920년생) 등의 출생연도를 보면 한 눈에 확인할 수 있다. 대체로 한국문학사에서 '전후세대'는 1919년생에서 1932년생 사이에 걸쳐 있다. 이 그룹 중에서 이른 시기에 속하는 작가는 김성한(1919년생)이며, 아래쪽으로는 30년대생인 오상원(1930년생), 서기원(1930년생), 이호철(1932년생), 하근찬(1931년생) 등이 있다.

더구나, 그가 본격적으로 소설을 쓰기 시작한 시점은, 한국문학사에서 이른바 '세대교체'가 일어나고 있던 시기였다. 그 과정에는 격렬한 '신/구 논쟁'이 동반되었다. 4·19혁명을 기점으로 해서, '전후세대'의 바통을 이어받아 이른바 '4·19세대', 즉 출생연도로 따지자면, 전후세대의 아들뻘이라고 할 수 있는 스무살 정도 아랫세대인 '1940년대생들'의 시대가 전개되기 시작했다. 이병주가 「소설 알렉산드리아」를 발표하기 두어 해 전에 이미 '4·19세대'의 총아로 떠오른 김승옥의 「생명연습」(1963), 「무진기행」(1964), 「서울, 1964년 겨울」(1965) 등이 발표되었다. 등단 연도만 따지자면, 이병주는 「퇴원」(1965)으로 등단한 또다른 '4·19세대' 작가인 이청준과 같은 해에 나왔다.

전후문학 세대이면서도, 이병주는 '전후세대'의 문학사적 시효가 의심받던 시기에 소설을 쓰기 시작했다. 다소 과격하게 표현하자면, 그와

전혁림의 삽화로 총 206회 연재되었다. 그러나, 등단 시점과 상관없이, 설령 1965년이 재등단이라고 하더라도, 이 글에서 내가 설정한 이병주의 문학사적 '위치'에 대한 의미는 유효하다고 생각한다.

체험과 기억을 공유하던 20년대생들의 '문학'이 '4·19세대'에 의해 사망선고[2]를 받던 무렵에, 이병주는 새삼스럽게 기지개를 켰던 셈이다.

그 자신 전후문학 세대이면서도, 정작 '4·19세대'와 문학생활을 함께 출발하게 된, 이 미묘하면서도 모순적인 이병주의 지점. 이것은 그의 문학을 검토하는 우리에게 한 가지 중요한 검증 원칙을 제공해 준다. 즉, 그의 문학의 존재 이유, 혹은 문학사적 의미는, 그가 서있는 이 '지점'을 얼마나 구체적으로 증명해 주는가에 따라 판명된다는 사실이다. 다시 말하면, 그의 문학은 '전후문학'이 보여주지 못한 것을 과연 보여주고 있는가, 혹은 '4·19세대'의 문학과는 다른 문학을 제시하고 있는가. 이 결과에 따라, 그에 대한 문학사적 평가의 긍부(肯否)가 나누어지게 될 것이다.[3]

물론, 이 프리즘 하나로 그의 다채로운 창작 세계 전부를 조망하거나, 그의 작업이 지닌 문학사적 의미를 확인하기는 어렵다. 더구나, 이 글에서 다루는 텍스트들은 등단 이후부터 10년 정도에 걸쳐 쓴 중·단편에 한정된다(이후 편의상 '초기 중·단편'이라고 부르기로 한다. 미리 밝혀두지만, 이때의 '초기'란 엄정하게 작품의 전개과정 전체를 검토한 끝에 규정하는 시기구분은 아니다). 그의 문학의 본령은 어쩌면 장편 쪽에 있는지도 모른다. 사실 그가 작가로서 명성을 얻고 작업의 추동력을 얻었던 것은 장편을 통해서였음이 확실해 보인다. 『지리산』, 『관부연락선』,

2 '4·19세대'의 '전후세대'에 대한 부정과 비판의 가장 대표적인 글이 김현의 「테로리즘의 문학」이라고 할 수 있다. 김현의 전후세대 비판 및 이들 세대간의 '신구논쟁'에 관해서는 한수영, 「1950년대 문학의 재인식」(『문학과 현실의 변증법』, 새미, 1997에 수록)을 참조하기 바람.

3 이병주와는 상황과 조건이 다르지만, 비슷한 시기인 1966년에 다시 소설을 본격적으로 쓰기 시작하는 김정한의 재등장도 문학사적인 '사건'이라고 부를 만하다. 김정한은 이병주보다도 좀더 이른 세대라는 점에서 그 문제성은 좀더 각별하다. 그의 재등단이 지니는 문학사적 의미에 대해서는 이 책에 실린 「김정한 소설의 지역성과 세계성」을 참조하기 바람.

『산하』, 『그해 오월』과 같은 현대사를 다룬 대하장편에서 그는 탁월한 기량을 과시하고 많은 독자들을 확보했다.

그러나 등단 이후 10년 정도에 걸쳐 쓴 중·단편은, 작가 이병주의 일관된 상상력의 구조와 작가의식의 단초를 보여 주고 있다는 점에서 매우 중요하다. 이들 중·단편은, 음악에 비유하자면 '변주곡'에서의 '주제'(즉 기본선율)에 해당한다고 볼 수 있는데, 그것은 '왜 소설을 쓰는가'에 대한 자기 확인이 거듭 반복되고 있기 때문이다. 그런 맥락에서, 그의 작품군의 대다수를 차지하는 장편들은, 어떤 의미로는 중·단편에서 화두로 제시된 이 '물음' 즉 '주제부'에 의해 유도되는 '변주곡'에 해당한다고 비유할 수 있다. 장편소설을 쓰는 도중에도 그는 종종 스스로 제시한 '근본적인 물음'으로 돌아오곤 했다.

'나는 왜 소설을 쓰는가?'라는 자문자답. 이 자기의식이 작가로서의 이병주를 탄생시키고, 창작을 유지시켜 나간 근본적인 화두였다. 그 점에서, '소설쓰기'에 관한 이 질문은, 그와 동년배인 '전후문학' 세대와 그를 구별 짓는 중요한 조건이 된다. '전후문학' 세대들에게는 '소설쓰기'에 대한 이런 자의식이 강하게 나타나지 않는다. 그들에게는 '추상화된 역사'가 너무 압도적이었기 때문이며, 문학(혹은 소설)은 그 막중한 '역사'의 무게를 견딜 수 있는 유일한, 그리고 이미 선재(先在)하는 출구이자 도피처였다. 그러므로, 이 과정에는 '나는 왜 소설을 쓰는가?'라는 질문이 제기될 여유가 없다. '역사'를 의식하기는 하지만, 그것을 객관화할 '거리'를 확보하지 못했던 까닭에, 역사의 '추상화(抽象化)'에 쉽게 노출되고, 그만큼 문학은 '보편성의 미망'에 빠지기 쉬웠다. 이것은 '전후세대'들의 작가적 능력의 미숙함과는 전혀 다른 차원의 문제다.

그와는 거꾸로, '4·19세대'들은 역사의 추상성에 지배당하고 있던 '전후세대'의 문학을 부정하는 데서부터 출발한다. 그래서 그들은 역사로부터 '개인'을 분리해 내고자 애쓴다. 개인을 짓누르고 있는 '역사'

의 무게를 떨쳐 내기 위해서 일부러 '역사'를 희화화하거나 '개인'과 등치시킨다. '전후문학'이 '알레고리'로 함몰되거나, 또는 그에 대한 반작용으로서 지나친 세부에 몰두하는 방식으로 '역사'에 저항하려고 했다면, '4·19세대'는 '역사' 대신 '사회'와 '개인'을 등치시키는 방법, 그리고 '소설쓰기'에 관한 자의식을 '미적 자율성'에 대한 관심으로 치환하는 방법을 선택한다.

'미적 자율성'에 관한 '4·19세대'의 자의식에 견주면, 이병주는 '문학'을 훨씬 '역사'쪽에 가깝게 옮겨 놓고 있다. 그의 소설쓰기는 근본적으로 '역사'에 대한 대타의식에서 비롯되고 있다. 그러나, 이 대타의식은 '전후문학'의 그것과도 다르다. 초기의 중·단편은 이런 미묘하고도 복잡한 이병주의 '작가의식'의 형성과 변전 과정을 보여주고 있다.

2. 증언과 기록으로서의 소설쓰기

첫 창작집인 『마술사』의 후기에서 이병주는 이렇게 밝히고 있다.

1961년 5월, 나는 뜻하지 않은 일로 이 직업(『국제신문』의 주필 겸 편집국장 직을 가리킨다―인용자)을 그만두지 않으면 안 되었다. 천성 경박한 탓으로, 정치적으로 대죄를 짓고 10년이란 징역을 선고 받았다. 그런데도 2년 7개월만에 풀려나온 것은 천행이었다.

이 때의 옥중기를 나는 「알렉산드리아」라는 소설로서 꾸몄다. 대단한 인물도 못되는 인간의 옥중기가, 그대로의 형태로서 독자에게 읽힐 까닭이 없으리라고 생각한 나머지, 나의 절박한 감정을 허구로서 염색해 보기로 한 것이다. 이것이 소설로서 어느 정도 성공했는지는 내 자신 알길 없으나, '픽션'이 사실 이상의 진실을 나타낼 수 없을까를 실험해 본 것으로 내게는 애착이 있다.[4]

잘 알려져 있다시피, 이병주는 5·16군사 쿠데타 직후 혁명재판에 회부되어 10년 형을 선고받고 2년 7개월을 복역한 뒤 출소한다. 감옥에서 그가 경험한 것이 정확히 무엇인지 짐작하기는 어렵지만, 소설에 반영된 것만 정리해 봐도 이 체험은 그의 삶과 인식에 중요한 전환을 가져다 준 것이 분명해 보인다.[5] 위의 후기를 통해 중요한 두 가지 사실을 확인할 수 있는데, 첫째는 그의 창작 동기가 '감옥 체험'과 매우 밀접하게 연관되어 있다는 점이며, 둘째는 '옥중기의 픽션화'라는 대목에서 소설쓰기에 관한 그의 자의식의 일부를 엿볼 수 있다는 점이다.

이 후기를 쓰고 있는 시점으로부터 이십여 년 뒤에, 다소 막연하게 표현했던 이 내용들을 그는 다음과 같이 직접적이면서도 상세하게 다시 밝히고 있다.

---

4 이병주, 「후기」(『마술사』, 아폴로사, 1968년), 299~300면. 흔히 「소설 알렉산드리아」로 알려진 작품은 첫 창작집에는 「알렉산드리아」로 표기되어 있고, 후기에도 그 제목으로 언급되고 있다. 원 게재지인 『세대』를 확인하지 못했으나, 처음의 제목은 「소설 알렉산드리아」가 아니라 「알렉산드리아」였던 것으로 짐작된다. 인용문의 한자는 한글로 고쳐 인용했다. 이후에도 이 원칙을 따른다.

5 초기의 중단편에 반복해서 등장하는 중요한 '공간'은 '감옥'이라는 점에서, 그의 감옥체험은 텍스트 해석과 밀접한 관련을 지닌다. '감옥'의 모티프는 「소설 알렉산드리아」를 비롯해 「마술사」(1968), 「쥘부채」(1969), 「예낭풍물지」(1972), 「겨울밤」(1974), 「내 마음은 돌이 아니다」(1975), 「철학적 살인」(1976) 등에서 계속 반복된다. 「쥘부채」나 「겨울밤」, 「내 마음은 돌이 아니다」 등의 작품은, 소재의 차원에서만 한정해서 보더라도, 훗날 후배작가인 김하기가 본격적으로 소설화하기 이미 20여 년 전에, '좌익 장기수' 문제를 진지하게 제기하고 있다는 점에서 대단히 중요한 의미를 지닌다. 이념이나 정치의 차원이 아니라, 보편적인 '인권'의 차원에서 '좌익 장기수' 문제가 한국사회의 진지한 쟁점으로 자리 잡은 것이 그로부터 무려 30년쯤이나 뒤인 1990년대 초반임을 감안하면, 그의 문제제기는 놀랄 정도로 선구적이었고, 역설적이지만, 앞선 만큼 사회적 논의로 확산될 가능성은 오히려 적었던 것이다.

혁명검찰부와 혁명재판소의 화려한 개소식이 있었다는 소식이 있자 나는 같은 신문사에 있던 논설위원 B군과 서울로 압송되었다. 나를 얽어맬 법률은 특별법 6조라고 했는데 그 조문을 내게 적용하려면 '정당 사회단체의 간부가 반국가단체인 북괴를 찬양, 고무 또는 동조'한 죄를 내가 범해야만 한다. 그런데 나는 정당 사회단체의 간부가 아니었다. (…중략…)

쿠데타를 일으킨 집단은 분명히 범죄집단이다. 그들의 심문, 재판, 행형 모든 것이 범죄행위이다.

나는 그 범죄행위로서도 어느 모로 보나 체포 대상이 될 수 없는 인간이다. 그런 인간을 어거지로 단죄하여 징역을 살리는 데 반드시 무슨 영문이 있을 것이다.

그 영문이 무엇인가. 내 가냘픈 정신과 육체는 5·16이 일으킨 무자비한 처사와 고통을 심각하게 체험하고 그 체험을 잊지 말고 기록하라는 섭리의 명령이 곧 그 영문이 아닐까.

소명(召命)이란 것은 모든 분야 모든 영역에서 발동한다. 안네 프랑크는 나치의 잔악한 작태를 잊지 않게 하는 소명을 받았다. 사마천은 한무제의 어처구니없는 소행을 기록하기 위한 소명을 받았다.

나는 박정희를 우두머리로 한 범죄집단의 행적을 안팎으로 관찰하고 판단하여 상세한 기록을 남기라는 소명을 받은 것이 아닌가. (…중략…) 5·16을 고통을 통해 체험하고 그 체험을 통해 5·16의 의미를 깨닫고, 그 의미를 기록하기 위해선 나 같은 사람이 역사의 섭리상 필요했던 것으로 나는 믿게 되었다.[6]

첫 창작집인 『마술사』의 후기에서는, 경박한 성품 탓에 정치적으로 대죄를 짓고 10년 징역을 2년 7개월만 살고 나온 것을 '천행(天幸)'이라

---

6   이병주, 『대통령들의 초상』, 서당, 1991, 105~107면.

고 표현했었지만, 이것은 내장된 분노의 역설적 표현이었다는 것이 위의 인용문을 통해 확인된다. 『마술사』가 나올 무렵은 아직도 박정희 정권의 서슬이 퍼렇던 시절임을 기억할 필요가 있다. 언론인으로서 당한 이 정치적 박해가 그 자신 억울하지 않을 리가 없었을 것이다. 5·16군사쿠데타가 일어나기 이전에, 이미 『국제신문』 주필과 '군수사령부'의 사령관으로서, 부산의 지역유지였던 이병주와 박정희는 친분이 있었다. 더구나 박정희와 대구사범 동기동창인 황용주(당시 『부산일보』 주필)를 매개로 한 세 사람의 친분을 두고 볼 때, 5·16 직후의 이 부당한 정치적 박해는 이병주로서 납득하기 힘들었을 것이다. 쿠데타로 집권한 군사정권을 서슴없이 '범죄집단'으로 규정하는 것으로 미루어보아도, 5·16 직후 경험한 그의 '투옥'이 작가에게 얼마나 큰 상처와 고통으로 남아 있는가를 짐작하게 한다.[7]

무엇보다도 중요한 것은, 위의 인용문을 통해 작가 스스로 밝히고 있는 '소설쓰기'의 '소명'이다. 그는 군사정권 아래에서 당한 투옥의 경험과 그 의미를 기록하고 증언함으로써 '역사'에 접속시키려고 했다.

소설쓰기에 관한 이 '증언'과 '기록'으로서의 소명의식은 그의 소설 「겨울밤」(1975)에서 다시 반복된다. 「겨울밤」은 「내 마음은 돌이 아니다」와 연결되는 일종의 연작소설로서, 작가가 관심을 기울이면서 계속 접촉하던 장기수 '노정필'에 관한 이야기다. 남로당 출신으로 휴전 직후 체포되어 꼬박 20년의 형기를 마치고 나온 좌익출신의 이 노인은 출소 후 '묵언(默言)'으로 일관하며 세상과 문을 닫고 지낸다. 소설 속 '화자'이자 작가 자신이기도 한 '나'는 이 완고한 마르크스주의자의 '입'을 열고, 세상과 다시 만나도록 하려고 차갑고 싸늘한 '냉대'에도

7　그러나, '범죄집단'이라는 규정에서 암시되는 '불법성'은, '박정희'를 비롯한 쿠데타 주도세력에 한정되는 것인지, '5·16쿠데타'라는 정치적 사건에 한정되는지, 혹은 박정희의 통치기간 전부에 해당되는 것인지 그의 소설을 통해 분명하게 확인되지는 않는다.

불구하고 계속 그를 방문해서 말을 붙이고, 자신의 소설을 읽어 보라고 건네준다. 「소설 알렉산드리아」와 「겨울밤」 그리고 「내 마음은 돌이 아니다」는 일종의 상호텍스트로 연결되어 있다. '나'가 「소설 알렉산드리아」를 읽어 보라고 권한 뒤 한참 만에 찾아가자, 노정필은 '나'에게 이렇게 묻는다.

> "이선생은 어떤 각오로 작가가 되었습니까?"
> 하고 되물었다.
> "기록자(記錄者)가 되기 위해서요."
> "기록자가 되는 것보다 황제가 되는 편이 낫지 않겠소?"
> 말의 내용은 빈정대는 것이었지만 투엔 빈정대는 냄새가 없었다.
> "나는 내 나름대로의 목격자(目擊者)입니다. 목격자로서의 증언(證言)만을 해야죠. 말하자면 나는 그 증언을 기록하는 사람으로 자처하고 있습니다. 내가 아니면 기록할 수 없는 일, 그 일을 위해서 어떤 섭리의 작용이 나를 감옥에 보냈다고도 생각합니다."[8] (강조는 인용자)

이병주의 중·단편에서 확인되는 양식적 특징 중의 하나는, 허구와 사실의 경계가 불분명하다는 점이다. 작가가 '화자'로 등장하는 소설이 허다하며, 내용 가운데에는 실명(實名)의 인물과 사실(事實)로서의 '사건'이 무수히 등장한다.[9] 「겨울밤」에서도 이 특징은 반복된다. 등

8　이병주, 「겨울밤」(『예낭풍물지』, 세대사, 1974), 76~77면.
9　이병주의 소설이 지닌 양식적 특징의 하나는, 그가 '소설', 특히 '단편소설'이라는 장르의 형식적 완결성에 그다지 깊은 관심을 기울이지 않는다는 점이다. 그는 소설 속에서 재판기록, 편지, 신문 사설과 기사, 실제 인물과의 인터뷰나 가상인터뷰 등을 거리낌없이 배치한다. 주도면밀한 미학적 계산 아래에서 이런 비소설적 텍스트가 삽입되는 것이 아니라는 점이 문제적이다. 이런 양식적 특징에 대해서 이 글은 깊이 고찰하지 못한다. 이병주 소설의 양식적 특질은 또다른 독립된 연구를 필요로 하는 일이다. 다만, 이러한 특징이 그에게 두드러지는 이유의 한 가지를 추정해 보면, 그

장인물 중의 한 사람인 '노정필'은 실존인물인지 아닌지 판단할 근거가 부족하지만, '나'라고 지칭되는 '화자'는 분명 작가 자신이다. 그는 노정필과의 대화를 통해 작가로 나선 자신의 '소명의식'을 다시 확인하고 있다. '내가 아니면 기록할 수 없는 일'은 과연 무엇이며, 그는 그것을 어떻게 보여주고 있는가.

3. 시적 정의(詩的 正義), 혹은 역사를 위한 변명

개인적인 원한과 억울함이 없지 않았을 테지만, 그는 감옥에서 나온 후, 군사쿠데타로서의 '5·16'과 그 주역인 박정희를 개별적인 사건이나 인물로 한정하지 않고 '역사'라는 분광기(分光器)에 투사해 보려고 애를 썼다. 이후의 이병주 소설에서 박정희는 여러 형태로 변형되면서 반복 등장한다. 가장 직접적이면서도 상징적인 대목을 통해 이를 확인해 보기로 하자.

「마술사」에는 이런 장면이 나온다. 학병으로 버마 전선까지 끌려간 '송인규'는 버마독립운동을 펼치다 체포된 인도인 '크란파니'를 감시하다가 그를 동정하게 되고, 마침내 그의 사상과 정신에 감화를 받게 된다. 그러나 송인규의 느슨한 감시는 장교의 질책을 받는다.

그런데 어느날 송인규는 감방에 물을 넣어 주다가 순찰장교에게 들켰다.

___

가 언론인과 교사로 출발했으며, '소설가'는 그의 이전 직업이 갖는 '계몽적 성격'에서 파생된 또하나의 '계몽적 직업'에 지나지 않을 가능성이 크다는 사실이다. 다시 말하면, 그에게는 '장인'으로서의 '소설가'적 자의식은 매우 약했다. 허구와 사실을 마구 뒤섞어놓는 것도 이러한 이유에서 비롯된다.

이제 막 돌아보고 간 순찰장교가 돌연히 다시 돌아온 것이다. 그 순찰장교도 한국인이었다. 일본 육사(陸士)를 나온 육군중위였다. 순찰장교는 당황하고 있는 송인규를 불러세우곤 허리에 차고 있던 칼을 칼집채 풀어쥐고 송인규의 어깨를 내리쳤다.

"이 고약한 놈 같으니, 당장 헌병대에 넘겨야겠다. 네가 지금 물을 주고 있는 놈들이 어떤 놈들인 줄 알지. 대일본제국에 항거한 놈들이야. 곧 총살해버릴 놈들이란 말이다. 자식! 너도 그 패거리와 똑같은 놈이로구나. 너도 함께 총살해버릴 테다. 적전에서의 이적행위는 사형인 줄 알지?"

그리고 다시 칼집채 송인규의 가슴팍을 찌르며

"진정한 일본군인이 되려면 조선사람은 내지인(內地人) 이상으로 분발해야 한단 말야. 하여간 별명이 있을 때까지 근무하고 있어." (…중략…)

그 이튿날 근무하러 나갔더니 교대병이 사라지고 동료가 변소엘 간 틈에 인도인 마술사가 송인규를 불렀다.

"마쓰야마상"

유창한 일본말로 부르는데 인규는 놀랬다.

"당신에게 꼭 아르켜 줄 것이 있습니다. 어제 당신에게 봉변을 준 그 장교가 아까 당신과 교대한 병정을 보고 말했습니다. 당신은 코리안이지요?"

"그렇습니다."

"그 사람, 코리아인은 신용이 안되니 당신을 경계하라고 합디다." (…중략…)

일본인이 되려면 조선인은 내지인보다 분발해야 한다는 말은 일본의 육군사관학교를 나온 히로까와 중위의 입장으로선 능히 할 수 있는 말이라고 생각하고 송인규는 순순하게 소화할 수가 있었다. 그렇지만 아까 인도인이 전한 말 같은 것을 동료인 일본인에게 말했다는 덴 아무리 생각해도 납득이 가질 않았다.[10] (괄호의 한자병기는 원문에 따른 것임. 이하의 인용문도 모두 같음)

일본 육사를 나온 히로까와 중위와 만주군관학교 출신의 관동군 장교 다카키 마사오(高木正雄, 박정희의 일본식 이름) 중위를 일대일로 대응시키는 것은 너무 단순한 상상력의 발동일는지도 모른다. 그러나, 히로까와가 박정희를 모델로 한 것이든 아니든, 그의 소설에는 이러한 인물이 매우 자주 등장한다는 사실이 의미심장하다. 그의 중·단편 중 또다른 평판작인 「변명」에 등장하는 '장병중'이나 「목격자?」에 나오는 '윤군수' 같은 인물은 모두 이 유형에 속한다. '장병중'은 조선인 독립운동가를 일본헌병대에 밀고하는 상해의 악명 높은 첩자였다. 해방 뒤 독립운동가 행세를 하면서 재산을 모으고 유력한 정치가로 출세한다. 도덕적 결함을 가진 윤군수는 미국에 유학가서 명망있는 정치학자가 되어 돌아온다.

증언과 기록으로서의 '소설쓰기'를 실천하면서, 이병주가 공들였던 부분은 '결락된 역사'의 '재구(再構)'였다. '결락된 역사'란 다른 말로 하자면 '섭리로서의 역사'가 성립되지 않는 '역사'를 뜻하는 것이다. 이를테면, 위의 소설에 등장하는 '히로까와' 같은 인물은, 자신의 민족을 배신했기 때문에, 조국이 독립된 이후에는 마땅히 '단죄'를 받아야 하며, 그러한 인물을 '단죄'하는 것이 바로 '역사의 섭리'라고 할 수 있는 것이다. 문제는, 실제 진행되는 역사가 그렇지 않다는 데 있다. 이것이 이를테면 '결락된 역사'라고 할 수 있다.

> "그런데 그 히로까와 중위라는 사람의 소식을 알아보았소?"
> "알아볼 필요조차 없었습니다. 굉장히 높은 사람이 되어 있습디다."
> 이렇게 답하는 송인규의 입언저리에 쓴 웃음이 번졌다.[11]

---

10 이병주, 「마술사」, 앞의 책, 189~191면. 맞춤법의 일부는 지금에 맞게 고쳤다. 이후로도 이 원칙에 따른다.
11 이병주, 「마술사」, 앞의 책, 260면.

그러므로, 증언과 기록으로서의 '소설쓰기' 과정이란, 이 '결락된 역사'의 틈을 메우는 작업이 된다. 결락된 역사를 '재구'하는 작가 이병주의 역사적 상상력은 우선 '민족주의'에 의해 그 동력을 공급받는다. 「마술사」나 「변명」 같은 작품이 모두 이에 해당한다. 역사의 정의에 관한 이병주의 이런 구도는 '친일청산의 실패'라는 매우 익숙한 주제를 연상하게 만든다. 그리고, 그 배후에서 '민족주의'에 기반한 역사적 상상력이 작동하고 있는 것도 숨길 수 없는 사실이다.

그러나 이병주의 '민족주의'는 조금 독특하다. 「마술사」에 등장하는 인도인 '크란파니'로 인해, 이병주 소설에서의 '민족주의'는 한민족의 안위를 넘어서는 '아시아의 민족주의'로 확장된다. 크란파니는 인도인이면서도, 자기와는 하등 상관없는 '버마'의 독립운동에 투신해서 목숨을 바쳐 싸우는 인물이다. 조선인이면서도 일본군인으로 참전해 버마 전선에 배치된 '송인규'는 '크란파니'를 통해 '민족주의'의 대의를 배우게 된다. '크란파니'에게 '민족주의'란 단지 한 민족이나 국가가 정치적으로 독립하는 것을 의미하는 것이 아니다. 그것은 모든 '반제국주의 투쟁'의 동지적 연대를 의미하며, 나아가서는 민족이나 국가는 물론이고, 한 인간이 스스로 세계내적 존재로 우뚝하게 서는 사상적 기초로 설정되어 있다.

이 소설에 등장하는 '마술'은 '민족주의'라는 이념 또는 사상의 '은유'이다. '마술'을 단지 하나의 '테크닉'으로서가 아니라, 자신과 세계를 인식하는 '세계관'으로 받아들이고 익힌 '크란파니'와, 그에 매료되어 '마술'을 배우지만 하나의 '테크니션'에 그치고 마는 '송인규'는, 그점에서 극명하게 대비되는 존재다. '마술'이라는 '은유로서의 장치'에 눈길을 뺏기게 되면, 정작 이 소설이 그것을 통해 환기시키려고 했던 '민족주의'가 가려진다. 이 소설이 환기시키려고 했던 바가 소설로서 얼마나 성공했는가의 문제와는 별개로, 「마술사」는 한국문학이 보여 주었던 협애한 '민족주의'의 틀을 넘어서고 있는 것만은 분명하다.

'민족주의'에 의해 추동되는 역사적 상상력으로 '결락된 한국의 근현대사'를 다시 구축하고자 하는 이병주의 의도는, 5·16쿠데타를 통해 집권한 군사정권의 역사적 정당성에 대한 질문을 그 배면에 깔고 있다. 다시 확인하거니와, 그의 작가적 동기는 여기에서부터 출발하고 있기 때문이다. 버마 독립운동에 투신한 인도인 '크란파니'의 설정은, 민족주의의 의미를 한 나라의 정치적 독립 이상으로 확대시키기 위한 것이다. 송인규는 크란파니를 탈출시킴으로써, 그와 함께 모든 제국주의에 맞서 투쟁하는 '연대'를 형성하게 된다. 히로까와는 이 전선에서 일종의 '적'이며, 따라서 제국주의인 셈이다. 그러므로 '히로까와'의 위치는 단순히 한 인간의 배덕(背德)이나 배신(背信)의 의미를 넘어 서게 된다.

그는 '히로까와' 같은 인물이 '단죄'당하지 않고 오히려 득세하는 과정을 추적하기도 하고, 세계사의 여러 정황들 속에서 '결락된 역사'의 동질성을 찾아내 서로 겹쳐 보이는 작업도 마다 않는다. '결락된 역사'는 비단 한국의 근현대사에만 해당되는 사실이 아니라, 현대의 세계사 전반에 걸쳐 일어나고 있음이, 그의 소설을 통해 확인된다.

이러한 세계사적 문제의식의 환기는, 비록 '민족주의'라는 필터를 통해 이루어진다는 점에서 한계가 있기는 하지만, 전후세대들의 텍스트가 갇혀 있던 '보편성의 미망'과는 분명히 구별되는 것이다. 무엇보다도, 1920년대생인 이병주를 통해 재현되는 20세기 초중반의 역사적 경험들이 이채롭다. 이병주는 '실존주의'가 한창 풍미하던 1950년대에 소설을 쓰지 않았던 탓에, 이 영향으로부터 자유로울 수 있었다. 그러므로 동시대의 경험의 의미를 서둘러 '실존주의'의 관념성으로 표백하지 않을 수 있었으며, 이 덕분에 그의 소설에서 재현되는 사건들은 '체험의 구체성'을 띠고 있다. 달리 보면, 이것은 같은 세대보다 훨씬 뒤늦게 문학을 하게 된 이병주의 '늦은 등단'이 가져다 준 뜻밖의 행운이라고 할 수도 있다.

「소설 알렉산드리아」에서는 '형'(곧 작가 자신이다)을 감옥에 가둬놓고 있는 군사정부의 역사적 정당성을 '나치즘'에 오버랩시켜 준엄하게 질책한다. 작가는 '서대문 형무소의 좁은 감방'과 북아프리카의 '알렉산드리아'를 계속 병치시킴으로써, 군사정부의 정치적 억압과 폭력이 '나치즘'과 무엇이 다른가 묻는다. 그 과정에서, '서대문 형무소'와 '알렉산드리아'라는, 처음에는 전혀 어울릴 것 같지 않던 이 두 공간이, 마침내 '역사적 동시성'을 확보하게 된다.

작가의 이 병치전략은 나치의 폭력과 학살, 그 과정에서 생겨난 가해자와 피해자, 진실과 거짓, 단죄와 청산의 복잡다단한 드라마가, 한국의 근현대사에도 고스란히 투사되고 있음을 일깨우는 것이다. '알렉산드리아'라는 멀고 낯선 아프리카의 도시를 주무대로 설정한 것은, 한국의 정치 상황을 드러내 놓고 쓸 수 없는, 권력의 검열 또는 작가의 자기검열 때문일 수도 있을 것이다. 그러나, 동기와 관계없이 이러한 공간 대비의 배치 전략은, '형(兄)'을 감옥 안에다 가둬놓은 한국의 억압적 정치 상황을 세계사의 차원에서 객관화하도록 만든다. 이를 통해, 개인의 자유와 인권을 탄압했던 나치의 '파시즘'과 마찬가지로, '형'을 구금상태로 빠트린 동시대 정권의 억압성과 폭력성이 환기된다.

물론, 「소설 알렉산드리아」에서 병치되고 있는 박정희 군사정권과 나치의 파시즘의 비교는 그 체제의 성격과 작동의 메커니즘에 대한 과학적 분석의 결과는 아니다. 그보다는 오히려 윤리적 당위에 더 가깝게 접근해 있다. 북아프리카의 고도(古都) 알렉산드리아에서는 과연 무슨 일이 일어났던 것일까. 이곳에서 가장 유명한 캬바레 '안드로메타'에서 총격 사건이 일어난다. 나치에 의해 사랑하는 가족을 잃은 한스 셀러라는 독일인이, 무수한 유태인의 학살에 개입했던 '앤드렛드'

라는 게슈타포의 앞잡이를 수십 년째 추적한다. '앤드렛드'는 철저히 신분을 숨기고 '알렉산드리아'에 숨어 살아왔다. 마침내 '앤드렛드'를 발견한 한스 셀러는 그를 죽이고자 총을 꺼내는데, 정작 '앤드렛드'는 독일의 공습으로 가족을 모두 잃은 스페인 출신의 무희 '사라 안셀'의 총을 맞고 숨진다.

'앤드렛드'라는 인물은, 이병주의 소설에 등장하는 '히로까와 중위'나 '장병중'이나 '윤군수'와 같은 계열의 인물이다. 무수한 유태인과 선량한 독일인을 죽음에 몰아넣은 게슈타포의 앞잡이 '앤드렛드'가 단죄받지 않는 '독일의 역사'도, 작가가 보기엔 역시 '결락된 역사'이며 '섭리가 관철되지 않는 역사'이고, 그 점에서 한국의 역사와 동일한 궤적을 그리고 있는 셈이다. 한국의 서대문형무소가 이 '결락된 역사'의 모든 모순이 응집된 공간이듯이, '알렉산드리아'는 파시즘의 모순과 상처가 응집된 '역사적 공간'인 셈이다.

이 소설에서 주목할 부분 중의 하나는 '한스 셀러'라는 등장인물이다. 옥중 편지를 보내오는 '형'이 곧 감옥 체험을 했던 이병주의 분신이라면, '한스 셀러'라는 인물은 '작가 이병주'의 분신에 해당하기 때문이다. '한스 셀러'는 '작가 이병주'의 욕망을 대행하고 있다. 즉, '앤드렛드'를 단죄하지 못한 '결락된 독일의 역사'를 대신하여, 수십 년 동안 집요하게 '앤드렛드'의 행방을 추적하고 마침내 그를 응징한 한스 셀러는, '히로까와 중위'와 '장병중'을 단죄하지 못한 '결락된 한국사'를 대신하여, 누구도 쓸 수 없는 자기만의 '증언과 기록으로서의 소설'을 쓰고자 했던 '작가 이병주'와 등가의 계열을 이루는 것이다. 총으로 응징하는가 붓으로 그리는가 하는 '기표(記標)'의 차이만 존재할 뿐, '기의(記意)'의 차원에서 두 행위는 동일하다.

이 지점에서, 작가 이병주가 최초에 설정한 '기록자로서의 객관성'은 '시적 정의'[12]의 욕망에 투항한다. 즉, 그는 단지 증언하고 기록하는 것으로 만족하지 못하고, 텍스트 안에서만큼은, '결락된 역사'의 모자라고 이지러진 부분을 스스로 메우고 채워 넣고자 하는 욕망에 흔들리는 것이다.

그것은 '과연 역사의 섭리란 무엇인가'라는 회의로부터 생겨났다. 역사의 전개 과정에서 안타깝게 희생되거나 억울하게 갇힌 자들의 삶을 추스르고, 그것을 기록하는 과정을 되풀이하면서도 끝내 채워지지 않는 어떤 공허가 작가인 그를 괴롭혔기 때문이다. 이를테면 소설 「변명」에 나오는 '탁인수'의 신념 같은 것. '탁인수'는 학병으로 중국 전선에 출정했다가 부대를 탈영, 중국군대의 '충의구국군' 소속으로 활동하다가 상해에서 조선인 첩자 '장병중'의 밀고로 체포되어 사형당한다. 재판기록 중에 '탁인수'와 재판관이 나눈 마지막 대화가 이렇게 끝난다.

문＝네가 순순히 본 법정이 묻는 말에 대답하고 반성하는 빛이 있으면 너는 살 수 있고 그렇지 않으면 죽음이 있을 뿐이다 삶과 죽음 가운데서 어느 편을 택할 것이냐.

답＝나는 죽음을 택하겠다. (…중략…)

문＝너는 가족을 생각해 본 적이 있는가. 너의 불충 불효 불손한 행위가 너의 가족에게 미칠 화를 생각해 본 적이 있는가.

답＝나의 불효는 장차 역사가 보상해 주리라고 믿는다.[13](강조는 인용자)

12　시적 정의(詩的 正義)란 '포에틱 져스티스poetic justice'의 역어(譯語)이다. 이 용어는 17세기 후반의 영국 비평가 토머스 라이머가 만든 말로, 여러 작중 인물들의 선행이나 악행의 정도에 따라서 그 작품의 끝에 가서 주어지는 상벌을 뜻한다. 시는 독자적인 영역으로 적격률과 도덕률의 지배를 받아야지, 불합리한 현실적 사물의 이치의 지배를 받아서는 안 된다는 것이다. 넓은 의미에서 '고전주의'의 기율인 '적합성decorum'에 포함된다. 일종의 도덕적 인과율이라고 할 수 있는 이 '시적 정의'의 원칙은 '비극'의 예술성에 심각한 지장을 초래하게 되어 논란의 대상이 되었다. '선(善)'의 패배를 통해 비장미가 고양되는 '비극'의 원리에 비추어 볼 때, '시적 정의'의 기율은 모순적이었기 때문이다.

13　이병주, 「변명」, 앞의 책, 16~17면.

　열혈청년 ‘탁인수’가 죽음을 앞두고도 일말의 두려움 없이 뜨거운 신뢰를 보내던 그 ‘역사’란 과연 무엇인가. 그 ‘역사’는 ‘탁인수’에게 어떻게 ‘보상’을 했단 말인가. 작가 이병주는 여기에 대해 끊임없이 질문을 던지고 있다. 만약 ‘역사의 섭리’가 정의의 방향으로 구현되는 것이라면, ‘탁인수’를 일본 헌병대에 고발했던 조선인 첩자 ‘장병중’이 ‘역사’의 이름으로 단죄되어야 한 터인데, 그와는 반대로 장병중은 해방 이후 더 많은 재산과 권력을 가지고 한국의 유수한 정치가로 입신하지 않았는가. 이것이 이병주의 반문이다. ‘장병중’의 이미지는 앞서 본 것처럼 「마술사」의 ‘히로까와 중위’, 「목격자?」에 나오는 ‘윤군수’, 「소설 알렉산드리아」의 ‘앤드렛드’와도 겹친다는 점(그리고 이 반복되는 이미지는 관동군 중위 다카키 마사오(高木正雄)에서 대한민국의 대통령으로 변신하는 ‘박정희’에 이르러 최종적으로 완결된다)에서, 그의 이 ‘역사’를 향한 질문은 출발 지점부터 계속 제자리를 맴돌며 반복되고 있었던 셈이다.

　그러므로, ‘시적 정의’에 대한 이병주의 욕망은 어쩌면 당연한 것인지도 모른다. 그러나 의외로 소설에서 이런 ‘시적 정의’의 욕망은 절제되고 있다. 「소설 알렉산드리아」에서 ‘앤드렛드’를 응징한 ‘한스 셀러’의 경우가 그 하나의 예라면, 「쥘부채」에서 각각 사형과 옥사(獄死) 때문에 끝내 부부의 인연을 맺지 못한 좌익수 강덕기와 신명숙을 영혼결혼식을 통해 맺어주는 정도에 그칠 뿐이다.

　문제는, 이 ‘시적 정의’의 욕망이 ‘소설쓰기’에 관한 그의 자의식에 심각한 균열을 만들어냈다는 사실이다. 소설을 통해 동서고금의 명저(名著)에 관한 박람강기를 유감없이 발휘하던 그는 「변명」에서 프랑스의 역사학자 마르크 블로크(Marc Bloch)와 가상의 ‘대담’을 시도한다. 대담의 주제는 마르크 블로크의 미완성 유고 『역사를 위한 변명』이다. 냉정하게 말하면, 이병주는 마르크 블로크를 정확히 이해하고 있었던 것 같지는 않다. 특히 그가 인용하는 블로크의 말, ‘역사에서의 원인의 일원론은 역사의 설명에 장애물일 따름이다. 역사는 원인의 파도를 파악해야 한다'[14]라는, 아날학파의 방법론적 원칙이 되고 있는 이 말을 역사방법론의 맥락에서 이해하고 있지 않다. 그보다도 작가 이병주의 시선을 끌었던 것은 제목인 『역사를 위한 변명』이었으며, 그보다도 더 매혹적인 것은, 이 불세출의 역사학자가 53세의 나이에 교수직을 박차고 항독(抗獨) 레지스땅스 활동을 하다가 '프랑스 만세!'를 외치면서 사형당했다는 개인사적 사실이었을 것이다. 이병주에게는 블로크가 역사학 연구 방법론의 계보에서 어떤 위치를 차지하는가보다는, 블로크의 이 드라마틱한 생애와 '결락된 역사'에 대한 작가 자신의 허기(虛飢) 즉 '역사의 섭리'에 대한 그의 의심을 겨냥해서 쓰기라도 한 것처럼 보이는 책의 제목과 그 수사적 광채가 더 강한 자극을 주었을 것이다.

나는 초조하게 반박해 본다.

"역사를 위한 변명이 가능하자면 섭리의 힘을 빌릴 수밖엔 없을 텐데요."

이때 마르크 브로크 교수는 내게 부드러운 웃음을 보내며 말한다.

"서둘지 말아라. 자네는 아직 젊다. 자네는 역사를 변명하기 위해서라도 소설을 써라. 역사가 생명을 얻자면 섭리의 힘을 빌릴 것이 아니라 소설의 힘, 문학의 힘을 빌려야 된다."

"어디 역사뿐일까요? 인생이 그 혹독한 불행 속에서도 슬기를 되찾고 살자면 문학의 힘을 빌릴 수밖엔 없을 텐데요."

그러면 마르크 브로크의 대답이 돌아온다.

14　블로크가 속한 '아날'의 역사가들이 '역사의 법칙'에 큰 관심을 기울이지 않았던 것을 생각하면, '역사 섭리의 관철'에 연연하는 이병주가 블로크를 끌어들인 것은 다소 엉뚱해 보인다. 블로크나 그의 동료인 페브르가 생각한 '역사'는 엘리트나 국가지도자, 왕과 귀족의 '정치사'에 '역사'의 모든 것을 수렴시키는 '역사 기술'을 해체하고, 그것을 노동하면서 일상생활을 영위하는 '보통 인간'들의 역사로 대체하는 것이었다. 이병주가 생각한 '섭리의 역사' 즉 '민족주의에 기반한 도덕적 당위가 관철되는 역사'는 어떤 점에서 블로크가 생각하는 '역사'의 대척점에 서 있는 것이다.

"그렇다. 나도 문학을 외면한 어떤 인간 노력도 인정하지 않는다."[15]

블로크의 책 제목『역사를 위한 변명』을, 작가 이병주는 '소설의 존재 이유'를 증명하는 자료로 끌어들인다. 그의 논법은, 역사를 변명하기 위해서는 '역사가 섭리에 의해 관철된다'는 것을 보여주어야 하고, 그것은 정작 '역사'를 통해서가 아니라 '문학'을 통해서 가능하다는 것. 그래서 마지막에는 블로크가 그것을 인정하는 방식으로 처리하고 있다. 그리고 이것이 그의 '시적 정의'에 관한 욕망을 정당화하는 근거이기도 한 것이다.

그러나, 블로크의『역사를 위한 변명』을 빌려 와도, '소설쓰기'에 관한 그의 자의식의 균열은 매끄럽게 봉합되지 못한다. '증언과 기록으로서의 소설쓰기'와 '섭리가 관철되는 역사'의 대리보상으로서의 '소설쓰기' 사이에서 발생한 균열을 적나라하게 보여주는 상징적 장면이 「겨울밤」에 나온다. 작가는 내면에서 자라나오는 이 균열을 스스로 무시할 수 없었던 것으로 보인다. 「변명」에서의 블로크는 이병주의 생각에 동의하는 것으로 처리되지만, 「겨울밤」에서의 노정필은 정면으로 이 균열의 원인을 질타한다.

"당신의 '알렉산드리아'를 읽어보았소. 그런데 그건 기록자가 쓴 기록이 아니고 시인이 쓴 시(詩)라고 보았오."
나는 듣고만 있을 수밖에 없었다.
"기록은 철저해야만 비로소 기록이 될 수 있는 것 아니겠소? 시인의 감상은 그것이 아무리 훌륭해도 기록은 될 수 없을 겁니다. 기록이 되려면 시와 결별해야 하오. 기록자는 자기 속의 시인을 추방해야 할 거요." (…중략…)

---

15 이병주, 「변명」(『예낭풍물지』, 세대사, 1974)30면.

"시인은 패배(敗北)를 미화해 가지고는 모든 사람이 패배자가 되도록 권
유합니다. 당신의 '알렉산드리아'는 그러한 시인의 교활한 작품이오. 모든
사람이 술에 취하지 않고 깨어 있어야 할 판인데 당신의 시인은 지옥을 천
국처럼 그려 읽는 사람을 취하게 했단 말이오 …… (…중략…)"
그것은 바로 나의 조작된 센티멘탈리즘에 대한 화살이었다.[16]

노정필의 주장은 언뜻 플라톤의 『국가』에서 문학 및 예술의 무용론
을 설파하는 소크라테스를 떠올리게 만든다. 그러나, 노정필의 말은
작가의 '각성'에서 그 진의가 확인된다. '시적 정의'에 관한 욕망을 작
가는 '조작된 센티멘탈리즘'이라고 바꾸어 표현했다. 노정필은, 역사
의 칼날에 베인 억울한 죽음에 대해 동정과 연민을 보낼 바에는, 그러
한 죽음이 다시 생겨나지 않도록 '작은 실천'을 하는 것이 더 중요하다
는 것을 말한다. 노정필은 역사를 대신해서 소설에서 '섭리의 관철'을
서둘러 보여주고 싶어 하는 작가의 욕망을 꾸짖는다. '시적 정의'의 욕
망을 접는다면, 다시 말해 '역사를 위한 변명'의 대리위임을 포기한다
면, 이병주의 '소설쓰기'란 과연 무엇인가. 이병주에게 이것은 소설쓰
기만이 아니라 '역사' 자체에 대한 인식의 변화를 가져오는 매우 중요
한 질문이 된다.

---

16 이병주, 「겨울밤」, 앞의 책, 76~78면.

4. 역사와 인간

노정필은 작가 이병주가 그의 내면에서 불러낸 '또다른 자아'다. 이를테면, 그를 통해 '소설쓰기'와 관련된 자신의 딜레마를 문제의 표면으로 부상시키고 싶었다고 볼 수 있다. 문학을 통해 '결락된 역사'를 메우는 대신 역사에 투신해서 '실천'하는 것이 더 긴요한 것이 아니겠는가, 라고 이 '또다른 자아'는 이병주에게 힐문한다. 그 점에서 노정필은 '악역'을 맡았다. 그러나, 작가는 스스로 제기한 이 질문에 정면으로 천착하지 않는다. 자신이 연출한 그 화면에서 악역(惡役)을 맡았던 노정필을 갑자기 퇴장시키고, 느닷없이 그의 위치에 '박기영'이라는 인물을 대체한다. 박기영은 누구인가?

그의 대답엔 구김이 없다. 경박함도 없었다. 심각함을 꾸미는 제스처도 없었다. 인간 그대로의 천진한 모습이 있을 뿐이었다.

돌이 되어버린 무신론자의 노정필과 인간의 천진성을 지닌 그 친구의 얼굴을 비교해 본다. 그 친구의 역정이 결코 노정필의 역정에 비해 수월했다고는 말할 수가 없다. 일제 때는 병정에 끌려나가 생사의 고비를 헤맸다. 전범재판(戰犯裁判)에서 하마터면 전범의 누명을 쓰고 처형될 뻔한 아슬아슬한 고비도 있었다. 6·25동란 때는 친형을 잃었다. 그리고 2년 전엔 20수년을 애지중지해 온 부인을 잃었다. 게다가 사형선고나 마찬가지인 병의 선고를 받고 한동안 사경을 방황하던 때도 있었다. 그러나 그는 언제나 활달하려고 애썼고 스스로의 고통 때문에 주위의 사람을 우울하게 하지 않으려고 신경을 썼다. 어떤 중대한 일도 유머러스하게가 아니면 표현을 못하는 수줍은 성격이기도 했다. 출중한 어학력(語學力)을 가지고 있으면서 도리어 그것을 부끄러워하는 태도마저 있었다. (…중략…) 보다도 가장

중요한 일은 철저한 천주교의 신도이면서도 친구들에게 자기의 천주를 강
요하지 않았다.[17]

　작가는 박기영과 노정필을 나란히 비교한다. 이것은, 노정필의 힐
문(詰問)에 대해 제대로 대답을 마련하지 못한 작가가, 그에 대해 정면
으로 맞서는 대신 박기영을 불러내어 그의 인간성으로 하여금 노정필
의 인간성에 대해 대리전을 치르도록 유도하고 있음을 뜻한다. 남로
당의 몰락과 북한 체제의 난맥상에도 아랑곳하지 않고 자신의 신념을
끝까지 견지하는 이 완고한 마르크스주의자는 작가 이병주를 피곤하
게 만든다. 그의 신념과 그가 믿고 있는 '역사'를 해체하려고 시도할
때마다 작가는 번번이 실패한다. 그냥 실패할 뿐만 아니라, 감당하기
힘든 '힐문'과 '난제'에 봉착한다. 박기영은 이런 곤혹스러운 상황에서
이병주에게 구원병으로 호출된다. 「겨울밤」의 이 마지막 장면, 노정
필과의 힘겨운 대화를 중동무이로 마무리한 채, 박기영을 기억의 창
고에서 불러내는 이 장면은 대단히 의미심장하다. 이 대목에서, 그는
'역사'에 대해 시종일관 유지하고 있던 긴장의 끈을 슬그머니 풀어 놓
기 때문이다. 이것은 '역사'에 대해 집요하게 던지던 질문을 멈추고,
그 방향을 '인간'에 대한 신뢰의 확인으로 돌리는 것을 의미한다.
　박기영은 이병주의 또다른 소설 「중랑교」의 주인공이기도 하다.
「중랑교」에서는 이름을 '박희영'으로 바꾸어 놓았지만 같은 인물이다.
「중랑교」는 작가가 가장 아끼는 벗 '박'의 죽음에 바치는 '조사(弔詞)'이
자 만가(輓歌)와 같은 소설이다.

　박희영에 관해서 얘기를 하려면 한량이 없다. 세상을 살자면 많은 친구

17　이병주, 「겨울밤」, 앞의 책, 86~87면.

를 사귀어야하지만 막상 친구다운 친구가 누구일까 하고 생각하면 진정한 친구의 부재(不在)에 놀란다. 그런 가운데서도 박희영은 내게 있어서 희귀한 친구였다. 친구라고 하기보다 교사라고 하는 것이 지당한 표현인지 모른다. 나는 그로부터 너무나 많은 것을 배웠다. 그와 같이 있은 곳은 언제나 교실이었다.[18]

소설쓰기와 '역사'를 연결짓는 동안은, 노정필은 작가 이병주에게 언제나 거북한 안타고니스트였다. 애초에 설정한 작가로서의 소명과 소설쓰기에 관한 자의식을 거듭 되돌아보지 않으면 안되게끔 만드는 작가 내부의 또다른 목소리이기도 했다. 그런 노정필에게조차 한 번도 부여된 적이 없는 '교사'의 지위가, 죽은 벗 박기영에게는 서슴없이 부여된다. 박기영은 역사의 보상을 믿으며 아낌없이 역사에 투신했던 '탁인수'도 아니며, 눈앞의 실패에도 아랑곳하지 않고 자기신념에 투철한 '노정필'과도 다르다. 이병주의 소설쓰기가, 역사가 냉정하게 외면한 무수한 '탁인수'와 '노정필'들에 대한 연민과 동정에서부터 출발했다는 것, 그리고 역사로부터 잊혀진 그들을 소설의 관심과 애정으로 '복원'해 내려는 의지로 충만했음을 생각할 때, 이 변화는 의미심장하다. 이것은 '역사의 섭리' 혹은 '역사의 정의'에 관한 이병주 특유의 진지한 물음을 포기했음을 뜻한다기보다는, '역사'에 대한 피로(疲勞)의 호소라고 이해하는 것이 옳다.

이제는 50대 중반을 넘어 60대에 접어든 수많은 동년배들을 등장시켜 그들의 삶의 행로를 스케치해가는 「여사록(如斯錄)」(1976)은 이런 맥락에서 이해해야 그 의미를 간파할 수 있다. 해방 직후 진주농고의 영어교사로 있던 '나'(곧 작가 이병주)는 그 당시 동료교사들과 다시 만나는

---

18 이병주, 「중랑교」(『철학적 살인』, 서음출판사, 1979(5판)), 275~276면.

모임에 참석하라는 연락을 받는다. 삼십 년만에 해후한 이들은 순식간에 세월의 공백을 건너뛰고 어울려 유쾌하게 술마시며 웃고 떠든다. 이들의 모임을 시간순서에 따라 건조하게 묘사하는 서사전개의 중심 줄기에 두 개의 '역사적 사건'이 배면으로 깔린다. 그 하나는, 이들이 교사 생활을 하던 해방 직후 시절의 격렬했던 좌우 투쟁. 그것은 교사 사회뿐 아니라 학생 사회마저도 철저히 좌우로 갈라놓았다. 또 하나의 사건은 '베트남전'에서의 미국과 월남의 패망 소식. 이 두 개의 사건을 이어주는 '거멀못'은 다른 것이 아니다. 베트남전쟁이 항일전쟁까지 합하면 꼬박 30년 동안 진행되었다는 것, 좌우 대립이 격렬했던 해방직후로부터 '오늘'의 모임이 있기까지가 꼬박 30년이라는 것. '30년'이라는 세월의 공통점 말고는 이 두 개의 서로 다른 '사건'을 연결짓는 공통점은 따로 없다. 중요한 것은, 30년이라는 세월에 대한 '나'의 자각이다.

> 싸움엔 승자(勝者)가 없다. 패자(敗者)만이 있을 뿐이다. 싸움에 이기기 위해선 모든 미덕(美德)을 악(惡)의 수단으로 해야 한다. 이렇게 함으로써 오염된 인간성이 바로 패자로서의 낙인이다. 이겼다고 해도 그 기쁨은 한 순간의 일이다. '나는 이처럼 악할 수가 있었다'는 자기인식이 드디어는 자멸의 감정으로 고인다. 드디어 '이겼다'는 사실이 '진 것'만도 못하다는 회한만이 남는다 ……[19]

격렬했던 좌우 대립의 추억이 그에게 남겨 놓은 것은, 좌우의 이념 중 무엇이 옳았는가, 혹은 어떤 이념을 따랐던 사람이 옳았는가에 대한 판단이 아니라, 어떤 인간이 선량한 인간이었는가 하는 물음이다. 삼십 년만에 만난 모임 참석자들을 일별하는 '나'의 시선은 모두 이 프

---

[19] 이병주, 「여사록」(『철학적 살인』, 서음출판사, 1976), 234~235면.

리듬을 통과한다.

　　사람들을 흥부형, 놀부형으로 분류해 본다면 분명 이우주씨는 흥부형에 속하는 사람이다. 선량한 세포(細胞)만으로 꾸며진 것 같은 그의 해맑은 얼굴이 눈에 선하다. (…중략…) 김용달씨 역시 선량한 세포로서만 조립된 사람이다. 그런데도 주름이 많은 것은 선량한 사람에겐 혹독한 세파가 더욱 심하게 주름을 만드는 경우도 있다는 얘기로 된다. (…중략…) 변형섭씨! 이 인물이야말로 훌륭하다. (…중략…) 해방 후 혼란 막심한 진주농고의 상황을 교감의 직책으로 무난하게 감내한 그 실적은 실로 대단한 것이라고 아니할 수 없다. 좌익교사들의 말에도 귀를 기울여주고 우익교사들의 불평도 진지하게 들었다. (…중략…) 그리고 자기에겐 엄격하면서도 남에게 대해선 관대한 사람 ……[20]

한국전쟁을 전후해 유명을 달리하거나, 월북 또는 남한에 잔류한 과거의 좌익 동료교사들의 회고담이 이어지면서, 소설 「여사록」은 결국 자신과 동년배인 1920년대생들에게 바치는 작가 이병주의 헌사(獻詞)이자 송가(頌歌)임이 밝혀진다. 브레히트의 시 제목을 빌리자면, 이 헌사와 송가는 '살아남은 자의 기쁨'이면서도 동시에 '슬픔'이다. '나'가 베트남전쟁의 30년을 떠올렸던 것은, 미국의 패배가 지니는 국제정치 판도에 관한 관심도, 베트남 공산화로 인한 아시아정세의 변화에 대한 우려도 아니며, 전쟁이 지속되는 동안 베트남 사람들이 감당했어야 할 그 간난신고(艱難辛苦)의 세월에 동병상련을 느꼈기 때문임이 소설의 말미에 토로된다.

　　인간에 대한 이러한 발상형식은 「제4막」(1975)이나 「이사벨라의 행

20　이병주, 「여사록」, 앞의 책, 235~245면.

방」(1976)에서도 거듭 확인된다. 칠레의 군사쿠데타를 다룬 소설 「이
사벨라의 행방」은, 소재의 측면에 한정해서 보더라도, 발표 당시가 유
신체제 하였음을 생각하면 대단히 파격적인 작품이 아닐 수 없다. 그
러나, 역시 그의 관심의 최종 목표는, 설사 이것이 유신체제의 정치적
검열을 의식한 우회 전략이라고 하더라도, 칠레 정국보다도, 그 사건
의 와중에 연락이 끊긴 '이사벨라'의 안부다. '이사벨라'는 3년 전 '나'
의 칠레 여행 때 가이드가 되어주었던 산티아고 출신의 젊고 발랄한
여대생이다. 아옌데 정권의 좌익개혁에 불만을 품은 군부가 쿠데타를
일으키고, 그 와중에서 이사벨라는 실종된다.

> 허나 칠레의 정치는 내가 알 바가 아니다. 그 미래도 나의 관심 밖의 일
> 이다. 내게 절실한 건 이사벨라의 행방이다. 그 갈색의 머리칼, 새하얀 이
> 빨이 눈부신 웃음, 세상의 악을 알 까닭이 없는 천진한 눈동자, 활달한 걸
> 음걸이에 알맞은 스포티한 몸매 …… 그토록 아름다운 이사벨라가 횡액에
> 쓰러졌다면 그것이 비록 유탄에 맞은 경우라도 칠레엔 광명이 없다.[21]

'정치는 내가 알 바 아니다'라는 건 어느 정도 위악적(僞惡的)인 제스
추어이다. 진정으로 정치에 관심이 없는 것이 아니라, 정치적 격변에
시달릴 '인간'의 안위를 걱정하는 것으로 '정치적 관심'의 표명방식이
바뀌었다고 이해하는 편이 온당할 것이다. 문제는 여기에 이르는 동
안, 소설과 역사, 그리고 인간이라는, 작가 스스로가 설정한 여러 개의
범주들에 일정한 변화가 생겼다는 사실이다. 처음에 작가 자신이 설
정했던 '인간'이해의 범주는 '역사의 섭리'에 투신하거나 저항하는 주
체였다. 그러나 시간이 흐르면서, 이 투신과 저항에 대한 판단의 기준

---

21 이병주, 「이사벨라의 행방」, 앞의 책, 379면.

이었던 '섭리' 혹은 '정의' 대신에, 가혹한 역사의 전변(轉變)을 견디어 낸 '인간들'에 대한 연민과 동정을 선택한다. 이 변화의 의미가 문학사와 작가의 작품세계 전체에서 차지하는 의미를 살펴보기 위해서는 두 가지 작업, 즉 1980년대 이후의 그의 소설을 검토하는 것과 장편소설을 검토하는 작업을 거쳐야만 한다. 그 점에서, 소설쓰기에 관한 자기의식의 변화 과정을 중심으로 살펴 본 이 글의 한계는 명백하다. 다만, 1980년대 이후 그의 소설이 역사로부터 점차 대중의 일상과 풍속으로 무게중심을 이동해 가는 것과, 역사로부터 인간 이해로 변화해 나가는 그의 중·단편의 변화는 일정한 연관성이 있음을 짐작할 수 있다.

5. 맺음말

　증언과 기록으로서의 소설쓰기라는, 작가 스스로 최초에 설정한 자기의식으로부터, 십여 년 정도 흐른 뒤의 작품은 얼마만큼의 거리를 두고 있는 것일까. 5·16 직후의 투옥 경험은 그에게 군사쿠데타의 정당성과 쿠데타의 주역인 박정희에 관한 역사적·도의적 윤리에 대해 이의를 제기하도록 만들었다. 억울한 정치적 박해와 투옥을 소설 창작으로까지 연장하게 된 이병주의 출발이 의미 있는 것이 되기 위해서는, 그 억울함을 개인적 차원의 '원한(怨恨)'이 아니라 '역사'에 접속시켜 보편의 문제로 확대할 필요가 있었다. 초기 중·단편에서 이병주의 이러한 의도는 어느 정도 성공적으로 관철되었다고 평가할 수 있다. 그러나 '역사'에 대한 그의 질문이 지닌 최초의 날카로움은 점점 무뎌지고, 그 대답을 추구하는 과정 또한 모호해진다.

이를테면 군사쿠데타를 '범죄행위'로까지 표현했던 그가 유신체제
는 용인하는 듯한 자세를 취하는 이 변화의 진폭은 또 다른 설명을 요
구한다. 「겨울밤」의 연작인 「내 마음은 돌이 아니다」에서 시종 '나'와
팽팽한 긴장을 유지하던 '노정필'은 드디어 '나'의 노선으로 기울기 시
작한다. 마르크스주의에 대한 신념, 그리고 대한민국을 인정하지 않
으려던 완강한 노정필의 태도는 이렇게 변한다.

> 그런데 곰곰이 생각해 보니 이선생의 생각이 옳아요. 정치에 지나친 기
> 대를 가져선 안되는 것 같아요. (…중략…) 그리고 보통의 능력으로 보통
> 의 노력을 해서 보통으로 살아갈 수 있는 사회면 더 바랄 것이 없다는 이선
> 생의 말이었는데 그런 뜻에서 대한민국도 이 정도면 됐다는 생각을 하게
> 되었습니다.[22]

유신체제를 반대하는 학생들의 데모에 대해 '나'가 묻자 노정필은
"자위책을 갖지 않는 정부가 어디 있겠소"라고 답변하여, '나'를 어리
둥절하게 한다.

> "노선생은 많이 변했습니다."
> "진실엔 외면하지 않기로 했으니까요."
> 그리고 한다는 말이 유신체제 지지여부를 묻는 지난번의 국민투표에 이 세
> 상에 나고 처음으로 투표를 할까하고 마음 먹었다가 조금 쑥스러운 기분이
> 들어 자긴 기권을 했으나 부인에겐 찬성 투표를 시켰다는 얘기를 했다.[23]

1975년 발동한 '사회안전법' 때문에, 막 대한민국과 유신체제를 용

---

22 이병주, 「내 마음은 돌이 아니다」, 앞의 책, 210면.
23 이병주, 「내 마음은 돌이 아니다」, 앞의 책, 211면.

인하려던 노정필은 다시 감옥에 갇히게 된다. 노정필의 변화의 진폭
이 클수록, 그에게 '사회안전접'의 올가미가 더 가혹할 것임을 아는
'나'는 점점 마음이 무거워진다. 그러나 끝내 '나'는, '또 다른 나'이자
시종일관 '나'의 소설쓰기에 대해 긴장 넘치는 '악역'을 대신해 주었던
'노정필'의 희생을 이렇게 얼버무린다.

> 언제 슬픔이 없는 거리가 있어 보았더냐. 나라가 살고 많은 사람이 살자
> 면 노정필 같은 인간이야 다발로 역사의 수레바퀴에 깔려 죽어도 소리 한
> 번 내지 못한들 어쩔 수 없는 일이다.

역사의 보상을 믿으며 죽어간 「변명」의 '탁인수'나, 역사의 보상을
대신해 죄인을 단죄한 「소설 알렉산드리아」의 '한스 셀러'를 향한 작
가의 신뢰, 곧 '역사의 섭리'에 관한 작가의 신뢰와 희망은, 이 지점에
서는 몹시 희석되고 모호해진다. 1980년대 이후, 다작(多作)과 대중소
설화 경향에 대한 평단의 비판에 어느 정도의 개연성이 있다면, 그 단
초는 아마도 이러한 의식의 변화와 무관하지 않을 것이다. 유신체제
에 대한 태도 여하는, 한국문학사에서 세대론의 개연성을 시험하는
일종의 리트머스 시험지와 같다. 전후세대 중 상당수의 유력한 작가
들은 유신체제를 수용하며 그 역사적 불가피성을 인정한다. 그와는
달리, '4·19세대'들은 이것과 길항한다. 이 차이를 만드는 요인이 무
엇인지를 밝히려면 다양한 검토가 필요하다. 다만, 그 점에서 이병주
는 다른 많은 1920년대생들과 같은 궤적을 그리고 있다는 것. 이것이
의미하는 바가 무엇인지를 밝히는 작업과 아울러, 이병주 문학에 관
해 좀더 폭넓고 다양한 연구와 비평이 절실하다. 작가의 규모에 비해,
이병주는 너무 오랫동안 방치되어 왔다.

억압과 에로스

1972년의 최인호

1. 최인호 문학의 분기점

최인호의 소설에 관해 해묵은 몇 가지 편견들이 존재하고 있음을 우리는 알고 있다. 그것은 뚜렷한 근거를 통해 명확히 입증된 것이 아님에도, 편견의 효력이 항상 그렇듯이, 역설적으로 최인호의 문학에 관한 선이해(先理解)로서 적지 않은 영향력을 행사한다. 그런 편견 중의 하나가, 최인호 문학의 본령은 단연 중·단편이라는 것, 따라서 정작 그의 문명(文名)을 높여 준 장편들은 그의 문학에 있어서는 하나의 여기(餘技)이거나 '상업주의에의 투항의 산물'에 불과하다는 것이다. 당사자인 작가로서는 대단히 억울할 수도 있을 이러한 편견이 형성된 일차적인 이유는, 첫 장편인 『별들의 고향』(1973)을 필두로, 그의 장편 소설 대부분이 대중적으로 크게 성공했기 때문이다. 그리고 최인호만큼 현대 대중예술 장르의 총아라고 할 수 있는 '영화'와의 접목에서 성공을 거둔 작가가 없다는 점도 단단히 이유의 한 몫을 차지하고 있다.

익히 알려진 바대로, 그는 소설의 영화화에 있어서 다른 어떤 작가도 따라올 수 없을 만큼 1970년대 이후 한국영화에 큰 그림자를 드리우고 있다. 어쨌든 이러한 상업적 성공과 대중성의 확보가 문학성의 훼손을 담보로 얻어진 것이라는 곱지 않은 시선이 70년대 이후 최인호의 문학을 따라 다니는 끈질긴 편견의 한 축을 이루고 있는 것이다.

그런 이유들로 인해, 현대 작가들 중 최인호만큼 소위 '통속성'이나 '대중성' 혹은 '상업주의' 시비에 자주 휘말린 작가도 달리 없을 것이다. 그의 소설은 늘 한국 현대문학사에서 이른바 '본격문학'과 '대중문학'의 경계를 넘나들면서 '시비'와 '논쟁'의 중심이 되어 왔다. '통속성'이나 '대중성'을 둘러싼 시비의 중심에 그의 소설이 자주 놓인다는 것은 다른 각도에서 보면, 그의 소설이 풍속사적 변화와 그 의미에 남다른 감수성과 '징후읽기'를 보여준다는 것으로 해석할 수도 있다. 엄밀한 의미에서 '통속성'이나 '대중성', 그리고 '풍속사적 연대기로서의 이야기'는 모두 '근대 장편소설'의 중요한 속성을 이루는 것이지 그것 자체가 작품의 질을 판별하는 기준일 수는 없는 것이다.

아쉽게도 이 자리는 최인호의 문학을 둘러싼 이러한 편견의 진위 여부를 논하는 자리가 아닌 까닭에 그 문제를 본격적으로 다룰 수는 없다. 그럼에도 해묵은 편견으로 이야기를 시작한 것은 '중 · 단편이 본령이요 장편은 곁가지'라는 이 편견에 담긴 반쪽의 진실이 지금부터 살펴 볼 1972년의 최인호를 이해하는 데 중요한 실마리가 되어 주기 때문이다. 다시 말하면, 이 편견은 장편에 무게중심을 둘 때는 최인호 소설에 대한 부정적 판단이 되지만, 거꾸로 중 · 단편에 무게중심을 둘 때는 대단한 찬사로도 해석할 수 있는 양가성을 지니고 있다. 의미의 덩어리인 말이 놓이는 문맥(컨텍스트)에 따라 그 의미가 전혀 달라지는 것이 언어적 화용의 기초이듯, 이 말도 말하는 사람이나 듣는 이에 따라 때로는 '최인호의 문학은 장 · 단편 가릴 것 없이 대단하지만 그 중에서도 중편과 단편이 훨씬 낫다'는 의미로 이해할 수도 있고, '최인호의 문학은 전반적으로 보잘 것 없지만 그래도 쓸 만한 것은 장편보다는 중·단편 쪽'이라는 의미로 이해할 수도 있다. 어떤 맥락에서 해석하든 중·단편이 장편에 비해 상대적 우위에 놓인다는 의미 구조는 변함이 없다. 혹은 '상대적 우위'까지는 아니더라도 이 말은 최인호 문학에서 중·단편과 장편 사이에 일정한 미학적 차이가 있다는 점을 환기시켜 주고 있다. 여기서 말하는 반쪽의 진실이란 바로 이것을 가리킨다. 나중에 좀더 자세히 살펴보겠지만, 이 시기 최인호의 소설은, 소설을 둘러싼 미학적이고도 사회적이며 정치적인 여러 힘들의 길항관계의 중심에 놓여 심각한 자기분열과 혼돈을 보여주고 있으며, 그와 동시에 그 상태로부터 벗어나고자 하는 치열한 예술적 열망을 함께 드러내고 있다. 앞에서 언급한 대로 만약 그의 장·단편 사이에 일정한 차이가 존재한다면, 그것은 단순히 장르나 양식상의 차이가 아니라, 이러한 자기분열과 모색의 길항과 충돌 가운데서 빚어진 결과이며, 그렇게 읽어야 비로소 그의 소설을 둘러싼 여러 가지 편견과 오해, 또는 이분법적 구분의 도식성으로부터 벗어나 좀더 섬세한 최인호 소설의 이해에 접근할 수 있으리라 생각한다.

　여러 가지 이유에서, 1972년은 최인호 문학의 전개 과정에서 매우 중요한 한 해로 기록되어야 할 연도다. 그는 이 한 해 동안에만 연작 「전람회의 그림 1, 2, 3」과 중편 「무서운 복수」, 연작 「황진이 1, 2」, 단편 「영가」와 「병정놀이」 등을 잇따라 발표하고, 신인 작가였던 그를 단번에 '인기작가'로 부상시켰던 장편 『별들의 고향』의 연재를 시작한다. 우선 이 왕성한 생산력 자체가 경이로운 것이지만, 그보다 좀 더 놀라운 것은 1972년에 그가 발표한 일련의 작품들이, 언뜻 보면 한 사람의 작품인가를 의심할 만큼 서로 이질적이며, 때로는 모순적이기까지 하다는 사실이다. 그럼에도 불구하고 다시 그 이질성과 상호모순성은 대체로 하나의 근원으로 수렴되거나, 그 근원으로부터 출발하여 다른 세계로의 이행을 시도하는 디딤돌이 되고 있다. 요컨대, 그때로부터 서른 해 가까이 지난 지금 최인호 문학이 밟아온 노정(路程)전체를 놓고 볼 때, 1972년은 청년작가이던 최인호에게, 자신을 둘러싸고 있는 세계와 현실에 관한 소설쓰기의 모든 가능성과 한계가 동시에 소용돌이치는 하나의 임계(臨界) 상황을 의미하며, 동시에 그 임계점을 경계로 하여 달라지는 최인호 문학의 변화를 예감케 해주는 지표로서의 의미이기도 한 그런 해였던 것이다.

2. 10월 유신, 정치적 억압의 근원

1972년의 최인호의 소설은 「전람회의 그림」 연작, 「무서운 복수(複數)」, 「황진이」 연작, 이 세 개의 솥발 위에 얹힌 정립(鼎立)의 모양새를 하고 있다. 이 세 작품은 서로가 서로의 원인이면서 결과로서 공존하고 있다. 우선 「전람회의 그림」 연작을 통해 1972년이 작가에게 어떤 의미로 각인된 시간인가를 살펴보자. 연작의 소품 중 하나인 「단색화보」는 예의 1972년을 이렇게 묘사하고 있다.

한 겨울에도 방안에서 키우는 관상용 마늘의 투명한 뿌리처럼 죽음이 늘 보였다. 길을 걸어도, 커피를 마셔도, 탱크가 진주한 거리에서도, 출판기념회에서도 코감기 걸린 사내가 주머니 속을 뒤져 콧구멍을 뚫는 휴대용 비약(鼻藥)을 들이 마시듯 죽음을 늘 호주머니 속에 넣고 다니고 있었다.[1]

그 시절은, '늘 뒤에 누군가 쫓아오는 사람이 없는가 돌아보곤 황급히 층계를 두 개씩 세 개씩 겹쳐 뛰어 그의 방으로 들어가'야만 하고, '닫힌 거리로 트럭이 지나가고 삑삑 호각소리가 났으며', '방안의 불을 끄고 커튼을 내리면서 방안의 불기가 바깥으로 나갈 새라 두려워하는' 시절이었다. 혹은 「조서(調書)」에서처럼, 끊임없이 알리바이를 입증하기 위해 어딘가의 장소에 있었거나 혹은 없었음을 증명해 보여야 하며, 무슨 말을 했거나 혹은 하지 않았거나를 입증해야 하며, 누군가와 아는 사이이거나 모르는 사이임을 확인시켜 보여야 하는, 계속 '조서'를 작성중인 '피의자'의 신분으로 숨죽여 지내야 하는 시절이었다. 종국에는 자신이 한 진술과 심문자가 요구하는 내용이 다를 때에는 진술 내용을 전부 반대로 쓰는 한이 있더라도 심문관의 요구대로 조서를 작성하지 않으면 안 되는 시절이었다.

1972년에 무슨 일이 일어났는가? 이 해에 '유신헌법'이 선포되었음을 떠올리면, 우리는 「전람회의 그림」 연작을 포함해서, 이 해에 발표된 최인호 소설들을 지배하고 있던 가장 강력한 억압의 기제가 그것으로부터 비롯된다는 사실을 어렵지 않게 짐작해 낼 수 있다. '유신헌법'의 선포는 1961년 쿠데타로 집권한 군사정권의 권위주의적 성격이 완전히 '공포정치'의 그것으로 변모하는 계기가 되었다. 그리고 이것은 기존의 모든 '억압'으로부터 자유롭고자 했던 한 '청년작가'에게, '정치적 억압'의 중압감이 가장 크고 무거운 억압임을 느끼도록 만드는 계기이기도 했다. 따라서 이후에 최인호의 여러 텍스트에서 확인되는 그 '억압'은 정치적 상상력을 통해 해석의 실마리를 찾아야만 텍스트에 등장하는 각종의 비의적(秘意的) 수사와 상징 체계들의 가닥을 잡을 수 있다.

---

1 최인호, 「단색화보」, 『최인호 중단편 소설전집 2』, 문학동네, 2002, 178면.

3. 성적 욕망과 억압

「전람회의 그림」 연작은, 최인호 특유의 감수성과 언어감각으로, 1972년의 삶에 내재된 고통의 무늬와 절망의 신음소리를 다각도로 묘사하고 있다. 사람들의 일상을 지배하고 있는 '억압'의 정치적 의미를 환기시키기 위해 그가 선택한 예술적 방법은, 현실과 비현실의 교직(交織)을 통해 익숙한 일상을 낯설게 만드는 것이었다. 그는 신화와 설화적 상상력을 동원해 일상의 두껍고 단단한 '인식의 자기동일성'의 벽을 깨부수는 실험을 시도한다. 그래서 이 소설은 처음부터 끝까지 온갖 비의(秘意)와 암호, 상징과 알레고리들이 난무한다.

그 중 「전람회의 그림 1」은 연작 중에서 가장 많은 분량을 차지하는 독립된 중편이자, 프로이트적 욕망을 정치적 알레고리와 성공적으로 접합시킨 작품이다. 이야기의 얼개 자체는 설화나 민담에 자주 등장하는 '구혼 모티프', 이를테면 주인공이 비범한 인물과 결혼하기 위해 몇 개의 난관을 통과해야 한다는 화소(話素)를 차용하고 있지만, 좀더 중요한 것은 이야기의 의미구조를 떠받치고 있는 '남근상실'과 '웃음'이라는, 다분히 프로이트적 모티프들이다.

주인공인 김영호는 역사학을 전공한 35세의 대학 강사로, 140Cm의 키에 40Kg의 몸무게라는 왜소한 체구를 가진 사람이다. 그가 성악을 전공한 25세의 오유미라는 여인을 만나 필사적으로 구혼을 하면서 이야기는 시작된다. 오유미는 192Cm의 키에 80Kg의 거구로, 김영호가 목매어 찾아 헤매던 신체조건을 지닌 여자다. 왜소한 체구의 남자 주인공 김영호는 언뜻, 70년대의 또다른 문학적 표상인 조세희의 「난장이가 쏘아올린 작은 공」의 '난장이'를 떠오르게 한다. 그러나, 조세희의 '난장이'가 사회경제적 지평에서의 소외와 억압, 배제와 차별의 '타자'인 반면에, 김영호의 '왜소성'은 금지된 욕망을 꿈꾸는 주체라는 점에서 그것과는 다른 지평에 놓인 문학적 상징이다.

오유미는 김영호에게 자신과 결혼하려면 세 가지 숙제를 해결해야한다는 조건을 제시한다. 그리고 각 단계를 해결할 때마다, 첫 단계에서는 키스를 허락하고, 둘째 단계에서는 섹스를 허락한다. 그런데 세 번째 숙제에서 김영호는 난관에 부딪치게 되는데, 그 세 번째의 숙제는 두 번째 숙제를 해결한 직후 가졌던 정사(情事)에서 김영호가 분실(?)하게 되는 '남근'을 찾아와야 한다는 것이었다. 김영호는 오유미와 관계를 가진 직후 자신의 남근을 잃어버리고 말았던 것이다.

'남근'은 김영호와 오유미 사이의 거래를 가능케 하는 일종의 교환가치를 상징한다고 볼 수 있는데, 그것이 사라짐으로 인해 둘 사이의 결혼을 전제로 한 거래는 더이상 진행될 수 없는 막다른 길에 부딪치게 되며, 거래가 이루어지고 있는 동안 들끓고 있던 두 사람의 '욕망'은 다시 원점으로 돌아가 싸늘하게 냉각될 수밖에 없는 상황에 빠지게 된다.

오유미에 대한 김영호의 욕망은 어머니에 대한 근친상간의 욕망의 다른 이름으로 볼 수 있고, '남근상실'은 '거세의 위협'으로 읽을 수 있다. 그럴 경우 「전람회의 그림 1」은 '외디푸스 컴플렉스'를 주재료로 하고, 다양한 설화적 모티프를 양념으로 해서 버무린 프로이트식 비빔밥이 된다. 최인호는 '유신'으로 표상되는 '정치적 억압'의 현실과 그 정치적 금기를 깨트리고자 하는 아슬아슬한 '위반의 욕망'을, 리비도의 차원으로 확장한다. 이 예술적 시도는 눈앞에 분명한 현실로 도사리고 있는 '정치적 억압'의 실체와 그로 인한 고통을 희석시키는 댓가로, '억압 / 욕망'이라는 근원적인 차원으로 문제의식의 외연을 넓혀, '정치적 존재로서의 인간'이라는 좁은 테두리를 벗어나 인간이라는 존재가 지닌 욕망의 뿌리를 더듬어 볼 수 있도록 해준다. 결국, 최인호에게 정치적 억압으로부터 벗어나고자 하는 욕망은, '아버지의 이름'으로 표상되는 모든 '법'과 '규범'으로서의 '문명적 질서'에 도전하는 '욕망' 일반으로 환원된다.

그런 의미에서, 소설 중간에 김영호가 오진태를 웃기기 위해 동원하는 소화(笑話)의 한 대목이 결코 우연한 것일 수 없다.

> 우리 동리에는 머리 좋고 상냥한 똘똘이라는 국민학교 삼학년짜리 소년이 하나 살고 있습니다. 이 소년은 늘 부모님의 말씀을 잘 듣고 착한 모범소년이었습니다. 그런데 이 똘똘이가 어느 날 엉큼하게도 학교에 가기가 싫어졌답니다. 그래 궁리궁리를 했지요. 그러자 아주 좋은 묘안이 떠올랐습니다. 똘똘이는 학교에 전화를 걸고 담임 선생님을 찾았습니다. 이윽고 담임선생님이 나오자 똘똘이는 굵은 목소리로 어른의 흉내를 내었습니다.
>
> (…중략…)
>
> 담임선생님이 이윽고 부드럽게 물었습니다.
>
> …… 실례지만 댁은 누구신지요.
>
> 그러자 똘똘이가 대답을 했습니다.
>
> …… 예 저는요, 우리 아버지입니다. 저는요, 우리 아버지입니다.[2] (강조는 인용자)

불행하게도 김영호와 오유미는 각각 지니고 있는 욕망의 피안에 가 닿지 못하고 실패한다. 김영호는 오유미와 교접한 직후에 남근을 잃게 되고, 오유미로선 남근을 잃은 김영호가 세 번째 과제를 해결할 수 없게 됨으로써 진정한 결합에 이르지 못한다. 오유미가 원했던 것은 김영호라는 구체적 개인도, 그가 가진 남근도 아니었다. 그녀가 원한 것은 자

---

2   최인호, 「전람회의 그림 1」, 앞의 책, 84~86면.

신의 가상적 완전성을 말해주는 '남근상'이었다. 소설의 말미에 등장하는, 박물관에 전시된 거대한 '남근상'이 그것을 상징한다. 그것은 현실 속에서는 충족될 수 없는 일종의 가상적 결핍이다. 김영호 역시, 구체적 여성 오유미가 아니라, 자신의 왜소증이라는 결핍을 보완할 수 있는 보상으로서의 '어머니'를 갈구했지만, 오유미의 욕망의 대상이 자신이 아님을, 자신은 '어머니의 욕망'을 충족시켜 줄 수 없는 존재임을 깨닫는다. '아버지가 되고자 했던' 그의 욕망은 좌절된다. 라깡의 유명한 슬로건, '욕망은 타자의 욕망'이라는 말이 실감나는 대목이다.

소설 가운데 상당한 비중을 차지하는 '웃음'의 문제 역시 '억압 / 욕망'의 코드로 읽을 때 비로소 그 완연한 의미가 파악된다. 김영호는 오유미로부터 두 번째의 숙제로 '웃지 못하는 병'에 걸린 자신의 오빠를 웃겨야 하는 과제를 부여받는다. 김영호는 웃지 못하는 병에 걸린 오유미의 오빠 오진태를 치료하기 위해 무진 애를 쓰다가 결국 친구인 김형국이 빌려준 이상한 마술 유리병(이것은 '알라딘의 램프'의 차용이다)의 도움으로 마침내 오진태를 웃게 만드는 데 성공한다. 그러나, 그 과정에서 발견한 것은 정작 자신도 언제 마지막으로 웃어보고 그만이었는지 기억이 가물가물하다는 사실, 다시 말하면 그 자신도 사실은 '웃지 못하는 환자'였다는 점이다. 그리고 마침내 모든 사람이 웃지 못한다는 사실을 깨닫게 된다.

나는 최근에 언제 웃었던가를 생각해 내려고 눈썹을 모았다. 그러나 그 기억이 떠오르지는 않았다.

그래서 나는 거리의 사람들은 어떻게 오가고 있는가를 쳐다보기 시작했다. (…중략…)

허지만 그들은 한결같이 이를 꾸욱 다물고 단연 해치우고 말겠다는 수상스런 적개심을 가지고 거리를 떠다니고 있을 뿐이었다.

그들의 얼굴에서 웃음을 발견해 보겠다는 나의 생각은 어리석은 것임을
알았다.[3]

프로이트는 '유머'를 일종의 나르시시즘의 개가로 간주했다. '유머'
를 통해 에고는 현실의 도발에 시달리기를 거부하고 자신의 건재를
우쭐대며 과시할 수 있다. 유머는 험악한 세계를 쾌락을 위한 기회로
바꾸어 준다. 그러므로, 예술과 유머는 비노이로제적 형태의 대리만
족이라는 점에서 등가(等價)를 이룬다. 결국, 웃지 못한다는 것은 쾌락
원리와 현실원리가 쾌락원리의 후원 아래 융합되는 가상적 공간으로
서의 삶의 한 축(軸)을 잃어버렸다는 것을 의미한다. 욕망은 끊임없이
미끄러져만 가고, 리비도의 승화로서의 욕망의 대리 출구는 봉쇄되어
있는 것이 「전람회의 그림 1」의 상황이다. 살아있는 인간이 선택할 수
있는 것은 단 하나, 억압에 순응하고 길들어 가는 것뿐이다.

4. 폭력으로서의 자기동일성과 타자화

「전람회의 그림 1」이 유신헌법과 박정희 정권이라는 '아버지'의 존
재, 혹은 억압의 주체와 그에 대해 일탈과 위반을 꿈꾸는 욕망의 주체
를 산뜻하게 구조화하고 있다면, 「전람회의 그림 3」에 실린 「식인종」
은 짧은 한 개의 에피소드에 불과한 소품이지만, 억압으로부터 튕겨져
나온 욕망의 탄력이 얼마나 왜곡될 수 있는가를 보여주는 섬뜩한 이야

---

3   최인호, 「전람회의 그림1」, 앞의 책, 90면.

기다. '아파트'는 이미 「타인의 방」에서부터 최인호 문학에 있어서 중요한 표상으로서의 지위를 차지한 공간인데, 「식인종」에서의 '아파트'는 주체의 자기동일성을 확인받는 과정에서 가학성과 공격적 본능이 여지없이 드러나는 폐쇄적인 현대사회의 '축도(縮圖)'를 상징한다.

소설 속의 아파트 주민들은 자신들이 사는 아파트에 유명한 여배우와 프로레슬러가 같이 살고 있다는 것에 대단한 자부심을 느꼈었다. 그러나 그 유명 대중스타도 결국 일상에서는 자신들과 조금도 다를 바가 없는 평범한 인간이라는 점에서, 인위적인 벽체로 분리된 채 익명의 점들로 떠있는 주민들이 자기동일성을 확인하는 데에는 이내 쓸모없는 존재가 되어버리고 만다. 그 무렵 아파트 내에 떠돌기 시작한 소문은 아연 주민들을 흥분과 긴장에 빠트리면서 무기력하기만 하던 아파트에 묘한 활기를 불러일으킨다. 그 소문은 아파트에 '식인종'이 살고 있다는 것이었다. '식인종'이라고 의심받고 있는 주민의 한 사람을 주시하면서 소문의 질량을 부풀리는 동안은, 그를 제외한 모든 주민들은 '비식인종으로서의 동질감'을 느끼고, 마침내 그 '비식인종으로서의 연대의식'은 일종의 쾌감으로 바뀐다. 소문은 갈수록 엽기적으로 발전하고, 주민들은 부풀어 오르던 '비식인종으로서의 연대감'의 절정을 맛보기 위해 그 주민의 집을 급습한다. 지극히 평범하고 선량한 한 사내를 '식인종'으로 오인했음을 확인한 뒤에도, 주민들은 반성하지 않고 새로운 먹이를 찾아 헤맨다. 이미 그들은 '자기동일성'을 확인하는 과정에서 맛본 공격성과 가학성의 쾌감에 중독되기 시작했으며, 주체의 자기동일성이란 종국에 배제되는 '타자'없이 존재할 수 없다는 것을, 어느 하나를 '배제'함으로써만 그를 제외한 나머지의 '자기동일성'이 확인된다는 것을 알아채기 시작했기 때문이다. 이번에는 아파트 안에 '유령'이 살고 있다는 소문이 떠돌기 시작한다.

「전람회의 그림」 연작을 통해 우리가 확인할 수 있는 사실 한 가지는, 유신헌법과 박정희로 상징되는 1970년대의 억압적 상황에서, 최인호가 견지하는 정치적 상상력이 동시대의 작가들, 예컨대 「객지」나 「삼포가는 길」에서 보여준 황석영이나, 「난장이가 쏘아 올린 작은 공」에서의 조세희의 정치적 상상력과는 다른 지평 위에 자리 잡고 있다는 점이다. 황석영이나 조세희의 소설을 움직이는 정치적 동학(動學)은 단연코 '민중적 연대'라고 요약할 수 있다. 권력과 부(富)로부터 소외된 약자들이 힘을 합쳐 권력과 부를 독점하고 있는 세력을 물리치는 것, 그리하여 누구도 권력과 부를 독점하지 않고 민주적이며 평등한 세상을 구현하는 것, 그러기 위해 권력과 부에서 소외된 '약자'들(곧 민중)은 연대해야 한다는 것. 이 쾌도난마의 정치적 동학이 서서히 70년대 한국소설의 주류를 형성해 나가기 시작할 무렵, 최인호는 '배타적 자기동일성에 기반한 모든 연대는 의심스럽다'고 중얼거린다. 그렇게 중얼거리면서, 억압을 전복하지도 용인하지도 못하는 욕망의 주체는 점점 미궁 속으로 빠져 들어간다.

중편 「무서운 복수(複數)」는 억압과 욕망의 딜레머를 무의식의 차원으로부터 에고의 차원으로, 설화의 세계로부터 현실의 세계로 끌어 올리고 있다. 「무서운 복수」라는 제목의 '복수(複數)' 때문에 자연스럽게 우리는 그 대항개념인 '단수(單數)'를 떠올리게 되지만, 이 소설은 단순히 집단과 무리에 의해 소외되는 '단수(개인)'의 존재 근거만을 이야기하고 있는 것은 아니다. 다시 말하면 '개인의 자유'라는 자유주의의 지평에 이 소설을 묶어 두는 것은 이 소설의 의미를 반(半)만 이해하는 것과 같다. 이 소설이 근본적으로 문제 삼고 있는 것은 인간이 확보하는 '배타적 자기동일성의 공간'이다. 그 점에서 「전람회의 그림 3」의 「식인종」의 문제의식과 연결되어 있다.

다른 한편으로, 이 소설은 「황진이」 연작을 쓰게 된 창작노트라고 해도 과언이 아닐 만큼, 「황진이」 창작을 둘러싼 작가의 내면세계와 현실공간의 여러 정황들이 매우 사실적으로 밝혀져 있다. 그런 점에서 「무서운 복수」는 「황진이」 연작의 모태라고 할 수 있다. 그러나 이후에 살펴보겠지만, 「무서운 복수」는 「황진이」에 의해 부정되어야만 하는 이상한 운명을 지니고 있다. 「황진이」는 「무서운 복수」에서 작가가 봉착한 딜레머의 예술적 해법이었던 까닭이다.

소설의 중심공간은 1971년 여름의 대학교이다. 유신헌법이 공포되기 직전의 살벌하고 을씨년스러운 당시의 대학 풍경이 등장인물들의 내면 의식과 주변 환경 묘사의 적실성에 의해 매우 실감나게 그려지고 있다. 주인공 '나'(최준호)는 스물일곱 살 난 대학생 소설가다. 실제 이 소설에서는 내포작가와 작가가 거의 구분되지 않을 만큼 최준호는 곧 작가 최인호의 목소리를 직접 대변한다. '나'는 군사독재 권력의 억압적 헤게모니가 대학 사회마저 완전히 장악하려는 기도에 대해 몹시 곤혹스러워 한다. 그러면서도, 그에 저항하는 대학생들의 데모에는 전혀 가담하지 않는다. 학생운동 지도부에서 데모에 사용할 성명서를 써달라는 요구도 거절한다. '나'에게 독재정권과 데모는 '불의 / 정의'라든가 '허위 / 진실'의 문제틀로 다가오지 않기 때문이다. '나'는 학생들의 데모를 '억압'의 힘에 되튕겨 나가는 '욕망의 분출구'로 이해한다. 그런 '나'를 딜레머에 빠지게 만드는 것은, 살아 있는 모든 것은 '억압'에 맞서 자신의 '욕망'을 분출시키려는 본능을 지니고 있다는 것인데, 바로 그 '욕망'이 '배타적 자기동일성'을 근거로 하고 있다는 사실이다. 그러므로, 데모는 불의의 권력에 대한 응징으로서의 의미보다도, '나'에게는 진압하는 경찰에 공격적 본능을 분출함으로써 '살아 있음'을 확인하려는 '몸짓' 이상으로 이해되지 않는 것이다.

결국 '나'의 고통의 근원은, 살아 있는 모든 존재는 '타자'에게 자신의 기준과 가치를 강요하고, 그것에 동의하지 않을 때는 가차없이 '배제와 차별'의 가학성을 발휘함으로써 자신의 '자기동일성'을 확보한다는 '존재의 본질'에 있다. 그래서 '나'는 결코 '행동'할 수가 없다. 데모하는 학생과 결사적으로 데모를 저지하는 경찰, 늙은이와 젊은이, 정치가와 국민, 전쟁 체험 세대와 미체험 세대 등은 모두 그러한 '타자의 존재'에 자기의 존재 근거를 만들고 있는 존재들이다. 이 모든 게임의 법칙을 설명하는 것은 소설 중간에 삽입되어 있는 '여우놀이'의 규칙이다. '술래'를 한 가운데 두고, 그를 '타자화'함으로써 놀이를 즐기는 아이들처럼, 세상의 모든 '복수'는 무언가를 끊임없이 '타자화'함으로써 자기동일성을 확보한다. 그런데 '나(최준호)'가 보기에 그것은 한갓 '미망(迷妄)'에 불과한 것이다.

학생운동의 핵심세력인 오만준과 '나'(최준호)가 서로를 이해하게 되는 것은 두 사람 모두 그 '생의 이면'에 존재하는 비밀을 눈치 채고 있다는 점 때문이다. '왜 데모를 하느냐'는 '나'의 질문에 오만준은 '그들이 내게 데모하기를 원하기 때문'이라고 대답한다.

> 최형, 소위 천적(天敵)이라는 말을 압니까. 본능적으로 서로를 해쳐야 하는 자연계의 현상 말입니다. 나는 요새 데모를 할 때마다 바로 그런 천적의 식을 느껴요. 뚜렷한 적개심도 없는데 이를 악문다는 사실이 말이에요.[4]

오만준의 데모는 일종의 '관성'이다. 그리고 그 '관성'은 존재하기 위해 치러야 하는 '자기동일성 확보' 게임의 규칙이기도 한 것이다. 그 '관성'을 자각했다는 사실로써 '나'와 오만준은 일종의 '연대감'을 느낀다.

오만준은 '관성'으로서의 '욕망의 왜곡된 분출'로부터 벗어나기 위해 '추자도'로 봉사활동을 떠난다. '나'는 어떻게 이 딜레마를 벗어날 수 있는가? '나'는 연전부터 계속 조선시대 기생인 '황진이'를 주인공

---

4   최인호, 「무서운 복수(複數)」, 앞의 책, 264면.

으로 한 소설 쓰기를 시도한다. '황진이'를 모델로 한 그 소설쓰기가 '나'를 진퇴양난의 '딜레마'로부터 벗어나게 만드는, 그래서 냉소와 무기력, 공격성과 가학성으로부터 놓여나도록 만드는 '출구'가 되고 있는 것이다.

> (……)우스운 것은 막연히 이조시대의 아름다운 낭만, 황진이의 행각을 그야말로 탐미적인 분위기로 그려 보겠다는 크나큰 욕망만 가지고 있을 뿐 착수조차 하지 못하고 있었던 것이다.
>
> 물론 형상화시켜 보려고 붓을 든 적은 수없이 많았다. 그러나 막상 쓰려고 붓을 들면 머리 속에 들어 있는 황진이에 대한 이미지가 너무 벅차게 덤벼들어 어디서부터 끄집어 내야 할 것인가 당황하게 되고 달(月)이라든지 달빛 비친 한옥 창문에 비친 매화꽃 그늘 같은 요염스런 분위기에 침전되어 그만 의욕뿐인 비애에 밤을 새우곤 하였던 것이다. 그러면서도 이상한 것은 써야만 한다 라는 욕망이 데모에 참가할 때마다 혹은 술을 마실 때마다 아침 조간신문에서 끔찍한 사건을 볼 때마다 거의 유행화되어 있는 집단항의의 소동을 볼 때마다 강렬하게 치밀고 있었다.[5]

결국, 「무서운 복수」의 학생 데모는, 「전람회의 그림 1」에서의 김영호의 구혼 행위나, 「전람회의 그림 3」에서의 아파트 주민들이 헛소문에 집착하던 것과 똑같이, '출구를 찾는 욕망'의 계열체를 이룬다. 「무서운 복수」의 주인공 '나'(동시에 소설가 최인호)는 그 어느 것에서도 진정한 욕망의 승화를 발견하지 못한다. 그가 모색하는 진정한 욕망의 승화는 바로 '에로스'를 통한 인간의 비적대적 연대로부터 가능해진다. 주인공인 '나'가 그토록 쓰고 싶어 하는 '황진이'에 관한 소설은 바

---

5 최인호, 「무서운 복수(複數)」, 앞의 책, 258~259면.

로 '에로스'를 통한 세계와의, 그리고 무수한 '타자'들과의 진정한 화해에 대한 기대를 상징하고 있다. 억압에 대한 전복의 기도는 길고 긴 우회로를 돌아 결국 '에로스'에 귀착했던 것이다.

5. 초월과 고투(苦鬪)

그러나, 정작 완성된 「황진이 1, 2」는 고단하고 길었던 그의 모색 끝에 도달한 귀착점 치고는 너무나 거칠고 성긴 모습을 하고 있다. 「황진이 1」은 이름 모를 서생이 황진이의 명성을 듣고 그를 유혹하기 위해 괴나리 봇짐에 피리 하나 달랑 꽂은 채 송도로 달려가 황진이를 유혹하는 데 성공한다는 줄거리이고, 「황진이 2」는 지족선사의 고명을 들은 진이가 그를 파계시키기로 작정하고 선사가 머무는 암자로 찾아가 하루를 유숙하며 그를 유혹한다는 내용이다. 그러나, 두 개의 연작을 압도하고 있는 것은 내내 일종의 '분위기'일 뿐, 정작 그 안에서 과연 '황진이'를 둘러싼 '성적 탐미'가 어떻게 균열된 세계와 자아를 봉합하고, 무수한 '타자'들을 연대시켜 줄 수 있을 것인지에 관해 아무런 근거도 확인할 수가 없다. 치기어린 수사적(修辭的) 문장에 실린 '이미지'들이 포화상태를 이루며 소설 전체를 가로지른다.

김현은 한 글에서 최인호가 시도하고 있는 「황진이」의 예술적 기획을 '세계와 자아를 동시에 포기하는 관능'이라고 매우 혹독하게 비판하고 있다. 그가 보건대, 최인호가 「황진이」 연작을 통해 보여준 관능에는 '사회적 기율'과 '역사'가 제거되어 있기 때문이다. 그럴 때의 '관능'은 '허무의식'의 다른 이름이며, 그것은 사디즘이라고 하는, '폭력화된 관능'과 동일한 것일 뿐이라는 것이다.

'사회적 기율'과 '역사'가 제거되어 있다는 김현의 지적은, 다른 말로 바꾸면, '황진이'의 '에로스'가 어떻게 억압으로부터의 '해방'이 될 수 있는가에 대한 충분한 설명이 없다는 것이다. 중요한 것은 '성적 욕망'의 무제한적인 충족이 아니라, 그것이 '사회' 안에서 어떻게 다른 리비도적 승화로 왜곡되거나 통제되며, 그러한 왜곡과 통제를 넘어서서 '성적 욕망'의 진정한 충족에 이르는 길이 무엇인가를 보여주어야 한다는 점, 그럴 때 비로소 '에로스'는 진정한 '비(非)배타적 연대'와 '친교' 그리고 억압으로부터의 '해방'의 가능성을 띠게 된다는 점이다.

'황진이'는 1972년 현재보다도 사회적 억압이 더 심했으리라고 짐작되는 조선시대에, 현재보다도 더 엄격히 통제되거나 금지되었을 '성적 일탈'을 저지름으로써 억압에 저항한 모델로 최인호에 의해 '역사'로부터 끌어 올려진 존재다. 결국, '황진이'는 '억압과 위반 의지'가 현재보다 더 강렬하게 충돌했던 '과거'에 활동한 '낭만적 반역자'라는 점에서, 나라가 위기에 처했을 때 들려주는 '위대한 애국자' 이야기의 주인공과 같은 역할을 하고 있는 셈이다. 1972년이라는 '환멸의 현실'로부터 벗어나기 위해 그가 시도했던 '에로스의 구원'은 일종의 낭만적 허위로 귀결되고 만다. 「황진이」 바로 다음에 놓이는 첫 장편 『별들의 고향』이 중요해지는 이유가 바로 이 지점에서 발생한다. 우리가 『별들의 고향』에 대해 던져야 할 질문은 그 낭만적 허위가 자기기만이었음을 깨닫는 '성찰'인지, 허위와 환멸 사이를 끊임없이 진자운동하는 '허무주의에의 경사'인지의 여부이다.

그러한 1972년의 최인호를 향해 작고한 비평가 김현은 다음과 같은 의미심장한 고언을 던지고 있다.

나는 그가 소설 본래의 영역에 되돌아 오기를 희망한다. (…중략…) 세계

인식이 비극적이면 비극적일수록 초월에의 욕구는 강하다. 최인호의 「황진이」는 그의 「미개인」, 「무서운 복수」에서의 비극적인 현실 인식을 그가 벗어나려고 애쓰는 과정에서 얻어진 작품이다. 그 소설 속의 공간은 환각계의 공간이다. 거기에는 최인호도, 그가 살고 있는 현실도 보이지 않는다. 있는 것은 '부유(浮遊)하는 말뿐이다. 나는 소설이란 하나의 고문(拷問)이라고 생각한다. 위대한 소설은 관습의 세계를 수락하려는 의식을 고문하는 도구에 지나지 않는다.[6] (강조는 인용자)

최인호에 관해 씌어진 어떤 평문도, 김현의 이 비평적 고언에 실린 애증(愛憎)의 무게를 감당하기는 어려울 것이다. 역설적이게도, 김현은 내가 이 글의 허두에 언급한 최인호에 관한 편견을 형성하는 데 지렛대 구실을 했다고 해도 과언이 아닌, 그러한 비평가였다. 청년작가 최인호를 발견했을 때의 김현은 어쩌면 1960년대의 김승옥에 이어지는 문학사적 계보의 어느 한 자리에 그를 위치시켜 놓았을지도 모른다. 그가 청년 최인호에게 바랐던 것은 탁월한 언어 감각과 빛나는 감수성이 좀더 산문적 고투(苦鬪)에 의해 단련되는 것이었다. 그러므로, 위의 비평적 고언에는 어쩌면 돌아올 수 없는 강을 이제 막 건너려고 하는, 한 재능 있는 청년작가에게 보내는 안타까운 고별의 예감이 서려 있다. 김현이 보기에 남은 선택은 이제 작가의 몫이었다. 그가 산문적 고투를 감당하면서 소설의 세계에 머무를 것인지, 아니면 '부유하는 말'의 세계로 침잠할 것인지. 1972년은 그래서 더욱 최인호에게는 중요한 해였다.

---

[6]　김현, 「초월과 고문 – 한 소설가의 세계 인식에 대하여」, 『문학사상』, 1973.4.

6. 다시 1972년에 관하여

1972년의 최인호의 소설들은 한 개의 충만한 가능성 그 자체로 존재했다. 그것은 어쩌면 당시에 주류를 형성해 가고 있던 '정치적 동학'의 여백을 채울 수도 있는 가능성이었다. '권력'의 주인이 누구인가만 달라질 뿐, '억압과 통제'라는 '구조' 자체는 전혀 바뀌지 않는 현실의 구조연관에 대해, 그는 '억압 / 위반'이 무의식의 차원에서부터 비롯되고 있으며, 그것은 단순히 정권을 바꾸거나 민주주의를 제도적으로 정착시키는 문제로 해소될 수 없다는 성찰을 보여주었다. 물론 이러한 성찰의 값어치는 그동안 최인호 문학을 해석하는 데 별반 주목받아오지 못했던 대목이다. 바로 이 지점이 그의 문학에 내재해 있는 '보이지 않는 진보성'의 은거지(隱居地)이자, 그의 문학에 대해 이런저런 시비를 거는 편에서 보면 가장 불온한 '반동성'이 생겨나는 곳이기도 하다. 실상, 그의 소설에 내려지곤 하던 '상업주의에의 투항'은 그의 문학의 진면목을 보지 못한 아주 소박한 투정에 불과한 것이다. 그가 보여준 당시의 모색과 고뇌는 당시의 현실적 권력에 저항하는 쪽에서도 고스란히 재생산할 가능성을 지니고 있다는 점에서 정당한 것이었다. 그는 너무 이르게, '배타적 자기동일성'의 위험을 경계했고, 그것을 억압의 주체와 억압의 대상 양쪽에게 고루 들이대면서 자신의 의심을 드러냈던 셈이다.

진정으로 안타까운 것은, 그가 그러한 의심과 회의를, 김현이 말한 바 '산문적 고투'를 통해 확인하려는 과정을 너무 일찍 생략해버렸다는 점이다. 초월이 '종교'의 몫이라면, '소설'은 '뛰어넘기'가 아니라 '기어가기'에 해당하는 것이 아닌가. 1972년의 최인호는 그 선택 앞에서 서둘러 '에로스'를 향해 '초월'을 시도하고 있는 것이다. 그런 점에서,

1972년은 소설가 최인호가 포복 자세로부터 불현듯 일어나 '초월'의
자세로 옮겨가는 '디딤돌'의 해였던 지도 모른다. 그가 가톨릭에 귀의
하고, 불교의 선(禪)에 매료되며, 고대의 신화를 복원하기 위해 작가적
역량을 쏟아 부었던, 그 이후의 행보에 숨어있는 예술적 의미를 모두
이 1972년이 지닌 임계상황의 결과로 해석한다면 '지나친 환원주의'라
는 비판을 면하기 어렵겠지만, 이 해가 그의 예술적 행로에 하나의 중
요한 기로(岐路)였음은 분명해 보인다.

말을 찾아서

이문구론

1. 말—방법과 이념

  이문구 하면 으레 따라붙는 정평들이 있다. '7,80년대를 가로 지르는 탁월한 농민문학의 대가', '판소리와 탈춤의 사설을 잇는 전통적인 풍자와 해학의 문체', '충청도 사투리의 미학적 구사' 등이 정평의 중심이고, '문체가 구성을 올라타는 형국이어서 곤란하다'는 비판이 그 뒤를 잇는다. '탁월한 농민문학 작가'이자 '문학사적 통시성 위에 존재하는 문체'라는 평가는 말 그대로 '정평(定評)'이어서 다시 언급하는 것조차 새삼스럽지만, '문학사적 통시성'이라는 것도 따지고 보면 그것 자체로 상찬의 이유가 되어야 할 직접적인 이유는 없다. 더 중요한 문제는 그러한 문학사적 통시성 위에 놓여 있는 문체와 문장이, 그렇지 않은 문체나 문장과 어떤 차이를 드러내며, 그 차이가 왜 그렇지 않은 경우보다 긍정적인가를 밝혀내는 것이다. 이문구의 문장이 100여년 안팎의 역사를 지닌 번역투 문장이 아니라 조선 전통의 문장이라는

사실 자체가 상찬의 이유가 되는 한, 그것은 우리가 늘 그 속에 빠져
들어서 헤어나오기 힘든, '민족주의의 미학적 등가물'의 한 변주에 지
나지 않는 까닭이다. '우리 것이 좋은 것이여'에 머무는 한, 이문구 소
설이 지닌 진정한 가치는 제대로 드러나기 어렵다는 뜻이다. 그의 소
설적 언어가 '민중의 언어'임을 들어 상찬하는 경우도 마찬가지라고
생각한다. 우리가 그의 말을 '민중의 말'이라고 규정한다는 것은 '민중
의 언어'라는 일정한 '언어적 정체성'을 전제할 때 가능한 일인데, 실제
그러한 정체성이 있는가? 중요한 것은 그의 소설에 등장하는 농민, 혹
은 민중들이 구사하는 일상의 언어가 숨길 수 없이 그 민중이 살고 있
는 사회의 제도적, 또는 이데올로기적 조건과 물질적 조건의 복합적
인 형성물임을 확인하는 데 있지 않을까? 그리고 이것이야말로, 작가
이문구가 동시대의 혹은 근현대 문학사 전체를 들어 어떤 작가에 비
해서도 독보적인 위치를 확보할 수 있는 그만의 고유한 문학사적 '존
재근거'가 아닌가.

그 문제와 따로 떨어져 있지 않은 사항이, 앞에서 말한 '문체가 구성
을 올라타는 형국이어서는 곤란하다'는 비판이 딛고 서있는 해석적
지평이다. 결국 이 비판의 핵심은 이문구 소설의 말에 대해, '방법이
주제보다 승(勝)하다'는 것이며, '묘사가 이념을 앞지른다'는 것인데,
이러한 평가는 그의 소설의 '말'들을 여전히 '도구'이자 재현의 한갓
'수단'으로만 인식하는 데서 연유한다. 요컨대, 그의 문학에 따라붙는
정평들은 모두 그의 소설의 '말'에 매개되었을 때 가능한 것이었지만,
정작 그러한 평가들에서 '말'들은 소외되어 있다. 기껏해야, 그의 소설
언어는 언어에 있어서의 민족적 정체성을 통시적으로 확인시켜 주는
미학적 등가물의 차원에서 인정되거나, 또는 정반대로 그러한 미학적
등가물로서의 가치는 인정하되, 그것이 도리어 언어가 재현해 주어야
할 '실재'를 충실히 재현하지 못하는 함량미달의 원인으로 비판받거나

하는 수준이었기 때문이다.

　이번 기회에 다시 이문구의 소설들을 통독하면서 깨닫게 된 것 중의 하나는, 이문구의 소설에 있어서만큼은, 어휘와 문장, 또는 문체를 아우르는 그의 소설 속의 '말'들이 이미 방법이나 묘사의 차원이 아니라, 그것 자체로 하나의 주제이자 이념의 위치에 놓여 있다는 사실이었다. 특히, 우리가 주목해야 할 부분은 그의 소설 속에 나오는 '대화'들이다. 이 '대화'들이야말로 말을 하는 '발화자'에게 그 소유권이 귀속되지 않고, 발화자가 청자와 함께 공유하고 있는 사회적 조건들을 중층적으로 그리고 구성적으로 보여 주고 있다. 그 점에서 이문구의 소설은, 언어가 발화자의 내면의식에 귀속되는 것이라고 생각한 '개인주의적 주관주의자'들을 비판하고, 동시에 '언어는 발화자 개인을 떠나 이미 선험적으로 구조화된 실체'라고 생각했던 '추상적 객관주의자'들과 맞서, 언어야말로 '언어 활동의 현실 가운데 존재하는 것'이며, 그것은 '하나의 발화 혹은 여러 발화들 속에서 수행된 언어적 상호작용'의 '사회적 사건'[1]임을 일깨우기에 주력했던 바흐찐의 언어관에 가장 부합하는 작품들이라고 할 수 있다. 그와 동시에 이문구에게는 이러한 인간의 '말'에 대한 환멸과, 그 '말'이 소통되고 있는 '사회'로부터 벗어나고자 하는 욕망, 이 두 개에 의해 움직여지는 또다른 세계가 지극히 모순적이고 이율배반적인 모습으로 존재하고 있다. 이러한 상호 모순적인 세계는 초기부터 근작인 『내 몸은 너무 오래 서있거나 걸어왔다』(이하 『내 몸은 너무……』로 줄임)에 이르기까지 두루 확인되는바, 어느 경우에서건 그에게 '말'은 곧 화두이지 않은 적이 한 번도 없었다.

1　M.바흐찐, 『마르크스주의와 언어철학』, 송기한 역, 흔겨레, 1988, 131면.

2. 말—이데올로기의 공간

『우리 동네』 연작은 이문구의 소설들 중에서 '대화'가 지닌 이데올로 기적 수행 기능에 가장 공력을 들여 쓴 작품이다. 실제로, 이 작품이 드러내는 개성적인 특질의 하나는, 많은 농민 주인공이 등장함에도 불구하고, 최종적으로 그들은 인물 고유의 개성적 존재로 각인되지 않고, 단일한 성격을 분담하여 역할하는 동일인의 범주로 이해된다는 점일 것이다. 그 중심적인 이유는, 이들의 화행(話行)의 일정한 관습과 규범이 개인들의 고유한 속성으로 귀속되는 것이 아니라, 개인들을 둘러싸고 있는 사회적 맥락에 의해 형성되기 때문이다. 『우리 동네』의 이러한 특징은, 『관촌수필』의 전반부가 '대화'가 아닌 화자의 서술에 의존하는 이른바 '내면화된 언어' 중심으로 진행되는 것과 커다란 대조를 이루고 있다. 『관촌수필』의 전반부라고 따로 떼어 내는 까닭은, 이 연작의 후반부인 「관산추정」, 「여요주서」, 「월곡후야」 등은, 그 속에서 운용되는 '말'의 이데올로기적 지형이 『우리 동네』와 좀더 가깝기 때문이다.

잘 알다시피, 『우리 동네』는 이른바 박정희의 개발독재가 본격적으로 진행되던 1970년대, 농업과 농민계급의 희생을 바탕으로 하여 산업화를 추진함으로써, 근대화나 공업화의 미명 아래 농촌 경제가 붕괴되고, 농민의 급격한 해체와 인구 이동이 시작되던 시기를 다루고 있다. 국가권력에 의해 거의 강제적이고 폭력적으로 진행된 농촌 경제 및 농촌 사회의 급격한 해체는 단순히 경제적 차원에서뿐만 아니라, 문화나 관습을 포함하여, 일상의 구체적인 세목에 이르기까지 많은 혼란과 고통을 낳았다. 『우리 동네』를 그러한 사회경제적 토대의 일정한 조건에 상응하는 농민들의 삶을 형상화한 작품으로 읽어 온 것이 우리의 익숙한 독법이었다. 그러나 그러한 '환원적 읽기'야말로 이문구 소설을 잘못 읽는 지름길이기도 하다. 무게중심은 서사적 사건이나 인물의 선택적 행위에 있는 것이 아니라, 그들이 수행하는 '발화행위'에 온통 집중되어 있기 때문이다.

이 소설 속에는 화행을 주도하는 몇 개의 중요한 언어적 컨텍스트들이 있다. 가장 중요한 것이 '농정(農政)'을 주도하는 국가 권력이며, 그것의 언어적 수행을 대변하는 사람들이 이른바 관리(면장, 이장을 포함하여)들이다. 농민들의 발화는 이 국가권력, 또는 지배이데올로기에 어떤 형태로든 반응해야 하는 조건 속에 놓인다. 이 소설 속의 관리와 농민의 대화는 예외없이 '국가권력 / 국민'이라는 콘텍스트 안에서 진행된다. 그리고 관리의 입을 통해 발화되는 국가권력의 지배이데올로기는 반공이데올로기의 외피를 두르지 않는 경우가 드물다.

도전(盜電)으로 양수기를 돌리다 들킨 '우리 동네 김씨'를 꾸짖는 한전 단속반원의 발화는 이러한 이데올로기적 지형을 가장 전형적으로 나타내 보여준다.

"(……) 나봐, 워따 대구 큰 소리여? 당신 허는 짓이 보통 사건인 중 알어? 시대적으루 볼 것 같으면 안보적인 문젠 겨. 뜨건 국에 맛을 몰라두 한도가 있는 게지, 되지 못허게 워따 대구 큰 소리여, 큰 소리가 ……"[2]

"(……) 좌우간 당신들 얘기가 지방적인 문제라면 내 얘기는 국가적인 문제라 이 얘기여. 왜 그런고 허면, 생각적으루 따져봐두 즌기야말루 국가의 동력이라 …… 내가 아까 저이헌티, 시대적으루 볼 적에는 안보적인 문제라구 헌 것두 다 그래서 그런 겨. 이 즌깃줄이 저무닛 동네 일반 즌기 지선(支線)잉께 망정이지, 만약 방위산업과 직결되는 동력선이라면, 이 도전이 워치기 되는 중

---

2 이문구, 「우리 동네 김씨」(『우리 동네』, 민음사, 1981), 24면.

알어? 이적행위여, 상식적으루 고만헌 생각두 읎으셔?”[3] (강조는 인용자)

　　한전직원은 자신의 단속행위를 집행하기 위한 법적 권한의 의미를 과장하고 있다. 동시에, 전기 도둑질이라는 불법행위(당시의 농촌에서는 다반사처럼 일어나서 실제로는 범법행위라는 의식을 불러일으키지 못하는)를 북한을 이롭게 하는 이적행위(즉 반체제적 행위)로 몰아세우는 억지스러운 확대적용을 시도하고 있다. 작가는 당시에 무소불위의 전횡을 일삼던 독재적 국가권력이 얼마나 우리의 일상을 심각하게 지배하고 있으며, 동시에 국가권력의 무리없는 집행을 위해 전가의 보도처럼 내세우는 ‘반공이데올로기’가 국민의 일상 속으로 얼마나 깊숙히 침투해 들어오고 있는 것인가를 한전 직원의 ‘말’을 통해 구성적으로 보여 주고 있다. 일상이 지배이데올로기에 의해 식민화되고 있음을 보여주는 가장 여실한 증거로써 ‘말’보다 더 확실한 공간을 『우리 동네』에서는 달리 찾기 어렵다.

　　이러한 언어적 콘텍스트 속에서는 지배이데올로기의 언어가 항시 공세적이며, 농민의 언어는 자기방어적인 형태로 진행된다. 동시에 지배이데올로기의 언어는 ‘확대 / 과장’의 화법이며, 농민의 언어는 ‘우회 / 인용’의 화법에 의해 운용된다. 지배이데올로기에 기반해 있는 발화자의 화법이 매우 직설적이고 단호한 데 비해, 같은 맥락에서 대화를 진행하고 있는 농민의 언어가 속담 및 다양한 은유와 환유들을 동원하여 간접적인 방법으로 의사를 표현할 수밖에 없는 궁극적인 이유는, 직설적인 담화의 충돌이 물리적 현실로 옮겨갈 때 농민의 입장에서는 저항할 수 있는 아무런 힘을 지니지 못했기 때문이다. 결국 농민의 최초의 저항 공간이자 최후의 무기는 ‘말’밖에 없다.

---

[3]　이문구, 앞의 책, 27면.

앞의 한전직원의 위협에 김씨는, "내가 원제 불법적으루 썼유. 물법적으루 썼지. 뇡민이 논에 물을 대는 건 당연히 물법적인 거유"[4]라는 범주오류의 자기방어적 화법으로 응수한다. 이러한 범주오류의 화법이 자기방어적일 수밖에 없는 까닭은, 국가권력을 표상하는 청자(聽者)인 한전직원을 곯려주는 통쾌함 이전에, '불(不)'을 '불(火)'로 오해하는 지적 결여의 자해(自害)가 선행되기 때문이다. 쉽게 말해, '그래, 나 무식하다, 어쩔래?'가 순서상 먼저 오고, 뒤이어 무식을 빙자해서 청자를 곯려주는 전략이 수행되는 것이다.

지배이데올로기가 창출하는 말의 새로운 관습과 규범은 위의 경우처럼 관리의 말에만 영향을 미치는 것은 아니다. 똑같은 수준으로 농민의 말도 그러한 규범에 영향을 받는다. 『우리 동네』에서 대화가 이루어지는 모든 상황에서 '화자 / 청자'가 형성하는 소통의 기본적 전제는 '상호가학적'이다. 이점을 암시적으로 언급했던 것은 김우창 교수였는데, 그는 『우리 동네』의 대화가 매우 공격적이라는 특징을 지적하면서, '난폭한 인간 관계의 증표'[5]라고 규정했다. 그리고 이러한 공격적 대화는 '사회전체로부터 농민이 받는 수모에 대한 앙갚음'에서 연유한다고 분석했다. 실제로, 『우리 동네』의 모든 대화는 상대방의 말꼬리를 붙잡고 늘어져, 어떻게든 상대의 논리와 입장을 전복시키고 반대하며 자신의 주장의 정당성을 일방적으로 강화시키는 방식으로 진행된다. 특히 부부 사이나, 같은 농민끼리 주고 받는 대화에서 이러한 특징이 두드러지게 나타나며, 심지어 농민들은 자신이 일방적인 가학적 위치에 서도 무방한 경우에는 예외없이 상대방을 가혹한 언어폭력의 희생자로 삼는다. 가장 전형적인 경우가 「우리동네 류씨」에서 추곡수매를 마친 농민들이 읍내의 작부들을 붙잡고 농지거리를 하는

4　이문구, 앞의 책, 24면.
5　김우창, 「근대화 속의 농촌」, 앞의 책, 333면.

대목이다. 농민들은 필요 이상의 가학적 위치에 서서, 낮에 자신들이 추곡수매 절차를 밟으면서 경험했던 담화의 관계형식을 고스란히 자신과 작부들 사이에서 반복·재생산하는 것이다. 종국적으로 농민들의 언어는 지배이데올로기의 그것을 고스란히 닮아 간다.

> "말 조심해―법정 모욕죄로 들어가고 싶어? 사과해!"
> 판사가 얼굴빛을 바꾸며 호통쳤다.
> "예. 국민 여러분께 죄송허게 생각합니다. 용서하십시오."
> 강이 얼른 허리를 반으로 접으며, 말이 어떻게 돼나가는지 알고나 그러나 되는 대로 주워섬겼다. (……)
> 판사가 기록을 옆으로 치우면서 판결했다. 나는 실소를 했다. 강이 감정의 동물 소리를 좋아하다가 자승자박해서라기보다 근년에 들며 먹고 살 일이 생긴 것치고 개나 걸이나 라디오 텔레비전에만 나오면 으레 판박이로 '국민 여러분의 덕택' 안 찾는 것이 없고, '국가와 민족 앞에 고개 숙여 감사한다'는 말 할 줄 모르는 자가 없더니, 이제는 즉결 재판소에 나온 피의자마저 그런 말을 해야만 되는 줄로 아는 꼴이 우습던 것이다.[6] (강조는 인용자)

위의 인용문이 『우리 동네』와 차이가 있다면, 서술자가 행여 '국민 여러분……' 운운 하는 대목의 이데올로기적 의미를 독자들이 이해하지 못할까봐 직접 나서서 주석적으로 서술한다는 정도일 것이다. 인용문은 텔레비전이나 라디오 같은 대중매체가 지닌 지배이데올로기의 전파력과 그 힘에 의해 지배당하는 일반 국민들의 함수 관계를 보여주고 있다. 농민 스스로 이미 그러한 지배이데올로기의 언어적 규율로부터 한 치도 자유롭지 못함을 작가가 공들여 제시하는 또다른

---

6   이문구, 「여요주서」(『관촌수필』, 문학과지성사, 1999), 342면

예를 하나만 들어보자.

「월곡후야」의 한 대목인 다음 인용문의 발화자는 올해 농고를 갓 졸업한 10대 후반의 청년 '수찬'이며, 그 청자(聽者)는 한 동네의 초등학교 육한년 여학생을 겁탈하고 임신까지 시킨 뒤 사건이 발각되자 돈으로 무마한 김선영이라는 중년 사내다. 수찬을 포함한 동네의 4H 청년들은 피해자인 여학생 집에서 위자료를 받고 사건을 무마하자 젊은 혈기에 이 일을 방관할 수 없다며 일종의 사형(私刑)을 가하기 위해 김을 끌고 왔으며, 수찬은 그를 향해 한바탕 훈계를 늘어놓는다.

"우리가 지역 사회 발전과 근대화를 위해서 발벗고 나섰다는 것은 당신두 잘 알 거여. 머리를 써서 더 좋은 생각 허구, 손으로 봉사하며 진실하고 동정하는 마음으로 건강을 유지하여 가정과 지역 사회에 이바지하자는 것이 우리들 모임의 목적이었다 이게여. 우리는 물런 4에치 경진대회에 나가서 아직 입상은 못 해봤어. 왜? 시작헌 지 얼마 안 됐으니께. 그러나 조속한 전화(電化)를 위해 여러 가지 일을 추진했던 것은 당신이 아는 바와 같은거라. 객토 투입, 퇴비 증산에 박차를 가했고 그 결과 면내에 2위라는 성과를 거뒀어. 그것두 물런 맨손만 쥐고는 그렇게 안 됐겠지. 면직원들헌테밥 사주고 술 사주고 담뱃값까지 우리 돈을 쓰며 그랬어. 그런 결과 내년이면 전기가 들어오도록 되어 있어. 따라서 잘 살어보자는 의지와 근면과 협동 정신이 투철한 마을이라구 평판이 났어. 다시 말허면 어제의 종채리가아닌, 오늘날의 종채리로 이미지를 확 바꿔버렸어. 그에 힘입어 우리는 또 80년대에 가서 호당 소득 2백만 원을 목표로 사업을 시작했던 거라.

그런데 당신은 어떻게 했는지 말해봐. 반생산적, 반사회적, 반도덕적인 행위만을 일삼었다구 어디 네 입으로 직접 읊어봐. 싫은감? 싫으면 말 안해두 좋아. 그 대신 이렇게 허여. 아싸리 말해서 내일 당장 지집 새끼 몰아가지구 여기서 떠나. 그러구 그것을 이 자리에서 우리허구 약속해. 만약 우리 요구를 듣지 않을 것 같으면 장차 어떻게 될 것이냐. 그건 우리가 말 허기 전에 당신이 먼저 알 거여."[7]

언어 행위를 둘러싼 상황은 매우 심각하지만, 독자들은 성추행범 김선영을 꾸짖는 수찬의 화법과 논리 때문에 실소를 금할 수 없게 된다. 우선 수찬의 얘기는 언어 행위가 이루어지는 맥락과는 직접적인 연관이 없는 엉뚱한 것이기 때문이다. 이러한 과장과 확대의 수사법은 앞서의 한전 직원의 그것과 똑같다. 수찬의 담화야말로 갈데없는 지배이데올로기적 화법의 답습이며, 이것은 그가 이제 막 끝낸 제도 교육과 그 또래가 가장 민감하게 영향을 받는 대중매체, 그리고 그가 속해 있는 4H 클럽의 소통체계에서 비롯된 것이다. 만약, 이 대목을 '붕괴되고 있는 농촌 공동체의 도덕'에 대한 안타까운 만가(輓歌)로 읽는다면, 그것처럼 어처구니없는 넌센스도 없을 것이다. 수찬의 '담화'가 지닌 이데올로기적 허약성, 혹은 허구성은 소설 말미에 그가 동네 처녀 아이를 임신시키고 새벽에 몰래 동반도주하는 대목에서 절정에 도달한다. 이문구 소설이 보여주는 '말'의 힘은 바로 여기에 있다. 수찬이 왜곡되고 오염된 채로 자신의 담화가 기반을 두고 있는 이데올로기에 충실하게 부응해서 모범적 농촌 청년으로 살아간다면, 이 소설의 의미구조는 전혀 달라졌을 것이다. 소설의 핵심은 지배이데올로기와 그것에 기반을 둔 관제 담화의 이중성과 허구성이, 그것에 의해 오염되고 식민화된 '수찬'의 담화와 행위에서도 그대로 반복 재생산된다는 점에 있다. 그리고 이러한 구성은, 소설 전반부를 차지하고 있는 수찬의 형 '희찬'의 이야기와 동전의 양면처럼 수미쌍관으로 연결되어 있다. 희찬은 종로 5가 뒷골목에서 합법적인 출판물을 적당히 베껴서

---

7   이문구, 「월곡후야」, 앞의 책, 376~377면.

해적판을 만드는 일로 호구지책을 삼던 인물이었다. 그러나 그 원본
조차도 실상은 외국서적의 무비판적인 베끼기로 탄생된 것이다. 이
베끼기의 순환관계와, '원판 / 해적판'의 관계는 수찬의 담화가 딛고
서 있는 '지배이데올로기의 담화 / 재생산된 수찬의 담화'와 맞짝의 대
응구조를 지니고 있다. 결론컨대, 「월곡후야」를 해석하는 가장 핵심
적인 그물코는 단연코 '말'에 집중되고 있다는 점이다. 그리고, 실은
그 점을 놓치지 않는 것이야말로 이문구 소설을 '환원적 읽기'의 순환
고리로부터 건져 올릴 수 있는 한 방편이 된다.

내가 여기서 '환원적 읽기'라고 말하는 것은, 이문구 소설에서 이루
어지는 '말'의 다양한 층위와 역동성을 그것 자체로 인정하지 않고, 단
일한 이데올로기로 편입해서 읽어내는 방식을 가리킨다. 이를테면,
『우리 동네』는, 근대화 과정의 해체에 직면한 농민들의 고통스러운
현실을 반영한 작품이며, 그러한 의미에서 '농민적' 또는 '농촌중심적'
세계관을 표현하는 것으로 귀결짓는 방식의 독법을 말한다. 이것은
결코 틀린 해석이 아니다. 그러나, 이렇게 읽어서는 곧바로 이문구 소
설의 한계에 봉착하는바, 첫째는 주인공들인 농민의 수동성(이것을 다
른 말로 표현하면, 그의 주인공들이 '말'에 비해 갈등에 대응하는 '실천'이 너무 적다
는 불만이다)이며, 그리고 두 번째는 그의 소설의 형식적 개방성(연작 소
설 형태)이 지닌 전근대적 플롯에 대한 불만이다. 여기서 이 문제를 상
론할 수 있는 여유는 없지만, 이런 '환원적 읽기', 다시 말해 특정한 이
데올로기의 등가물로 그의 소설을 읽는 것은, 그의 소설 속의 '말'이
펼쳐 보이는 다양한 이데올로기들, 심지어는 농민들 스스로에게서 발
견되는 상호모순적인 성격들을 충분히 설명해 내기 어렵다는 약점을
지니고 있다. 그가 제시하고자 하는 것은 이데올로기의 길항 그 자체
이며, 그 점에서 자체 완결적인 근대소설의 인과적 플롯을 선택하지
않고 '피카레스크적 구성'을 선택하는 것은, 일면 작가의 전략적 의도

에서 비롯되는 것이기도 하지만, 그의 소설 내적 논리에 의해 필연적으로 도달할 수밖에 없는 형식적 귀결이기도 한 것이다.

인간은 결코 하나의 단일한 이데올로기로 환원될 수 없음을 보여주는, 그가 구사하는 독특한 인물 형상의 편린을 한 부분만 검토하고 넘어 가자. 다시 「우리 동네 김씨」의 한 대목, 민방위교육장에 끌려 나온 농민들이 도무지 조용해지지 않자 부면장인 신을종이 교육에 앞서 농민들을 호통치는 장면이다.

그런디 교육에 들어가기 전에 지가 특별히 부탁을 드리겠습니다. 제발 퇴비좀 부지런히 해달라 이겝니다. 위면 동네를 가볼래두 장터만 벗어났다 허면, 질바닥으 풀에 걸려 댕길 수가 읎는 실정이더라 이 애깁니다. 아마 여러분들두 느끼셨을 중 알고 있읍니다마는, 풀에 깸겨서 자즌거가 안 나가구 오도바이가 뒤루 가는 헹편이더라 이겝니다. 풀 버서 남 줘유? 퇴비 허면 누구 농사가 잘 되느냐 이 애깁니다. 식전 저녁으루 두 짐쓱만 벼유. 그런디 저기, 저 구석은 뭣땜이 일어났다 앉었다 허메 방정 떠는 겨? 왜 왔다리 갔다리 허구 떠드는 겨? 꼭 젊은 사람들이 말을 안탄단 말여. 야— 저런 싸가지 읎는 늠으 색기 …… 야늠아, 말이 말같잖여? 너만 덥네? 저늠의 색기 …… 즤 애비는 저기 즘잖게 앉어 있는디 자식은 저 지랄을 혀. 이 중에는 동기간이나 당내간은 물론이구 한 집에서 듯씩 싯씩 부자지간이 교육을 받으러 나오신 분두 즉잖은 줄로 알구 있읍니다마는, 웬제구 볼 것 같으면 아버지나 윗으른은 즘잖게 시키는 대루 들으시는디, 그 자제들은 당최 말을 안타구 속을 쎅이더라 이겝니다. 교육 중에 자리 이사 댕기구, 간첩모냥 쑥떡거리구 …… 야늠아, 너 시방 워디서 담배 피는겨? 너는 또 워디 가네? 저늠으 색기들 …… 그래두 안꺼? 건방진 늠 같으니라구. 너 깨 금말 양시환씨 아들이지? 올봄에 고등핵교 졸읍헌늠 아녀? 너지? 건방머리 시여터진늠 같으니라구.[8]

　신을종의 이 담화는 우선 독자인 우리들에게 웃음을 불러일으킨다. 그것은 민방위 교육이라는 '공간'에 어울리는 담화의 '상황논리'를 발화자인 신을종이 일탈하고 있기 때문이다. 즉, 점잖은 자리에서 공식적인 담화로 일관했어야 할 신을종이 화를 참지 못하고, 그 공간을 사적인 영역으로 전환시켜, 담화의 일관성을 깨트리고 있기 때문이다. 결론적으로 이러한 담화 층위의 비일관성은 그를 지배하고 있는 이데올로기의 불연속성 때문이다. 그의 발화는 표면적으로 국가권력에 의지하고 있지만, 다급한 경우에는 국가권력 대 국민이라는, '민방위 교육' 공간이 전제하고 있는 언어적 맥락보다도, 연장자(年長者) 대 연소자(年少者)라는 전통적이고 봉건적인 인간관계에 의존한다는 점을 보여준다. 그리고 마침내는 '양시환씨 아들'이라는 구체적 개인을 호명함으로써, 피교육자인 농민들이 기대고 있던 익명성의 휘장을 벗겨내는 위협의 수단에 의지한다. 신을종의 이 담화는, 그의 정체성, 즉 민방위 교육장의 마이크 앞에 서있는 국가권력의 집행자라는 담화자로서의 '정체성'이 고정적이고 안정된 것이 아니며, 연령적 질서라는 봉건적 유습과, 익명성이 전혀 보장되지 않는 전통적인 농촌 사회의 공동체적 특성에 더 깊이 의존하고 있음을 폭로한다. 더욱이, '간첩모냥 쑥떡거리구……'라는 대목은, 국가시책에 호응하지 않을 때에 동원할 수 있는 최종적인 수단을 암시함으로써, 위협을 극대화시키는 지배이데올로기의 언어인 동시에, 피교육자들의 소란피우는 일이 '간첩행위'로 규정받을 만한 것은 아님에도 과장된 위협을 했다는 청자(聽者)에 대한 배려 때문에 말을 채 수습하지 못하고 얼버무리는 이중적 태도를 보여준다. 신을종의 일탈과 혼란은, 그 자신 반농반관(半農半官)이라는 사회적 존재의 이중성으로부터 비롯되는 혼란과, 국가 권력에

8　이문구, 「우리동네 김씨」(『우리 동네』, 민음사, 1981), 30면.

의한 제도의 합법적 집행자라는 근대적 시민사회의 관료의식과, 전형적인 농경사회의 봉건적 예절 이데올로기 사이에서 방황하고 있기 때문에 나타난 것이다. 다시 말하면, 신을종이라는 개인 속에는 여러 개의 이데올로기가 공서(共棲)하고 있는 셈이다.

3. '말'에서 '소리'로, '사회'에서 '자연'으로

이문구는 '말'이 이데올로기적 구성물이며, 일상언어는 그러한 '말'들이 충돌하고 길항하는 공간임을 집요하게 일깨워 준다. 일찍이 언어의 이데올로기적 속성에 착목했던 작가가 적지 않으나, 추상적 수준에서의 관념적 접근이 아니라, 일상언어의 영역을 통해 천착했던 경우는 그리 흔치 않다. 그러나, 이문구 소설 내부에는 이러한 다성적 특성과 정면으로 배치(背馳)되는 지극히 단성적 '말'의 세계가 하나의 단층을 이루며 따로 존재하고 있다. 이 경우에는 『우리 동네』의 '말'이 지닌 역동성과 재기발랄함은 문득 사라지고, 서술자의 직접 진술에 의존한 세계의 주관적 전유가 길게 펼쳐지게 되는데, 실제로 이문구 소설의 전체 목록은 이 두 개의 이질적이고 극단적인 세계 사이를 끊임없이 왕복하는 과정의 반복행위에 다름 아니다. 『관촌수필』의 전반부인 「일락서산」과 「행운유수」, 「공산토월」은, '시장(市場)'의 소리가 아닌, 서술자의 주관적 단성(單聲)이 지배적으로 드러나는 전형적인 예에 속한다. 1990년대의 소산인 근작 『내 몸은 너무……』에는 이 두 세계가 한 작품 안에 절묘하게 공존하고 있다. 가령, 「장평리 찔레나무」, 「장천리 소태나무」, 「장이리 개암나무」, 「장척리 으름나무」 등이

『우리 동네』의 세계, 즉 '시장의 언어'의 세계에 속하는 것이라면, 「장동리 싸리나무」와 「더더대를 찾아서」는 내면화된 언어의 세계로 침잠하는 소설들이다. 후자의 경우는 '말'이 더 이상 이데올로기의 공존과 길항의 공간이기를 멈추고, 따라서 '말'은 사회를 떠나, 개인의 내밀하고 주관적인 세계로 숨어들며, 주인공들은 '말'에 의해 매개되지 않는 색다른 '타자'와의 소통을 꿈꾸게 된다.

『관촌수필』은 화자가 고향인 갈머리를 떠난 지 십 오 년만에 다시 귀향해서, 유년 시절의 여러 가지 추억들을 회고하는 구성 방식을 취하고 있다. 이러한 구성 방식에서 이미 짐작할 수 있듯이, 화자의 유년 시절은 '행복한 과거'로 채색되어 있으며, 그 유년 시절로부터 건져올리는 몇몇 인물 형상들은 하나같이, 화자가 현재의 시점에서 경험하는 '환멸의 시간'을 견딜 수 있는 '좋은 인물'들로 그려지고 있다. 이데올로기의 대립과 그에 이은 전쟁, 신분 질서의 층하(層下)와 같은 것이 실제로 존재함으로써, 『우리 동네』에서였다면 그보다 더 역동적인 '말'의 세계를 보여줄 수 없을 것 같은 공간인 유년의 '갈머리 부락'은, 그러나 화자를 지배하고 있는 '좋았던 과거'로서의 주관적 기억에 압도당한다. 이 유년의 갈머리를 지배하는 화자의 주관적 내면을 무어라고 규정할 수 있을지는 숙제에 해당하지만, 그러한 내면의식의 언어적 외화는 주로 '감각적 재현'을 통해 이루어지고 있다는 사실은 중요하게 지적되어야 할 것이다.

아궁이가 내는지 연기가 밖으로 흩어지기 시작하자 나는 아궁에 무엇이 타고 있는지를 단박에 알아낼 수 있었다. 가을걷이 지치러기인 콩깍지와 메밀대를 때고 있었다. 구수한 냄새가 바로 그럿을 뜻하는 거였다. 오랜만에 맡아보는 굴뚝 냄새에 나는 불현듯 콩깍지와 메밀대를 군불 아궁이에 때어볼 수 있었던 옛날이 그리웠다. (……) 그러다가 문득 나는 사랑부엌

가마솥에서 물릴 지경이 되도록 맡아야 했던 여러 가지 냄새들을 새삼스
럽게 되새기며 마당을 떠나고 있었다. 싱금싱금한 청포묵 앗는 냄새는 그
리 자주 맡은 게 아니었지만, 간수를 칠 때마다 부얼부얼 엉기던 두부솥의
구수한 내음이며, 엿밥을 애잇 짜내고 조청으로 졸일 때 밥맛까지 잃도록
달착지근하게 풍기던 엿 고는 냄새만은 다시 한 번 실컷 맛보고 싶은 뼈 끝
에 매듭진 추억이었다.[9]

화자를 구체적인 유년의 기억 속으로 이끈 것은 '냄새'였다. 그리고
인용문에 이어지는 것은 어머니의 손끝에서 빚어지는 다양하고 풍부
한 '음식'이 제공해 주었던 '맛'의 세계다. 후각과 미각의 세계가 화자를
한층 구체적인 과거로 인도하는 '통로'의 구실을 한다. '남의 눈 속에 있
는 대들보보다 내 손밑의 가시가 더 아프다'는 속담도 있듯이, 감각이
란 지극히 개인적인 것이며, 감각적 전유에 의한 세계의 재현은 그 자
체로 주관적일 수밖에 없다. 물론『관촌수필』전체가 이러한 감각적 전
유에 의해 유년 시대를 재현하고 있는 것은 아니지만, 그의 소설 언어
가 세계를 주관적으로 전유하는 데 기여하고 있음은 분명하다.
　이런 맥락에서 우리는 초기작인 「해벽」과 근작인 「장동리 싸리나
무」 사이에 내재한 모티프의 유사성이 결코 우연한 것이 아님을 발견
하게 된다. 이 유사성은 감각의 문제가 단순히 기법 차원이 아니라,
작가의 세계 인식에 연결되는 근원적인 문제임을 확인시켜 준다. 「해
벽」의 '조등만'과 「장동리 싸리나무」의 하석귀는 환멸스러운 현실에
절망하고 그 실심(失心)을 달래려고 애쓴다는 성격상의 공통점을 지니
고 있지만, 그보다도 더욱 중요한 것은, 둘 다 자신을 둘러싼 현실을
자신의 귀에 들려오는 '소리'에 의지해 인식하고 파악한다는 점이다.

9　이문구, 「일락서산」, 『관촌수필』, 34~5면.

어릴 때부터 바다에서 자랐고 지금은 작은 어선을 소유한 조등만은
자신의 귀에 '바다소리'의 환청이 들릴 때마다, 몸 속에 잠재해 있던
원시적 에너지의 발양을 경험한다. 현실 공간에서의 권력 다툼과 이
해관계에 실패해 좌절하다가도, 그는 바다소리의 환청이 듣고 싶고,
그것이 들려오는 순간 걷잡을 수 없는 환희와 격정에 빠져든다. 소설
말미에 나오는 설화는 배 만드는 데 쓰여야 할 나무가 살림집의 천장
대들보로 쓰이면서, 그 집에 횡액이 그칠 새가 없어 어부출신의 무당
이 굿을 하다가 그 원인을 밝혀낸다는 내용인데, 여기서 천장 대들보
는 조등만을 상징한다. 「해벽」의 중심서사는 미군이 주둔하면서 몰락
해 가는 한 어촌의 전말을 축으로 진행되고 있지만, 주인공 조등만의
선택과 행위의 중요한 계기를 이루는 것은 항상 '소리'였다.

그는 매일밤 그렇게 바닷소리를 들어왔던 것이다. 처연한 가락으로도
들리고 천둥과 회오리바람으로 들리기도 하는 소리였다. 황오리 우는 소
리가 들리고 있었다. 갈매기 울부짖음도 섞여 있었다. 물수리도 함께 활개
치고 있는 모양이었다. 게다가 물총새 소리까지 섞인다면 더욱 꿈결같은
가락이 될 성싶었다. 이윽고 물너울이 자치락거리며 싸우는 소리가 귓결
에서 일렁거리기 시작했다. 하늘과 땅을 치며 울부짖는 처참한 싸움이 시
작된 것이다. 시퍼런 물굽이, 하늘의 정기를 핥아먹어 밑바닥 끝까지 짙푸
른 하늘보다 더 넓은 파도가 조의 가슴을 쳐대는 거였다.(……)
무슨 소리가 들려오고 있은 거였다.
바다가 다가오는 소리였다.
문풍지가 파르르 떨고 있었다. 바다가 다가오는 숨결에 문풍지도 가만
히 있지 못하겠나 보았다. (……) 조는 머리가 맑아지고 사지에 기운이 뻗
치고 있음을 느꼈다. 잠도 씻은 듯 달아나고 없었다. 문득 추위를 몹시 탔
던 자기의 텅빈 가슴을 데우고, 헐거워진 사개에 볍을 해 끼우기 위해 이

선창가를 찾아온, 그 근본적인 공허감이 무엇이었나를 새삼스레 다시 깨우친 것 같았다.[10]

이 '소리'의 세계는『관촌수필』의 화자가 과거를 회상하며 떠올리던 '맛'과 '냄새'의 세계와 동질적인 것이다. '바다 소리'는 조등만에게 현실의 환멸을 딛고 일어설 수 있는 유일한 감각 세계이고, 현실에서의 소통 불가능성을 대리보상하는 세계이기도 하다. 천연항인 사포곶의 몰락과 어업조합에서의 내쫓김이 조등만이 당면하고 있는 현실이라면, 그는 '소리'의 세계에 의지함으로써 주관적으로 그 현실로부터 비켜서 보려고 몸부림친다. '말'의 세계가 조등만이 당면한 사포곶의 몰락이 진행되는 현실이자, 그가 처참하게 패배한 어업조합의 권력 싸움의 공간이라면, 이 '소리'의 세계는 언어적 소통의 세계를 초월해 있는 세계다. 조등만은 '말'의 세계에 속해 있으면서도 '소리'의 세계를 지향한다. '소리'의 세계는 '말'의 사회적 소통이 불가능한 세계, 혹은 불필요한 세계로서의 '자연'이다.

『내 몸은 너무……』에 실린「장동리 싸리나무」와「더더대를 찾아서」의 주인공인 하석귀나 이이립이 지향하는 세계도 한결같이 '말의 세계'로부터의 벗어남이다. 더욱이「더더대를 찾아서」에서 이이립이 찾기를 열망하는 대상인 어린 시절의 '더더대'는 '말'을 하지 못하는 '벙어리 거지'다. 현실의 환멸로부터 스스로 고립되어 찾아 들어 간 세계가 '언어의 길'이 끊어진 '침묵의 세계'(곧 '더더대'의 세계)라는 사실만큼, 그의 지향이 '말'의 세계 너머에 있음을 보여주는 또다른 상징 장치를 발견하기가 어렵다.『관촌수필』의 갈머리 공간과「해벽」의 '바닷소리'와 하석귀의 '소리', 이이립이 찾는 '더더대'는 모두 다른 차원의 '소통'의 세계에

10 이문구,「해벽」(『해벽』, 창작과비평사, 1974), 152~194면.

속한다. 그리고 그 또다른 '소통의 세계'는 곧 자연으로 귀결된다.

그렇다면―, 하고 그는 비로소 현실로 돌아와 다시금 귀를 기울이며 좀 더 근거가 있는 쪽으로 어루더듬어갈 채비를 하였다. 들리는 소리를 여겨서 듣되 소리 속의 소리를 가려서 들어보려는 것이었다. 그러나 그 소리는 아까보다도 더욱 요란스러워진 반면에 소리의 내용은 더욱 복잡해진 것 같았다. 밤새가 떼를 지어 우는 소리, 또는 싸우는 소리? 조무래기들이 패를 짜서 울다가, 웃다가, 놀다가, 다투다가 하는 소리? 그는 베개에 머리통을 문대듯이 누운 채로 고개를 저을 수밖에 없었다. 오직 한 가지 알 성부른 것이라고는 아무리 들어보아도 끝끝내 짐작할 수가 없는 소리라는 사실뿐이었으니까.

그는 누워서 뒤치락거리고만 있을 수 없었다. 이 소리도 저 소리도 아닌 그 소리의 정체는 둘째치고, 대체 어느 쪽에서, 그리고 어느 산에서 들리는지나 알아두어야 나중에라도 김두홉이나 박스홉에게 물어보기가 쉬울 성싶었던 것이다. 그러나 그것만이 전부였던 것은 아니었다. 밖에 달이 있어도 처음 보는 달로 있고, 달빛 또한 꼭 거짓말 같은 달빛으로 있으리라는 것을, 그는 젊어서의 감수성에 못지 않은 감각으로 느낄 수가 있었던 것이다.[11]

「장동리 싸리나무」의 하석귀는 평생을 수도국의 하급 공무원으로 떠돌다가 돌연 결심한 바가 있어 그 생활을 청산하고 낙향한다. 고향에 돌아온 그를 괴롭히는 것은 밤마다 들려오는 알 수 없는 '소리'의 정체다. 그는 밤마다 그 소리 때문에 잠에서 깨어나, 그 소리의 정체를 상상하다가 밤을 지새운다. 그러나 시간이 흐를수록 변화된 환경에서 그를 낯설게 만드는 것은 비단 '소리'만이 아님을 깨닫는다. 그것

---

11 이문구, 「장동리 싸리나무」(『내 몸은 너무 오래 서있거나 걸어왔다』, 문학동네, 2000), 166면.

은 '빛'이기도 했다가, 동시에 '사물' 그 자체이기도 했다. 언어의 소통 체계에 빗대자면, 하석귀가 낙향한 이후 새롭게 경험하는 이 '소리'와 '빛'과 '사물'의 세계는 '자연'이 보내는 '전언'인 셈이다. 곧 '자연'이 '발화자'이며 하석귀는 '수신자'이다. 그러나, 이러한 소통의 코드가 '말'과 다른 점은, '이해'와 '발견'의 차이이며, '대립과 상호충돌'이 아닌 '친화' 일변도의 세계라는 사실이다. 소통의 한쪽 상대는 이미 선험적으로 주어져 있으며, 소통의 다른 쪽 상대가 할 수 있고, 해야 할 일은 상대의 한결같은 '전언'을 '발견'하는 일밖에 없다. 그 '전언'의 의미는 '발화자'가 결정하는 것이 아니라 오직 '수신자'만이 '발견'할 수 있다. 그리고 그 '발견'이 오로지 친화의 세계로 귀결되는 이유는, 소통의 상대자가 언어의 소통을 담당하는 '인간'과 달리, 조건과 환경에 따라 변화무쌍한 가변적 존재가 아니기 때문이며, 따라서 '말'의 소통에 따르는 어떠한 고통과 좌절, 절망과 배신도 이 새로운 소통 관계에서는 발생하지 않기 때문이다. 경우에 따라서는 그것이 인간이라고 하더라도, 적어도 이 세계 안에서 만큼은 '말'이 매개되지 않는 인간(「더더대를 찾어서」의 벙어리 '더더대'의 경우)이거나, 『관촌수필』의 '신현석(석공)'이나 '대복이', '옹점이'들처럼, 그리고 화자의 육친인 '할아버지'와 '아버지'와 '어머니'처럼, 환경과 상황에 따라 표변하는 존재들이 아니라, 돌같고 나무 같은 존재들이기 때문이다. 『관촌수필』에서의 이 인물들은 '사회적 존재'가 아니라, '자연적 존재'들이다.

　『내 몸은 너무……』는 이문구의 근작으로, 이 작품집 안에는 이러한 '말'의 세계와 '소리'의 세계가 공교로운 동서(同棲)를 연출하고 있다. 「장평리 찔레나무」, 「장천리 소태나무」, 「장척리 으름나무」는 『우리 동네』의 연장이며, 「장석리 화살나무」나 「장이리 개암나무」, 「장곡리 고용나무」, 「더더대를 찾어서」 등은 '소리'의 세계의 연장이다. 그러나, 기본적으로 『내 몸은 너무……』를 지배하고 있는 것은 새와 나무에 의해 환기되는 상상력이며, 새와 나무를 중심으로 한 존재론과 세계 인식이다. 새와 나무는 '사회'에서 패배하고 '말'에 상처받은 인간이 마지막으로 귀의해서 안식을 구하는 대상들이며, 애써 실존을 부정하고 자신의 본질을 투사함으로써 위안을 얻어내는 '존재의 거울'들이다.

이립은 사람을 피하고 싶었다. 그것이 몸이나 마음이나 피로를 예방할 수 있는 가장 나은 방법일 것 같았기 때문이었다. 이립은 사람을 피해서 살 수 있는 방법을 궁리하였다. 수는 한 가지뿐일 것 같았다. 자기가 먼저 티 없이 조용하게 소외되기를 꾀하는 일이었다. 소외되는 방법은 궁리하고 자시고 할 거리도 못 되는 것이었다. 닭이 우리에서 텃세로 내몰리면 한데에서 한둔하듯이 되도록 사람이 적게 사는 곳에 자기를 격리시킴으로써 자연스럽게 이룰 수 있는 일이었던 것이다. 자기가 스스로 격리되고 소외당하기를 도모한다는 것은 모험일 수도 있었다. 그러나 이립은 주저하지 않았다. 그것이 모험이라면 그런 모험도 지금이나 하니까 해볼 수 있으리라는 생각이었다.[12]

이문구는 어떤 작가보다도 '저잣거리'의 '말'이 지닌 생명력에 각별한 관심을 기울이고, 그 '말'들을 각고의 노력으로 포착하기 위해 애써온 작가이다. 그에게 있어 그 '말'들은 곧 세계 그 자체였던 까닭이다. 그가 육화된 말로 인물을 그릴 때와 그렇지 않을 때의 차이가 얼마나 큰 것인가는, 『관촌수필』의 '옹점이'나 '할아버지'와 '아버지'를 비교하면 금세 확인할 수 있다. '옹점이'는 『관촌수필』 전체를 들어 거의 유일하게 '말'을 중심으로 형상된 인물이다. '할아버지'는 예의 그 '페엥―'이라는, 못마땅할 때 내뱉는 괴성과 더불어, 마지막 이조인(李朝人)의 '말'을 통해 우리

———
12　이문구, 「더더대를 찾아서」, 앞의 책, 282~3면.

앞에 현신한다. 그러나 불행하게도 '아버지'는 『관촌수필』에서 육화된 '말'의 옷을 걸치고 부활하지 못한다. 유년의 기억을 차지하고 있는 이러한 불균등한 편차는, 화자의 유년에서 할아버지의 '말'의 세계와 부대긴 시공간에 비해, 아버지와 그랬던 것이 훨씬 적은 까닭이다. 그에게 각인된 아버지의 유일한 '육성'은 "원, 아이 손마디가 이렇게 무뎌서야 …… 천상 연장 들고 생일이나 헐 손이구나 ……"[13] 단 한 마디뿐이며, 이것은 유년의 화자에게 씻을 수 없는 열패감의 원천으로 작동한다. 그가 '말'을 통해 세계를 인식하는 작가임이 다행스러워지는 대목은, 이문구의 그러한 특징이 아버지에 관한 기억을 곧장 '아비 찾기'의 문학사적 계보로 편입시키는 근대문학사의 오랜 '관행'을 스스로 거부하게 만들기 때문이다. 반듯한 표준말로 대천 백사장에 모인 수천 군중을 휘어잡는 '아버지'의 세계는 작가인 이문구에게 얼마나 유혹적인 세계였을 것인가? 실상 우리는 그에게 왜 좀더 아버지의 그 세계로 한 발짝 더 깊숙이 발 들여 놓지 못하는가 하고 늘 그를 부추기고, 머뭇거리는 그를 못마땅하게 여겨오지 않았던가. 그러나 그는 '말'이 추상이 되는 순간을 견디지 못한다. 그에게는 그것이 곧 '말의 세계'에서 환멸을 경험하는 절대적인 계기가 되는 까닭이다. 그래서 그는 '말'이 추상이 되는 것을 택하느니, 차라리 '말'이 필요없고, '말'이 존재하지 않는, 바로 「더더대를 찾아서」의 이 이립이 은거하는 세계를 선택하는 것이 낫다고 여기는지도 모른다.

 '말'에서 '소리'로, 다시 '소리'에서 '말'의 세계로 계속 옮겨 앉는, 소통을 둘러싼 그의 고통스러운 행보가 어느 곳에서 그 방황을 멈추고 정주할 것인지 우리는 알 수 없다.[14] 그러나, '말'이라는 질곡, 그 세계의 '심연'을 화두로 붙들고 지금까지 용맹정진해 온 노작가의 고행은 오래도록 값지게 기억해야 할 일이다.

---

13 이문구, 「일락서산」, 『관촌수필』, 58면.
14 이 글은 이문구가 타계한 2003년 이전에 쓴 글임을 밝힌다.

국가와 농민

『우리 동네』

1. 되새기는 『우리 동네』의 문학사적 의미

연전(年前)에 '이문구론'을 쓸 기회가 있어 그의 초기작부터 최근작까지를 다잡고 통독한 적이 있었다. 그 때 내가 새롭게 발견하고 놀란 것은, 그의 소설에서 '말'이 지니고 있는 기능과 역할이었다. 그것은 항용 우리가 이문구의 소설을 이야기할 때 '계관(桂冠)'처럼 앞세우는 '토속적 문체'나 '민중의 언어' 차원과는 전혀 유다른 것이었다. 그의 소설은, 누가 읽더라도 작품에 구현된 탁월한 '입담'이나 '문체'의 토속성과 민중성, 그리고 '방언'에 의한 민족어의 '육화(肉化)'에 주목하지 않을 수 없게 된다. 그러나, 소설에 전경화(全景化)되어 있는 '말'에 주목하면서도, 그 '말'을 이문구 소설의 핵심적인 '이념'의 차원으로 읽지 못하고, 여전히 한갓 '방법'이나 '수단'에 한정지어버리는 것이 오랜 비평적 관행이었다. 결국 그의 소설이 언급되는 자리에서 늘 '말'은 화제의 중심이었으면서도, 그 '말'의 기능과 역할의 진정한 의미를 읽어내지 못했다는 점에서, '말'은 줄곧 소외되어 온 셈이다. 앞의 그 '이문구론'에서 나는 어휘와 문장, 또는 문체를 아우르는 그의 소설 속의 '말'들이 이미 방법이나 묘사의 차원이 아니라 그것 자체로 하나의 주제이자 이념의 위치에 놓여 있음을 강조하고, 그런 관점에서 이문구 소설이 새롭게 해석될 필요성이 있음을 제기했었다.(이 책에 실린 「말을 찾아서」 참조)

요컨대, 그의 소설에서 '말'은 다양한 이데올로기가 서로 충돌하고 길항하는 '공간'인 동시에, 그 발화된 '말'은 발화자의 내면의식에 귀속되는 것이 아니라, 발화자가 청자와 함께 공유하고 있는 사회적 조건들을 중층적이고도 구성적으로 보여주는, 일종의 '사회적 사건'으로 존재한다는 것이다. 새 전집판 해설을 위해 『우리 동네』를 다시 읽으면서도 이문구 소설의 문학사적 의미를 묻는 자리에서 그 점은 아무리 강조되어도 지나치지 않다는 점을 새삼 확인하게 된다.

그런데, 수 년만에 『우리 동네』를 다시 읽으면서, '말'의 그러한 기능은 소설 전체를 구조화하고 있는 '국가 / 농민'이라는 대립항에 의해 한결 강화되고 있음을 발견하게 되었다. 이전에 미처 눈여겨보지 못한 새로운 점이었고 소설가 이문구의 작가적 역량에 새삼 경이를 느끼지 않을 수 없었다. 『우리 동네』는 유신체제로 표상되는 '국가권력'의 억압적 성격을, 동시대의 어떤 소설보다도 단호하게 고발하고 있으며, 더불어 '국가'가 어떻게 '농민'을 '국민'으로 불러내는지, 그리고 '농민'은 그 '국민 만들기'에 어떻게 저항하는지를 놀랍도록 자세히 묘사하고 있는 것이다.

잘 알려져 있다시피, 『우리 동네』는 1977년 「으악새 우는 사연」(나중에 「우리 동네 황씨」로 고침)을 시작으로 1980년까지 약 사 년간에 집중적으로 발표한 연작소설들을 모은 것이다. 이 연작들이 씌어지던 사 년간은 유신체제의 광포(狂暴)한 국가적 억압이 가장 극성스러운 시기였다. 민음사판 해설에서 김우창 교수가 요령있게 정리한 바 있듯이, 『우리 동네』는 성장제일주의의 깃발을 내건 박정희 통치 시대의 자본주의적 근대화가 농촌공동체의 고유한 사회 구조와 풍속, 나아가서는 농민의 의식구조를 어떻게 변개시키고 있는가를, 그리고 그러한 변화의 과정 속에서 농민은 어떻게 소외되고 있는가를 그린, 요컨대 '근대화 속의 농촌'에 관한 비판적 보고서라고 할 만하다. 그리고, 이러한 '근대화'는 '농민'이 아니라 '관(官)'이 주도하는 '근대화'였으므로, 필경 '농민'의 바람과 희망을 담은 소망스러운 '근대화'는 될 수가 없었던 것이다.

그런데, 『우리 동네』를 내밀히 읽으면, 작가는 '농촌'과 '농민'을 '근대화'나 '자본주의화'와 연계 짓기보다는 '국가'라는 추상적 '근대권력'의 '대립자'로 더 비중있게 인식하고 있음을 발견하게 된다. 따라서 '농민'은 엄밀히 말하면 '국민'으로서의 '농민'이며, '국가'는 이 '국민으로서의 농민'을 관리하는 '주체'이고, 거꾸로 '농민'은 그러한 '국가'의 기획과 관리에 이끌리거나 저항하는 하나의 '타자'로 설정되어 있다. 결국 이 소설은 '국가 / 농민'이라는 두 개의 축에 의해 견고하게 구조화되어 있는 셈이다. 소설을 지배하고 있는 이 '국가 / 농민'이라는 구조는, '관 주도의 농촌 정책'이나 '정부 주도의 개발지상주의' 정도의 수사적 표현으로는 그 서사적 기능을 제대로 해명하기가 어렵다. '국가'와 '농민'은 『우리 동네』라는 구조를 떠받치고 있는 두 개의 기둥(요소)이며, 따라서 둘 중 어느 하나도 없어서는 안 되는, 하나는 다른 하나가 있음으로 해서 이야기 구조 안에 존재하게 되는, 그런 대립적 요소이다. 이 소설 속에서 '국가'는 끊임없이 '농민'을 '국민'으로 호명하며, '국민'되기를 강요한다. 그러나 '농민'은 끈질기게 수동적인 '국민'되기를 거부하거나, '국민'으로서의 '호명'에 저항한다. 역설적이지만, 이 과정에서 진정한 '농민적 시각'이 확보된다.

「우리 동네 이씨」편의 한 대목을 통해 이 사실을 확인해 보도록 하자. 문제의 장면은 영농교육장에서 일어난다. 볍씨 개량에 관한 영농지도강사의 열변에도 도무지 청중인 농민들의 반응이 신통치 않다. 농민들이 강사의 교육내용을 불신하는 이유는 단 한 가지, 정부가 시킨 대로 해서 제대로 이익을 본 일이 없기 때문이다. "농사기술은 책상물림헌티 배우는 게 아니라 흙허구 물헌티 즉접 배워야 쓰는 규"라고 이죽거리는 농민 앞에서 마침내 지도강사의 언성이 높아진다.

죽었구먼 …… 그래서 자연농법으로 농사 지어 먹은 그전에는 빤스도 못 입고 살으셨담 …… 결국은 관이나 관공리 말을 못믿었다 이겐디, 허기사 역사적으로 보면 그것도 그려. 일리가 없잖은 말씀이시라구. 아시다시피 왜정 때는 농업기수가 암만 떠들어도 우리 농민들은 너 해라 나 듣지 허고 말았거든. 그럴 것 아녀. 몸뚱이 곰 과가면서 직사허게 농사 지여봤자 왜놈들이 죄 뺏어갔으닝게. 게, 그 때는 왜놈들한테 저항해서 왜놈이나 조선 관리 말은 안들었습니다. 논으로 가라면 뚝으로 가는 게, 그게 곧 애국이구 독립운동이 었거던. 관리 말 잘 듣는 놈은 무조건 친일파였고 …… 그러나, 그러납니다. 내년이면 건국 삼십년이여. 이제는 애국허는 스타일이 바꿔졌다 이게여. 이제는 관청에서 허라는대로 허는 게 애국인 겁니다. (…중략…) 농촌지도소에서 허시라는 것만 허셔. 그게 애국입니다유. 내가, 내 집구석 지집농사 자식농사는 실농허면서두 여러분들이 농사 잘 지시라구 돌어댕기는, 시방 이 자리에 서서 떠드는 이 최아무개, 이 최아무개가 애국자라면, 이 최아무개 말을 잘 듣는 여러분들두 애국자더라 이겝니다. 농민들이 관의 말을 따라 신품종 베를 대량으로 경작한 결과, 예, 그 결괍니다. 그 결과 우리는 유사 이래의 숙원인 주곡의 자급달성을 일구칠오년도에 이미 완료했을 뿐만 아니라, 금년에는 단군 이래 목표량을 초과 달성해서 쌀을 수출까지 했는데, **이것은, 두말허면 사상이 의심스러운 새끼여**, 이것은, 모두 농민 여러분들의 자조 근면 협동정신의 발현이요 총화단결의 결실이더라 이것입니다. (…하략…)
　　　 ― 「우리 동네 리씨」, 민음사판, 65~66면. 강조는 인용자. 이하 모두 같음

영농지도강사는 국가의 농정과 지도정책에 비협조적인 농민을 설득하기 위해 '민족주의'에 호소한다. 영농지도강사의 강변(强辯)을 쉽게 풀이하자면 이런 것이다. 과거 식민지 시절의 '국가'는 옳은 국가가 아니었다, 그러므로 거기에 저항하는 건 이해한다, 그러나 이제 우리의 '국가'가 있지 않느냐, 이 '국가'의 정책과 지도에 순응하는 것이 '올바른 국민'이 되는 것이며, 또한 '애국'하는 것이기도 하다. 한편, 영농지도강사는 그 '민족주의'가 스스로 생각하기에도 옹색한 논리라고 여겼는지, 아니면 그것만으로는 부족하다고 느꼈는지, 마침내 분단 이후 '국가'가 전가(傳家)의 보도(寶刀)처럼 사용해 왔던 '반공 이데올로기'의 위력에 의지해, 국가의 농정을 따르지 않는 농민은 '사상이 의심스런 새끼'라고 위협하면서 농민들의 협조를 '강요'하기에 이른다. 번다(繁多)한 설명없이 단 한 번의 대화문으로, 박정희 정권이 내세운 '민족주의'의 본질이 '반공주의'를 매개로 한 '국가주의'에 지나지 않는다는 사실을 이토록 분명하고도 절묘하게 묘사하기란, 이문구가 아니고서는 어려운 노릇이다.

그러나, 농민의 처지에서 보자면, 그리고 이 대목이야말로 『우리 동네』의 '구조'가 지닌 의미연관의 핵심이기도 한 것인바, '농민'의 대척 지점에 위치한 '국가'의 '기표(記標)'가 '일본 제국주의'에서 '대한민국'으로 바뀐 것일 뿐, 그 '기표'의 변화에도 불구하고, '국가 / 농민'이라는 구조 자체는 요지부동이며, 그 구조 안에서 '농민'은 여전히 '국가'의 농정에 일방적으로 끌려 다녀야 하고, '국가'의 '타자'로 전락하지 않으면 안 되니, '현실'은 조금도 달라진 것이 없는 셈이다. 즉 농민의 시각에서 보자면, 식민주의 지배하의 농정(農政)이나, 대한민국의 '농정'이나 '농민'을 소외시키고, '농민'의 희생을 바탕으로 자본의 축적을 꾀하는 방식은 계속 반복되고 있는 것이다. '관 주도'나 '정부 수도'와 같은 '수사적 차원'이 아니라, '국가'가 '국민'과 더불어 '구조'의 요소로 배치되어 있다는 사실은 이런 이유로 좀더 각별한 중요성을 띠게 된다. '국가'의 국민에 대한 '호명'의지가 강렬한 만큼, '농민'의 '국가'에 대한 불신과 저항은 비례해서 강력해진다.

영농지도강사의 문제적 발언에 대한 '농민'의 '국가' 불신이 다음과 같이 이어진다.

> 교실 안은 아무 기척도 없었다.
> 리는 당연한 일이라고 생각했다. 설령 농촌지도소 강사들이 그들에게 백일기도를 드린다고 해도 신품종으로 바꿀 사람은 대농 몇 사람에 불과하리라고 그는 믿었다.
> 리가 알기에도 그에는 몇 가지 이유가 있었다. 첫째는 관리자들에게 오랫동안 무시당하고 속아 살아왔으므로, 이제는 누가 무슨 소리를 해도 믿으려 하지 않는 거였다. 낮은 정치, 높은 행정, 도시 경제가 속이고, 심지어는 가장 정직해야 할 학교 교육마저도 그들을 속였으니까.(민음사판, 67면)

영농지도강사의 발언과 그에 대한 '농민 이씨'의 의식은, 『우리 동네』를 구축하고 있는 '국가 / 농민'의 구조를 상징적으로 가장 잘 보여주는 대목이다.

그리고 이 구조의 두 요소인 '국가 / 농민'의 길항과 상호충돌 혹은 상호견인이 가장 활발히 진행되는 곳이 바로 소설 속의 '말'의 공간이다. 작가는 농민들의 '말'을 통해 그들이 어떻게 '국민'의 호명에 저항하는지, 혹은 그 '말'을 통해 어떻게 '국가 이데올로기'에 흡수되어 가는지, 그리고 '농민'으로서의 '계급 정체성'과 '국민'으로서의 '정치적 정체성'이 그들의 '말' 속에서 어떻게 서로 스며드는가를 보여주고 있다. 그러므로, 『우리 동네』를 정확히 읽기 위해서는 '국가 / 농민'이라는 '구조'와 이데올로기적 공간으로서의 '말', 이 두 가지를 따로 떼어서는 안 된다. 소설 전반에 관철되는 그 두 개의 절묘한 조화와 통일이, 기실 『우리 동네』의 가장 빛나는 부분이며, 동시에 이 작품이 한국 현대문학사에서 유례를 찾기 어려운 독특한 '농민소설'로서의 지위를 구축하는 이유이기도 한 것이다.

2. 말과 이데올로기

『우리 동네』 연작의 많은 경우가 이야기의 서두를 '확성기'의 찌렁찌렁한 굉음으로 시작하는 것은 자못 상징적이다. 확성기는 단잠에 빠진 농민의 잠을 깨우고, 저마다의 일에 분주하던 농민들을 순식간에 하나의 '집단'으로 동원하는, 강력하면서도 유용한 수단이다. 그 확성기는 마을에서도, 민방위교육장에서도, 영농지도교실에서도 요란하게 울려 퍼지면서 '농민' 앞에 군림한다. 실로 『우리 동네』에 등장하는 마이크와 확성기, 그리고 스피커는 '국가'의 '말'을 대변하는, 상징으로서의 '사물(事物)'이다.

> 앰프와 확성기는 각각 두 대의 자전거 짐받이에 얹혀 있었으며, 수백 명의 귀청을 찢는 비명만 지를 뿐, 좀처럼 말을 들을성싶지 않았다. 면직원이 입 다물어유, 앉어 줘유, 담배들 꺼유, 소리를 두어 차례 더 외친 뒤에야 확성기는 조용할 줄 알았다. (「우리 동네 김씨」, 민음사판, 29~30면)

> 오늘도 대한 추위에 물두멍 얼어 터지는 소리로 남의 고막을 맞창내면서 이장네 사랑의 새마을 방송이 시작되었다.
> 확성기 가락은 늘 구붓구붓한 논두렁을 타고 퍼져서 그런지 모처럼 한번이

나 여겨들으려면 되게 구불텅거렸으며, 바짝 얼어 으등그러진 논두렁들이 제대로 배겨낼까 싶잖게 요란스러웠다. (「우리 동네 리씨」, 민음사판, 34면)

　동네가 발칵한 것은 이튿날 새벽이었다. 정자나무에 매달린 손 가지 않은 확성기에서 동살이 오르기 전부터 새마을 노래가 끓어 쌓더니, 닭이 홰에서 내릴 만하자 이장이 매달려 왜장치기 시작한 거였다. (…중략…) 그 바람에 류그르트도 눈을 뜨면서 귓결에 금방 무슨 소리가 얼른한 것 같았으나, 확성기가 끓어 혼을 빼대니 짐작도 해 볼 수가 없었다.(「우리 동네 류씨」, 민음사판, 179면)

　'마이크'라는 이 근대의 발명품은 애초부터 '소리'와 '말'의 '독점'과 관련이 깊은 물건이다. 그것은 '대화'보다는, 일방적인 명령과 지시, 전달에 더 유용한 사물이다. 이런 확성기를 통해 전달되는 '말'의 내용들은 대체로 명령과 지시 사항, 동원과 계몽에 관련된 '국가의 말'이다. 농민들의 '말'이란 이 요란한 기계 앞에서 늘 왜소하고 무력하다. 그들이 할 수 있는 댓거리란 겨우 중얼거림이거나, 말꼬리를 잡아 그 의미를 살짝 비트는 것뿐이다.

　그런데, 좀더 흥미로운 것은 마이크 앞에 서서 '국가'의 '말'을 대변하는 사람들, 주로 이장과 면장, 영농지도강사, 한전기사, 면서기, 조합직원 같은 이들의 '말'이 한결같이 '국가'의 '지배이데올로기'를 대변하는 것만은 아니라는 점이다. 그들은 그들 안에 동서(同棲)하고 있는 여러 개의 정체성, 이를테면 '국가'의 하급 관리이자 농촌 사회의 구성원이라는 이중성, 또는 '국가'와 관련된 '공적 담론'의 수행자이면서, 그것과 개인의 '사적 담론'의 경계가 명료하지 않는 '발화자'로서의 혼란 등으로 인해 '말'의 일관성을 유지하는 데 실패한다. 작가는 이러한 '말'의 특징들을 매우 재치있고 날카롭게 소설 속에 담아냄으로써,

'말'(언어행위)이 여러 이데올로기가 서로 섞이고 충돌하는 '사회적 공간'임을 확인시켜 준다.

> 관향리 주민 여러분께 공지사항을 말씀드립니다. 오늘은 관향리 비상대청소의 날입니다. 관향리 민방위대원 전원과 예비군 전원은 지금 즉시 작업 도구를 지참하고 본 방송실 마당으로 집합하시기 바랍니다. 관향리 영농계 계원 전원과 사에치 회원 전원은 지금 즉시 방송실 마당으로 나와주시기 바랍니다. 나오실 때에는 필히 삽이나 괭이를 지참하시기 바랍니다. 삼반 윤선철씨는 특히 가래를 가지고 나오시기 바랍니다. 각반의 반장님은 지금 즉시 호별방문을 해설랑은 이 인원을 확보하시기 바랍니다. 부녀회원 전원은 지금 즉시 청소 용구를 지참하시고 마을회관에 모여설랑은 회관 청소를 해주시기 바랍니다. 창근이 어머니는, 실례했습니다. 부녀회장님께서는 지금 즉시 회원들을 인솔해설랑은이 청소를 마쳐 주시기 바랍니다. 누구네? 봉섹이네 니야까만 성허구 죄다 빵꾸나서 못쓴단 말여? 이런 제미 …… 영숙아 거기 담배좀 집어다구, 그 니야까를 빌려달라면 좋아헐까? 이반 장병찬씨, 장병찬씨는 니야까를 끌구 나오시기 바랍니다. 다시 말씀드립니다. 오늘은 비상대청소의 날입니다 …… (「우리 동네 류씨」, 민음사판, 179면. 강조─인용자)

농촌발전 홍보드라마를 찍기 위해 갑작스레 들이닥친 방송국 촬영팀 때문에 다급해진 상황이 이 발화의 콘텍스트를 구성하고 있다. 각별히 주목할 부분은 이장의 방송담화에서 서로 충돌하고 있는 '말'의 여러 층위들이다. 발화자인 '이장'은 '공적 담론'의 권위에 의지해 '주민'들을 동원하고자 노력한다. 그러나 그 '공적 담론'의 위계(位階)는 급박한 상황 탓으로 이내 허물어지고 만다. 부녀회장을 '창근이 어머니'라고 부른 실수를 금세 수정해 보지만─ '부녀회장'과 '창근이 어머니'가 동원의 효과 면에서 얼마나 큰 차이를 지니는가를 화자는 인식하고 있다―담화의 후반부에 이르면 말의 위계에 대한 자의식은 한꺼번에 무너져 내린다. 대체로, 그의 소설에서 '웃음'이 발생하는 맥락도 위의 경우처럼, 발화자의 '말의 위계가 발화자의 의도와는 달리 서로 뒤엉키거나 격에 맞지 않을 경우이다. 발화자의 내면에 섞여 있는 다양한 정체성이 발화의 위계의 일관성을 방해하기 때문이다. 이문구는 '대화'에서 이것을 놀라울 정도로 정교하게 묘사한다.

그러나, 웃음을 유발시키는 그 대화의 이면에는 어김없이 '국가주의'의 그늘이 도사리고 있다. 물론 대화를 통해 구현되는 '국가'는 종종 희화화되고 조롱의 대상이 되어 예의 그 '웃음'을 이끌어내기도 하지만, '국민'의 대화에까지 이토록 큰 그림자를 드리우는 '국가'라는 '리바이어던'을 떠올리면 한편으로는 섬뜩하지 않을 수 없다.

이런 말부림은 '풍자'나 '해학'의 측면에서도 설명이 가능하지만, 이문구의 의도와 기획을 좀더 정확히 이해하기 위해서는, '말'에 관한 그의 미학적 인식을 다른 각도에서 해석할 필요가 있다. 이문구 소설에서의 '농민'의 말을 단순히 '민중의 언어'나 '토속적인 방언' 수준으로 이해해서는 안되는 이유도 이것과 관련된다.

그에게서 '말'은 어떤 '순수한 본질'로 환원되는 것이 아니다. 다시 말하면, '농민'의 말이 따로 있고, '지식인'의 말이 따로 있는 것이 아니다. 그것은 서로 섞여들고 서로 영향을 주고받는다. 그러므로, '농민'의 말은 '국가'의 지배이데올로기에 어쩔 수 없이 노출되고, 그 영향 아래 구성되는 것이다. 이를테면, 앞서 영농지도강사의 발언에서 노출된 '민족주의'와 '반공주의', 그리고 '국가주의'의 복잡한 상호작용은, 비단 그에게만 국한된 것은 아니다. '국가'의 지배이데올로기에 저항하는 '농민'들 또한 어느새 그러한 '지배이데올로기'의 '말'에 영향을 받고 스스로 체화하는 과정을 밟게 되는 것이다.

자던 구신이 듣구 일어나 보더래두 생활수준이 나아진 건 틀림읎어. 이
런 디서두 양말 꼬매 신는 사람 못 보겠구, 십 리 이십 리 걸어댕기는 사람
안 보이데. 집이나 내나 즌기밥솥이 읎어, 즌기후라이판이 읎어. 믹사에
마호병에, 읎는 게 뭐여? 한갓 냉장고 하나 안 갖다 놓은 거 아녀? 이북 갔다
온 소리 말어. 요새는 이런 촌구석에 시집 오는 색씨 혼수에두 세탁기가 따
러오는 판이여.(「우리 동네 강씨」, 민음사판, 203면. 강조―인용자)

여유루 술 마신 중 아슈? 요새 여유 있는 늠은 간첩이여.(217면. 강조―인
용자)

"아는 소리 말어. 나가서 사람노릇 허려면 눈두 높어지구 데모허는 법두
배워 둬야 되여."
"그 묵은 소리 말어. 그런 소리 해봤자 좋아헐 늠은 짐일셍이 밲이 읎어
……"(「우리 동네 장씨」, 민음사판, 248면. 강조―인용자)

영농지도강사가 국가의 농정을 의심스러워 하는 농민을 향해, "두말
허면 사상이 의심스런 새끼여"라고 윽박지를 때의 그것은, 여지없는 국
가 지배올로기로서의 '반공 안보 논리'이다. 그러나, 이런 반공 이데올
로기는 어느새 농민의 말에도 스며들어, 농민이 다른 농민의 의견을 잠
재울 때도 동일한 방식으로 동원된다. 앞서 본 것처럼, 이장의 말이 '공
적 담론'에서 '사적 담론'의 위계로 옮겨 앉듯이, '농민'의 말은 어느새
지배이데올로기의 '언어'를 답습한다. 『우리 동네』의 '말'은 거의 전부
이러한 이데올로기의 상호충돌과 습합의 공간으로 설정되어 있다.

3. 개발독재 시대의 농촌과 농민

'말'이 '국가'와 '농민'의 이데올로기가 각축하는 공간이라면, '현실'은 두 대립항의 길항이 빚어지는 물리적 공간이다. '농민'의 '말'과 '삶'을 통해 재현되는 '국가'의 모습은, '농민'의 소망과 철저히 배치(背馳)되는 적대적 '타자'이다.

『우리 동네』의 농민들은 시종 '국가'의 농정에 대해 '불신'으로 일관한다. 체계적인 경제 논리나 정치 이론은 없지만, 그들은 경험으로 '국가'의 농정이 '농민'을 소외시킨 채 진행되고 있음을 정확히 감지한다. '국가'가 아무리 '국민으로서의 농민'이란 점을 계몽하더라도, '농민' 스스로 '비국민'이기를 자처하는 이유는 무엇보다도 '국민'으로서의 고유한 권리를 일찍이 누려본 바가 없기 때문이다. '농민'으로서 가장 못마땅하고 억울한 일 중의 하나가 농산물 가격구조의 비현실성과 왜곡이다.

> 농사꾼은 호적 파갖구 물 근너온 의붓국민인감. 다른 물건은 죄다 맹그는 늠이 기분대루 값을 매기는디 워째서 농사꾼만 남이 긋어 준 금에 밑돌어야 혀? 마눌 한 접이 금가면 버리는 푸라스떡 바가지만두 못허니 이래두 갱기찮은 겨? 드런 늠덜. 암만 초식장사 제 손 끝에 먹구 산다지만 해두 너무 헌다구. 꼭 이래야 발전헌다는 겨?(민음사판, 191면)

이미 상식에 속하는 일이지만, 박정희 통치 시대의 경제성장은 도시 노동자들의 저임금을 근간으로 이루어진 것이었다. '국가'는 도시 노동자들의 저임금을 유지시키기 위해 생계와 관련된 식료품의 가격을 계속 낮은 수준으로 묶어 두어야 했고, 그러기 위해 값싼 외국 농산물을 들여와야 했다. 그러므로 쌀을 비롯한 먹을거리의 저가정책은 당연히 농촌의 희생을 댓가로 유지될 수밖에 없었다. 농민들은 대부분 생산비에도 턱없이 모자라는 가격으로 농산물을 출하시켜야 했고, 경우에 따라서는 판매 가격보다 생산비가 더 높아 다 자란 농산물을 밭째로 갈아엎어야만 하는 일도 수없이 겪어야 했다. '국가'가 '농민'에게 농촌정책을 펴면서 '국민'되기를 요구하면 할수록, '농민'들은 '의붓국민'에 불과하다는 자의식에 깊이 빠져들게 된다.

 '국가'의 농정에 대한 '농민'의 불신은 비단 농산물 가격 구조의 비현실성에만 기인하는 것은 아니다. 농민이 배제된 농정은 농산물 가격의 결정 과정에서뿐 아니라, 그 이전에, 무엇을 심고 가꿀 것인가의 단계에서부터 비롯되고 있었다. 특히, 벼농사에 있어 '70년대를 일관했던 것은, '국가'가 개발한 신품종의 '강요'와 이에 대한 '농민'들의 '거부'로 빚어지는 갈등이었다. 이 무렵, 박정희 정부는 품종개량이라는 이름으로 다양한 신품종 볍씨를 개발하여 농민들에게 권장했다. '유신' '통일' '밀양' '수원' '노풍' …… 이름만으로도 '국가주의'의 냄새가 물씬 풍기는 신품종 볍씨들이 온갖 방법으로 농민들에게 '강요'되고 있었다. 그러나 농민들은 이러한 국가의 정책을 기꺼운 마음으로 따르기 어려웠다. 가장 큰 이유는, 정부의 홍보와 계몽에도 불구하고 도시 사람들이 재래종인 '아끼바레'만을 선호했기 때문이다. 숙성도와 면역력, 찰기에 있어서도 신품종은 정부의 홍보와는 달리 재래종에 미치지 못한다는 것이 농민들의 판단이었다. 그러나 '국가'의 지도정책을 따르지 않는 댓가는 가혹했다.

 작업복 차림의 면직원을 서넛이나 달고 나온 산업계장은, 재래종을 담가 놓고 싹틔우던 두멍 속에 싹이 트지 않도록 마세트입제를 들어붓고 휘젓는 북새를 피운 다음, 나중에 재래종 볍씨를 안방이나 부엌에 숨겨 틔워 다시 뺌는다 해도, 결국은 면장이 나와서 장화발로 직접 못자리를 짓밟고 말리라고 눈을 허옇게 희번득이며 대구 윽박지르던 것이다. 게다가 이장까지 묻어와서 제발 자기 좀 살려달라며 걸고 들었다. 농삿군은 마음에 있는 종자라도 고를 권한마저 빼앗긴 셈이었다.(민음사판, 132면)

'국민'의 고유한 권한을 뺏긴 '의붓국민'으로서의 농민의 비애는 단지 이것에 그치지 않는다. 밀주단속반이 동네를 급습하면 온 동네가 문을 걸어 잠근 채 집을 비우는 '소개(疏開)작전'을 감행해야 하고('우리 동네 리씨'), 농수산부 관리가 피서하러 마을 앞을 지나가면 온 동네사람들이 전부 새벽부터 분무기에 맹물을 담고 나와 공동방제 시늉을 하는 '쇼'를 벌여야 한다('우리 동네 황씨'). 농민은 탄식한다. "위서 허라는 것은 세상없어두 못 배기니께."

'농민'의 권한이란 엄밀히 따지고 보면, 이익을 좇아 '시장(市場)'의 논리를 따르고 싶은 욕구라고 할 수 있다. '시장'에서 먹히는 품종을 재배하고, 수확한 농산물의 가격이 '시장'에서 형성되어 '제값'을 받게 되는 것. 그러나 '국가'는 '시장'의 논리를 위배할 것을 '농민'에게 강요한다. 그 손실과 피해는 고스란히 '농민'의 몫이다.

생산자로서의 '농민'이 '국가'의 개입에 의해 제 몫을 못 찾는 것에 반해, '소비자'로서의 '농민'은 전면적으로 '시장'의 질서에 편입되어 있다는 것이 '농촌' 문제를 한결 복잡하게 만든다. '의붓국민'으로서의 자괴(自塊)와 비애가 한층더 강화되는 것은 바로 이 지점이다. '국가'에 의해 '타자화'된 '농민'과 '농촌'이, 이번에는 소비적 자본주의 문화의 모방과 답습에 치중하는 일종의 '내부 식민지'가 되었기 때문이다.

『우리 동네』가 지닌 미덕의 또다른 측면은 자본주의적 소비문화가 '농촌'의 일상과 문화를 변화시키는 과정을 탁월하게 재현하고 있다는 점인데, '국민되기'에 대한 비자발성과 수동성에 비하면, '상품소비자되기'는 한결 능동적으로 진행된다. 70년대 들어 도시를 시발로 빠르게 대중화한 전자제품은 농촌사람들의 '욕망'을 사정없이 충돌질하는 물신(物神)이 된다. 그들은 '전자제품'을 소비함으로써 '도시적 일상'을 향유하는 대리충족을 맛보고, '도시문화'를 모방하는 것으로 '사이비 국민'이라는 부정적인 자기정체성을 은폐시키고자 한다. 「우리 동네 류씨」편에 나오는, 농촌 여성들의 '이쁜이수술계' 소동이나 '관광열풍'은 하나의 상징적인 사례이거니와, 남녀노소 가릴 것 없이 '농촌'의 주민은 자본주의적 소비문화의 융단폭격에 전면 노출되어버렸다.

> 병시엄니, 시방 우리게에 계가 몇 개나 있는 중 알구나 그려? 우리만 해두 하루에 두번 시 번 달력을 봐야 제 날자를 안넴기는 판인디 …… 볼려? 여자 덜찌리 허는 금반지계, 법랑세트계, 이불계, 즌자재봉틀계, 은수저계, 한복 계, 세탁기계, 꽃놀이계, 이뿐이수술계 …… 그 말구두 쎘을 겨. 남자덜지리 붓는 계는 또 얼마여. 전에는 상포계(喪布契), 향도계(香徒契)밖이 읎었지만 시방은 내라 아는 것만두 쌀계, 생일계, 환갑계, 칠순계, 바캉스계, 효도관광 계, 단풍계, 경운기계, 카세트계, 예비군계, 민방위계, 양수기계, 자가수도 계, 망년회계 …… 이루 셀 수도 읎이 대추나무 연 걸리듯헌게 겐디, 한달 육 장에 메칠이나 비었간디 계를 새루 해서 에워?(민음사판, 262~263면)

『우리 동네』는 농촌 경제가 부실해지고 농민의 가계(家計)가 거덜나는 과정을 객관적이고 냉정한 경제학적 시각으로 재구성해 낸다. 그 시각이 객관적인 이유는 천 원 단위, 백 원 단위뿐 아니라, 원 단위에 이르기까지 한 치의 빈틈도 없이 농민들의 수입과 지출 내역을 검토하고 그 대차대조표의 손익을 전체 경제구조로부터 연역해 내고 있기 때문이다. 그 점에서 『우리 동네』는 가히 70년대 농촌경제에 관해 '소설로 쓴 보고서'라고 일러도 전혀 과장된 말이 아니다. 동시에, 작가는 이러한 농촌 경제의 파탄과 부채사슬의 악순환의 원인이 외부뿐 아니라 농민 내부에도 있음을 놓치지 않고 간파한다. 농민들은 영농자금 명목으로 대출을 받아 그 돈의 상당 부분을 전자제품을 사거나, 도시 풍의 소비생활을 모방하는 데 써버린다. 일차적으로는 농민의 잘못이지만, 근원적으로는 '농촌'에 침투한 소비적 자본주의 문화의 영향 때문이다. '우리 동네 리씨'의 딜레마는 이를 잘 보여준다. '텔레비전'은 이씨 가족을 해체시켜버렸다. 텔레비전이 없는 이씨 식구들은 저녁 밥숟갈 놓기가 무섭게 텔레비전이 있는 이웃을 찾아 식구들끼리 뿔뿔이 흩어져버리는 것이다.

> 첫째는 아이들 얼굴을 잊지 않기 위해서라도 TV는 집에 있어야 되겠던 것이다. 아이들이 곤히 자는 어슴새벽에 일 나갔다가 다 어두워 집에 들어와 보면, 아이들은 이미 제각기 흩어져 남의 집으로 TV구경을 간 뒤였고, 으레 자정을 앞두고 들어와 쓰러지곤 하였다. 자정까지 기다려 아이들을 나무라고 잘 수도 없었다. 아내부터가 저녁상을 더듬거리기 무섭게 남의 집 대청마루로 부살같이 내닫는 까닭이었다. (민음사판, 45~46면)

이러한 텔레비전은 집안에 들여놓자마자 새로운 '애물단지'가 된다. 어른애 할 것 없이 그 상자 속에서 벌어지는 온갖 '소비적 작태'에 넋을 앗겨 버리기 때문이다. 텔레비전의 구입으로 동네방네로 흩어졌던 식구들을 집안으로 다시 모으는 데까지는 성공하지만, 그것이 요란하게 충동질하는 '소비의 욕망'과 이씨의 '구매 능력'의 차이 때문에, 다시 식구들은 와해된다. 이 소설 속에서의 부부간의 대립과 갈등은 대체로 이 '구매 욕구'과 그 능력 사이에 존재하는 '차이' 때문에 빚어지며, 이 '차이'를 메꾸기 위해 발생한 '채무'와 그것을 변제할 능력의 부족으로 인해 빈곤은 악순환을 거듭한다. 그런 가운데에서도, '욕망'은 점차로 그 '소비 욕구'를 실현시키는 쪽으로 수렴된다. 남자들은 맥주를 맛본 다음부터는 막걸리를 멀리하게 되고, 여자들은 비싼 화장품과 온천관광의 매력에 중독되어 간다. 한번씩 서울 복부인들이 몰려 내려와 '땅투기' 바람을 일으키거나, 밭떼기로 농산물을 매점하면서 삽시간에 수 억원을 거래하는 광경을 보고 나면, 농민들은 더 이상 '농사'지을 흥을 잃어버린다.

농민소설로서의 『우리 동네』가 지닌 또다른 미덕은, 결코 작가가 '농민'을 이상화(理想化)하지 않는다는 점에 있다. 『우리 동네』의 농민들은 착하고 순박한 어리백이가 결코 아니다. 그들은 도시사람보다도 훨씬 이익에 밝으며 영악하다. 욕망에 쉬 흔들리고, 그 욕망으로 인한 시행착오를 거듭한다. 이문구가 생전에 가장 싫어한 것이 바로 드라마 '전원일기'류의 농민형상과 농촌묘사였는데, 그것은 농촌과 농민을 농민의 시각과 처지에서 그려내는 것이 아니라, 한 때 농촌에 살았거나, 농촌에 산 적이 없지만 농촌의 삶과 정서는 대개 이러이러하리라고 짐작하는 도시 거주자들의 '향수'만을 위해 존재하는, 박제된 '농촌'으로 만들어버렸기 때문이다. 그러므로, 『우리 동네』는 도시 거주자의 시각에서 요구하는 '농촌의 향수'를 인위적으로 만들어내지 않는다. 그런 종류의 '향수'야말로, 농촌은 아직도 소박한 공동체의 정서와 전통윤리가 살아 숨쉬고, 하늘을 두려워하고 땅을 신뢰하는 착한 '농부'들이 사는 곳쯤으로 미화하는 원인이기 때문이다.

따라서 자본주의적 소비문화에 의해 급격히 와해되어 가는 농촌사회의 윤리와 질서를 지켜보는 작가의 시선은, 매우 냉정하면서도 담담하다. 그리고 그 냉정함과 객관적 시선의 유지가 가능한 것은 "예전의 풍속이 다시는 되풀이될 성 싶지 않다"는 어느 정도의 체념이 작용하고 있기 때문이다. 때로 그러한 체념은 모종의 비장미로 이어지기도 한다.

그 무렵의 강은 온몸이 끓는 채로 쓰러져 있었다. 지친 탓이었다. 물론 보리가 탈이었다. 누가 농사 지을 마음이 가신다고 했는지는 몰라도 강은 살고 싶은 마음이 사위어가고 있었다. 그는 몸져 누워 있으면서도 술을 찾지 않은 날이 없었다. 맑은 정신으로 그러고 있으면 고대 실성해 버리고 말 것 같은 느낌을 떨쳐 버릴 수가 없어서였다. 날이 새나 저무나 술이었다. 그는 술김에 몸을 지탱하고 그로써 정신을 놓지 않은 셈이었다. 그는 술만 들어가면 매양 얼마 안 남았다느니, 이젠 다 된 것 같다느니 하며, 깨고 나면 모른다던 헛소리를 했다. 그녀는 그때마다 자살로 알아들어 말도 못하게 애를 태웠다.(「우리 동네 강씨」, 민음사판, 192면)

소설 전체를 관류하는 것은 물론 유머스러한 톤이지만, 그 사이사이에 이러한 비장한 분위기가 섞여 있어 『우리 동네』의 정치적 의미를 강화시켜 준다. 소설 가운데는, 「우리 동네 최씨」나 「장씨」에서처럼 농민과 노동자의 계급적 연대를 암시하는 에피소드도 있고, 「류씨」나 「강씨」의 경우처럼, 비록 개인적인 차원에서나마 부당한 현실에 온몸으로 맞서는 결기를 보여주기도 한다. 그러나, 전체적으로 『우리 동네』에는 '저항 주체'로서의 농민을 전면에 배치하려고 애쓴 흔적은 보이지 않는다. '국가' 권력이 압도적이던 시절에, 강고한 '저항 주체'로서의 농민 형상은 소설의 리얼리티를 오히려 훼손하고, '농민'을 이상화할 우려가 없지 않다. 『우리 동네』는 정치적 의도를 충분히 살려내면서도, 그 위험을 절묘하게 피해 나간다. 앞서도 말한 바 있지만, 동시대의 소설 중, 이 소설만큼 '유신'으로 표상되는 '국가'의 부당성과 폭력성을 묘사한 성과도 드물다. 그러나, 정작 이문구의 『우리 동네』가 지닌 문학사적 가치는, '국가'와 '농민'의 상호대립과 적대적 모순 자체를 보여준 데 있는 것이 아니라, 그러한 대립과 길항이, '언어' 속에서 어떻게 드러나고 있는가를 제시한 데 있다. 거꾸로 말하면, 그는 '말'을 통해, '국가'와 '농민'의 충돌을, 지배이데올로기와 저항이데올로기의 길항과 상호습합을 보여주었던 것이다. 그리고 그러한 방식을 통해, 오히려 유신 시대 '국가주의'의 일상적 폭력성이 한층 더 선명하게 부각되며, 그것에 의해 소외되고 타자화되는 '농촌'과 '농민'의 현실이 한결 사실적으로 그려질 수 있었던 것이다. 이 점이, 오래도록 기억해야 할 『우리 동네』의 농민문학적 특이성이며, 또한 문학사적 가치이다.

'웃음'에 관한 두 개의 변주(變奏)

성석제와 김종광

1. 웃음, 혹은 사회적 반동과 일탈 욕구

1990년대에 들어 '웃음'과 '엽기'가 한국의 대중문화를 지배하는 가장 강력한 코드로 떠오른 이후, 이러한 추세는 다른 예술 분야에도 영향을 미치기 시작했다. 사람들의 일상과 가장 밀접하게 소통하는 대중문화의 경우에는, '유머'와 '엽기'는 그야말로 상품인 동시에 가치였고, 방법인 동시에 이념이었으며, 종국에는 문화 그 자체가 되어버린 듯한 느낌이 들 정도다. 사람들은 마치 '웃음'에 기갈이라도 난 것처럼, 우스운 얘기와 우스운 영화, 우스운 노래, 우스운 만화를 찾아 헤매 다닌다. 가수나 배우도 노래 실력이나 연기력보다는 무언가 대중을 웃길 수 있는 능력이 없으면 성공하기 어려운 형국이 되었고, 일반 사회에서도 '웃길 줄 아는가?'가 사람의 능력을 판별하는 중요한 기준으로 떠오르게 되었다. 심지어는 대학 사회에서도 '명강의'라는 소리를 들으려면 학생들을 적절하게 웃겨야만 한다. 그래서 '명강의'의 조건 항목에서

'교수의 유머 구사 능력'은 상위를 차지한다. 문화현상인 동시에 사회현상이기도 한 이러한 변화의 추세는 딱히 분석이나 진단이 새삼스러울 만큼 수 삼년 이래 널리 퍼졌고, 그간에도 이러저러한 진단과 분석, 혹은 평가가 없었던 것은 아니지만, 그럴수록 깊고 넓은 안목에서 이러한 문제들을 검토하는 일이 절실해지는 것도 사실이다. 이러한 현상은 단순히 좋고 나쁨의 판단보다는, 현상의 발생 원인과 그 성격에 대한 심층의 분석이 필요하고, 특히 어떤 새로운 현상이든 그것은 이전에 존재했던 지배적이고 규범적인 '무엇'에 대한 반동으로 나타난다는 점을 생각할 때, '반동'으로서의 이 현상을 어떻게 긍정적이고 건강한 쪽으로 이끌어 낼 것인가에 대한 논의도 더없이 중요해진다.

 '웃음'에 관한 생리학적, 심리학적, 미학적 연구는 오랜 역사와 연륜을 자랑한다. 그 많은 이론과 학설에서 한 가지 공통되는 것은, '웃음'이 무언가를 풀어헤치고 느슨하게 만든다는 것, 또는 무언가를 뒤집어 놓거나 무너뜨린다는 것이다. '이완'과 '유연화', '전복'과 '부정'은 '웃는 자'(주체)와 '웃기는 자'(대상)가 어떤 관계로 맺어지는가에 따라 그때그때 다르게 나타나지만, 어떤 경우에든 '웃기는 자'(대상)는 '웃는 자'에 의해 본래의 양태보다 작아지고 못나지며, 열등한 존재가 된다. 그래서 사실 '웃음'은 다분히 가학적이며, 인위적으로 '웃는 자'가 '웃기는 자'보다도 '우위'에 놓여야 발생한다. '웃음'이 유발되는 일반론 차원의 과정이 이렇다고 전제할 때, 한 사회에서 '웃음'이 요구되는 정도가 크다는 것은, '웃음'을 통해 '풀어헤치거나 뒤집어야 할' 무언가가 그 사회에서 그만큼 크게 자리잡고 있음을 의미한다.

 100년 전쯤, 베르그송은 『웃음』이라는 책에서, '웃음'은 '경직성으로부터의 일탈 욕구'라고 정의한 적이 있다. 그에 의하면 "웃음이란 일종의 사회적 제스처"로서, "사회 집단의 표층에 기계적인 경직성으로 남아 있는 모든 것을 유순하게 만드는 작업"이다. 이 경직성이 해소되지 않으면, "인간은 사회에서 의심을 받게 되고, 고립되고 둔화되며, 사회가 중심으로 삼고 회전하는 공통적인 중심으로부터 멀어지게" 된다.[1] 그러므로 사람들은 '웃음'을 통해 이 '경직성'을 교정하고, 원만한 사회적 삶으로 복귀하게 된다는 것이다. 결국, 그에게 있어 '웃음'이란 '긴장 / 유연성', '경직 / 이완' 혹은 '기계 / 생명'의 경계를 느슨하게 하고, 전자(前者)들로부터 후자(後者)를 환기시킴으로써, 활달하고 유연하며 자유로운 '생명력을 지닌 존재'로서의 인간으로 복귀하게끔 해주는 중요한 사회적 장치인 것이다.

베르그송의 '희극성'에 관한 논리는, '웃음'의 심리학적 범주와 미학적 범주의 경계를 종종 무시하고, '웃음'과 '희극성'의 구별을 모호하게 처리하며, 특히 '웃음'과 연관되는 '육체성'에 관한 해석에서, 반세기쯤 뒤에 이런 문제에 관한 탁월한 업적을 남기는 바흐찐과는 정반대의 논리를 편다는 점에서 뚜렷한 한계를 지니는 것은 사실이지만, 1990년대 이후의 한국 사회에 어째서 '웃음'이 지배적인 문화코드로 등장하게 되는가를 이해하는 데, 일반론의 차원에서 유용한 단서를 제공해 준다. 이런 일반론의 프리즘을 우리 사회의 구체적인 상황으로 옮겨놓았을 때, 우리가 그 프리즘을 통해 확인해야 할 것은, 과연 우리 사회에서 '긴장 / 유연', '경직 / 이완'의 경계를 이루는 그 ' / '(슬래쉬) 기호의 역사적 · 사회적 · 문화적 내용이 무엇인가 하는 점이다. 그리고, 아마도 이것은 문화분석과 사회분석을 아우르는 방대한 과정을 요구하게 될 것이다.

이 글은, 성석제와 김종광의 근작[2]을 중심으로 하여, 그 작품들 중에서 절대 우위를 차지하고 있는 '희극적 양식'의 의미와, 작품을 통해 드러나는 '웃음'의 성격에 대한 짧은 고찰이다. 10 년 정도의 터울을

1 　베르그송, 『웃음』, 정연복 역, 세계사, 1992, 25면.
2 　이 글에서 주로 언급하게 되는 것은 성석제의 『황만근은 이렇게 말했다』(창작과비평사, 2002)와 『번쩍하는 황홀한 순간』(문학동네, 2003), 그리고 김종광의 『경찰서여, 안녕』(문학동네, 2000)과, 『모내기 블루스』(창작과비평사, 2003)에 실린 작품들이다.

두고 있는 이 두 작가는, 1990년대 후반 이후 소설의 영역에서 각기 독특한 스타일로 확고한 입지를 굳혀 오고 있다. 이 두 작가의 창작 경향이 오로지 '희극적 양식'이나 '웃음'으로 환원되는 것은 아니며, 소설의 '희극성'에서 유독 이들 둘 만이 대표성을 지닌다고 단정할 수도 없는 일이다. 그러나, 역시 이들의 작품들 중 강한 개성이 표출되는 것은 그들이 즐겨 구사하는 양식적 특질을 통해서이며, 특히 김종광의 경우, 그의 어떤 소설들은 한창훈이나 전성태의 소설들과 비슷한 개성을 연출하는 경우도 없지 않으나, 다른 두 사람에 비해 김종광의 경우 '희극성'이 한결 중심적인 미적 원리로 자리 잡고 있다는 점에서, 이들 두 사람을 중심으로 작금 한국소설에서의 '희극성'을 살펴보는 일이 그리 무리한 것은 아니라고 생각한다. 이제, '웃음'이라는 표제로 이들 두 작가가 들려주는 '변주(變奏)'를 음미해 보기로 하자.

2. 성석제, 혹은 장르의 변개(變改)와 알레고리

　성석제 소설의 중요한 특징 중의 하나는 서사장르에 대한 그의 실험성, 혹은 일탈의지라고 할 수 있다. 성석제의 소설은 '근대소설'로부터의 일탈을 꿈꾼다. 양식적으로 그의 소설은 동아시아 서사(敍事)문학의 뿌리에 가 닿아 있다. 그의 소설들은, 말 그대로 '소설(小說)'이라고 할 때의 그 '小'가 가리키는 바의 다양한 기의들로 복귀하고자 한다. 동아시아 소설에서의 '小'는 전통적으로 '쓸모없음', '천박함', '잡스러움', '비현실성' '황당무계함' 따위를 지시하는 것이었다. 그리고, '소설'은 오래도록 '문학'의 주류에 편입되지 못하고, 그 주변을 어정거리는 '변방의 장르'로 겉돌았다. 세월이 흐르고 사회가 바뀌어, 이제는 누구도 '소설'의 '小'를 전래의 '기의(記意)'로 해석하는 사람은 없으나, 엉뚱하게도 성석제는 '소설'이 본래 그러한 것임을, 즉 전래의 기의로 해석하는 것이 옳음을 환기시키려 애쓴다.

소설이 천대받았던 이유 중의 하나는 소설에는 이른바 '문이재도(文以載道)'라고 할 때의 그 '도'가 없다는 것, 근대적 언어로 바꾸자면, 가치 있는 '계몽담론'의 부재라고 할 수 있을 것인데, 그 점에서, 성석제의 소설은 일부러 어깨에 힘을 빼고 자기 내부에 전혀 '계몽의 의도'가 존재하지 않음을 내세운다. 물론 작가의 이러한 의도와 실제 텍스트가 일치하는가는 별개의 문제이나, 스스로 그 '소설'의 '小'됨을 자임한다는 점은 분명하다. 이 '小'가 가리키는 것들 중의 '쓸모없음'이나 '지리멸렬함' 역시 성석제 소설이 구현하고자 애쓰는 바다. 그는 기꺼이, 좁은 골목과 누추한 거리에 떠도는 별 보잘 것 없는 '장삼이사'들을 이야기의 주인공으로 모시며 그들이 벌이는 참으로 '하찮은 이야기'에 귀 기울인다. 대체로 그의 소설에는 깡패, 배달부, 실업자, 노인, 아낙, 술집 웨이터, 농사꾼 등이 등장하고, 얘기란 것이 주로 술 마신 일, 노름한 일, 오입한 일, 개한테 물린 일 등에 관한 것이며, '맛있는 라면'이나 '맛있는 딸기' '소리 잘 나는 전축' 등에 관한 것들이다. 마지막으로, 이 '小'에 내포되어 있는 '비현실성'과 '황당무계'라는 특징과 그의 소설의 관계를 보자. 성석제의 어떤 소설들은, 그야말로 비현실성과 황당무계함으로 가득 차 있다. 「황만근은 이렇게 말했다」나 「천하제일 남가이」 등은 전형적인 '이인설화(異人說話)'의 구성방식을 취하고 있다. 거기에는 신이(神異)한 탄생설화나 주인공의 고생한 이야기, 그리고 세상의 이목을 집중시키는 기행(奇行)이 기록되어 있다.

요컨대, 그는 '근대소설'의 합리성과 인과율, 그리고 도저한 계몽의지, 묘사의 핍진함과 사실성 등을 과감히 제거하고, 이야기를 동아시아 이야기문학의 전통 장르인 전기(傳奇)나 지괴(志怪), 또는 연의(演義)나 협의(俠義)의 지평으로 복귀시키려고 한다. 그러므로, 그의 소설에 유가(儒家)적 합리성보다는 도가(道家)적인 과장과 비현실성이 지배적으로 드러나는 것은 당연한 이치다. 애초, 소설의 발생 자체가 무당이나 도가의 방사(方士)들에 의해 소통되던 『산해경』 같은 황당무계한 '이야기'에서 비롯되었거나,3 글줄 깨나 짓고 읽는다는 선비들이 권력으로부터 밀려나 그 헛헛한 소회를 달랠 심산으로 열전(列傳)의 기자(記者) 흉내를 내면서 신기한 이야기를 적던 데서 말미암은 것이고, 이 풍요로운 이야기의 세계가 유교중심주의에 의해 변두리로 밀려나 있던 것이 동아시아 서사문학이 겪어온 저간의 사정임은 두루 알려진 바와 같다.

따라서, 그의 소설에 '근대소설'의 요소가 결여되어 있다는 사실을 들어 그의 소설을 비판하는 것은 무의미한 노릇이다. 그리고, 역설적인 결론이지만, 그의 '근대소설'에 대한 이러한 일탈 의지가 그의 소설에서 '웃음'을 유발케 하는 가장 일차적인 원인이 된다. 독자들은 그의 소설을 통해, '근대소설'의 엄숙함과 진지함, 무거운 주제의식, 소설을 지배하는 엄혹한 현실성 등이 와해되거나 이완되는 것을 목도하게 되고, 그 결과 한결 가볍고 경쾌한 '소소하고, 쓸모없고, 황당하고, 더러운' 이야기들을 만나게 되는 것이다. 장르 해체의 이 일차적 전략이야말로, 그의 소설이 '웃음'과 밀접한 연관을 맺도록 만드는 중요한 이유가 된다.

「황만근은 이렇게 말했다」는 전통적인 '바보이야기'의 모티프를 취하고 있다. '황만근'의 인물됨을 압축하는 것은 "백분(번), 찝원(십 원), 여끈(열 근), 팔푼, 두 바리(마리)"4라는 내용을 가진 이른바 '황만근 노

---

3   정재서, 『동양적인 것의 슬픔』, 살림, 1996, 99~115면.
4   성석제, 「황만근은 이렇게 말했다」(『황만근은 이렇게 말했다』, 창작과비평사, 2002), 15면.

래'의 가사이다. 그는 어렸을 때 하루에 백 번 이상을 넘어지고, 혀 짧은 소리를 하며, 아들과 너나들이를 할 만큼 예의범절을 모르고, 셈에 어둡다. 어른들은 물론이고 동네 어린아이들조차 그를 '바보 황만근'이라 부르며 업신여긴다. 그가 사람들로부터 기피당하는 결정적인 까닭은, 그의 몸에서 풍기는 고약한 체취 때문인데, 그는 태어나서 단 한 번도 몸을 씻은 적이 없었던 탓에, 그의 체취는 여간한 인내로는 버티기 힘들 만큼 지독한 것이었다. 그럼에도, 그는 마을에서는 빼놓을 수 없는 요긴한 존재였는데(물론 마을 사람들은 이 사실을 완전히 전도시켜, 황만근이 다른 마을에서 태어났더라면 진작에 추방당했을 것이며, 인심 좋은 마을 사람들 덕분에 붙어살고 있다고 착각한다), 스스로 농사꾼이면서도, 마을의 온갖 허드렛일에 열 일 제치고 달려드는 헌신적인 사람이었기 때문이다. 오로지 농사일밖에 모르는 황만근의 유일한 취미는 '술 마시기'였는데, 그는 술에 취하면 아무데서나 옷을 훌훌 벗어 던진 채, 하늘을 이불 삼고 땅을 요를 삼아 잠에 곯아떨어지는 것이었다. 새벽이슬에 젖은 채 길바닥에서 자고 있는 그를, 어린 아들이 투덜거리며 집으로 업고 가는 장면은 마을 사람들이 아침마다 목격하는 낯익은 풍경이 되었다.

현대판 '바보 이야기'를 그려나가던 소설은, 그러나 중간에 삽입되어 있는 '토끼이야기'에 이르러 갑자기 '이인설화(異人說話)'로 변한다. 그는 젊은 시절 산 속에서 거대한 '토끼괴물'을 만나 대결을 벌이고, 그 대가로 아내와 아들을 얻을 수 있었다. 바보 황만근은 주위 사람들의 부추김으로 '농민궐기대회'에 나갔다가 비명횡사하는데, 소설 말미에 등장하는 '묘비명'은 전형적인 '열전(列傳)'의 '기자(記者)' 목소리를 빌려 '이인(異人) 황만근전'을 마무리하고 있다.

어느 누구도 알아주지 아니하고 감탄하지 않는 삶이었지만 선생은 깊고 그윽한 경지를 이루었다. 보라, 남의 비웃음을 받으며 살면서도 비루하지 아니하고 홀로 할 바를 이루어 초지를 일관하니 이 어찌 하늘이 낸 사람이라 아니할 수 있겠는가. 이 어찌 하늘이 내고 땅이 일으켜 세운 사람이 아니랴.[5]

근대소설에 익숙한 독자들은, 성석제 소설의 이러한 장르복합에 낯섦을 느낄 것이 분명하다. 위에서 확인했듯이, 그의 전근대서사로의 복귀는 단순하지 않은데, '전근대' 양식 안에서도 이질적인 것들, 예컨대, 전(傳)과 전기(傳奇), 지괴(志怪), 민담과 설화 등을 다양하게 섞어놓고 있기 때문이다. 때에 따라서는 시침을 뚝 떼고, 그 이질적인 전통 서사들의 사이를 가로지르며, 가장 전형적인 근대소설의 화법을 구사하는 엉뚱함을 보여주기도 한다. 장르에 고착되지 않는 이런 유연함이, 독자들에게는 하나의 신선함과 파격으로 다가온다. 바보의 내력을 읽어가면서 웃음을 참지 못하던 독자들은, 느닷없이 삽입된 토끼 괴물 얘기에 이르러서는, 그 그로테스크와 엽기적인 황당함에 전율하다가, 마침내 '바보 황만근'의 '바보다움'이 진정한 '어짊'에서 연유한 것이며, 그를 제대로 알아보지 못하고 '바보 취급'을 했던 '마을 사람들'(이자 곧 세상 사람들)의 '어리석음'을 질타하는 것과 동시에 자신들의 미망을 뉘우치고 반성한다. 이 대목이야말로, 일찍이 공자가 말했던 바, "(소설이란 물건이) 비록 쓸데없는 것임은 분명하나, 더러 볼 만한 것이 아주 없지는 않다(雖小道, 必有可觀者焉, 致遠恐泥)"[6]는 얘기를 확인시켜 주는 것이기도 하다.

성석제 소설이 '웃음'을 일으키는 또 다른 기제는 그가 즐겨 선택하는 '더러운 것', 혹은 '냄새나는 것'이 '점잖은 것'과 '깨끗한 것', 그리고 '고상한 것'의 허구와 위선을 여지없이 까발리도록 만드는 것이다.

---

5 성석제, 앞의 글, 40면.
6 노신, 『중국소설사략』, 정범진 역, 범학, 1978, 13면.

‘황만근’이 세상에 태어나서 한 번도 몸을 씻은 적이 없는, ‘냄새나고 더러운 인간’이라는 것은 위에서도 말했지만, 이런 유형의 ‘더러움’을 극대화한 또 다른 주인공이 「천하제일 남가이」의 주인공인 ‘남가이’다. 남가이의 탄생 역시 ‘이인설화’의 그것처럼 신비롭다. 그의 어미가 남가이를 배기 전에 이상한 꿈을 꾸었다. 포동포동하고 하얀 돼지새끼가 하늘로 날아올라가다가 그 돼지의 침방울이 구슬로 변해 떨어지고, 그 구슬을 치마로 받던 처녀(곧 남가이의 어미)는 이무기의 뿔에 아랫도리를 떠받치고, 물속으로 떨어진다. 범상치 않은 이런 태몽으로 태어난 남가이지만, 어린 시절의 남가이는 ‘더러움’ 그 자체였다.

> 가까이 가면 우선 고약한 냄새가 코를 찔렀다. 그 냄새는 시골 어린아이 특유의 비린내와, 두엄더미 근처에서 나오는 발효와 부패의 합작물에, 시골길에서 시시로 밟게 되는 소, 말, 나귀, 개, 닭, 거위, 염소의 똥, 남가이 자신에게서 나와서 온몸 구석구석에 골고루 묻혀진 마르고 진 배설물, 먼 훗날 남가이에게서 풍겨나오게 되는 고아한 향기의 원형이 희미하게 결합된, 냄새 자체로 이미 괴물이었다.[7]

그런 남가이는 작은 소읍의 집집마다 찾아다니면서 똥을 쳐주고, 그 똥을 자기 밭 옆의 웅덩이에 모아두었다가 크게 재물을 모은다. 이를테면, 그는 상품이나 돈을 ‘매점매석’한 것이 아니라, 천하고 더럽기 짝이 없어 세상 사람들이 모두 기피하는 ‘똥’을 매점매석하여 성공한 것이다. ‘폭우와 같은 똥냄새’가 엄습하는 ‘남가이’지만, 그의 체취를 한번만 맡게 되면, 경찰서장 사모님도, 세무서장 사모님도, 꽃같이 어여쁜 여고생도, 백합 같은 여선생도 모두 정신을 잃을 정도로 반하고

---

7   성석제, 「천하제일 남가이」, 앞의 책, 144면.

만다. 「천하제일 남가이」는 '신이(神異)'와 '엽기(獵奇)'가 뒤범벅된 이상한 이야기다. '똥'이 난무하고 '냄새나는' 이야기임에도, 이 이야기를 끝까지 읽을 수 있는 것은, '남가이'로 상징되는 '더러움과 비천함'의 위악적(僞惡的) 기능 때문이다. '남가이'는 '똥냄새 나는 몸'을 통해 깨끗하고 고상한 것의 위선을 전복시키고, 심지어는 '국가권력'까지도 조롱한다. '근대소설'의 엄숙주의와 관념을 깨부수고, 이야기를 통해 '육체성'을 환기시켜 준다는 점에서, 성석제의 소설은 바흐찐이 말하는 바의 '그로테스크 리얼리즘'과 닮은 부분이 있다. 그러나 그것은 카니발리즘에 의한 참된 '해방의 서사'로 확장되지는 못한다. 그의 소설은 온전히 '민중적'이라기보다는, 여전히 '기록하는 자'의 시선에 의해 지배되고 있는 이야기이며, 그 때의 '시선'은 '세계'와 일정한 거리를 두고 있는 '근대적 개인'의 시선에 가깝기 때문이다.

신이(神異)와 엽기를 버렸을 때, 성석제의 '이야기'는 곧장 '알레고리'로 변모한다. 『번쩍하는 황홀한 순간』에 모아놓은 수십 편의 짧은 우화들은, 분명히 '지금·여기'의 이야기지만, 그것은 곧 '언제·어디서나'의 이야기여도 아무 문제가 없는 것들이기도 하다. 다시 말하면, 그의 '알레고리'들은 '욕심 부리는 자', '이기주의자', '잘난 척 하는 자', '남을 속이는 자'들에 대한 야유와 조롱이며, 동시에 '못 배운 자', '가난한 자', '규칙을 잘 지키는 자', '육체노동을 하는 자'들에 대한 연민과 동정을 담고 있다. 그리고, 이런 대비되는 부류의 사람들은, 언제든지 존재하고, 어디서든 만날 수 있다. 천 년 전에도 그런 사람들은 있었고, 아마 천 년 뒤에도, 인간의 사회가 어떻게 변할는지 속단할 수는 없지만, 설령 어떤 형태로 변하더라도 그런 유형과 부류의 인간들은 분명히 존재할 것이다. '알레고리'로서의 그의 소설들은, 역사적 구체성에 튼실히 매개되지 못한 까닭에, 이야기들이 유발시키는 '웃음'에 선연한 '날(刃)'이 없다. 그것은 읽는 데 부담이 적은 대신, 허탈한 웃음을 선사한다.

소설의 개종(改種)과 알레고리는, '근대'에 대한 성석제의 적의(敵意)
에서 비롯된다. '속도지상주의'나 '계량화'에 대한 그의 비판의식, '중
심과 주변', '주체와 타자'의 이분법에 대한 그의 불만이 작품 곳곳에서
감지된다. 그러나, 이 적의(敵意)와 불만이 전근대적 장르로의 회귀와
알레고리에 기댄 추상적 교훈주의에 의해 해소될 수 있을는지는 여전
히 미지수다.

3. 김종광, 혹은 방법적 우회로서의 '희극성'

성석제의 소설들이 '장르'의 성격을 규정하는 '근대'의 울타리를 쉼
없이 넘어서려고 애쓰는 것과는 달리, 김종광의 소설들은 전형적인
근대적 장르로서의 '소설'에 충실하다. 김종광의 어떤 소설들은 그것
자체로 대단히 우습고 재미난 것이 사실이기는 하지만, 김종광 소설
의 '웃음'은, 그의 '희극적 양식'과는 뚜렷이 대비되는, 사뭇 진지하고
무거운 소설들과 대비시켜 읽을 때 극대화된다. 가령, 「많이많이 축하
드려유」는 소설 자체로도 충분히 우습고 희극적이지만, 그것을 「경찰
서여, 안녕」이나 「전설, 기우」 등과 대비해서 읽을 때, 김종광 소설의
'웃음'이 얼마나 정치적이고 현실과의 강한 교섭의지를 내포한 것인가
를 좀더 분명히 이해하게 되며, 종국에 그의 소설이 만들어내는 '웃음'
이 정작 무엇을 '대상화'하고 있는 '웃음'인가를 제대로 파악하게 되는
것이다. 그렇게 읽지 않을 경우, 우선 그의 작품집에 지나치리만큼 무
거운 톤의 소설과, 역시 지나치리만큼 가벼운 요설(饒舌)투의 소설들
이 극명하게 대비되는 까닭을 제대로 설명하기 어렵다.

　그의 소설들 중에는, 그의 소설에 종종 따라붙는 '능청과 해학' '입담 좋은 이 시대의 탁월한 이야기꾼' 같은 세간의 평판을 무색하게 만들만큼 섬뜩하고 심각한 작품들이 의외로 많다. 예컨대, 첫 창작집 『경찰서여, 안녕』에 실린 「분필 교향곡」, 「전설, 기우」, 「검문」 등이 그러하며, 두 번째 창작집 『모내기 블루스』에 실린 「서점, 네시」와 「배신」 등이 그러하다. 결론을 미리 앞당겨 얘기하자면, 희극적 양식을 취하고 있는 그의 소설들과, 진지하고 심각한 소설들은 동일한 목적을 이루기 위한 '방법론'상의 양 날개에 해당한다.

　흔히, 김종광의 소설에는, 충청도 사투리를 능청맞도록 잘 구사하고, 농민들의 삶과 애환을 해학적으로 묘사한다는 중평이 따른다. 그런 점에서 그는 자신의 고향 선배이기도 하면서, 문체나 소설양식상으로도 같은 계보의 윗자리에 해당하는 이문구와 종종 비견된다. 그러나, 이문구나 김종광에게 '사투리'란 '웃음'을 유발하는 본질이 아니다. 이문구 소설의 본령은 '사투리' 자체이거나 '문체'보다는, 그가 소설 속에서 부려쓰는 '말'에 있다.[8] 마찬가지로 김종광 역시, '사투리' 자체가 그의 소설의 희극성을 담보하는 절대조건이 아니다.

　정확하게 말하자면, '사투리' 자체는 우습지도 않고 희극적인 것도 아니다. '사투리'를 일상언어로 쓰는 사람들에게는 '사투리'가 전혀 우습지 않다. '사투리'가 우스운 경우는, 그것이 '표준말'을 쓰는 사람의 시선에 의해 대상화될 때이다. 이 때 '표준말'의 시각에서 '사투리'는 '비정상적인 것'이며 '비규범적인 것', 즉 '열등한 대상'으로 규정된다. 그러나 '열등한 것'이 곧 '우스운 것'일 수는 없다. 그렇다면, '사투리'가 웃음의 대상이 되는 계기는 무엇일까?

8　이 책에 실린 「말을 찾아서 — 이문구론」을 참조. 이 글에서 나는 이문구의 소설적 특질을 '문체'나 '사투리'에서 찾는 기존의 해석을 비판하고, 그의 소설 속의 '말'들이 지니는 '다성적 특징'을 통해, 그에게 있어서는 곧 '말'이 '방법'이자 '이념'의 차원에 놓이는 것임을 규명하고자 했다.

　김종광의 소설에서 ‘사투리’의 기능은, ‘우월한 것’의 위치나 지위를 뒤집는 것이다. 그의 소설에서 ‘사투리’(또는 ‘사투리’를 쓰는 자들)는 ‘열등함과 우월함’ 혹은 ‘정상과 비정상’ ‘규범과 탈규범’의 경계를 무너뜨리고, 종종 그 관계를 전복시킨다. 그의 이 ‘뒤집기 전략’이 목표로 삼고 있는 것은 바로 ‘권력’이며, 그것은 종종 소설 가운데에서 ‘경찰’이라는 대표단수로 나타난다. 그의 소설에는 유난히 ‘경찰’이 자주 등장하는데, 표제작인 「경찰서여, 안녕」을 비롯하여, 첫 창작집에 실린 11편의 중단편 중, 「많이많이 축하 드려유」, 「전당포를 찾아서」, 「편안한 밤이 오기 전에」, 「전설, 기우」, 「검문」 등 여섯 편에서 ‘경찰’이나 ‘경찰서’ 공간은 대단히 중요한 비중을 차지하고 있다.

　물론, 소재면에서 엿보이는 이런 편향은 작가의 개인사적 경험, 이를테면 군역(軍役)을 전투경찰로 치렀다든가 하는 것에서 연유하는 바 없지 않을 것이나, 정작 중요한 것은 그러한 경험을 어떻게 재구하는가의 문제일 것이다. 그런 점에서, 희극적 톤을 유지하거나, 그렇지 않거나 간에, 그의 소설에서 ‘경찰’은 일종의 ‘권력’의 표상이라는 점이 중요하다. 때로 그의 소설에는 ‘경찰’ 대신 ‘학교(또는 교사)’(「분필 교향곡」)가 등장할 때도 있고, 「서점, 네시」에서처럼 한정된 시공간을 ‘광포한 폭력’으로 점령하는 ‘무뢰한’으로 대체될 때도 있지만, ‘억압이나 폭력’에 매개된 ‘권력’을 향한 그의 전복의지는 대단히 집요하고 끈질기다. 그 점에서, 김종광 소설의 ‘웃음’은 성석제와는 구별되며, 한결 정치적이고 공격적이다. 성석제 소설의 ‘화자’나 ‘내포작가’들이 대부분 현실에서 한 발짝 비켜 서 있거나 ‘방관자’의 위치에 머무른 채 느긋하게 현실을 관조하는 데 비해, 김종광은 다양한 방식으로 ‘권력’을 조롱거리로 만들며, 때로 그것이 불가능해 보일 경우 아예 포섭해버리기까지 한다.

　「경찰서여, 안녕」은 도둑질에 이골이 난 열한 살짜리 소년 ‘강수’의 탈출기다. ‘괴도루팡’처럼 불세출의 ‘도둑’이 되어보는 것이 장래의 유일한 희망인 이 '소년'은 아무리 도둑질하다가 붙잡혀도 형사입건이 되지 않아 번번이 훈방되는데, '소년' 자신이 법률의 이러한 '허점'을 십분 이용할 만큼 교활하기도 하다. 마침내 가족도 구제를 포기해버린 이 천애의 부랑아 '소년'을 떠맡은 것은 악명 높은 강력계의 '유형사'다. 그러나, 이른바 '계도(啓導)'의 이름으로 자행되는 것은 혹독한 매질, 끝없는 감시, '운동'이란 명목으로 가해지는 가혹한 신체의 훈육, 그리고 매일매일 반복되는 지루하고 무의미한 '노동'이다. '소년'은 이 '제도화된 폭력'으로부터 마침내 탈출한다. 그러나, 소년은 '제도화된 폭력'인 '권력'으로부터 진짜 벗어난 것이 아님을, 그것은 고작 '경찰서'라는 가시적이고 한정된 '공간'으로부터의 벗어남에 불과한 것임을, 작가는 등장인물인 '명오'의 입을 통해 다음과 같이 명시하고 있다.

> "나도 너처럼 탈출하고 싶다." "탈영? 형 왜 그런댜. 군대 생활 다 해놓고. 이젠 다섯 달도 채 안 남았잖어?" "경찰서에서 탈출하고 싶다는 게 아니라, 이 길이 보이지 않는 구조에서 탈피하고 싶다는 거다." 명오는 나에게 말한다기보다는 연극에서처럼 독백하는 것 같았다. "그게 뭔 소리랴? 길이 보이지 않는 머시기라고?" "희망이 없다는 거다. 희망이……."[9]

기실, 이 '희망 없음'이 김종광 소설의 '웃음'이 시작되는 지점이다. '벽'을 철저히 넘어서거나 깨부수지 못할 바에는, 그 내부에서 마음껏 조롱하고 우스갯거리로나 삼아 보자는 대체전략인 셈이다. 따라서, 여간해서는 바깥으로 그것이 잘 드러나지 않지만, 그 '웃음'의 내부에는 긴장과 공격성이 숨어 있다.

「많이많이 축하 드려유」와 같은, 김종광의 익살과 입담과 재치를

9　김종광, 「경찰서여, 안녕」(『경찰서여, 안녕』, 문학동네, 2000), 29면.

유감없이 드러내 보이는 작품을 통해 이 사실을 확인해 보자. 언뜻 보면, 이 작품이 다른 작품들에 비해 풍성한 '웃음'을 제공하는 이유가, 원동기(오토바이) 면허 시험 보러 온 시골 소읍의 '지리멸렬한 장삼이사'들의 우스꽝스런 '언행(言行)' 때문인 것으로 읽힌다. 그러나 '웃음'의 진짜 이유는 그들이 시험을 치기 위해 모인 '공간' 및 그 공간에서 이루어지는 '제도'(곧 원동기면허시험)와 그들의 '언행'이 빚어내는 '부조화'와 '충돌' 때문이다.

이를테면, 이 소설 속에서의 '원동기 면허시험'은 '국가'가 시행하는 '신성한 제도'이자, 일종의 '국가 권력'의 표상이다. 대한민국 국민이라면 누구나 오토바이를 타기 위해서는 국가의 '허락'을 받아야 하며, 그 '허락'을 받기 위해서는 일정한 '통과제의'를 거쳐야만 하는 것이다. 이 소설에서 그 '신성한 임무'를 대행하는 역할 또한 '경찰'이 맡는다. 그러나, 소설의 첫머리에서부터 시험을 보기 위해 모여든, 결코 신성하지 않은 다종다양의 '국민'들은 이 '신성한 제도'를 엉망진창으로 만들어버린다.

> "할망구 어떤가? 신성일이 뺨치나?" "이른 점심 자시더니 가관이시네유. 생전 안 닦던 오토바이 광을 내질 않나, 신성일이 들으면 기겁할 말씀 하시질 않나." "임자 결전의 날이 밝았구만." 아내는 중천에 뜨겁게 떠 있는 해를 흘깃 보았다. "날 밝은 지가 언젠디." 덕호는 오토바이에 올라타서 시동을 걸었다. "오늘은 어떤 다방이서 죽치실 거래유? 긴급 사항 있으면 바로바로 연락혀드려야쥬?" "해튼 할망구하고는. 국가고시 보러 가는 길이여." "구까고시다방유? 알것슈. 댕겨오슈."[10]

---

10 김종광, 「많이많이 축하드려유」, 앞의 책, 61~62면.

소설 말미에 가면, '할망구'는 진짜로 일일사에 전화를 걸어 '영감님'이 '죽치고계실' '구까고시 다방'을 안내양에게 물었다가 핀잔을 듣는다. "그런 다방이 읍슈? 아닐 뀨. 우리 바깥양반이 구까고시라고 분맹히 얘기허구 나가셨는디"에 이르러, '국가'와 '고시'는 수난의 극치에 이른다. 이런 '무식함'은 저 근대초기 빙허 현진건의 「술 권하는 사회」에서, 남편에게 자꾸 술을 권하는 그 '사회'의 낯짝을 구경하고 싶어했던 '구식 아내'의 경우와 달리, '비장함'을 자아내지는 않는다.

오토바이 면허 시험장의 풍경은 한결 가관이다. 낫 놓고 기역자도 모르는 일자무식꾼에서부터, 아예 답을 가르쳐달라고 조르는 막무가내형, 문제는 읽어보지도 않고 처음부터 '찍기'로 일관하는 도박형, 시험에는 관심이 없고 오로지 시험 치러 온 다방 레지들의 화끈한 옷차림에만 눈이 팔린 잿밥형, 그리고 오토바이 면허시험장에 오토바이를 과속으로 몰고 오는 본말 전도형에 이르기까지, '시험장'은 입회한 경찰들로서도 통제가 불가능한 난장판이 연출된다. 작가는 이 '국가의 권위가 수난받는 공간'에 그 '권력과 권위의 대행자'인 '경찰'을 포섭해낸다. 그들 또한, 이 무수한 '불량 국민'들과 한통속이 되어, 난장의 조연을 기꺼이 떠맡는다.

> 명옥희의 감격도 만만치 않았다. 그녀는 휴대폰이 부서지도록 급하게 남편에게 신호를 보냈다. "당신이유? 나유. 합격혔슈. 합격해버렸단 말유. 뭐라구요? 큰일하셨다구요? 그럼 큰일혔쥬. 내 평생 국가가 보장혀주는 증맹서를 딴 게 처음인디 나가 시방 감격 않게 됐슈. 뭐유? 잘 안 들려유. 예? 저녁때 콩국수 해먹자구요?"[11]

---

11 김종광, 앞의 글, 79면.

이 한적한 시골 소읍의 주민들은 유난히 '국가'를 자주 들먹이며, 그들이 '국가'를 입에 올릴 때마다. 정작 '국가'의 '신성성'과 '권위'는 자꾸만 땅바닥을 향해 곤두박질치게 된다. 근대국가에서의 '열등언어'인 '사투리'는 이 '빈도'와 '권위'의 반비례관계를 강화시키는 중요한 의장(意匠)이 되며, 이 지점에 이르러서야 비로소 우리는 '사투리'가 왜 '웃음'을 유발시키는 강력한 '수단'이자 '통로'인가를 확인하게 되는 것이다.

김종광 소설의 표정에서 웃음기가 걷힐 경우, 대개는 전망부재의 암담하고 엄혹한 현실의 리얼리티가 강화되는 방식으로 이야기가 전개된다. 「서점, 네 시」가 그러하고, 「배신」이 그러하다. 인적이 끊어진 겨울 방학의 한 가운데, 눈 내리는 오후의 대학 구내 서점에 무뢰한이 등장하면서 시작되는 「서점, 네 시」는 '폭력'의 가공할 힘에 대한 보고서이자, '공포'의 기록이다. 이 '서점'이라는 공간과 '무뢰한에게 점령된 짧은 시간'은 고스란히 현실의 축도(縮圖)에 해당한다. 사랑하는 여동생을 잃은 조직폭력배는 자신의 회한을 애꿎은 대학 구내 서점에 들어와서 풀어버린다. 반쯤 미쳐 날뛰는 이 무뢰한 앞에서는 '교양'과 '지성', '합리'와 '이성'이 전혀 통하지 않는다. '책'과 '주먹'이 맞장을 뜨고, '책'이 형편없이 패배한다.

그러나 '주먹'의 위치에서 보자면, '책' 또한 다른 형태의 '폭력'이자 '권력'이다. '주먹'은 자신을 막아선 채 문을 열어주지 않는 그 무한한 활자의 세계 앞에서 절망한다. '주먹'은 서점이라는 작은 공간에서 한 시간 남짓 그 세계를 지배하는 '권력'이 되었지만, '책'은 아주 긴 시간에 걸쳐 '주먹'이 살아가야 할 '세계'를 지배하는 '권력'이다. 두 개의 '권력'은 서로 충돌하면서, 서로의 치부와 어두운 면들을 들추어낸다. '웃음'은, 그러므로 견딜 수 없는 이 '긴장'을 해소하기 위해 김종광이 선택한 일종의 우회로에 해당한다. 따라서, 그것은 그가 진정으로 추구하는 '세계'는 아니다. 이 지점이, 그와 성석제의 '웃음'이 구별되는 대목이다. 성석제에게 '웃음'은 방법론적 우회가 아니라 그가 인식하고 바라보는 '세계' 그 자체를 이룬다. 그러나, 김종광에게 '웃음'은 그리고자 하는 '세계'에 도달하기 위해 선택한 일종의 '에움길'이다. 그 점에서, 그의 소설은 '리얼리즘'과 '세태소설' 사이를 아슬아슬하게 줄타기를 하고 있다고 할 수 있다. 혹은 그것을 '결여된 리얼리즘'이라고 읽을 수도 있을 것이다. 그리고 그 점은 젊은 김종광에게는 '지금의 한계'인 동시에 '장래의 가능성'이기도 한 것이다.

4. 웃음, 혹은 '이상'과 '실재'의 변증법

문학사에서는 여러 차례 '희극적 양식'이 나타났다가 사라진다. 근대문학사에만 한정하더라도, 우리는 채만식과 김유정, 하근찬과 이문구 등, 탁월한 '희극성'을 구현한 문학사적 유산을 확보하고 있다. 이들이 소설을 통해 구현했던 '희극성'은 항상 당대의 구체적인 상황과 조건에 매개되어 있었다. 90년대로부터 새천년으로 이어지는 시점의 한국소설에 다시 희극성이 중요한 성격으로 등장한다는 것은 여러모로 의미심장하다. 미학의 어떤 규범들은, "오직 인간의 이상에 모순되고 인간의 이상과 결합될 수 없으며 인간의 이상에 적대되는 것에 대한 인간의 승리를 통해 환기되는 만족감을 표현할 때"에만 '웃음(또는 미소)'이 수반될 수 있으며, 그것은 "이상에 모순되는 것에 대한 폭로와 이 모순에 대한 인식은 이미 나쁜 것의 극복과 그것으로부터의 해방을 의미하는 것"이기 때문이라고 설명한다.[12] 그러므로 희극적인 것의 미적 본질은 '실재적인 것' 곧 '현실 속에서 실제로 지배적인 힘을 지닌 것'과 '이상적인 것' 곧 '현실에서는 이루어지고 있지 않지만 언젠가는 마침내 이루어져야만 할 것' 사이의 충돌에 의해 나타나며, 그 때 '이상'의 입장에서 '실재'가 부정되거나 심판되는 경우, 혹은 폭로되거나 비판되는 경우와 관련된다. 이런 틀에 비추어 볼 때, 작금의 한국소설의 '희극성'은 무엇을 부정하고 무엇을 이상으로 설정하고 있는 것일까.

성석제는 '전근대'의 '이야기틀'을 빌려와 '근대사회'의 이러저러한 면모들을 우스꽝스럽게 비틀거나 놀려 준다. 그러나, 그는 늘 '알레고리'의 유혹에 흔들린다. 서둘러 '시간'과 '공간'의 피안으로 건너가, 어느 시대에도 있을 법한 '선(善)'과 '미덕'에 대해 논하고자 한다. 그에게 세상의 이치는 너무도 명료하며, 남은 것은 그 '이치'를 미망에 사로잡힌 중생들에게 일깨우는 일밖에 없다. 그의 이 '낙관'은 완고하며, 이미 하나의 이념이 되었다.

김종광은 성석제와는 달리, '실재적인 것'에 대한 '적의'와 '냉소적 시선'이 훨씬 구체적이고 공격적이다. 그러나, 그에게서 이 '적의'와 '공격성'을 실현시키는 예술적 방법은 종종 '심각함'과 '냉소'의 양쪽 끝을 극단적으로 오간다. 이 방법적 착종은, 심각함이 지배적일 때는 현실의 광포함에 짓눌린 '전망의 부재'로 드러나고, 그 반대일 경우에는 지나친 요설(饒舌)과 입담에 의지한 '세태소설'로의 함몰 가능성을 보여준다. 우리가 할 수 있는 것은, 이 방법으로서의 혼란이 극복되고 난 뒤에 어떤 새로운 성취가 이루어질 것인가 관심을 기울이며 지켜보는 일이다. 그때쯤이면, 아마도 한국소설은 새로운 장을 열고 있지 않을까.

---

12 모이세이 까간, 『미학강의』 1, 진중권 역, 벼리, 1989, 206면.

주체와 타자의 변증법

분단체제의 극복과 탈북자 문제의 소설화

1. 탈북자 문제를 이해하는 원근법

대중의 감각을 기준으로 본다면, '탈북자' 문제는 더 이상 사람들의 관심의 대상이 되기 어려운 식상한 주제인지도 모른다. 한동안 뉴스에서 자주 등장하던 긴박한 장면, 이를테면, 중국이나 태국 주재의 우리 영사관 담장을 필사적으로 넘으려는 탈북자들과 이를 막는 현지 경찰들의 치열한 몸싸움, 혹은 공항의 입국게이트를 빠져 나오면서 운집한 보도진들을 향해 낯섦과 두려움에 찬 표정으로 수줍게 미소 지으며 손을 흔들어 주던 모습들 따위. 반복은 어쩔 수 없이 상투화로 연결되는 까닭에, 아무리 절박하고 중요한 문제도 이런 방식의 되풀이 과정을 통해서 어느덧 대중의 머릿속에서는, 탈북자 문제는 이제 더 이상 새로울 것도 신기할 것도 없는, 그렇고 그런 수많은 사회 현상의 하나로 굳어져 가고 있는 것처럼 보인다. 마치 어지간한 교통사고는 더 이상 뉴스거리가 아니듯이.

솔직히 고백하자면, '탈북자'를 주제로 한 최근의 우리 소설들을 검토해 달라는『작가와 사회』편집부의 청탁을 받아들이던 순간의 내 심정도 사실은 그와 크게 다르지 않았다. 그와 동시에, 과연 '소재주의'에 함몰되지 않으면서, 이 문제의 심각성과 복잡함을 최근 소설이 어떻게 형상화하고 있는가에 대한 궁금증이 일었다. 그러나 글을 쓰기 위해 자료들을 찾고 관련된 사안들을 검토하는 과정에서, 우선 소재 차원에서 우려되는 상투성과는 별개로, 우리 문학계가 이 문제에 관해 짐작했던 것보다는 크게 관심을 기울이지 않았다는 사실을 알게 되었다. 내가 과문한 탓도 있지만, 탈북자 문제가 한국 및 국제 사회의 중요한 문제로 부상하기 시작한 1990년대 중반 이후부터 따져도 이 문제를 다룬 소설은 채 열 편이 안 되며, 그나마도 대부분이 단편소설이었다. '탈북자' 문제가 이주노동자 문제보다도 사실은 훨씬 복잡하고 중요한, 그래서 더욱 입체적인 조망이 필요한 사안임을 생각하면, 한국 문학계는 어쩌면 직무유기에 가까운 무관심으로 일관한 것이 아닌가 싶을 정도다. 이주노동자 문제도 사정은 비슷하지만, 지난 해 박범신의『나마스테』(한겨레출판, 2005)가 출판되면서, 몇 가지 아쉬운 점이 없지 않으나마, 문학이라는 통로를 통해 한국 사회와 소통할 '넓은 길' 하나는 확보한 것이라 할 수 있다면, '탈북자' 문제는 아직 그런 소통의 통로조차 제대로 마련하지 못한 것이라 하겠다.

물론 '직무유기'라는 나의 표현은 다소 과장된 것이고, '탈북자'에 관한 작품이 짐작보다 적은 이유가 반드시 작가들에게만 있다고는 할 수 없다. 한 평론가가 적실하게 지적하고 있듯이, 이런 문제에 있어서 "그 대상은 한 눈에 들어오지 않는 거대한 간극과 차이들, 그리고 일상에서는 포착되기 어려운 분단체제의 미세한 변화를 동반하는 동적인 과정으로 존재하기"[1] 때문이다.

이 문제를 검토하는 과정에서 깨달은 또 하나의 사실은, '탈북자'에

관한 우리 사회의 인식론적 지평, 혹은 문제 설정의 범주가 일정하게
편향되어 있다는 점이다. 『작가와 사회』는 지난 여름호부터 '우리 사
회의 소수' 시리즈를 장기기획으로 다루고, 그 첫 주제로 '이주노동자'
를, 그리고 두 번째로 '성적 소수자─동성애자'의 문제를, 그리고 이번
호에서 '탈북자'를 다루고 있다. 공교롭게도 계간지 『실천문학』 역시
지난 여름호에 '지구적 자본주의와 약소자들'이라는 대형 특집을 마련
했다. 『작가와 사회』가 다룬 '성적 소수자'가 빠진 대신, '비정규직 노
동자'와 '재외동포'가 포함되어 있는 것이 『작가와 사회』의 기획과 다
른 점이다. 이런 기획의 '계열체'를 구성하는 동인(動因)으로 『작가와
사회』는 '인권'쪽에, 『실천문학』은 '전지구적 자본주의'쪽에 무게중심
을 두고 있다. 다루는 대상에 약간의 차이가 생긴 것은 그 때문이다.
그러나 엄밀하게 말하자면, '탈북자'는 '인권'과 '지구적 자본주의' 각각
에 다 맞물리는 문제이면서, 사실은 어느 하나의 문제틀로써는 도저
히 조망되지 않는 중층적인 주제라는 점에 사안의 복잡함이 있다.

　'탈북자' 문제에 관한 가장 보편적인 방식이 '인권'을 매개로 한 접근
이다. 그 점에서 『작가와 사회』의 계열 구성 방식, 즉 '이주노동자' '성적
소수자' '탈북자' 등의 계열체들은 이 인식 지평에 속해 있다. 인권의 사
각지대에서 주류 사회의 '타자'가 되어 고통과 차별에 시달린다는 점에
서, 이들에 관한 '인권' 차원의 접근은 더없이 중요한 것이지만, '탈북자'
문제는 인권 차원의 접근만으로는 해결하기 어려운, 문제 발생의 인과
(因果)에 내재해 있는 또 다른 문제틀을 생각하지 않으면 안 된다. '탈북
자'의 문제는, 그들이 안정된 삶의 터전을 마련하고 인간다운 삶을 시작
하는 것으로 해결되는 것은 아니기 때문이다. 아니, 좀더 정확히 말하
면, '인권'이 문제해결의 열쇠임을 보장받기 위해서라도, 그 과정에 개

1　황광수, 「거미의 집짓기와 소화법─통일과정의 소설적 표현」, 『창작과비평』, 2006
　년 여름호, 228면.

입되는 다중적인 사안들을 겹눈으로 들여다보지 않으면 안 된다.

　무엇보다도, ‘탈북자’는 가장 핵심적인 이해 당사국이라 할 수 있는 ‘북한’과 ‘중국’(또는 러시아와 몽골), ‘한국’에 있어서는 각각 국내 문제인 동시에, 이 국가들이 모두 관련되는 복잡한 국제 문제이기도 하다. 이들을 국제법상의 ‘난민’으로 규정하고 ‘유엔’이 개입함으로써, 최소한의 ‘인권’을 보장받을 수 있는 일조차 힘겨운 것은, 이처럼 이 문제를 둘러싼 동아시아 여러 나라들의 이해관계가 서로 엇갈리고 있는 까닭이다. 그리고 종국에 ‘탈북자’ 문제는 남북한의 ‘분단모순’과 연결될 수밖에 없다. 이 문제가 가장 중요한 이유는, 이들을 둘러싼 남북한의 대응 방식과 해결 과정이, 사실은 ‘분단’을 극복해 나가는 일종의 ‘시금석’이 되는 까닭이다. 이들의 탈북은, 그 이유가 정치적이든 경제적이든 간에 개인 차원에서 이루어졌지만, 그 해결은 민족적인 동시에 국제적인 지평 속에서 이루어질 수밖에 없기 때문이며, 그 해결 과정의 향방이 분단 극복의 내용과 성격을 규정짓는 것이기도 하기 때문이다.

　최근 한국 사회는 정착한 ‘탈북자’를 ‘새터민’으로 부르기 시작했다. ‘의거귀순자(용사)’에서 ‘탈북자’를 거쳐 ‘새터민’에 이르는 용어의 변천사는 한국 사회가 이들을 어떻게 인식해(취급해) 왔는가를 보여주는 좋은 예다. ‘귀순용사’로 불리던 시절에 이들은 체제 경쟁의 더없이 훌륭한 선전도구였다. 그것은 아마도 남에서 북으로 넘어간 사람들도 마찬가지였을 것이다. ‘귀순용사’들은 일정 기간 한국 정보기관의 검증을 거친 후, 준비된 내용으로 대대적인 기자회견을 하고, 그들이 탈출해 온 체제를 나쁘게 말함으로써, 이 체제의 상대적인 우월함을 입증하는 데 동원되었다. 많은 정착금, 좋은 직장과 집, 그리고 훌륭한 배우자가, ‘선전 도구’로서의 역할에 대한 보상으로 주어졌다. 이들은 가난했던 대다수의 남한 주민들에겐 선망의 대상이기도 했다.

　그러나, 현실사회주의 블록이 잇달아 무너지고, 북한의 경제사정이 급격히 악화되던 1990년대 중반 이후, 북한을 탈출해 한국 사회로 진입하는 '북한 주민'의 숫자가 기하급수적으로 늘어나기 시작하면서(동시에 체제 경쟁의 선전 도구로서 이들의 쓸모가 없어지면서), 이들의 처리는 한국과 동아시아 사회에 하나의 '골칫거리'가 되었다. 아마도 '탈북자'라는 용어가 본격적으로 대중화된 것도 이 무렵이었을 것이다. '탈북'은 더 이상 '의거(義擧) 귀순'과 동의어가 아니었다. 이들에 대한 한국 정부의 지원은 예전에 비하면 대폭 줄었다. 그나마도, '탈북자'에 대한 정부 지원이 동등한 한국 국민으로서 일종의 '역차별'에 해당한다는 법률적 저항에 부딪치고 있는 형편이다.[2]

'새터민'이란 한국 사회에 진입한 '탈북자'를 가리키는데, 엄밀하게 말하면, '탈북자'를 대체하는 용어는 아니다. 왜냐하면, '탈북자'이지만, 한국 사회에 진입하지 못하고, 무국적자로 중국과 러시아, 몽골, 베트남, 태국 등지를 떠도는 '탈북자'들이 훨씬 많기 때문이다.[3] 용어는 바뀌었지만, '새터민'의 증가를 '가난한 친척의 잦은 방문'처럼 달가워하지 않는 시선이 점점 늘어가는 것도 사실이다. 인권과 민족 문제, 분단 모순과 국제법 등이 복잡하게 얽혀 있어, 어느 하나의 시각으로만 접근할 수 없는 것이 '탈북자' 문제가 지닌 복잡성의 본질이다. 이 문제를 그동안 한국 문학은 어떻게 인식해 왔는지를 검토하고, 그로부터 우리 문학의 과제를 도출해 보기로 하자.

2 　국회 통일외교통상위원회, 「탈북자 대책 및 정착지원체계에 관한 연구」, 2002.9, 72면. 탈북자에 대한 정부 지원은 관계법의 개정에 따라 변화를 거듭했다. '지원이 줄었다'는 것은 1960~70년대에 비해 그렇다는 뜻이며, 위 보고서에 따르면, 1999년 개정 시행령은 1인 기준 690만원에서 2,760만원으로, 직업훈련수당은 월 12만원에서 35~51만원으로 상향 조정되었다.

3 　정확한 통계는 아니지만, 현재 중국을 비롯해 무국적자로 동아시아를 떠도는 '탈북자'의 숫자는 대개 20만~30만 정도(추정하는 기관에 따라서는 훨씬 상회하는 숫자를 제시하기도 한다)를 헤아린다고 한다. 이에 비해, 한국 사회에 정착한 '새터민'은 약 1만명 정도이다.

2. 연민과 동정, 혹은 연대의식의 가능성

과문(寡聞)을 전제로 하고, '탈북자' 문제를 다룬 것으로 처음 내게 인상 깊게 각인되었던 것은 김지수의 「무거운 생」(1996)이었다. 십 년 전의 작품이고, '탈북자'가 기하급수적으로 늘어나던 초입이었으므로, 오래 전 작품이지만 한국문학이 이 문제를 어떻게 인식했는가를 살피는 데는 더없이 좋은 텍스트라고 할 수 있다.

「무거운 생」은 남편의 상습적인 구타에 시달리다 못해 이혼을 결심하고 친정으로 도망쳐 온 '정은'이라는 여성의 시선으로, 탈북자 '리명운'을 조명한다. '리명운'은 정은의 친정집 문간방에 세를 든 사내다. 그는 북에서는 잘 나가는 동의사(우리의 '한의사')였지만 실수로 당 간부의 아들을 죽게 만들어 시베리아 벌목공으로 쫓겨 났다가 남한으로 탈출해 온 인물이다. 남한에서는 '동의사' 자격증이 아무 소용이 없어, 그는 동네 전파상에서 고장 난 가전제품을 고치거나, 공사장 허드렛일을 도와주면서 연명을 하고 있다.

「무거운 생」은 남편의 일상화된 폭력에 시달리는 피해자 '정은'의 고달픈 나날을 회상 형식으로 그려 나가면서, '정은'의 시선에 비친 '리명운'의 어둡고 외로운 삶을 포개어 놓음으로써, 사회적 약자인 두 사람의 연대를 상상하게 만든다. 말수 적고 얌전하며 더없이 성실했던 명운은 동네 금은방에 도둑이 들고 경찰이 그를 용의자로 의심하며 들이닥치자 극심한 공포감에 질린 채 끌려간다.

"아무 …… 죄가 없습니다. 제발 …… 날 내버려두십시오. 난 ……"
온몸을 사시나무 떨 듯 하는 그는 겨우 알아들을 정도의 말소리만 낼 뿐이었다. 마치 공포영화를 현실로 받아들이는 심약한 어린 아이 같았다. 열

려진 대문으로 금은방 주인이 씨근덕거리며 뛰어들었고 몇 사람이 우르르
몰려들었다. 이씨가 무너질 듯 꿇어앉았다.

"난 아무…… 나쁜 짓도 저지르지 않았어요. 내가 무얼 잘못했다고……"
그들의 발밑에 엎드려 중얼거리는 이씨는 마치 겁에 질린 조그만 짐승 같
았다. 그 광경을 저만치서 지켜보던 정은은 등으로 흠칫 얼음 같은 소름이
타고 흘렀다. 공포에 가득 찬 그의 태도에서 남편 앞에 내팽개쳐진 자신의 모
습이 연상되었기 때문이다. 불가항력의 절대적 힘에 대한 나약한 자의 공포.
극대화된 위협 앞에 어찌할 길 없는 본능적 자기 보호.[4](강조는 인용자)

명운은 북에 두고 온 가족이 그리워 그들을 데려 오기 위해 재입북을
시도하다가 경찰에 체포된다. 재입북을 하려면 어쩔 수 없이 밀항을 해
야 하는데, 그 과정에서 그의 계획이 수포로 돌아간 것이다. 남편의 폭력
을 피해 사랑하는 딸도 포기하고 도망쳐 나온 '정은'과, 죽음을 무릅쓰고
가족을 데리러 다시 북으로 가는 명운. 「무거운 생」은 '탈북자' 문제를 '여
성' 문제와 병치시킴으로써, 그 두 주체를 사회적 약자로서 환기하는 데
성공한다. 동시에 '탈북자'를 특별한 사람이 아니라 보편적 인간으로 이
해하도록 이끈다. 90년대 중반에 '탈북자' 문제에 비로소 눈을 돌리기 시
작한 한국문학으로서, 이만한 성과는 결코 작은 것이 아니다.

그러나, 한편으로 '명운'이 여전히 '타자'의 위치에서 크게 벗어나지
못한다는 점은 이 소설에서 내내 아쉬운 부분이다. '정은'은 '명운'에
대해 일말의 동질감과 연대의식을 느끼지만, 그에 대한 '정은'의 시선
이 탈북 남성을 보는 남한 여성의 우월한 위치에서 그리 멀리 나아간
것은 아니기 때문이다. 소설 전편에 걸쳐 남편의 폭력에 대해 날선 분
노를 내뿜던 '정은'은 별다른 계기도 없이, '한 번 더 남편을 믿어 보기

---

4   김지수, 「무거운 생」, 『창작과비평』, 1996. 가을.

로 하고 다시 가정으로 돌아가는' 것으로 간단히 처리해버림으로써, 갑작스럽게 가벼워지게 된다. 다시 가정으로 돌아간 '정은'이 어느 날 신문 지면에서 '명운'의 재입북 실패와 체포 소식을 읽게 된다는 이 소설의 마지막 장면은, 두 사람을 동질감으로 묶어 주었던 무거운 삶의 무게가 갑자기 한쪽으로 기우는 불균형을 낳게 된다.

'연민과 연대'라는 맥락의 연장선 위에서 '탈북자' 문제를 다루는 또 다른 작품으로 김남일의 「중급 베트남어 회화」(2004)가 있다. 「무거운 생」으로부터 8년이 지난 한국문학은 과연 어떤 변화를 보여주고 있는 가. 화자인 '나'는 소설가로, 자동차 접촉 사고 때문에 탈북자 '김강철' 을 알게 된다. 김강철의 1톤 트럭이 '나'의 갓 출고한 '소형차'를 들이 받음으로써, 가해자와 피해자로 만나게 된 이들의 인연은 급기야 '동지적 연대'로 발전하게 된다.

'나'가 '김강철'에 대해 동지적 연대의식을 느끼게 된 것은, '나'와 '김강 철'이 모두 자본주의 사회에 제대로 적응해 나가기에는 너무도 문제가 많은 '지진아(遲進兒)'들이기 때문이다. '김강철'은 남한 여자에게 사기결 혼을 당해 정착금과 가게 권리금, 살림집 전세금을 하루아침에 잃게 된 다. 의정부 변두리에서 코딱지만 한 분식집을 열어 겨우 연명해 가는 '김 강철'은 도망간 '아내'를 미워하기는커녕 여전히 그리워하면서 언젠가 다시 돌아오리라고 믿는다. '나'는 장당 삼천 원의 원고지를 메우는 가난 과 씨름하면서도, '문학'을 통해 사회정의를 실현한다는 자부심 하나로 버티고 있다. 그러나, 두 사람에게 이 자본주의 사회는 너무 힘들다.

하는 이야기는 거의 대부분 먹는 이야기였다. 그런 주제란 게 다이어트 를 위해 일부러 굶는 인구가 넘쳐나는 이 땅에서 얼마나 낯선 것인가. 불쌍 하고 가련한 것도 한두 번이지, 나 역시 슬슬 따분함을 느끼기 시작했다. (…중략…) 어느 순간부터 나는 그의 이야기를 듣고 있지 않았다. 나는 그

저 억센 억양의 관북 사투리를 귓전으로 흘리면서, 나와 김강철이 함께 숨쉬게 된 이 공간의 질서에 대해서 생각했다. 그가 여전히 버리지 못한 그 방언으로 이 질서에 제대로 편입될 가능성은 거의 없었다. 아니, 어쩌면 말만이 아니었다. 말을 바꾼다고 무엇이 크게 나아질 것도 아니었다. 그의 삶 자체가 이곳에서 하나의 방언이었다. 아무도 이해할 수 없고, 이해해주지도, 이해해주려고도 하지 않는 방언. (…중략…) 뭐랄까. 나는 나 자신을 포함해서 세상을 그런 식으로밖에 살아갈 수 없게 만든 어떤 거대한 질서에 대해, 그리고 그런 질서는 그것이 거대하면 할수록 잘못을 면제받을 수 있다는 명백한 경험 진리에 대해 참을 수 없는 분노를 느꼈던 것이다.[5]

'나'는 사소한 접촉사고에도 가해자인 상대에게 밀리지 않기 위해 큰 소리로 윽박지르는 '쇼'를 한다. 그러나 한편으로는 그런 '쇼'를 해야만 접촉사고 이후에 손해를 안 보는 이 사회의 '질서'가 혐오스럽다. '김강철'은 애시당초 이런 '쇼'나 자본주의적 '제스추어'조차 불가능한 인물이다. '나'는 '김강철'이나 자신이나 이 거대한 질서에서 도태되지 않으려면, 뭔가 다른 것을 배우지 않으면 안 된다고 생각한다. 그들의 삶은 자본주의 사회에는 어울리지 않는 '방언적 삶'이기 때문이다. '나'는 베트남어를 배우면서 그런 돌파구를 찾고자 애쓴다. '나'에게 베트남은 일종의 '트라우마'이자 자기성찰의 '거울'이기 때문이다. 소설의 표면에 드러나 있지는 않지만, '나'에게 베트남은 '가해자'로서의 '자기 정체성'을 인식하도록 만드는 하나의 '역사적 계기'로 작용한다.

'나'는 소설가이면서, 베트남전에서 한국군이 저지른 양민학살의 진상을 규명하는 단체의 책임을 맡고 있다. 어렵사리 열린 진상 규명을 위한 행사는 훼방을 위해 무리지어 참석한 베트남참전전우회 사람들

____
5   김남일, 「중급 베트남어 회화」, 『실천문학』, 2004년, 여름.

에 의해 실패로 돌아간다. 그러나, 나는 '똥구멍 끝까지 반공주의'로 무장해 있을 저들(참전전우회 회원들)'을 향한 '나'의 '언어'가 이해의 언어가 되지 않으면 안 되리라고 스스로 설득한다.

> 나는 김강철이나 나나 다른 언어를 배워야만 하는 어떤 절박한 사정을 지닌 것은 마찬가지라고 생각했다. (…중략…) 아무리 부인하려 해도, 내 삶 역시 늘 방언이었다. 난데없이 베트남어를 배운다고 나선 것도 그랬다. (…중략…) 내 베트남어는 무작정 타인의 삶을 제압하는 언어가 아니라, 때로 그 우락부락한 참전용사들의 협박조차 어떻게든 이해해 보고자 애쓰는 언어가 아니면 안 된다.
> 배제의 언어가 아니라, 배제의 언어조차 끌어안는 새로운 상생의 언어![6]

이 작품의 독특함은 '탈북자'를 단순히 '대상화'하지 않는다는 데 있다. 거꾸로 '탈북자'를 통해 '나'와 '대한민국'과 '자본주의 질서'를 성찰하는 '자기의 대상화'를 시도한다. 그러므로, '탈북자'인 '김강철'은 단순한 연민과 동정의 대상이 아니라, 근본적으로는 내가 속한 '질서'를 반성하도록 만드는 '외부의 계기'로서 작용한다. 그런 점에서 「무거운 생」이 초기의 가능성으로 보여준, 그러나 종국에는 느슨해지고 만 그 '연대의식'을 다른 맥락에서 새롭게 제기하고 있다고 할 수 있다. '탈북자'에 관한 대개의 서사는, '탈향'과 '방랑' 그리고 '(한국 사회로의) 진입'으로 구성된다. 「중급 베트남어 회화」는 이 순서를 거꾸로 돌려놓고, 한국사회로의 진입이라는 '입사의식(Initiation)'이 얼마나 가혹한 것인지, 이 질서에 편입되어 안착하는 것이 얼마나 힘든 것인지를 보여주고 있다. 더 나아가서, 한국인(또는 한국 사회)은 '탈북자'에게나 '베트

---

6   김남일, 앞의 글.

남 사람들'에게나 일종의 '가해자'의 위치에 있음을, 그래서 자기의 질서에 편입되기를 상대에게 강요하는 처지에 있음을 환기시켜 준다. '나'는 한국 사회의 일원이지만, 자신이 속한 한국 사회의 질서에 편입되기를 거부한다. 그 저항의 몸짓, 혹은 자기반성의 시도가 '베트남어'를 배우는 것으로 귀결된다.

그러나 메시지의 이런 울림에 비해 전체적인 형상화는 다소 조야(粗野)하다. 특히 '김강철'의 형상화는 밋밋하다. 한국 사회로의 통과제의에 실패한 '피해자' 혹은 '희생양'이라는 측면을 강조하느라, '김강철'에게서는 살아 움직이는 인간으로서의 고유한 개성을 발견하기 힘들다. 이 점은, '탈북자'인 '김강철'에 초점이 가 있는 것이 아니라, 그를 통해 반성을 시도하는 '나'의 비중이 더 큰, 소설의 서사 전개 방식에 그 원인이 있을 것이다. 결국 '김강철'은 관찰자인 '나'의 시선을 넘어서지 못하는 '타자'의 위치에 머물게 되고, 이로 인해 '나'의 '자기성찰'은 선언적인 차원에 그치게 된다. 한국 사회는 '김강철'을 어떻게 받아들여야 하는 것인지, 소설은 현실 가운데에서 그런 가능성을 보여주지 못한 채, 주관적인 성찰의 형태로 엉거주춤 매듭지어진다.

3. 시선의 이동과 기원의 서사

근작인 전성태의 「강을 건너는 사람들」(2005)과 정도상의 「소소, 눈사람이 되다」(2006), 「함흥·2001·안개」(2006)는 '탈북자'의 한국 사회 진입 과정을 다루는 것이 아니라, 탈북의 기원과 과정을 추적한다는 점에서 앞의 두 작품과 구별된다. 특히, 정도상의 최근 두 작품은 장편의 초입 내지는 연작 형태로서 서로 이어지는 작품이다. 정도상의 이 작업이 마무리되면, 우리는 비로소 '탈북자'를 소재로 한 최초의 '장편'을 얻게 되는지도 모른다. 그 점에서, 아직 진행 중인 미완성인 작품이라고 할 수 있다.

전성태의 「강을 건너는 사람들」은 형식면에서 매우 독특한 소설이다. 짧게 이어지는 대화, 서술자의 개입을 극도로 절제하고 동작묘사와 상황묘사만으로 연결되는 장면들은, 전체적으로 이 작품이 소설이 아니라 한 편의 희곡과 같다는 느낌을 준다. 이런 서사 진행 방식은 소설이 드러내고자 하는 효과를 극대화하기 위해 치밀하게 계산된 것처럼 보인다. 소설은, 중국으로 도강(渡江)하기 위해 변경지대 한 가옥에 숨어 있는 다섯 명의 '탈북자'들을 그리고 있다. 저마다 사연이 깊을 듯하지만, 소설은 그들이 왜 탈북을 시도하는지, 그 이유에 대해 짐짓 외면한다. 소설 전체의 분위기를 지배하면서 극적 긴장을 불러일으키는 것은, 일주일 째 안내자의 도강 결정을 기다리는 등장인물들의 초조하고 절박한 심리묘사이다. 그러나, 소설의 말미에 이르면 그들의 탈북 이유는 한 가지로 집중되고, 작가가 등장인물 저마다의 사연을 굳이 생략하거나 외면한 이유가 확연히 드러난다. 길잡이를 기다리는 동안 땔감을 구하러 숲으로 들어간 남자들은 거기서 놀라운 장면을 목격한다.

그 순간 뒤쪽에서 '헉!' 하는 소리와 함께 누군가 땅바닥으로 무너지는 소리가 들렸다. 청년이 작업하던 쪽이었다. 안경잡이는 품에 안은 나뭇가지를 쏟아버리고 소리 나는 쪽으로 뛰어갔다. 청년은 나뭇가지를 품은 채 주저앉아 있었다.

"무슨 일이오?"

동포 사내가 물었다.

청년은 길게 숨을 뱉어냈다. 그는 털모자를 벗고 이마에서 땀을 훔쳐냈다. 바짝 깎은 머리카락이 자라서 기름지게 짓눌려 있었다.

“사람들이 못 먹을 걸 입에 대고 있소.”

사내의 얼굴이 대번에 굳어졌다.

“무슨 말이오?”

“누군가 무덤을 헤쳤어요. 어제 여기다가 죽은 아이를 묻는 걸 봤단 말입니다. 그런데 보세요. 무덤이 파헤쳐졌어요.” (…중략…)

“직접 보지 않은 건 믿지 마시오.”

사내가 허리를 꼿꼿이 세우고 단호하게 말했다. 청년은 진저리를 쳤다.

“죽은 아이를 이웃끼리 바꿔 먹는다는 소문은 들었지만…….”

“이 자식, 그만두지 못해!”

갑자기 안경잡이 사내가 청년의 뺨을 후려쳤다. 청년은 나뭇가지를 쏟으며 주춤 물러났다.

“보지 않은 건 믿지 말랬잖아. 그런 일은 없어. 산짐승들 짓이야.”[7]

애기무덤이 파헤쳐진 이유에 대한 청년의 짐작과 사내의 부정 사이에서 독자들은 긴가민가하게 된다. 그러나, 그들을 북한에서 중국으로 건네준 뱃사공 아낙을 통해 사태의 진실은 곧 밝혀진다. 그녀의 등에 항상 파묻히듯 업혀 있던 애기가 중국에 건너온 뒤 갑자기 사라진 것이다. 사공 아낙의 등에 업혀 있던 것은 이미 죽은 애기였다. 그녀는 자신의 애기무덤이 굶주린 사람들에 의해 다시 파헤쳐질 것이 염려되어, 아예 중국 쪽 강기슭에다 아이를 되묻었던 것이다. 짧은 대화와 간결한 묘사 위주의 서사 전개는, 이 ‘굶주림’이라고 하는 ‘세계의 비참함’을 극대화시키기 위한 전략이었던 셈이다. 작가는 어떤 것보다도 더 절박하고 중요한 탈북의 이유로, 북한 사회를 휩쓸고 있는 ‘굶

---

7   전성태, 「강을 건너는 사람들」, 『문학수첩』, 2005, 가을호.

주림'을 강조하고 있다.

김남일의 소설에서도 탈북자 '김강철'의 회고를 통해 '식량난'과 '굶주림'이 이야기되고 있지만, 탈북자와 관련된 수기나 인터뷰에는 어김없이 북한 사회의 만성적인 '기아'가 등장한다. 배급 체계가 중단된 1994년 이후 급속하게 늘어난 '탈북자'들도 거의 대부분 '굶주림'을 벗어나기 위한 생계형 탈북자들이고, 북한마저도 1998년 이후부터는 이 생계형 탈북을 구제하기 위해, 모든 '탈북'행위를 정치적 반역행위로 간주하던 형법조항을 차별적용하기 시작했다고 한다.[8]

소설은, '굶주림'의 고통은 문명사회가 가장 금기시(禁忌視) 여기는 '시신'조차도 문제 삼지 않는다는 절박함을 표현하고 있다. 동시에, 이 절대절명의 이유 앞에서, 다른 어떤 지원과 구제의 이유가 더 이상 필요한가를 반문하는 것처럼 보인다. 그러나, '탈북'의 이유로서의 '기아'는 이미 남한 사회에 더 이상 낯선 것이 아니다. 역설적이지만, 북한의 기아현상이 널리 보도되고 알려지면 질수록, 그것이 가지는 '충격의 정도'는 반감된다. 한 해 음식쓰레기만 14조 원어치가 발생하는 사회, 몸매를 위해 굶다가 '거식증환자'가 되어 삶을 마감하는 여성들이 속출하는 사회에서, 이 소설이 제기하는 '굶주림'의 문제는 남한 사람들의 시선을 집중시키기에는 어쩐지 무력해 보인다. 탈북자를 다룰 때, 작가는 남한 사회의 이 놀라운 '충격흡수능력'을 미리 계산하지 않으면 안 될 것이다. 그 어떤 충격적인 뉴스도, 남한 사회는 게걸스러운 대식가 이상으로 받아들여서 소화해버린다. 그 점에서, '굶주림'에 관한 이 소설의 환기력 부족은 소설 자체의 문제가 아닐는지도 모른다. 그러나, 바로 그러한 '무감각한 사회'와 맞서야 하는 것이 소설가의 또 다른 임무가 아닌가. 이것은 '탈북자' 문제를 소설화할 때의 가

---

8   국회 통일외교통상위원회, 앞의 책, 18면.

장 근원적인 딜레마이기도 하다. 동시에 그런 진퇴양난의 어려움, 즉 남쪽의 감각이 북쪽의 현실을 수용하기 힘든 상황에서 현재의 국면이 지닌 심각함을 이해시키고 나아가서 남북한 사이에 심화되고 있는 '이질화'를 넘어서야 하는 숙제야말로, 한국문학이 안고 있는 가장 큰 숙제라는 사실을, 이 소설은 일깨워준다.

정도상의 최근 연작 두 편은 '탈북'문제의 기원으로 소급해 들어간다. 무엇보다 다양한 등장인물과 사건의 풍부함이 돋보이며, 주인공 '춘심'의 밀도 높은 성격 묘사가 '탈북자'를 다룬 다른 소설들과 뚜렷이 구별된다. 「소소, 눈사람이 되다」는 심양 서탑거리 안마소를 중심으로 '미나'라는 탈북여성의 고난을 그리고 있다. '함흥·2001·안개'에 이 '미나'의 내력이 소상히 소개되지만, '미나'의 본명은 '춘심'이며, 함흥음악학교 출신의 여고생이었다. 흥미로운 것은, '춘심'의 '탈북'이 자발적인 행위로 설정되어 있지 않다는 점, 즉 그녀의 '탈북'은 굶주림이나 북한 사회에 대한 환멸 때문이 아니라는 점이다. 이는 "나는 조국을 배반한 것이 아니라 인신매매범에게 사기당해서 중국에 끌려왔다"는 '춘심'의 항의에서도 확인되지만, 「함흥·2001·안개」에 그 저간의 사정이 소상히 묘사되어 있다.

음악학교 졸업반이었던 '춘심'은 이종사촌 '은실'과 함께 여름방학 동안 연길에 가서 잠깐만 아르바이트하면 큰 돈을 벌 수 있다는 사람들의 말에 혹해 두만강을 건넜다가 곧바로 조선족 남자에게 팔려가 강제로 결혼생활을 하게 된다. 그 남자에게서 도망쳐 심양으로 흘러들어오게 된 '춘심'은 '미나'라는 가명으로 '안마소'에서 일하게 되지만, 삼 년 넘게 일해 모은 돈은 떼이고, 채무자가 빚 갚는 대신 공안에게 그녀를 고발한 탓에 집도 절도 없이 겨울의 심양을 헤매는 신세로 전락한다.

작가는 여느 소설처럼 '탈북자'인 '춘심'을 연민과 동정의 시선으로 묘사하지 않고 자존심 강하고 떳떳한 한 사람의 '북한 여성'으로 그리고 싶어 한다. 물론, 그녀가 지키고자 하는 자존심은 '탈북자'이자 무국적자인 그녀로서는 한낱 주관적인 소망에 불과한 것이지만, 작가가 애써 그리고자 하는 것은 바로 이 지점, 즉 자존심 강한 한 젊은 여성이 어떻게 망가져 가는가를 보여주고자 하는 것이다. 그러기 위해서 애초의 '충심'은 자존심 강한 여성으로 그려지지 않으면 안 될 필연성이 있다.

> "그게 벌써 삼 년 전 얘기네요. 목단강 시내로 나왔더니 주머니에 돈이 없잖아요. 그래서 식당에서 일을 하다가 한국에서 온 선교사들인가 무슨 북한민주화운동을 한다는 사람인가를 만났는데, 그 사람들 시키는 대로 서울에 가서 김정일 장군님 욕을 하고 내 고향 욕을 한다는 조건을 받아들이면 데려다준다고 했어요. 진짜로 나는 고향을 배신하고 싶지 않았어요. 내가 왜 내 얼굴에 침을 뱉어야 하나요? 근데 지난번에 한국에 들어간 동무들과 전화를 했는데 장군님과 공화국 욕을 하지 않아도 괜찮다 하더라고요. 그렇다면 들어가도 되겠구나 하고 ……" (…중략…)
> "한국에 데려다주세요."
> 이 말을 하는데 얼굴이 빨갛게 달아올랐다. 그만 울고 싶어졌다.[9]

후속편인 「함흥·2001·안개」에서는 음악학교 졸업반인 여고생 '충심'의 고민과 연애가 그려진다. '고난의 행군' 시기의 북한 사회의 궁핍상도 묘사되지만, 소설이 좀더 각별히 공들여 묘사하는 것은, 남한이든 북한이든 그 또래의 여자라면 누구나 사로잡힐 법한, 불확실한 미래에 대한 걱정과 공인되지 않은 은밀한 연애의 애틋함이다. 그 점에서 「함흥·2001·안개」는 성장소설의 형식을 취하고 있다. '충심'

9　정도상, 「소소, 눈사람이 되다」, 『창작과비평』, 2006년 봄호.

은 애인인 '재춘'에게 제 몸을 허락하는 '파과(破瓜)'와, 비록 타의에 의해서지만 '북한'을 떠나는 '탈향'이라는 두 계기를 통해, '소녀시대'를 마감한다. 두 작품은, 그저 불쌍하고 딱해서 무언가 도와주지 않으면 안 될 대상으로서의 '탈북 여성'이 아니라, 뚜렷한 소신과 자존심을 지닌 한 '여성'인 '충심'을 그리려는 의욕을 보여준다. 그리고 이런 성격화는 어느 정도 성공한 것으로 보인다. 이어질 후속작에서 이런 포석들이 어떻게 결실을 맺게 되는지 지켜봐야 할 것이다.

4. 육성(肉聲)의 진실과 탈북자의 지성

비록 소설은 아니지만, 한 탈북 여성의 진솔한 육성이 절절이 배어 있는 자전적 수기 『국경을 세 번 건넌 여자 최진이』는 '탈북자' 문제와 관련해서 한번쯤은 언급하고 지나가야 할 책이다. 북한의 실상이나 탈북 과정의 험난함, 그리고 남한 사회 정착 이후의 어려움 등을 토로한 많은 증언과 인터뷰, 수기 등이 있지만, 최진이의 『국경을 세 번 ……』만큼 핍진하고 냉정한 시각으로 진술한 것은 그리 많지 않다. 책이 주는 감동은, 지은이가 김형직사범대학 작가반 출신이기도 하고, 조선작가동맹 중앙위원회 시분과 소속 시인으로 활동한 문인인 까닭에 탄탄한 글 솜씨가 뒷받침된 덕도 있겠지만, 참상과 고난을 묘사하면서도 냉정한 시선을 잃지 않고 사태를 객관적으로 인식하는 분별력 같은, 글 솜씨와는 구별되는 근원적인 예지력(叡智力)에 힘입은 바가 더 큰 것으로 보인다.

책의 대부분은 평양과 지역을 오르내리며 작가가 목격한 북한 사회의 만성적 궁핍 현상에 대한 묘사이다. 물자 부족과 식량난에서 비롯된 이 궁핍상은 단순히 개인의 신체적 고통으로 끝나지 않고, 사회를 떠받치고 있는 제도와 사상, 윤리 체계 전반을 밑뿌리에서부터 붕괴시킨다는 점에서 그 심각함이 짐작을 훨씬 뛰어넘는다. 다른 탈북자의 인터뷰나 수기를 통해서도 느끼는 바이지만, 최진이의 생생한 묘사는 '의식(衣食)이 족(足)한 연후에야 비로소 사람의 도(道)를 말할 수 있다'는 공자(孔子)의 근원적인 진리를 다시 한 번 절감하게 만든다. 물자 부족과 식량난이 본격화된 90년대 중반 이후에 약 3백만 명 정도의 북한 주민이 굶어 죽었으리라는 추정이 있다. 물론 정확한 통계는 아니지만, 그 숫자가 늘고 줆으로써 사태의 비참함이 달라지지는 않는다. 곁에서 누군가 굶어 죽어가는 것을 무력하게 지켜볼 수밖에 없다는 것은 상상조차 힘들거니와, 그런 만성적인 굶주림이 인간이 예의 염치를 파괴하고, 공동체를 유지하는 최소한의 기본 질서마저 위협하는 지경에 이르는 것을 목도할 수밖에 없는 한 지식인의 고통이 책 여러 군데에서 절절히 표현되고 있다.

만성적인 기아 상태는 그것대로 인정하면서도, 그러한 인상(印象)이 곧 북한과 탈북자에 대한 굳어진 선입견으로 작용하는 것을 막기 위해, 정도상은 앞의 소설에서 일부러 주인공 '춘심'과 '은실'이 결코 굶주림 때문에 탈북한 것이 아니라는 설정을 한 것인지도 모른다. 작가의 그러한 저항은 다음과 같은 구절에서도 느껴진다.

그는 충심을 데리고 백제원 식당으로 갔다. 배가 고프지 않다고 해도 막무가내였다. 심양에서 만난 대개의 한국사람들은 탈북자라면 곧 지독히 굶주린 것으로 오해했다. 물론 너무 굶주리다 못해 강을 건너는 사람도 제법 있었다. 하지만 떠돌다가 만난 여자들 중 상당수는 충심과 마찬가지로 인신매매를 당해 중국의 오지로 팔려간 사람들이었다.[10]

이러한 설정은 탈북자에 대해 고정관념이 형성되는 것을 막는다는 점에서 의의가 있다. 최진이의 글이 감동을 주는 까닭도, 본능을 움직이게 하는 이 고통 앞에서 이성을 지닌 한 인간이 자신의 존엄을 유지하기 위해 사투(死鬪)에 가까운 싸움을 벌이기 때문이다. 단순한 참상의 목격담이었다면, 최진이의 수기는 그 의미가 반감되었을 것이다.

결국, 이 책은 한국의 독자들에게 '탈북자에게도 지성(知性)이 있다'는, 지극히 평범한 사실이지만, 한국 사람들이 가진 편견과 고정관념 때문에 너무도 쉽게 망각하는 그 점을 새삼 일깨운다는 데 의의가 있다. 탈북자의 지성이 그 힘을 발휘하는 가장 빛나는 대목은, 남북한을 동시에 경험한 후에 찾아온 그의 균형 감각이다. 책의 제4부 '남녘땅에 밥상을 차리고'는 그런 의미에서 이 책의 백미(白眉)에 해당한다. 왜냐하면, 체제 경쟁에서 남쪽이 일방적으로 승리했고, 따라서 북한 체제로부터는 어떤 것도 배울 바가 없을 것이라는 우리의 단견(短見)을 일거에 무너뜨리고 있기 때문이다.

북한의 모든 노동의 장엔 학습시간이 들어 있다. 작업 시작 삼십분 전에는 신문사설 독보, 월요일 주 정기학습, 매주 수요강연, 상하 반년 전국 문답식 학습, 연말 학습총화, 연설적 형식을 띤 온갖 조직적 행사들. 이런 잡다한 체계들이 북한인의 세뇌를 위해 고안된 것이라고 할지라도 노동자와 사무원 간의 계급적 차이를 완화시키는 완충 역할을 하기도 한다.

중학교 졸업하고 붉은청년근위대 일 년 복무까지 마친 내가 집단 배치받아 간 곳은 평양자전거공장 생산현장이었다. 웬만큼 공부하던 학교 동창들은 거의 대학에 갔는데 일류대학을 꿈꾸던 내가 열등생이나 가는 곳으로 공인된 생산현장에 출근하자니 그 자괴감은 이루 말할 여지가 없었

10　정도상, 앞의 글, 150~151면.

다. 동네에서도 어떻게 고개를 쳐들 수 없을 지경이었는데, 그나마 그 고충
에서 해방되는 순간들이 가끔 찾아왔다. 월요학습, 수요강연, 문답식 학습
때가 바로 그런 순간들이었다.

　이런 학습시간 중에도 나는 특히 강의실 또는 강사 사정으로 사무원과
노동자가 합동으로 하는 강연이나 학습을 더 좋아했다. 이때만큼은 작업
복에 기름칠하지 않은, 손등이 희고 손가락이 뾰족한 사무원들을 머리 꼿
꼿이 들고 볼 수 있었다. (…중략…) 이것은 분명 북한 하층계급으로 하여
금 신분하락에서 오는 충격을 완화시켜주면서 자신의 비참한 처지를 깜빡
잊게 해주는 정신적 안정제 효과도 되었다.

　하지만 한국 사회의 시장경제 원리는 이런 식의 세뇌화 장치를 필요로
하지 않는다. 그래서 한국에 온 탈북자는 노동자에 대한 어떤 인격적 대우
도 받지 못하는, 노동자를 일하는 도구로만 여기는 냉정한 자본주의 체제
에 합류하면서 상대적으로 박탈감을 느낄 수밖에 없다. 유한킴벌리처럼
전 직원의 하루 여섯 시간 노동, 두 시간 기술학습이 체계화되어 있는 윤리
적 경영을 원칙으로 삼는 이상적인 회사에 들어간다면, 탈북자들의 이직
현상이 조금은 극복되지 않을까.[11]

　'탈북자를 위한 변론'이라는 글의 한 구절이다. 비록 탈북자의 처지
에서 탈북 노동자의 이직 현상을 방지하기 위해 제언하고 있지만, 이
문제가 어찌 탈북노동자에게만 한정되는 문제이겠는가. 육체노동자
와 사무직 노동자의 철저한 분리, 그리고 육체노동자에게 보장되지
않는 학습과 재교육의 기회, 이로 인한 사회적 박탈감과 육체노동자
계급의 사회적 빈곤의 악순환 등, 그것은 남한 자본주의 체제의 맹점
을 적시한 뼈아픈 지적이기도 한 것이다.

11　최진이, 『국경을 세 번 건넌 여자 최진이』, 북하우스, 2005, 314~315면.

그가 남쪽을 체험하고 나서야, 비로소 자신이 살았던 북한 사회에 대한 균형감각을 회복할 수 있었듯이, "한반도의 반쪽인 북한을 체험하지 못한 남한 사람들 역시 내가 그러했듯 사고의 불균형성을 지닐 수 있는 가능성을 시사해준다고 볼 수 있다"[12]는 그의 지적은 남한 사람인 우리가 귀담아 들어야 할 얘기가 아닐 수 없다. 이런 혜안은 글의 곳곳에서 발견된다.

최진이의 글을 읽으면서, '탈북자'는 도와주어야 할 어떤 '대상'이라는 나의(혹은 우리의) 생각에 심각한 교정이 필요하다는 사실을 깨닫게 되었다. 그런 생각이야말로 '탈북자'를 연민과 동정이 필요한 '대상'으로 고착시키는, 영원한 '타자화'의 시작이라는 자각이 들었다. '탈북자'는 단순한 '타자'가 아니라, '나'와 '우리'를 변화시키는 또 다른 '계기'로 받아들여야 하는 것이 아닌가. 그 점에서, '탈북자'는 이질화가 심화되고 있는 분단체제에서 그 이질화를 완화할 수 있는 일종의 '균형추'에 해당한다. 탈북자들을 남한 사회에 적응시키는 데만 골몰할 것이 아니라, 그들의 영육에 각인된 저쪽 사회의 관성을 통해 그들을 '이해'하고, 우리를 어떻게 '수정'해 나갈 것인가를 고민하는 것이, '탈북자'를 대하는 올바른 태도가 아닌가 싶다.

'탈북자'를 다룬 텔레비전의 다큐멘터리에서 열여덟의 한 여고생은 "솔직히 여기보다는 북한이 더 좋아요. 돌아가고 싶어요. 아버지가 왜 나왔는지, 지금도 이해할 수 없어요. 여기는 너무 차가운 것 같애요"라고 말했다.[13]

우리는 탈북자들이 북한을 버리고 왔기 때문에 북한에 대해 무조건적으로 적대적일 것이라는 편견을 지니고 있다. 그러나, 최진이도 남쪽에 와서야 "김일성, 김정일과 북한을 분리해서 생각하는 '균형적 사

---

12 최진이, 앞의 책, 327면.
13 KBS 수요기획, 「북에서 온 386」, 2006, 2.15일 방영.

고'를 드디어 할 수 있게 되었다"고 말하듯이, 북한을 탈출했다고 해서, 그 공간 안에서 쌓이고 형성된 한 인간의 모든 과거가 한꺼번에 부정되거나 지워질 수는 없는 것이다. 위의 여고생의 발언은, 단지 남한사회 적응 과정의 어려움 때문에만 토로되는 것은 아닐 것이다. 힘겹고 고통스러울지언정, 누구나 반추하고 싶은 과거가 있고 추억이 있는 까닭이다. 인간은 그래서 비로소 인간다워지는 것이 아닐까.

그 점에서, 우리보다 앞서 '통일'을 이룬 독일의 경우는 좋은 반면교사가 된다.

> 서독이 구동독을 단지 독재체제나 불평등 국가로만 이해한다면, 대다수 동독사람들은 모멸감을 느낄 것입니다. 국가구조나 제도적 특성을 분석해보면, 구동독은 분명 불평등 국가였습니다. 그러나 그것은 개개인들과는 별개의 문제입니다. (…중략…) 체제의 역사와 개인의 실생활은 분리해서 평가해야 한다고 생각합니다. 대다수 동독 사람들이 품고 있는 개인적 기억 속에는 정치보다 자신의 경험이 더 중요하게 자리잡고 있습니다. 이와 관련해서 프리체(Fritze)는 다음과 같이 언급했습니다. "동독사람들은 체제와 별도로 과거 자신들의 생활에 감정적 집착을 나타낸다." 고향, 사회적 결속, 가정과 친구, 동료들과의 신뢰 그리고 불편한 경제상황 속에서 추구했던 소박한 목표들이 바로 그 경험들입니다.[14]

독일과 우리는 분단의 원인도 다르고, 통일의 과정도 결코 같을 수 없지만, 그럼에도 타산지석으로 삼아야 할 교훈은 적지 않다. 그 중에서도, 독일 통일 과정을 비판적으로 보고 있는 대다수의 독일 지성들이 한국인들에게 건네는 충고, 즉 분단으로 인해 형성된 '이질화'의 극

14 　로타 프롭스트, 「동서독의 이질감에 대한 성찰」, 김누리, 노영돈 엮음, 『통일과문화』, 역사비평사, 2003, 95면.

복이 없는 '통일'이란 '분단된 상태로 하나가 되는' 기형적 통일에 불과하다는 지적을 귀담아 들어야 한다.

최진이의 수기는, 북한의 현실을 남쪽 사회에 제대로 전달하는 일의 궁극적인 목적이 무엇인가를 다시 한 번 생각하게 만든다. 특히 경제적 어려움으로 인한 여러 가지 궁핍상은, 일차적으로 남한과 국제 사회의 조건 없는 도움을 위해 제대로 알려질 필요가 절실한 것이지만, 거기에만 고착되어서는 북한 주민들을 연민과 동정의 대상 이상으로 생각하기 힘들게 된다. 남북한이 각기 서로 넘치고 부족한 것을 어떻게 보완해서, 슬기롭게 '분단 체제'로 누적된 여러 모순을 극복해 나갈 것인가, 그것이 북한 사회를 제대로 알기 위한 근본 목적임을 상기시켜 주고 있는 것이다.

5. 탈북자, 혹은 이질화를 극복할 균형추(均衡錘)

'탈북'의 역사적 맥락을 더듬어 올라가면, '귀순용사'보다 더 먼저 쓰이던 용어가 있음을 알 수 있다. 예컨대, '월남자' 그리고 '삼팔따라지'가 그것이다. 이들은 1945~53년 사이에 '탈북'했으므로, '탈북자'로서는 가장 원로급에 해당한다. 이들이 남한 사회에 미친 영향은 워낙 범위가 넓고 그 성격이 다양해서 한 마디로 정리하기는 어렵다. 또 지금의 '탈북자'들과는 그 성격과 맥락이 달라 하나로 묶기는 어렵다. 그러나, '월남자' 혹은 '삼팔따라지'들 중에는 남한 사회의 반공 이데올로기와 극우 체제를 강화하는 데 기여한 이들도 있지만, 양 체제를 상대화하면서 남한 사회에 결여된 것이 무엇인가를 끊임없이 일깨운 그룹들도 있었다. 그 무렵이야 다 같이 가난하고, 다 같이 남한 자본주의 체제에 적응해 나가야 했던 까닭에, 지금처럼 '탈북'이 '타자'로서의 정체성을 규정하는 절대적 요인이었던 시절은 아니었다. 그래서 오히려 '탈북자'로서 남한 사회에 대한 비판의 직정(直情)을 좀 더 자유롭게 드러낼 수 있었을는지도 모른다.

지금은 그 때와 사정이 다르다. 그러나, 바로 그런 까닭에, '탈북' 혹은 '탈북자'를 이해하는 우리의 생각이 더 지혜로워져야 되고, 더 유연해져야 할 필요가 생긴다. 월남 1세대가 자발적으로 '균형추'의 역할을 분단 지성사에서 떠맡고 나섰던 것이라면, 지금은 그러한 긍정적 기능을 우리가 '우리 시대의 월남자'들로부터 이끌어 낼 필요가 있다. 그것은 적극적 '이해'와 '성찰'의 용기 없이는 불가능하다. 즉, 그들을 '타자'가 아니라, '주체'인 우리를 변화시킬 수 있는 외적 계기로 인식하는 것, 이것이 '탈북자'를 이해하는 우리의 지혜가 되지 않으면 안 된다. 그러기 위해선, '탈북자'들의 인권을 보장하기 위한 제도적·물질적 지원을 아끼지 않는 한편, 그들을 받아들인 한국 사회가 '탈북자'들을 단순히 '연민과 동정'의 대상으로만 한정할 것이 아니라, 남과 북을 동시에 겪은 그들의 경험과 지혜를 적극적으로 활용해야 한다. 탈북자들이 지닌 개인적 고통과 수난, 양 체제를 거친 경험과 지혜의 안팎을 섬세하게 조망하는 데 '문학'만한 것이 없다. 그것이 우리 시대 문학의 권리이자 의무이다.

제4부
문학교육 이데올로기 비판

교과서 문학 정전화의 이데올로기와 탈정전화

문학 교과서와 소설 교육의 이데올로기
민족주의와 계급 담론을 중심으로

교과서 문학 정전화의 이데올로기와 탈정전화

우리들은 사자가 사자를 길들이는 사람보
다 더 힘이 세다는 사실을 알고 있고, 사자
를 길들이는 사람도 그것을 알고 있다. 문
제는 사자가 이 사실을 모른다는 점이다.
　　　　　　　　　　　　　－ 테리 이글턴

1. 두 개의 에피소드

　대한민국 국어 교과서, 특히 이 글의 주제인 문학 텍스트의 '정전
(화)'을 문제 삼을 때, 내 뇌리에 가장 강한 인상으로 남아있는 것은 다
음에 소개할 두 개의 에피소드이다. 번다한 이론이나 실증보다도 이
생생한 경험담이, 교과서와 관련된 문제점들을 풀어나가는 데 한결
유용한 실마리가 되어줄 것이다. 첫 번째 이야기부터 살펴보자.

개학되고 한 달쯤 되어서이다(1948년 10월께를 말한다—인용자). 부임
해 온 지 얼마 안 되는 국어 과목의 최 선생이 다음날 국어 시간에 교과서
와 함께 먹과 붓 그리고 벼루를 준비해 오라고 일렀다. 우리는 그대로 하였
다. 국어 시간이 되자 최 선생이 먹칠을 해서 지워야 할 글의 제목과 책장
의 숫자를 칠판에 적었다. 우리는 시키는 대로 진한 먹물로 자기 교과서의
지워야 할 곳에 먹칠을 했다. 혹 먹물이 흐릿해서 활자가 보이는 경우엔 교
사가 주의를 주어 다시 칠하도록 일렀다. 한참 그러고 있는데 정복 차림의
경관 한 명이 들어와서 교실을 한 바퀴 둘러보고 나갔다. 먹칠이 끝난 뒤에
시간이 남았지만 수업은 없었다. 누구누구의 글을 먹칠했는지는 기억나지
않지만 꽤 되었다고 생각한다. 다만 정지용의 '고향'과 '춘설'을 지웠다는
것만은 분명하게 기억하고 있다. (…중략…) 그때까지 군정청의 문교부 편
수국에서 편찬한 국정교과서에는 좌우를 망라한 문인들의 글이 수록되어
있었다. 8월 15일 새 정부가 들어서고 좌파 문인들의 글은 가르치지 않기
로 결정을 하였으나 교과서는 이미 그전에 제작되어 있었다. 그래서 과도
적인 조처로 먹칠하기를 결정한 것이다.[1]

이 이야기의 주인공은 평론가 유종호 선생이다. 내가 유선생께 이
'먹칠 사건' 이야기를 처음 들었던 것은, 어떤 학술잡지의 좌담을 위해
몇몇 동료와 함께 댁을 방문한 십년 전쯤이었다. 때로는 '사실'이 '허
구'보다 개연성이 희박하게 느껴질 경우가 있는데, 나한테는 이 얘기
가 그랬다. 모든 '근대 국가'의 탄생과정이 유무형의 '폭력'을 수반한다
는 것이 상식이고, '대한민국'의 탄생 또한 그 일반론으로부터 그리 멀
리 떨어져 있지 않다는 것, 아니 좀더 특수한 형태로 '폭력적'이었음은
익히 알고 있었지만, 이 일화에서 드러나는 국가 폭력의 직접성, 그리

---

1   유종호, 『나의 해방 전후』, 민음사, 2004, 265면.

고 문화적으로 변용되어서 오히려 더 증폭되는 야만성은 커다란 충격이었다. 연전에 나온 선생의 회고록『나의 해방 전후』에 이 이야기가 다시 자세히 묘사된 걸 읽으면서, 십년 전의 충격을 새삼 되새겼거니와, '대한민국'이라는 국가의 탄생이 '국어' 교과서에 반영되는 장면, 그것도 '정전화(正典化)'의 고유하고 본질적 기능인 '배제'와 '축출'을 통해 개입하는 장면을, 이 회고담보다도 더 함축적이면서 강렬하게 드러내기란 어려울 것이라 생각한다.

'국어' 교과서의 변천사를 다룬 논문들에 제시된 자료들과 선생의 기억에는 약간의 시차와 제목의 상거가 있지만, 본질적인 문제는 아니다. 아마도 그때 함께 먹칠을 함으로써, 이후 오십 년 이상을 '먹칠'이 상징하듯 '깜깜한 어둠' 속에서 갇혀 지내야 했던 작가들은, 임화, 조명희, 오장환, 김기림, 이기영, 이원조, 이태준 등이었을 것이다. 미군정 시절, 가람 이병기가 주도하고, 조선어학회를 저작자로, 군정청 문교부를 발행자로 하여 1947년 간행된 중등교과서 세 권에는, 좌우파의 시인과 작가들의 작품이 고루 배치되어 있었다.[2] 그러나, 좌우익의 대립이 심화되고, 정부 수립 이후 좌익의 활동이 금지되면서, 교과서에 수록되어 있던 좌파 작가들의 작품들도 삭제의 운명을 맞게 된 것이다.

7차 교육과정과 맞추어 간행된 18종의 문학 교과서에서는, 1948년 '먹칠 사건'과 함께 사라진 임화의 「우리 오빠와 화로」를 비롯해, 오장환, 정지용, 김기림, 이태준 등의 일부 작품이 수록되어 있다. '먹칠'을 지우는 데 꼬박 오십 여 년이 필요했음을 상기하면, 반가움보다 아득함이 앞선다.

교과서와 관련된 또 다른 에피소드의 주인공은 리영희 선생이다.

---

2   구체적인 수록 작가와 작품을 아는 데 도움을 받은 자료는 정재찬,『문학교육의 사회학을 위하여』(역락, 2003)에 실린 제1부 '문학교육의 담론과 권력'이다.

나는 자기의 약점을 검증하고, 그것을 보완할 방법을 연구해야 했다. 가장 큰 약점은 우리말의 서투름이었다. 일제하에서의 국민학교 4학년까지 '조선어'를 배웠을 뿐, 일본인이 대다수인 중학교에서 일본말로 공부하다 해방을 맞아 학교교육에서 나는 정확한 우리말을 익힐 기회가 별로 없었다. 군대생활 7년간은 영어와 우리말을 절반씩 사용하는 틀 속에서 '쓰는 한국어'를 연마할 기회가 없었다. 말하고 읽기는 하지만 쓰는 훈련을 못 가졌던 것이다. (…중략…) 나는 견습기간 중 한 달을 기간으로 설정하고 국민학교와 중고등학교 국어교과서를 가지고 우리말 공부를 완전히 새롭게 시작했다. 동료들이 보지 않는 곳과 집에 돌아와서의 시간을, 마치 중학교에 입학했을 때 일본어와 영어에 쏟았던 것과 같은 열성으로 몰두하였다. (…중략…) 사실대로 말해서 기자생활을 시작하던 그 당시(1957년을 말함 ─인용자)로서는 나는 일본어와 영어가 우리말(글)보다 수월했다. 일본어는 철저한 식민지 교육을 국민학교부터 받고 일본인이 대부분인 중학교를 다녔으니까 그럴 수밖에 없었다.[3]

리영희 선생은 1929년생이다. '영어가 우리말보다 수월한 것'은 그가 가진 특수성(7년간의 통역 장교 생활)이지만, 일본어가 우리말보다 수월했던 것은, 그와 동년배인 1920년대생 모두에 해당하는 공통적인 '문화 현상'이었다. 리영희 선생보다 여섯 살 아래인 유종호 선생조차, '쓰기 언어'를 익힌 순서는 '한자─일본어─한글'순이었다고 고백[4]할 정도이니, 그보다 이른 세대이고, 그만큼 식민지 교육에 노출된 시간이 길었던 리선생(의 세대)은 더 말할 나위가 없다. 위에서 회고되고 있는 시점은 정확히 1957년이다. 서른의 장년이 남몰래 숨어서 '국어' 교

---

3 리영희, 『역정 ─ 나의 청년시대』, 창작과비평사, 1988, 251~252면. 평론가 임헌영과 대화 형식으로 만든 회고록 『대화』(한길사, 2005)에 이 부분의 상세한 내용이 있으리라 기대하고 읽었으나 다시 등장하지는 않았다.

4 유종호, 앞의 책, 126면.

과서를 공부하는 장면은, 때를 놓친 여느 문맹자가 만학도가 되어 글을 깨치는 이야기와는 사뭇 다르다. 이것은 특수한 한국 근대사가 한 개인 또는 세대에게 강요한 일종의 문화적 '통과제의'이기 때문이다. 다소의 과장이 허락된다면, 위의 회고는 해방되고도 무려 12년이 지난 뒤 비로소 '국어 교과서'를 독학하면서 '언어적 정체성'을 획득하는 '한국인 리영희'의 탄생을 보여주는 장면이라고 할 수 있다.

두 개의 에피소드는, 어떤 번다한 실증과 장황한 이론보다도, 대한민국 '국어' 교과서의 정치적이면서도 문화적인 본질과 기능을 적나라하게 보여 주고 있다. '교육'이란 본질적으로 특정한 이데올로기(들)의 확산과 수렴의 과정이다. 그리고 '교과서'란, 이 과정에서 쓰이는 효과적인 '도구'이다. 이후 수차례의 교과서의 개편을 통해, 교과서 수록 작품의 정전화 과정에도 일정한 변화가 나타났지만, 본질적인 성격과 기능은 조금도 변하지 않았다. 아마도 '교과서'란 것이 존재하는 한, 그러한 성격과 기능은 불변일 것이다. 가능한 변화는 그것이 얼마나 간접화되는가, 또는 얼마나 세련된 방식으로 그 기능을 관철할 것인가의 문제일 뿐이다.

그런 점에서, 위에 소개한 두 개의 일화는, 아직 그러한 세련성과 간접화가 등장하기 이전의, 날 것 그대로를 보여줌으로써 각별한 의미를 지닌다. 유종호 선생이 겪은 '먹칠 사건'은 그때부터 지금까지 요지부동으로 '교과서 정전화'에 작동하고 있는, '반공 이데올로기'에 입각한 '배제의 원리'를 원형 그대로 보여준다. 반면에 리영희 선생의 일화는 교과서의 '포섭' 기능을 확인시켜 준다. 즉, '국어' 교과서는 거기에 수록된 작품들을 통해 '네가 누구이며 어떤 미적 감각과 사유체계를 지녀야하는가'를 지시한다. 리선생이 한글공부를 본격적으로 시작하면서, 그 이전에 지니고 있던 그의 지식 체계와 세계관이 '교과서'를 통해 전면 '세탁'되었으리라고 생각하기는 어렵다. 이미 1957년에 그는 서른에 가까운 장년이었다. 그 점에서, 그가 뒤늦게 익힌 '한글'과 그 정전들은 말 그대로 '도구'로서의 의미에 한정되었는지도 모른다. 그러나, 해방을 전후해 태어난 세대는 사정이 다르다. 그들은 '국어' 교과서를 통해 '한국인'으로서의 '언어적 정체성'을 획득해 나간다. 장년에 이른 리영희 선생이 '직업적 필요성'에 의해 자발적으로 '국어'의 세계에 포섭된 것이라면, 후대의 경우는 '포섭당한다.' 그들은 교과서를 통해 '언어'를 익히며, 거기에 수록된 '문학 정전'들을 통해 미적 감각과 사유를 체득하게 된다. 역설적이지만, '포섭당함으로써' 획득된 이 '한국어의 정체성'이 '문화적 자긍심'으로 한국문화사에 다시 등장한다.[5]

요컨대, 이 두 개의 일화는, 교과서의 '정전화'에 수반되는 '포섭'과 '배제'의 작동원리를 원형의 형태로 극명하게 보여주고 있다.

2. 이데올로기의 횡단과 그 모순적 공서(共棲) ─ 변한 것과 변하지 않은 것

'정전(正典)'이란 특정한 텍스트(또는 장르)의 가치와 권위가 오래도록 유지되거나 반복·재생산됨으로써 확립된다. 주지하다시피, '정전'을 이해하는 두 가지의 서로 다른 태도가 있다. 특정 텍스트가 '정전'이 되는 것은, 본래부터 그 텍스트에 '정전'이 될 수밖에 없는 '가치'가 고유하게 내재해 있기 때문이라는 믿음, 또는 '정전'이 되는 기본 원리와 원칙

---

5   일찍이 김현이 '한글만으로 사유하고 한글만으로 쓰는 최초의 세대'라고, 자신을 포함한 4·19세대의 '문화적 정체성'을 갈파한 것이 이와 관련된다. 이 말이 지닌 문화적 의미는 대단히 중층적이어서 많은 쟁점들을 내장하고 있다, 그 문제는 논외로 하고라도, 전후 사정이 어찌 되었든 '말하기'와 '글쓰기'에서 그 이전 세대가 어쩔 수 없이 감당해야 했던 '괴리'와 '불편함'에서, 1940년대생들이 자유로웠던 것만큼은 사실이다.

이 존재한다는 믿음이 있다. 이에 대해 적대적인 입장을 취하는 사람들은, 텍스트 자체에 기본적인 근거 따위는 없으며 정전으로 선별된 텍스트는 어느 특정한 시대의 특정한 그룹 혹은 사회집단의 이익이나 관심을 반영한 것이라고 주장한다. 전자의 경우는, '정전'보다도 '고전'이란 용어가 더 어울린다. 우리에게는 아직은 낯선 이 '정전'이란 말은, 항구불변의 내재적 가치를 지닌 텍스트가 존재한다는 믿음 즉 '클래식classics'에 대항하기 위해 만든 '캐논canon'의 번역어라고 할 수 있다.

모든 '정전'은 부단한 '정전화'의 과정을 통해 비로소 '정전'이 된다. 경우에 따라, 일정한 시간에 '정전'이 된 이후, 다른 형태의 '정전화'를 겪지 않는 '폐쇄적인 정전'들도 있다. 예컨대 이슬람의 종교 경전이나 성경이 그러하다. 이 경전들은 초기의 '정전화' 과정을 거친 후, 천 년이 훨씬 넘는 동안 내용과 권위에 조금의 변화도 초래되지 않았다. 그러나, 이런 경우조차도 '정전화'의 과정을 밟지 않는 것은 아니다. 다른 경우와의 차이는, 한번 확보된 '정전'으로서의 권위가 오래도록 유지된다는 것일 뿐이다.

이에 비하면, 우리의 '국어' 교과서에 수록된 문학 텍스트들의 '정전화' 과정은, 짧은 기간임에도 불구하고 매우 격렬하고 극적이었다.

눈으로 당장 확인할 수 있는 변화부터 살펴보자. 앞서 얘기한 '먹칠 사건'을 통해 해방 이전의 카프 계열 작가나, 해방 이후 좌파로 전향하여 월북한 작가들의 텍스트가 '교과서'에서 전면 삭제된다. 그 자리를 메우면서, 오랫동안 교과서 정전의 생산자를 자임했던 것은, 서정주, 김동리, 조연현으로 대표되는 문협 3인방과 청록파였고, 이들이 관장하는 조직, 인맥의 친소(親疎), 또는 미학적 계보에 따라 그 밖의 작가와 시인들의 텍스트가 조금씩 들고나는 형국이 계속 되었다. 이런 독과점 사태는 제5차 개정이 이루어지는 1988년까지, 거의 사십 년 동안 지속되었다. 1949년~1987년 사이에 교과서에 글이 실린 작가는 열 손가락으로 다 셀 수 있을 정도로 중복 출연이 심했다. 시에서는 해방 전의 한용운, 김소월, 이상화, 이육사, 윤동주가, 해방 후에는 청록파와 서정주, 김춘수, 노천명, 조병화, 유치환이, 소설에서는 현진건, 김동인, 김동리, 정한숙, 황순원이 번갈아 등장하고, 희곡은 단연 유치진의 독무대였다. 조연현과 곽종원은 평론이나 수필, 또는 문학사의 단골 집필자였다. 이들 이십 명 정도의 작가와 시인, 평론가들이 장르를 넘나들며 교과서의 문학 텍스트를 거의 독점하다시피 했다.[6] 물론 이들 사이에서도 일정한 위계와 서열이 나타나고, 중심과 주변이 나누어지지 않는 것은 아니었지만, 그것은 이들 텍스트의 '정전화' 권력이 나머지들을 '배제'함으로써 생기는 위계에 비하면 그다지 중요한 문제가 아니다.

국정 교과서 체제의 이러한 독과점주의에 변화가 나타나기 시작한 것은, 1988년 5차 개정부터라고 할 수 있다. 이때부터 고등학교 '국어'의 경우는 국정교과서가 1학년에 한정되고, 2학년 이상은 검인정을 받은 8종의 문학 교과서에 텍스트 선정의 권리가 이양되었기 때문이다. 자연히 텍스트 선정에 약간의 유연성이 생겨났다. 우선 수록 작가의 범위가 문협 3인방과 청록파 등을 넘어서서 그 외연을 조금씩 넓히기 시작하고(그 구체적인 예로 이전 교과서에서 단 한번도 등장하지 않았던 염상섭이나 채만식, 하근찬 등이 등장하게 된다), 월북작가의 부분적 해금조치가 이루어져 정지용이나 김기림 등은 자진월북이 아니라 납북이었다는 해석을 조건부로 하여 텍스트 수록이 허용되었다.

7차 교육 개정이 이루어지고 검인정 문학 교과서가 무려 18종으로 늘어난 현재는, 수록 작가만을 놓고 볼 때 '격세지감'을 금할 길이 없을 정도로 많은 변화가 일어났다. 3공화국에서 5공화국까지 내내 금

---

6 교육 과정 개정에 따른 '국어' 교과서의 세부 목차 변화는 권순긍, 「교과서의 변천과 문학교육의 방향 – 고등학교 '국어' 교과서를 중심으로」(한국문학교육학회 편, 『문학교육의 새로운 구도와 실천』, 태학사, 2000)의 도움을 받았다.

기의 상징과 같았던 김지하의 시가, 아직까지 국정 체제를 유지하고 있는 중학교 1학년 교과서의 첫머리에 등장하고, 정지용의 시는 교과서뿐 아니라 여러 시험문제의 단골 지문이 된 지 오래다. 비록 검인정이긴 해도, 임화의 「우리 오빠와 화로」나 「네 거리의 순이」, 이태준의 「해방 전후」를 교과서에서 만날 수 있게 되었다. 교과서 특유의 '지체(遲滯) 현상'을 감안하면, 1980년대는 물론 1990년대에 나온 작품들까지 수록되고 있는 것은 변화의 빠른 진폭을 실감하게 만든다.

이런 변화의 의미는 결코 작은 것이 아니다. 이 변화를 이끌어 내기 위해 실로 수많은 사람들, 문학연구자, 각급 학교의 국어 교사, 문학교육학 전공자, 출판기획자, 정부 관료, 무수한 익명의 학생들의 '반(反)정전화' 투쟁이 있었음을 기억하지 않으면 안 될 것이다. 그러나, 겉으로 드러난 이 변화가 그동안 구축된 교과서 '정전' 및 정전화의 권력으로 작동했던 이데올로기의 비판과 해체로 곧바로 연결될 수 있을까. 이 문제는 정전의 외연이 확대되는 것과는 또 다른 차원의 논의를 필요로 한다.

대한민국의 교과서 '정전'을 형성한 핵심 이데올로기들이 이런 변화와 어떻게 접속하고 있는지를 살펴보기로 하자. 우선, 교과서 정전을 구성하는 모든 이데올로기들을 다 거론하기는 어려우므로, 국가주의와 민족주의, 그리고 반공주의 정도로 한정하기로 한다.[7] 이 셋은 경우에 따라 서로 겹치기도 하고, 일정한 위계를 형성하기도 하지만, 교과서 정전화를 중심에 놓고 볼 때, 그 나름의 분화된 역할이 있다.

'국가주의'의 가장 기본적인 기능은 '국민'의 형성과 동원이다. 이데올로기의 이러한 속성에 따라, 교과서 편찬 과정에서 '국가주의'는 해

---

[7] 국가주의와 민족주의는 모두 '내셔널리즘nationalism'의 번역어여서, 그것을 맥락에 따라 달리 번역하는 것이 종종 논쟁의 대상이 되곤 한다. 일본은 아예 그러한 쟁점을 차단하기 위해 '내셔널리즘'이란 용어를 그대로 쓰고, 맥락에 따라 달리 적용하거나 해석하는 방식을 택한다. 그러나, 우리 교과서를 중심에 놓고 볼 때, 이 둘의 역할은 구분될 필요가 있는 것 같다.

방 전 식민지 상태에서의 '민족'도 모두 이 '국민'에 통합시켜버린다. 그러므로 식민지 상태의 '조선인'은 '대한민국 국민'의 '전신'으로 존재한다. 그 점에서, '민족의 수난'에 관한 텍스트들은 교과서적 논리 안에서 '국민의 수난'을 표상하며, 그것은 '국민'을 보호해 줄 '국가'가 존재하지 않았기 때문이라는 결론으로 연결된다. 독자인 학생이 의식하지 못하는 사이에, 일제에 맞선 '3·1운동'과 공산주의에 맞선 '한국전쟁 참전'이 '국민의 저항'으로서 '등가의 구조'로 배치된다. '민족'과 '국민', 그리고 '국가'라는 서로 다른 범주들이, 국가주의의 이데올로기적 기획에 따라 교과서 안에서는 두루뭉수리로 섞인다.

국가주의에 의해 이루어지는 이러한 '오도된 배치'는 하근찬의 「수난이대」같은 텍스트에서 결정적으로 문제가 된다. 이 작품을 수록한 대부분의 교과서들은 2대(代)에 걸친 '민족의 수난사'를 작품 해석의 지침으로 삼고 있다. 그러나 조금만 주의 깊게 읽으면, 「수난이대」의 이러한 해석 방식은 '민족'과 '국민'을 엄정하게 구분하지 않음으로써 생긴 '오독'임을 알 수 있다. 이 소설에서 정작 문제가 되는 것은 '민족'이 아니라 바로 '국민'이다. '만도'는 일본이라는 '국가'의 부름에 의해, 아들 '진수'는 '대한민국'이라는 국가의 부름에 의해 '동원'되었다. 이들은 '국민이기 때문에', 혹은 '국민이 되기 위해서', '국가'의 소집과 동원(곧 전쟁)에 응할 수밖에 없었다. 그 결과는 '신체의 불구'라는 불행으로 끝난다. 그럼에도, 이런 텍스트를 읽히면서, 두 부자의 불행을 '민족의 수난'으로 뭉뚱그리는 것은, 식민지와 해방 이후, 그리고 분단에 걸쳐, 한 개인을 통과하는 정치적 정체성의 변화를 정확히 이해할 수 없도록 방해하는 것이다.

해방 전의 '조선인'을 '대한민국 국민의 전신'으로 이해하는 한, 식민지 시대에 이루어진 모든 저항은 '국민적 저항의 전사적(前史的) 형태'로 읽도록 유도된다. 심지어는 '왕조'에 대한 충성을 드러내는 중세의 텍스트들조차, 교과서 안에서는 움직일 수 없이 '애국주의'로 환원된다. 그러므로, 성삼문의 충군 시조 '이 몸이 죽고 죽어'―이육사의 '광야'―박두진의 '3월 1일의 하늘'―유치진의 '청춘은 조국과 더불어'가 전부 '국가주의'에 의해 등가의 계열을 이룬다. 교과서의 논리에 따르면, 이육사나 윤동주는 '민족주의' 텍스트로서 중요한 몫을 차지하는 것이 아니다. 교과서 내에서의 '정치적 저항'은 '국가주의'에 수렴된다. 이것은 텍스트 자체 때문이 아니라, 그것을 배치하고 계열화하는 교과서의 논리 구조 때문이다. 국가주의가 강제로 등가적 계열화를 구축한 이 연쇄를 부수기 위해서는, 이들 계열화되어 있는 텍스트들의 역사적 차이와 이데올로기적 차이를 명백하게 가르쳐주어야 한다. 또한 '민족(민족주의)'과 '국가(국가주의)'가 어떤 지점에서 겹치고, 어디서 갈라지는가를 분명하게 지시해야 한다.

해방 전 텍스트에서 주인공이 불행하면 대충 '민족의 수난'으로 처리해버리는 안이한 방식도, 텍스트의 다양화와 '정전'의 외연이 확장되고 있다는 고무적인 사실에도 불구하고, 여전히 문학교육 과정에서 답습되고 있다. 해방 전 텍스트들을 무조건 '일제의 수탈과 억압'으로 연결짓는 억지스러움은 '식민지'와 '근대성'을 결합시켜 설명할 수 없기 때문에 나타나는 심각한 모순이다. 백석의 「여우난곬족」에 대한 이해와 감상에서 한 교과서는 "온 가족이 함께 모여 명절을 쇠던 어린 시절의 고향과 가족 공동체에 대한 그리움을 노래하고 있다"고 정리한 뒤, 이어서 "1930년대 우리는 일제 강점 하에 있었고, 그들의 수탈 정책으로 인해 가족 공동체가 무너지고 있었다. 그런 상황에서 시적 화자는 아마도 힘든 삶을 살았을 것이고, 그에 대한 반작용으로 아름다운 옛 기억을 더듬으며, 그 시절을 그리워했을 것이다"[8]라고 설명한

---

8   김철수·이석록·정재원·이만기 외, 『하이탑 현대문학 ― 현대시』, 두산동아, 2003, 118면.

다. 이상의 「오감도」에 대해서도 "1930년대 우리 민족은 일제의 강점
하에 있으면서 어디를 가든 불안에 떨며 절망적인 삶을 살 수밖에 없
었다. 특히, 뛰어난 천재였던 시인 자신도 조선인이라는 이유로 말단
기술직 공무원밖에 될 수 없었던 식민지 현실에서 절망감을 느꼈을
것이다"라고 설명한다.[9] 천재를 말단 공무원에 묶어두는 가공할 일제
의 폭압과 그것을 전위적인 실험으로 표출할 수밖에 없어서 등장한
모더니즘 시 「오감도」라는 대위법은 한편의 소극(笑劇)을 방불케 한
다. 국가와 민족, 그리고 국민의 범주가 서로 뒤죽박죽되는 방식과 비
슷한 정도로, '근대(화)'와 '자본주의', 그리고 '서구적인 것'은 텍스트
해석에서 엄정하게 구분되지 않는다. 그럼으로써 빚어지는 '오독'은,
아무리 텍스트 해석에 자의성과 임의성이 허용된다고 하더라도, 권위
와 관행 위에 올라앉은 일종의 지적 폭력이다. 그리고 그 연장선에서,
이 등장인물들의 비극은 그들을 지켜줄 '튼튼한 국가'가 없었기 때문
이고, 튼튼한 '국가'가 없으면, 바로 이 소설의 주인공들처럼 '수난'을
당하게 된다는 메시지를 전달한다.

하근찬의 「수난이대」가 바로 읽히려면, '동원 주체'가 '일본'이 되었든
'대한민국'이 되었든, '대체 나를 동원시켜서 이 지경으로 만든 국가는 무엇
인가'를 질문할 수 있게끔 유도해야 한다. 그리고, 진정으로 필요한 것은
「수난이대」가 던지는 질문과, 대체복무를 주장하며 양심적 병역거부 논
란을 일으키는 소수의 젊은이의 목소리가 '국가'와 '국민'이라는 이항구조
속에서 어떻게 겹치는가를 이해시키는 것이다. 그러한 해석 지평의 확대,
혹은 전면적인 재고 없이, 텍스트의 가짓수만 늘어나는 한, 또는 텍스트의
핵심적 의미구조를 엉뚱한 맥락에 대입해서 가르치는 관행이 되풀이 되는
한, '정전화' 이데올로기의 실질적인 전복은 불가능하다.

---

9   위의 책, 93면.

이 '국가주의'의 이데올로기는 교과서 정전화의 특징인 '순수문학 중심주의'(논자에 따라서는 '순문학주의'라고도 한다)와 서로 충돌한다.[10] 교과서 정전화를 비판하는 사람들은, 교과서에 수록된 텍스트들이 독자인 학생들로 하여금, '문학'이 정치적 현실과는 무관하게 존재하는 것으로 생각하도록 유도해 왔으므로 잘못이라고 주장한다. 아주 틀린 말은 아니다. 그러나, 「3월 1일의 하늘」「고지가 바로 저긴데」「나도 푯말이 되어 살고 싶다」「울릉도」「조국」「부다페스트에서의 소녀의 죽음」「청춘은 조국과 더불어」「원술랑」 등, 그동안 교과서를 지배했던 무수한 텍스트들은, 이런 이분법적 도식에 근거하면 명백히 '참여문학'이다. 그러므로, 교과서가 '비정치적인' '순수문학'을 조장한다는 비판은 절반 정도만 옳다고 할 수 있다.

이 지점에서 교과서를 횡단하고 있는 이데올로기는 명백한 모순을 드러낸다. 교과서의 논리에 따르면, 이민족(일본)의 지배를 받았거나, 공산주의자들의 공격을 받았을 때, 문학은 이에 맞서 분연히 일어나야 한다. 이것은 결코 '참여'도 아니며, 문학의 본래 정신을 훼손하는 것도 아니다. 그러나, 그 외의 모든 경우에 '문학'이 '정치적 지향'을 드러내거나 지배체제에 '저항'하는 것은 '참여문학'이며, 문학의 순수성을 훼손하는 것이다. 교과서가 지시하는 바의 '참여'와 '순수'의 이분법은 너무 자의적이어서 논리적으로 따질 만한 의욕조차 사라지게 만든다.

최근의 교과서는 얼마나 달라졌을까. 2003년에 초판이 나온 중학교 3학년 1학기 국어 교과서에는 신동엽의 「껍데기는 가라」를 소개하고, 이렇게 가르친다.

---

10 '순수문학'이란 여전히 문제투성이의 용어인데, 그 용법의 관성은 참으로 끈질긴 바가 있다. 이것은 때로는 '상업주의'나 '대중문학'의 대립개념이기도 하다가, 때로는 '정치적 태도'와는 무관한 '비정치적 문학'을 가리키는 개념이기도 하다. 여기서는 후자의 의미에 가깝다. 이에 대한 좀더 자세한 논의는 졸고, 「'순수문학'이라는 오해」(『역사비평』 편집위원회 편, 『역사용어 바로쓰기』, 역사비평사, 2006)를 참조

흔히 신동엽의 시를 참여시라고 한다. 참여시의 뜻풀이를 읽고, 다른 참여시 한 편을 감상해 보자. "참여시 : 정치적인 의도에서 또는 사회 정의의 처지에서, 정치 문제나 사회 문제에 의도적으로 참여하는 의식으로 씌어진 목적시"[11]

학생들이 신동엽의 시를 읽게 되는 것은, 그렇지 않을 경우보다는 훨씬 바람직한 일이다. 그러나 신동엽의 시에 '참여시'라는 규정을 내리고, '참여시'에 대해 교과서가 친절하게 위와 같은 정의를 내리는 순간, 학생들은 꼼짝없이 '참여 / 순수'라는 엉터리 이분법의 노예가 된다. 지상에 존재하는 모든 텍스트에는 명백한 '정치적 의도'가 개입되어 있으며, '독서'의 중요한 기능 중에는 은폐되어 드러나지 않는 그 '이데올로기'를 적출하는 비평적 분석이 포함된다는 사실을, 이 도식적인 이분법에 얽매어 있는 한 영영 알 수 없게 된다. 따라서 학생들은 여전히, '이데올로기'는 특정 경향의 텍스트에만 한정되는 것으로 오해하게 된다.

민족주의 이데올로기도 근본적인 변화를 발견하기 어렵기는 마찬가지이다. 교과서 정전화에 개입하는 민족주의가 가장 문제가 되는 경우는, 텍스트를 통해 나타나는 특정한 '세계관'을 민족주의의 미학적 등가물로 치환하는 때이다. 즉, '민족문화의 고유성' '조선적 아름다움' '동양적 세계관' '정신적 가치' 등의 주제를 달고 등장하는 텍스트들이 이와 관련된다. 이런 계열화된 주제들은 거의 대부분 '전도된 오리엔탈리즘'과 친연성을 띠고 있다. 과거에는 김소월, 서정주와 청록파 시인, 그리고 김동리의 소설에서 이런 성격이 두드러졌다면, 정전의 외연이 확장되면서 이 역할은 이효석(「메밀꽃 필 무렵」), 이청준(「서편제」)이나 박경리(『토지』)로 옮겨왔다. 교과서 편찬자들은 '국어' 교과서, 또는 거기에 수록될 문학 텍스트는, 시대와 조건을 초월하여, 민족문화의 고유성을 유

---

11 중학교 『국어』 3 - 1, 교육인적자원부, 2003, 236면.

지·보존·발전시켜야 한다는, 교과서적 '당위'에 여전히 사로잡혀 있다. 그리고, 그러한 '당위'를 '전도된 오리엔탈리즘'을 통해 확보하는 '낡은 관행'으로부터도 여전히 자유롭지 못하다. 이러한 '전도된 오리엔탈리즘'의 사상사적 연원이, 1930년대 말부터 시작된 일본의 '동양주의 담론'에 그 기원을 두고 있다는 사실에 대해, 교과서 편찬자들은 물론이고 심지어 그의 '비판자'들도 주의를 기울이려 하지 않는다.

그러나, 이 모든 단절과 반복 또는 지속과 변화 중에서도 가장 중요한 것은 역시 '반공 이데올로기'라고 할 수 있다. 앞서도 말했지만, 월북작가의 텍스트들이 검인정 교과서에 다수 수록됨으로써, 과거 문학 유산의 균형 잡힌 수용에 기여한 바는 결코 적은 것이 아니다. 대학을 졸업할 때까지도, 문학사 책에서 '정○용' '한○야' '이○영' '이○준'식의 이름으로 배워야만 했던 나로서는, 그리고 그 검열기제를 피하기 위해 저자들이 '상허'니 '민촌'이니 '구보'니 '임인식' 등으로 쓴 것을 암호 풀듯 본명과 필명과 아호를 꿰맞추며 읽어야 했던 나로서는, 이만한 변화가 실로 놀라운 것이 아닐 수 없다.

그러나, '반공이데올로기'의 영향력은 그런 변화를 통해 부분적으로 감소할지는 모르지만, 근본적으로 약화되기는 어렵다. 이데올로기 본질의 차원에서 '반공 이데올로기'가 '정전화'에 개입하는 방식은, 특정 작가나 텍스트를 배제하는 데 있는 것이 아니라, 특정 이데올로기 또는 특정 담론을 배제하는 것에 있다. '반공 이데올로기'의 가장 강력한 기능은, 한국 사회에서 '계급 담론'을 일체 허용하지 않는 것이다. 새삼스런 얘기지만, 그러므로 '반공이데올기'는 사실상 '자본주의'를 떠받치는 체제의 지배이데올로기 그 이상도 이하도 아니다. 그리고, 자본주의 체제 하에서 가장 중요한 금기는, 자본주의적 삶을 '계급담론'에 의해 재구성하거나 재현하는 일이다. 그러므로 '계급 담론'에 기반한 그 어떤 것도, '정전화'의 이데올로기는 용납하지 않는다. 체제와 국가와 정권과 정부를 동일시하도록 만들었던 독재시절과는 양상이 달라졌지만, 지금도 '계급 담론'에 매개된 체제 비판은 제도 교육 안에서 불가능하다. '자본주의' 체제의 고유한 모순은 종종 '현대화'나 '근대화' 또는 '산업화'의 모순으로 둔갑하고, 설령 그러한 정치적 함의를 담고 있는 텍스트를 다룰 경우조차도, 그것은 먼먼 '산업화 초창기'의 '호랑이 담배 먹던 시절' 이야기로 한정된다. 그 이야기를 통해, 지금의 자신이 처해 있는 계급적 위치와 조건을 유추하는 '현재화'는 결코 허락될 수 없다. 조세희의 「난쟁이가 쏘아올린 작은 공」이나 황석영의 「삼포가는 길」은, 그런 점에서 이미 '과거완료'다. 이것은 김지하의 「타는 목마름으로」나 황지우의 「새들도 세상을 뜨는구나」와 같은 '민주주의' 지향의 텍스트에서도 마찬가지다. 이 텍스트들이 실제의 교육 현장에서 학생들에게 어떻게 가르쳐질지는 정확히 알 수 없다. 그러나, 교실에서의 '교육'이 문학 교과서나 참고서의 '지침'들에서 크게 벗어나지 않는다고 가정하면 바람직한 방향으로 진행되기는 어려워 보인다. 이들 텍스트들의 시간적 배경은 그야말로 '기술적인 역사 지식'에 한정된다. 1970년대나 80년대가, '지금 / 여기'와 어떻게 인과적 계기를 형성하는지, 이들은 얘기해 주지 않는다.

그래서일까. 문학 교과서에 수록된 이 텍스트들을 보는 내 심정은 꼭 박제된 호랑이를 보는 것 같다. 좀더 너그러이 표현하면, 동물원의 울타리에 갇힌 호랑이를 보는 것 같다. 이데올로기 비판의 핵심은, 지배 이데올로기가 조장하는 '가짜 화해'와 '기만적인 조화'를 거부하고, 명료한 자기의식을 회복하는 데 있다. 이러한 '자기의식으로의 환원'이 봉쇄된 어떤 '읽기'나 '교육'도 고착된 '정전'들을 해체하지 못한다. 그리고, 지배 이데올로기의 처지에서는, 이러한 텍스트들이 조금도 두렵지 않다. 그러한 외연이 확장될수록, 체제의 유연성과 탄력성을 입증하는 좋은 '사례'가 될 뿐이다.

요약하건대, 교과서의 정전화에 개입하는 이데올로기의 역기능은, 1차적으로는 그것이 가혹한 '포섭'과 '배제'를 통해 특정 텍스트와 작가들의 권위를 반복재생산하는 데 있지만, 2차적으로는 앞서 살핀 것처럼 그것들끼리 서로 모순을 빚는다는 데 있다. 정말로 교과서의 가르침대로 문학을 공부하고 정전을 익힌 '이상적으로 순수한 학생'이 존재한다면, 그의 뇌리에 각인된 '문학'에 대한 지식과 인상은 모순으로 점철된 '요술상자' 같은 것일는지도 모른다. 때로 그것은 정치적으로 구체화된 '국민'으로서의 정체성을 요구했다가, 어느 때는 그러한 역사적 시공간을 초월한 '자연인'이 되기를 가르친다. 나무와 풀, 구름과 바람에 상응하면서 자연을 노래하는 것이 '문학'이라고 배웠는가 싶으면, 어느 순간엔 '국가'를 위해 (국민의 이름으로서가 아니라) '민족'의 이름으로 싸우기를 독려하는 '무훈시'의 사상을 주입받는다. 그러나 끝내 가르쳐주지도 않고, 허락되지도 않는 것이 단 하나 있다. 문학텍스트를 통해 결코 실존의 자기를 성찰하지는 말 것. 문학과 관련된 그 모든 것은 '교양인'을 위한 '지식'이자 '취미'의 영역으로 묶어둘 것. 그것이 필요한 유일한 실제적 가치는 오직 하나뿐. 시험!

3. 대안들－재정전화인가 탈정전화인가

지금까지의 논의를 정리해 볼 때, 1980년대 이후 꾸준히 전개되어온 '정전화' 비판의 노력이 결코 의미없는 것은 아니었으나, 정전의 외연이 확장되는 것만으로는 '정전화'를 구축하고 있는 교과서 이데올로기를 효과적으로 비판·전복하는 것이 사실상 어렵다는 것을 확인할 수 있다. 김수영과 신동엽의 텍스트가 교과서에 가세함으로써 가져올 수 있는 교육적 효과는, 기껏해야 학생들에게 ‘순수문학이 있는 반면, 참여문학도 있다’고 가르치는 정도에 불과하다. 이러한 방식의 비판은, ‘순수문학만 가르쳐선 문학교육의 편식을 초래하므로, 참여문학도 함께 가르쳐야 한다’는 절충론으로 안주하기 십상이다. 교사의 정치적 지향에 따라, 어느 한 쪽의 문학적 가치를 좀더 부각시켜 그 둘 사이를 위계화할 수는 있겠지만, 이것이 ‘정전화’가 지닌 문제의 본질을 비껴가는 노릇임은 명약관화하다.

교과서 정전화를 비판하기 위해 노력해 온 많은 사람들[12]중 일부는, 이러한 재정전화가 ‘정전화’의 진정한 대안이 아님을 인식하고 있다. 이 문제를 꾸준히 고민해 온 정재찬은 ‘정전화’ 비판의 핵심이, ‘무엇을 읽을 것인가’의 문제가 아니라 ‘어떻게 읽을 것인가’의 문제가 되어야 한다고 주장한다.

기존의 정전을 말소한다든가 새로운 정전을 부가하는 것은 차라리 손쉬운 일일 지도 모른다. 하지만 가장 단순한 차원에서 볼 때 정전에 새로운 것을 추가하는 것은 단지 양의 증대를 의미할 뿐, 그만큼 다른 어떤 것은 읽지 못하게 되는 결과를 낳을 수도 있다. (…중략…) 전통적 문학교육은 일부 제한된 의미의 민족문학 유산으로서 정전의 목록을 배열해 놓고 학생들로 하여금 그 정전의 자기화를 이루도록 기대하고 있는 셈이다. 그러나 중요한 것은 정전의 자기화만이 아니라 자기의 정전화, 즉 자기의 정전

---

12 이 글을 준비하면서 ‘국어’ 교과서 정전 문제를 비판적으로 검토한 여러 편의 글들을 읽을 수 있었다. 논의의 성과를 검토하고 시각의 다양성을 확인하는 데 특히 다음의 글들의 도움이 컸다. 김창원, ‘문학교육과 국가통제’(민족문학교육회 편,『문학교육의 방법』, 한길사, 1991), 최시한, ‘중등학교 국어 교과서의 현대소설 단원 검토’(한국문학교육학회,『문학교육의 새로운 구도와 실천』, 태학사, 2000), 김중신,『한국문학교육론의 방법과 실천』, 한국문화사, 2003, 김상욱,『문학교육의 길찾기』, 나라말, 2003, 정재찬,『문학교육의 현상과 인식』, 역락, 2004, 우한용,『문학교육과 문화론』, 서울대 출판부, 1997.

목록을 학생 스스로 간취하는 일이라 할 것이다. 현재로선 그 어느 쪽도 실패하고 있음에 틀림없다. 그것이 어떻게 가능할 것인가. 그래서 문제는 다시 '어떻게 읽느냐' 하는 문제로 넘어가게 된다.[13]

비판적 대안의 대다수가 '재정전화'를 '정전화' 비판의 핵심으로 오해하고 있음에 반해, 정재찬은 문제의 본질을 비교적 정확히 지적하고 있다고 보인다. 그러나, 학생들을 대상으로 '어떻게 읽을 것인가'에 대해 그가 제출하는 세목들은 다소 추상적이다. 그는 학습과정에서 학생 참여의 능동성이 보장되어야 하고, 비판적 사고를 길러주어야 하며, 그러한 비판적 의식이 자신의 생애와 의미 체계를 탐구할 수 있도록 사용되어야 한다고 '읽기'의 지침을 마련한다. 그러나 지배 이데올로기를 비판하기 위한 '읽기'가 어떤 대안적 '이데올로기'와 매개되어야 하는가에 대해서는 언급이 없다. 대안이 추상적인 이유는 아무래도 '현장'에서 현실적인 논의를 전개해야 하는 '문학교육 전공자'로서의 정체성 때문일 것이라고 짐작된다. 그리고 '문학교육'을 문제 삼는 동안에는 이미 '문학'이란 것이 전제될 도리밖에 없으므로, 그 전제되는 '문학' 자체를 부정하는 것은 불가능하기 때문이기도 하다.

그러나 '정전화'의 해체를 위해서는, '문학'이라는 제도화된 장르 자체도 근본적으로 회의할 필요가 있다. 그 내부의 철옹성에 갇혀 있는 한, '본격문학이냐 대중문학이냐' '참여문학이냐 순수문학이냐'와 같은 이분법적 구분으로부터 완전히 자유로워지기 어렵다. 또한 근본적인 '탈정전화'를 고민하자면, 학교라는 '제도' 자체에서도 일정 정도 벗어날 필요가 있다. '교육'이나 '학교'라는 제도적 틀 안에서만 사유할

---

13 정재찬, 앞의 책, 109~110면. 이후의 나의 비판은 그의 논의의 진보성을 전제로 한 것이다. 내가 검토한 범위 안에서 '정전화' 비판과 대안의 제시에 관한 한, 정재찬은 상대적으로 가장 진보적인 논의를 전개하고 있는 것으로 보이기 때문이다.

경우, ‘문학교육’은 필경 ‘정전화’의 이데올로기를 완전히 탈각하기 어려울 뿐만 아니라, ‘시험’과 같은 이미 제도화된 ‘정전의 재생산 구조’에 얽매일 가능성이 크다.

더구나 정전화와 관련해서 형성되고 있는 새로운 환경을 떠올리면 이러한 발본적인 회의와 부정은 좀더 절실해진다. 정전화를 둘러싼 과거의 싸움이 비교적 안정적인 ‘문학’ 내부에서 이루어진 것인 데 비해, 최근 형성되고 있는 탈정전화의 이슈들은 안정적인 ‘문학’의 경계 자체를 뿌리부터 뒤흔들고 있기 때문이다. 재화(財貨)에 빗대어 얘기하자면, 지금까지의 쟁점은 ‘문학’이라는 소비구조 안에서의 대체재나 보완재의 문제였지만, 새로운 국면은 ‘문학’이냐 ‘문학의 대체’냐를 둘러싼 새로운 구도가 설정된 것이라고 할 수 있다. 예컨대, 앞의 경우가 문협 3인방 및 청록파의 독과점주의와 정전화에서 소외된 여타 텍스트들의 대립과 길항이라고 한다면, 새로운 국면은 ‘문학’ 자체와 ‘비문학’ 혹은 지금까지 제도화된 ‘문학’이 ‘문학’이라고 인정해 주지 않았던 ‘하위 장르’ 및 ‘하위 텍스트’들의 반란과 도전에 직면해 있는 것이다. 특히, 새로운 국면은 1990년대 이후 확산된 ‘문학위기론’과 맞물려 한층 혼란스럽고 복잡한 상황으로 빠져 들어가고 있다.

밖에서는 영화와 텔레비전 같은 영상매체의 급속한 발전과, 인터넷을 매개로 한 커뮤니케이션 기술의 눈부신 도약, 대중문화의 도저한 영향력 확대가 이루어지고 있는 데 반해, 학교와 교과서는 이것을 효과적으로 감당해 내기가 어렵게 됐다. 과거의 정전화 전략이 ‘포섭’과 ‘배제’에 기반해 권력을 행사함으로써 독점적 지위를 확보할 수 있었다면, 교과서 정전들은 거꾸로 이들에 의해 ‘배제’당하는 수세적 위치로 전락할 위기에 처해 있는 것처럼 보인다. 그러나 문학, 또는 문학교육이 이것들을 어떻게 끌어안을 것인가를 고민하는 동안은 여전히 ‘정전’의 외연을 넓히는 방식을 탈피하기 어렵다.

　　정말 중요한 것은, 영상매체가 문학의 전통적인 지위를 잠식해 들어오는 것이 아니라, 기존의 '정전화'를 구축한 이데올로기가, 영상매체를 통해 다시 한번 확대·재생산 되는가 아닌가의 문제이다. 문학에 관한 '지식'이 영화에 관한 지식보다 왜 우월한 것으로 취급되는가에 대해, 그 누구도 논리적으로 대답할 수 없다. 유일한 대답은 그것이 전통과 관습일 뿐이기 때문이다. 그러므로, 문학은 새로운 매체들이 자신의 고유한 영역을 침범해 올 것을 두려워하거나, 그에 대응하기 위해 다른 매체들을 자신의 영역으로 '포섭'해 들이려고 애쓸 것이 아니라, 그것들과 연대해서 어떻게 지배 이데올로기에 저항할 수 있는가를 모색해야 한다. 그것이 한결 실천적인 고민이 될 것이다. 다시 얘기하자면, '탈정전화'의 전략은 기존의 방식처럼 '문학'이 다른 매체와의 어정쩡한 '공존'이 아니라, 문학과 '비문학'을 아울러서, 지배 이데올로기에 저항할 수 있는 텍스트들끼리의 효과적인 '연대'를 구축하는 방안을 모색할 필요가 있다.

　　그러므로, 엄밀한 의미에서 '정전화'와 '탈정전화'의 싸움은, 텍스트나 매체끼리의 겨룸이 아니라 '이데올로기'의 겨룸이다. 이와 관련된 소재와 대상은 일상 가운데에 널려 있다. 이럴 때 막연히 '학생들의 일상'이나 '학생들의 자기인식'이라고 말하게 되면 '정치적으로 올바른' 탈정전화에 도달하기 어렵다. 지배 이데올로기에 의해 이루어지는 제도 교육의 순치 전략 중에서 내가 가장 혐오하는 것은, 아침에 교문 앞에서 학생주임의 두발 단속에 걸려 강제로 머리를 깎이고서도, 그날 본 사회 시험 '개인의 자유와 권리' 단원에서 버젓이 만점을 받고 희희낙락하는 학생을 양산하는 시스템이다. 문학은 이러한 무서운 '자기의식으로부터의 소외'를 일깨우는 것이어야 한다. 탈정전화의 전략은, 존재하는 무수한 텍스트들을 재배열하고 새롭게 계열화해서, 이 학생으로 하여금 '자기의식으로 귀환하기'를 유도해 내는 것이어야 한다. 그리고 이런 과정에 참여하기 위해 문학은 다른 매체와 함께 연대해야 한다.

그런 맥락에서 보자면, 지금의 '정전화' 비판 전략에서 가장 결여된 것은 '계급 담론'이다. 대안적 문학교육론들은 안타까울 정도로 '계급 담론'에 대해 소극적이거나 무관심하다. 조세희의 「난쟁이가 쏘아올린 작은 공」이나 황석영의 「객지」를 텍스트의 목록에 올려놓는 것으로 그 문제가 끝나는 것은 아니다. 카프 작가들의 텍스트가 복권된다고 해결될 문제도 아니다. 만약 정전화 비판의 전략이 여기까지라고 생각한다면, 그것이 '재정전화'의 가장 커다란 함정일 것이다. 텍스트가 발현하고 있는 미적 감수성과 취향, 인식과 논리는 명백히 '계급적'임에도 불구하고, 독자인 모든 학생들에게 그것은 차별없이 '공통의 감수성과 인식'으로 교육된다. 탈정전화의 전략은 이 차별없는 보편성의 신화를 깨트려야 한다. 그러나, 이것은 말처럼 쉽지 않다. 왜냐하면, '문학'에 관한 미적 이데올로기가 너무 뿌리 깊이 18세기 '로맨티시즘'의 그것에 정향(定向)되어 있기 때문이다. 순수문학의 그 끈질긴 생명력과 재생산의 미학적 근거도 바로 이러한 '미적 자율성', 그리고 '보편적 교양인'의 이데올로기에 뿌리를 두고 있다.

상업광고가 유토피아에의 실현을 끊임없이 유예시키는 방식으로 소비자의 욕구를 동일화시킨다면, '정전화'된 텍스트들은 계급과 성별, 연령에 구애받지 않는 '보편적 미감'이 존재한다고 설득함으로써 독자인 학생들을 동일화시킨다. 실상, 문학교육이란 그 '보편적 미감'을 획득하는 훈련 과정에 다름 아니다. 학생 개개인은, 그러한 '보편적 미감'의 개발과 적응에 실패할 경우, 그것이 '보편적 미감'의 존재 자체가 기만이기 때문이란 것을 인식하지 못하고, 자신의 무능력 때문이라고 생각하게 된다. 학생들이 '시험'이라는 강제된 '제도'만 벗어나면 영원히 '문학'과 결별하는 결정적인 이유가 여기에 있다. 제도 교육의 공간 안에 발을 들여 놓은 이후, 무수한 문학 정전들을 읽고 공부하지만, 단 한번도 그것은 자신의 삶이나 감각을 '전유'하는 통로가 되거나, 그것을 표현할 매체가 되어준 적이 없다. 거꾸로 문학 정전은 늘 '독자'인 학생들을 소외시켰을 뿐이다. 그러므로 '시험'이라는 강제적 학습 기제가 아니라면 무슨 미련이 남아 문학 텍스트를 열어 보겠는가. 요행히도 이 과정을 무사히 통과한 소수의 학생들만이, '교양인'이 되고 제도 안에서 문학의 생산자나 성공적인 소비자가 되어 자족적인 시장과 제도를 형성할 뿐인 것이다. '문학의 위기'가 실재한다면, 그것은 매체 혁명이나 문화 변동보다도 먼저, 문학교육으로부터 비롯된 것이 아닐는지.

그러므로, 가령 교실에서 황석영의 「객지」를 다룰 경우라면, 그것은 어제 저녁 텔레비전 뉴스를 장식한 노동자들의 파업 소식, 아버지의 실직, 형편없는 시급(時給)을 받으며 주유소 '알바'를 하는 학생 자신의 현존의 삶과 등가적으로 배치될 때, 비로소 살아있는 텍스트가 된다. 그러니까, 「객지」를 읽고 무엇을 느꼈는가 하는 질문은 너무 막연하다. 이 소설은 이미 지금으로부터 35년 전의 소설이고, 소설 속 사건은 그보다 더 오래된 것이다. 독자인 학생이 이 소설을 읽고 난 뒤 '현재화'할 수 있는 길은 질문의 내용이 달라질 때이다. 즉 「객지」의 노동자 파업과 오늘날 노동자들의 '파업'은 어떻게 연관될 수 있는가, 혹은 어떻게 같고 다른가를 물어야 한다. 또는 「객지」의 노동자와, 요즘 노동자는 어떻게 같거나 다른지, 아니면, '노동자'가 될지도 모를 '너'와는 어떤 연관이 있는가를 물을 수 있어야 한다. 이렇게 해야만, 수많은 문학 정전들을 읽어도 단지 '제도화된 교양'과 '문학 지식'을 '소비할 뿐'이고 그래서 끊임없이 '자기의식으로부터의 소외'의 악순환을 헤어나지 못하도록 만드는, 지배 이데올로기의 전략에 대한 효과적인 공격이 될 것이다.

계급으로서의 자기인식이 곧바로 격렬한 계급투쟁으로 이어지거나 전면적인 자본주의 철폐의 혁명적 구호로 이어지리라 단정하는 것은 성급한 판단이다. 텍스트에 의해 환기되는 자기인식은 본래 성찰적인 것이다. 만약 문학을 읽는 방법을 가르쳐야 한다면, 그것은 현실의 재현인 텍스트와 실재하는 삶의 연관을 어떻게 성찰할 것인가를 가르치는 것이어야 옳을 것이다. 텍스트는 이러한 자기인식의 회복 과정에서 일종의 '환기구'의 역할을 하는 것이다.

각론으로 접어들자면, 이러한 전술적 재배치의 방법은 매우 다양하게 구사될 수 있으며, 그 개별 주제들도 무수히 많다. 그것을 이 자리에서 일일이 열거하기는 어렵다. 때에 따라, 그것은 '국가'와 '국민'에 대한 물음일 수도 있고, '남성'과 '여성'에 관한 질문일 수도 있으며, '민족'과 '인종', '전쟁'과 '평화', '분단'과 '통일'에 관한 실존적 의심일 수도 있을 것이다. 존재하는 다양한 매체와 무수한 텍스트들의 전술적 재배치 과정에서, 문학 텍스트가 발휘할 수 있는 유용성과 탄력성은 실로 무궁무진하다. 다만, 그럴 때라도 그 때의 문학 텍스트는 교과서적 의미의 '정전'이 지니는 권위와 권력을 깨끗이 포기해야 할 것이다.

탈정전화의 대안에만 논의를 한정하다 보니, 지나치게 문학을 도구적 관점에서만 이야기한 듯한 느낌이 없지 않다. 그러나, 따지고 보면 이 세상에 존재하는 것들 중 '도구' 아닌 것이 어디 있겠는가. 문제는 그 것을 유용한 '도구'로 쓰느냐 아니냐의 차이일 뿐이다. 정작 심각한 것은, 제대로 '도구'로 쓰지도 못하면서, 그 '도구'를 자기완결적인 대상으로 만들고, 물신화하는 것이다. 문학의 '정전화'는 또 다른 물신화다.

국어 교과서의 '정전화'를 문제 삼을 때, 그 모든 사태의 처음과 끝이 '이데올로기'만으로 설명될 수는 없다. 엄밀하게 말하면, '이데올로기'는 '정전화'에 동원되는 여러 가지 장치나 기제의 한 부분에 지나지 않는다. 그 의존 정도를 계량화할 수는 없지만, '정전'의 문제는 '국가고사'의 형태로 여전히 시행되고 있는 대학입시 제도에도 크게 기대고 있다. '국어' 교사를 양성하고 '문학'이라는 제도를 재생산하는 '대학'이나 '문단'도 그 책임으로부터 자유로운 주체가 아니다. 대체 교과서에 수록될 작품을 선정하고, 교육용 '지침'을 하달하는 사람(들)이 누구인지 일일이 따져볼 필요도 있다(텍스트를 시험 문제의 지문으로 사용함으로써 '정전화'를 유도하는 사람들 또한 마찬가지이다. 출제자의 의도와 상관없이, 한국적 교육 환경의 특수성으로 인해, 이는 필경 '정전화'의 권력으로 연결될 수밖에 없다). '정전'을 문제 삼는 이 글이 이런 모든 문제를 다 감당하기는 어렵다. 더 솔직히 말하자면, '대학'에서 '문학'을 가르치고, '문학'과 관련된 무수한 글을 쓰면서 살고 있는 이 글의 필자인 나 자신도, 정전의 재생산에 알게 모르게 개입해 왔을 것이다. 이것이 이 글의 한계다.

이런 면책성 이야기를 하는 건 두 가지 이유 때문이다. 하나는, 그 많은 조건들 중에서도 이 글은 주로 '이데올로기'의 작용과 기능을 중심으로 살펴보는 데 한정되었다는 점이다. 또 다른 이유는, '정전화'의 이데올로기를 비판했지만, 되돌아보건대 실존의 '나'를 구성하고 있는 여러 부문들 중에는 어쩔 수 없이 교과서의 정전들로부터 입은 문학적 영향들이 여전히 내 의식의 어느 한 구석에는 잔존해 있으리라는 것. 이를테면, '문학'에 관한 나의 관념이, 논리적으로 아무리 발본적 '해체'를 지향한다고 하더라도, 내 감각과 인식에 아로새겨진 '해체 이전의 어떤 형태'들은 여전히 한 편에서 꿈틀대고 있을 것이기 때문이다. 나는 지금도 '문학주의자'인 나 자신을 깨닫고 문득문득 소스라친다. 궁극적으로 정전의 '해체'는 그만큼, 쉬우면서도 지난한 일임을 전제할 필요가 있다. 그럼에도, 정전화 이데올로기의 비판 작업은 멈출 수 없다.

탈정전화의 전략은, 엄청난 힘을 지니고 있으면서도, 우리 안에 갇혀 조련사에게 순치된 '사자'의 야성을 회복시키는 것과 같다. 문학에 내장된 잠재적 에너지는 아직도 무한해 보인다. 다만, 그것은 너무 오래도록 '문학' 자체의 고립된 영역에 스스로를 자폐시킴으로써, 그 힘

을 소진시켜 왔다. 철창으로 된 우리 안에서 잘 길들여진 채 잠자고
있는 사자를, 이제는 불러 깨워야 한다.

문학 교과서와 소설 교육의 이데올로기

민족주의와 계급 담론을 중심으로

1. 머릿말

이 글은 고등학교 문학 교과서에 수록된 소설 텍스트의 교육 과정 및 학습 지침에 개입하는 이데올로기를 비판적으로 검토하기 위해 쓴다. 이 글이 주로 다루고자 하는 것은 교육 과정에 개입하는 이데올로기 전반이 아니라, 텍스트의 사회·역사적 맥락에 개입하는 민족주의와 계급 담론(정확히 표현하면 계급담론의 결여 또는 부재)에 관한 것이다. 논의를 여기에 집중하는 이유는, 해방 직후 이 땅에 '국어 교과서'가 처음 등장한 때로부터 7차 교육과정에 이르는 현재까지, 교과서를 둘러싼 여러 가지 긍정적인 변화가 있었음에도, 이 두 가지는 '지배 이데올로기'와의 연관 하에 여전히 문제적이라고 판단되기 때문이다.

나는 이전의 다른 글 「교과서 문학 정전화의 이데올로기와 탈정전화」에서, 교과서의 문학 정전화를 둘러싼 이데올로기 문제를 검토한 적이 있다.[1] 그 글은 대체로 두 부분으로 구성되어 있는데, 하나는 정전의 외연이 7차 교육과정에 이르기까지 어떻게 확장되어 왔으며 그 의미가 무엇인가를 확인하는 것이었고, 다른 하나는 정전의 외연과 상관없이 텍스트의 해석에 개입하는 고정불변의 몇 가지 '지배 이데올로기'의 문제점을 비판하는 것이었다. 그리고, 그것은 교과서를 횡단하고 있는 '민족주의'와 '국가주의' 그리고 '반공주의'의 기묘한 공서 (共棲)와 상호모순에 관련된 내용이었다.

이 글은 앞서 발표한 「교과서 문학 정전화의 이데올로기와 탈정전화」에 연결되며 그 후속 작업의 일환이라고 할 수 있다. 좀더 정확히 말하면, 그러한 모순적 이데올로기의 공서가 교육과 학습 과정에 어떻게 영향을 미치고 있는가를, 문학 교과서에 수록된 '소설 텍스트'를 중심에 놓고 살펴보려는 의도로 쓴다. 따라서, 어떤 경우에는 앞선 글의 내용과 중복되는 부분도 있으며, 다루는 텍스트가 중복되는 경우도 있을 것이다. 이에 대해 미리 읽는 분들의 양해를 구한다.

이 글을 쓰기 위해 참고한 자료는 시중에 나와 있는 18종의 문학 교과서 중 6가지 정도이다.[2] 18종 모두를 검토하는 것이 올바른 일이겠으나, 분량과 시간의 한계로 그렇게 하는 것이 도저히 어려웠다. 검토 대상의 제한성을 다소 적극적으로 변명하자면, 이 글에서 비판적으로 검토하고자 하는 내용, 즉 교육이데올로기로서의 민족주의와 계급 담론에 관한 분석은, 검토 대상의 숫자와는 본질적인 관계가 없다는 것

---

1   이 책에 실린 「교과서 문학 정전화의 이데올로기와 탈정전화」를 말한다.
2   참고자료를 밝히면 다음과 같다. 우한용·박인기·정병헌·최병우·이대욱·경종록, 고등학교 문학(상)(하) 및 교사용지도서, (주)두산, 2002(이하 우한용 외5인, (주)두산으로 표기하고 필요할 경우 해당페이지를 표시하겠다. 다른 교재도 같은 방법으로 표시한다). 구인환·구자송·정충권·임경순·하희정·황동원, 고등학교 문학(상)(하) 및 교사용지도서, (주)교학사, 2002, 김창원·권오현·신재홍·장동찬, 고등학교 문학(상)(하) 및 교사용지도서, 민중서림, 2002, 김윤식·김종철·맹용재·진중섭·허익, 고등학교 문학(상)(하) 및 교사용지도서, (주)도서출판 디딤돌, 2004, 한철우·김명순·김충식·남상기·박영민·박진용·염성엽·오택환, 고등학교 문학(상)(하) 및 교사용지도서, (주)문원각, 2002. 박갑수·김진영·이숭원·이종덕·박기호, 고등학교 문학(상)(하), 지학사, 2005.

이다. 거꾸로 말하면, 대상의 숫자가 6종 이하로 줄어든다고 해서 검토의 과정이나 결론이 크게 달라지지 않는다는 뜻이다. 그만큼 '민족주의'나 '계급담론'과 관련해서는 문학 교과서 및 교사용지도서의 종류 여하를 막론하고 모두 비슷한 한계와 문제점을 안고 있다.

이 글의 논의 범위는 교과서에 국한되며, 교육 과정이나 학습 모형, 혹은 교육 운동 등을 다루지는 못한다. 그것이 이 글의 많은 한계 중의 하나다. 교과서의 이데올로기가 교육 현장인 교실에 그대로 관철된다고 할 수는 없을 것이다. 교사에 따라서는 교과서의 지침이나 지도방식과는 전혀 다르게, 때로는 지배 이데올로기에 대해 이 글보다도 더 비판적으로 가르치는 경우도 적지 않을 것이기 때문이다. 그러나, 교과서와 교사용지도서는 여전히 문학교육에서 절대적인 영향을 끼치고 있으며, 교육 운동의 다른 부문 운동을 위해서라도 원론적인 교과서 비판은 여전히 유효한 작업이라고 생각한다.

2. 텍스트 읽기의 탈맥락화(脫脈絡化)와 해석의 편향

왜 문학교육에 개입하는 이데올로기를 문제 삼는가? 그것은 교육 과정과 학습과정, 그리고 그 과정에서 수단이 되는 텍스트의 선택과 읽기를 통해 어떤 가상적 '주체'가 상정되며, 그러한 '주체'의 탄생과 형성을 교육이 기도하기 때문이다. 이 모든 과정에 교육의 '이데올로기'가 개입한다.

'교육'은 '국가'를 유지시키는 명백한 '이데올로기 장치'이다. 간접화되고 완화된 형태, 혹은 순화되거나 은폐된 형태로 '국가'는 '교육'을 통해 지배 이데올로기를 전파함으로써, 국가의 구성원들로부터 '내적 동의'를 지속적으로 얻어낼 것을 기도한다. 물론 이 과정이 항상 일사 불란하며 수미일관하게 진행되는 것은 아니다. 경우에 따라 그러한 기도는 저항에 부딪치기도 하고, 저항의 강도에 따라, 근본적인 체제 의 변화가 아니라면 일정한 부분에서의 '양보'와 '타협'을 구사하기도 한다. 교과서에 수록되는 정전의 외연이 확장되어 온 것도, 넓은 의미 에서 보자면 '교육'을 관장하는 '지배 이데올로기'의 전술적 '양보' 또는 '후퇴'라고 해석할 수 있다.

정전의 외연의 확대[3]라는 '양적(量的) 변화'에도 불구하고, 교과서에 수록된 소설 텍스트(넓게 보면 시 텍스트와 같은 여타 장르까지 포함하여)를 해석하는 중요한 지배이데올로기로서의 '민족주의', 그리고 '반(反)계 급담론'으로서의 '반공주의'(앞서 말한 것처럼, 이 말을 뒤집어 표현하면 계급 담론의 결여 혹은 부재(不在)라고 할 수 있을 것이다)는 여전히 문제적이다. 민족주의와 반공주의가 야기하는 문제는 일차적으로 텍스트 해석에 개입하는 사회·역사적 맥락, 즉 콘텍스트(context)의 조악한 단순화를 불러와, 올바른 '읽기'를 방해한다는 데 있다. 이러한 '오독'은 나아가 서 텍스트와 텍스트 상호간에 맺어지는 '통시적'이며 역사적인 연관성 을 제대로 이해하지 못하도록 하고, 결국 이러한 '탈연관적 읽기'는 역 사 자체를 단절적으로 인식하도록 이끈다.

역설적인 이야기이지만, 문학 교과서 및 교사용 지도서에는 특정 텍스트의 이해를 돕기 위한 역사적 배경 지식이 차고 넘칠 정도로 많 이 등장하고 있다. 그러나 이 '과잉의 역사 지식'은 '역사주의적 유기 성'이 결핍되어 있어, 그 각각의 시기가 단절적인 하나의 '배경'이나

---

3 여기서 말하는 '정전의 외연의 확대'란, 교과서에 수록되는 한국 근현대 문학 작품의
   배제의 기준이 완화되면서 '사회주의자' '월북 작가' '반체제작가' '민주화운동가'
   '노동운동가' 등의 작품이 폭넓게 수용되는 것을 가리킨다. 이에 관한 자세한 내용은
   한수영의 앞의 글을 참조

'기술적 지식'이 될 뿐이며, 진정한 의미에서의 '콘텍스트'로 작용하지 못한다.

예를 들면, '상권'과 '하권'으로 나누어져 있는 문학 교과서의 '하권'의 편제는 대체로 '문학사'의 외양을 띠고 있는데, 근현대시기의 문학을 구성하고 있는 '역사적 배경'은 크게 세 가지로 구획되어 있다. '일제 식민지시대' '한국전쟁' '산업화시대'가 그것이다. 문제는 이 세 가지의 역사 시기, 혹은 그 시기를 관통하거나 그 시기를 다루고 있는 소설(시) 텍스트가 이전 시기 혹은 이후 시기와 어떻게 연관되고 있는지를, 교과서는 전혀 설명해 주지 못한다는 것이다. 배경 지식의 '과잉'이 콘텍스트의 '결여'로 이어지는 이 역설이, 지금의 우리 문학 교과서의 큰 문제라고 할 수 있다.

콘텍스트의 조악한 재구성과 '탈(脫) 연관적 읽기'는 결국 학습자이자 독자인 '학생'이 문학 텍스트를 통해 '역사적 존재'로서의 자기를 인식하는 것을 방해한다. 역사적 존재로서의 자기인식이란 과거의 역사가 현재의 '자기'를 구성하는 데 어떻게 작용하고 있으며, 역사적 존재로서의 '자기'가 이후에 전개될 '역사'에 어떤 방식으로 개입할 것인가를 주체적으로 선택하고 판단하도록 이끄는 '인식'을 말한다.

한 가지 사례를 살펴보자.

어느 문학 교과서의 교사용 지도서는 '삶에 대한 간접체험의 세계'라는 항목의 '활동사례'로 '문학 작품을 읽고 어려운 현실을 극복할 수 있는 희망과 용기를 얻은 경험이 있으면 말해 보자'라는 질문에 관한 예시를 다음과 같이 실어 놓고 있다.

하근찬의 '수난 이대'에서 한국사의 비극을 온몸으로 겪은 만도와 진수 부자의 삶을 읽고 어쩌면 이렇게 불행한 사람들이 있을까 하고 생각했다. 내가 일제 강점기 때나 한국전쟁이 일어난 당시에 태어나지 않은 게 얼마나 다행인지 모르겠다. 일제 강점기나 한국 전쟁 시기를 헤치며 살아온 분들을 생각하면, 내가 공부하는 게 힘들다고 부모님께 신경질 내며 투정부렸던 것이 부끄럽다. (…후략…)[4] (강조는 인용자)

물론 이것은 하나의 예시에 불과하므로, 모든 학생들이 「수난 이대」를 읽으면서 이렇게 생각하지는 않을 것이다. 그러나, 대부분의 학생들이 일제강점기나 한국전쟁을 배경으로 한 「수난 이대」의 두 부자와 학생 자신을 '동일시'하기 어렵다는 점을 감안하면, 인용문의 강조 부분은 과장된 생각이라고 보기는 어렵다. 문제는 바로 이러한 독법이 위에서 내가 말한 '탈(脫) 연관적 읽기'의 전형적인 사례라는 점이며, 이것은 '역사'를 하나의 배경적 지식의 차원으로 고정시킬 뿐 엄밀한 콘텍스트로 재구성해 내지 못하고, 나아가 그러한 콘텍스트를 '내적 연속성'이나 '인과적 관계'로 설명해 내지 못하는, 문학교육의 결과에 기인하고 있다는 점이다.

이러한 비판적 문제 제기가, 문학교육의 방법을 지나치게 '콘텍스트 중심'에만 초점을 맞춘 것이라는 역비판을 살 수도 있을 것이다. 7차 교육과정의 지침에는 '교육 방법'으로 '콘텍스트 중심'의 방법만 있는 것이 아니라 '텍스트 중심'의 방법도 있으며 학습자인 학생을 중심으로 한 '주체중심'의 방법도 있다고 소개되어 있다. 교육 방법의 원론을 논하는 자리가 아니어서 이런 문제를 상론하기도 어렵지만, 이러한 분류 방식 자체가 이미 '이데올로기적'이라는 지적을 피하기 어렵다. 왜냐하면, 이런 접근방식은 텍스트의 내용과 형식을 철저히 분리시키고, 문학의 매재인 '언어'의 특성을 '편내용주의'와 '기능주의'로 간편하게 나누는 발상에 기초하고 있기 때문이다. 문학 교과서에는 19세기부터 20세기

4　　우한용 외 5인, 문학 교과서(하) 교사용지도서, (주) 두산, 40면.

에 걸쳐 형성된 여러 가지 문학 및 비평 이론들이 위계와 계통의 구분 없이 나란히 제시되어 있다. 학생은 텍스트 한 편을 감상하면서, 형식주의자로서도 읽을 수 있어야 하는 동시에, 역사주의나 마르크스주의자로서도 그것을 읽어내는 능력을 요구받는다. 때로는 정신분석학을 동원하거나 문화비평가가 되기도 해야 한다. 그러므로 '읽기'라는 행위가 텍스트에 독서주체인 '나'의 실존을 투사하는 것이 아니라, 그때그때 편리한 '읽기'의 도구(즉 비평방법이나 관점)를 동원해서 읽어내면 되는, 혹은 그러한 방법과 관점을 동원할 능력을 학생에게 갖추기를 요구하는, 기능주의적 '읽기'를 암암리에 유도하고 있는 것이다.

이후에 검토하게 될 구체적인 텍스트의 해석 지침과 교수 방법에 대한 나의 비판은, 특정 방법을 배제해야 한다거나, 특정 방법을 강권하려는 것이 결코 아니다. 비판의 주안점은, 조밀하지 못한 콘텍스트의 재구성과 탈연관적 읽기가 텍스트의 해석에서 어떤 난맥상을 만들어 내는가에 놓여 있다. 그리고, 그러한 '잘못된 읽기'는 결국 학습자인 학생에게 '잘못된 이해'를 심어주고 종국에는 텍스트를 통한 '역사적 자기인식'에 도달하지 못하도록 방해한다는 점을 환기시키는 데 있다.

3. 국민, 민족, 계급의 범주적 혼란과 오독(誤讀)

앞 절에서 예를 든 「수난 이대」로부터 이야기를 시작해 보자. 「수난 이대」는 18종 교과서 중 상당수의 교재가 주 텍스트 내지는 보충 텍스트로 취택하고 있다. 다음에 소개하는 해제는 이 소설을 수록하고 있는 대부분의 교재에 실린 해제의 내용과 대동소이하다.

이 작품은 일제 식민지 시대의 고통과 6·25 전란의 참극을 엮어 나가는 두 세대의 아픔을 동시에 포착하면서 민족적 수난의 역사적 반복성을 의미 있게 함축하고 있다.

작가는 이 작품에서 수난의 역사가 어떻게 한 개인이나 가족에게 상처를 입히고 있는가를 부자의 삶을 통해 이야기하고 있다. 당시 전쟁을 다룬 상당수의 작가들과 달리 2차 대전과 6·25전쟁을 결합시킬 수 있었던 작가의 능력이 돋보인다. 더구나 그것을 부자 2대의 수난사로 연결시킴으로써 한순간의 일회적인 비극이 아니라 민족의 공통적인 문제임을 보여주었다. 두 번의 전쟁과 2대에 걸친 비극을 단 하나의 장면으로 응축시켜 감동적으로 극화함으로써 독자들로 하여금 전쟁이나 역사가 우리 민족에게 남겨준 처절한 아픔과 불행을 느낄 수 있도록 하고 있는 것이다.[5]

「수난 이대」에 관한 해제로는 무난한 내용이다. 그러나 「수난 이대」를 조금만 주의 깊게 읽으면, 인용문과 같은 해석은 등장인물 안에 혼융되어 있는 '민족'과 '국민'의 복잡한 아이덴티티를 너무 단순하게 처리하고 있음을 알 수 있다. 부자(父子)의 수난은 단순히 '민족'의 수난으로 처리할 수만은 없다. 좀더 문제가 되는 것은 부자(父子)의 '국민'이라는 아이덴티티다. 아버지 '만도'는 일본이라는 '국가'의 부름에 의해, 아들 '진수'는 대한민국이라는 국가의 부름에 의해 동원된 '국민'들이다. 이들은 '국민이기 때문에' 혹은 '국민이 되기 위해서' '국가'의 소집과 동원(곧 전쟁)에 응할 수밖에 없었다. 그 결과는 '신체의 불구'라는 불행으로 끝난다. 만약 '민족'을 고집하고자 한다면, 아버지 '만도'에 한정해야 할 것이다. 그것은 '우리의 민족국가'가 없던 당시에 이민족의 '국가'에 동원되었기 때문이다. 그러나 이렇게 될 경우 두 부자의 수난에 내

---

5   한철우 외 7인, 문학(상), 교사용지도서, (주)문원각, 2002, 301면.

재해 있는 '역사적 연속성'을 해석하기가 어려워진다. '대한민국'이 동원한 아들 '진수'의 수난은 '민족'이라는 이름으로 가려질 수가 없기 때문이다. 그것은 엄연히 우리 민족이 세운 '국가'이기 때문이다.

'만도'와 '진수'의 '국민'으로서의 비극은 태평양전쟁이나 한국전쟁으로 종결되는 것은 아니다. 소설 주인공들의 가계(家系)를 더 연장하거나 확대해 보면 만도 부자의 비극이 '민족'에만 그 원인이 있지 않음을 알 수 있다. 가령 '만도'의 조카이자 '진수'보다 열 두어 살 어린 진수의 사촌동생이 있다고 가정해 보자. 그는 '대한민국'의 부름을 받들어 1960년대 후반에 '베트남전쟁'에 참전하지 않을 수 없었을 것이다.[6] 그는 죽거나 부상을 당하거나 혹은 요행히 살아남았지만 고엽제의 후유증으로 지금 신음하고 있을는지도 모른다. 국가가 동원을 지시하면, 어떤 주관적 명분과 이해관계에 상관없이 '이라크'에 군인으로 가서 누군가를 죽이거나 혹은 스스로 죽음과 맞서 싸워야 하는 것이 '국민'의 정치적 운명이다. 물론 텍스트의 내적 논리는 여기까지 확장되지는 않는다. 그러나 인용문의 해제처럼 「수난 이대」를 읽는다면, 두 사람의 '수난'은 우리의 '민족국가'가 있었거나, 혹은 '통일된 민족국가'가 있었다면 처음부터 발생하지 않았으리라는 결론을 이끌어내게 된다.

과연 그러한가? 학생들에게는 식민지 시대나 한국전쟁보다 좀더 가까운 현대사인 베트남전쟁이나 이라크전쟁 등에서 죽거나 부상을 당해 돌아온 '한국인'의 문제를 '현재화'하는 것이 훨씬 중요한 일이다. 우리 '민족'이 힘이 없거나, 우리 '민족'이 갈라져서 서로 전쟁을 했었

---

6 김정한의 단편 「유채」는 실제로 이런 관점에서 월남전을 묘사하고 있다. 이 소설은 일제 식민 지배와 박정희 시대의 근대화를 '국가의 횡포'라는 '연속성'으로 그려내고 있다. 일제하의 토지 수탈과 '휴면법인 토지'의 국가에 의한 강제수용, 그리고 월남전에 참전한 아들의 전사통지서는 하나의 선형(線形)을 이루면서, 힘없는 국민인 '허생원'의 수난사를 상징한다. 이에 대해서는 이 책에 실린 「김정한 소설의 지역성과 세계성」을 참조

고, 그로 인해 부자(父子)의 수난이 발생했다는 '종결된 과거의 사실'로
서가 아니라, 현재에도 여전히 진행 중이며, '국민'이라면 누구도 그
'수난'의 가능성으로부터 벗어날 수 없다는 '현재성'으로 이 텍스트를
읽히는 것이 훨씬 중요한 일이 아닐까.

　'만도'와 '진수', 두 부자의 비극의 원인을 우리 민족이 세운 '국가'가
없거나, 혹은 '통일된 민족국가'가 없거나, 또는 '강력한 민족국가'가
없어서 생긴 것으로 해소할 경우, 이 두 사람의 비극에 내재하는 '역사
적 연속성'을 이해하기가 어려워진다. 원하지 않는 전쟁에 동원되었
다가 불구의 몸으로 귀환해야 하는 '비극'의 근원은 '민족'문제로 다 해
소되지 않기 때문이다.

　그리고 이렇게 접근해야만, 앞 절에서 소개한 '활동사례'의 학생과
같은 반응, 즉 '그 시대에 태어나지 않은 것을 다행으로 여기는 것'을
효과적으로 개선할 수 있다. '만도 부자'의 비극은 그들이 일제 강점기
나 한국전쟁기에 태어났기 때문에 겪은 것이 아니다. 특정한 시기에
특정한 이유로 그들이 '국민'으로 속한 '국가'가 그들을 동원했기 때문
이다. 따라서, 학생인 '나'도 언제 '국가'의 동원의 대상이 될는지 알 수
없다. 만약 그 동원의 계기가 '전쟁'이라면, 학생인 '나' 역시 '만도 부
자'처럼 전쟁터로 가서, 얼굴도 모르는 '적'을 향해 총을 쏘거나, 그들
로부터 '총'을 맞아야 할 것이다.

　이러한 '오독'의 원인은 '민족'을 지나치게 '남용(濫用)'하는 데 있다.
'민족'의 남용은, 해방 이후보다도 해방 전 식민지시대의 텍스트를 이
해하는 데 더 결정적인 문제점을 낳는다. 다소 과장해서 말하자면, 해
방 전 텍스트는 덮어놓고 '일제 강점기의 수탈과 억압'이 그 배경이 된
다. 식민주의에 의한 수탈과 억압이 없었는데 그렇게 과장한다는 뜻
이 아니라, 수탈과 억압이 어떻게 이루어졌는가를 조밀하게 설명하거
나 재구성하는 과정 없이, 무조건 그렇게 몰고 간다는 데 문제가 있다

는 뜻이다.

　이상의 「날개」에 관한 다음과 같은 지도지침이 그 좋은 예에 속한다. 다음에 소개하는 교재에서는 '감상과 반응'이라는 대목에서 "'박제가 되어버린 천재'라는 표현의 의미를 일본 강점기라는 시대 배경을 고려하여 설명해 보자"라고 제안한 뒤 다음과 같은 예시답안을 보여준다.

　　'박제가 되어버린 천재'는 주인공 '나'가 비일상적 생활을 통해 삶의 무의미성을 인식하고 있음을 보여주는 표현이다. 아울러 그 무의미성에서 벗어나려고 하는 주인공의 의도를 간접적으로 보여주고 있다. 이러한 주인공의 의도는 일제 강점기라는 시대적 상황에서 행동할 수 없는 자의식의 폐쇄성을 드러내면서, 폐쇄적인 자의식이 일상의 억압성에서 벗어나고자 하는 욕망을 드러낸다고 할 수 있다.[7]

　해방 전 텍스트에서의 식민주의적 억압을 말하려면, 텍스트 내부에서 그것이 어떻게 드러나는가를 정확하고 엄밀하게 설명할 수 있어야 한다. 정확하고 엄밀하게 설명한다는 것은, 텍스트의 표면에서 그러한 증거를 포착해야 한다는 뜻은 아니다. 최소한 학생들이 수긍할 수 있는 인과관계를 보여주어야 한다는 것이다. 그러나 위와 같은 「날개」의 지도 방식은, 설명하기를 포기하고 일제 강점기는 일종의 '악(惡)의 시간'이었다는 전제에다가 모든 것을 미루고 있다. '일제시대였으니까 당연히 억압이 있었겠지'라는 '자동화(自動化)'한 '선이해'가 개입하고 있다. 결국 학생은 「날개」라는 텍스트를 통해 1930년대를 이해하는 것이 아니라, 1930년대는 일제시대였고, 당연히 억압적이었을

7　한철우 외 7인, 고등학교 문학 교과서 (하), 교사용지도서, (주)문원각, 2002, 263면.

것이라는 ‘선이해’를 거꾸로 「날개」에 투사하게 된다. 「날개」를 비롯해 식민지시기의 모든 텍스트에는 식민주의의 억압이 전면에 직접 드러나는 것이 아니라, 다양한 방식으로 간접화되거나 매개되어 있다. 경우에 따라서는 ‘식민주의’와 직접 연관되지 않는 문제의식도 드러난다. 이상의 경우가 그러하다. 「날개」뿐 아니라, 이상의 모든 텍스트는 식민주의와 직접 교섭하지 않는다. 그에게 문제되는 것은 오히려 ‘근대(성)’이다. 물론 ‘식민주의’와 ‘근대성’이 1930년대라는 시간 축에서 그렇게 완연히 구분될 수 있는 것은 아니다. 그러나 이상에게는 오히려 이 문제가 가볍게 구분되고 있었다. 역설적이지만, 이상의 한계는 바로 그 지점에서 발생하고 있다.

여기서 중요한 것은 이상이 ‘식민주의’와 ‘근대(성)’를 구분지어 생각했느냐 아니냐 하는 데 있는 것이 아니다. ‘근대(성)’의 문제(혹은 자본주의적 근대)에 천착했던 이상의 텍스트를 억지로 ‘식민지의 억압과 수탈’이라는 틀에 우격다짐으로 몰아넣는 해석의 ‘자의성’이 문제인 것이다. 해방 전 텍스트의 대부분에서 이러한 해석의 ‘자의성’이 노출된다. 이러한 자의성이 제도교육을 통해 반복되면 일종의 ‘지적 강제’ 내지는 ‘지적 폭력’이 된다.

그 결과는 무엇인가? 식민주의를 식민지주체인 한국 사람들이 어떻게 다르게 인식하고 대응했는가를 모색하는 과정이 전면 생략되고, 해방 전 텍스트를 단지 ‘식민주의의 억압과 수탈’을 확인하는 사후 텍스트로서만 읽도록 제한하게 된다. 이광수와 염상섭과 채만식의 차이, 혹은 그들과 사회주의자들의 차이, 혹은 민족주의자나 사회주의자들과 이상(李箱)의 차이 등이 이러한 해석에서는 확인되기가 어려울 뿐 아니라, 아무런 의미도 없게 된다.

학생들에게는 이런 질문이 필요하다.

“1919년 3·1운동 때 독립만세를 불렀던 사람들 중, 군중 속에 있던 갓 쓴 노인, 전문학교 학생, 시골 농부, 40대 아주머니, 부잣집 머슴, 왕족의 먼 친척, 유생, 고무신 가게 주인, 지주, 사회주의자 등등이 머릿속에 그렸던 '독립된 조국'의 모습은 같았을까 달랐을까"

식민지주체가 생각한 '독립'은 저마다 달랐을 것이다. 일본이 물러간 이후에 들어설 '나라'는 과연 무엇인가? 새로운 '국가'에 대한 구상도 제각기 달랐겠지만, 이 '다름'은 식민지주체의 '다양성'에만 한정되는 것이 아니라, 해방 이후에 제기되는 서로 다른 '민족국가'의 구상에도 영향을 미쳐 '전쟁'과 '분단'에도 계속 그 영향이 지속된다는 점에서 중요한 사안이 아닐 수 없다.

'민족'을 남용하면서 '민족'을 구성하는 다양한 주체들, 특히 식민지주체들의 계급적 이질성과 정치적 지향의 다양성을 송두리째 '동일화'하는 방식은, 예전의 국정교과서 시절이나 지금의 검인정체제에서나 별반 달라진 것이 없다고 판단된다.

이러다 보니 해석은 천편일률적이며, 조밀한 콘텍스트의 재구성에 대한 필요도 자각하지 못한다. 게다가 훌륭한 텍스트를 그릇된 해석과 지도의 '도구'로 전락시키고 만다. 대표적인 경우가 채만식의 「태평천하」이다.

한 교과서는 '학습활동'에서 다음과 같은 과제를 제시한다. "이 작품에 등장하는 윤직원 영감과 유사한 인물을 우리의 고전 문학작품에서 찾아보자." 그리고 지도방법으로 제시하는 것이 바로 '놀부'이다.

(…전략…) 놀부형인 윤직원 영감은 일제가 조장한 상업자본주의에 기생하여 자신의 부를 늘린 대표적인 인물로, 작가는 전면에 윤직원을 내세워 왜곡된 사회와 그 속의 부정적 인물을 조롱하고 있다. 즉, 일제 강점하의 현실을 '태평천하'라고 믿는 주인공의 시국관을 풍자하고 있다. 그는 맹목적으로 돈을 추구하는 배금주의자로 만석꾼이며 수전노이다. 그는 윤리

라든가 도덕이라는 낱말이 전혀 어울리지 않는 인물이다. 이기적인 욕심으로 가득 차서 사회나 나라는 안중에도 없다. '우리만 빼놓고 어서 망해라!'는 그의 말에 윤직원이라는 인간이 압축되어 있다고 볼 수 있다.[8]

현대작품과 고전작품을 연관지어 읽히고자 하는 의도가 돋보이지 않는 것은 아니다. 그러나 이러한 지도방식이 지닌 가장 큰 문제점은 『태평천하』를 계급적 범주로 읽어내지 못하고, 기껏해야 부자의 '윤리적 패덕'으로 해석하는 데 그친다는 것이다. 이것은 소설이 공들여 묘사하고 있는 '친일지주 탄생의 역사적 과정'이라는 가치를 전혀 살려 내지 못하는 해석이다. 윤직원이라는 인물의 전사적(前史的) 형태로 찾아내어야 할 인물은 바로 이인직의 『은세계』에 나오는 최병도이며(순서상 이 텍스트는 '개화기문학'으로 분류되어 바로 앞 절에 등장함에도 불구하고 '최병도'와 '윤직원'을 연결지어보려는 시도는 전무하다), 더 거슬러 올라가면 연암 박지원의 「양반전」에 나오는 '정선부자'라고 할 수 있다. 부자의 '윤리성'을 문제삼는 데 머문다면 '놀부'를 떠올릴 수밖에 없으나, '친일지주'의 계급이 지니는 역사성을 문제 삼을 때는, 이러한 전사적 형태의 등장인물을 떠올리지 않을 수 없다. 조선후기부터 형성된 이러한 낮은 신분 출신의 평민부농의 정치적 욕망이 「양반전」과 『은세계』에서 어떻게 표출되거나 좌절되는지를 이해해야, 비로소 『태평천하』의 윤직원이라는 인물의 계급적 위치와 현실인식을 제대로 이해하게 된다. 그의 문제는 윤리적 파탄에 있는 것이 아니라, 식민주의를 수용하는 계급성에 있기 때문이다.

이렇게 풍요로운 텍스트를 고작 '윤리적 유형'에 한정해서 읽을 수밖에 없는 이유 역시, 식민주의에 대응하는 다양한 '식민지주체'를 제

8　김윤식 외 5인, 교사용지도서 문학(하), (주)도서출판 디딤돌, 2004, 314면.

시하지 못하고, 모든 '식민지주체'를 '민족'이라는 단일한 '정체성'으로 환원시키는 데서 비롯된다. 이런 접근은 결국 '착한 부자'나 '윤리적으로 건전한 부호'가 등장하면 더 이상 문제 삼기 어려워진다. 지도방법의 교육적 결과를 단순화시킨다면, 학생들은 이런 결론에 도달하게 될 것이다. "나는 부자가 되더라도 가난한 사람을 늘 돕고, 나라에 세금도 잘 내고, 때로는 국방성금도 큰 액수를 내어서, 자기만 아는 이기적인 부자가 되지는 말아야겠다."

거듭 말하지만, 이것은 해석의 '자의성' 혹은 해석의 '선택'에 관련되는 문제가 결코 아니다. 풍자의 대상이 되는 '윤직원'을 정확하게 '해석'하지 못함으로써 야기되는 '오독'을 말하는 것이다. 그리고 이러한 '오독'은 해방 전 텍스트에만 한정되는 것이 아니라, 이후의 우리 소설 텍스트를 읽는 데도 계속 나쁜 영향으로서 이월된다. 예컨대, 한국전쟁을 다룬 소설의 관념성을 제대로 비판하지 못하고, 오히려 그 '과잉된 관념성'의 포로가 되어 '전후소설'이 지시하는 대로 '한국전쟁'을 이해하는 잘못을 지금까지 되풀이하고 있는 것이다. 한국전쟁은 같은 민족끼리 벌인 전쟁이지만, 단지 그 이유만으로 '비극'일 수는 없다. 같은 민족끼리 벌인 전쟁이 그것뿐일 것인가. 그렇게 따지면 모든 '전쟁'은 '비극'이다. 문제는 '한국전쟁'을 전후(戰後)의 소설 텍스트들이 어떻게 해석하는가에 대한 면밀한 접근이 문학교육 과정에서 보이지 않는다는 점이다. 특히 '전후소설'이 지닌 '관념 과잉의 한계'를 문학교육에서 제대로 비판하지 못한다. 이러한 '관념 과잉'으로서의 '한국전쟁 읽기'는 최인훈의 『광장』 해석에도 고스란히 반복·재생산된다. '한국전쟁'을 다룬 소설을 읽힐 때는, 모든 텍스트가 다 그러하지만, 누구의 시선에서 어떻게 그려지고 있는가를 자세히 검토하지 않으면 안 된다. 모든 텍스트에는 쓴 사람의 사상과 관점이 투사되고, 그것은 다시 텍스트 내부의 '서술자'에 의해 중개되거나 왜곡될 수 있다는 것을 '서사갈래의 특징'으로 교과서에 적어 놓고서도, 정작 『광장』과 같은 구체적인 텍스트를 가르칠 때는 그러한 지침은 종적도 없이 사라진다.

4. 텍스트의 현재성과 실존적 자기의식의 문제

반공 이데올로기가 교과서 정전화에 노골적으로 개입하던 시절에 비하면, 지금은 사정이 많이 달라졌다. 교재에 따라서는 1930년대의 임화나 1980년대의 박노해의 시를 수록한 것도 있다. 그러나, 이런 정전의 확대가 근원적인 이데올로기적 제한성을 넘어선 것으로 보이지는 않는다. 이는 우선 용어의 '자기검열'에서 확인된다. '자본주의'나 '계급'이라는 말을 사용하기를 꺼리는 '지배 이데올로기'의 조정작용 탓에, 교과서에서도 이런 단어는 거의 등장하지 않는다. 그 대신 '산업화'나 '근대화' 그리고 '계급'이라는 범주 대신 '빈부격차'나 '계층'이라는 용어를 쓴다. 엄밀하게 말하자면, '산업화'나 '근대화'는 '자본주의'를 대체할 수 있는 개념들은 아니다. 예컨대 '근대화(혹은 근대성)'나 '산업화'의 문제는 '자본주의'에도 '사회주의'에도 모두 삼투되어 있는 문제일 뿐만 아니라, 식민지 시대와 해방 이후에도 모두 연관되는 문제이다.

교과서의 시대구분 및 시대성격에 충실하자면, '산업화'나 '근대화'는 해방 이전과는 직접적인 연관이 없는 것으로 오해하게 된다. '근대(성)'에 대한 비판적 성찰은 이미 해방 전의 텍스트에도 차고 넘칠 정도로 자주 등장한다. 이른바 모더니스트의 텍스트들은 대부분 이와 직접 연관을 지니고 있으며, 근본적인 차원에서 '근대(성)'에 대한 이상의 문제 제기와 1960년대의 김승옥의 문제 제기는 한 뿌리에서 비롯되고 있다. 사회·문화적 맥락을 각인시키기 위해서는 억지스러운 시대구분보다는, 오히려 '통시적'으로 '근대(성)'에 관한 작가들의 비판적 성찰이 어떻게 반복되어 나타나는가를 보여주어야, 학생들이 그것을 '지금·여기'의 문제로 인식하는 데 도움을 줄 수 있다. 예컨대, 이상의 고뇌와 김승옥의 고뇌가 동일한 뿌리에서 자라 나온 것이면서도, 어떤 다른 양상으로 발현되는가를 이해시켜 주어야 한다는 것이다. 백석의 시를 다루면서 가르치는 '고향상실'이나 '가족의 해체' '전통의 소멸'과 같은 문제는 본질적으로 황석영의 「삼포가는 길」이나 이청준의 「서편제」에서도 발견할 수 있다. 그런데, 백석의 경우는 그 원인을 '식민주의'로 돌리고, 나머지 둘은 '근대화'나 '산업화'의 부작용으로 처리해버린다.

반복해서 말하지만, 이런 잘못은 '문학의 관점' 문제로 처리하거나 '해석의 자의성'으로 미룰 사안이 아니다. '식민주의'와 '근대(성)' 그리고 '자본주의'를 착종해서 이해하거나, 혹은 철저히 단절적인 것으로 생각하기 때문에 비롯된 '잘못'이다.

'식민주의'와 '근대(성)', '자본주의'의 착종 문제와는 별도로, '산업화'나 '근대화'라는 용어를 선택하게 됨으로써 생기는 보다 근본적인 난맥은 '빈부격차'나 '부의 불평등'과 같은 문제들이 '산업화'나 '근대화'의 진행 과정에서 제기되는 하나의 '부작용'으로 인식될 가능성이 크다는 점이다. 대부분의 교과서들이 한국 현대사회의 문제를 환기시키기 위해 선택하는 텍스트인 조세희의 「난장이가 쏘아올린 작은 공」이나 황석영의 「삼포가는 길」, 「객지」 등을 다루면서, 이런 관점으로 접근한다.

12편의 연작으로 이어진 이 작품은, 전혀 낙원도 아니고 행복도 없는 '낙원구 행복동'의 소외 계층을 대표하는 난쟁이 일가의 삶을 통해 화려한 도시 재개발 뒤에 숨은 빈민들의 아픔을 그리고 있다. 작가는 가난한 소외 계

층과 공장 노동자들의 삶의 조건과 모습을 파헤침으로서 1970년대 사회의
가장 핵심적인 문제였던 노동 현실과 사회의 구조적 모순을 폭로하고 있
다. (…중략…) 이를 통해 그는 빈부와 노사의 대립을 화해 불가능한 것으
로 제시하고 있다. 그것은 한국의 70년대가 이 두 대립항의 화해를 가능케
할 만큼의 성숙에 이르지 못했다는 것을 의미한다. 이 작품에 담겨 있는 산
업 사회의 부정적 측면들과 소외된 도시 노동자의 여러 문제는 우리 사회
가 당면하고 있는 현실 문제이다.[9]

‘소외 계층’ ‘빈민’ ‘화해’와 같은 단어들은 학생들이 이 텍스트를 ‘자
기화’(교과서의 교육 용어를 빌리자면 ‘내면화’) 하는 데에 적지 않은 방해가
된다. 나아가서, 이 소설이 ‘지금·여기’의 문제를 인식하는 데 어떤
한계와 문제점을 지닌 텍스트인지 ‘비판적으로 성찰’하는 것도 방해한
다. 지침에 제시된 ‘텍스트 해설’에 따르면, 이 소설의 상황은 이미
1970년대에 ‘종결’된 상황이다. 마지막에 제시되어 있는 ‘우리 사회가
당면하고 있는 현실 문제’라는 구절이 공허하다.
자본주의 사회의 ‘노동자’는 ‘소외 계층’도 아니고 ‘빈민’도 아니다.
학생들은 졸업하면 거의 대부분이 ‘노동자’로 살아가야 한다. ‘노동자’
로서의 계급의식을 ‘빈민’이나 ‘소외 계층’으로 대체하는 한, 학생들이
자본주의 체제인 현실에서 어떻게 계급적인 자기의식을 지니고 살아
가야 하는지 전혀 알 수가 없게 되는 것이다. 그러므로, 이 텍스트가
환기하는 것은, “당신들이 태어나기도 전인 1970년대는 이렇게 열악
했다”는 것을 보여주는 역할에 그친다. 만약, 지금의 문학 교과서에
제시된 ‘지도방식’으로 끌어올릴 수 있는 최대치의 교육 효과는 아마
도 ‘동정과 연민’일 것이다. 다시 말하면, “나는 결코 저런 처지에 놓이

---

9   한철우 외 7인, 앞의 책, 83면.

지는 않을 것이다. 그러나 항상 주변의 불쌍한 사람이나 가난한 사람에 대해 관심을 기울이고 도와주려고 애써야 할 것이다" 정도의 자각이다. 대부분의 학생이 나중에 '노동자'로서 살아갈 수밖에 없는 현실을 감안할 때, 이러한 '자기의식으로부터의 소외'는 문제가 크다. '자기의식으로부터의 소외'는 '노동자'의 연대를 어렵게 만드는 가장 큰 '이데올로기적 제약'이다. 비정규직 노동자가 전체 임금노동자의 50%에 육박하는 현실에서, "나는 부자로 살 테지만, 항상 가난한 사람에 대한 관심과 배려를 잊지 않겠다"는 생각은, 허위이다.

과거의 교과서들이 노골적으로 '계급담론'의 침투를 배제했다면, 현재의 교과서들은 '계급담론'에 관한 문제틀을 '윤리'의 문제로 돌려놓는다. 학생들에게 읽힐 텍스트의 선별에도 문제가 없지 않지만, 그러한 텍스트를 놓고 가르칠 때도 '노동자로 살아갈 학생들'을 상정하지 않고, '노동자에게 연민과 동정을 잃지 않을 윤리적인 비(非)노동자'를 상정하고 있다. 학생들은 이미 텍스트를 접하는 순간부터, '노동자'를 타자화한다. 그들은 '동정과 연민'의 대상이지, 결코 미래의 자신과 '동일시'될 수 없다.

민주주의와 관련된 텍스트의 지도방식이 보여주는 난맥상도 여기에서 크게 벗어나지 않는다. 예컨대, 김지하의 「타는 목마름으로」의 '창조적 재구성'은 "이 작품의 '민주주의'를 다른 대상으로 바꾸어, 작품을 다시 써보자"[10]이다. 학생들은 '민주주의' 대신 '용돈'이나 '연애' '가족' 등을 대입해서 재미있게 패러디한다. 물론 이런 '재구성 교육'이 옳지 않다는 것은 아니다. 그런 방식을 통해 텍스트에 좀더 친근하게 다가설 수 있고, 시인의 발상을 전유하는 창작학습의 효과도 얻을 수 있다. 그러나 그 대신 시적 주제인 '자유'나 '민주주의'에 관한 진지함

10　김창원 외 4인, 고등학교 문학 교과서(상) 교사용지도서, 민중서림, 2002, 282면.

은 다른 방식으로 해소되고 만다는 데 문제가 있다.

'자유'에 대한 갈구가 시적 주제를 구성하고 있다면, 내가 생각하기에는, 학생들의 '창조적 재구성' 교육은 70년대의 시인이 갈구한 '민주주의'와 '지금·여기'에서 여러분이 생각하는 '민주주의'는 어떻게 같고 다른지를 검토함으로써 가능해진다. 학생들은 어떤 '자유'를 갈구하는지, 어떤 '민주주의'를 원하는지를 쓰도록 유도해야 한다. 그렇지 않으면, '민주주의'는 이미 '완결된 것'으로 인식되고 만다. 혹은 김지하의 텍스트와 김수영의 「하, 그림자가 없다」와 같이, '민주주의'를 다른 방식으로 다룬 시 텍스트들을 대비시키면서, 두 사람이 '민주주의'를 생각하는 방식의 차이를 비교하도록 유도하는 방식도 유효하다. 내 문제 제기의 핵심은, '민주주의'의 문제를 70년대적 발상이 아닌 형태로 어떻게 학생들이 '인식'하도록 만드는가에 있다. 위의 교재는 이 텍스트에서도 최종적으로 '윤리적 결단'을 이끌어 낸다.

> 비판적 지식인으로서 시인의 사회적 임무에 관하여 각자의 의견을 말해 보자(함께하기)
>
> (…중략…) 이는 지식인으로서의 사회적 책임의 방기가 얼마나 무서운 결과를 가져오는가를 실증하는 사례이다. 한편 이육사, 윤동주 등의 시인이 한국 문학사에서 아름답게 빛나는 것은 그들이 어느 한 순간에도 민족적 자아로서의 정체성을 잃지 않았기 때문이다. 그들은 '나'의 문제에 빠져 있지 않고, 시선을 '민족'의 문제로 확대하여 식민지 지식인의 실존적 고뇌를 보편적으로 형상화하였다. 해방 후에는 김수영이나 신동엽, 김지하 등이 민주와 자유, 통일이라는 시적 명제에 집중하여 비판적 지식인으로서의 시인의 면모를 보여 주었다.[11]

---

11 김창원 외 4인, 앞의 책 281면.

김지하의 시를 '지식인으로서의 윤리적 결단'으로 연결짓게 되면, '결단'의 의미가 달라질 경우에 설명이 난감해지는 문제점을 낳게 된다. 다시 말하면 지식인으로서의 윤리적 결단, 혹은 '사회적 책임'에 대한 자각은 매우 주관적인 문제여서 보편타당한 결론을 이끌어내기가 어렵다. 이를테면 이광수의 2·8독립선언 참가나 상해 임시정부 참가도 '결단'에 의한 것이었지만, 1930년대 후반의 '내선일체' 주장이나 창씨개명 주장도 그 스스로의 '결단'에 의한 것이었다. 앞의 것은 '결단'이고 뒤의 것은 '변절'이라고 가르치는 것은 이광수의 텍스트를 '콘텍스트'에 입각해서 읽는 방식이 아니다. 이광수를 중심에 놓고 생각하면 이러한 '선택적 행위'는 정치적으로 하나의 '일관성' 위에 기반하고 있다. 김지하가 공격했던 '박정희'의 '유신체제' 혹은 그 체제에 봉사했던 지식인들이 사회적 책임감이나 윤리적 결단 없이 정치적 행동이나 선택을 했다고 가정할 근거는 아무 데도 없다. 그러므로 '윤리적 결단'이나 '사회적 책임'의 문제가 시 텍스트 해석의 전면에 배치될 경우 역시, 미리 전제된 결론을 거꾸로 텍스트에 삼투한다는 점에서 문제가 있다.

민주주의와 관련된 문제도 마찬가지다. 그것을 갈구하고 소망하는 것이 어떤 '지사적(志士的) 결단'을 요구하는 행위인 것처럼 가르쳐서는 곤란하다. '민주주의'는 신성하기 때문에 소중한 것이 아니다. 그런데 「타는 목마름으로」는 교과서에 의해 그렇게 읽히게끔 되어 있다. 민주주의는 신성하기 때문에 소중한 것이 아니라, 그것이 지켜지지 않으면 불편하기 때문에 소중한 것이다. 그러므로, 그 불편함에 대해 누구나 이의 제기를 할 수 있어야 한다. 그러나, 이것을 교과서처럼 엄숙한 '윤리적 결단'과 '비판적 지식인의 역사적 사명'으로 휘갑을 치면, '민주주의'는 '숭엄'의 대상이 될지는 몰라도, 생활 가운데에서 그것의 가치를 발견하는 일은 요원해지고 만다.

따라서 근본적으로 '민주주의'가 작동되지 않을 때 어떤 불편이 초래되는가를, 학생이 자각하도록 유도해야 한다. 민주주의는 생활이다. 학칙을 만들면서, 그 학칙의 적용대상인 학생들의 의견을 수렴해본 적이 있는가, 자율학습은 정말로 자율학습인가, 머리카락의 길이나 옷차림은 왜 통제의 대상이 되어야 하는가 등등의 질문들이 민주주의와 관련된 텍스트를 읽고 나서 학생들로부터 제기되도록 만들지 않는다면, 어떤 비장한 '민주주의' 관련 텍스트를 들이대더라도, 아무리 지식인의 '윤리적 결단'이 지닌 당위성을 강조하더라도, 공허한 노릇이다.

5. 맺음말

과문한 탓인지 모르지만, 일반 문학텍스트를 대상으로 한 '이데올로기 비판'에 비하자면, 교과서에 관해서는 너무 조용한 것이 아닌가 하는 생각이 든다. 이 글은, 몹시 조야한 형태로 '민족주의'와 '계급담론의 부재'를 언급하는 데 그쳤지만, 그 외에도 페미니즘으로부터의 문제 제기나 도전에서 '교과서'는 일종의 '무풍지대'이거나 '사각(死角)지대'인 듯하다. 앞에서 내가 제기한 '이데올로기적 비판'은 교육과정이나 제도를 혁신적으로 고쳐야만 가능한 일이 아니다. 근대문학 연구 분야에서는 이미 상식이 되었거나 점차 상식화되고 있는 내용들이다. 또한 이것은 '지배이데올로기'와 전면적으로 충돌하는 것도 아니다. 그런데도 왜 학계의 논의들은 교과서의 교육과정에 적시(適時)에 반영될 수 없는 것일까. 교과서 편찬자들이 교과서에 반영하는 텍스트 해석의 '정론(正論)'이나 '규범'은 어떤 기준을 충족해야 하는 것일까.

이 글은 정제된 학술논문이라기보다는 일종의 시론(試論)에 가깝다. '문학교육'이라는 주제를 놓고, 학계와 교육계, 그리고 관계(官界)의 당사자들이 모여 허심탄회한 자세로 여러 문제를 논의하는 자리에 하나의 화제(話題)로서 제출되었다. 문학교육의 중요성에 비하면 문학연구자들이 이 문제에 관해 기울여온 관심은 매우 소략한 것이 사실이다. 문학교육은 문학교육 전공자만의 문제가 아니라, 문학 연구자 모두가 관심을 기울여야 할 주제라고 할 수 있다. 교육은 국가를 유지하는 이데올로기적 장치이며, 거기에서 문학교육이 담당하는 막중한 역할을 생각할 때, 이를 둘러싼 비판적 논의의 중요성은 더욱 크다고 할 것이다.

1. 「이광수 소설에서의 자유주의와 개인주체 — 자유주의의 내면화 과정 연구를 위한 하나의 시론(試論)」
   문학과사상연구회 편, 『이광수문학의 재인식』, 소명출판, 2009.

2. 「유다적인 것, 혹은 자기성찰로서의 비평」
   김남천론, 『문학수첩』, 2005년 겨울.

3. 「김동리와 조선적인 것 — 일제 말 김동리 문학사상의 형성 구조와 성격에 대하여」
   한국근대문학회, 『한국근대문학연구』 21집, 2010년 상반기.

4. 「'재만(在滿)'이라는 경험의 특수성 — 정치적 아이덴티티와 이민족의 형상화를 중심으로」
   동남어문학회, 『동남어문논집』 29집, 2010.5.

5. 「윤리적 인간, 혹은 반공이데올로기의 기원 — 선우휘론」
   『실천문학』, 2001년 봄.

6. 「한 보수주의자의 초상 — 선우휘의 삶과 사상」
   『역사비평』, 2001년 겨울 및 『역사비평』, 2002년 여름.

7. 「전후세대의 문학과 언어적 정체성 — 전후세대의 이중언어적 상황을 중심으로」
   성균관대학교 동아시아학술원 대동문화연구소 편, 『대동문화연구』 58집, 2007.

8. 「전후소설에서의 식민화된 주체와 언어적 타자 — 손창섭 소설에 나타난 이중언어자의 자의식」
   영남대학교 인문과학연구소, 『인문연구』 52호, 2007.

9. 「김정한 소설의 지역성과 세계성 — 문단복귀 후의 김정한 소설의 문학사적 의미」
   동아대학교 석당학술원 부산학 세미나 '지역문학의 선구 — 향파와 요산문학연구', 2003.11.

10. 「소설·역사·인간 — 이병주의 초기 중·단편에 대하여」
    경남·부산지역문학회, 『지역문학연구』 12호, 2005.

11. 「억압과 에로스 — 1972년의 최인호」
    『황진이: 최인호중단편전집』 2, 문학동네, 2002.

12. 「말을 찾아서 — 이문구론」
    『문학동네』, 2000년 가을.

13. 「국가와 농민 — 『우리동네』」
    『우리동네: 이문구전집』 12, 랜덤하우스중앙, 2005.

14. 「'웃음'에 관한 두 개의 변주(變奏) — 성석제와 김종광」
    『작가와 사회』, 2003년 여름.

15. 「주체와 타자의 변증법 — 분단체제의 극복과 탈북자 문제의 소설화」
    『작가와 사회』, 2006년 겨울.

16. 「교과서 문학 정전화의 이데올로기와 탈정전화」
    『문학동네』, 2006년 봄.

17. 「문학 교과서와 소설 교육의 이데올로기 — 민족주의와 계급담론을 중심으로」
    한국근대문학회, 『한국근대문학연구』 14집, 2006년 하반기.